W0288945

Berthold

DAS RECHT DES SIEGERS

Malmedy

WILL BERTHOLD

DAS RECHT DES SIEGERS

Roman nach Tatsachen

Erschienen bei Hestia

Berthold, Will
Das Recht des Siegers: Roman nach Tatsachen. –
1. – 5. Tsd. – Bayreuth: Hestia-Verlag, 1977.
Frühere Ausg. u. d. T.: Berthold, Will: Malmedy.
ISBN 3-7770-0155-4

Printed in Germany
© 1977 by Hestia-Verlag GmbH, Bayreuth
© 1957 Mitgefangen – Mitgehangen/Malmedy
© 1957 Malmedy/Aufgeschoben – Aufgehoben
Umschlaggestaltung: H. C. Traue
Satz und Druck: Druckhaus Bayreuth
Bindung: Großbuchbinderei Georg Gebhardt, Ansbach

Man hatte ihn bedroht, mit Mord und mit Brand, mehrfach und schriftlich, aber er war immer noch nicht fähig, vor einer Gefahr davonzulaufen. Das Unvermögen, feige zu sein – oder auch nur vernünftig – hatte sein Leben ruiniert und brachte ihn nunmehr in die letzte Schußlinie.

Joachim Peiper, Oberst der Waffen-SS (sprich: Standartenführer), war viermal in seinem Panzer abgeschossen und fünfmal zu Schein-Hinrichtungen geführt worden. Ein sowjetischer Soldat hatte aus wenigen Metern Entfernung das ganze Magazin seiner Maschinenpistole leergeschossen – und ihn verfehlt. Im Gefecht war Peiper stets der Anführer des »Verlorenen Haufens« gewesen, immer da, wo die Lebenserwartung auf eine Zigarettenlänge zusammengeschmort war.

Einer der glänzendsten Vertreter des übelsten Systems ist ebenso als Kriegsheld gefeiert wie als Kriegsverbrecher verurteilt worden. Wegen der Vorgänge um Malmedy trug er 55 Monate lang die Rotjacke von Landsberg, und wenn nächtens im Gang Schritte zu hören waren, wußte er nicht, ob ihm Kaffee gebracht oder er zum Galgen geführt würde.

Nach zwölf Jahren Haft ließen ihn die Amerikaner laufen. Als Joachim Peiper, angeschlagen, doch ungebrochen, in eine zweifelhafte Zukunft schritt, hing das Verhängnis an ihm wie ein Geruch. Zum Leben begnadigt, schien er zum Untergang verurteilt, wenngleich damals noch nicht abzusehen war, daß ihn das Malmedy-Massaker dereinst noch einholen könnte.

Daß Joachim Peiper, vormals Kommandeur in Hitlers Leibstandarte, in den letzten Jahren in Frankreich gelebt hatte, gehört zu den Unbegreiflichkeiten seines Falls. Er liebte Sprache und Küche seines Gastlandes, glaubte in einem kleinen Dorf an der Saône Asyl und Vergessen zu finden. Hier hatte er an die vier Jahre mehr geachtet als beachtet gelebt, bis sich seit April 1976 die Visiere der kommunistischen Presse auf ihn richteten.

Die Schlagzeilen-Orgie – die Munition kam aus Ost-Berliner Archiven und wäre genausogut in westlichen zu erhalten gewesen – wurde zu einem Kesseltreiben. Kurz vor dem französischen Nationalfeiertag am 14. Juli schaffte der Bedrohte seine Familie nach

Deutschland und wandte sich mit der Bitte um Schutz an die Botschaft seines Landes in Paris. Da abzusehen war, daß sich weder deutsche Diplomaten, noch französische Polizisten für ihn ein Bein ausreißen würden, stellte er ein Jagdgewehr und einen alten Trommelrevolver in Griffnähe.

Der idyllische Ort Traves, hinter den Vogesen-Bergen in Ostfrankreich, erlebte einen noch heißeren Sommer als die westlichen Länder Europas, die unter einer endlosen Hitzewelle brodelten. Im Londoner Hydepark zeigten sich Oben-ohne-Mädchen einer verstörten Polizei, doch trotz der größten Sonnenglut auf der Insel seit anno 1727 trug die Garde ihre Bärenfellmütze und amtierten die Schiedsrichter in Wimbledon mit Jacke und Schlips. In Oberitalien sank der Po sechs Meter unter Normalpegel. In der Schweiz wurden Tausende von Kühen in ein Weide-Asyl evakuiert. In Frankreich fütterte man sie mit Bananen aus Guadeloupe. In der Normandie starben die Schweine an Hitzschlag. In Paris nutzten die Getränke-Ausfahrer die Gunst der Stunde und streikten für höhere Löhne.

Die Seine hatte eine Temperatur von 28,7 Grad und in den Benelux-Staaten glich nach sechs Wochen Trockenheit die Landschaft einer Steppe. Im Frühsommer wirkte der Wald bereits herbstlich; Birken mit braunem und gelblichem Laub, absterbende Fichten, rings um Malmedy, einer vormals preußischen, heute belgischen Kreisstadt, die durch blutige Ereignisse im Zweiten Weltkrieg aus ihrer provinziellen Betulichkeit herausgerissen worden ist. Malmedy wurde zu einem Synonym für Kriegsverbrechen, ein Markenartikel des Grauens, gleich Oradour, Lidice oder Katyn.

Für die vielen Urlauber, die der heiße Frühsommer in die Ardennen spülte, war Malmedy ein idyllischer Ort, an dem sie Entspannung und Frieden fanden, frei von blutrünstigem Beigeschmack. 31 Jahre hatten 71 Tote der US-Armee vergessen lassen, mehr und mehr. Besiegte wie Sieger waren entschlossen, nicht nach hinten zu sehen, aber das Gras, das über offenen Gräbern wuchs, blieb dünn und kümmerlich, noch unergiebiger als die Ardennen-Weiden, auf denen im Juli 1976 hungrige Kühe versuchten abzufressen, was ihnen die Wildschweine noch gelassen hatten.

Für die Kettenhunde des Kommunismus war Malmedy eine üppige Weide. Sie brachten die französischen Behörden in ziemliche Verlegenheit. Zwar konnte sich – im Gegensatz zur Stunde Null – auch die französische Öffentlichkeit zumuten, zwischen einem Frontoffizier und einem KZ-Kommandanten zu unterscheiden, aber auch Franzosen, die keine Kommunisten waren, kannten willkommenere Gäste als einen früheren SS-Obersten.

Die maßlose Treibjagd hatte zunächst einigen Erfolg. Ihren Veranstaltern machte es nichts aus, ein Menschenopfer auf den Altar des Hasses zu legen. Doch ging es ihnen nicht um die Person, denn wenn es ihnen nützlich erschien, bauten sie – wie im anderen Teil Deutschlands in später Auslegung des Freundschaftspakts zwischen Hitler und Stalin – NS-Größen ganz anderen Kalibers in ihre höchsten Kader ein.

Sie nannten Peiper und meinten die Bundesrepublik. Es ging ihnen darum, die französisch-deutsche Aussöhnung, das Herzstück der Einigung Europas, zu stören und dadurch den Westen zugunsten des Ostens zu schwächen. Dafür war ihnen jedes Mittel recht. Sie machten aus Joachim Peiper – der ehemalige Hauptankläger der US-Army, Mr. Ellis, hatte ihn 20 Jahre nach Kriegsende schriftlich einen »fine gentleman« genannt – ein blutrünstiges Scheusal, ein Polit-Monster.

Eigentlich hatte er nie eine Chance gehabt, der Falle zu entgehen, die von der Zeit für ihn aufgebaut worden war. Als Sohn eines kaisertreuen Offiziers, für den die Weimarer Republik nicht existierte, war er in Berlin zur Welt gekommen, wie symbolisch am 30. Januar, der sowohl der Geburtstag des letzten deutschen Kaisers, wie der Gedenktag von Hitlers Machtergreifung war. Nach dem Abitur kam der deutschnational erzogene, biegsame Junge, dessen Träume sich so leicht für das braune Terrorsystem mißbrauchen ließen, über die Reiter-SS in die Organisation, deren Akteur wie Opfer er werden sollte. Er absolvierte die SS-Junker-Schule in Braunschweig, tauchte bald als Ordonnanz in der Umgebung Himmlers auf – vermutlich wollte der »Reichsführer SS« seine eigene Unscheinbarkeit durch diesen blendend aussehenden Offizier aufwerten.

Dann spülte der Zweite Weltkrieg Joachim Peiper groß ins Fach. Er durchlief eine Blitzkarriere. Als mutiger Draufgänger, als verwegener Haudegen erkletterte er Rang um Rang. Mehrfache Nennung in Wehrmachtsberichten wegen Tapferkeit vor dem Feinde. Zum Ritterkreuz das Eichenlaub. Empfang in der Wolfsschanze. Händedruck Hitlers. Titelbild in den NS-Gazetten. Zum Eichenlaub die Schwerter – der Führer ließ sich nicht lumpen, und die Ordensfabriken machten Überstunden.

Dann wieder hinaus auf das Schlachtfeld der Ehre. Peiper mußte im Drachenblut der Zeit gebadet haben, denn er überstand als Frontoffizier den Zweiten Weltkrieg vom ersten bis zum letzten Tag unverletzt. Mit 27 war er bereits Oberst, mit 30 wäre er mit Sicherheit General geworden – aber da hatte die geradlinige Karriere in die falsche Richtung bereits einen ganz anderen Verlauf genommen.

Es war, als hätte ihn das Verhängnis für das Sieger-Tribunal von Dachau aufgespart. In diesem Prozeß ging es um den berüchtigten Crossroad-Zwischenfall von Malmedy. Joachim Peiper wurde als Hauptschuldiger »wegen Tötung, Erschießung, Mißhandlung, Beschimpfung und Folterung unbewaffneter US-Kriegsgefangener« zum Tode verurteilt – aber das letzte Wort war nicht gesprochen. Es sickerte durch, daß die US-Untersuchungs-Behörden mit Gestapo-Methoden Geständnisse erpreßt hatten. Jahre später verendete der Prozeß in einem Morast aus Lüge, Haß, Meineid, Verbrechen und auch Menschlichkeit.

Peiper kam frei, aber in der Friedenszeit avancierte er langsamer als im Krieg, dessen Schatten ihn weiter verfolgte. Schließlich brachte er es zum Werbechef bei »Porsche«. Als ihm Prokura erteilt werden sollte, meuterte der Betriebsrat: Ein Mann seiner Vergangenheit sei ungeeignet für die Spitzenstellung in einer Firma, die den größten Teil ihrer Produktion in das Ausland exportiere.

Peiper mußte gehen und wurde Werbe- und Verkaufsberater für VW-Händler. Diesmal protestierten Wolfsburgs italienische Gastarbeiter und wiesen auf die Rolle der Einheit Peiper bei der Vernichtung des kleinen Dorfes Boves (Piemont) im September 1943 hin. In gleicher Sache hatte schon – über vier Jahre hinweg – die Stuttgarter Staatsanwaltschaft ein Ermittlungsverfahren gegen Peiper »wegen Zerstörung des Ortes und des gewaltsamen Todes von 34 Bewohnern« betrieben.

»Das war kein Massaker, sondern eine Schlacht. Krieg ist nun einmal Krieg«, verteidigte sich der Angeschuldigte. Ob er zu weit gegangen war oder nicht, ließ sich nicht mehr klären. Ohnedies sind die Grenzen zwischen Kampf und Verbrechen schlampig gezogen; schließlich ist der Krieg an sich ein Verbrechen.

Das Verfahren wurde eingestellt, wegen Mangels an Beweisen; wie letztlich Malmedy. Es war Peipers Schicksal, daß er seine Unschuld nicht beweisen konnte. Und das Dilemma seiner Verfolger blieb die Tatsache, daß es ihnen nie gelungen ist, ihn eines Verbrechens zu überführen. Sicher läßt sich heute aus dem Abstand der Jahre heraus feststellen, daß manche Geschehnisse, die unter seinem Namen liefen, nicht auf sein Konto kamen. Er war die personifizierte Kollektivschuld, und seine alten Kameraden, die sich mindestens genausoviel, wenn nicht mehr, vorzuwerfen hatten, nutzten ihn als Sündenbock.

Joachim Peiper hatte genug. Er verließ Deutschland, für das, wie er wohl noch immer fälschlich meinte, er seine Haut zu Markte getragen hatte. Den Staat nach Hitler, der trotz Hitler wieder Weltgeltung erlangt hatte, bewertete der Verbitterte als »eine Pleite von Gesellschaft und Wirtschaft«. »Verabschiedet«, sagte er, »habe ich mich eigentlich nur vom Finanzamt.« Er ging mit seiner Frau nach Ostfrankreich. Er verdiente seinen Unterhalt als Buchübersetzer. »Das reicht«, schrieb er einem Freund, »zum geruhsamen Sitzen – und davon verstehe ich ja etwas.« In Traves hatte Peiper unter seinem richtigen Namen mit offizieller Aufenthaltsgenehmigung gelebt. Sicher war Frankreich, das unter der deutschen Besatzung schwer gelitten hatte, nicht die richtige Wahlheimat für ihn, aber auf Taktlosigkeit steht nicht der Tod.

Im April 1976 krepierte der Friede von Traves. Die kommunistische Propaganda hatte auf den Knopf gedrückt, und der Mann von gestern begriff mit der Zeit, daß er nicht an der Seite seiner Frau einen geruhsamen Lebensabend am verträumten Ufer der Saône verbringen könnte. Gelegentlich wurde das Trommelfeuer schwächer, dann war der Fall Peiper von anderen Schlagzeilen überlagert, dann griffen Syrer in den libanesischen Bürgerkrieg ein, befreiten Israeli im bislang kühnsten Commando-Raid über 4 500 Kilometer hinweg auf dem Flughafen von Entebbe die 105 Geiseln einer Flugzeugentführung. Europas Wirtschaft schwankte in diesem Sommer zwischen Boom und Baisse, aber die Mark war stramm wie eine Wachkompanie. Und Wolfsburg hatte soeben in New Stanton, Pennsylvania, eine Chrysler-Fabrik als Zweigwerk gekauft.

In diesem Jahr fiel der französische Nationalfeiertag auf einen Mittwoch. Alljährlich feiert die Bevölkerung den Sturm auf die Bastille, den Beginn der Französischen Revolution. Man trinkt, man lacht, man tanzt auf den Pariser Straßen. Der 14. Juli ist ein Fest der Freude.

Der Fremdling von Traves hat sich am Vorabend tief in sein, mit Hilfe eines Maurers selbst gebautes Haus zurückgezogen. Die Dorfbewohner nennen es wegen einer darum herumliegenden Mauer »die Festung«. Es ist der 13., aber der Hausherr ist nicht abergläubisch, auch wenn in wenigen Stunden das Ultimatum abläuft, das ihm aus dem französischen Untergrund gestellt worden ist. Er weiß, daß seine Post von einem Dorfkommunisten überwacht und sein Telefon von ihm illegal abgehört wird. Er konnte die Berichte über die Pressekonferenz vom 18. April lesen, in der in einem Hotel an der Place de l'Opéra acht Vermummte, eine Art roter Ku-Klux-Klan mit weißer Kapuze, ihm und seinen Gesinnungsgenossen von einst den Tod angedroht hatten, aber Peiper, der Mann mit Mumm, konnte keinen Mummenschanz fürchten.

Der Einundsechzigjährige blieb weiter in Traves. In sein Gesicht hatte das Leben seine Blessuren eingetragen, aber er war noch immer – wie einst US-Kriegsberichterstatter über den Teich gedrahtet hatten – »a handsome man«, ein stattlicher Mann. Und ein sturer Mann. Während seine Mörder schon um das Haus schlichen, rang er sich in einem Brief an einen Freund zu den Worten durch: »Mein stilles Paradies in Traves ist zu einer belagerten Festung geworden. Ich werde im Herbst hier wegziehen, wenn mir die Kommunisten bis dahin Zeit lassen.«

Sie, oder ihre Helfers-Helfer, oder Männer, die von der übersteuerten Hetze in Marsch gesetzt worden waren, ließen Joachim Peiper keine Zeit. Nach Mitternacht wurden die Dorfbewohner durch Schüsse aus dem Schlaf gerissen. Das Haus ihres deutschen Nachbarn stand in Flammen. Als die Feuerwehr sich durchgekämpft hatte, fand sie eine bis auf einen Stummel von 60 Zentimetern zusammengeschmorte Leiche. Daneben einen leergeschossenen Trommelrevolver und drei Geschoßhülsen des Jagdgewehrs, das sich der Ermordete zur Selbstverteidigung bei einem Nachbarn ausgeliehen hatte.

Die Kriminalbeamten sahen auf den ersten Blick, daß die Täter blutige Dilettanten gewesen waren. Sie hatten zwei Molotow-Cocktails in das Holzhaus geworfen, das sofort in Flammen stand. Durch die Schwaden hindurch hat der Überfallene auf die vermutlich längst Geflüchteten geschossen. Bei dem Versuch, Manuskripte und Unterlagen zu bergen – er arbeitete gerade an der Übersetzung eines militärhistorischen Werks über Friedrich den Großen –, ist er im Rauch erstickt und wurde von den Flammen erfaßt. Weder der mutmaßlichen Witwe, noch drei Spezialisten aus Paris ist es gelungen, die Identität des Toten festzustellen. Erst ein Münchener Zahnarzt besorgte das mit an Sicherheit grenzender Wahrscheinlichkeit.

Der Mord fand in Frankreich keine Befürworter. Gerade in diesem Jahr hatten die französischen Kommunisten viel Mühe darauf verwandt, einen selbständigen Euro-Kurs zu demonstrieren. Nun standen sie da wie zu Stalins Zeiten. Niemand in Frankreich zweifelte an den eigentlichen Urhebern des Mordes.

»Jedes persönliche Attentat ist absurd und voller Unheil«, mußte deshalb die kommunistische Zeitung »Humanité« (»Menschlichkeit«) drei Tage später den Mordanschlag verbal verurteilen, um dann wieder in den Ton zurückzufallen, der ihn ausgelöst hatte: »Peiper ist der kriminellste aller je in Frankreich geköpften Verbrecher, krimineller noch als jeder französische Zuchthäusler, der heute noch einsitzt. Man hat ihn begnadigt und befreit.«

Der Anschlag auf die deutsch-französische Verständigung erwies sich als ein Rohrkrepierer. Die Franzosen erregten sich mehr über die Mörder als über den Ermordeten. Für das Fernsehen sprach Gemeindepfarrer Ducros die Worte: »Ich verurteile den Mord an Peiper und gebe allein der kommunistischen Hetzpropaganda die Schuld.« Das Interview wurde nicht ausgestrahlt, aber der Geistliche anonym mit dem Tode bedroht. »Ich bete für ihn und seine Mörder«, stellte er in einer Zeitung fest, »aber der Friede in unserem Dorf ist zerstört.«

Beate Klarsfeld, die einen früheren deutschen Bundeskanzler

wegen seiner Mitgliedschaft zur Nazipartei in Bonn öffentlich geohrfeigt hatte, verwahrte sich gegen die Gewalttat »an einem Nazi, der seine Verbrechen mit zwölf Jahren Gefängnis bezahlt hatte. Mit Peiper gab es nichts mehr abzurechnen.« Viele Vertreter der Résistance sprachen ihren Abscheu gegen den Mord von Traves aus.

Auch in Deutschland flammten keine Ressentiments gegen das Nachbarland auf. Die Presse berichtete sachlich. Ohnedies sind die jüngeren Deutschen – die weitaus größte Mehrheit der Bundesrepublik – von den Größen von gestern psychologisch so weit entfernt wie von den Neandertalern.

Das Ende des früheren Obersten Peiper ist absurd und ungerecht, und Franzosen wie Deutsche bewerten es als unverständlich und überflüssig. Ein umstrittener Kriegsheld, ein notorischer Überlebender wurde, so wenigstens sagen alle Indizien aus, das Opfer eines oder mehrerer verhetzter Dorftrottel. Das Leben dieses Mannes ist ein tragisches, zwielichtiges, schillerndes, letztlich typisch deutsches Schicksal in den Mühlen der Zeit.

Während es den meisten anderen Angeklagten von Malmedy gelungen ist, schließlich wieder in Familie und Beruf, in die Höhen und Tiefen des vormaligen Wirtschaftswunders repatriiert zu werden, wurde Joachim Peiper, die Nummer eins dieses Falles – in diesem Roman nach Tatsachen heißt er Joachim Henze –, der letzte Tote des Massakers.

Erstes Buch

1. Kapitel

Das große, weiträumige Haus von München-Harlaching hat schon viel schlimmere Stürme erlebt als den heutigen Abend. Es ist kurz nach 22 Uhr, und nur wenige Gäste, eine bunte, vom Zufall zusammengewürfelte Gesellschaft von US-Offizieren und vorwiegend deutschen Begleiterinnen, können noch auf den Beinen stehen. Der dünne Whisky hat ihnen dicke Köpfe gemacht.

Der eigentliche Besitzer der Herrschaftsvilla sitzt in einem Internierungslager, durchaus zu recht. Sein derzeitiger Vertreter, ein rundlicher Besatzungsmajor, liegt bereits im Bett und gibt den überreichlich getrunkenen Schnaps wieder von sich. Der Gastgeber ist nicht der einzige, der schlappmacht. Der Stil der Parties des Jahres 1946 ist ziemlich stillos.

Seit einer Weile beobachtet Leutnant Henry S. Morris, sonst kein Kostverächter, das weibliche Besatzungsgefolge. Die Zeit der No-Fraternisation ist vorbei – ohnedies hatte sie keiner ernstgenommen –, und nun beherrschen junge und auch reife Fräuleins die Okkupations-Szene. Natürlich ziehen auch echte Liebespaare in die Matratzenschlacht; sie bewertet der junge Leutnant eher mit Neid als mit Kritik. Aber selbst die Käuflichen sind noch netter zu ihren Partnern als die eigenen Ehefrauen in Ohio, Iowa oder Oregon.

In diesem Wechselspiel zwischen Protektion und Prostitution gelten die Frauen und Töchter gestürzter Nazigrößen als Exotinnen, und so stehen Gauleiterstöchter hoch im Kurs. An diesem Abend gibt die Frau eines in Spandau einsitzenden Hauptkriegsverbrechers den Mißton an, von der jeder weiß, daß sie in ihrer Villa am Tegernsee den »Befreiern« splitternackt entgegengekommen war.

Die Unterhaltung ist zweisprachig. Der schlaksige Leutnant kann das miserable Englisch und das gebrochene Deutsch nicht mehr hören. Er greift sich nochmals einen »Bourbon« und wünscht sich 4000 Kilometer weg von hier. Der Krieg ist seit zwei Jahren zu Ende, und er weiß nicht, was er in diesem verdammten Germany noch zu suchen hätte.

»Mixen Sie mir auch einen«, sagt ein junges Mädchen hinter ihm.

Er nickt, ohne sich umzudrehen.

»Mehr Soda?« fragt er gewohnheitsmäßig.

»Nein, danke, es reicht.«

Jetzt erst sieht er sie, und das erweist sich als ein erfreulicher Anblick. Sie ist mittelgroß, dunkelblond, hat helle Augen und eine hübsche Stirn. Ihr Englisch ist so sauber wie ihr Gesicht.

»My God ... wo kommen Sie denn her?« fragt Leutnant Henry F. Morris.

»Ich habe mich verspätet. Aber auf Parties dieser Art kommt man wohl nie zu spät.«

»So jung und schon so weise«, albert der Leutnant.

Mit den Gläsern in der Hand verziehen sich die beiden in eine Ecke, finden zwei Polsterstühle, lassen sich nieder, schlagen die Beine übereinander, betrachten sich lächelnd.

»Ich wollte gerade gehen.«

Der Leutnant gibt sich keine Mühe, seine Sympathie zu verbergen.

»Lassen Sie sich nicht aufhalten«, versetzt das Mädchen. Er steht auf, versucht einen Augenblick lang gerade dazustehen, streckt ihr die Hand hin und sagt:

»Ich bin Henry F. Morris.«

»Ich heiße Vera Eckstadt.«

Sie lächelt, ohne dabei die Lippen zu bewegen. Sie ist selbstsicher, natürlich kokett, ohne eine Spur von Pose. Sie wirkt wie eine Zwanzigjährige, könnte aber auch schon älter sein.

»Schade, daß wir uns ausgerechnet hier kennenlernen müssen.«

»Wo sollten wir es sonst?«

»Es ist seltsam. Entweder ich kann jemanden in der ersten Sekunde leiden oder ich kann ihn nicht ausstehen«, sagt der Leutnant.

»Sie können mich also leiden«, antwortet das Mädchen lächelnd.

»Ja«, sagt er. Einen Augenblick lang wirkt er verlegen. »Es ist schrecklich mit diesen Leuten hier«, erklärt er. »Sie alle wollen etwas. Die einen Zigaretten oder Schnaps, die anderen ihre Entnazifizierung oder eine Lizenz oder sonst einen Unfug.«

»Ja. Manche füllen sogar den Zucker in mitgebrachte Tüten«, entgegnet Vera. Sie legt sorgfältig das linke Bein über das rechte, streicht mit einer knappen Bewegung den Rock glatt.

»Ihr Amerikaner habt eben zuviel, und wir Deutsche haben zuwenig.«

»Na ja«, erwidert Henry, »nicht ganz grundlos, nicht?«

Sie nickt.

»Ich kann mir schon vorstellen, wie das bei euch ist. Aber Sie können nicht wissen, wie einen das alles ankotzt, wenn jeder, dem Sie begegnen, etwas von Ihnen will.«

Sie nickt wieder. Sie wirkt jetzt ernst und müde.

»Ja«, sagt sie leise, »und dabei will ich auch etwas von Ihnen.«

Er hört es gar nicht.

»Ich bin nur hierhergekommen, um Sie zu treffen.«

Er schweigt noch immer.

Sie wird heftig:

»Hören Sie, Henry F. Morris. Ich will etwas von Ihnen!«

»So«, sagt er gedehnt und verständnislos.

Er greift hastig in die Tasche, holt eine Zigarette hervor, will sie anzünden. Das Feuerzeug versagt.

»Sie müssen mich morgen mit Colonel Evans zusammenbringen ... Sie sind doch sein Assistent, nicht?«

»Zum Teufel, was wollen Sie eigentlich!« stößt er hervor.

»Wenn Sie mir nicht helfen«, sagt sie leise und bestimmt, »wird ein Unschuldiger gehängt.«

»Können Sie mir einen Deutschen zeigen, der nicht schuldig ist?«

Sie steht auf. Ihr Blick wird auf einmal merkwürdig starr, als sähe sie in eine ferne Leere.

»Ja«, sagt sie. »Zum Beispiel meinen Bruder.«

In der ersten Sekunde begreift es der Leutnant nicht. Dann ist es soweit. Er würgt den Fluch hinunter, betrachtet Vera Eckstadt, lächelt dümmlich dabei, versucht die Zigarette noch einmal anzuzünden, schnappt sein Whiskyglas, trinkt es in einem Zug leer. Die Minute ist aus Gummi, sie ist endlos und quälerisch.

Der Tag war wie ein Hammer für Colonel Evans, den einmal ein spöttischer Richter als den »Vorposten der Rechtschaffenheit« bezeichnet hatte. Jedenfalls ist er penibel bis zur Pedanterie, und als Jurist kann er sich nicht damit abfinden, daß seit Pilatus' Fehlurteil Richter versuchen, sich ihre Hände in Unschuld zu waschen.

Colonel Evans ist mittelgroß und zierlich, hat ein intelligentes Gesicht, lebhafte, scharf beobachtende Augen. Er stammt aus Atlanta, der Hauptstadt von Georgia, und der energische, fast asketisch wirkende Mann ist schon auf den ersten Blick der Typ des Gentleman aus den Südstaaten.

Der Krieg spülte ihn nach Deutschland. Er hatte keinen Grund, es besonders zu lieben. Und er liebte es auch nicht besonders. Er tat seine Pflicht. Er diente in der Army. Er brachte es bis zum Obersten. Eigentlich sollte er längst zurück sein, um sich um seine Rechtsanwaltspraxis zu kümmern. Er war jetzt bald an der Reihe und stand kurz vor der Rückreise in die Vereinigten Staaten.

Da kam der Auftrag.

Er sagte zunächst nein. Er hatte sich Ideale bewahrt. Schwachen, verführten, gescheiterten Menschen zu helfen, dafür war er jederzeit zu haben. Aber Verbrechern? Mördern? Kriegsverbrechern, die ihre

Opfer erbarmungsloser abgeschlachtet hatten, als es in den Viehhöfen der tägliche Kälberauftrieb wurde?

Man hatte Colonel Evans die Chefverteidigung des sogenannten Malmedy-Prozesses angetragen, und wenn er von den Akten aufsah, verfolgten ihn die Szenen des Grauens, sah er entsetzte GIs, denen ihre Mörder mit den MPs zwischen die aufgerissenen Augen schossen, daß die Gehirnmasse herausspritzte wie Tomatensaft aus einer schlampig geöffneten Büchse.

Der Jurist kannte den Fall Malmedy wie jeder andere Amerikaner aus den Zeitungsberichten. Er wußte, daß Generalfeldmarschall Rundstedt in einem letzten Aufbäumen vor der totalen Niederlage Weihnachten 1944 seine Truppen weit nach Belgien hineingetrieben hatte. Daß es ihm gelungen war, einen letzten, wenn auch sinnlosen Sieg zu erringen.

Soweit war die Sache in Ordnung. Was aber Malmedy zu einem Brandmal des Krieges machte, waren die Begleiterscheinungen der Ardennenoffensive. Voraustruppen, vorwiegend Waffen-SS, teilweise in amerikanischer Uniform, ausgesuchte Leute, die fließend Englisch sprachen, waren in das Hinterland vorgestoßen, hatten Gefangene gemacht, und sie hatten einige von ihnen – wie sie es zu nennen pflegten – formlos umgelegt. Dafür standen sie jetzt vor Gericht, vor einem Tribunal der Sieger, das sich anstrengte, Recht zu sprechen. Die meisten Angeklagten hatten ihre Geständnisse unterschrieben, hatten zugegeben, Gefangene ermordet zu haben.

Der Weg von Dachau, wo der Malmedy-Prozeß abgewickelt wurde, nach Landsberg war kurz. Mr. Evans hatte mit der natürlichen Neugier des Juristen, der kein Dossier vorbeiziehen lassen kann, in den Akten geblättert. Und dann war er auf Widersprüche gestoßen.

Da sollten Menschen an einer Friedhofsmauer erschossen worden sein, wo der Friedhof nicht eingesäumt war. Da sollte eine Belgierin auf einem Stuhl in ihrer Wohnung exekutiert worden sein, die in Wirklichkeit von einer amerikanischen Bombe erschlagen wurde. Da hatten frühere SS-Leute in schriftlichen Geständnissen zugegeben, Menschen ermordet zu haben, die noch lebten!

So viel Zufälligkeiten, so viele Irrtümer auf einmal konnte es bei einer regulären Voruntersuchung nicht geben. Das fiel einem gewitzten Juristen sofort auf. Hinter diesen Unstimmigkeiten mußte sich eine Schweinerei verbergen.

Der Oberst ist ein typischer Amerikaner, der an Gott und Gerechtigkeit glaubt und sein Land liebt. Er, kein Militarist, war aber doch voller Ungeduld in den Krieg gezogen, als es darum ging, die Nazi-Barbarei zu zerschmettern. Dieser Sieg hätte für ihn jeden Sinn verloren, wenn Hitler nunmehr weiterlebte – und das in amerikanischer Uniform.

Waren die Geständnisse erpreßt worden? Hatten die US-Ermittler ähnliche Methoden angewandt, wie sie durch die Gestapo weltbekannt und berüchtigt geworden waren?

Hier, an dieser Stelle seiner Untersuchung, drohten den Obersten Phantasie, Logik und Anstand zu verlassen. Hier war er zunächst überfordert.

Ein anderer hätte die Akten ohne weiteres in den Papierkorb geworfen und sich eine Fahrkarte nach Amerika besorgt.

Nicht so Colonel Evans. Er wird sich nichts schenken. Nichts sich, nichts seinem Land, nichts seiner Uniform, nichts seinen Farben. Seine Intelligenz wird das Gericht kennenlernen. Seinem Anstand werden die Angeklagten fassungslos gegenüberstehen. Seinen Mut wird die Presse in aller Welt rühmen und verdammen.

Seinen inneren Kampf aber wird er mit sich selbst abmachen müssen.

Der Colonel geht mit großen Schritten in seinem Büro hin und her. Er hat alle Einzelheiten der Akten im Kopf. Immer noch hofft er, daß sich die Widersprüche als ein Irrtum herausstellen werden, für den es eine natürliche Erklärung gibt. Er unterbricht sein Auf- und Abgehen, geht auf das Aktenbündel zu, liest, schüttelt den Kopf, läuft wieder hin und her, reißt das Fenster auf, schließt es im nächsten Augenblick, zündet sich eine Zigarette an, wirft sie weg, tritt sie aus.

Leutnant Henry F. Morris ist eingetreten. Er wartet, bis der Oberst aufsieht.

»Eine Dame möchte Sie sprechen, Sir«, sagt er dann.

»Welche Dame?«

»Fräulein Eckstadt.«

»Kenne ich nicht«, versetzt der Colonel abweisend.

»Die Schwester eines Angeklagten.«

»Wie oft soll ich Ihnen noch sagen, daß ich keine Familienbesuche . . . «

»Es ist eine Bekannte von mir. Sir . . . Nur fünf Minuten.«

»Von mir aus«, knurrt der Colonel.

Er mustert Vera Eckstadt flüchtig, stellt sich vor, ohne ihr die Hand zu geben, sagt, daß er leider wenig Zeit hätte.

»Ich fasse mich kurz«, beginnt das Mädchen. »Mein Bruder ist einer der Malmedy-Angeklagten. Er hat ein Geständnis abgelegt, daß er fünf amerikanische Kriegsgefangene erschossen hat . . . Das ist nicht wahr. Ich kenne meinen Bruder gut. Er würde keiner Fliege etwas tun.«

»Warum legt er dann Geständnisse ab?«

»Das kann ich Ihnen genau erklären, Herr Oberst. Zuerst haben sie ihm eine Kapuze aufgesetzt. Dann hat man ihn in einen stockfinsteren Raum geführt. Dann hat man ihm gesagt, daß er in zwei Minuten erschossen wird. Dann hat man ihm brennende Streichhölzer unter die Nägel geschoben. Als er vor Schmerz aufbrüllte, schob man ihm das Geständnis zum Unterschreiben hin. Er war noch nicht weich. Man stellte noch andere Dinge mit ihm an. Soll ich sie Ihnen aufzählen, Sir?«

»Danke.« Die Stimme des Colonels klingt scharf und schneidend.

»Eines Tages hielt er es nicht mehr aus. Und er gestand Verbrechen, die er nie verübt hatte. Er wollte sich lieber hängen als weiterquälen lassen.«

Der Oberst läßt Vera Eckstadt aussprechen. Er hat sein Gesicht in der Gewalt. Rein äußerlich ist ihm keine Spur von Bewegung anzumerken. Auch seine Stimme klingt unverändert.

»Und wer soll das getan haben?«

»Die Namen kenne ich nicht. Vertreter der Anklage jedenfalls.«

»Hören Sie, Fräulein«, sagt der Oberst, und jetzt sind ihm Zorn, Ärger und Ekel voll anzumerken, »wollen Sie behaupten, daß Amerikaner so etwas tun?«

»Nicht alle, Sir.«

»Wissen Sie, wie viele Millionen Juden die Deutschen ermordet haben?«

»Fünf oder sechs Millionen. Oder noch mehr. Es wird immer eine untilgbare Schande bleiben.«

Der Oberst betrachtet sie, seziert die Stimme, den Inhalt ihrer Worte. Er hört weder Pathos, noch Berechnung, noch nicht einmal eine Übertreibung heraus.

»Aber nun habe ich noch etwas dazu festzustellen«, fährt Vera fort. »Weder ich, noch mein Bruder, noch meine Eltern, meine Verwandten oder näheren Bekannten haben mit diesem Massenmord auch nur das geringste zu tun«.

»Aber er ist geschehen«, kontert der Colonel.

»Er ist geschehen«, wiederholt Vera. »Und ich möchte nicht, daß Sie eines Tages die gleichen Gefühle empfinden müssen wie wir. Ich habe Ihnen gesagt, daß mein Bruder unschuldig ist, und Sie hätten mit einem Justizmord nichts zu tun. Aber vielleicht doch so viel wie ich, wie wir, zum Beispiel mit Auschwitz.« Vera spricht schnell weiter, bevor der Colonel sie unterbrechen kann. »Mein Bruder würde genauso unschuldig sterben wie unsere jüdischen Mitbürger. Und ich weiß nicht, wie ich ihn retten könnte, wenn es mir nicht gelingt, Sie zu bitten, Sie anzuflehen, zu überzeugen ... « Veras Worte fallen wie dicke Tropfen. Ihre Augen werden naß, und sie ärgert sich darüber. »Ich will keine Gnade, Sir, für ihn. Die braucht er nicht. Gerechtigkeit, das wäre alles.«

Der Besuch dauerte tatsächlich nur fünf Minuten. Und er endete, äußerlich gesehen, ergebnislos. Aber der Oberst, sonst ungeeignet, sich von Gefühlen beeindrucken zu lassen, muß immer wieder an das Mädchen denken. Alles in allem wirkte sie sicher, offen unpathetisch.

Ihrem Bruder war es gelungen, einen Brief aus der Zelle, in der er seit Monaten in Einzelhaft saß, zu schmuggeln. Aber würde nicht auch ein Mörder seiner Schwester gegenüber beteuern, unschuldig zu sein? Und würde nicht auch die Schwester eines Mörders annehmen, daß ihren Bruder keine Schuld träfe?

Am gleichen Tag noch fordert der Colonel Akten an, speziell die Akten des Gefreiten Werner Eckstadt, entschlossen, diesen Fall zu untersuchen, ohne Rücksicht, wohin er führen mag. Er wird auf seiten des Rechts stehen, und wenn er Unschuldige vom Galgen von Landsberg abschneiden müßte.

Der Fall wird symptomatisch für den ganzen Malmedy-Prozeß sein. In ihm werden sich die Verbrechen widerspiegeln, hüben wie drüben. Und der Fall Eckstadt wird beweisen, daß das Verbrechen an keine bestimmte Uniform und an keine Nationalität und an keine Sprache gebunden ist, so wenig wie die Menschlichkeit. Auf beiden Seiten gibt es Mörder, wird es immer Mörder geben. Die Frage ist nur, ob man ihnen die Macht läßt oder sie einsperrt.

Am 7. August 1944 begann der Leidensweg des Gefreiten Werner Eckstadt. Er stand wie jeden Morgen am Kasernenhof und hörte nur mit halbem Ohr hin. Immer der gleiche Seich, den der Spieß vor dem Genesungshaufen des Panzerregiments zu verzapfen hatte: Wer Latrine reinigt, wer Kartoffeln schält, wer Wache schiebt, wer in Urlaub fährt und wer zur Nachuntersuchung muß.

Die Genesungskompanie stand im Drillich und ohne Koppel auf dem Kasernenhof einer mitteldeutschen Kleinstadt. Das dazugehörige Panzerregiment verblutete in Rußland. Nur wer dem Tod von der Schippe sprang, hatte Aussicht, nach der Entlassung aus dem Lazarett eine Weile unter der Leitung von Hauptfeldwebel Hanke die Kaserne zu polieren. Aber nicht zu lange. Wenn sich die Knochen wieder halbwegs bewegen ließen, unterschrieb der Stabsarzt die Fahrkarte in die Ewigkeit oder bis zum nächsten Mal.

Später erinnerte sich der Gefreite Eckstadt noch an alle belanglosen Einzelheiten des Tages, der die entscheidende Wendung in sein Leben brachte. Im dritten Glied stehend, hatte er mit dem Fuß Kringelzeichen in die Schlacken des Kasernenhofs gezeichnet. Sein Nebenmann bohrte in der Nase. Plötzlich stank es fürchterlich.

»Hier hat einer 'nen toten Vogel in der Tasche«, sagte ein Obergefreiter. Alle schienen sich über den Gestank zu freuen.

»Was gibt's zu lachen, Herrschaften?« fragte der Spieß. Aber er interessierte sich nicht weiter dafür. Er gab die Parole bekannt und schob sein Buch wieder unter das zweite Knopfloch der Uniformjacke.

Bevor er wegtreten ließ, sagte er noch:

»Eckstadt, Sie melden sich anschließend auf der Schreibstube.«

Sicherheitshalber ging der Gefreite erst noch einmal auf seine Stube zurück, um sich mit dem angebissenen Kunsthonigbrot zu beschäftigen. Er war lange genug beim Kommiß, um zu wissen, daß es in diesem Krieg nichts gab, was nicht noch eiliger werden konnte.

Der Spieß nickte mit dem Kopf, als Eckstadt die Hacken zusammenschlug und sich bei ihm meldete.

»Nee«, sagte er, »nicht zu mir. Zum Chef.«

Er zeigte mit dem Daumen über die Schulter. Er hatte nur noch einen Arm. Für den anderen hatte er das »Deutsche Kreuz in Gold« bekommen, das die Landser »Spiegelei« nannten; er war nicht scharf gewesen auf den Tausch.

Eigentlich war der Kompaniechef, Hauptmann Pfeiffer, ganz in Ordnung. Aber Eckstadt war ihm einmal dumm gekommen.

»Wollen Sie Offizier werden, lieber Eckstadt?« hatte ihn der Kompaniechef gefragt.

Der Gefreite antwortete zu spontan:

»Nein, Herr Hauptmann, ich möchte lieber einen Beruf ergreifen.«

»Da sind Sie ja«, sagte der Hauptmann jetzt, »... Sie können sich setzen.«

»Bitte Herrn Hauptmann danken zu dürfen«, salbaderte Eckstadt herunter.

»Nach der letzten Untersuchung sind Sie kv.«

»Jawohl, Herr Hauptmann.«

»Der Arm ist wieder in Ordnung?« fragte Hauptmann Pfeiffer und lächelte flüchtig. Er erwartete keine Antwort.

Eckstadt sah auf die Narbe hinab, deren unteres Ende brandrot und violett aus dem Jackenärmel herausleuchtete.

»Eckstadt, Sie sind abkommandiert.« Der Hauptmann zog ein Stück Papier aus einem Aktendeckel.

»Jawohl, Herr Hauptmann«, erwiderte der Gefreite müde. Er hatte längst damit gerechnet.

»Ja. Aber nicht zur alten Einheit. Sie ... Sie sind zur SS versetzt.«

»Nein«, sagte Eckstadt. Es fuhr ihm so heraus.

»Ich kann's nicht ändern.«

Der Kompaniechef stand auf und ging ein paar Schritte hin und her.

»Es ist nur vorübergehend.« Es klang beinahe entschuldigend.

»Ihre Mutter ist Engländerin?« fragte der Offizier wie zur nachträglichen Bestätigung.

»Ja«, entgegnete Eckstadt. Wie sollte er wissen, daß das der Grund seiner Versetzung war. Wie sollte er ahnen, daß ihn seine tadellosen englischen Sprachkenntnisse direkt in die Hölle führen würden? Eines Tages würde er es begreifen, wenn er ohne Aussicht und ohne Hoffnung, ohne Gnade und Erbarmen, von Verzweiflung und von Todesangst geschüttelt, in ein unentwirrbares Netz von Mord, Lüge, Betrug und Verbrechen verstrickt sein würde.

Hauptmann Pfeiffer stand auf. Der Gefreite folgte ihm automatisch. Einen Augenblick standen sie sich dicht gegenüber: der Hauptmann schlank und schmal, mit olivgetönter Haut, die schwarzen Haare wie eine lackierte Kappe am Kopf anliegend; der Gefreite etwas untersetzter, breitschultriger mit gekräuseltem, sandfarbenem Haar und blitzenden weißen Zähnen.

»Sie haben doch nichts gegen die SS?« fragte Pfeiffer.

Eckstadt überlegte. Hatte er etwas gegen sie? Einmal mußte sein Regiment eine SS-Division heraushauen. Ein anderes Mal war er selbst von der SS herausgehauen worden.

Wenn Eckstadt länger darüber nachgedacht hätte, wäre ihm manches eingefallen, was ihm an der SS nicht paßte.

Der Hauptmann streckte ihm die Hand hin.

»Alles Gute, Eckstadt ... Und machen Sie uns keine Schande.«

Er ist in Ordnung, dachte der Gefreite, auch wenn er mich an die Waffen-SS verkauft hat.

Der Spieß machte die Papiere fertig und bot dem Gefreiten eine Zigarette an. Das war der Abschied vom Heer.

So kam er zur SS.

Die Einheit, bei der er sich melden sollte, lag mitten in der Heide in einem Barackenlager. Die Straße dorthin war ungepflastert. Ein langer Saum von Birken stand traurig daneben. Eckstadt machte ein saures Gesicht. Er glaubte Füchse und Hasen zu sehen, die einander gute Nacht wünschten.

Die SS-Leute machten kein großes Aufheben von seinem Erscheinen. Auf den ersten Blick sah alles ähnlich aus wie beim Heer. Die feineren Unterschiede sollte er erst im Laufe der Zeit kennenlernen.

Er meldete sich auf der Schreibstube beim Hauptscharführer. Das war ein Bulle mit einem Baß und einem Kindergesicht.

»Na, wollen mal sehen, was uns die Wehrmacht geschickt hat«, sagte er und betrachtete Werner Eckstadt grinsend. »Dich wollten sie wohl loswerden?«

»Nein, Herr Hauptfeldwebel.«

»Keine Beleidigungen. Ich bin kein ›Herr‹ und kein ›Hauptfeldwebel‹. Das heißt: Nein, Hauptscharführer. Kapiert?«

»Jawohl, Herr ... äh ... Hauptscharführer.«

»Das wirst du noch lernen.«

Eckstadt nahm seinen Laufzettel in Empfang.

»Weißt du eigentlich, was hier los ist?« fragte der Spieß gutgelaunt.

»Nein. Hauptscharführer.«

»Aber ich.« Der Bulle mit dem Kindergesicht grinste hintergründig. Sonst sagte er nichts.

Zum ersten Mal spürte Werner Eckstadt den Druck in der Magengegend, als er auf der Bekleidungskammer die neuen Klamotten empfing. SS-Klamotten. Die Feldmütze paßte er sich vor einem Spiegel auf. Sie hatte vorne einen Totenkopf. Eckstadt und der Totenkopf musterten sich gegenseitig erschrocken.

In der Stube saßen schon sieben Mann. Sogar drei Unterscharführer unter ihnen.

»Heil Hitler!« sagte Eckstadt. Er wollte nichts falsch machen. Aber es nützte nichts. Die Gespräche verstummten. Hitlers politische Soldaten fühlten instinktiv den Außenseiter: einen, der dem Führer keinen Blankoscheck ausgestellt hatte; einen, der in einer anderen Welt gelebt hatte als sie; einen, der nicht freiwillig, sondern gezwungen zu ihnen gestoßen war.

Sie ließen es ihn von der ersten Sekunde an fühlen. Sie würden es ihn so lange spüren lassen, bis sie ihre eigene beschissene Angst vom hohen Roß ihres Elitebewußtseins herunterfegte.

Nur ein netter Junge mit einem blonden Kopf und einem offenen Gesicht half Eckstadt beim Spindeinräumen.

»Ich heiße Willi Seyfried«, sagte er. Etwas leiser fügte er hinzu: »Weißt du, was die hier mit uns vorhaben?«

»Du bist wohl auch nicht freiwillig?«

»Bei der SS schon«, erwiderte der Junge, »nur hier nicht ... Meine Division hat mich abgestellt. Sie suchten Leute, die fließend Englisch sprechen.«

»Ach«, entgegnete Eckstadt. Wieder spürte er das unbewußte Grauen. Er dachte verzweifelt nach. Aber er kam nicht dahinter. Noch nicht.

Aber jeder Tag des Dienstes, der am anderen Morgen begann, brachte ihn näher an den Verdacht, der ihm gekommen war.

Sie waren insgesamt 80 Mann. Diese 80 wurden von einem Obersturmbannführer geschliffen. Als erstes lernten sie alle Tricks, die man braucht, um sich in einem vom Feind besetzten Gebiet über Wasser zu halten. Nachmittags lernten sie Englisch. Genauer gesagt: Sie lernten den amerikanischen Akzent. Sie büffelten amerikanische Rangabzeichen vor großen Tafeln. Plötzlich waren auch amerikanische Waffen da, an denen sie ausgebildet wurden. Nach zwei Wochen spulte der Dienstplan ganz auf englisch um. Es wurde ihnen verboten, deutsch zu sprechen. Und der Obersturmbannführer schiß sie auf englisch an, wenn ihnen manchmal noch ein deutsches Wort herausrutschte.

Es hieß nicht mehr »Scheiße«, sondern »shit«.

Nach drei Wochen trat das Ereignis ein, das für Werner Eckstadt den letzten Zweifel und auch die letzte Hoffnung beseitigte, noch einmal aus dieser Mausefalle herauszukommen. Ein Lastauto schleppte olivgrüne amerikanische Uniformen heran.

Sie standen vor der Kammer und nahmen sie in Empfang. Von jetzt ab hatte Werner Eckstadt Angst. Miese Angst. Er sollte sie nicht mehr loswerden. Auf Jahre hinaus nicht mehr.

Die anderen faßten die Verkleidung zunächst als einen gelungenen Spaß auf. Natürlich waren genügend Latrinenparolen im Umlauf, aber die Gerüchte kamen an die brutale Wahrheit nicht heran. In ihrem stupiden Glauben, daß es »der Führer schon richtig machen wird«, war die Erkenntnis nicht miteingeschlossen, daß sie Hitler zu einem Verbrechen mißbrauchen würde.

»Wenn wir hiermit am Wochenende ausgehen«, sagte Uscha Roettger, auf die Ami-Uniform deutend, »wird die Heeresstreife dumm aus der Wäsche gucken.«

Die verzweifelte Wut schoß in Werner Eckstadt so schnell hoch, daß er seinen Mund nicht halten konnte. Er sah in die feixenden Gesichter seiner Stubenkameraden, und er betonte jede Silbe laut und überdeutlich:

»Die Heeresstreife wird Augen machen?... Ihr Armleuchter. Was meint ihr, was die Amis machen, wenn sie euch schnappen? Stielaugen werdet ihr kriegen, wenn sie euch den Strick um den Hals legen und am nächstbesten Ast hochziehen.«

Das Feixen in den Gesichtern erstarb plötzlich.

Eckstadt sprach weiter:

»Das dürfen sie nämlich. Da brauchen sie euch gar nicht um Erlaubnis zu bitten. Stellt euch doch nicht so dämlich an. Ihr wißt doch selbst, wie man mit Spionen und Saboteuren umgeht. Und die tragen bloß Zivil. Bei uns ist die Sache noch um einen Zacken schweinischer. Wir haben ihre Uniform an. Der Beschiß ist größer. Die Gemeinheit auch.«

»Halten Sie Ihre Schnauze«, brüllte ihn Unterscharführer Roettger an.

»Mensch, wie kannst du so etwas sagen?« fragte Seyfried. »Der Kerl will Meldung machen.«

»Weil's die Wahrheit ist«, antwortete Werner.

Aus der Meldung wurde nichts. Am anderen Morgen bestätigte ein hoher SS-Führer jedes Wort von Eckstadts Behauptung. Der

Standartenführer war mit dem Auftrag aus Berlin gekommen, den achtzig Mann reinen Wein einzuschenken. Er entledigte sich dieser Aufgabe in dem von der nationalsozialistischen Propaganda geübten und gepflegten Stil. In einer Mischung aus Dramatik und Schnulze, aus Heldenbeschwörung und Gangster-Rotwelsch. Er sprach mit verantwortungsbewußten Worten von einer verantwortungslosen Sache.

Wenigstens machte er es kurz. Nach einer knappen Viertelstunde wußten die achtzig Mann, daß sie als »Verlorener Haufen« bei der nächsten deutschen Offensive im Westen aus der Luft hinter den feindlichen Linien abgesetzt werden. In der Uniform des Feindes sollten sie Verwirrung stiften und den Nachschub sabotieren.

»Der Führer verlangt viel von euch«, sagte der Standartenführer zum Schluß, »aber denkt stets an ihn. Denn er gibt euch alles.«

»Scheiße«, murmelte Eckstadt. Sämtliche Stubennazis hörten es, verloren aber kein Wort darüber, vielleicht, weil sie dasselbe dachten.

Bei einer Unstimmigkeit über eine belanglose Frage kam es zur ersten Revolte. Scharführer Hepke drehte durch, sprang auf und brüllte: »Macht doch gleich euren Laden zu! Verheizt uns doch! Wozu noch Umstände? Sagt doch gleich, daß ihr uns zum Verrekken ausgesucht habt!«

Der Obersturmbannführer statuierte das Exempel auf der Stelle. Er degradierte Hepke zum SS-Mann. Von jetzt ab meuterten die anderen nur dann noch, wenn keine Vorgesetzten in der Nähe waren.

Ausgang und Urlaub wurden gesperrt. Die Post war offen abzuliefern. Auf dem Dienstplan stand ein neuer Programmpunkt: Fallschirmspringen. An einem Holzgerüst wurde geübt. Einer brach sich ein Bein. Jeder wünschte sich das. Aber nur einer schaffte es.

Und Werner Eckstadt war jetzt mit der Angst nicht mehr allein. Er merkte es an den einfachsten Dingen. Auf einmal wurden seine Stubengenossen Kameraden. Die Angst trieb sie zu Haufen. Sie wurde zu einer ansteckenden Krankheit. Zwei Offizieren war es gelungen, sich krankheitshalber ablösen zu lassen.

Rottenführer Kerber hatte weniger Glück. Er meldete sich mit Fieber im Revier.

»Simulant«, brüllte ihn ein Arzt an.

Eine Woche lang blieb Kerber ganz still. Dann hatte er einen gräßlichen Unfall. Er war mit einer Kanne kochend heißen Wassers zum Rasieren in den Waschraum gegangen. Wie es passierte, sah niemand. Jedenfalls war Kerbers linker Arm hinterher von oben bis unten verbrüht. Es sah schrecklich aus. Und der Rottenführer hatte vor Schmerz einen fast irren Gesichtsausdruck. Aber seine Augen leuchteten glücklich.

Ende November brachte ein Kurier die Karten. Große, schöne Generalstabskarten. Das Einsatzgebiet der Sabotage-Trupps war bereits eingezeichnet.

»Die Ardennen«, sagte einer, und alle fuhren zusammen.

»Ja, die Ardennen«, erwiderte der Obersturmbannführer mit der Miene eines Magiers, der das Karnickel aus dem Zylinder zaubert.

Die Männer schwiegen. Sie starrten lautlos auf die Karte. Nicht jeder hat Gelegenheit, sich sein Grab vorher auszusuchen.

»Warst du mal da?« fragte Willi Seyfried den Uscha Haubold.

Der Unteroffizier nickte.

»Ja«, erwiderte er dann, »die höchsten Bäume in der ganzen Gegend. Schön zum Ansehen. Schlecht zum Dranhängen.«

Ab jetzt bekamen sie Schnaps in regelmäßigen Zuteilungen. Sie dachten nicht lange über die Gründe nach. Sie besoffen sich, wie es beabsichtigt war. Der Krieg hat bewährte Rezepte: gegen Verstopfung Rizinus, gegen Schiß Schnaps.

Werner Eckstadt rührte seine Ration nicht an. Er schenkte sie Uscha Roettger, dem Stubenältesten.

»Du bist ein feiner Kerl, Werner«, rülpste der Unteroffizier. »Ich hielt dich erst für ein Riesenarschloch ... Aber du bist 'ne Nummer. Wir können dich in unseren Verein aufnehmen.«

Der Uscha war im Suff über seine eigenen Worte so gerührt, daß er Wasser in den Augen hatte.

»Danke«, erwiderte Eckstadt ganz ruhig. Er nahm das Glas aus Roettgers Hand und goß es dem Unterscharführer mitten in das Gesicht.

Sie sprangen alle auf. Eckstadt sah von einem zum anderen.

»Ihr könnt mich nicht riechen«, sagte er ruhig, »und ich die meisten von euch auch nicht. Ihr habt mich für eine feige Sau gehalten. Das bin ich auch. Ich bin nicht freiwillig zu diesem Sauhaufen gegangen. Aber ihr! Und jetzt scheißt ihr in die Hosen. Das stinkt! Das stinkt so sehr, daß ich davon das Kotzen bekomme ... «

Er knallte die Stubentüre hinter sich zu. Er war müde. Und er war voller Ekel. Wie er das alles durchschaute. Da saßen sie nun und wollten eigentlich mit ihm Händchen halten, wollten ihm sagen: Sieh Kamerad, wir sind genau so feige Schweine wie du. Aber weil es der Führer befiehlt, spielen wir manchmal Helden, solange der Vorrat reicht. Jetzt reicht er nicht mehr.

Dann wurde es ernst. Auf einmal ging es los, noch bevor sie ihre Schnapsration ausgetrunken hatten. Der Alarm war hundertmal geübt. Er klappte. Undramatisch, mechanisch. Sie saßen zuerst in planverdeckten Lastautos der Waffen-SS und dann in Transportmaschinen der Luftwaffe.

Der Flug dauerte eine Stunde. Eine Stunde Zeit zum Beten oder zum Fluchen. Eine Stunde Zeit für nichts. Für sinnlose Gedanken. Für das Würgen im Hals. Für die schweißtreibende Angst. Für die mausgrauen, starren Gesichter der Nebenmänner.

»Es ist soweit«, sagte der Oberfeldwebel der Luftwaffe.

Er öffnete das Ausstiegsluk.

Dann sprang einer nach dem anderen.

Unmittelbar vor Werner Eckstadt war der Unterscharführer Roettger dran. Er zögerte eine Sekunde. Der Oberfeldwebel gab ihm einen Tritt in den Hintern. Er trat mit Genuß.

Eckstadt sah die Nacht unter sich.

Da bekam auch er seinen Tritt vom Schicksal.

2. Kapitel

Sie fielen lautlos vom Himmel, Partisanen eines wahnwitzigen Befehls. Während sie vom Wind auseinandergetrieben wurden und plötzlich allein im feindlichen Hinterland standen, in der falschen Uniform, den Strick des Henkers fast schon fühlbar um den Hals, während sie sich mit ihrer Angst beschäftigten und ihre Instruktionen vergaßen, rumpelten die Motoren der Panzervorausabteilung der SS-Division Leibstandarte Adolf Hitler zum Angriff. Laub, Reisig, Tarnnetze, alles flog zur Seite. Seit drei Tagen hatten die Tigerpanzer der Kampfgruppe auf den Einsatzbefehl gewartet. Es war wegen der hohen Verluste in den letzten Jahren schon die vierte oder fünfte Besatzung, doch noch immer ein verwegener Haufen, geführt von einem legendären Haudegen. SS-Oberst Joachim Henze, auf dessen Heldenbrust das Lametta kaum mehr Platz hatte, war erst neunundzwanzig und schon ein Veteran fast aller Kriegsschauplätze. Er war gewohnt, immer vorne zu sein, und entgegen jeder Wahrscheinlichkeit hatte er stets überlebt, als imponierte dem Krieg soviel Mumm.

Tag und Nacht stand die gepanzerte Spitze im Feuer feindlicher Flugzeuge, von ihren Kanonen und Bomben gesucht, bedroht und verfolgt.

Der Angriffsbefehl war immer wieder verschoben worden.

Wegen des Wetters. Der Generalfeldmarschall von Rundstedt brauchte niedrighängende Wolken, schlechte Fliegersicht, damit seine Panzer operieren konnten. Die Besatzungen hätten ihm dankbar sein sollen. Aber sie verwünschten ihn und seine Offensive, den Scheißkrieg und den stählernen Sarg, in dem sie bereits aufgebahrt waren. Sie verwünschten den besten Kameraden und die eigenen Eltern, denen sie ein Leben verdankten, das schon keines mehr war, ehe es überhaupt begonnen hatte.

Der Alte, wie seine Leute Standartenführer Joachim Henze nannten, fuhr seinen Panzer noch offen. Er lehnte im Turm und beobachtete, wie seine Männer hinter ihm einschwenkten. Er hatte das Manöver oft gesehen, aber jedesmal mit besseren Gefühlen als heute.

Die Landser hatten der Ardennenoffensive bereits einen Namen gegeben, noch bevor sie gestartet worden war. Unternehmen »Von der Hand in den Mund« hieß sie. Die Panzer hatten nicht genug Sprit.

»Den müßt ihr euch von den Amis holen!« hatte der Befehl gelautet. »Ihr müßt so schnell sein, daß euch die Spritlager der Amis in die Hände fallen.«

»Karbid«, rief der SS-Oberst seinem Fahrer zu. Das hieß in der Panzersprache: »Gib Gas!«

Und die Stahlkolosse rauschten los.

Soweit ist Colonel Evans mit dem Aktenstudium gekommen. Wieder läuft er im Zimmer hin und her. Er wird sich diesen Eckstadt vornehmen. Gut, warum soll nicht auch ein Anständiger unter den Malmedy-Angeklagten sein? Es wird keiner gehängt, solange der Oberst von seiner Unschuld überzeugt ist. Dafür wird er sein ganzes Gewicht einsetzen.

Er ruft den Staatsanwalt an.

»Wie Sie wissen, habe ich die Verteidigung übernommen«, sagt der Oberst.

»Ich hätte mir das an Ihrer Stelle noch einmal überlegt«, versetzt der Staatsanwalt frostig.

»Ich brauche Ihre Ratschläge nicht«, fährt ihn der Colonel an. »Ich möchte eine Sprechkarte haben.«

»Die kann ich Ihnen nicht geben.«

»Passen Sie auf«, erwidert der Colonel, »entweder ich habe in einer Viertelstunde in meinem Büro eine Sprechkarte für das Kriegsverbrechergefängnis in Schwäbisch-Hall oder Sie können etwas erleben, was Ihnen noch nie passiert ist!«

Der Oberst wirft den Hörer auf die Gabel. Sein Gesicht ist gerötet. Wieder läuft er hin und her. Er wird den Weg der vorstoßenden Panzer, der abgesprungenen Saboteure weiterverfolgen, bis er restlose Klarheit hat.

Die Stadt ist grau wie der Himmel, grau wie die Gesichter ihrer Passanten, die der Alltag gehetzt, verbissen, schweigend auf die schmutzigen Straßen spuckt. Nur die bunten Gruppen schwatzender Schwarzhändler vor dem Deutschen Museum, am Isartorplatz und in der Möhlstraße beleben das Stadtbild. Hilflose Polizisten beobachten Zigarettenverkäufe. Warum sollten sie eingreifen? Vielleicht sind ihre eigenen Frauen gerade unterwegs, verscheuern eine Kommode gegen Butter oder Butter gegen eine Kommode.

Mit kräftigen, bulligen Soldaten besetzte Jeeps fahren langsam an den Gehsteigen entlang. Die GIs rufen in ihrem quakenden Landser-

Englisch den Mädchen Scherzworte zu, halten plötzlich den Wagen an und kontrollieren einen Passanten, dessen Nase ihnen mißfiel. Erst wenn der Abend kommt, endet für sie die Langeweile, in irgendeiner Beize, bei teurem Schnaps und billigen Mädchen.

Vera geht durch die Maximilianstraße, ignoriert die Blicke der Männer, die Angebote der Schwarzhändler und die Rufe der Militärpolizei. Der Wind rafft ihren dünnen Mantel. Ihr Gesicht ist gerötet. Sie geht lässig und selbstbewußt und langsam. Sie trägt Nylonstrümpfe, die ein Monatsgehalt kosteten, und sie geht so zierlich und sicher auf ihren hohen Absätzen, als sei sie mit ihnen bereits zur Welt gekommen.

Am Max-Joseph-Platz fährt eine schwarze Limousine dicht an den Randstein heran. Ein Zivilist steigt aus und geht auf Vera zu.

»Sie sind Fräulein Eckstadt?«

Vera nickt gleichgültig.

»Kommen Sie mit!«

»Was wollen Sie?«

»Fragen Sie nicht ... CIC, amerikanischer Geheimdienst.«

Das Mädchen zögert noch eine Sekunde. Mechanisch betrachtet sie das Auto, sieht die amerikanische Nummer. Man hat sich als Deutscher daran gewöhnt, Befehle auszuführen, auch wenn sie zunächst noch unverständlich sind.

Zwei Männer sitzen noch im Wagen. Der Fahrer biegt in die Prinzregentenstraße ein, gibt Gas, rast die Windungen am Friedensengel hoch, überquert das Rondell, hält vor einem von Säulen umgebenen Haus.

»Kommen Sie«, sagt der Zivilist zum zweiten Male in anglisiertem Deutsch. Er hat ein zu kurzes Kinn und ein zu langes Sakko, spricht brüsk, ist ein Teil jener Unwichtigkeit, die im Jahre 1946 so wichtig ist.

Er führt Vera in ein Büro, läßt sich auf einen Stuhl fallen, zündet sich eine Zigarette an und sagt gedehnt:

»Setzen Sie sich, Fräulein Eckstadt.«

»Was wollen Sie eigentlich von mir?« fragt Vera nochmals. Ihre hellen, wachen Augen sind zu einem schmalen Spalt zusammengezogen. Ihr Blondhaar fällt sorgfältig geordnet in den Nacken und endet in einer hübschen Rolle. Sie hat die Beine übereinandergeschlagen, entnimmt ihrer Handtasche eine Zigarette, gibt sich selbst Feuer, sieht dabei zum Fenster hinaus.

»Do you speak English?« fragt der Mann.

»Ja«, versetzt Vera, »genausogut wie Sie Deutsch.«

Ein uniformierter Leutnant steht lässig im Hintergrund, betrachtet Vera. Das Gespräch interessiert ihn nicht.

»Sie waren beim BDM?«

»Natürlich.«

»Und Ihr Bruder war bei der SS?«

»Ja«, erwidert sie, »und mein Vater bei der NSV ... Wollen Sie mir nicht endlich sagen, wer Sie sind?«

»Ich heiße Bauer«, antwortet der Mann.

»Sie haben sich an Colonel Evans herangemacht«, fährt er fort, »und ihm Greuelmärchen erzählt. Ich will hier nicht wiederholen, was Sie alles behauptet haben. Sie wissen es ja selbst am besten.«

Bauer steht auf, geht am gleichgültigen Leutnant vorbei, läuft ein paar Schritte hin und her.

»Das ist Nazipropaganda«, sagt er dann heftig. »Ich warne Sie. Wir sind hier, um die Demokratie zu schützen. Wir dulden keine verlogenen Angriffe!«

»Ich habe nur die Wahrheit gesagt«, entgegnet Vera heftig, »und ich dachte, in der Demokratie kann man die Wahrheit sagen.« Sie steht auf. Ihre Augen blitzen. Sie spricht schnell und kalt: »Oder wollen Sie mich einsperren? Wie meinen Bruder?«

»Halten Sie den Mund!« entgegnet Bauer.

Der Leutnant zerquetscht unbeteiligt seinen Kaugummi, immer noch Vera anstarrend.

»Sie wissen jetzt, was Ihnen droht«, fährt Bauer fort, »überlegen Sie es sich genau, sonst verlassen Sie heute zum letzten Mal dieses Haus.«

Vera betrachtet den Uniformierten und sagt in englischer Sprache: »Und was meinen Sie, Leutnant? Wollen Sie auch die Demokratie mit Gefängnissen verteidigen?«

Der Leutnant malmt bedächtig auf seinem Kaugummi herum, grinst, richtet sich auf.

»Ich finde, daß Sie ein sehr hübsches Girl sind«, sagt er dann.

»Wenigstens etwas«, entgegnet Vera.

Bauer setzt sich ärgerlich.

»Ich habe keine Vorurteile«, setzt der Leutnant hinzu, »wenn Sie Lust haben, gehen wir heute abend miteinander aus.«

Vera überlegt. Heute abend ist sie mit Leutnant Henry F. Morris, dem Assistenten von Colonel Evans, verabredet. In Sachen ihres Bruders natürlich. Aber vielleicht kann ihr auch dieser CIC-Leutnant weiterhelfen? Vielleicht kann sie ihn zum Sprechen bringen? Vielleicht kann sie diese schlaksige Gleichgültigkeit aus ihm heraustreiben ... vielleicht kann sie Werner helfen?

»Lust habe ich keine«, erwidert sie lächelnd, »aber ich gehe trotzdem mit Ihnen aus.«

»Ich heiße Tebster«, sagt der Leutnant, geht auf sie zu und schüttelt ihr die Hand. Er läßt Bauer wie eine heiße Kartoffel fallen, nickt Vera zu. »Ich bringe Sie zurück«, setzt er hinzu.

Unter der Türe dreht er sich nach Bauer um.

»Mein Freund hier ist manchmal sehr eilfertig. Machen Sie sich nichts daraus.«

Vera nickt. Ganz kann sie ihren Triumph nicht hinunterschlukken.

»Auf Wiedersehen, Herr Bauer«, sagt sie ironisch.

Der Mann blickt sie nicht an, er schaut zum Fenster des CIC-Gebäudes hinaus.

An diesem Tag ist Colonel Evans in das Hauptquartier der amerikanischen Armee nach Heidelberg gefahren. Trotz massiver Drohungen erhielt er keine Sprechkarte für die Insassen des Gefängnisses in Schwäbisch-Hall. Der Ankläger, ein Oberleutnant, würde es nicht wagen, sie ihm so hartnäckig zu verweigern, wenn er nicht von der Armee gedeckt würde. Darum kümmert sich der Colonel nicht. Er ist entschlossen, den Stier bei den Hörnern anzugehen – wie bei einem Rodeo in seiner Heimatstadt Atlanta.

Heute morgen hat ihn die Versetzung nach Amerika erreicht. Er warf sie in den Papierkorb. Drei Gesuche zuvor waren abgelehnt worden. Und jetzt, ausgerechnet jetzt, da er in diesen Dreckhaufen von Akten griff, schenkte man ihm die Rückfahrkarte! Eine große, erfolgreiche Rechtsanwaltspraxis wartet auf ihn, eine Frau und zwei Kinder, die er liebt, ersehnen seine Ankunft.

Der Colonel geht durch die Versuchung hindurch, ungehemmt und unbeirrt. Sein Anstand und seine Courage haben ihm eine Falle gestellt, in die er blindlings hineinläuft – ein Mann, ein Mensch, ein Gentleman. Er bedenkt nicht, daß er Deutschen hilft, die er eigentlich nicht leiden kann.

Einen ganzen Tag braucht er, um an den Zwei-Sterne-General Simson heranzukommen. Eine Mauer schweigender Höflichkeit schien langsam vor ihm zurückzuweichen. Er wurde vertröstet, zum Essen eingeladen, belobigt, abgelenkt. Aber so kann man mit Colonel Evans nicht umgehen. Er will zum General. Und er wird ihn treffen und wenn er eine Woche warten muß.

Am Abend schafft er es. Er wird in die schneeweiße Villa eingeladen. Eine Party natürlich. Der General begrüßt ihn höflich und wendet sich sofort seinen anderen Gästen zu. Der Colonel läßt den Whisky stehen. Er wartet.

Um 22 Uhr ist es so weit. Er faßt den General, geht mit ihm in einen Nebenraum.

»Sir«, beginnt er, »ich will hier keine Feste feiern, ich will arbeiten. Ich habe den Malmedy-Case übernommen, und was ich anfasse, führe ich zu Ende.«

Der General nickt.

»Ich brauche eine Sprechkarte. Ich muß sehen, was hier gespielt wird. Sie bringen mich nicht los, Sir, nicht einmal nach drüben, solange ich diese Leute nicht gesprochen habe.«

Der General betrachtet Evans aufmerksam. Simson ist groß und schlank, hat ein sympathisches Jungengesicht und trägt an seiner linken Brustseite drei Reihen Orden.

»Mir gefällt das alles nicht«, beginnt der General, »Evans, denken Sie nicht, daß ich Schweinereien decke. Ich wünsche keine Schweinereien. Weder so noch so.«

Er bietet dem Oberst eine Zigarre an, schneidet sie ihm ab, reicht ihm Feuer.

»Ich habe eine Frage«, fährt er dann fort, »Colonel, eine lächerliche Frage: Sind Sie ein guter Amerikaner?«

Der Oberst fährt hoch. Jede Verbindlichkeit ist aus seinem Gesicht gewichen. Es ist weiß, schmal, kalt.

»Haben Sie Zweifel, Sir?« fährt er den General an.

»Ist schon gut«, antwortet Simson. »Entschuldigen Sie.« Jetzt wirkt der General müde und abgespannt. »Sie können Ihre Sprechkarte haben. Ich wünsche Ihnen alles Gute.«

Der Colonel verläßt die Party, ohne sich zu verabschieden. Morgen wird er in das Gefängnis fahren. Morgen wird er weitersehen. Ein Gefühl der Übelkeit kriecht ihm langsam von unten nach oben. Er sieht seine Frau, seine Kinder vor sich, er sieht das Flugzeug, das ihn nach Amerika zurückbrächte, er sieht Berge von Schlagzeilen, die über ihn herfallen, er sieht Vorwürfe, Drohungen.

Und wieder geht er durch das alles hindurch. Ein Mann allein, bereit, für die Humanität zu kämpfen, jede Art von Faschismus zu schlagen, und begegnete er ihr in den eigenen Reihen.

So geht der Fall des Gefreiten Werner Eckstadt weiter mit einem eintägigen Umweg über das Hauptquartier der amerikanischen Armee in Heidelberg.

Der Wind versprengte sie bereits in der Luft. Sie waren allein im Hinterland eines Feindes, dessen Uniformen sie trugen. Gespenstisch hoben sich ihre schneeweißen Fallschirme vom Dunkel der Nacht ab, glitten lautlos zu Boden. Am 17. Dezember 1944. Der Zeitplan rollte. In Hunderten von Stellungen, Löchern und Gräben, in Panzern und an Lafetten sahen die Männer auf die Uhr. Sie hörten es ticken. Die Höllenmaschine war in Gang gesetzt. Das Zifferblatt wurde zum Orakel. Bleich, phosphoreszierend meldeten die Zeiger, wieviel Zeit noch zum Leben übrigblieb. Hitler, der »größte Feldherr aller Zeiten«, verkürzte seinen Krieg dadurch, daß er die letzten Reserven in die Weihnachtsoffensive warf. Die Ardennenschlacht hatte begonnen.

Werner Eckstadt, vormals Gefreiter, jetzt wider Willen zum SS-Rottenführer befördert, war als einer der Letzten abgesprungen. Er dachte nicht an seinen Auftrag, an die Unsinnigkeit, an die Folgen. In seinem Magen und in seinen Gedärmen würgte die Angst. Als er unter seinem Schirm langsam hin und her pendelnd, unter sich die Nacht, über sich die Nacht, rings um sich die Nacht, sechs Meter pro Sekunde sank, glaubte er, direkt zur Hölle zu fahren.

Die Gruppe Eckstadt war aus tausend Meter Höhe abgesprungen. Die letzten Minuten davor waren unerträglich gewesen. Einer hatte gebetet, fünf hatten getrunken, der Rest fluchte oder schwieg, einer kotzte und einer sprang buchstäblich mit vollen Hosen. Sie dachten an die Hochspannungsleitungen, an den Starkstrom, der sie in einer Sekunde zu einem schwärzlichen Klumpen zusammenschmoren würde. Sie sahen Bäume vor sich, deren Äste sie aufspießen mußten. Und wenn das alles nicht eingetreten wäre, wenn sich der Fallschirm geöffnet hätte, dann mußte man mit Gewißheit inmitten der amerikanischen Stellungen landen. Und das Knistern der Fallschirmseide würde sich in Schüsse des Hinrichtungs-Pelotons verwandeln.

Es tat einen häßlichen, glucksenden Platsch. Als das eisige, faulige Wasser über Werner Eckstadts Kopf zusammenschlug, stellte er mechanisch fest: Ich bin unten.

Das Wasser füllte den kleinen Speicherweiher eines Dorfes. Aus ihm wurde eine Elektroturbine betrieben. Das aber stellte Werner erst später fest. Er kämpfte verzweifelt, um aus dem eisigen Bad herauszukommen, heraus aus dem Schlick, der die Augen verklebte, heraus aus der bröckelnden dünnen Eisschicht, die den Weiher überzog wie die Haut gekochter Milch.

Er paddelte, watete, stürzte blindlings irgendwohin. Er sah so gut wie nichts. Ich Rindvieh, dachte er, mache einen Lärm, daß die Amis zusammenlaufen müssen. Wie sollte er ihnen dann erklären, was ein amerikanischer Militärpolizist nachts in einem Dorfteich zu suchen hat? Er keuchte. Nichts war zu hören, nichts zu sehen. Kein Laut. Nur in den Ohren das Dröhnen des eigenen Herzens.

Die Kameraden hatte Werner Eckstadt vergessen, Haubach und Roettger, den kleinen Seyfried und auch den Obersturmführer. Keine Zeit zum Fluchen. Und diese irren Gedanken. Und diese Angst. Da hatten sie alles genau ausgetüftelt. Am grünen Tisch, bei der letzten Befehlsausgabe vor dem Absprung, hatte Rädchen auf Rädchen ineinandergepaßt. Monatelang wurde der wahnwitzige Auftrag geprobt, aber von einem simplen Dorfweiher wußten sie nichts, die Arschlöcher.

Werner hatte das Wasser und den Schlamm hinter sich, schlich durch das Dorf. Er müßte frieren, aber es war ihm heiß. Am Ortsausgang stand an überhöhter Stelle eine einzelne Scheune. Er ging vorsichtig hinein, ließ sich auf das Stroh plumpsen. Als erstes rieb er sein Feuerzeug trocken. Die Zigarette brannte nicht. Er sah eine halbleere Tenne und zwei Karren mit aufgerichteten Deichseln.

Zuerst heraus aus den Klamotten, dachte Werner Eckstadt. Sollen sie ihren Dreckskrieg alleine weiterführen. Für ihn war er zu Ende, dachte, meinte, hoffte er wenigstens. Er grinste vor sich hin, während er sich das olivgrüne Zeugs vom Leib riß. Selbst die Unterhose hatte noch diese Farbe. Ob sie das auch als Uniform gelten ließen, die Amis? Jetzt erst merkte er, wie er fror. Seine Zähne klapperten. Trotzdem verspürte er ein solches Gefühl der Erleichterung, daß er am liebsten Rad geschlagen oder die Scheune angezündet hätte. Er war aus dem Todeskommando ausgetreten, bevor es richtig begonnen hatte, dachte er. Man mußte nur abwarten. Die Artillerie schoß jetzt aus allen Rohren. Der Himmel brannte, der Widerschein des Feuers drang durch die Ritzen in die Scheune.

Überrollen lassen, dachte Werner, und sich dann stellen, in Unterhosen. Die Eigenen würden schon Boden gewinnen. Diese Überzeugung hatte nichts mit Politik zu tun. Das ist ja das Dumme, dachte Werner, daß unsere Burschen als Soldaten immer Klasse sind, auch wenn sie für eine beschissene Sache kämpfen.

Das Stroh machte warm. Er deckte sich nur oberflächlich zu und rechnete aus, wie lange die deutschen Panzer brauchen würden. In ein paar Stunden mußten sie da sein.

Er versank in eine Art Halbschlaf. Die Zeit verlor ihre Hülle. Die Wärme machte wohlig. Er räkelte sich. Ob die anderen auch eine Scheune gefunden hatten? Ob sie die Helden markierten. Oder ob sie ebenfalls die Flucht in den Verstand angetreten hatten?

Plötzlich kreischten die Angeln der Scheunentüre. Er konnte gerade noch seinen Kopf unter das Stroh zerren. Er spürte das blendende Licht. Er spürte den Schweiß auf seiner Haut. Wenn sie die achtlos herumliegenden Uniformstücke sahen! Wenn sie auf ihn treten würden! Wenn er husten müßte!

Es waren zwei Amerikaner. Sie unterhielten sich.

»Das hat uns genau gefehlt, mein Junge», sagte der eine, »werden uns schon die Zeit vertreiben.«

Werner hörte, wie die Amis näher kamen, spürte den leichten Schritt ihrer gummibesohlten Schuhe. Die beiden GIs hatten offenbar Wache oder Streife und es war ihnen draußen zu kalt und zu windig. Der Strohhaufen raschelte. Werner spürte einen enormen Druck auf seinem rechten Bein. Die Amis hatten sich gesetzt.

»Mixer, einen Pernod«, brüllte einer von ihnen lustig.

Der andere lachte.

»Jack, was ist ein Pernod?« fragte er.

»Greenhorn«, entgegnete Jack. »Ein Pernod ist ein Drink. Sieht gelb aus, wenn du ihn bestellst. Wird grün, wenn du Wasser 'reingießt.«

»Wieso?«

»Greenhorn«, fuhr Jack fort. »Warum wird ein Mädchen rot, wenn du es ansprichst, und blaß, wenn du es im Bett hast.«

Werners Bein wurde pelzig. Wie lange konnte er das noch aushalten? Eine winzige Bewegung und sie hatten ihn. Der Rest war dann sterben.

Ein wenig ließ der Druck jetzt nach. Der eine der beiden Amis mußte sich langgelegt haben.

»In Europa haben sie lauter verrücktes Zeug«, sagte der offenbar jüngere GI dann.

Jack grunzte.

»Das Beste sind die Weiber, Billy. Und wenn du deine fünf Sachen noch beinander hast, dann fährst du nicht nach Baltimore in Urlaub, sondern nach Paris.«

»Sie werden uns nicht fragen«, versetzte Billy melancholisch. »Auf unserer Fahrkarte steht Deutschland.«

»Da gibt's auch Weiber . . . «

»Das sind Nazis«, knurrte Billy, »die werden dir was abschneiden. Hitler hat ihnen befohlen, daß der Krieg auch noch im Bett weitergeht.«

»Nonsens«, sagte Jack. »Weiber sind Weiber.«

Das Stroh knisterte wieder, weil sich der GI aufrichtete.

»Weißt du, warum die hier in Europa so toll sind? Weil ihre Männer schon seit fünf Jahren nichts mehr zu fressen bekommen haben. Na, ich kann dir sagen . . . ich hab's erlebt. Das war unter dem Arc de Triomphe in Paris, da kam so eine Schnucke mit ein paar Veilchen oder sonst einem Schnittlauch . . . und sagte zu mir: ›Vielen Dank für die Befreiung.‹ Na, da hab' ich sie gleich unterm Arm gefaßt und scharf angesehen. ›Miß‹, habe ich erwidert, ›die Befreiung kommt erst jetzt . . . ‹ Mensch, die hat's gleich kapiert.«

Ein Streichholz knirschte auf der Reibfläche.

»Das mit der Befreiung kannst du aber bei den deutschen Girls nicht sagen«, quengelte Billy.

»Denen werde ich was ganz anderes erzählen. Da gibt's keine Flausen, verstehst du?«

Nicht nur Werners Beine waren wie betäubt. Die Worte der beiden GIs prasselten wie Hammerschläge auf ihn nieder. Die deutschen Mädchen, die er kannte, zogen plötzlich an ihm vorbei. Erika und die muntere Gisela und die spröde Ruth und die hochnäsige

Karin. Und dann dachte er an Vera, seine Schwester, die in ein paar Wochen, in ein paar Monaten vielleicht diesen grobschlächtigen Yankees gegenüberstehen würde. Die kleine Vera, mit den hellen, lustigen Augen, mit der sorglosen Art, mit dem schnellen Witz, die immer wußte, was zu tun war.

»Idiot«, brüllte Jack, »du zündest ja die ganze Scheune an!«

Werner spürte, wie sie aufsprangen. Es ging ganz schnell. Ein Strohhaufen brannte. Das Feuer fraß sich rasch weiter. Die Soldaten trampelten wie verrückt im Stroh herum.

Da passierte es!

Werner bekam einen Tritt an das Schienbein, einen in den Unterleib. Und noch einen.

Sie sahen ihn. Sie starrten ihn aus großen Augen an.

»He«, sagte Jack, »das ist aber eine Überraschung.«

Werner stand langsam auf, verstört, benommen, gerädert.

Ihre Maschinenpistolen pendelten an den Riemen von der Schulter.

»Was ist mit dir los? Bist du tot? Bist du besoffen?«

Werner Eckstadt sah, daß Jack ein Sergeant war. Er schlang die Angst und die Übelkeit hinunter. Er versuchte zu lachen. Es klang falsch und blechern.

»Ich ... ich bin von meiner Einheit abgekommen. Ich wollte den Tag abwarten und hab' mich hier eben hingehauen.«

Er wunderte sich, wie selbstverständlich ihm die englischen Worte über die Zunge glitten.

»Welche Einheit?« fragte der Sergeant.

Werner nannte ein amerikanisches Phantasie-Kommando, dessen Bezeichnung und Nummer ihm vor dem Fallschirmabsprung eingeschärft worden war. Gleichzeitig aber hatte man ihm gesagt:

»Das gilt aber nur für den Bluff. Wenn die Amis das nachprüfen, seid ihr geliefert. Überlegt nicht lange, legt sie lieber gleich um«

»Never heard!« sagte der Sergeant.

Werner Eckstadt schwieg. Und dabei mußte er doch reden. Die GIs sahen ihn tückisch an. Sie wirkten nicht wie Burschen, die lange mit sich fackeln ließen.

»Ha«, sagte der Sergeant, »weißt du, was du bist? Getürmt bis du! Los!« Jack wandte sich mit einer Kopfbewegung an den baumlangen Billy, der Hände hatte, zu denen man eigentlich einen Waffenschein brauchte.

Billy griff langsam nach Eckstadt, schüttelte den vermeintlichen Deserteur ein paarmal hin und her, ließ ihn aus und schlug ihm mit der Faust in das Gesicht. Der Deutsche fiel um wie ein Sack. Wie durch Watte hörte er die Worte des Sergeanten.

»Das ist nur ein kleiner Vorgeschmack, Boy. Das ist nur unter uns, du Schwein! Das sind nur die Abschiedsgrüße von der Front!«

Billy zog Werner hoch. Grinsend und überlegt scheuerte er ihm die nächste.

Und Werner Eckstadt lag wieder im Stroh. Über seine Oberlippe rann Blut. Die beiden stießen ihn mit den Füßen an.

»Wisch das ab!« befahl der Sergeant.

Werner reagierte folgsam.

»Wenn dich einer fragt, sagst du, du hast dich gestoßen ... Was sollst du sagen?«

»Ich habe mich gestoßen«, wiederholte Werner mechanisch.

»So«, versetzte der Sergeant, »und jetzt liefern wir dich ab.«

Werner zögerte eine Sekunde. Aber unmittelbar danach bezog er einen Tritt, daß er quer durch die Scheune flog. Er stand auf, sackte aber gleich wieder zusammen.

Sie rieben ihn mit Schnee ab, stellten ihn wieder auf die Beine. Sie gingen zu dritt zum Dorf zurück. Der Sergeant wies mit der Hand die Richtung.

Aber plötzlich fiel sein Arm wie leblos herab. Dann warf er sich zu Boden. Ein paar Sekunden später krachte es. Ein orangefarbener Blitz zuckte über das freie Schneefeld. Der Knall war hell, scharf und gemein.

»Come on!« schrie der Sergeant. Er hetzte im wilden Zickzack-Sprung über den Schnee, Billy dicht hinter ihm.

Werner Eckstadt blieb wie angewurzelt stehen. Erst die surrenden Granatsplitter ordneten seine Gedanken. Die Scheune hinter ihm flog in die Luft, brannte lichterloh, und von der Straße her bewegten sich langsam, mit abscheulich brummendem Geräusch, schwarze Kästen auf ihn zu, Panzer, deutsche Panzer.

Er zählte sie. Am Dorfeingang standen drei, hinter dem Weiher zwei. Noch nie in seinem Leben hatte Werner Eckstadt die Silhouetten deutscher Tigerpanzer so schön, so schneidig, so imponierend empfunden.

Maschinengewehre rauschten auf. Sie schossen auf Billy und Jack. Billy überschlug sich und blieb liegen. Werner Eckstadt lachte, er lachte schallend. Über das Blut aus seinen Lippen rannen Tränen.

Dann hatten sie ihn im Visier. Er warf sich in einen Graben, wartete, bis sie näherkamen, stand dann wie versteinert auf, bevor sie ihn zermalmen konnten, hob die Hände und schrie wie wahnsinnig:

»Ich bin ein Deutscher. Aufhören! Aufhören! Ich bin ein Deutscher!«

Das Lachen war ihm vergangen. Wenn der Richtschütze jetzt durchdrückte? Nicht lange überlegen, hatte man ihnen vor dem Einsatz gesagt. Nicht erst fackeln, blitzschnell handeln! »Schießt sie zusammen! Denkt an den Sprit, nur das ist wichtig ... Wenn ihr keinen Sprit kriegt, holt euch selbst der Teufel. Scheißt auf die Humanität. Ist ja alles Quatsch, die werfen ja auch ihre Dreckbomben auf Frauen und Kinder und sind nur dann fein, wenn sie Angst haben!«

All das schoß Werner in dieser endlosen Minute, da die Panzer näherkamen, durch den Kopf. Fünfmal starb er und zum sechstenmal setzte er auf das Leben. Vielleicht wollten sie ihn ganz aus der Nähe erledigen oder erzählten sie sich gerade einen Witz und warteten auf die Pointe, bevor sie abdrückten. Sie hatten ja Zeit. Sie saßen ja warm und sicher in ihren stählernen Vernichtungskästen.

Obersturmführer Klausen war an diesem frühen Morgen des 17. Dezember 1944 recht zufrieden. Die Ardennen-Offensive ließ sich günstiger an, als er gehofft hatte. In diesen ersten Stunden wenigstens. Als sich die Nacht allmählich in eine trübe, milchige Dämmerung verwandelt hatte, waren Klausens Panzer scheppernd gegen den Feind gerückt. Acht Tiger und zwei Panzerspähwagen, so dicht aufgerückt, daß sie ihre Heckumrisse sehen konnten.

Auf der Vormarschstraße lag der Schnee glatt, wie von einer Walze festgepreßt. Rechts und links der Straße stiegen die Hänge des Ardennerwaldes an. Die nackten schwarzen Äste der kahlen Bäume verloren sich im Nebel.

Klausen hatte das Turmluk offen. Er rauchte. Er wartete darauf, daß die ersten Granaten aus dem Dunst heranjaulten, sich in die Straße wühlten und Dreck und Steine aufspritzen ließen. Er wartete mit dem leichten Sodbrennen auf dem Magengrund, das bei den Frontsoldaten das Herzklopfen ersetzt und in dem Augenblick schwindet, da es wirklich mulmig wird.

Aber es wurde nicht mulmig. Zunächst nicht. Der Ardennenwald schien die GIs aufgesogen zu haben.

Sie nahmen Kilometer um Kilometer, ohne auf echten Widerstand zu stoßen. Erst die deutsche Artillerie weckte die Amerikaner, sonst hätten sie die Offensive vollends verschlafen. Die GIs hatten diese verdammten Deutschen von der Atlantikküste bis nach Belgien gejagt und setzten gerade zum Sturm auf Deutschland an. Woher sollten sie wissen, daß diese elenden »Krauts« noch einmal alles auf eine Karte setzen würden, und das genau vor Weihnachten, wo man einen Brief schreibt, einen Truthahn ißt und zur Abwechslung auch einmal einen Feldgottesdienst besucht.

Die Besatzung des Obersturmführers Klausen hockte auf ihren Plätzen und hielt den Mund. Eine halbe Stunde lang brachte sie das fertig. Nach den ersten zwanzig Kilometern wurde es dem Fahrer Saalbeck zu dumm. Er schrie in sein Sprechgerät:

»Fahren wir nach Paris, Obersturmführer?«

Klausen nahm die Augen nicht von der Straße.

»Wenn's geht«, antwortete er.

Saalbeck lachte in das Mikrophon. Es klang wie das heisere Mekkern eines verdrossenen Ziegenbocks. Dabei streiften seine schmutzig-grünen Augen die zitternde Nadel auf der Benzinuhr.

Sie hatten vielleicht noch 500 Liter in ihren Tanks. Sie waren nicht einmal ganz »betankt« worden, wie es so schön hieß.

»Sprit holt ihr euch beim Feind!«

Hinter einer Biegung krachte es plötzlich. Das »Heeres-Anklopfgerät«, die Zwei-Zentimeter-Spritze des vorderen Panzerspähwagens, bellte. Bis die Tiger um die Ecke kamen, war alles schon vorbei. Acht amerikanische Soldaten standen mit schwarzgesengten Gesichtern herum und hielten die Hände hoch. Ein neunter und ein zehnter Ami lagen quer auf der Straße, als wollten sie in den gegenüberliegenden Graben robben. Dem vorderen von ihnen fehlte der Kopf.

Klausen kletterte aus seinem Panzer, betrachtete die beiden brennenden Jeeps.

»Sie Esel«, sagte er dann zu dem Fähnrich des Panzerspähwagens.

»Jawohl, Obersturmführer«, erwiderte der Mann stramm.

»Können Sie nicht vorsichtig schießen? Da verbrennen mindestens achtzig Liter Benzin.«

Der Fähnrich machte ein dumm-stolzes Gesicht. Klausen kletterte ächzend in seinen Panzer zurück. Das olivgrüne Häuflein der angebratenen Amis übersah er. Dann fielen sie ihm wieder ein. Er stieg aus seinem Turmluk und wies mit dem Daumen über die Schulter nach hinten.

Die GIs hielten die Hände auf dem Kopf und trotteten zurück. Dort kam die eigentliche Vorhut, das Gros. Sollten die sehen, was sie mit den Amis machten. Erst, wenn er den feindlichen Widerstand nicht mehr brechen konnte, durfte er stehenbleiben oder mußte es, weil er kein Benzin mehr hatte.

Der Richtschütze Wieblich sah die charakteristischen Bewegungen seines Kompaniechefs.

»Könn wa nich machen, Obersturmführer.« Seine Ohrläppchen waren rot vor Ärger und Enttäuschung.

»Schnauze, Wieblich«, erwiderte Klausen trocken.

»Ick will Ihnen ja nur Ärjer ersparen, Obersturmführer«, antwortete Wieblich.

»Schnauze, Wieblich!«

Der Richtschütze stammte noch aus den besseren Tagen der SS. Er hatte mitgeholfen, seiner Einheit den Namen »Lötlampen-Division« zu verschaffen. Des Führers Garde hatte sich in Rußland die Zeit damit vertrieben, mit Lötlampen Dörfer in Brand zu setzen und die Zivilbevölkerung auszuräuchern.

»Det war praktisch.« Wieblich schwärmte noch oft davon. Die Wieblichs waren in der Minderheit. Aber die Minderheit war groß genug, um den Ruf eines ganzen Volkes zu ruinieren.

Die Panzereinheit erreichte ein Dorf, passierte einen Weiher. Die Sicherungsposten fielen im Maschinengewehrfeuer, bevor sie noch begriffen, daß der Feind anrückte.

»Genau ins offne Maul«, stellte Wieblich zufrieden fest.

Sie waren bester Laune. Es klappte alles so nach Maß, daß sie eine der hinteren Panzerbesatzungen auf der verlassenen Dorfstraße zum Hühnerfang kommandierten.

Am Ortsende vor der Scheune tauchten wieder drei Amis auf.

Feuerstoß! Daneben.

Zwei der drei liefen querfeldein. Feuerstoß!

»Den hat's erwischt!« sagte der Richtschütze.

Der zweite entkam. Der dritte stand noch wie angewurzelt, verschwand in einem Graben. Wieblich merkte sich genau die Stelle. Saalbeck fuhr auf sie zu.

In diesem Moment erhob sich Werner Eckstadt, in Unterhosen, und hielt die Arme in die Höhe.

Wieblich schwenkte den Turm, zielte. Er ließ sich Zeit beim Maßnehmen.

»Laß ihn«, sagte der Panzerkommandant per Sprechfunk zu seinem Richtschützen. »Der hat durchgedreht. Der kommt ja auf Socken.«

Wieblich knurrte unwillig.

Aber dieses Knurren rettete Werner Eckstadt das Leben.

So oft hat Werner Eckstadt seiner Schwester Vera in einem kurzen Drei-Tage-Urlaub von den Ereignissen in der Nähe von Stavelot, südlich Malmedy, erzählt, daß sie jede Einzelheit kennt, daß sie schon nicht mehr nach Worten zu suchen braucht, wenn sie sie wiedergibt. Sie trägt ein rotes Kleid mit freien Schultern. Eine schwere goldene Kette, ein Geschenk ihrer verstorbenen Mutter, glitzert an ihrem Hals. Der CIC-Leutnant Tebster hat sie in einen Soldatenclub mitgenommen. Eine Flasche Vat 69 steht am Tisch. Der schlaksige Leutnant gießt beständig ein.

Die Musik spielt vorzüglich. Eine deutsche Tanzkapelle, die sich rasch auf Hot umgestellt hat. Das Licht ist angenehm gedämpft. Nicht so gedämpft sind die Stimmen einiger Damen, die auf ihre amerikanischen Begleiter einsprechen. Damen wenigstens, wenn man sehr höflich ist.

»Gut, daß Sie nicht so sind wie die da«, sagt Tebster.

»Schlimme Erfahrungen?«

»Es geht.«

»Was machen Sie beim CIC?«

»Ich entnazifiziere.«

»Macht Ihnen das Spaß?«

»Ein Scheißgeschäft«, erwidert der Leutnant. »Ich bin nur da, weil meine Mutter Deutsche war und ich deutsch spreche.«

Vera nickt. Das Licht spiegelt sich auf ihren blanken, weißen Schultern. Sie sieht bezaubernd aus, so daß die Männer sie wohlgefällig und die Frauen sie mißgünstig betrachten.

»Wollen wir tanzen?« fragt Tebster.

»Einen Moment, Leutnant. Eine Frage noch: Ihre Mutter war Deutsche?«

»Ja.«

»Meine war Engländerin«, erwidert sie.

»Deswegen können wir doch tanzen.«

»Noch einen Augenblick, Leutnant. Sie kennen die Geschichte mit meinem Bruder?«

»Ja, aber was soll das?«

»Ich will Sie erpressen«, entgegnet Vera. »Wenn Sie ihm helfen, tanzen wir. Wenn Sie ihm nicht helfen, gehe ich sofort nach Hause.«

»Sie sind ein Biest.«

Vera nickt. Plötzlich weint sie. Tebster starrt sie betroffen an. Langsam begreift er, was los ist. Langsam sieht er ein, warum sie sich so nett hergerichtet hat, warum sie mit ihm ausging. Er begreift die Qual, die hinter dieser lächelnden Fassade stecken muß, das Opfer, lächelnd zu tanzen, während der Bruder mit einem Fuß bereits im Grabe steht.

Der schlaksige Leutnant steht auf. Den Kaugummi hat er längst weggelegt. Die Gleichgültigkeit auch. Etwas macht ihn weich, rührt ihn fast, den wetterfesten Burschen, der bei Brest mitten in eine Flakstellung gesprungen ist, sie eroberte und mit vier Kameraden drei Tage lang verteidigte, als einziger Überlebender zuletzt.

»Der Teufel soll mich holen«, sagte er, »ich bring Ihren Bruder 'raus.«

Er hilft ihr in den Mantel.

»Verlassen Sie sich darauf.«

Vera nickt.

»Ich wollte nicht weinen ... Sie sind jetzt schon der zweite, der mir helfen will.«

»Doppelt genäht hält besser«, erwidert Tebster leichthin.

Und wenn ich zehn brauchte, denkt Vera, ich muß Werner retten.
Er ist unschuldig.
Er darf nicht sterben.
Ich allein bin sein letzter Ausweg.
Wenn ich es bin.

In der ersten Minute begreift der schlaksige Leutnant Henry F. Morris gar nichts. Er starrt auf die am Boden herumliegenden Schriftstücke, die aufgebrochenen Schränke, die umgestülpten Schubladen, die herausgerissenen Schreibtischfächer, die wahllos verstreuten Innereien seines Office. Der Assistent des Colonel Evans holt mechanisch eine Zigarette aus seinem Etui, setzt sich und überlegt.

Gestern abend war er mit Vera verabredet. Aber das hübsche Mädchen versetzte ihn. Er begriff es widerwillig, ging in seine Stammkneipe und ließ sich mit Whisky vollaufen. Sein Wagen sprang nicht an, und er mußte zu Fuß nach Hause gehen. Er verschlief den Wecker und stand mit zwei Stunden Verspätung auf. Er erhob sich auf Raten, er betrachtete durch das Fenster den verschlafenen Morgen. Der Tag war müde und grau wie das Gesicht einer alternden Frau. Und der schlanke, gutaussehende Leutnant aus Texas hatte Kopfschmerzen.

Und jetzt, in seinem Büro, erlebt Henry F. Morris die nächste Überraschung.

Allmählich begreift er, was vorgefallen ist. Einbrecher! Er bückt sich, sammelt die Schriftstücke, ordnet sie. Er schüttelt seine Benommenheit ab, vergißt die Kopfschmerzen und erfaßt schnell, worauf es die nächtlichen Besucher abgesehen hatten.

Akten sind verschwunden.

Genauer gesagt: Dossiers über den Fall Malmedy.

Ganz genau gesagt: die Unterlagen über den deutschen Gefreiten Werner Eckstadt.

Vera, denkt der Leutnant. Das steckt also dahinter. Zuerst verabredet sie sich mit ihm, um sicherzugehen, daß er sich nicht im Büro aufhielt. Während er auf sie wartete, drang sie oder gedungene Leute in das Office ein. In ihrer Verzweiflung ist ihr alles zuzutrauen! Und sie hat keine Geduld, obwohl sie weiß, daß sich Colonel Evans des Falles angenommen hat – angenommen hatte wenigstens, denn wenn der Oberst erfährt, was hier vorgefallen ist, wird er keine Lust mehr haben, die Sache weiter zu verfolgen.

Verdrossen greift der Leutnant zum Hörer.

»Ich habe ein schlechtes Gewissen«, sagt Vera. »Ich konnte Sie gestern nicht mehr erreichen. Ich hatte eine dringende Verabredung. Bitte, seien Sie nicht böse.«

»Können Sie gleich hierherkommen?«

»Gibt es etwas Neues?«

»Kommen Sie, sobald es geht«, erwidert der Leutnant knapp.

Vera schafft es in einer Viertelstunde. Der eilige Marsch hat ihr Gesicht gerötet. Sie sieht frisch aus. Ihre Augen sind klar, unbefangen. Sie trägt eine lange Flauschjacke zum dunkelgrauen, hautengen Rock. Sie wirkt natürlich wie immer. Nicht eine Spur verlegen.

»Was war denn hier los?« fragt sie verdutzt.

»Setzen Sie sich«, erwidert der Leutnant. »Passen Sie auf, Vera«, fährt er fort, »ich will nicht lange um die Sache herumreden. Heute nacht ist hier eingebrochen worden. Die Täter haben ausgerechnet die Akten Ihres Bruders mitgenommen.« Der Leutnant geht mit großen Schritten im Zimmer hin und her, bleibt stehen, betrachtet Vera ausgiebig.

»Und nun habe ich eine Frage an Sie: Haben Sie . . . haben Sie mit der Geschichte etwas zu tun?« Sie schweigt erschrocken.

»Hören Sie zu, Vera. Ich könnte es vielleicht verstehen. Es wäre eine Dummheit gewesen. Aber die Sorge um Ihren Bruder . . . Ich muß es genau wissen. Verstehen Sie mich?«

»Ja«, entgegnet das Mädchen, »das verstehe ich. Und ich sage Ihnen ganz genau, ich habe nichts mit dieser Geschichte zu tun.«

»Wo waren Sie gestern?«

»In einem Soldatenclub.«

»Mit wem?« Vera zögert.

»Mit wem waren Sie im Soldatenclub?« fragt Leutnant Morris noch einmal.

»Mit einem Amerikaner . . . Mit Leutnant Tebster vom CIC.«

»Und deswegen haben Sie mich versetzt?«

»Ich beginne es zu bereuen«, erwidert Vera. Sie lächelt, verzieht den Mund ein bißchen dabei, als ob sie sich über sich selbst lustig machen wollte.

»Es hat nicht lange gedauert«, fährt sie fort. »Nun, machen Sie nicht auf böse, Henry. Es ging nur um meinen Bruder.«

»Es geht immer nur um Ihren Bruder«, erwidert Morris kalt. »Wie heißt Ihr neuer Freund?«

»Tebster.«

Der Leutnant nimmt den Hörer, läßt sich mit dem CIC verbinden und erreicht beim dritten Versuch den Offizier.

Tebster verspricht, sofort zu kommen.

»Werden Sie mich das nächste Mal wieder versetzen?«

»Nein. Ich will es nicht endgültig mit Ihnen verderben«, entgegnet Vera.

Sie berichtet, wie sie mitten auf der Straße in einen Wagen »gebeten« und zum CIC gefahren wurde, daß sie dann im Gebäude des amerikanischen Geheimdienstes Tebster kennenlernte und ihre Chance gleich wahrnahm.

»Ich habe auch eine Neuigkeit für Sie«, unterbricht sie Morris. »Der Colonel ist heute nach Schwäbisch-Hall gefahren. Wenn er zurückkommt, hat er mit Ihrem Bruder bereits gesprochen.«

In diesem Augenblick reißt Leutnant Tebster ungestüm die Tür auf. Er begrüßt Vera, betrachtet sich die Unordnung, schüttelt den Kopf. »Anfänger«, sagt er, »wenn die Burschen wieder aufgeräumt hätten, wären Sie vermutlich nicht gleich daraufgekommen, was fehlt. Stimmt's?«

»Natürlich«, erwidert Morris.

»Haben Sie einen Verdacht?«

»Den habe ich.« Er deutet auf Vera. »Hier, unsere nette, junge Freundin.«

»Quatsch«, entgegnet Tebster. »Oder haben Sie es getan?« fragt er Vera.

»Nein.«

»Oder tun lassen?«

»Nein.«

Tebster zündet sich eine Zigarette an, läßt sich auf einen Stuhl fallen, schlägt die Beine übereinander.

»Vera lügt nicht«, sagt er zu Morris.

Morris nickt.

»Na, ist ja alles in bester Ordnung. Ich werde mal bei meiner Dienststelle etwas Wirbel machen. Mal sehen, wer hier Akten klaut.«

»Wer hat eigentlich Vera bei Ihnen angezeigt?« fragt Morris.

Der Leutnant zuckt mit den Schultern.

»Anonym«, erwidert er dann. Sein Gesicht drückt Ekel aus.

»Anonym auch für Sie?«

»Mal sehen«, antwortet der Leutnant.

Die beiden jungen Offiziere haben in diesem Augenblick den gleichen Gedanken: Wenn nun Amerikaner hinter der Sache stünden? Wenn eine bestimmte amerikanische Dienststelle Wert darauf legte, ein bestimmtes Schriftstück verschwinden zu lassen ... ausgerechnet jetzt, da der Malmedy-Prozeß in wenigen Tagen anlaufen wird?

»Was war denn eigentlich in den Akten?« fragt Leutnant Tebster.

»Geständnisse ... das Übliche.«

»Und sonst nichts?«

»Doch. Ein Brief des Angeklagten an seine Schwester, der uns eigentlich erst auf die ganze Sache gebracht hat. Vorwürfe gegen die

Methoden der Untersuchung. Es war schon der zweite Brief, der aus der Zelle geschmuggelt worden war.« Leutnant Morris richtet sich auf. »Keine schönen Vorwürfe«, sagte er, »wenn sie stimmen, kann der Ankläger etwas erleben.«

Tebster nickt zerstreut, steht auf.

»Gehen wir frühstücken?« sagt er abrupt. »Kommen Sie mit, Vera?«

Sie antwortet mit einem Lächeln

Sie gehen zu dritt. Vera in der Mitte, Vera zwischen zwei netten Männern, die die gleiche Uniform tragen und die gleichen Gefühle für sie haben. Aber diese Gefühle bleiben im Schatten des Falles Malmedy stecken.

Drei Menschen werden sich Tag und Nacht den Kopf zerbrechen, wie sie das Verhängnis abwenden könnten.

Indessen aber wird ein junger, unschuldiger Mensch namens Werner Eckstadt auf den Henker warten.

»Ich kann Ihnen nicht viel sagen«, beginnt der Major, »ich bin erst seit einer Woche hier. Mein Vorgänger ist bereits in den Staaten.«

Evans nickt.

»Der Betrieb hier ist korrekt. Die Häftlinge erhalten anständiges Essen, werden zweimal täglich an die frische Luft geführt und dürfen lesen. Wir sind kein KZ.«

Wiederum nickt der Colonel.

»Die Strafanstalt ist mit 468 Insassen besetzt ... Die Gefängnisverwaltung hat mit der Untersuchung nichts zu tun. Die einzelnen Untersuchungskommissionen rufen die Leute auf, sie werden in eigenen Vernehmungszimmern zusammengebracht.«

»Und Sie haben nie Unregelmäßigkeiten festgestellt?« unterbricht ihn der Oberst.

»Wissen Sie«, erwidert er, »ich bin ja auch in den USA in der Gefängnisverwaltung tätig. Eine Strafanstalt ist schließlich kein Sanatorium. Immer werden die Häftlinge behaupten, daß sie mißhandelt worden sind. Ich habe es mir abgewöhnt, diese ... Aussagen wörtlich zu nehmen.«

»Ich bin Rechtsanwalt«, antwortet Evans, »Sie brauchen mir das nicht zu erklären ... Es handelt sich auch nicht um gewöhnliche Mißhandlungen.« Der Oberst steht auf, geht im Zimmer hin und her. »Wenn es stimmt, was man mir sagte«, fährt er fort, »dann wurden hier, in Ihrer Anstalt, die größten Scheußlichkeiten verübt, die sich je eine amerikanische Untersuchungskommission zuschulden kommen ließ.«

»Sprechen Sie mit den Leuten«, versetzt Wheeler betroffen.

»Gut«, erwidert der Colonel, »zunächst hätte ich gern den Häftling Eckstadt. Werner Eckstadt.«

Der Major drückt auf einen Klingelknopf auf seinem Schreibtisch. Ein Sergeant tritt ohne Eile ein. Wheeler hat den Namen auf einen Zettel geschrieben und übergibt ihn dem Unteroffizier.

»Diesen Mann will ich haben«, sagt er, »sobald wie möglich.« Er wendet sich wieder dem Colonel zu: »Man soll sich mit diesen verdammten Krauts nicht einlassen. Die meisten lügen, und die nicht lügen, sagen nur die halbe Wahrheit ... Oder haben Sie schon einmal einen getroffen, der zu seinem Verbrechen stand?«

»Nein«, entgegnet der Colonel ruhig. »Aber schließlich ... alle Deutschen können keine Verbrecher gewesen sein.«

In diesem Augenblick kommt der Sergeant zurück.

»Tut mir leid«, sagt er, »Eckstadt ist gestern verlegt worden. Nach Dachau.«

Zufall? überlegt der Colonel. Er verabschiedet sich zerstreut. Seine Gedanken sind schneller als sein Wagen. In zwei Stunden kann er in Dachau sein.

Und er wird sich nicht vom Weg abbringen lassen.

An diesem Tage werden weitere Maschen des unsichtbaren Netzes, das die blonde Vera umgibt, zugezogen. Um neun Uhr ist sie beim Wohnungsamt vorgeladen. Sie fragt sich zu einem rundlichen Inspektor durch, der aussieht, als ob er seine Stellung unter Kaiser Wilhelm angetreten hätte und sie unter Adenauers Enkel noch ausüben würde. Er langt mechanisch nach einem Aktenstück, schlägt es auf und sagt, ohne Vera anzusehen:

»Sie sind also Fräulein Eckstadt?«

»Ja.«

»Sie müssen ausziehen.«

»Warum?«

»Die Wohnung ist beschlagnahmt.«

»Und weshalb ist sie beschlagnahmt?«

Der Mann zuckt die Achseln.

»Weshalb?« fragt Vera noch einmal.

»Ihr Bruder ist schließlich Kriegsverbrecher«, erwidert der Beamte unwirsch.

»Erstens ist Werner noch nicht verurteilt«, fährt ihn das Mädchen unwirsch an, »und zweitens ist es meine Wohnung und nicht seine.«

»Es geht mich nichts an«, versetzt der Inspektor. »Es ist eine Anordnung ... Sie müssen sie heute noch räumen.«

Der tägliche Dienst hat ihn längst abgestumpft. Die Vorgesetzten befehlen, und die Untergebenen führen aus. Das ist seine Welt, seine verdammt einfache Welt. Manchmal hat sie Zwischenfälle. Davon zeugen noch die Schlaufen auf seiner Bürojacke, an denen er, ordentlich wie er war, das Parteiabzeichen aufgehängt hatte. Das Blechding lag jetzt in der Isar, und der Beamte saß wieder auf seinem Amtsstuhl. Nach seiner Meinung mit Recht. Schließlich hatte er nur seinen Beitrag bezahlt. Die Leute, die die Anweisungen trafen, wechselten wie Parteiabzeichen, ihre Vollstrecker blieben ... Dafür gibt es 600 pro Monat, nebst Pensionsberechtigung.

Vera geht vom Wohnungsamt zu ihrer Dienststelle. Auf ihrem Schreibtisch liegt ein Zettel, daß sie sich beim Personalbüro zu melden hat.

Der Captain bietet ihr Platz und eine Zigarette an.

»Es tut mir leid«, sagt er, »es tut mir wirklich leid ... «

»Was tut Ihnen leid?« fragt Vera.

»Ich habe hier die Order, daß ich Sie entlassen muß.«

Er zuckt mit den Achseln. »Es ist mir unangenehm. Ich habe Sie sehr geschätzt.«

»Und warum müssen Sie mich entlassen?«

»No comment«, erwidert der Captain.

Und so räumt Vera an diesem Tag Wohnung und Schreibtisch. Und sie muß an den Mann denken, der sie im Haus des CIC gewarnt hatte, sich weiterhin für ihren Bruder einzusetzen. Sie könnte ihre beiden Beschützer, Leutnant Tebster und Leutnant Morris, um Hilfe anrufen. Aber nicht ihr sollen sie helfen, sondern Werner, denkt Vera, und so nimmt sie die Schikanen hin. Sie sieht ihre beiden Freunde vor sich und lächelt. Harmlose, nette Burschen ... olivgrüne Toggenburgs, die vielleicht nicht einmal wissen, wer der Ritter Toggenburg war.

Vera hat nicht viel einzupacken. Die Familie Eckstadt wurde in ganz unglaublicher Weise vom Krieg betroffen. Der Vater entkam dem Ersten Weltkrieg mit einer Gasvergiftung. Er zog von Krankenhaus zu Krankenhaus, bis er 1929 in Bad Kissingen starb. Die englische Mutter besuchte unmittelbar vor Kriegsausbruch ihre Verwandten in London. Hitlers Einmarsch in Polen sperrte ihre Rückfahrkarte nach Deutschland. Sie wurde kurzfristig interniert, dann entsannen sich die britischen Behörden darauf, daß sie eine gebürtige Engländerin vor sich hatten, und entließen sie aus dem Lager. Sie lebte in London. Zweimal gelang es ihr, über die Schweiz Briefe an ihre Kinder zu schicken. Einmal erhielt sie Antwort darauf. Es war ein erschütterndes Dokument.

Der Krieg beschied sich noch nicht damit, daß er den Vater getötet und die Mutter von den Kindern getrennt hatte. 1944 starb Veras

Mutter an einer verirrten V 2. Kurz danach wurde Vera nach München dienstverpflichtet. Sie richtete sich eine kleine, bescheidene Wohnung ein und wartete auf Werner.

Endlich war der Krieg zu Ende. Aber der Bruder kam nicht. Ein unberechenbarer Zufall machte ihn zum »Kriegsverbrecher«.

Und ich bin seine Mutter und sein Vater gleichzeitig, überlegt Vera. Und dabei habe ich mich immer an ihn angelehnt, an den großen, starken Bruder. Und jetzt ist er der Schwächere.

Veras Mut ist ungebrochen. Sie ist selbstsicher, gelöst und vernünftig. Weder der Krieg noch die dunkle Zeit, die ihm folgte, haben ihr etwas anhaben können. Sie ist unberührt und dabei weder ängstlich noch prüde. Sie kann mit Männern umgehen, ohne Männer zu kennen.

Das verdankt das hübsche, elternlose Mädchen vor allem einem Mann, Heinz, dem Panzerleutnant.

Sie liebte ihn. Sie liebte ihn von Anfang an. Er konnte mit den Augen lachen, ohne das Gesicht zu verziehen. Er hatte eine Art, zuzuhören und, ohne zu reden, Antwort zu geben. Er konnte ihre Hände halten, ohne das sie zitterten. Er konnte stundenlang neben ihr sitzen, sie ansehen und kein Wort sagen. Er war Student, hatte Pläne, hatte eine Zukunft. Nur in seinen Briefen sprach er davon.

Vera und Heinz schwiegen auch noch, als sie sich in den Armen lagen. 1944 war das. Und Heinz mußte am nächsten Morgen wieder zurück an die Front. Sie verbrachten die letzte Nacht gemeinsam. Sie saßen sich gegenüber, bis sie müde wurden. Auf einmal lagen sie nebeneinander auf Veras Bett. Auf dem Nachttisch tickte ein Wekker, der die Zeit, die ihnen blieb, in kleine Portionen zerhackte. Das Licht hatte Vera ausgelöscht. Der Mond schien so hell, daß jeden Augenblick die Alarmsirenen aufheulen mußten. Aber ein strategischer Zufall trug die Bomben in dieser Nacht in eine andere Stadt.

Sie küßten sich wie nie zuvor. Sie klammerten sich aneinander. Sie hielten ihre Hände so fest, daß sie schmerzten. Aber sie merkten es nicht. Weder die zwanzigjährige Vera noch der lange Heinz.

Und es wurde ihnen heiß. Es dröhnte in ihren Ohren. Es legte sich auf ihr Bewußtsein. Es kroch ihnen den Rücken hoch. Es ließ ihre Hände beben. Es ließ sie mit den Zähnen küssen. Und durch das Brausen hindurch, durch den Drang, durch den Sturm spürten sie, was sie sich bedeuteten.

»Vera«, flüsterte Heinz keuchend.

»Ich liebe dich«, erwiderte sie. »Ich habe noch nie geliebt. Du bist der erste . . . und du wirst auch der letzte sein.«

Er lächelte. In seinen Augen standen Tränen. Er drehte den schmalen Kopf in das Kissen, damit sie es nicht sehen konnte. Aber Vera bemerkte es trotzdem und war glücklich darüber.

Und ich gehöre ihm, dachte sie. Und es wurde ihr wohlig und warm. Das Glück war groß und ungebärdig. So schön ist das, dachte sie, und so sauber und so anständig und so selbstverständlich.

»Nein«, stöhnte Heinz, »es darf nicht sein! Es soll nicht sein!« Er verkrampfte die Hände zu Fäusten, bis die Knöchel weiß wurden. Er biß sich auf die Lippen, daß die Spuren noch tagelang daran hafteten.

»Wir heben uns das auf«, flüsterte Heinz. »Verstehst du, Vera? Diese Welt ist so dreckig. Wir zwei ... wir beide ... wir machen das anders ... ganz altmodisch.«

Sie streichelte sein Haar. Ihre Finger kannten sein Gesicht auswendig. Sie lächelte mit glänzenden Augen. Ein Radio spielte halblaut, es spuckte süße Melodien und bittere Meldungen in den Raum. Die übliche Mischung aus Schnulze und Heldentod.

Mein Gott, wie liebte sie ihn in diesem Augenblick. Nicht nur in diesem Moment. Aber die Zeit ließ sich nicht viel Zeit in dieser Nacht. Sie teilten ihr Glück in Minuten und Sekunden ein, in denen sie besprachen, wie es sich durch ihr ganzes weiteres Leben ziehen sollte. Sie sagten sich Zärtlichkeiten und Gemeinplätze, und alles klang gut und schön und wahr und einmalig.

Vera brachte Heinz an den Zug. Sie war nicht die einzige Begleiterin eines Soldaten, aber sicher die glücklichste und die traurigste. Es gibt nichts Häßlicheres, nichts Gemeineres, nichts Trostloseres während eines Krieges als die Bahnhöfe, als das Nebeneinander von Abschied und Begrüßung. Hier steht eine überglückliche Mutter und umarmt ihren einzigen Sohn, und daneben sieht eine Frau ihrem Mann nach, dessen Kopf am Fenster immer kleiner wird, ein dunkler Punkt zuletzt. Und den sie nie mehr sehen wird, nie mehr, nie mehr.

»Komm bald wieder«, sagt Vera.

»Gewiß«, erwiderte er, »der Krieg ist ja bald aus.« Ein Kloß würgte in seinem Hals.

»Wie lange dauert er noch?« fragte sie.

»Nicht mehr lange.«

Der Stationsvorsteher pfiff gedankenlos. Beide zuckten zusammen. Und die Lokomotive heulte zurück. Es klang wie das Wimmern eines Hundes, dem man versehentlich auf den Schwanz tritt.

Dann zerriß die Panzermine den Leutnant.

Der »Panther« legte sich auf die Seite und begrub vier Mann, darunter Heinz, den Kommandanten.

»Für Führer, Volk und Vaterland«, stand auf dem Waschzettel, den der Kreisleiter Vera in das Haus brachte, zusammen mit patriotischen Phrasen, unsteten Blicken und ungeduldigem Füßescharren.

Vera hält das Bild von Heinz in der Hand. Er sieht sie mit seinen offenen Augen an, mit Augen, die jetzt gebrochen sind, die nie mehr den Glanz und das Elend dieser Welt sehen können.

Was von der Liebe übrigblieb, vegetierte unter einer Fotografie in einer Wandvase, deren Blumen regelmäßig gewechselt werden.

Vera steht auf, wischt sich mit der Hand über die Stirn, als ob sie dadurch die Erinnerung bannen könnte. Sie denkt verbissen: Es ist gut, daß ich Sorgen habe. Es ist gut, daß ich um Werners Leben kämpfen muß. Wenigstens denke ich dann nicht an Heinz. Vielleicht kann man doch einmal vergessen.

Ach so, ich muß ja noch Tebster und Morris meine neue Adresse geben.

Die Stimme des Leutnants Tebster klingt frisch und ausgeschlafen.

»Hello!« ruft er krähend in die Muschel. »How do you do?«

Vera gibt dem CIC-Offizier ihre neue Anschrift. Sie ist jetzt Untermieterin in einer angeschlagenen Wohnung in der Münchner Innenstadt.

»Ich bin arbeitslos«, fügt Vera hinzu

»Macht nichts«, erwidert Tebster. »... Ich beschaffe Ihnen einen neuen Job.«

Damals rollte die Ardennenoffensive weiter. Die Panzer rasselten mit ihren Ketten auf dem steinhart gefrorenen Boden der Straße, ihre Umrisse wuchsen ins Riesenhafte. Die Sondermeldungen jagten sich im Rundfunk. Oft zwei und drei am Tage. Müde, abgehetzte Menschen blieben stehen und horchten ungläubig auf die triumphierende Stimme aus dem Äther. Immer wieder hatte Goebbels vom Tage der Vergeltung gesprochen und von Wunderwaffen gefaselt. War die Stunde gekommen? Sollten die Alliierten aus Belgien, aus Frankreich hinausgejagt werden? Zeichnete sich ein zweites Dünkirchen ab? Die Fortschritte Rundstedts schienen in diesen ersten Tagen so überraschend, daß viele wieder daran zu glauben begannen.

Aber kaum waren die Fanfaren der letzten Sondermeldungen ausgeklungen, da kam die Wende ... und die Offensive brach zusammen. Jetzt hatten die Kämpfe ihren Höhepunkt erreicht. Der Tod kassierte seine fetten Zinsen auf beiden Seiten. Die Panzer der deutschen Vorhut waren durchgebrochen. Das Gros Rundstedts schloß dicht zur Hauptkampflinie auf. Häuser, Sträucher, Bäume, Gräben, Hügel und Bäche wurden zur Front ... und diese blutende, blitzende, donnernde, brennende Front verwandelte sich für Tausende junger Männer in zweierlei Uniformen zu Gräbern.

Und inmitten dieser Hölle stand Werner Eckstadt, schrie, bangte, zitterte und lief um sein Leben.

»Nicht schießen! Ich bin Deutscher. Nicht schießen! Wartet!« Seine Stimme war heiser, seine Lungen schmerzten.

Der vordere Panzer stoppte. Panzer schießen nur, wenn sie halten! Werner stolperte schreiend vorwärts, den Panzern entgegen, die Augen vom Entsetzen geweitet, den Mund voll Dreck und Schnee.

Das Turmluk des vorderen Tigers öffnete sich. Von dem auftauchenden Kopf sah Werner Eckstadt nur die FT-Haube. Ein Arm fuchtelte herum und winkte ihn heran.

Werner Eckstadt taumelte auf den Panzer zu.

»Ich bin Deutscher«, rief er noch einmal.

Klausen sah ihm entgegen. Er lachte kalt.

»Mann, Mann«, sagte er gemütlich von seinem Panzerturm herab, »Deutscher bist du? Das fällt euch auch bloß ein, wenn ihr Bauchweh habt. Bist wohl Deutsch-Ami, was?«

»Nein, Obersturmführer«, entgegnete Werner, der jetzt die Rangabzeichen erkannt hatte, »ich bin deutscher Soldat ... SS-Rottenführer Eckstadt meldet sich versprengt.«

»Na?« Klausen turnte langsam von seinem Turm herunter. In seiner Hand hielt er die entsicherte 08-Pistole. Wieblich, der Richtkanonier, stieg hinter ihm aus.

»Na«, wiederholte Klausen, »jetzt denk dir mal eine gute Geschichte aus. Aber fix, mein Junge!«

Werner Eckstadt schüttelte den Kopf.

»Keine Geschichte, Obersturmführer. Ich gehöre zum ›Sonderkommando Sennelager‹. Wir sind mit dem Fallschirm hinter der HKL abgesetzt worden. In amerikanischer Uniform. Geheimeinsatz. Sollten Verwirrung stiften.«

Obersturmführer Klausen pfiff leise durch die Zähne. Er sah Eckstadt scharf an. Irgendwo hatte er gehört, daß es so etwas gab.

»Und wie wollen Sie das beweisen?« fragte er.

Bevor Werner noch etwas erwidern konnte, packte ihn Wieblich am Arm, streifte den Ärmel seines Unterhemdes hoch und hob den Arm in die Höhe. Der Richtschütze dachte praktisch wie immer. Wenn der Mann nicht log, mußte er den Blutgruppenstempel der SS, das Brandmal für Hitlers Leibeigene, haben.

»Det Ding hat er«, sagte Wieblich verdrießlich. Für ihn bestand der Krieg aus einfachen, klaren Dingen: angreifen und Menschen totschlagen. Mit den Problemen dieser Offensive kam er nicht mehr mit. »Der hat sich sicher gleich dünne jemacht!« ergänzte der Richtschütze seine Betrachtungen.

»Und wie kommen Sie denn in die Unterhosen?« fragte der Obersturmführer.

»Hat 'ne Schnucke jefunden«, knurrte Wieblich.
»Und wo sind denn Ihre Kameraden?« meinte der Obersturmführer lauernd.
Werner Eckstadt riß sich gewaltsam zusammen. Wie hatte er damals geflucht, als man die Blutgruppe in seinen Arm ritzte. Diese elende, gedankenlose, allmächtige Bürokratie mußte ihn jetzt retten!
»Obersturmführer, sind Sie schon einmal nachts mit dem Fallschirm abgesprungen? Ich bin in einen Teich gefallen. Die ganze Uniform war versaut. Ich wäre doch mit dem klitschnassen Zeug keine drei Schritte weit gekommen! In diesem Zustand kann man nicht Ami spielen. Ich wollte meine Klamotten erst mal trocken kriegen. Ich fand eine Scheune ...«
Werner sprach hastig. Er redete sich den Kloß der Angst heraus, der ihm in der Kehle saß.
»Nu' sabber' nich so ville!« entgegnete Wieblich.
Der Obersturmführer lächelte.
»Na, ist schon gut. Melden muß ich Sie natürlich. Aber jetzt steigen Sie erst mal ein. Ihr kalter Arsch wird sich bei uns schnell aufwärmen.«
Als Werner Eckstadt in den Panzer kletterte, merkte er erst, wie seine Knie schlackerten.
Im Augenblick war er aus allem heraus, aber er sollte den Tiger noch verfluchen.

Die anderen, die mit Werner Eckstadt abgesprungen waren, hatte der Wind abgetrieben. Nur Obersturmführer Friedberg und Unterscharführer Roettger blieben zusammen. Sie landeten an einem Waldrand. Den Obersturmführer erwischte beim Aufkommen noch eine der letzten Tannen und schürfte ihm die Haut im Gesicht auf.
Sie vergruben ihre Fallschirme, schwiegen und lauschten in die Nacht. Sie warteten auf Haubach, auf Seyfried und auf Eckstadt. Nach einer halben Stunde sagte der Obersturmführer.
»Na, denn eben nicht ...«
Roettger hatte verflucht die Nase voll.
»Was machen wir jetzt?« fragte er leise. Er hoffte, daß der Obersturmführer sagte: »Jetzt verpissen wir uns.«
Aber Friedberg entgegnete gar nichts, sondern begann zu tippeln. Erst die Waldschneise hinunter, dann einen Feldweg entlang, bis sie auf eine Straße stießen.
»Haben Sie eine Ahnung, wo wir sind?« fragte der Uscha.
Friedberg schüttelte den Kopf.
»Wird sich schon herausstellen«, knurrte er dann.

Plötzlich begann die Straße leicht zu beben. Man konnte das dumpfe Brummen von Motoren hören, die ganz in der Nähe laufen mußten.

Roettger sprang in den Straßengraben.

»Mensch!« sagte der Obersturmführer laut, »Mensch, wir sind doch Amis, was brauchen wir uns in den Straßengraben zu legen.«

Es war eine amerikanische Nachschubkolonne. Der Obersturmführer ließ sie lässig passieren. Er stand breitbeinig am Straßenrand und dokumentierte so, daß die amerikanische Militärpolizei allgegenwärtig ist. Er hatte ja die dunkelblaue MP-Binde am Oberarm.

Ein Jeep scherte plötzlich aus der Kolonne aus. Mit abgeblendeten Lichtschlitzen. Ein Captain beugte sich aus dem Wagen und fragte, ob er auf dem richtigen Weg zur zweiten amerikanischen Luftlandedivision sei.

»That's right, Sir«, antwortete Friedberg.

Der Captain wollte weiterfahren, aber Friedberg, der falsche MP-Posten, verlangte noch mit eisernem Gesicht die Papiere, die er im Schein seiner Stablampe prüfte.

»Sie haben Nerven!« sagte Roettger, als alles vorbei war.

»Wir werden noch welche brauchen«, meinte der Obersturmführer.

Sie gingen weiter die Straße entlang. Die kalte Luft des nachtdunklen Morgens vibrierte vom Röhren der Motoren, Panzerfahrzeuge, Lkws, Jeeps und Zugmaschinen. Amerika transportierte seine Macht, und zwei verkleidete deutsche SS-Männer tippelten die Straße entlang, um diese Macht zu brechen.

Friedberg und Roettger sahen die Straßenkreuzung schon von weitem. Die Kolonnen schienen sich dort zu verzahnen und gleichzeitig in alle Richtungen auseinanderzulaufen. Im tanzenden Licht der schmalen Scheinwerferbündel verzerrten sich die Schatten der Fahrzeuge ins Groteske.

Sie waren auf hundert Meter heran, da stieß der Obersturmführer den Uscha in die Rippen.

»Militärpolizei«, sagte er gepreßt.

Neben der Kreuzung war ein Baum, unter dem Baum stand ein Jeep. Der Wind verwehte das Quäken seines Funkgeräts. Roettger folgte dem ausgestreckten Arm Friedbergs und bemerkte mitten auf der Kreuzung die beiden Militärpolizisten, die den Verkehr regelten.

»Da gibt's nur eins«, sagte der Obersturmführer, »nicht schießen. Nur schlagen ... «

Er nahm seine Pistole mit dem Lauf in die Hand. Roettger tat dasselbe, obwohl er am liebsten damit dem Obersturmführer eins übergebraten hätte. Aber der Befehl war stärker als die Vernunft.

Sie schlichen sich von hinten an den Baum heran. Wenn ein Lichtstrahl von der Kreuzung über das Feld huschte, warfen sie sich in Deckung. Auf zehn Meter sahen sie den Jeep. Zwei Amis saßen darin. Sie lehnten mit dem Oberkörper zurück und ließen ihre Beine über die Bordwand baumeln. Wie ein Schatten huschten Friedberg und Roettger auf sie zu, stürzten sich gleichzeitig auf sie. Einer der Amis konnte sich hochrappeln. Da hatte er auch schon den Pistolenknauf des Obersturmführers im Mund und gurgelte mit Blut und Zähnen. In seiner sinnlosen Angst drosch Roettger so lange auf den MP-Mann ein, bis dessen Kopf weich war wie eine gesplitterte Eierschale.

»Hör auf!« zischte Friedberg, »siehst du nicht, daß der genug hat.« Auch er hatte seinen Mann erledigt.

Sie zogen die Beine der GIs in den Wagen. Sicherheitshalber stach der Obersturmführer jedem der beiden mit dem Messer in die Brust, damit es hinterher kein Mißverständnis geben würde.

Die Kreuzung war jetzt wie leergefegt. Einer der beiden Posten langweilte sich und ging auf seinen Wagen zu ... in dem Roettger und Friedberg neben zwei toten Amis kauerten.

»Meinetwegen machen wir sie auch auf Raten fertig«, sagte der Obersturmführer.

Es ging blitzschnell. Der Mann konnte keinen Laut mehr ausstoßen. Er verwechselte in dem dämmerigen Licht seine Mörder mit seinen Kameraden.

Auch der letzte der vierköpfigen MP-Streife starb lautlos. Friedberg und Roettger hatten nun einen Wagen erbeutet. Nur das Funkgerät des Jeeps machte ihnen Sorgen, weil es pausenlos in Betrieb war. Sie konnten nicht antworten, denn die Amerikaner funkten verschlüsselt.

»Mal sehen, wieviel Zeit die uns lassen«, bemerkte der Obersturmführer sarkastisch.

»Sie wollen sich doch hier nicht auf die Straßenkreuzung stellen?« fragte Roettger, dem die Angst den Rücken heraufkroch. Er konnte die Übelkeit nicht mehr länger unterdrücken. Er lehnte sich mit der rechten Hand gegen den Baumstamm und übergab sich. Der Obersturmführer lächelte.

»Fertig? – Was dachten Sie denn, wir sind doch hier nicht zum Indianerspielen.«

Sie stellten sich auf die Straßenkreuzung wie echte MP-Posten. Wieder rollten die Fahrzeuge im breiten Strom heran. Gerade konnte der Obersturmführer noch die Wegweisertafeln abmontieren.

Kolonne auf Kolonne stoppte an der Straßenkreuzung. Die Amerikaner brüllten und fluchten. Friedberg schickte sie in alle Richtungen, immer entgegengesetzt der HKL. Mit Nachschubeinheiten konnte man alles machen, die kannten sich nie im Gelände aus. Die meisten wies Friedberg in Richtung Namur.

Jetzt traten die ersten Stockungen ein. Fahrzeuge verstopften die Straße. Kolonnen kamen sich entgegen, prallten aufeinander, das Chaos wuchs von Minute zu Minute.

Roettger folgte mechanisch den Handbewegungen seines Obersturmführers. Er wußte, daß es nicht mehr lange dauern konnte, bis die Amis die Quelle des Durcheinanders entdeckten. Und immer noch quäkte das Funkgerät des Jeeps.

Roettger wollte abhauen, aber er wagte es nicht. Der Mann neben ihm war wie besessen. Sein Gesicht glänzte. Er schien keine Nerven und kein Gefühl zu haben. Er schien an der Sache noch Spaß zu finden, am Abschlachten, am Irreführen, an der eigenen Angst, am Durcheinander. Der ist doch verrückt, dachte sich Roettger und stand immer noch wie angewurzelt.

In diesem Augenblick geschah es.

Friedberg war auf das Trittbrett eines riesigen Trucks getreten und hatte dem Fahrer etwas zugebrüllt.

»He, Joe!« schrie der Ami mit krebsrotem Gesicht, »bist du verrückt geworden?«

Dann sah er, daß es nicht Joe war, erkannte die Zusammenhänge blitzschnell. Vielleicht war er schon mit Argwohn an die Kreuzung gekommen. Jedenfalls, bevor Friedberg noch zuschlagen konnte, hatte er die Pistole in der Hand, zielte oberflächlich, drückte ab.

Friedberg spürte die Explosion im Gesicht. Er taumelte, wollte die eigene Waffe herausreißen, da blitzte es wieder. Die Schüsse hörte er nicht mehr, er fühlte nur, wie ihm die Gedärme zerrisen wurden. Etwas blies ihm die Backen auf. Er konnte das Blut nicht mehr ausspucken. Bevor es Nacht um ihn wurde, für immer, sah er Roettger in weiten Sprüngen über das Feld flitzen. Er kam nicht weit. Er blieb in einer konzentrischen Garbe liegen. Dann sah Obersturmführer Friedberg noch lauter Militärpolizisten um sich herum, und ihre blauen Armbinden wurden immer bunter, immer größer.

Die Ablösung, dachte er noch, die Ablösung.

Mit Haubold und dem kleinen, strohblonden Seyfried spielte das Schicksal nicht so dramatisch. Seyfried war viel zu ängstlich, um sich zu verkrümeln. Er hätte mit klappernden Zähnen alles mitgemacht. Aber als er zu Boden gekommen war, blieb er allein. Er versuchte aus der Erinnerung an die monatelange Schulung etwas herauszukramen, was jetzt von Nutzen sein könnte. Aber es fiel ihm nichts ein. Alle seine Gedanken mündeten in der Angst.

»Es ist alles Scheiße!« sagte er halblaut und erschrak vor seiner eigenen Stimme.

Dann fing er an zu rennen. Immer nach Osten. Aber er kam an Straßen, auf denen Amis fuhren und brüllten. Da rannte er wie ein scheuender Gaul wieder zurück. Er erschrak vor Fußspuren, die er im Schnee fand ... bis er entdeckte, daß es seine eigenen waren. Er hatte sich im Kreis bewegt.

Seyfried heulte. Er ballte die Fäuste. Er stolperte, fiel und brach sich das Handgelenk. Mit der unverletzten Hand fühlte er einen Draht. Es war das Kabel eines Feldtelefons. Es muß irgendwohin führen, dachte er. Von jetzt ab war ihm alles egal.

Er nahm das Kabel hoch und lief an ihm entlang. Alle hundert Meter brüllte er auf amerikanisch:

»Hello!«

Erst nach einer Viertelstunde bekam er die Antwort. Aus dem Unterholz traten ihm vier Amerikaner mit vorgehaltenen Maschinenpistolen entgegen. Er sah Geschütze unter Tarnnetzen. Seyfried war mitten in eine amerikanische Artilleriestellung geraten.

»Where are you from?« fragten ihn die Amis ... »Wo kommst du her?«

Eine Sekunde überlegte Seyfried, ob er sich doch noch auf das verzweifelte Spiel einlassen sollte. Aber er hatte nicht mehr die Nerven.

Er gestand alles.

Sie brachten ihn zu ihrem Bataillonskommandeur. Der Major reichte ihn an die Division weiter. Von baumlangen Polizisten geführt, wurde Seyfried von Stellung zu Stellung nach hinten gebracht. Er lief durch die spalierstehenden Amis wie ein Tanzbär am Kirchweihfest durch die aufgeregte Dorfjugend.

Noch einmal hörte man sich die Geschichte des SS-Sturmmannes Seyfried an, ohne eine Miene zu verziehen.

»Ich hatte es satt ... es ist doch alles sinnlos«, erklärte Seyfried immer wieder.

»Und wie viele von unseren Leuten haben Sie umgebracht, bevor Sie einsahen, daß alles sinnlos ist?« fragte der verhörende Captain.

»Keinen Menschen«, beteuerte der blonde Seyfried.

»Es ist ohnedies egal«, erwidert der Captain. »Sie stehen nicht unter der Haager Konvention. Das mußten Sie ja wissen, als Sie unsere Uniform anzogen.«

In einem kalten Keller irgendwo in Belgien erfuhr Seyfried am Heiligen Abend von einem mitleidigen Posten, daß die Ardennenoffensive längst zusammengebrochen war.

Es ist alles so sinnlos, dachte Seyfried noch einmal. Am zweiten Weihnachtsfeiertag wurde er erschossen. Die amerikanische Division verlegte ihre Stellung sowieso nach vorne, und es bestand kein Grund, ihn noch weiter mit herumzuschleppen.

Haubold hatte es am besten von allen Fallschirmspringern, die zusammen mit Werner Eckstadt abgesetzt worden waren. Er hatte in der Nacht zum 17. Dezember einen wunderbaren Landeplatz gefunden. Ein freies Feld. Aber der Wind war zu stark, und Haubold glitt beim Aufprall aus. Die aufgeblasene Seide zog ihn in einem Höllentempo quer über das ganze Feld. Haubold hatte den Kopf nach unten, die Beine in die Höhe. Sein Schädel schlug gegen Steine und Wurzeln.

Ein Koppelzaun trennte ihm den Kopf wie mit dem Rasiermesser vom Rumpf.

Belgische Bauern fanden ihn und beerdigten ihn mit allen Ehren als einen der Befreier, auf die sie seit Jahren gewartet hatten. Als sie später der amerikanischen Armee das Grab nannten, konnten sie den Fall nicht mehr genau rekonstruieren.

Und so wurde Haubold in die Liste der unbekannten amerikanischen Soldaten aufgenommen. Und amerikanische Mütter weinen um ihn an den Ehrenmälern, die es dafür gibt.

Werner Eckstadt hockte in dem Panzer auf dem Platz, den ihm Obersturmführer Klausen zugewiesen hatte. Sein Sitz war miserabel. Die heißen Kartuschen mußten ihm unweigerlich ins Kreuz fliegen, falls der Panzer schoß. Außerdem mußte er sich klein machen. Vom ständigen Bücken verkrampfte sich sein Rücken.

Zum Glück fuhren sie nicht über Felder, sondern auf einer Straße. Das merkte Werner an der Erschütterung. Kein Mann der Panzerbesatzung wußte, daß es genau die gleiche Straße war, auf der Obersturmführer Friedberg und Unterscharführer Roettger in der Uniform des Feindes vor Stunden entlanggetippelt waren.

»Wenn's jetzt nicht bald was gibt, Obersturmführer«, sagte der Fahrer Saalbeck, »dann sehen wir sauber aus.« Er meinte Sprit für den Panzer, denn die Nadel des Brennstoffanzeigers zitterte knapp bei der Hundertlitermarke.

»Wird schon«, erwiderte der Obersturmführer.

Eine Sekunde später befahl er:

»Turm auf elf Uhr!«

Saalbeck sah es im gleichen Augenblick. Knapp links voraus, in etwa 200 Meter Entfernung eine Straßenkreuzung. Es war die Stelle, an der die Leichen von Friedberg und Roettger lagen.

Auf der Kreuzung drängte sich der amerikanische Nachschub genauso noch wie vor Stunden. Obersturmführer Klausen hatte das

Kehlkopfmikrofon vor dem Mund. Er wies die hinter seinem Tiger fahrenden Panzer seiner Einheit ein. Er ließ sie seitlich ausschwenken zu einer breiten Feuerfront. Er nahm die Augen nicht von der Zieleinrichtung. Klausen wollte selbst schießen und überließ Wieblich nur das Turm-MG. Die Gummimuschel klebte an den Augenbrauen des Obersturmführers.

Er sah, wie es drüben eine Stockung gab. Männer sprangen von den Fahrzeugen. Eine leichte Flak bellte. Maschinengewehre mekkerten.

»Ach du jriene Neune!« sagte Wieblich, »euch wern mer wat blasen!«

»Sprenggranate!« befahl Klausen. »Aufschlagzünder.«

Die Granate klackte in den Verschluß der 8,8-Panzerkanone.

Dann sagte der Obersturmführer nichts mehr. Er ließ die Straßenkreuzung auf der Spitze seines Zieldreiecks tanzen. Sein Handballen schwebte über dem roten Knopf.

Der Tiger brüllte auf, hob sich leicht.

»Rack . . . rrrack«, flog der Verschluß im Panzer zurück und vor. Die Kartusche polterte. Eckstadts Ohren sangen.

Der Schnee vor dem Tiger färbte sich schwarz. Schuß auf Schuß jagte hinaus. Neben ihm krachte es, rechts, dann links. Die orangenen Blitze standen über dem Schnee wie Marmelade auf Götterspeise.

3. Kapitel

Das Gastspiel der Hölle war kurz und blutig. An der Kreuzung flammten Brände auf. Fahrzeuge kippten in Zeitlupe um. Schwarze Fetzen flogen durch die Luft. Wieblich, dessen Maschinengewehr noch nicht hämmerte, schlug sich vor Freude auf die Schenkel und lachte.

Aus dem brennenden, berstenden Durcheinander löste sich ein Sherman-Panzer und kroch Klausens Tiger entgegen. Der Obersturmführer hatte ihn im Visier. Eine Sekunde zu spät. Vor seinen Augen flimmerten plötzlich tausend Sterne. Werner Eckstadt bekam keine Luft mehr. Der Treffer krachte auf der Außenhaut des Panzers. Gleich mußte der nächste Einschlag kommen!

Ein anderer Tiger erledigte den Sherman.

»Könnt euren zweiten Geburtstag feiern«, sagte Klausen und ließ den Turm vorsichtig schwenken. Es war nichts verbogen. Die Panzerung war stärker gewesen als das Feindgeschoß.

Zug um Zug schob sich Klausen mit seinem stählernen Vernichtungskasten an die Kreuzung heran. Vier links und rechts von ihm stehende Tiger gaben ihm Feuerschutz. Ihre Granaten pfiffen über den vorrollenden Tiger. Aber es war nicht mehr nötig. An der Kreuzung war aufgeräumt.

Der Tod hatte aufgeräumt.

Sie hielten mitten in dem brennenden Trümmerhaufen. Die amerikanischen Fahrzeuge, die noch nicht in Brand geschossen waren, hatten in wilder Panik abgedreht. Von vorne nach hinten drängende und von hinten nach vorne schiebende Kolonnen prallten zusammen.

Auf dem Feld sammelten sich die verstreuten GIs, ein Haufen von vielleicht zweihundert Mann. Sie hatten rauchgeschwärzte Gesichter, in die das Blut kleine Gassen bahnte. Sie hielten die Hände in die Luft und starrten entsetzt auf die näherkommenden deutschen Panzer.

»Wo sind wir eigentlich?« fragte Saalbeck.

Der Obersturmführer hatte etwas ganz anderes im Auge: das Fahrzeug da drüben mit den brennenden Reifen ... das war ein Tankwagen?

»Halts Maul jetzt«, erwiderte Klausen. »Irgendwo nordwestlich von Malmedy.«

So fiel zwischen ihnen der Name Malmedy zum erstenmal ganz beiläufig. Werner Eckstadt dachte: Malmedy? Nie gehört! Er hatte Zeit zum Denken. Er hatte nichts zu tun, nichts zu sehen. Nur die glühenden Kartuschen spürte er im Kreuz. Ach ja, Eupen-Malmedy. Er erinnerte sich ungenau an ein Kapitel aus der Geschichte. Versailler Vertrag. Er wußte noch nicht, daß der Name Malmedy seine eigene Geschichte werden würde.

»Los, eh' es zu spät ist!« sagte Obersturmführer Klausen. Er machte den Deckel auf. Sein Panzer rollte dicht an den schmorenden Tankwagen heran. Um die Amis, die ihre Hände über den Kopf legten, kümmerte er sich nicht.

Wieblich rief zwei GIs heran.

»Los, löscht die Reifen!« brüllte er sie an. Sie standen wie angewurzelt und lachten mit weißen Zähnen. Da sprang Wieblich schon vom Panzer und trat einen von ihnen in den Hintern.

Sie kapierten mit Angst in den schrägen Augen, rissen sich die Uniformblusen herunter und schlugen damit auf die brennenden Reifen ein.

Jeden Augenblick konnte, mußte der Tankwagen in die Luft fliegen. Aber die amerikanischen Soldaten hatten keine Zeit zu überlegen, ob es besser wäre, zu explodieren oder unter den Kugeln eines SS-Mannes zu sterben.

Sie erstickten das Feuer. Der Panzer rumpelte noch näher, saugte sich mit Benzin voll.

Die nächsten Fahrzeuge rollten heran. Der Vormarsch konnte weitergehen!

Obersturmführer Klausen fuhr dicht an den Amis vorbei.

»Nach hinten!« brüllte er und gab ihnen gleichzeitig ein Zeichen mit dem Daumen.

Die GIs nickten. Sie schienen es verstanden zu haben. Klausen war es wurscht. Er hatte keine Zeit zu verlieren. Er mußte weiter. Sollte sich das Gros mit den Kriegsgefangenen abgeben. Hinter ihm traten ja SS- und Heeresdivisionen in breiter Front zum Angriff an.

Nach zehn Minuten brüllte Saalbeck plötzlich: Die roten Warnlampen leuchteten auf.

»Der Ofen brennt!« schrie der Panzerfahrer.

Klausen drückte automatisch auf den Feuerlöscher.

»Scheiße!« sagte er.

Da bekam er schon die Meldung von den anderen Tigern seiner Einheit, daß ihre Motoren ebenfalls brannten. Sie hatten alle aus der gleichen trüben Quelle Benzin getankt.

»Scheiße!« wiederholte der Obersturmführer noch einmal.

»Aus«, erwiderte Wieblich.

»Quatsch«, fuhr ihn Klausen an. »Das ist bloß der Sprit. Diese

Scheißkerle haben uns Flugbenzin vererbt ... Da gibt's nur eins: Feuerlöscher einschalten und weiterfahren! Hören Sie, Eckstadt, jetzt können Sie sich auch mal nützlich machen. Sie halten diesen Knopf hier fest.«

In den Minuten und Viertelstunden, die über das weitere Schicksal Werner Eckstadts entschieden, drückte er nur einen Feuerlöscherknopf.

Das war sein ganzes Verbrechen. Wofür man ihn, schon sehr bald, zur Verantwortung ziehen würde ... das war etwas ganz anderes. Und es spielte sich jetzt, zu dieser Stunde, drei, vier Kilometer hinter ihm ab.

Genau an der Straßenkreuzung, die die Panzer des Obersturmführers Klausen nach kurzem Gefecht genommen hatte, an der berüchtigten Crossroad von Malmedy.

Das Gros hatte aufgeschlossen. Mit Panzern, mit Panzerspähwagen, mit Schützenpanzerwagen, mit aufgesessenen Panzergrenadieren. Es war eine SS-Einheit, eine von vielen. Es waren Männer, die deutsche Uniformen trugen, und die wie Menschen aussahen. Aber es waren keine Menschen.

Es waren Mörder, hinterhältige Mörder, die meisten von ihnen sind heute noch unter uns. Unbehelligt, denn man kennt sie nicht. Andere, Unschuldige, büßten für sie.

Die etwa zweihundert Amis hatten sich nach dem Überfall an der Straßenkreuzung erst einmal Zeit gelassen. Einige von ihnen versuchten, aus den umgestürzten, ausgebrannten Fahrzeugen noch ihre Habseligkeiten zu retten.

Da fuhren neue Granaten unter sie, rissen sie auseinander, dezimierten sie, schleuderten ihre zerfetzten Reste gegen die Bäume.

Das Gros sprach das Ziel zunächst völlig korrekt als Feind an. Es wußte ja nicht, daß diese Gruppe geschlagener, entsetzter Amis sich bereits ergeben hatte. Soweit kam die Sache auf das Konto des Krieges und nicht auf das Konto des Verbrechens ... soweit ein Krieg kein Verbrechen ist.

Dann aber geschah es. Etwa einhundert Amis lebten noch und hoben ihre Hände den Schützenpanzerwagen entgegen. Die Männer, die auf sie zukamen, hatten Hitlers germanische SS-Runen an den Kragenspiegeln.

Eine heisere, hysterische Stimme brüllte:

»Schlagt sie tot, die Hunde!«

Oder waren es mehrere Stimmen? Niemand wußte das hinterher noch genau. Aber niemand leugnete auch später, daß dieser Ruf gefallen war.

Maschinengewehre rauschten auf. Pistolen krachten trocken ... Ein hundertfältiger Schrei stieg gegen den Himmel. Ein amerikanischer Schrei.

»No! ... No! ... Comrades! Don't do that!« Nein, nein, Kameraden, tut das nicht!

In ihrer Todesangst nannten die gefangenen Amis ihre Mörder Kameraden.

Das Massaker hatte begonnen.

Das Gemetzel an der Straßenkreuzung von Malmedy war kurz und fürchterlich.

Einige amerikanische Soldaten begriffen einfach nicht, was mit ihnen geschehen sollte. Mit ausgestreckten Händen liefen sie auf ihre Mörder zu. Aber ein Feuerstoß aus der Maschinenpistole ließ sie in den Hüften abknicken. Diese Männer hatten es noch am leichtesten.

Ein Oberscharführer verband das Nützliche mit dem Angenehmen, mit dem wenigstens, was er als angenehm empfand. Er trieb eine Gruppe von Amerikanern zusammen, stellte sie mit dem Rükken zur Straße und rief ein paar Leute seines Zuges herbei.

»Los! Zeigt, was ihr könnt! Zwanzig Schritte Abstand! Genick ist 'ne Zwölf, Schulterblatt 'ne Elf, Arsch 'ne Zehn! ... Daß mir keiner 'ne Fahrkarte schießt!«

Drei seiner Mörder schossen die Amerikaner nur ins Gesäß. Zwei, weil die Amis ihnen leid taten. Einer, weil es ihm Spaß machte.

»Ich schieß' 'ne Zehn lieber«, grinste er seinen Oberscharführer an.

Und diese Sadisten waren Deutsche, redeten in der Sprache Goethes, hatten Frauen zu Hause oder Kinder, hatten Mütter, die um sie zitterten und die von ihrer armseligen Ration noch etwas absparten, um es ihnen ins Feld zu schicken. Sie hatten als Kinder gebetet, sie waren zur ersten Kommunion gegangen, sie waren konfirmiert worden, sie hatten vielleicht einmal geweint, weil ein Lastauto einer Katze den Schwanz abgefahren hatte.

Es ging weiter.

Es ging unbeschreiblich weiter.

Ein Panzerkommandant war zu faul zum Schießen. Er rollte auf die Amis zu. Mit verzerrten Gesichtern, bleich, mit taumeligen Schritten sprangen sie ihm aus dem Weg. Da rief der Kommandant einen zweiten Panzer zur Unterstützung herbei. Was die beiden an menschlicher Beute nicht zermalmen konnten, erledigten dann die SS-Grenadiere, sozusagen als Balljungen.

Ein amerikanischer Sergeant stand hochaufgerichtet vor den beiden Panzern. Um seinen Mund spielte ein kaltes, melancholisches Lächeln. Er hielt die Hände über sich, steil mit den Handflächen nach vorne. Er sah aus wie ein Symbol aller Gefangenen aller Kriege ...

»It's not very clever, what you do«, sagte er laut und mit fester Stimme: Das ist nicht sehr klug, was ihr da tut ...

Die beiden Panzer nahmen ihn zwischen ihre Flanken in die Mitte.

»This might cause you a lot of troubles!« rief der Amerikaner. Der Soldat, der seinen Mördern einen Haufen Ärger vorhersagte.

Er lächelte immer noch. Er begriff, was ihm bevorstand. Er schien keine Angst zu haben. Etwas in ihm war stärker als der Tod. Das Bewußtsein vielleicht, daß seine Henker Verbrecher waren, daß sie es büßen würden. Das Bewußtsein vielleicht, daß es in seinem Land keine solchen Bestien gab oder wenigstens, daß dieses Land, die Vereinigten Staaten von Amerika, diese Bestien in die Gaskammern steckte, statt in Uniform.

Die beiden Panzerkommandanten waren bereits gut aufeinander eingespielt. Der eine gab auf der linken Kette Gas, der andere auf der rechten. Die schweren Panzer rumpelten zusammen. Metall knirschte, und Knochen splitterten. Als die Panzer weiterrollten, fielen Fleischbrocken von ihren Ketten ab.

Nur ein paar Amis rannten um ihr Leben. Ein SS-Sturmmann riß die Maschinenpistole hoch.

»Sie Sack!« schrie ein SS-Obersturmführer mit zornrotem Gesicht. »Erst ab hundert Meter Feuer frei!«

Die Fliehenden wurden mit sauber gezielten Feuerstößen aus den Maschinengewehren umgelegt.

»So was muß man waidgerecht machen«, sagte der Obersturmführer hinterher versöhnlich zu dem SS-Mann, »Sie haben aber auch gar keinen Sportsgeist.«

Zum Schluß wurde ein Genickschußkommando zusammengestellt. Es sollte keine Zeugen geben. Man wollte sichergehen, daß kein Ami mehr sprechen konnte. Wo noch ein Körper zuckte, beugte sich rasch ein Unterscharführer oder ein SS-Mann herunter. Dann knallte ein Pistolenschuß dünn und ärmlich. Dann war wieder ein Mensch endgültig gestorben. Für die Henker war das nichts mehr, gemessen an dem Feuerzauber von eben.

Nur eines vergaß das Genickschußkommando: Es hätte auch die umgestürzten Wagen untersuchen sollen.

Knapp ein Dutzend amerikanischer Soldaten hatte sich hier verborgen. Die GIs bissen die Zähne aufeinander, weil die halbausgebrannten Wagen noch weiter glühten und ihnen Brandwunden auf die Haut malten. Sie fühlten sie kaum mehr. Zwischen dem verbogenen Metall starrten sie mit tränenden Augen auf die grausige Szene. Es war nicht nur der Rauch, der ihre Augen tränen ließ.

Das Genickschußkommando hätte auch den angrenzenden Wald untersuchen sollen. In ihm standen ein paar belgische Bauern, ein paar Holzfäller, ein paar Landarbeiter, die alle schwiegen.

Nur die älteren hatten die Hände gefaltet.

Die jüngeren spuckten aus.

Ewig kann man einen Panzer nicht mit pumpendem Feuerlöscher fahren. Einmal geht der Vorrat zu Ende, und dann ist's Matthäi am letzten.

Obersturmführer Klausen wußte das und legte Pausen ein. Pausen, in denen der Motor abkühlte, in denen sie eine Zigarette rauchten.

»Wir kommen nicht mehr weit«, sagte Saalbeck, »wir müssen sehen, daß wir anderen Sprit bekommen.«

Der Obersturmführer antwortete nicht. Er sah auf die Karte. Es war ihm ganz lieb, daß es jetzt notgedrungen etwas langsamer voranging. Vielleicht würde das Gros bald aufschließen. Dann war er nicht mehr allein. Nicht mehr allein mit seinen Panzern und nicht mehr allein mit der Verantwortung . . .

Obersturmführer Klausen war der Typ des gläubigen SS-Offiziers. Männer wie er bewiesen, daß es auch bei Hitlers Leibgarde anständige Menschen gab. Er kannte natürlich die Auswüchse des Nationalsozialismus. Aber er dachte schlicht und schlecht, daß es keine große Sache ohne Auswüchse geben könnte. Wahrscheinlich hätte das Massaker ein paar Kilometer hinter ihm seine Weltanschauung ein für allemal vernichtet. Aber er sah es nicht.

Klausen musterte mißtrauisch durch das Glas das vor seiner Einheit liegende verschneite Weidegelände. Lauter Hecken, Gestrüpp und verwachsenes Zeug. Saalbeck erriet die Gedanken seines Kommandanten.

»Schön für die Infanterie«, bemerkte er, »Scheiße für die Panzer!«

»Weiß der Teufel«, brummte Klausen herzlich. »Na«, sagte er dann, »bleibt uns nichts anderes übrig. Da fahren wir noch 'rüber. Irgendwo kommt da 'ne Straße. Da setzen wir uns erst mal fest . . .«

Sie stiegen wieder ein. Der Motor spuckte.

»Der Fusel schmeckt ihm nicht«, meinte Wieblich.

Eckstadt drückte gleichmütig auf den Feuerlöscher. Er hatte einen Krampf im Daumen und wechselte den Finger. Sie hatten zu spät darauf geachtet, daß die niedrig treibende Wolkendecke plötzlich auseinanderriß. Sie sahen es erst, als der Doppelrumpf einer »Lightning« von hinten über sie hinwegfegte. Sie fühlten den Schatten förmlich in ihrem Rücken wie ein Hase den Flügelschlag eines Adlers über sich.

»Kehrt!« befahl Klausen gepreßt.

Der Panzer schwenkte schwerfällig, aufheulend um seine eigene Achse. Aber da schwirrten gleich drei »Lightnings« auf einmal heran.

Wieblich, Saalbeck und Klausen sahen schmutzige Pilze aus der Erde wachsen. Eckstadt und der Munitionsschütze sahen nichts. Gar nichts. Ich möchte 'raus, dachte Eckstadt verkrampft. Er fühlte die schmierige Nässe auf seinem Rücken.

Klausen ließ es bei der einen Wendung. Der Panzer holperte schwerfällig in den Wald zurück. Die anderen Tiger folgten ihm. Und die »Lightnings« kamen noch tiefer, noch schneller, noch fetzender, noch tödlicher.

Als der Obersturmführer die Augen wieder aufriß, surrten die Splitter in der Luft, klatschten gegen die Wände seines Tigers. Dann sah er die anderen Panzer brennen, dann seinen, einen vierten, einen fünften.

Die Turmdeckel öffneten sich.

Der dritte Tiger ging zuerst hoch. Er stieg einfach in die Luft, völlig intakt und kompakt. Ein paar Meter über der Erde zerplatzte er. In der Mitte stand eine orangene Feuerkugel.

»Arme Hunde«, knirschte Klausen. Dann riß er seinen Deckel auf.

»Los, Wieblich«, brüllte er, »Fliegerabwehr!«

Der Schütze schwenkte das MG hoch. Er fühlte den Rückstoß auf seiner Schulter, sah die herabregnenden Bomben, die auf ihn zukommenden Geschosse der Bordkanonen. Wieblich ließ sich einfach zurückfallen.

Wie von einem Dampfhammer getroffen flog der Deckel wieder zu. Klausen brüllte auf. Der Schrei ging im Rasseln der Splitter, in den Aufschlägen der Bordgeschosse unter.

Eckstadt übergab sich. Er sah, daß Klausen mit zerquetschtem Ellbogen kraftlos am Deckel hin.

»'raus«, brüllte Wieblich als erster, »wir brennen!«

Eckstadt sah nichts mehr. Dicke, gelbliche Schwaden hüllten alles ein. Von hinten, vom Motor schlug ihnen eine glühende Welle entgegen.

»'raus ... 'raus ... 'raus ... !« schrie Wieblich.

Mit einem schweren Brecheisen hantierten sie am Deckel. Genau an der Stelle, an der der Knochenbrei des Obersturmführers klebte.

Wenn überhaupt noch etwas Spielraum zwischen dem verklemmten Deckel und dem Turm bestand, dann hier.

Endlich gab das Luk nach.

Jetzt erst bemerkten sie, daß der Tiger im Kreise auf einer Kette rollte.

In dieser Sekunde kamen die »Lightnings« zum drittenmal heran. Wieblich ließ sich nach draußen fallen. Mit affenartigen Sprüngen kam er um den Panzer herum und lief, den toten Winkel ausnützend, vor ihm her.

Eckstadt blieb liegen, wo er hinfiel. Er schloß die Augen. Der Orkan raste über ihn hinweg.

Nur Saalbeck ließ sich noch einmal in den Turm plumpsen.

Die Bombe detonierte unmittelbar an Backbord des Tigers. Der Stahlkasten hob sich langsam und flog nach links. Er stand in hellen Flammen.

»Mensch, hau ab!« brüllte Wieblich und rannte an Werner Eckstadt vorbei auf das nächste Gestrüpp zu.

Saalbeck kroch aus dem umgefallenen Panzer. Ein Wunder, daß er noch lebte. Er sah aus wie gebadet. Benzin war über ihn gelaufen. Seine Füße brannten. Er schrie laut und unartikuliert und wälzte sich auf der Erde. Das Feuer züngelte an ihm hoch.

»Hilf mir! Hilf mir!« brüllte er zu Eckstadt.

Werner lief auf ihn zu. Er warf ihn um, kratzte Schnee zusammen, schleuderte ihn auf Saalbeck.

Da kamen die »Lightnings« zum viertenmal.

Eckstadt warf sich neben die brennende Fackel, neben den flammenden Saalbeck. Jetzt schossen die Flugzeuge nur noch mit Kanonen. Sie hatten keine Bomben mehr.

Als Eckstadt den Kopf hob, sah er zehn Meter vor sich das verzerrte Gesicht des Obersturmführers Klausen. Er bat nicht, er wimmerte nicht. Er versuchte, sich mit unglaublicher Kraftanstrengung aus dem Tiger zu wälzen. Sein Gesicht war ganz schwarz.

Werner wollte aufspringen, um ihm zu helfen.

Da passierte es. Der Luftdruck schmiß ihn nach hinten. Er überschlug sich ein paarmal und blieb liegen. Er riß die Augen auf, fühlte seinen Körper ab, Stück um Stück. Es war ihm nichts passiert.

Aber der Tiger detonierte endgültig. Werner kroch zurück zu Saalbeck. Der Panzerfahrer war zu einer kleinen scheußlichen Puppe zusammengeschmort. Von Klausen konnte man nichts mehr sehen.

Wie betäubt kroch Werner zu Wieblich in das Gestrüpp.

Als die Maschinen endgültig verschwunden waren, suchten die beiden den Rest der Panzerkolonne ab. Sie fanden fünf ausgebrannte Wracks, elf Tote. Die anderen zehn waren so gründlich zerfetzt, verbrannt und zerrissen worden, daß nichts mehr von ihnen übrigblieb.

Die drei unbeschädigten Panzer blieben verschwunden.

»Um so besser«, bemerkte Wieblich.

»Wieso?« fragte Eckstadt.

»Na«, erwiderte der Panzerschütze, der aus der »Lötlampendivision« hervorgegangen war, »jetzt können wir uns wenigstens nach hinten verpissen.«

4. Kapitel

Diesmal landet Colonel Evans an der richtigen Stelle: im Kriegsverbrechergefängnis von Dachau. Ein baumlanger MP-Soldat führt ihn zum Kommandanten.

»Freut mich, Sie zu sehen», beginnt Oberst Bowler.

Colonel Evans kommt gleich zur Sache.

»Ist ja noch Zeit«, fährt der Kommandant fort, »der Prozeß beginnt erst in der nächsten Woche ... Sie haben sich da auf eine schöne Sache eingelassen. Das sind ausnahmslos Verbrecher. Sie gehören gehängt. Und sie werden gehängt ... Ich weiß nicht, was Sie noch wollen?«

»Vielleicht haben Sie recht«, antwortet Evans. »Aber nur vielleicht. Ob ich die Verteidigung übernehme, hängt von einer Unterredung ab, die ich mit einem Ihrer Gefangenen führen möchte. Bitte rufen Sie den Häftling Werner Eckstadt.«

»Sofort.«

Man führt den Oberst ins Vernehmungszimmer. Nach fünf Minuten öffnet sich die Tür.

Ein blasser, schmächtiger Mann wird in den Raum gestoßen. Er hat die Augen am Boden und hebt sie ganz langsam, zögernd, unsicher.

»Sie sind Werner Eckstadt?« fragt der Colonel.

»Yes, Sir«, antwortet Werner auf englisch.

»Ihr Fall interessiert mich. Vielleicht übernehme ich ihn.« Colonel Evans steht auf, geht mit unruhigen Schritten im Raum auf und ab. »Damit wir uns recht verstehen«, er verharrt einen Moment und dreht sich nach Werner um, »wenn ich Sie bei einer einzigen Lüge fasse, ist es aus. Eine einzige Unwahrheit genügt.«

»Jawohl, Sir.«

»Sie waren im Malmedy-Einsatz?«

Werner Eckstadt nickt.

»Sie waren auf der Straße bei Werbomont?«

»Auch das«, erwidert Werner.

»Sie hatten mit der Erschießung wehrloser amerikanischer Soldaten nichts zu tun?«

»Nein, Sir.«

»Und Sie haben insgesamt drei Geständnisse unterschrieben?«

fährt Colonel Evans fort. »Sie haben in allen grausamen Einzelheiten geschildert, wie Sie meine Landsleute ermordeten. Und diese Schilderung deckt sich genau mit den Berichten der Augenzeugen.«

»Ja«, antwortet Werner Eckstadt.

»Warum haben Sie das getan?«

Der schmächtige Mann mit den blonden Haaren, mit dem verhärmten Gesicht, mit den unsicheren Augen streckt mit wortloser Geste seine Hände mit nach oben gehaltenen Außenflächen dem Oberst entgegen.

»Da ist die Antwort, Sir«, sagt er, »betrachten Sie meine Fingernägel.«

Die Nägel des Häftlings Werner Eckstadt sind zu kleinen Stummeln zusammengeschmort. An den Fingerspitzen gaffen blaurote Brandwunden. Zwei Finger der linken Hand stecken in einem weißen Verband.

»Diese beiden sehen noch schlimmer aus, Sir«, sagt Werner Eckstadt. Seine Stimme ist schwach und dünn. Sein Gesicht ist immer noch mit einer starren Maske überzogen. Seine Augen können noch immer nicht an einem Punkt verharren. Nur sein lebhafter Atem zeigt die Erregung.

Colonel Evans schaut zum Fenster hinaus. Sein Gesicht ist rot. Er hat es abgewendet. Vielleicht, damit der Häftling seine Scham nicht bemerkt. Ruckartig fährt er herum.

»Und wie kommt es dann«, sagt er fast barsch, »daß Sie in Ihrem Geständnis alle Einzelheiten richtig wiedergegeben haben? Das konnten Sie doch gar nicht wissen, wenn Sie nicht beteiligt waren.«

»Doch«, entgegnet Werner. »Man hat es mir so lange vorgesagt, bis ich es behielt. Und dann steckten sie mir wieder die Zündhölzer unter die Nägel, und wenn ich Ihnen alles beschreiben soll, was sie sonst noch mit mir machten, dann brauchte ich eine Viertelstunde. Ich nehme an, daß Ihre Zeit knapp bemessen ist, Sir.«

Lange und kühl betrachtet der Oberst sein Gegenüber. In diesem Zustand hat der ehemalige Gefreite nicht viel, was ihn einnehmend machen könnte. Aber seine knappen, schlichten Worte, seine dünne Stimme, seine müden Augen, sein ausgezeichnetes Englisch, seine guten Manieren, das alles übersieht Oberst Evans nicht. Er hat eine intuitive Menschenkenntnis; aber er ist weit davon entfernt, sich auf sie zu verlassen.

»Setzen Sie sich«, sagt der Colonel, »und erzählen Sie mir Ihre Geschichte, ganz langsam und ganz von vorne und ohne jede Beschönigung. Sie brauchen keine Rücksicht auf meine Zeit zu nehmen.«

Der Oberst setzt sich auf einen Stuhl, schlägt die Beine übereinander.

»Das allerdings«, fährt er fort, und wieder streift er mit einem zerstreuten Blick das Fenster, »gilt nur so lange ... Sie kennen die Bedingung!«

Langsam schüttelt Werner Eckstadt seine Befangenheit ab. Langsam belebt sich sein Gesicht. Er wird sicherer, spricht ohne Stocken, sieht auf, sieht dem Colonel in das Gesicht, ohne abzugleiten. Er spricht ruhig, fast leidenschaftslos.

»Das ganze Drama beginnt«, sagt er, »mit meiner Versetzung zur SS.«

»Sie waren also nicht freiwillig bei dieser Organisation?« unterbricht ihn der Oberst.

»Na, hören Sie, Sir, wer meldet sich schon freiwillig zur SS?«

»Ich kenne eine halbe Million Deutscher, die das getan haben.«

»Und ich kenne eine halbe Million, die dazu gezwungen wurde«, antwortet Werner.

»Sprechen Sie weiter«, erwidert der Oberst, und wieder sieht er dabei zum Fenster hinaus.

Leutnant Tebster kannte Vera erst vierundzwanzig Stunden, aber es reichte, um ihn zu verwirren. Beinahe ärgerlich gestand er sich selbst ein, daß er sich in das Mädchen verliebt haben mußte. Es war eine Entscheidung seines Gefühls, nicht seines Verstandes. So etwas geschieht alle Tage und ist nur natürlich, aber zwischen Vera – die ihm anders zu sein schien wie die anderen – und ihm mußte stets der Schatten ihres Bruders stehen.

Ein Gedanke läßt den Leutnant nicht los: die aus dem Büro von Evans gestohlenen Akten. Von der ersten Sekunde an war er überzeugt, daß eine amerikanische Dienststelle hinter dem Einbruch steckte. Leutnant Tebster arbeitet nicht gerne bei dem CIC. Nur seiner Sprachkenntnisse wegen hat man ihn zum amerikanischen Geheimdienst gesteckt. Wenn's nach ihm ginge, würde er jetzt in Florida Wasserski fahren und mit Jane und Harriet flirten oder mit Margaret Tennis spielen.

Gegen Mitternacht betritt er sein Büro. Er folgt blind seinem Verdacht: Bauer, der deutsche Agent des CIC, den er nicht leiden konnte, der Vera rufen ließ, um sie einzuschüchtern.

Woher die Anzeige gekommen war, kann Leutnant Tebster nicht feststellen. Sie blieb anonym. Bauer wußte es sicher. Aber Bauer log ihn aus irgendeinem Grund an.

Tebster steht in Bauers Zimmer. Er hat die Schlüssel zu seinen Schränken und zu seinem Schreibtisch. Und er zögert nicht, sie zu benutzen. Im Schrank ist nichts zu finden. Das Schloß am Schreibtisch klemmt zuerst. Tebster würgt seine Ungeduld und sein Unbehagen hinunter und versucht es noch einmal.

Endlich gibt die Schublade nach. Obenauf liegen drei Packungen Camel, darunter Manuskriptpapier, daneben Bleistifte, zwischen den Bleistiften ein Brief. Stück für Stück nimmt der Leutnant den Inhalt heraus.

Ganz unten steckt in einem braunen Umschlag ein dickes Paket. Zugeklebt. Tebster reißt es auf. Akten. Er zieht sie hervor.

Mit einem Blick stellt er fest, daß es sich hier um die aus dem Büro von Colonel Evans entwendeten Protokolle über den deutschen Gefreiten beziehungsweise SS-Rottenführer Werner Eckstadt handelt.

Der Leutnant läßt sich auf einen Stuhl plumpsen, zündet sich eine Zigarette an und überlegt. Vor ihm liegen Aussagen der Malmedy-Voruntersuchung und ein geschmuggelter Brief an Vera.

Der Teufel mag wissen, denkt Tebster grimmig, was ich jetzt zu tun habe.

Nach der dritten Zigarette weiß er es.

Er hat einen Ausweg gefunden; sein Plan ist so selbstverständlich, so einfach, daß er breit über sein sympathisches Jungengesicht grinsen muß. Er sitzt bequem im Stuhl, die Beine auf dem Schreibtisch. Ab und zu greift er gedankenverloren nach einem Wasserglas mit Whisky und trinkt in langsamen, bedächtigen Schlucken. Er ist allein. Seine Gedanken machen ihm Spaß, von welcher Seite sie ihn auch angehen.

Tebster lacht lautlos vor sich hin, greift sich das Aktenbündel und die halbvolle Flasche Whisky, verstaut sorgfältig beides in seiner Aktentasche, räumt Bauers Schreibtischschublade ein, legt die Reserveschlüssel an ihren Platz, löscht das Licht und stürmt dem Ausgang entgegen. Er freut sich auf Veras große Augen, und er freut sich auf Bauers Gesicht am nächsten Morgen.

Diesmal erwidert er den Gruß der MP-Posten, springt in sein Auto, einen klapprigen Ford, gibt Gas und würgt den Motor ab, weil er vergaß, die Handbremse zu lösen. Er braust die Kurven am Friedensengel hinunter, rast durch die nachtdunkle Prinzregentenstraße, biegt nach rechts in Richtung Schwabing ein, wo Vera in einem Mansardenzimmer wohnt.

Vera Eckstadt und Leutnant Henry F. Morris hatten sich betroffen angesehen, als vor einer halben Stunde Tebster plötzlich aufgesprungen und ohne ein Wort der Erklärung davongestürmt war. Sie verbrachten den Abend zu dritt in Veras Wohnung. Eigentlich sollte um zehn Uhr Schluß damit sein. Aber es zog sich in die Länge. Es war durchaus keine Party. Man unterhielt sich über Werner, man beriet im Kreise, wie man ihm helfen konnte.

Der Galgen drohte ...

»Tebster ist verrückt«, meinte Morris.

»Glauben Sie?« fragte Vera lächelnd.

»Wer mit Verrückten umgeht, wird schließlich selbst verrückt«, brummte Henry vor sich hin.

»Ich mag ihn gern«, versetzte Vera.

»So ... Von mir sagen Sie so etwas nie.«

»Über Sie gerne ... zu Ihnen nicht«, antwortete das Mädchen.

Das Radio spielte halblaut. Vera hatte den amerikanischen Soldatensender eingeschaltet. In einer Viertelstunde ist Sendeschluß. In einer Viertelstunde würde sie auch ihren nächtlichen Besucher hinauskomplimentieren. Ein netter Kerl, ein Gentleman, ein wenig verliebt und dabei sehr korrekt. Ein Mann, der ihrem Bruder helfen will.

In diesem Augenblick platzt Leutnant Tebster wieder zur Türe herein, unter einem Arm ein Aktenbündel, unter dem anderen die Whiskyflasche. Zuerst wirft er die Protokolle auf den Tisch, dann stellt er den Whisky behutsam ab.

»Was sagt ihr nun?« schießt er los.

»Zum Whisky?« fragt Henry.

»Nein, zu den Akten natürlich.«

Vera springt auf.

»Da habt ihr sie wieder«, fährt Tebster fort. »Unversehrt. Da ist der geschmuggelte Brief ... hier die Vernehmungsprotokolle. Nichts fehlt. Du kannst sie morgen deinem Boß wieder übergeben«, wendet er sich an Henry, »schließlich herrscht bei uns Ordnung.«

»Bei euch?« fragt Vera verdutzt. »Bei dem CIC?«

»Ja, einer unserer Leute ist eingebrochen.«

»Saubere Dienststelle«, entgegnet Henry. Er lacht, füllt die Gläser voll, »Prost!«

Sie trinken. Der Whisky heizt ihnen ein. Sie sprechen laut und aufgeregt durcheinander. Sie freuen sich gemeinsam über Tebsters Streich.

Vera sitzt auf der Couch, den Rücken angelehnt, die Beine übereinandergeschlagen. Sie summt leise die Melodie mit. Ihr Gesicht sieht verträumt aus, frisch, jung. Sie trägt eine einfache Bluse zum dunklen Rock. Die Clips an ihren Ohren klirren leicht, wenn sie den Kopf bewegt und dabei ihre dunkelblonden Haare durcheinanderschüttelt. Sie tut es oft, denn sie muß ihre Aufmerksamkeit zwischen zwei Männern teilen. Links neben ihr sitzt Morris, ein wenig kleiner und ein wenig ernster als Tebster. Tebster ist eine Nuance häßlicher als hübsch, eine Kleinigkeit dünner als schlank, eine Winzigkeit schnoddriger als erlaubt. Er springt auf, verrenkt seine zu lang geratenen Glieder im Rhythmus eines Jitterbugs.

»Nehmen wir mal an, der Ankläger steckt hinter dieser Geschichte«, beginnt er wieder, »warum läßt er wohl Akten verschwinden? Na, warum?«

»Weil er Dreck am Stecken hat«, gibt er sich selbst die Antwort. »Und warum hat er Dreck am Stecken? Weil die Sache mit Veras Bruder eben doch nicht so stimmt, wie er es sich ausgerechnet hat.«

Um 1 Uhr endet die Musik.

Um 1 Uhr 05 ist der Whisky ausgetrunken.

Um 1 Uhr 10 sitzen die beiden Männer in Tebsters klapprigem Ford, und Morris fragt verdutzt:

»Warum sind wir eigentlich schon gegangen?«

Vera steht am Fenster und sieht ihnen nach. Die frische Luft tut ihr gut. Sie kann nicht einschlafen. Sie grübelt über der Aktengeschichte, bis ihr endlich der Schlaf die verworrenen Gedanken abnimmt.

Der Raum ist kahl und unfreundlich. Er besteht aus einem Tisch, zwei Stühlen und einer als Aschenbecher verwendeten Konservenbüchse. Er besteht weiter aus einer zu kurz bemessenen Gardine und dem Bild des amerikanischen Präsidenten an der Wand.

Ohne ein Zeichen von Ungeduld läßt Colonel Evans stundenlang die Erzählung des deutschen Häftlings Werner Eckstadt über sich ergehen. Er macht sich ab und zu Notizen und bedeutet gleichzeitig mit einer Handbewegung dem Untersuchungsgefangenen in der zerschlissenen Wehrmachtsuniform, weiterzusprechen.

Der Colonel kennt sich aus im Umgang mit Gefangenen. Gewöhnlich merkt er jedes Zögern, jede Beschönigung, je Übertreibung, jede Lüge. Hinter seiner gleichgültigen Miene verbirgt sich gespannte Aufmerksamkeit. Der Oberst weiß, ohne es sich einzugestehen, daß er froh wäre, wenn er Werner Eckstadt bei einer Lüge fassen könnte, wenn diese ungeheuerlichen Vorwürfe gegen eine amerikanische Anklagevertretung, gegen eine offizielle Institution seines Landes, haltlos zusammenbrächen. So stellt er mit verborgenem Mißmut fest, daß er beginnt, dem armseligen Soldaten Glauben zu schenken.

Colonel Evans steht auf, geht an die Türe, winkt den an der Wand lehnenden GI heran.

»Holen Sie mir zwei Flaschen Coca-Cola«, sagt er.

»Yes, Sir«, antwortet er, »aber der Häftling darf kein Coca-Cola trinken.«

»Führen Sie gefälligst den Befehl aus!« brüllt ihn der Colonel zusammen. »Und vergessen Sie die Gläser nicht.«

Der Soldat braucht zehn Minuten. Vermutlich hat er sich inzwischen noch beim Anstaltskommandanten beschwert. Er stellt unlustig die Gläser auf den Tisch, wirft im Vorbeigehen Werner einen verärgerten Blick zu. Der Oberst schenkt ein.

»Nehmen Sie«, sagt er zu Werner.

Und weiter geht die Vernehmung. Wieder dauert sie Stunden. Wieder kommt Werner alles kreuz und quer über die Zunge. Plötzlich verliert er die Nerven, springt auf, schreit:

»Hat ja alles keinen Sinn! Gehen Sie, Sir! Sie glauben mir nicht. Sie dürfen mir gar nicht glauben.« Seine Augen sind starr. Blaue, eckige Adern treten an seiner Stirn hervor. Speichel sitzt in seiner linken Mundecke. Die Haare hängen ihm in die schweißnasse Stirne. »Das darf für Sie ja gar nicht wahr sein!«

Er plumpst auf den Stuhl zurück. Der Kopf sinkt auf seinen Arm. Das Geschrei geht in Röcheln über.

»Sie sind ja Amerikaner«, stößt er hervor. »Sie können mir ja doch nicht glauben!«

Der Oberst betrachtet die Szene kalt und distanziert. Er steht auf, geht an das Fenster, öffnet es, schließt es im nächsten Augenblick wieder, dreht sich um.

»Sie sind müde«, erwidert er, »ruhen Sie sich eine Stunde aus, dann komme ich wieder.«

Er ruft den Posten.

Werner Eckstadt wird in seine Zelle zurückgebracht.

Er läßt das Essen stehen. Seine Gedanken gehen im Kreise herum. Er schiebt angewidert die Schüssel mit dem grauen Fettbrocken zurück. Ich Idiot, denkt er verzweifelt, und da stoße ich den einzigen Menschen, der seit meiner Verhaftung mich wenigstens anhörte, vor den Kopf.

Blitzartig ziehen die Stationen der Hölle an ihm vorbei: die Versetzung zur SS, der Absprung mit dem Fallschirm, die Szene vor dem Tigerpanzer, der Angriff der »Lightnings«. Damals stand er mit Wieblich, dem Richtschützen, an der Waldschneise. Der Wind hatte die Wolkendecke endgültig aufgerissen. Der Himmel wurde zum Rangierbahnhof für amerikanische Flugzeuge. Wo immer sich Fahrzeuge zeigten, standen, krepierten ihre Bomben.

»Aus der Bescherung sind wir ja rechtzeitig entwischt«, grinste Wieblich zufrieden. Der Mann begriff, was die deutsche Generalität, die mit der Ardennenoffensive den Krieg gewinnen wollte, nun auch einsehen mußte. Sowie die amerikanischen Tiefflieger wieder freies Schußfeld hatten, knallten sie den Weihnachtsangriff in tausend Fetzen. Jetzt blieben die deutschen Panzer nicht nur wegen Spritmangels liegen. Das Ende des letzten deutschen Vorstoßes war ebenso rasant wie sein Beginn.

Auf den Straßen verendeten, brennend, zur Seite gekippt, die Panzer, die SPWs, die Sturmgeschütze, die Spähwagen. Nun spritzten die Körper zerfetzter deutscher Soldaten auseinander wie vor Stunden noch die ihrer Feinde.

Aber davon sahen Eckstadt und Wieblich zunächst nicht viel. Es entging ihnen auch etwas anderes. Sie wußten nicht, daß es immer noch wahnwitzige Mörder gab, die wahllos Menschen schlachteten.

In diesen Tagen erschoß ein Oberscharführer zehn amerikanische Kriegsgefangene, mit denen er sich vorher unterhalten hatte.

In diesen Tagen knallten aufgesessene Infanteristen von Panzerfahrzeugen aus belgische Frauen nieder, die an der Dorfstraße standen.

In diesen Tagen wurden amerikanische Kriegsgefangene erschossen, weil sie verwundet waren und weil man sich nicht um sie kümmern wollte.

Während dies geschah, füllten sich die Wälder mit versprengten deutschen Soldaten. Eckstadt und Wieblich blieben nicht lange allein. Erst war es ein kleiner Haufen, dann ein großer, schließlich ein halbes Bataillon. Auch Offiziere waren dabei.

Wenn Offiziere dabei sind, gibt es wieder Befehle. Eckstadt und Wieblich wurden auseinandergerissen. Werner Eckstadt war nicht traurig darüber. Er hoffte, dem Richtkanonier nie mehr wieder zu begegnen.

Er irrte sich.

Er gehörte nunmehr zu einem sogenannten »Rabbatzhaufen«, wurde erneut versprengt und wiederum mit anderen zusammengezogen, bis die Ardennenoffensive endgültig versickert war.

Dann kam er zu einem Ersatztruppenteil der SS nach Deutschland. Man hatte ihm diese Einheit während der Sonderausbildung in Sennelager ins Soldbuch eingetragen.

Er glaubte, daß jetzt die Gelegenheit gekommen sei, sich endgültig von der SS zu trennen. Er ließ sich beim Kompaniechef melden.

Der Hauptsturmführer hatte eine roten, feisten Nacken. Er trug die üblichen Auszeichnungen, hatte sich wohl aber inzwischen auf den Heimatkriegsschauplatz spezialisiert.

»Na, was ist mit Ihnen los?« bellte er. »Urlaub gibt's nicht, Herrschaften, das sage ich euch gleich . . . «

Werner verzog keine Miene.

»Jawohl, Hauptsturmführer«, antwortete er stur.

Der Kompaniechef hatte wasserblaue Schweinsaugen. Er zwinkerte nervös.

»Was wollen Sie dann?«

»Hauptsturmführer, ich bitte um Versetzung.«

»Was wollen Sie?«

»Ich bitte um Rückversetzung zur Wehrmacht.«

Der Hauptsturmführer legte die Hand an das rosige Ohr.

»Was haben Sie da gesagt?«

Eckstadt holte tief Luft.

»Ich wurde vor sechs Monaten für einen einzigen Sondereinsatz zur SS versetzt . . . Mir wurde gesagt, ich käme anschließend wieder zum Heer. Ich bin Gefreiter bei der Panzerwaffe.«

Der Kompaniechef lief gleichzeitig blau und rot an.

»Was sind Sie?« brüllte er. »Halten Sie's Maul! Gefreiter bei der Panzerwaffe? Sie haben wohl 'nen Furz gefrühstückt!« Er bellte so laut, daß die Fensterscheiben leise klirrten. Dabei ging ihm die Puste aus.

»Hinlegen!« brüllte er.

Werner zögerte einen winzigen Moment. Ist ja doch alles Scheiße, dachte er und warf sich auf den Fußboden.

»Auf!« schrie der Hauptsturmführer. Er kam um seinen Schreibtisch herum. »Hinlegen! Auf! Hinlegen! Auf! Hinlegen! Auf!«

Dann ließ der Kompaniechef Werners Zugführer kommen.

»Diesen Defätisten schleifen Sie so lange, bis er nicht mehr weiß, ob er'n Männchen oder'n Weibchen ist!«

Der Hauptsturmführer sah Werner von oben bis unten an. Sein Ton wurde gefährlich leise:

»Sehen Sie sich ja vor! Mit Leuten wie Ihnen machen wir verdammt kurzen Prozeß! Wehrmacht, was? Bei uns wird Ihnen wohl der Boden zu heiß, wie? Sie Lump! Sie möchten sich wohl, bevor der Ofen ausgeht, noch ein Alibi sichern, he?«

Werners Kieferknochen mahlten.

»Ich habe nicht gesagt, daß der Krieg verlorengeht. Das haben Sie jetzt gesagt, Hauptsturmführer.«

Der Kompaniechef wurde spitz und blaß im Gesicht.

»'raus mit dem Kerl!« brüllte er.

Werner zockelte hinter dem Zugführer her. Er nahm ihn, wie befohlen, mit auf den Hof.

»Marsch! Marsch!« leierte der Oberscharführer im tranigen Kommandoton.

Werner lief, nicht übertrieben schnell, quer über den Hof, an dem Geräteschuppen vorbei, immer weiter, bis er hinter sich »Achtung!« hörte.

Er erstarrte zur vorgeschriebenen Säule, die Hände an der Hosennaht. Der Zugführer war hinter ihm hergelaufen. Sie waren jetzt außer Sicht des Kompaniegebäudes.

Der Oberscharführer grinste.

»Du hast den Arsch ganz schön auf, Mensch«, sagte er, »wie kannst du denn so was machen? Stell dir mal vor, zu dir kommt eener, wenn dein Boot am Absaufen ist, und sagt: Icke kann ja aussteigen, du nich! Da wirste ganz schön sauer, was ... Mensch, denk doch! Die Amis sind am Rhein, und die hier, die können vor lauter Nervosität schon nicht mehr loofen.«

Der Oberscharführer wühlte in der Hosentasche und brachte ein Päckchen zum Vorschein.

»Zigarette?« fragte er.

Eckstadt nickte.

»Danke.« Seine Hände zitterten.

»Quatsch«, brummte der Oberscharführer.

Der Hauptsturmführer dachte sich für Werner eine Bestrafung aus, die selbst einem phantasielosen Offizier einfällt: Er schickte ihn an die Front.

So wurde Werner einer der wenigen deutschen Soldaten, die sich im Durcheinander des Zusammenbruchs in Ungarn, in der Tschechoslowakei und schließlich in Österreich noch wohler fühlten als an einer anderen Front. Hier war er eine anonyme Nummer, die zusammen mit den Kameraden durch den Wolf gedreht wurde. Daraus würde man ihm später keinen Vorwurf machen können.

Im März 1945 beendete ein verirrtes Infanteriegeschoß für Werner vorzeitig den Krieg. Er landete in einem Lazarett in Bad Reichenhall.

»Na, diesen Krieg haben Sie überstanden«, sagte der Oberarzt.

Werner lag in einem schneeweißen Bett und versuchte zu vergessen. Er hatte Grund genug, zu vergessen, und auch die Möglichkeit dazu fehlte ihm nicht. Die Gegenwart war betäubend nah. Die Gegenwart hieß Brigitte.

Sie war Schwester auf der Station. Sie trug aufreizende Strümpfe über aufreizenden Beinen. Sie war sehr zurückhaltend und sprach mit Werner Eckstadt grundsätzlich nur das Nötigste. Sie hatte große, graublaue Augen und enganliegende, schwarze Haare.

Wie schwarz ihre Haare waren, sah Werner eines Tages im Stationszimmer, wo Schwester Brigitte gerade ihre zierliche weiße Haube vor dem Spiegel aufsetzen wollte.

»Donnerwetter«, sagte er, »sind Sie hübsch!«

Sie fuhr herum. Sie musterte ihn kalt.

»Nicht für Sie«, erwiderte sie.

»Ja, ich weiß, daß Sie was gegen mich haben ... Ich merke es schon die ganze Zeit. Warum eigentlich?«

Sie sah ihm fest in die Augen. Von unten nach oben breitete sich die Röte in ihrem Gesicht aus. Ihre Augen glänzten.

»Ihre Uniform gefällt mir nicht«, entgegnete sie fest.

»Oh ... « sagte Eckstadt. Er lächelte gequält. »Die SS-Uniform meinen Sie?«

»Mein Vater sitzt im KZ«, versetzte sie ruhig. »Er hat am Stammtisch einen Witz erzählt. Heimtücke ... nennt man das wohl. Sie werden verstehen, daß ich keine Lust habe, mit seinen Bewachern zu flirten.«

Werner schluckte.

»Ich bin kein Bewacher Ihres Vaters ... Ich könnte dort genauso sitzen.« Er dachte daran, wie er sich beim Hauptsturmführer gemeldet und um Versetzung zur Wehrmacht gebeten hatte. »Ich habe mir die Uniform nicht ausgesucht. Man hat sie mir zugeworfen. Damit Sie es genau wissen: Ich bin hineingepreßt worden.«

Er drehte sich um und ging.

Sie sah ihm nach.

Am Abend, als die Lampen ausgegangen waren, als das Lazarett schlief, stand sie plötzlich vor seinem Bett. Er spürte ihre Nähe, bevor er sie noch sehen konnte. Seine Hand griff ins Leere, dann faßte sie Brigittes Arm.

»Es tut mir leid«, flüsterte sie.

Er antwortete nichts. Der Druck seiner Hand wurde fester. Er fühlte, wie sie zitterte. Sie ist höchstens zwanzig, dachte er.

Es lagen mindestens fünfzehn Mann auf der Stube. Ein paar schnarchten, andere stöhnten im Traum vom Krieg. Es stank nach Eiter. Das Zimmer war überheizt. Sie saß auf seinem Bett. Er atmete ihren Duft, er zog sie an sich.

Ihre Lippen waren weich und zärtlich. Da zog er sie noch fester an sich. Sein verwundeter Arm hatte auf einmal Kraft. Freilich, hinterher schmerzte er. Aber in diesen langen, brennenden Sekunden spürte er es nicht.

Sie machte sich von ihm frei, stand auf, lächelte ihm zu. Wieder stöhnte einer im Schlaf. Wieder schrie einer um Hilfe, und hinten schnarchte der Doppelamputierte.

In diesem stinkigen, überheizten Raum, in dieser schmutzigen, traurigen Umgebung hatten sich zwei junge Menschen gefunden. Es war nur eine flüchtige Zärtlichkeit gewesen, aber Brigitte und Werner wußten von da an, daß sie zueinander gehörten.

Am nächsten Morgen kam sie wieder.

»Die Amerikaner sind in der Stadt«, raunte sie ihm zu. Sie hätte es auch laut aussprechen können. Jeder wußte es, und die meisten freuten sich darüber.

Am Abend huschte Brigitte wieder in den Saal.

»Du mußt hier 'raus, Werner«, sagte sie leise. »Die SS wird von den Amis in besondere Lager zusammengetrieben.« Ihr Atem ging hastig, sie drängte. »Ich habe ein kleines Zimmer hier in Reichenhall . . . Wir warten nur noch die erste Aufregung ab. Dann kommst du zu mir.«

In dieser Minute hatte Werner alles vergessen. Wie er meinte, für immer.

Alles ging nach Brigittes Willen. Von einem Gang in den Waschraum kam Werner nicht mehr in das Krankenzimmer zurück. Sie hatte an alles gedacht. Sogar seine Papiere verschwanden aus der Schreibstube des Lazaretts.

Sie schmiedeten Zukunftspläne. Brigitte wollte weiter Medizin studieren. Und Werner wollte – es hatte noch Zeit. Er lag tagsüber allein in ihrem Zimmer. Am Abend kam sie, strich mit ihren zärtlichen Händen über sein heißes Gesicht. Sie war gleichzeitig Ernährerin, Krankenschwester und Geliebte.

Aber vor dem neuen Leben lag eine Hürde. Je mehr Werner der Genesung entgegenging, desto öfter dachte er daran. Er mußte wieder in die Legalität zurück, Papiere bekommen, offiziell aus der Wehrmacht entlassen werden, aus der Wehrmacht, nicht aus der SS!

»Ich werde mich melden«, sagte er eines Tages zu Brigitte.

»Warum?« Ihre Augen wurden ängstlich. »Sie werden dich in ein Lager stecken.«

»Das tun sie so oder so«, antwortete er, »und es ist besser, ich komme freiwillig, als daß sie mich eines Tages holen. Verstehst du? Im Lager werde ich nicht ewig sitzen. Sie haben ja viel zu viele geschnappt. Sie entlassen schon die Landarbeiter und Jugendlichen. Na, da bin ich eben Landarbeiter.«

Brigitte senkte den Kopf. Er hatte ja recht. Aber es war ihr nicht wohl dabei. Zwei Tage blieb er noch. Zweimal 24 Stunden.

Dann ging er, wie er meinte, für höchstens drei Wochen.

Brigitte weinte nicht. »Geh schnell . . . bitte, geh schnell!« Dann krampfte sie die Hände ineinander.

Er stellte sich auf der amerikanischen Stadtkommandantur. Die Amis waren nicht unfreundlich. Aber sie behielten ihn gleich da. Mit fünfzig anderen PoWs wurde er auf einem riesigen Truck in das Kriegsgefangenenlager nach Bad Aibling gefahren.

Seine Wunde eiterte. Er mußte zum Arzt. Zu einem amerikanischen Arzt. Der Gipsverband wurde aufgeschnitten.

Der Captain zögerte eine Sekunde, starrte auf die Wunde, säuberte sie eingehend mit Alkohol, verband sie frisch. Er sagte kein einziges Wort dabei. Wenigstens zu Werner Eckstadt nicht.

Am Nachmittag wurde sein Name über den Lautsprecher ausgerufen. Er mußte zum Kommandanten, einem Major. Hinter dem Kommandanten stand ein Mann in olivgrüner Uniform ohne Rangabzeichen. Auch der Arzt war anwesend.

Sechs Augen musterten ihn streng. Der Dolmetscher saß geschäftig in einer Ecke, aber Werner winkte ab. Er sprach ja perfekt Englisch. Es machte keinen Eindruck auf den Kommandanten.

»Sie sind kein Soldat der Wehrmacht«, begann er, »Sie sind SS-Mann.«

»Wollen Sie das leugnen?« schoß der Uniformierte ohne Rangabzeichen sofort hinterher, weil er bemerkte, daß Werner angestrengt nachdachte.

»Ich war bei der Wehrmacht«, entgegnete Werner zögernd.

Was sollte ihm passieren? Wer sollte beweisen, daß er tatsächlich bei der SS war? Schließlich hatte die Kugel das Brandmal auf seinem Oberarm, das Blutgruppenzeichen, ausgelöscht. Auch Brigitte hatte ihm bestätigt, daß nichts mehr zu sehen sei.

Ein grausamer Zufall: Der Blutgruppenstempel war seitlich der Wunde von Gipsresten verklebt. Deshalb hatte ihn Brigitte nicht sehen könne.

»Wenn Sie weiterlügen«, fuhr ihn der Arzt an, »schneiden wir Ihnen den Verband noch einmal herunter.«

»Wie hieß Ihre Einheit?« bellte ihn der Uniformierte ohne Rangabzeichen an.

»Sagen Sie die Wahrheit!« drohte der Kommandant.

Aus, dachte Werner, bleib bei der Wahrheit, das ist noch das beste. Den Kopf werden sie dir nicht herunterreißen.

»SS-Division Leibstandarte«, erwiderte er leise.

»Gut, daß Sie nicht leugnen«, sagte der Lagerkommandant versöhnt. Für ihn war die Sache erledigt. Er verteilte Befehle, und er führte Befehle aus. Einer dieser Befehle lautete, den Leuten auf den Oberarm zu sehen.

Aber die Augen des Uniformierten ohne Rangabzeichen verengten sich. »Oh ... « Er zog den Ton genießerisch in die Länge. »Ich bin vom CIC«, fuhr er fort. »Sie wissen wohl nicht, was das ist.« Er lachte. »Sie werden es noch kennenlernen.«

Es war still. Der CIC-Mann zündete sich eine Zigarette an. Er warf Werner das Streichholz vor die Füße und wendete sich an den Kommandanten.

»This guy has to be arrested ... « sagte er.

Der Dolmetscher übersetzte es. Aber Werner hatte verstanden ... »Dieser Bursche ist zu verhaften.«

Brigitte, dachte er, und schnelle, silbrige Funken tanzten vor seinen Augen. Er sah durch sie hindurch, sah ihren Kopf, ihre Augen, ihr Lächeln. Lautlos formten seine Lippen ihren Namen.

»Verhaftet!« wiederholte der Dolmetscher noch einmal.

Werner Eckstadt hatte ein Gefühl, als fiele sein Magen aus dem Unterleib.

5. Kapitel

Draußen scheint die Sonne. Kecke, warme Strahlen fallen durch das kleine Fenster, bahnen eine Lichtgasse quer durch den trostlosen Raum, in dem schon Hunderte, Tausende standen, um ihr Leben kämpften, logen, verzweifelten, die Wahrheit beteuerten, voll Angst, voll Haß, voll stumpfer Verzweiflung, voll sinnloser Hoffnung.

Denn der Boden, auf dem das Vernehmungszimmer steht, ist blutig. Der Raum ist inmitten des Konzentrationslagers von Dachau. Die Uniformen der Bewacher haben sich gewandelt. Die Vernehmungsmethoden auch. Das wenigstens hofft Oberst Evans, der Chefverteidiger des Malmedy-Prozesses. Er hofft es noch immer, obwohl er während der Erzählung Werner Eckstadts, bald fror, bald schwitzte. Aber er läßt sich nichts anmerken. Ruhig und gelassen sitzt er, Stunde um Stunde, jetzt den zweiten Tag schon, auf seinem unbequemen Holzstuhl. Die klugen Augen des Offiziers lassen den Angeklagten nicht einen Moment los.

Und weiter berichtet Werner Eckstadt, manchmal stockend, manchmal schnell, mitunter heftig und dann wieder leise, verloren. Fahl und grau ist sein Gesicht, flattrig sind die Hände, fiebrig die Augen. Er wühlt in seiner Vergangenheit und er kämpft dabei um seinen Kopf. Stück um Stück bricht er aus der Verschwörung des Zufalls heraus, oft scheint er dabei so fern zu sein, als ginge ihn alles nichts an, dann wieder spürt er die Nähe des Galgens, und das Grauen peitscht ihn vorwärts.

Wochenlang kauerte er auf seiner Pritsche und erlebte wieder und wieder die letzten Jahre und Monate, sah wieder und wieder die kalten Augen des CIC-Mannes, der ihn aus dem Kriegsgefangenenlager aufgefischt hatte, und hörte seine Stimme, die immer wieder sagte: »That's all.« Das wär's.

Dann wurde die Tür aufgestoßen. Zwei Militärpolizisten mit blauen Armbinden traten grinsend ein. Der CIC-Mann schnippte mit den Fingern in Richtung Werner. Die Uniformierten gingen auf ihn zu. Der eine der beiden hatte von der reichlichen amerikanischen Heeresverpflegung so viele violette Äderchen im Gesicht, daß seine Backen aussahen wie frisch geöffnete Büchsen Cornedbeef. Seine wasserhellen Augen waren gewöhnt, Menschen wie Insekten anzusehen. Er schlenkerte einen Holzknüppel in der Hand und sagte lässig: »Let's go!«

Dann gingen sie über die Straße des Kriegsgefangenenlagers Bad Aibling. Tausende deutscher Soldaten mit dem weißen PoW auf dem Rücken drängten sich zwischen den Baracken. Es war die Stunde der täglichen Promenade. Man tauschte die Latrinenparolen aus und verkaufte Orden gegen Zigaretten. Werner fing ihre Blicke auf, mitleidige Blicke, mißtrauische Blicke, gleichgültige Blicke. Einer rief ihm zu: »He, Kumpel, was hast du ausgefressen?«

Werner drehte den Kopf. Im gleichen Augenblick fühlte er einen stechenden Schmerz in der rechten Niere. Das Cornedbeef-Gesicht hatte zugeschlagen. Wortlos, aber gekonnt. Werner Eckstadt verfärbte sich. Schweiß lief über seine Stirne. Er ging keuchend weiter.

Sie sperrten ihn in einen Käfig inmitten des Lagers. Hier wurden Verstöße gegen die Lagerdisziplin bestraft. Man mußte bis zu zehn Stunden aufrecht, ohne Wasser und Brot, stehen, ob es regnete, ob die Sonne herabbrannte. Der Platz war kaum größer als ein Quadratmeter. Als sie Werner wieder abholten, hing er kraftlos in den Stäben. Sein verwundeter Oberarm brannte wie Feuer, und seine Zähne klapperten im Schüttelfrost aufeinander.

Sie warfen ihn auf einen Armeelastwagen. Der Lkw rumpelte durch Süddeutschlands sonnengleißende Frühsommerlandschaft. Der Wagen war mit menschlicher Fracht überfüllt. SS-Leute aller Dienstgrade und aller Einheiten, wahllos nebeneinander, Menschen und Schweine.

An Sitzen war in dem überladenen Wagen nicht zu denken. Zwei mitleidige Gefangene ließen Werner zwischen sich auf den Boden gleiten. Er sah nur noch Beine. In seinem Fieberdelirium verwandelten sich die Drillichhosen der Mitgefangenen in bemooste Baumstämme, und wenn der Lkw eine Kurve ausfuhr und die zusammengepferchten Soldaten auf die Seite fielen, dann glaubte Werner, Waldlichtungen zu sehen. Dann wieder wurden die Beine seiner Kameraden zu einer Revue von Chorgirls und plötzlich sah er Brigitte. Er sah sie ganz deutlich, und er stöhnte. Er wollte seine Arme nach ihr ausstrecken, aber ein genagelter Schuh trat ihm auf die Finger. Da begriff er, daß es vergeblich war, nach ihr zu fassen, daß jede Radumdrehung dieses Lkws ihn weiter von ihr fortführte.

Die Fahrt endete vor dem Gefängnis einer Kleinstadt. Als sie ausgeladen und durch ein Spalier von Militärpolizisten geführt wurden, rief einer von ihnen einem Passanten zu: »Wo sind wir?«

Er erhielt dafür den Lauf einer Maschinenpistole ins Kreuz. Aber der Passant rief zurück: »Schwäbisch-Hall.«

Über dem Portal des Gefängnisses hing ein großes Schild mit einem flammenden Schwert auf blauem Grund, und darüber stand »War Crimes Division«. Sie waren bei der »Kriegsverbrecherabteilung« gelandet.

Werner kam in Einzelhaft. In der Ecke stand eine Pritsche. Daneben als Klosett ein stinkender Eimer. An der Zellentüre war ein Guckloch, und dahinter meinte Werner Eckstadt Cornedbeefs wasserhelle Augen zu sehen.

Plötzlich rasselte die Türe. Und der Mann stand in der Zelle.

»Nix schlafen!« sagte er und ließ den Knüppel pendeln.

Werner taumelte hoch. Cornedbeef grunzte befriedigt. Er spuckte bräunlichen Tabaksaft aus seinem Mund und ging grinsend hinaus.

Werners Arm brannte noch immer wie Höllenstein, aber er erholte sich langsam von der Strapaze des Stehkäfigs. Zunächst schien sich kein Mensch um ihn zu kümmern. Er fragte sich, was die Amerikaner mit ihm vorhatten. Ob sie etwas von mir wissen, dachte er verzweifelt! Und er erlebte immer wieder die Nacht, da er in amerikanischer Uniform hinter den alliierten Linien abgesprungen war. An den Tag danach, als er im Panzer die Straßenkreuzung bei Malmedy passiert hatte, dachte er nicht. Er wußte ja noch immer nichts von einer Treibjagd auf wehrlose Kriegsgefangene. Und er wußte nicht, daß man ihn dafür mitverantwortlich machen würde.

Einmal kam er auf dem Gang mit anderen Häftlingen zusammen.

»Bei welcher Einheit warst du?« fragte ihn ein ehemaliger Oberscharführer.

»SS-Division Leibstandarte.«

»Dann waren wir bei der gleichen Division«, erwiderte der Mann.

Werner machte ein unbehagliches Gesicht.

»Ich war nur kurz dabei . . . «

»Nur zum Schluß?« fragte der Oberscharführer. »Bei der Ardennenoffensive?«

»Ja«, nickte Werner.

»Da war ich auch. Bei welchem Haufen bist du denn gewesen?«

»Bei der Vorausabteilung der Vorhut.«

»Ach nee«, lachte der Oberscharführer. »Genau wie ich . . . Warum hast du Wehrmachtsuniform an?«

»Ich lag im Lazarett. Sie hatten keine andere Uniform«, erwiderte Werner. Was sollte er ihm auch alle Einzelheiten auf die Nase binden.

»So«, sagte der Mithäftling ganz freundlich, »wir dachten schon, du wolltest von unserem Haufen nichts mehr wissen. Es gibt auch solche Brüder . . . «

Werner schwieg. An diesem Tag brachte man ihm eine K-Ration, die amerikanische Kampfverpflegung für Soldaten im Einsatz. Je drei Mann erhielten einen Karton, der acht Kekse, zwei Beutel Nescafé, ein Büchschen gesalzener Butter, vier Zigaretten, eine winzige Dose Wurst und einen Streifen Früchtebrot enthielt. Die Zigaretten waren herausgenommen, und Wasser gab es auch nicht.

Nach vier Tagen, als Werner gelernt hatte, mit zwei Keksen am Tage auszukommen, holte ihn ein Feldwebel, mit Pickeln im Gesicht, ab. Hinter ihm stand Cornedbeef. Er riß die Augen auf, als er merkte, daß Werner fließend Englisch sprach. Während sie über den Gang gingen, sagte der MP-Soldat:

»Du sprichst Englisch, du Schwein?« Ohne eine Antwort abzuwarten, setzte er hinzu: »Das ist großartig. Da können wir uns wenigstens noch unterhalten dabei. Das macht mir Spaß ... «

Der Raum, in den Werner Eckstadt geführt wurde, hatte nur einen Schreibtisch, zwei Stühle und an der einen Wand die amerikanische Flagge. Zu Werner Eckstadts Erleichterung hatte sich Cornedbeef gar nicht mit ihm zu unterhalten, sondern mußte ihn nur abliefern. Durch eine Türe von nebenan erschien ein amerikanischer Offizier mit einem sonnenverbrannten Gesicht, schweren, müden Augenlidern, die verquollen aussahen, als ob er geweint hätte. Mit einer Handbewegung entließ er den blassen Feldwebel und Cornedbeefs Wachkommando.

Als er mit Werner Eckstadt allein im Raum war, lächelte er gewinnend.

»Rauchen Sie?« Er sprach in dem Deutsch, das später in den Sendungen der »Voice of America« so oft zu hören war, ein Deutsch, das mit seinem singenden Unterton keinen Zweifel darüber lassen sollte, daß der Sprecher Amerikaner ist, echter Amerikaner.

»Ich heiße Prince. Leutnant Prince«, sagte der amerikanische Offizier mit dem gleichen gewinnenden Lächeln. Werner Eckstadt nahm die Zigarette aus der gebotenen Packung. Als er den ersten Zug inhalierte, wurde ihm leicht schwindlig.

»Lügen haben kurze Beine«, fuhr Leutnant Prince fort, »ich hoffe, daß Sie uns jetzt die Wahrheit sagen werden ... Alles andere hätte sowieso keinen Sinn. Wir wissen genug. Sie können Ihre Lage nur verschlechtern.«

Werner Eckstadt schmeckte die Zigarette nicht mehr. Auf diesen Überfall mitten aus dem gewinnenden Lächeln heraus war er nicht gefaßt. »Wir wissen sowieso schon genug«, dieser Satz stieg drohend vor ihm auf. Jeden Augenblick mußte es kommen, dachte er. Jeden Augenblick wird er dir auf den Kopf zusagen, daß du versucht hast, als Partisan gegen die Amerikaner zu kämpfen.

»Sie waren bei der SS-Division Leibstandarte?« fragte Prince.

»Ja.«

»Bei welcher Waffengattung? Bei welcher Abteilung?«

Werner Eckstadt wußte: Dies ist die entscheidende Frage. Aber er konnte die Wahrheit nicht sagen. Er konnte nicht sagen, daß er in amerikanischer Uniform abgesprungen war, das hätte augenblicklichen Selbstmord bedeutet – nach seiner Meinung. Da war es besser, die Einheit von Obersturmführer Klausen zu nennen, der ihn aufgelesen hatte.

»Ich war bei der Vorhut«, antwortete Eckstadt zögernd. Hoffentlich glaubt er es, dachte er. Leutnant Prince glaubte es aufs Wort. Er war geradezu überrascht.

»Sie scheinen vernünftig zu sein«, lächelte Prince. Er öffnete eine Schreibtischschublade und zog eine Landkarte heraus, die er Eckstadt entgegenhielt. Sein manikürter Finger fuhr in die Gegend von Malmedy.

»Sind Sie am 17. Dezember 1944 hier über diese Straßenkreuzung gekommen?«

Werner Eckstadt kniff die Augen zusammen. In dem späteren Hin und Her des Ardennenkampfes hatte er die Gegend ganz gut kennengelernt. Er orientierte sich nur kurz.

»Ja«, antwortete er mit großer Erleichterung, daß er nichts anderes gefragt wurde. Die Amis wollten offenbar nur die damaligen Kämpfe rekonstruieren.

»An der Kreuzung haben Sie Gefechtsberührung gehabt?«

»Ja. Das stimmt. Mit einer amerikanischen Nachschubkolonne.« Werner sprach nahezu eifrig.

Der amerikanische Leutnant lehnte sich weit zurück, verschränkte die Arme.

»Die Amerikaner haben sich bei diesem Gefecht ergeben, nicht wahr?« fragte er.

»Ja.«

Der Offizier wurde plötzlich ernst, und die Frage kam sehr schnell:

»Und warum habt ihr unsere Leute trotzdem erschossen?«

Werner Eckstadt sah den Offizier verständnislos an.

»Wir haben keine Gefangenen erschossen. Wir haben nur so lange geschossen, so lange Gegenwehr geleistet wurde . . . « Werner war entgeistert und empört zugleich.

»Ach so . . . « sagte Leutnant Prince durch die Nase. »Das ist die beste Ausrede, die ich bisher gehört habe. Sie behaupten also, die ganzen Morde an der Straßenkreuzung seien noch im Kampf passiert. Damit wären Sie natürlich aus dem Schneider . . . « Der Leutnant sah gelangweilt auf seine Fingerspitzen. »Leider oder Gott sei Dank haben wir für das Gegenteil Zeugen . . . «

Werner verstand bald nicht mehr, wovon gesprochen wurde. Er rauchte hastig die letzten Züge der Zigarette.

»Wir haben keine Gefangenen umgebracht«, betonte er noch einmal.

Der Leutnant sah ihn unter müden Lidern gleichgültig an.

»Ich weiß nicht, für wie dämlich Sie uns halten . . . Sie selbst haben zugegeben, daß Sie bei der Vorhut waren. Und was Ihre saubere Vorhut angerichtet hat, das weiß die ganze Welt inzwischen. Das wird von keinem Menschen mehr bestritten, nicht einmal von Ihren eigenen Kameraden. Es dreht sich nur darum, wer was getan hat – weil, wenn wir Ihren Leuten glauben, kein Mensch der Vorhut einen Amerikaner umgebracht hat, aber alle zugeben, daß Amerikaner umgebracht worden sind ...« Der Offizier hatte einen angeekelten Zug um die Mundwinkel.

»Ich war nicht direkt bei der Vorhut«, sagte Eckstadt leise, »ich war bei der Vorausabteilung der Vorhut ...«

»Kommen Sie! Kommen Sie! ... Auf einmal! Auf einmal merken Sie, daß Sie aufs Glatteis geraten.«

Werner Eckstadt hatte noch selten in seinem Leben ein menschliches Gesicht sich so schnell verändern sehen. Der Leutnant lief nicht rot, sondern gelb an. Er sprang auf und schrie:

»Ein Lügner sind Sie! Ein Dreckschwein! Ein verdammter deutscher SS-Bastard! ... Stehen Sie auf, wenn ich mit Ihnen spreche!« brüllte er im reinsten Kommisdeutsch.

Bei dem Geschrei hatte Werner nicht gehört, wie das Wachkommando ins Zimmer kam, Cornedbeef allen voran.

»Legen Sie die Hände an, wenn ich mit Ihnen spreche!« schrie der Leutnant. »Wenn ihr auf unseren Ton nicht hört, versteht ihr vielleicht euren eigenen ...«

Weil Werner Eckstadt den verwundeten, verbundenen Arm nicht gerade an die Hosennaht legen konnte, traf ihn der Knüppel Cornedbeefs mit voller Wucht. Eckstadt schrie auf. Er dachte, der Arm sei ihm abgeschlagen worden.

»Sie werden uns kennenlernen«, brüllte der Leutnant. »Demokraten sind wir nur mit Demokraten. Eure Methoden sollt ihr, wenn es sein muß, am eigenen Leib erfahren ...«

Werner sollte erleben, daß der Leutnant nicht übertrieben hatte. Noch in der gleichen Nacht wurde er zum nächsten Verhör herausgerissen. Prince schien keine Müdigkeit zu kennen. Das Verhör begann genauso freundlich wie das erste. Genau an der gleichen Stelle lief es wieder fest. Genau dort, wo Werner Eckstadt wiederum beteuerte, nicht an Erschießungen von Amerikanern beteiligt gewesen zu sein. Nur was dann kam, wurde schlimmer. Leutnant Prince schrie zwar nicht. Aber er rief Cornedbeef herein.

»Bringen Sie den Mann zurück zur Zelle!« befahl er. Dann drehte er sich um.

Cornedbeef brachte Eckstadt nicht direkt in die Zelle. Er brachte ihn erst in einen anderen Raum, der Doppeltüren hatte.

»Wenn du es dem Leutnant nicht sagen willst, daß du unsere Jungens massakriert hast, dann willst du's mir vielleicht sagen?«

Eckstadt schwieg.

»Nein?« fragte Cornedbeef bedauernd.

Eckstadt sah ihn an. Der Sergeant sah Eckstadt an. Und ganz ruhig schlug er ihm mit dem Knüppel wieder auf den Oberarm.

Eckstadt stöhnte auf.

»Was willst du? Ich schlage nicht sehr stark ... « Und wie zur Bekräftigung versetzte Cornedbeef ihm noch einen mittleren Schlag auf den verwundeten Arm. Aber der Schlag genügte, um Werner Eckstadt das Gefühl zu geben, den Arm wieder und wieder gebrochen zu bekommen.

»Dein Arm ist beschissen!« meinte Cornedbeef und schlug wieder drauf. »Du solltest ihn dir amputieren lassen«, riet er Werner freundlich und schlug noch einmal zu. »Ich könnte das auch. Brauchst gar keinen Arzt!« Und noch einmal holte er aus. Mit aller Kraft.

Werner Eckstadt rutschte an der Wand herunter, gegen die ihn Cornedbeef gestellt hatte. Der Militärpolizist stieß ihn an.

»Steh auf!« sagte er gleichmütig.

Werner sah schwarze Kreise. Dann bemerkte er nichts mehr.

Das nächste, was er wieder sah, war Leutnant Prince. Der Offizier lächelte.

»Warum nicht gleich so, Eckstadt?« fragte er.

Werner Eckstadt erbrach sich.

Der Leutnant hielt ihm ein Papier vor. Werner tanzten die Buchstaben vor den Augen.

»Unterschreiben Sie Ihr Geständnis?«

»Kein Geständnis«, murmelte Eckstadt.

Der Leutnant lachte.

»Sie haben eben dem Sergeanten alles zugegeben ... Warum stellen Sie sich nur bei mir so an?«

»Ich habe nichts zugegeben«, entgegnete Eckstadt mühsam.

Da bekam er einen Schlag auf den Oberarm.

»Willst du behaupten, daß ein Amerikaner lügt!« schrie Cornedbeef.

Für Werner Eckstadt wurde es zum zweitenmal Nacht.

Man zerrte ihn in die Zelle zurück. Cornedbeef hatte ihn sich halb über die Schulter gehängt. Er kniff ihn unterwegs dreimal so imfam in die Nase, daß ihm Tränen kamen.

Wann immer Werner eine Minute Zeit zum Überlegen hatte, zwischen den Folterungen der Anklagevertretung, zwischen der Qual der eigenen Gedanken, überlegte er wieder und noch: Wie kommen sie dazu, sich wie ein Haufen wildgewordener Faschisten zu benehmen? Wie kommen sie dazu, Hitlers Methoden zu übernehmen? Er hatte sich nach der Demokratie, die er nicht kannte, gesehnt. Und die Enttäuschung, die er jetzt am eigenen Leib erfuhr, schien ihm noch größer zu sein als die körperliche Qual. Er dachte dabei nicht an Cornedbeef. Typen dieser Art gibt es in allen Ländern, sie stekken in allen Uniformen.

Nein, diesen Schläger zog er nicht in seine Überlegungen ein. Was aber veranlaßte den zwar farblosen, aber sicherlich korrekten Leutnant Prince, solche Methoden nicht nur zu dulden, sondern noch anzuregen?

Von Hauptscharführer Müller wußte Werner nichts. Vielleicht hätte das Wissen um dessen Tat den Endloslauf seiner verzweifelten Gedanken beendet. Er hätte das Benehmen seiner Peiniger wenigstens begreifen können. Verstehen schon, entschuldigen natürlich nicht.

Als Müller als einer der ersten Untersuchungsgefangenen in das Vernehmungszimmer geführt wurde, kannte Leutnant Prince genau sein Verbrechen.

In Malmedy hat das Massaker begonnen. Dutzende von Amerikanern flehen um ihr Leben. Aber die Mörder lachen nur. Einige GIs laufen auf den Wald zu, die meisten fallen, noch bevor sie ihn erreichen. Nur Leutnant Johnson, ein drahtiger, junger Offizier aus New York, kommt weiter. Aber hinter ihm ist Hauptscharführer Müller. Die Panik treibt den Leutnant vorwärts. Er wenigstens hat eine Chance, zu entkommen. Aber er stolpert über eine Baumwurzel und bleibt liegen.

Da ist schon der Verfolger neben ihm. Johnson kommt langsam hoch, hebt die Hände in die Höhe. Sein aschfahles Gesicht zuckt, seine Augen bitten, seine Lippen bewegen sich wortlos. Abseits vom Gemetzel stehen sich zwei Menschen gegenüber. Und der Leutnant fällt auf die Knie, hebt die Hände. Die Todesangst gibt ihm Worte. Er betrachtet seinen Verfolger ... ein Gesicht, zwei Augen, ein Mund, eine Nase, Hände, ein Herz ... das alles hat der Hauptscharführer. Äußerlich gesehen ist Müller ein ganzer Mensch. Nichts wurde vergessen. Nichts, außer einer Spur von Gewissen.

»Ich habe zwei Schwestern«, stammelte der Leutnant, »und eine alte Mutter ... Sie lebt von mir. Wenn Sie mich erschießen ... «

»Pistole«, sagt Müller,

Mit zittrigen Händen macht sie Johnson los und übergibt sie ihm.

»Ich bin nicht freiwillig in den Krieg gezogen«, fährt der Amerikaner fort, »sowenig wie Sie.« Seine Worte überschlagen sich. Er spricht Englisch. Müller versteht mehr seine Gebärden als seine Worte.

»Brieftasche«, sagt er.

»Ich bin Arzt ... Ich werde es. Sobald der Krieg aus ist. Nur ein Examen fehlt noch.«

»Armbanduhr«, sagt der Hauptscharführer.

In der ersten Sekunde begreift es der Leutnant nicht. Dann reißt er sich die Uhr vom Arm, lächelt irre dabei, denkt, hofft: Alles ist gut, der Mann will nur die Uhr, nicht das Leben. Hundert Uhren will ich ihm geben, ein Leben lang würde ich für Uhren arbeiten und sie ihm geben. Nur meine Mutter soll nicht weinen. Nur meine Schwestern sollen nicht allein sein.

Der Oberscharführer grinst. Er fuchtelt mit der Pistole herum. Kaliber neun Millimeter, »Smith & Wesson«. Er schiebt den Sicherungsflügel zurück und wieder vor. Er spielt damit wie ein Kind mit einem Feuerzeug.

»Zigaretten«, sagt er dann.

Hastig langt der Leutnant in die Tasche, gibt ihm ein Päckchen.

Der Oberscharführer zündet sich eine Zigarette an, grinst immer noch, betrachtet die Uhr, durchstöbert die Brieftasche, nimmt ein paar Dollarscheine heraus, schiebt sie ein.

Noch immer knallt es in der Nähe. Noch immer flehen Menschen vergebens um das Leben. Noch immer werden sie von Panzern, deren Besatzungen zum Schießen zu faul sind, in die Mitte genommen und zu Brei zerrieben.

»No«, schreit der Leutnant, »no!«

Müller geht ganz nahe an ihn heran. Er zeigt dem Offizier die eigene Pistole, läßt wieder den Sicherungsflügel zurückklinken, hebt die Pistole an die Schläfe von Leutnant Johnson, grinst immer noch, läßt sich Zeit, zieht noch einmal an der Zigarette, blinzelt gegen die Sonne, freut sich über das Gestammel seines Gefangenen, lacht schallend und drückt ab.

Daneben, das erstemal. Daneben, das zweitemal. Absichtlich. Er grinst immer noch.

Dann erst macht er Schluß mit ihm.

Die Sache hat ihm Spaß gemacht. Sein Gesicht weist das aus. Er lächelt noch immer. Deutlich können ein paar belgische Waldarbeiter, die ganz in der Nähe standen, seine verzogene Fratze sehen, die Szene verfolgen und sich das Gesicht des Mörders einprägen. So wurde er überführt, ohne es zu wissen.

Deshalb läßt Leutnant Prince den Militärpolizisten Cornedbeef mit dem Holzknüppel wahllos auf die Untersuchungsgefangenen eindreschen, bis, wie bei Werner, die Wunde aufbricht, bis der Arm abzufallen droht. Der Leutnant glaubt, daß er im Recht ist dabei. In einem barbarischen Recht.

Dieser Mörder Müller behauptet, unschuldig zu sein.

Das gleiche beteuert Werner Eckstadt.

Das sagen alle Untersuchungsgefangenen.

Hauptscharführer Müller wird gestehen. Die Wahrheit.

Andere Mitgefangene werden auch gestehen. Verbrechen, die sie nie begangen haben.

So kommt Leutnant Prince ans Ziel, so glaubt er wenigstens, am Ziel zu sein. Denn, daß unter den Kriegsverbrechern Unschuldige sind, daß sogar die Mehrzahl von ihnen nichts mit dem Massaker zu tun hat, daran denkt er nicht.

Er denkt nur an Leutnant Johnson.

Während Werner in dem Vernehmungszimmer von Dachau dem wortlosen Oberst Evans von seinem Leidensweg berichtet, während dem Chefverteidiger dabei der Ekel langsam hochkriecht, Ekel vor den Untersuchungsmethoden seines eigenen Landes, fährt ein alter, klappriger Ford mit amerikanischer Nummer über die Autobahn München-Salzburg. Der lange, schlaksige Leutnant Tebster sitzt am Steuer, neben ihm Vera Eckstadt, hinter ihr Leutnant Morris.

Der Himmel ist wolkenlos blau. Die Sonne streichelt die Erde. Ein Tag, wie er eigens für Ausflüge junger, übermütiger Menschen geschaffen scheint. Rechts liegen im Schönwetterdunst die Berge. Und weiter rollt der Wagen. Die drei jungen Leute im Auto schweigen. Jeder denkt vor sich hin, ohne einen Blick für die Landschaft, für die friedlichen Berge, für den blauen Himmel. Das Ziel ist Bad Reichenhall. Hier wohnt Brigitte, wenn man so will, Werners Braut.

Kurz nach Rosenheim überholt Tebster eine Armeekolonne. Ein paar GIs winken Vera lärmend zu. Tebster gibt Gas. Ich liebe sie, denkt er. Und ich werde sie erobern. Stück um Stück. Und ich will sie mit nach Amerika nehmen. Sie soll meine Frau werden ... Aber ich kann nichts machen. Ich darf mich ihr nicht nähern, solange die Sache mit ihrem Bruder nicht in Ordnung ist. Und Tebster gibt noch einmal Gas.

Ein solches Mädchen muß die Schwester eines Kriegsverbrechers sein, denkt Leutnant Morris verbittert. Und dann muß ich mich noch in sie verlieben. Und dann muß ich Assistent von Colonel Evans sein, der unbestechlich ist, auch Gefühlen gegenüber. Und ich verspreche ihr, zu helfen. Und dabei kann ich es gar nicht. Eine Sprechkarte vielleicht. Aber wird es nicht noch schlimmer, wenn sie ihren Bruder noch einmal sieht, bevor er hingerichtet wird?

»Wir müssen jetzt rechts herunter«, sagt Vera.

Der Wagen hat die Ausfahrtstraße nach Reichenhall erreicht. Vera weiß wenig von Brigitte. Das Mädchen hätte sich längst bei ihr melden müssen. Vielleicht ist es völlig sinnlos, sie aufzustöbern.

Aber Vera weiß, wie verzweifelt Werner ist. Wenn er Brigitte wiedersieht, wenn er ihr noch einmal begegnet, vielleicht gibt ihm das mehr Mut, mehr Zuversicht. Denn in ein paar Tagen beginnt der Prozeß. Und wenn Werner sich selbst aufgibt, ist alles vergeblich.

Sie erreichen das Lazarett. Brigitte arbeitet hier immer noch als Schwester. Flankiert von ihren beiden Begleitern fragt sich Vera nach Brigitte durch. Sie werden in das Wartezimmer gewiesen. Schwester Brigitte ist bei einer Operation. Nach einer halben Stunde betritt das Mädchen mit den blauen Augen und den dunklen Haaren das Zimmer.

»Ich bin Werners Schwester«, beginnt Vera.

»Ich habe von Ihnen gehört«, versetzt Brigitte. Sie ist blaß und schmal, wirkt überarbeitet, gibt Vera die Hand, ohne sie dabei anzusehen.

»Ich brauche Ihre Hilfe«, fährt Vera fort. ». . . . Sie lieben doch Werner. Und er ist so verzweifelt. Es kommt jetzt darauf an, welche Figur er bei dem Prozeß macht.«

Brigitte wirkt verwirrt. Ihre Augen kleben am Boden. Mit einer mechanischen Gebärde richtet sie ihre Schwersternhaube.

»Ich liebte ihn«, erwidert sie. Ihre Stimme klingt rauh. »Damals, als er verschwand, stellte ich Nachforschungen an. Die Amerikaner gaben mir Auskunft.« Brigitte stockt. »Ich erfuhr, daß Werner als Kriegsverbrecher inhaftiert ist.« Ihre Stimme wird heftiger. Ihre Augen glänzen feucht. »Ich erfuhr weiter, daß er gestanden hat, wehrlose Amerikaner niedergeschossen zu haben.« Brigittes Gesicht verfällt, es wirkt müde und zerquält.

Die letzten Wochen ziehen an ihr vorbei. Da liebte sie einen Mann, den ersten Mann ihres Lebens, pflegte ihn, hoffte mit ihm, sehnte sich nach dem Tag, da sie für immer mit ihm zusammensein konnte. Dann stellte sich heraus, daß dieser Mann ein Mörder ist. Nein, Brigitte dachte bei Gott nicht voreilig. Sie glaubte, Werner besser zu kennen als die amerikanische Untersuchungskommission. Aber dann zeigte man ihr das Geständnis. Und dazu kam noch etwas, was sie bei Werners Abschied nicht wußte.

»Und das glauben Sie?« fragte Vera.

Brigitte zuckt mit den Schultern.

»Ich muß Ihnen noch etwas erklären«, erwidert sie dann.

»Ich hatte einen Vater. Er erzählte einen Witz. Dafür kam er ins KZ nach Dachau. Ich habe Monate nichts von ihm gehört. Dann fand ich ihn wieder.« Brigittes Stimme klingt schrill: »Wissen Sie, wo? Auf einer Gruppenaufnahme von fünfzig, sechzig Toten. In einem Eisenbahnwagen. Verhungert. Nackt. Die SS-Bewacher haben den Waggon einfach auf den Schienen stehenlassen, bis die Insassen tot waren. Verstehen Sie mich? Mein Vater war darunter!«

Vera unterbricht sie.

»Wollen Sie damit sagen, daß Werner Ihren Vater ermordet hat?«

»Natürlich nicht ... Aber er trug die Uniform seiner Mörder. Und bei Malmedy benahm er sich wie ein Mörder. Er hat es selbst zugegeben.«

»Wenn Sie das glauben, haben Sie ihn nie geliebt«, sagt Vera barsch.

»Ich liebe ihn noch immer«, entgegnet Brigitte leise, »das ist es ja gerade ... tausendmal rede ich mir ein, daß er unschuldig ist. Und dann sehe ich meinen Vater vor mir, und dann weiß ich, was ich zu tun habe. Die Amerikaner haben mich nicht belogen. Werner hat alles gestanden. Oder wollen Sie behaupten, daß das nicht stimmt?«

Vera sieht verzweifelt von Tebster zu Morris. In diesem Augenblick gibt sich der lange CIC-Leutnant einen Ruck.

»Stop«, sagt er, »ich bin Leutnant Tebster vom CIC. Das ist der amerikanische Geheimdienst. Und jetzt sage ich Ihnen etwas, Fräulein: Werner Eckstadts Geständnis wurde erpreßt. Der Mann ist unschuldig.«

»Erpreßt?« fragt Brigitte verständnislos.

»Ja. Von meiner eigenen Dienststelle. Und ich werde das vor jedem Gericht der Welt behaupten.«

»Das sagen Sie als amerikanischer Offizier?« fragt Brigitte zweifelnd.

»Genau das. Und jetzt können Sie entscheiden, wem Sie glauben wollen!«

Jetzt erst begreift Brigitte. Ihr Gesicht wirkt auf einmal jung und frisch. Ihre Augen glänzen, aber anders als zuvor. Sie wird lebhaft, sieht Vera voll an, betrachtet die beiden Männer.

»Mein Gott«, sagt sie, »mein Gott ... das habe ich ja alles nicht gewußt ...«

Tebster lächelt.

»Dann kommen Sie gleich mit«, erwidert er.

Brigitte nickt. Jetzt erst kommen die Tränen.

An diesem Morgen gibt Colonel Evans zum ersten Mal Werner Eckstadt die Hand. Der Druck ist fest und kalt. Fest und kalt mustern auch die Augen des amerikanischen Offiziers den deutschen Untersuchungsgefangenen.

»Haben Sie sich über Nacht erholt?« fragt er.

»Yes, Sir.«

»Gut, dann machen wir weiter ... Zigarette?«

»Danke.« Zögernd greift Werner nach der Camel-Packung.

Der Oberst wirft ihm Streichhölzer über den Tisch.

»Ja«, beginnt Werner nachdenklich, »wissen Sie, daß ich immer zusammenfahre, wenn mir eine Zigarette angeboten wird, Sir? Glauben Sie mir, es gab eine Zeit, da waren Zigaretten gemeiner als Fußtritte.«

Colonel Evans nickt, steht auf, tritt an das Fenster.

»Ich habe Vertrauen zu Ihnen, Eckstadt«, erwidert er. »Sie dürfen nicht glauben, daß mir das leichtfällt ... Wissen Sie, was damals an der Straßenkreuzung von Malmedy passiert ist?«

»Ich weiß es ... heute«, versetzt Werner leise.

»Und wissen Sie, was diese Leute verdient haben?«

»Den Strick.«

Der Colonel nickt.

»Und ich werde mich verdammt beherrschen, sie vom Strick abzuschneiden.« Der Oberst geht mit schnellen Schritten in dem trostlosen Vernehmungszimmer hin und her, bleibt stehen, schnippt die Asche auf den Boden, marschiert weiter. »Trotzdem weigere ich mich, zu glauben, daß alle Deutschen Mörder sind ... Und Sie, Eckstadt, sollten wissen, daß Amerika etwas anderes ist als ein Haufen dahergelaufener Sadisten. Ich weiß nicht, ob Sie Wert darauf legen«, fährt er fort, »aber ich werde Ihnen das beweisen. Ich bin nicht hier, um Sie zu retten oder einen anderen ... Nein, ganz bestimmt nicht. Es geht mir um die Ehre meines Landes ... Fahren Sie fort!«

Der Colonel setzt sich auf den Stuhl, lehnt sich zurück, schließt die Augen halb. Sein Gesicht wirkt wach und nachdenklich. Er fährt sich mit der Hand über den Mund, als wollte er seine Worte wegwischen, als habe er bereits zuviel gesagt.

Werner schweigt zunächst. Er starrt auf den Boden, streift einen Moment den Oberst mit einem raschen Seitenblick, räuspert sich.

»Damals schien plötzlich alles besser zu werden«, beginnt er. »Ich kam in eine Vier-Mann-Zelle. Und da war ein SS-Oberscharführer namens Heger, ein Mann, ein Kerl, selbst noch in dieser Lage ... Wir haben zu ihm aufgesehen, bis ... «

Unbewegt verfolgt der Oberst den Bericht. Seine Miene verändert sich nicht, selbst als ihm das Grauen über den Rücken kriecht. Er weiß, daß es heute auf den Höhepunkt der Voruntersuchung zugeht ... und daß das ebenfalls der Höhepunkt eines Verbrechens sein wird, das amerikanische Soldaten und Offiziere an deutschen Kriegsgefangenen verübt haben.

Werners Zellenkameraden waren zunächst ein achtzehnjähriger SS-Mann und ein knapp dreißigjähriger Unterscharführer, zwei Freunde. Der ältere, Hans Zenker, nannte den jüngeren, Klaus Niessen, immer »Söhnchen«. Abwechselnd wurden sie zu Vernehmungen geholt. Der kleine Niessen hatte verkrustetes Blut unter der Nase, als er zurückkam.

»Was haben sie von dir gewollt, Söhnchen?« fragte Zenker.

Der Achtzehnjährige erwiderte stockend:

»Straßenkreuzung . . . Malmedy.«

»Bei mir dasselbe«, antwortete Zenker.

Dasselbe . . . , dachte auch Werner Eckstadt.

Als nächster wurde Werner geholt. Die Taktik der Amerikaner änderte sich. Leutnant Prince war von einem neuen Vernehmungsoffizier abgelöst worden. Oberleutnant McCormick behandelte Werner distanziert, aber korrekt. Er sprach ebenfalls fließend Deutsch. Pedantisch konnte er stundenlang auf Nebensächlichkeiten herumreiten. Aber immer endete das Gespräch in der gleichen Sackgasse. Und jedesmal, wenn Werner seine Unschuld beteuerte, sagte der Oberleutnant:

»Einer muß ja dabeigewesen sein.«

Die Anklagevertretung hatte jetzt schon über 50 Mann aus den Kriegsgefangenenlagern aufgefischt, die der Malmedy-Verbrechen bezichtigt wurden.

Nach der Vernehmung wurde Werner in das Krankenrevier geschafft und behandelt. Cornedbeef stand als Wache dabei und ekelte sich vor dem Brei aus Eiter an Werners Oberarm.

Sie tauschten ihre Verhör-Erlebnisse in der Zelle nicht aus. Einmal, weil sie nicht sicher waren, ob die Amis nicht mithörten; zum anderen, weil die beiden Freunde Werner nicht ganz trauten. Sie folgten ganz einfach der alten SS-Lehre: Wenn ein Kumpel einmal eine Wehrmachtsuniform anhat, dann kannst du nie wissen.

Alles änderte sich schlagartig, als Oberscharführer Heger ebenfalls die Zelle bezog. Er war groß und breitschulterig und hatte ein Clowns-Maul, das sich beim Lachen bis zu den Ohren dehnte. Er lachte oft. Es schien ihm bisher besser gegangen zu sein als den anderen drei. Vielleicht konnte er auch mehr aushalten. Jedenfalls sagte er immer wieder:

»Kinder, nehmt's nicht so tragisch, verdammt noch mal.«

Dazu lachte er breit und gutmütig.

Die Amis ließen sich ein paar Tage lang überhaupt nicht sehen. Es herrschte Ruhe auf den Gängen.

»Jetzt lassen sie uns im eigenen Saft schmoren«, sagte Söhnchen. Als er ausgesprochen hatte, öffnete sich die Zellentüre.

Es war Cornedbeef.

Oberscharführer Heger fuhr von seiner Pritsche hoch.

»Achtung!« brüllte er . . .

Sie standen alle drei stramm und legten die Hände an die Hosennaht. Es war ihnen schlecht vor Angst und Hunger.

Cornedbeef blinzelte bloß.
Oberscharführer Heger grinste ihm ins Gesicht.

»Verdammte Scheiße«, sagte er, »können wir ein paar Zigaretten haben, Sergeant? ... Hier wird man ja verrückt.« Er sprach in miserablem Englisch, dreist und hemmungslos.

Werner erwartete den Holzknüppel. Aber der Sergeant reagierte seltsam. Er zuckte zusammen, feixte, fingerte an seiner Brusttasche herum und kramte ein angebrochenes Päckchen Chesterfield hervor, warf es Heger zu.

»Streichhölzer?« fragte der Oberscharführer freundlich.

»Da, ihr Schweine«, erwiderte Cornedbeef gemütlich und fingerte auch noch Streichhölzer aus der Tasche. Erst beim Weggehen wurde sein Blick giftig.

Zenker, Niessen und Eckstadt waren sprachlos.

Heger lachte.

»Ihr Feiglinge, laßt euch doch von denen nicht ins Bockshorn jagen ... man muß sie bloß richtig behandeln, dann spuren sie schon.«

Die drei fühlten sich blamiert und beschämt. Natürlich, so mußte man sich verhalten! Wie Heger! Man mußte ihnen unverschämt kommen. Der Oberscharführer war nicht mit Gold zu bezahlen. Er holte Spielkarten aus seiner Tasche, und sie saßen den ganzen Tag zusammen bei Skat und Siebzehnundvier. Heger übernahm die Führung in der Zelle. Sie hörten sich bereitwillig seine Geschichten an. Er mußte ein toller Kerl gewesen sein an der Front. Einmal öffnete er die Brusttasche seines Uniformrocks und ließ ein Ritterkreuz durch seine Finger gleiten.

»Das haben sie nicht gekriegt«, bemerkte er grinsend. Er verschloß den Orden wieder sorgfältig in seiner Brusttasche.

Sie wußten bald alles von ihm, auch, daß er im Nachbarbataillon von Zenker und Niessen den Ardenneneinsatz erlebt hatte. Von jetzt ab wurden in der Zelle die Erlebnisse ausgetauscht. Es war vorbei mit der Zurückhaltung. Man hatte die schlimmsten Zeiten überstanden, dachte man ...

Da begannen die Verhöre wieder. Zenker wurde als erster abgeholt. Es dauerte zwei Stunden. Er sagte nach seiner Rückkehr bloß:

»Dicke Luft.«

Söhnchen kam als nächster dran. Dann Heger. Der Oberscharführer lachte.

»Na, macht's gut, Kameraden!« Es klang wie Selbstironie. Der Mann schien Nerven und Knochen aus Stahl zu haben.

'rein in die Zelle, 'raus aus der Zelle. So ging es im ständigen Rhythmus hin und her. Als man Söhnchen brachte, wurde Heger geholt. An der offenen Zellentüre gingen sie aneinander vorbei.

Da passierte es!

Der kleine Niessen fuhr mit einem tierischen Schrei dem Oberscharführer an die Gurgel. Er war schneeweiß im Gesicht. Der Haß gab ihm unglaubliche Kraft. Seine Nägel bohrten sich in das Fleisch des viel größeren, viel stärkeren SS-Oberscharführers.

Er schrie: »Du Verräter! Du Lump! Du Sau! Du Scheißkerl!«

Hegers Augen traten aus den Höhlen. Er versuchte, den eisernen Griff an seinem Hals zu lockern, da fuhren die Posten dazwischen, allen voran Cornedbeef mit geschwungenem Knüppel. Es sah aus, wie wenn eine Menge Menschen zwei balgende Hunde trennen wollte.

Es war schnell vorbei. Niessen lief das Blut über das Gesicht, als er mit Tritten in die Zelle befördert wurde. Von Heger war nichts mehr zu sehen.

»Er hat uns verpfiffen«, sagte Söhnchen keuchend. »Ein Spitzel.«

Am Abend kam Cornedbeef in die Zelle. Er musterte mit seinen schmalen Wasseraugen die drei Insassen verächtlich. Söhnchen drehte durch.

»Können wir ein paar Zigaretten haben?« fragte er. Seine Stimme überschlug sich.

Cornedbeef reagierte träge. Er nahm seinen Knüppel in die Rechte und schlug so lange auf Niessen ein, bis er zusammengebrochen war.

Zenker und Eckstadt lehnten mit geschlossenen Augen kerzengerade an der Zellenwand und wagten nicht, hinzusehen. Werner biß die Zähne zusammen und verfluchte sich und die Schöpfung, die den Menschen feige, gemein und hinterhältig gemacht hatte.

Denn es ging weiter, ohne Gefühl, ohne Menschlichkeit.

Am nächsten Tag wurde Werner zur Vernehmung geholt. Zu Oberleutnant McCormick, der heute seinen großen Tag zu haben schien. Er trat ein, grüßte und erstarrte.

Vor ihm stand Wieblich, der fast schon vergessene Richtschütze aus dem Tiger-Panzer des gefallenen SS-Obersturmführers Klausen . . .

»Wieblich«, flüsterte Werner.

Oberleutnant McCormick hörte es und lächelte zufrieden. Er setzte sich auf seinen Stuhl, legte die Beine auf den Schreibtisch und zündete sich eine Zigarette an.

Wieblich war blaß. Er trug eine SS-Uniform, die ihm zu weit geworden war. Seine Augen klebten am Boden. Langsam tastete sich sein Blick schräg von unten nach oben zu Werner durch.

»Det is ’n Wiedasehn, wat, alter Junge?«

Werner schluckte.

»Ick hab’ dir damals jleich jesacht, det jeht nich jut.«

Werner sah an Wieblich vorbei.
Der Oberleutnant verlagerte seine Beine von der linken Schreibtischseite auf die rechte. Er drückte die halbgerauchte Zigarette im Aschenbecher aus und zündete sich sofort eine neue an.
Endlich griff er ein.
»Der Mann war in Ihrem Panzer Richtkanonier?« wandte er sich an Wieblich.
»Jawohl, Herr Oberleutnant«, erwiderte er stramm.
Eckstadt schoß das Blut in den Kopf.
Gleichmütig fuhr der Oberleutnant fort:
»Und Sie haben gesehen, wie Eckstadt auf amerikanische Gefangene geschossen hat?«
»Jesehen nich«, antwortete Wieblich, »ick war ja bloß Munitionsschütze. Da sehn se nischt im Panzer.«
McCormick sah Wieblich fragend an.
»Na, jehört hab' ick's halt. Hinterher hat er drüber jesprochen und sich über die Lippen geleckt.«
Langsam nahm der Oberleutnant seine Füße vom Tisch.
»Nun?« fragte er Werner langgedehnt.
»Aber Wieblich!« rief Werner. Es klang wie ein Schrei. »Wir haben doch keine Gefangenen erschossen! Ich war doch nie Richtkanonier! Das warst doch du!«
»Sieh dir man ja vor!« Wieblich spielte künstliche Empörung. »Ick Richtkanonier! Nie jewesen!«
Werner schossen Tränen der Wut und Enttäuschung in die Augen. Dieses Schwein, dachte er. Alles drehte sich vor ihm.
Er wußte nicht, daß Wieblich mißhandelt worden war und unter dem Druck Verbrechen eingestanden hatte, die er gar nicht verübt haben konnte. Wieblich war ein Schwächling. Er hatte in Rußland eine ganze Kette von Morden begangen, mit denen er sich den Strick hundertmal verdiente. Aber hier war er, dank der Besonnenheit des Kompaniechefs Klausen, tatsächlich unschuldig. Um sich weitere Mißhandlungen zu ersparen, hatte er Eckstadt denunziert.
»Wieblich«, flüsterte Werner mit starren Augen. Mehr konnte er nicht sagen.
Auf einmal funktionierte sein Verstand wieder. Der Mann wußte ja, daß ich in amerikanischer Uniform hinter den feindlichen Linien mit dem Fallschirm abgesetzt wurde, dachte er. Mein Gott, das war gefährlicher als alles andere!
»Wollen Sie immer noch leugnen?« fragte der Oberleutnant.
»Ich habe keine Gefangenen erschossen«, erwiderte Werner leise und bestimmt.
»Tut mir leid«, meinte der Offizier ruhig, »Sie setzen sich immer tiefer in die Nesseln.«

Cornedbeef kam herein, um ihn abzuholen. Sein Finger spielte mit der Schnur des Knüppels. Er wartete mit dem ersten Schlag, bis er den Raum verlassen hatte.

Wieblich rief ihnen nach:

»Tut mir leid ... aber wat wahr is, muß wahr bleiben!«

Und dann wuchs die Angst ins Bodenlose. Sie zerhackte die Vergangenheit in kleine Stücke. Man traute dem eigenen Wissen nicht mehr. Vielleicht hatten die Inquisitoren recht mit ihren von Prügeln begleiteten Behauptungen? Die Angst raubte das Bewußtsein, daß man mit den Malmedy-Verbrechen nichts zu tun hatte. Sie geisterte durch die Vernehmungen. Sie setzte sich in der Zelle fest. Sie machte Männer zu Schwächlingen und Schwächlinge zu Denunzianten. Angst saß in den Augen. Angst vibrierte in den Händen. Angst spiegelte sich auf der schweißnassen Stirne. Angst war allgegenwärtig, wenn man in die Gesichter der Zellengenossen sah, die von Tag zu Tag mehr verfielen, wenn man sie nachts stöhnen, schreien oder leise weinen hörte.

Werner hielt durch. Er ertrug die Schläge, die Schreie, das Stöhnen. Die Angst zerlegte, zersetzte ihn, aber er biß die Zähne aufeinander. Vielleicht gab ihm der Haß auf Hitler die Kraft dazu, vielleicht die Hoffnung auf eine gerechtere Zukunft. Tage hielt Werner noch durch, und diese Tage waren mehr, als ein Mensch aushalten kann.

Es geschah die Sache mit Niessen.

Vom stundenlangen Verhör kam er zurück. Gleichzeitig wurde Zenker, sein Freund, abgeholt. Sie gingen wortlos aneinander vorbei.

Der kleine Niessen, »Söhnchen«, war ganz still. Er starrte gegen die nackte Birne an der Decke, die nachts weiterbrannte. Er sah in das Licht, bis seine Augen tränten. Er hatte die Arme hinter dem Kopf verschränkt und schwieg.

Es dauerte und dauerte. Es war still, still. Niessen wurde nicht geholt und Zenker nicht gebracht.

Plötzlich richtete sich Niessen auf. Er trampelte mit den Beinen auf den Zellenboden und schlug sich mit den Fäusten unheimlich und langsam wieder und wieder gegen die Stirne. Dabei sah Werner zum ersten Mal, daß die Finger Niessens blutig waren. Es sah aus, als ob die Nägel abgerissen worden seien. Werner starrte auf Söhnchens Hände ... und sagte nichts.

Er sah, wie der Achtzehnjährige mit geschlossenen Augen weinte.

Werner stand auf, trat an seine Pritsche heran.

»Zenker wird schon wiederkommen«, sagte er rauh. »Sie müssen ihn doch wiederbringen.«

Langsam hob Niessen den Kopf. Werner sah in ein fremdes Gesicht ... Es war verheult, verzerrt, aus den Fugen geraten. Speichel stand in den Mundwinkeln. In den Augen tanzten irre Lichter.

»Hör auf!« zischte Niessen. »Hör auf!« brüllte er und warf sich auf seinem Strohsack wie im Krampf herum. Seine Schreie gingen in Geheul über. Es war nicht mehr menschlich. Es hörte sich an wie das Wimmern eines verlassenen Hundes. Es hatte keinen Anfang und kein Ende. Es war unbeschreiblich.

Nach langen Minuten erst entspannte sich sein Körper. Niessen streckte die Beine aus, starrte wieder in die Lampe. Er sah Werner nicht an, als er mit einer merkwürdig schwingenden und schwankenden Stimme sagte:

»Zenker wird nicht mehr wiederkommen. Es ist nicht mehr nötig ... « Söhnchen machte eine Pause.

Werners Kopf dröhnte. Er sah, wie Niessen die Lippen schon öffnete, bevor er noch sprechen konnte.

»Er war mein Freund«, quälte sich Söhnchen. »Er hat mir einmal das Leben gerettet ... hörst du, kein anderer hätte es getan. Es war einfach ein Wahnsinn ... er sprang aus einem Loch und holte mich direkt vor einem Panzer weg. Wir hätten alle zwei draufgehen müssen.« Niessens Stimme wurde fester. »Und jetzt brauchen sie kein Geständnis mehr«, fuhr er fort. »Ich habe es für ihn abgegeben ... Hörst du, ich habe ihn verpfiffen.« Niessen wollte weitersprechen, aber er konnte nicht. Er röchelte und stöhnte. Er hämmerte wieder mit seinen Fäusten gegen die Stirne, bis Werner sie ihm nahm und festhielt.

»Es war so einfach«, keuchte Söhnchen. »Sie haben mit mir ein Geschäft gemacht ... Sie wollten Namen wissen. Ich gab ihnen keine. Auch von diesen Schweinen nicht ... zuerst. Ein paar von ihnen kenne ich nämlich. Aber dann fingen sie an, an mir herumzumachen.« Niessen zeigte seine Hand vor.

» ... Sie rissen mir die Nägel aus ... nur zwei ... als sie den dritten ziehen wollten, gab ich ihnen Namen ... alle Namen von den Säuen, die ich kenne. Ich habe ihnen damals bei Malmedy zugesehen. Ich hab' mich gekotzt. Aber was sollte ich machen?«

Niessen stöhnte.

»Dann wurden sie scheißfreundlich ... sagten, ich sei noch so jung und ich hätte sicher nichts getan. Und wenn, dann sei es vergeben und vergessen ... aber!«

In diesem Augenblick dachte Werner an seine Mutter, die Engländerin. Er sah sie vor sich, wie sie jeden Abend, als er noch ein Kind war, sich auf sein Bett setzte, seine Hände faltete und mit ihm auf englisch betete ... und Werner dachte:

»Father in heaven ....«

Tränen liefen ihm über das Gesicht.

»Aber«, fuhr Niessen fort.

Kein »aber«, dachte Werner verzweifelt, »Father in heaven, Father in heaven, Father in heaven . . .«

»Aber, sie sagten, ich solle jetzt beweisen, daß ich ein anständiger Kerl sei, und zugeben, daß Zenker Gefangene umgelegt habe . . . Ich habe nichts zugegeben. Da zogen sie mir den dritten Nagel . . . Ich hielt durch.« Niessen schwieg plötzlich. Er schwieg lange. Er schwieg verzweifelt.

Wieder bewegte er zuerst die Lippen. Wieder formten sie Sätze, die man nicht hören konnte. Und dann hatte die Stimme Kraft, und schrie . . .

»Beim vierten Nagel hielt ich es nicht mehr aus . . . Meine eigene Mutter hätte ich angezeigt . . . es war so furchtbar«, röchelte Söhnchen. » . . . da habe ich alles zugegeben, was sie wissen wollten. Ich hab' gelogen, bloß damit sie nicht weitermachten. Alle Einzelheiten habe ich erfunden und immer wieder von Zenker geredet, weil sie ausgerechnet ihn 'reinlegen wollten.«

Amen! dachte Werner.

Wieder blieb es still in der Zelle.

Eine Stunde später flüsterte Niessen: »Sag doch was . . . «

Werner richtete sich hart auf.

»Schlaf jetzt«, erwiderte er. »Du mußt schlafen!«

Er lehnte sich wieder zurück und setzte leise hinzu: »Du bist ein feiner Kerl, Niessen . . . «

Früh am Morgen wurde Werner zum Verhör herausgerissen. Ein unglaublicher Tumult herrschte in der Zelle. Cornedbeef brüllte wie ein Wahnsinniger:

»So ein Saustall! So eine Schweinerei!«

Mit Tritten trieb man Werner hoch. Er starrte auf Niessens Strohsack. Er begriff mit seinen Augen nicht. Er stand da, ungläubig, entsetzt . . . Er dachte fiebrig: gibt es gar nicht. Ein Traum . . . alles Quatsch . . . Schau weg! Ein neuer Trick, den sie sich ausgedacht haben.

Der Strohsack war über und über mit Blut getränkt. Es war schon schwarz. Niessen lag, den Kopf zur Seite gedreht, mit wächsernem Gesicht und starren, gelblichen Augen auf seiner Pritsche, in der verkrampften rechten Hand den kleinen Aluminium-Büchsenöffner, der ihnen zum Öffnen der Wurst- und Puddingdöschen der K-Ration belassen worden war.

Er hatte sich mit ihm die Pulsader geöffnet.

Werner sah es und begriff es nicht. Und dann arbeitete sein Verstand weiter, und er dachte, daß Söhnchen ein tapferer Bursche war. Denn mit einem so stumpfen Ding mußte es unheimlich weh getan haben.

Und Werner hatte nichts gehört. Gar nichts.

An dieser Stelle der Vernehmung schwindet die Selbstbeherrschung des Oberst Evans. Sein Gesicht ist verzerrt, seine Fäuste sind geballt. Er schreit Werner Eckstadt an:

»Hören Sie auf! Hören Sie auf! Ich kann das nicht mehr mitanhören!«

Der Oberst geht im Zimmer auf und ab.

»Entschuldigen Sie, Sir«, erwidert Werner leise. »Sie wollten alles wissen ... das ist noch immer nicht alles.«

Der Oberst fährt herum. Eine Sekunde sieht es aus, als ob er auf Werner losgehen wollte. Aber dann hat er sich wieder in der Gewalt, setzt sich auf einen Stuhl, lehnt sich zurück. Seine Hände entspannen sich.

»Tut mir leid«, sagt er. Er steht wieder auf, geht an die Türe, ruft den Posten herein.

»Ich möchte den Gefangenen Niessen sprechen«, sagt er.

»Yes, Sir«, entgegnet der Posten.

Nach zehn Minuten meldet sich der Kommandant des Untersuchungsgefängnisses Dachau.

»Wen wollen Sie sprechen, Colonel?«

»Einen Gefangenen namens Niessen.«

»Den gibt es bei uns nicht.«

»Aber es gab ihn?«

»Ja. Er ist gestorben«, antwortete der Kommandant.

»An was?«

»Selbstmord, Colonel.«

Der Oberst nickt. Er betrachtet Werner zerstreut, zuckt die Schultern. Der Gefängniskommandant zieht sich zurück. Das Schweigen ist lange und verzweifelt. Minuten vergehen langsam wie Stunden. Evans sitzt auf seinem Stuhl und rührt sich nicht.

Da beginnt Werner wieder ganz leise:

»Da unterschrieb ich ein Geständnis, als es mir an die Nägel ging. Ich unterschrieb es, bevor ich unter der Qual der Folter Unschuldige belasten konnte. Verstehen Sie? An den ganzen Scheußlichkeiten, zu denen ich mich durch meine Unterschrift bekannte, ist nicht ein wahres Wort ... Ich wußte von den Erschießungen nichts. Ich habe erst hier davon erfahren.«

Der Colonel gibt sich einen Ruck. Seine Lippen sind schmal und weiß. Sein Gesicht ist noch immer gerötet.

»Gut, Eckstadt, ich übernehme Ihren Fall ... ich übernehme ihn mit allen Konsequenzen.«

Werner starrt ihn ungläubig an. In seinem Gesicht zuckt es. Er will etwas sagen, aber die Erregung preßt seinen Mund zusammen. Er will auf den Oberst zugehen, ihm die Hand geben. Aber er sitzt wie angewurzelt. Dankbarkeit schießt wie ein Krampf durch seinen Körper. Seine Augen sind groß und hell.

Der Oberst steht auf.

»Das wär's«, sagt er. »Nun nehmen Sie sich zusammen, Mann. Ich bringe Sie heraus. Sie und die anderen . . . soweit sie unschuldig sind«.

6. Kapitel

Der alte Ford fährt auf die Einfahrt des Untersuchungsgefängnisses Dachau zu. Die Insassen reden nicht viel miteinander. Vorne, neben dem langen, schlaksigen Leutnant Tebster, sitzt Vera, hinter ihm Leutnant Morris und daneben Brigitte, die sich mit Vorwürfen quält, daß sie den Mann, den sie liebt, für einen Mörder hielt.

Morris hat Himmel und Hölle in Bewegung gesetzt, um eine Sprecherlaubnis zu erwirken. Rigoros schob er Colonel Evans vor, spielte dessen Dienstgrad aus, drohte, versprach, befahl, schrie, bat... bis er fast ein Wunder erreichte: Man gab die Erlaubnis, Werner Eckstadt zu besuchen. Zum ersten Mal durften Angehörige das Untersuchungsgefängnis betreten.

Aber was geschieht, wenn der Oberst davon erfährt? denkt Leutnant Morris. Der Colonel versteht in diesen Dingen keinen Spaß. Aber Morris hat es Vera versprochen, und er hält es. Vera, die der Begegnung entgegenfiebert und in diesen Tagen schmal und blaß geworden ist.

Tebster ist aus anderem Holz. Er grinst vergnügt vor sich hin. Ihm macht die Sache Spaß. Beinahe soviel wie die Aktengeschichte. Brigitte nestelt an ihren langen, dunklen Haaren.

»Wir sind da«, sagt Tebster.

Morris zeigt die Ausweise vor.

Langsam rollt der Wagen in den Innenhof. Es ist später Nachmittag. Die Sonne hat sich hinter Wolken versteckt. Vier, fünf Posten schießen auf den Ford zu, polnisches Wachtpersonal in amerikanischen Uniformen, die man dunkel färbte.

Die Sprecherlaubnis wird wieder und wieder kontrolliert.

In diesem Augenblick geschieht gerade das, was Leutnant Morris am meisten fürchtete. Er prallt unter der Türe mit seinem Chef zusammen. Mit Colonel Evans. Der Oberst hat ihn sofort gesehen.

»Was ist hier los?« fährt er ihn an.

Aus, vorbei, denkt der Leutnant, danebengegangen. Und er redet schnell, unbesonnen und vollkommen unmilitärisch auf den Colonel ein. Er spricht von Vera und deutet auf sie. Er berichtet den Aktendiebstahl, von dem der Colonel noch gar nichts weiß. Er stellt Leutnant Tebster vor, während die beiden Mädchen verschüchtert im Hintergrund bleiben... und er weiß, daß das alles sinnlos ist.

Daß ihn der Oberst hinauswerfen wird. Zuerst aus dem Gefängnis und dann aus seiner Dienststelle.

Evans hört seinen Assistenten an, ohne ihn ein einziges Mal zu unterbrechen. Dann reagiert er ganz seltsam: Er läßt Morris stehen und geht auf Vera zu, die ihn schon einmal in seiner Dienststelle besuchte. Er gibt ihr die Hand.

»Sie sind ein schönes Mädchen«, sagt er, »und Ihr Bruder ist ein tapferer Bursche . . . Ich habe seinen Fall übernommen.«

Ohne sich um die anderen zu kümmern, steigt der Colonel in seinen Wagen und fährt davon.

Morris starrt ihm nach, schüttelt den Kopf, boxt Tebster in die Seite.

»Träume ich?« fragt er ihn.

Der Captain des Wachtpersonals kommt zurück.

»Alles okay«, sagt er, »Sie können den Gefangenen sprechen.«

Man führt die vier in einen Vernehmungsraum. Ein Posten bleibt vor der Türe stehen.

Brigitte starrt auf die Türe. Ihre hellen Augen glänzen. Vera zerknüllt ein Taschentuch zwischen den Fingern. Tebster bearbeitet mit seinen weißen Zähnen einen Kaugummi. Morris läuft wie ein gefangenes Tier hin und her. Keiner spricht. Es ist still, gespenstisch still. Und es dauert lange. Viel zu lange. Man hört Kommandos auf den Gängen. Man hört den gedämpften Schritt der Gummistiefel. Irgendwo plärrt ein Radio. Der Posten vor der Türe erzählt einem Kameraden das Liebesabenteuer der vergangenen Nacht. Jedes Wort ist zu verstehen.

Tebster sieht auf die Uhr, spuckt seinen Kaugummi aus, schiebt den nächsten in den Mund.

Da, endlich geht die Tür auf.

Werner Eckstadt sah nicht auf, als die rostige Zellentüre in den Angeln knarrte. Er saß auf seiner Pritsche und starrte auf den schmutzigen Fußboden. Er hörte nicht, was die Zelleninsassen sagten. Er sah auch nicht die langbeinigen häßlichen Spinnen, die an der Wand hochkrabbelten. Hinter seinen leeren Augen schaukelten die Gedanken, ungut und unfroh, drehten sich schnell im Kreise und endeten wieder an der gleichen Stelle, die nur zweihundert Meter vom Gefängnis entfernt war: sie endeten unter dem Galgen, den gerade deutsche Arbeiter aufstellten.

»Du mitkommen«, sagte der polnische Wachtposten und stieß Werner an.

Mechanisch stand Eckstadt auf und ging mit steifen Beinen neben dem Posten her. Er wußte noch nicht, welche Überraschung ihm bevorstand. Man sagte den Häftlingen nie, ob es zum Galgen ging oder nur in die Sprechzelle ... die Gefangenen würden schon rechtzeitig merken, wohin der Weg führte.

Der Posten verließ mit ihm den Block. Er ging rasch, und Werner blieb einen halben Schritt zurück. Der Pole drehte sich um und schrie:

»Mach schnell, mach schnell!«

Vor dem Gebäude übergab er Werner einem amerikanischen Sergeanten, den er noch nie gesehen hatte. Der blasse Gefangene atmete frische Luft, aber er spürte sie nicht. Er hatte den Kopf gesenkt. Die grauen Schlacken, der Bodenbelag von Dachau, knirschten unter den Gummistiefeln des Sergeanten. Sie passierten endlose Fluchten von Steinbaracken, gerieten von einem Sperrkreis in den anderen, und sie alle waren vom Symbol der Zeit umgeben: vom Stacheldraht.

An den Durchlässen standen verdrossene MP-Posten oder geschäftige Polen in dunklen Uniformen. Je weiter sich Werner vom Mittelpunkt des Lagers entfernte, desto dichter wurde der Betrieb.

Amerikanische Offiziere und Soldaten hasteten mit Akten unter dem Arm an ihm vorbei. Jeeps schossen auf den Barackenwegen hin und her, und in manchen saßen Frauen, junge und hübsche Frauen, und auch sie trugen Uniformen. Vor ihm knirschten die Bremsen eines Wagens. Ein Captain stieg aus und reichte seiner Begleiterin den Arm. Sie war jung, blond und groß, und an ihren Beinen sah Werner zum ersten Mal hauchdünne Nylons.

Sie gingen weiter über einen Platz, dessen Seite durch eine verwitterte Bretterwand abgeschlossen war.

»Arbeit macht frei«, stand in großen, verwaschenen Lettern auf der Wand. Die Amis hatten es gleich stehenlassen. Nur dem Hoheitsadler auf der anderen Seite des Platzes hatten sie den Kopf abgeschlagen und das Hakenkreuz aus den Krallen gerissen.

Jetzt begegnete Werner zum erstenmal seit Monaten Zivilisten. An ihren armseligen Jöppchen und an ihren mageren Gesichtern erkannte er sie als Landsleute. Sie sahen weg, als er vorübergeführt wurde. Einer spuckte aus.

Noch nie war der Weg zu einer Vernehmung so lang gewesen, mit jedem Schritt, den Werner ging, steigerte sich die Beklemmung, legte sich bleischwer auf seinen Brustkasten, schnürte ihn zusammen, bis ihm die Übelkeit vom Magen her hochkroch. Seine Augen hatten endlich Gelegenheit, etwas anderes zu sehen als graue Zellenwände, als Kameraden, die vielleicht abgefeimte Mörder waren. Aber der Blick fing sich wieder an den hölzernen Türmen mit den MG-Ständen und Scheinwerfern, die nur am Tage blind waren.

Und Werner hörte, wie sich die Posten die Zeit mit Witzen, Flüchen und Weibergeschichten vertrieben.

Hat sicher mit Colonel Evans zu tun, redete Werner sich ein, daß sie mich hier entlangführen, und einen Moment wich die Beklemmung. Dann war sie wieder da. Werner wußte selbst nicht, warum. Er hatte auf einmal die Empfindung, daß sich in Dachau nichts geändert hatte, daß aus einer riesigen Knochenmühle des Verbrechens eine ebenso große Garküche der Gerechtigkeit geworden war. Das Recht der Sieger. Und Werner hatte einfach Angst, verkocht zu werden, trotz Colonel Evans.

Zu dem Sergeant stieß jetzt noch ein Leutnant. Werner betrat in ihrer Mitte eine abseits gelegene Baracke. Die Sonne fiel so schräg durch die Fenster, daß er ein paar Sekunden geblendet war, als man die Türe zu einem Zimmer aufgestoßen hatte.

Dann sieht er vier Silhouetten: zwei Männer, zwei Frauen. Hört eine Stimme, die wie in einem leichten Aufschrei ruft:

»Werner!«

»Vera«, sagt Werner leise, mechanisch. Er starrt seine Schwester an und begreift nichts. Und seine Gedanken lösen sich vom Verstand, jagen sich schnell, unsinnig und nutzlos. Vera, die Schwester, Vera neben einem Amerikaner, Vera in Nylons, Vera lächelnd, Vera mitleidig, Vera, Vera, Vera.

Sein Blick tastet sich an ihr entlang. Allmählich bekommt das Bild auf seiner Netzhaut Farbe und Gestalt. Sein Gesicht verzerrt sich zu einem automatischen Lächeln. Er steht da, mittelgroß, schmächtig, hilflos, vom Licht geblendet, und hat Angst vor der Begegnung mit der Schwester, die er liebt.

Und jetzt erst sieht er Brigitte.

»Sie haben fünfzehn Minuten Zeit«, sagt der Leutnant zu ihm. Seine Stimme ist kühl, teilnahmslos. Es ist der Tonfall, in dem Urteile verlesen werden.

Fünfzehn Minuten Zeit, denkt Werner, sieht Brigitte, sieht sie in weißer Schwesterntracht vor sich, fühlt die Wunde am Arm, merkt, wie seine Beine zittern, starrt und starrt, wischt sich mit der Hand über die Augen, will den kreisenden Nebel wegfegen. Brigitte ... Vera ... Brigitte ... Vera ... die Amerikaner. Alles schaukelt vor seinen Augen, verwebt sich, tänzelt ...

Jemand schiebt ihm einen Stuhl in die zitternden Kniekehlen, Werner fällt krachend auf den Sitz.

»Poor guy«, entfährt es dem jungen, schlaksigen Leutnant Tebster.

Leutnant Henry F. Morris sagt gar nichts. Zum erstenmal sieht er Werner, den Mandanten seines Chefs, den Bruder des Mädchens, in das er sich verliebt hat und deretwegen er sich Sprechkarten erschlich. Und er denkt automatisch: viel Lärm um nichts. So hat er sich den Bruder der strahlenden Vera nicht vorgestellt.

»O Gott... Werner«, sagt Vera und geht mit ein paar schnellen Schritten auf ihn zu, weil sie fürchtet, daß er vom Stuhl sinkt. Sie will seine Hände nehmen.

»No«, sagt der Leutnant des Wachkommandos am Fenster. »Das ist verboten!«

Brigitte will etwas sagen, aber sie kann nicht. Ihre Lippen bewegen sich lautlos, ihre Augen glänzen, ihre Hände flattern.

Die drei Worte des Leutnants genügen, um Werner zu sich zu bringen, um die Schwäche zerfließen zu lassen. Klare, kalte Bitterkeit setzt sich wieder in den Hirnzellen fest, das Blut pocht in den Schläfen. Er rappelt sich auf, lächelt dümmlich, seine Stimme ist brüchig.

»Das ist aber eine... Überraschung.«

Vera schluckt. Sie steht dicht vor ihrem Bruder. Sie möchte ihm um den Hals fallen, möchte ihn an sich ziehen, möchte seinen Kopf streicheln. Aber ihre Arme hängen schlaff herab. Sie darf ja nicht. Sie könnte ja dem Kriegsverbrecher Eckstadt irgend etwas zustekken, Gift vielleicht oder einen Napfkuchen.

Da sind die Tränen, laufen ihr über das Gesicht, und je energischer sie sie abwürgen will, desto leichter fließen sie.

Werner fühlt sich so elend wie noch nie. Noch immer ist das verzerrte Lächeln in seinem Gesicht.

»Ist schon gut«, sagt er blechern. Und er versucht, an seiner Schwester vorbeizusehen, dabei begegnet er dem Blick Brigittes, sieht, wie blaß sie ist, und ihm wird noch elender. Die Wunde brennt, und es riecht nach Karbol, und er küßt sie, und er streichelt ihre Haare, tollt mit ihr herum... und das alles ist so weit weg... so unendlich weit weg... und kommt nie wieder, nie wieder... nie wieder. So jedenfalls hämmert es in seinen Adern, pocht das Herz, schlägt es gegen seinen Kopf, zittert es in seinen Kniekehlen. Vorbei, aus, nie wieder, nie wieder. Hauchdünne Nylons...

»Das ist Leutnant Morris«, sagt Vera mit unsicherer Stimme, »und da am Fenster, das ist Leutnant Tebster.« Sie wendet sich hilfesuchend nach den beiden Offizieren um. »Wir haben ihnen sehr zu danken, Werner«, setzt sie leise hinzu.

Etwas bäumt sich in Werner auf. Vielleicht kann er die olivgrüne Farbe der Uniform nicht mehr ertragen? In den letzten Monaten sah er nichts anderes, Leutnant Prince hatte sie an, Cornedbeef saß sie prall auf dem üppigen Leib und olivgrün flimmerte es vor seinen Augen, sooft der Sergeant mit dem Gummiknüppel zudrosch. Werner steckt schon zu tief in der Rolle des Gefangenen, des Ausgestoßenen, des Wehrlosen, des Verdächtigen, des Angeklagten – und da sieht er nun seine Schwester und das Mädchen, das er liebt, zusammen mit zwei Männern in amerikanischen Uniformen, in tadellos gebügelten Hosen, in makellosen Hemden, mit ordentlich gebundenen Schlipsen – und er sieht die Goldknöpfe auf den Uniformjacken, und sie glänzen genauso wie die Augen Veras, wie die Augen Brigittes.

Werner beißt die schmalen, blassen Lippen zusammen, versucht ein Kopfnicken, aber es wirkt nicht wie eine Geste der Zustimmung, es ist eher eine Grimasse der Abwehr. Was geht mich das alles an, denkt er.

Leutnant Morris erwidert nichts. Tebster redet auf den Bewachungsoffizier ein. Der schlaksige Mann aus Texas ist ein Mensch, und er findet die Art, mit der man Werner vorführt, deshalb zum Kotzen.

»Okay«, sagt plötzlich der Offizier des Bewachungskommandos, »three minutes!«

Tebster nimmt Vera und Morris und schiebt sie einfach aus dem Zimmer.

Der Gefangene ist mit Brigitte allein. 180 Sekunden lang. Sie stehen einander fremd gegenüber. In Werners fahlem Gesicht haftet ein gefrorenes Lächeln. Er steht auf, läuft im Zimmer hin und her, immer, wenn er in ihre Nähe kommt, stockt sein Fuß und er wendet sich dann fast abrupt um.

»Es geht dir hoffentlich gut«, sagt er hart.

Brigitte sieht ihn immer nur an.

»Werner?« fragt sie leise, »Ich weiß nicht, wie das alles gekommen ist. Haben sie wirklich das Geständnis von dir erpreßt?« Sie erschrickt vor ihrer Frage. Sie bereut sie bereits, aber sie muß das einfach wissen. Vielleicht nur deshalb, weil sie eben zum erstenmal in ihrem Leben durch das Konzentrationslager Dachau gegangen ist, weil ihr plötzlich das Bild ihres toten Vaters vor Augen stand, den SS-Totenkopf-Leute in einem solchen Lager ermordet hatten.

Werner sieht durch das Mädchen hindurch. Seine Augen sind flach und kalt. Sein Trotz ist dumm und böse.

»Du mußt auf den Prozeß warten«, entgegnet er mit höhnischer Stimme, »man soll einem schwebenden Gerichtsverfahren nicht vorgreifen ... nicht wahr, du weißt doch, daß die amerikanische Justiz erstklassig ist.«

»Oh, Werner«, flüstert Brigitte. Sie steht jetzt ganz nahe neben ihm, sieht zu ihm auf, ihre Lippen zucken. »Verstehst du denn nicht?«

»Nein, ich verstehe nicht. Und es ist auch ganz egal.«

Er könnte sich ohrfeigen, aber er kommt nicht dagegen an. Es ist auf einmal alles so falsch, so verbogen, so verwickelt ... und er riecht den Duft ihres Haares. Eine Geste würde genügen, ein Wort, eine Zärtlichkeit. Aber er findet sie nicht. Zwischen ihm und dem Mädchen steht die Zeit mit ihrer geballten Gemeinheit, mit ihren blinden Zufällen, mit ihrer gedankenlosen Tücke.

»Ich hoffe, du bist nicht allein«, sagt Werner brutal. Er sieht zum Fenster hinaus. In sein lebloses Gesicht, das in einer Hölle von Qual, Stumpfsinn und Einsamkeit geformt wurde, schrieb sich die Hoffnungslosigkeit ein, das die Verlorenheit zur Maske degradierte. Der Mensch ist das Ebenbild Gottes, aber Gott schien seine Hand von der Zeit genommen zu haben, schien sich auszuruhen, schien sich mit der Unmenschlichkeit seiner Geschöpfe abgefunden zu haben.

Brigitte weint.

»Werner«, flüstert sie. Mehr kann sie nicht sagen.

Er quält sich, indem er sie verletzt. Und er verletzt sich, indem er sie quält. Vor seinem Verstand steht der eiserne Vorhang des Trotzes.

»Ich fände das vernünftig von dir«, sprudelt er heraus, »es hätte sowieso keinen Sinn ... Wahrscheinlich hängen sie mich. Wenn ich mit zwanzig Jahren davonkomme, habe ich Glück ... Und so lange zu warten, ist doch Quatsch. Das siehst du ja ein, nicht?«

Ich lüge, denkt er, mein Gott, ich lüge. Ich muß lügen. Ich muß es einfach. Lieber Gott, laß es sie merken, laß sie etwas erwidern, reiß diese Mauer ein, laß mich aufwachen, laß mich ihr sagen, was ich denke, fühle, hoffe, glaube ... trotz alledem.

Da geht die Türe auf. Der Leutnant des Bewachungskommandos grinst. Der Sergeant ebenfalls.

»Bißchen kurz, drei Minuten«, sagt er zu Tebster.

Der CIC-Offizier wird rot vor Ärger, denn er hat begriffen, für welchen Zweck der Leutnant die Zeit knapp fand.

Brigittes Gesicht ist ohne Ausdruck, ohne Leben.

Aber Vera hat sich in der kurzen Zeit draußen zusammengenommen. Sie ist entschlossen, den furchtbaren Druck, das Falsche, das Verlogene zu überbrücken. Sie spricht darauf los wie ein Wasserfall. Sie redet fiebrig über alles hinweg, spricht vom Alltag und von Lebensmittelkarten und davon, daß Tante Erna schön grüßen läßt.

Werner ist ihr dankbar, obwohl er gar nicht zuhört. Noch dankbarer ist er seinem Bewacher, der das Handgelenk hochhebt und mit dem Finger auf die Armbanduhr tippt.

Schöne Uhr, denkt Werner mechanisch, und er stellt fest, daß es eine Pilotenuhr der deutschen Luftwaffe ist.

In diesem Augenblick geht Tebster auf Werner zu. Er schiebt einfach den Kaugummi von einer Seite auf die andere. Er haut Werner Eckstadt auf die Schulter, packt ihn mit der Hand im Genick. Es ist eine warme, gute, trockene Hand ...

»Take it easy«, sagt der Leutnant. Er hat eine rauhe Stimme und flucht kurz und bündig: »Verdammt!«

Werner schluckt.

»Wir kommen bald wieder«, sagt Vera.

»Sicher«, antwortet Werner.

»Und verlaß dich drauf«, fährt Vera fort, »wir holen dich hier heraus. In einem Vierteljahr lachst du drüber.«

»Sicher«, erwidert Werner zerstreut.

Und Vera senkt den Kopf und verläßt sehr schnell den Raum. Als Brigitte ganz dicht an ihm vorbeigeht, bewegt Werner die Lippen. Aber er kann nichts mehr sagen, weil ihm ein dicker Kloß die Kehle zupreßt, seit ihm der amerikanische Leutnant Tebster ins Genick faßte und schüttelte und seitdem er spürte, daß das eine einfache, ehrliche Geste war ... Und auch Brigitte findet kein Wort, wirkt fast erleichtert, daß sie aus dem Raum herauskommt, daß sie Werner nicht mehr zu sehen braucht. Und jetzt, Sekunden später, Sekunden zu spät, wird ihr einfallen, was sie alles zu sagen vergaß, was sie nie mehr vergessen wird, wenn sie jemals eine zweite Chance hätte.

Als die vier wieder in dem Wagen sitzen, sagt Vera:

»Wir hätten nicht hierherkommen dürfen. Noch nicht ... «

Niemand gibt ihr Antwort. Von Dachau bis München flucht Leutnant Tebster in unregelmäßigen Abständen vor sich hin.

Diesmal wurde Colonel Evans im Hauptquartier der amerikanischen Armee in Heidelberg sofort beim Zwei-Sterne-General Simson vorgelassen.

»Hallo!« rief der General schon von weitem, während er langsam die zu lang geratenen Beine von der Schreibtischplatte nahm. »Wie geht's, Colonel?« Er lachte. »Haben Sie nun endlich Ihre verdammte Sprechkarte gekriegt?«

»Jawohl, Sir.«

»Na also ... Kommen Sie, mein Lieber, wir gehen in den Club. Ich habe einen französischen Koch engagiert. Solche Steaks haben Sie noch nie gegessen.«

»Jawohl, Sir.«

Der General ließ sich an einem reservierten Tisch nieder und las umständlich und genußfroh die Speisekarte. Er bestellte eine Flasche Mosel, blinzelte dem Colonel zu.

»Das Beste an Deutschland ist der Mosel. Ich bin eigens hingefahren und habe fünfzig Flaschen eingekauft. Sie werden staunen, Oberst.«

»Gewiß, Sir.«

»Sind Sie nicht so dienstlich, Evans ... Nehmen Sie Schildkrötensuppe voraus?«

»Gerne.«

»Wie geht's denn in München?«

»Danke.«

»Und wann gehen Sie in die Staaten zurück?«

»Ich weiß es noch nicht, Sir.«

»Na, mir pressiert es auch nicht mehr ... Bleibt's beim Steak?«

»Die Sache ist die, Sir«, begann Evans, »ich komme bei meinen Ermittlungen nicht weiter.«

»Nehmen Sie die Pommes frites. Ausgezeichnet. Und jetzt will ich nichts von Ihrem verdammten Prozeß hören. Mein Arzt hat mir verboten, beim Essen über Probleme zu reden.«

»Entschuldigung, Sir.«

Der General aß mit schweigendem Behagen. Er war für zwei Dinge berühmt: für verwegene Panzerangriffe und verfeinerten Geschmack. Das erste brachte ihm drei Reihen Orden, das zweite zehn Pfund Übergewicht, die er mit Golfspiel bekämpfte.

»Wie geht es Ihrer Familie?« fragte er beim Nachtisch.

»Danke, Sir ... Darf ich jetzt zur Sache kommen?«

»Erst noch die Zigarre. Oder ziehen Sie Zigaretten vor?«

Evans nahm eine Zigarre und sah auf die Uhr. Der General bemerkte es verdrossen.

»Na, dann schießen Sie los mit Ihrem Ärger.«

»Ich habe die Verteidigung im Malmedy-Case übernommen ...«

»Das weiß ich«, knurrte Simson.

»Und was ich übernehme, übernehme ich ganz.«

»Weiß ich auch.«

»Ich muß nach Malmedy fahren, Sir. Ich muß mit den Zeugen sprechen. Ich muß mir ein klares Bild von der Geschichte machen können.«

»Na, dann fahren Sie doch.«

»Ich brauche Autos, Rechercheure ... Ich brauche Geld.«

Jetzt wurde der General ärgerlich.

»Ein Auto haben Sie, recherchieren können Sie selbst, Oberst, wenn Sie schon überall Ihre Nase 'reinstecken müssen. Geld? ... Sind Sie verrückt geworden? Meinen Sie, die Armee gibt noch Geld dafür aus, daß Sie diese verdammten Kriegsverbrecher vom Strick abschneiden? ... Was ist mit Ihnen los, Evans, wissen Sie denn nicht, was bei Malmedy passiert ist? Ich warne Sie! Sie haben sich in den Fall verbissen!« Der General stand auf. »Aber glauben Sie nicht, daß die Armee auch noch Geld für Ihre Marotten ausgibt!«

»Sir«, entgegnete Evans stockend, »das ist eine Beschneidung der Verteidigung.«

»Von mir aus ist es, was es will! ... Ich mag Sie gern, Evans. Ich halte viel von Ihnen ...« Er lächelte belustigt. »Wenn ich mal in eine dumme Sache gerate, Sie werden mein Verteidiger, verlassen Sie sich darauf.« Der Ton des Generals schlug plötzlich um. Seine Stimme wurde schneidend und barsch: »Doch eines merken Sie sich ein für alle Male: die Armee hat kein Geld für die Verteidigung ihrer eigenen Mörder! Das ist mein letztes Wort, Colonel.«

Schon als sich der Oberst beim General frostig verabschiedete, wußte er, was er zu tun hatte. In seiner gradlinigen Art blieb ihm keine andere Wahl. Er fuhr von Heidelberg direkt nach Malmedy. Er bezahlte es selbst. Nicht nur das. Jahrelang wird er weiterkämpfen, wird fast sein Privatvermögen opfern, wird mehr als hunderttausend Dollar ausgeben, damit unschuldige Männer gerettet werden, die einer verbrecherischen Organisation angehörten, die die Feinde seines Landes waren. Er wird es nicht einmal für sie tun – auch wenn es ihnen zugute kommt. Er wird es tun, damit auf Amerika kein Makel fällt. Er will beweisen, daß die Cornedbeefs die schlechtesten Amerikaner sind, eine kleine Minderheit krimineller Schläger, die es überall auf der Welt gibt, in allen Ländern, in allen Armeen, unter allen Flaggen.

So kam der Oberst zum erstenmal nach Malmedy, sprach mit Zeugen, sondierte scharf, ließ die schrecklichen Erlebnisse, den berechtigten Haß der Bewohner über sich ergehen, stand mit zusammengebissenen Zähnen an der Crossroad. Er widerlegte falsche Aussagen, zerpflückte fahrlässige, nahm die Zeugen in die Zange, wieder und wieder, mußte ihren Unwillen ertragen, wurde selbst unwillig und begann wieder von neuem, von vorne. Er entwirrte mit zäher Geduld das Netz von Lüge, Verrat, Verbrechen und Zufall. Die Hilferufe der niedergemetzelten Soldaten gellten in seinen Ohren. Ihre toten Augen sahen ihn an.

Und er wollte in dieser Minute alles liegen- und stehenlassen, zurückfahren, die Verteidigung abgeben. Riesengroß wurde die Versuchung ... niemand konnte von ihm verlangen, daß er, der Amerikaner, der Offizier, in dem Dunkel dieser abscheulichen Verbrechen herumstocherte.

Evans stieß auf einen belgischen Waldarbeiter, einen Mann mit gutmütigem Gesicht, das noch jetzt jede Farbe verlor, wenn er wiedergab, was er mit eigenen Augen gesehen hatte.

»Ich spreche deutsch«, sagte er zum Oberst, »ich verstand jedes Wort. Ich hatte mich in ein Dickicht verkrochen, neben dem es passierte. Ein SS-Mann in Unteroffiziersuniform hatte einen amerikanischen Soldaten eingeholt. Es war schrecklich.«

Der Oberst nickte.

»Der Mann zerrte den Amerikaner auf die Beine, zog die Pistole und lachte. ›Einen Schuß für Mutti‹, sagte er und schoß in das linke Bein.

Der GI brach zusammen.

›Und der für Vati‹, fuhr der Mörder, noch immer lächelnd fort, zielte und durchschoß das rechte Bein.

Der Soldat hatte große, flehende Augen und schrie, schrie, daß ich mir die Ohren zuhielt.

›Und eine Braut hast du sicher auch‹, stieß der Mörder hervor, ›und das ist für sie.‹ Wieder drückte er ab. Wieder knallte ein Schuß.

Ich wollte hinstürzen. Ich war blind vor Haß und Zorn. Aber ich konnte nichts machen. Ich erlebte es aus nächster Nähe, ich sah, wie der Mörder auf den Unterleib zielte. Ich sah sein Gesicht.« Der Waldarbeiter machte eine Pause. »Ich sehe es immer noch. Wochenlang träumte ich davon. Und selbst jetzt noch erscheint es mir mitunter.«

»Wie sah der Mörder aus. Um Gottes willen, sprechen Sie doch! Wie sah die Bestie aus«, unterbrach Oberst Evans den Arbeiter.

Hastig und mit zitternden Händen warf er seine Fotos auf den Tisch. Der Zeuge nahm Bild für Bild in die Hand, starrte sie an, schüttelte jedes Mal den Kopf.

»Er ist nicht dabei«, antwortete er dann, »ich habe die Fratze nicht vergessen. Ich erkenne sie unter tausend Gesichtern wieder.« Er zuckte mit den Schultern. »Aber hier ist er nicht darunter. Leider.«

Der Oberst zweifelte an Gott, an der Welt, am Fortschritt, an der Menschheit. Er zweifelte an allen Idealen, nach denen er bisher gelebt hatte, als er von Malmedy zurückfuhr. Er war angeschlagen, angeekelt, erschüttert, verzweifelt. Er war müde, zerschlagen, leergebrannt.

Und er war entschlossen, trotzdem die Verteidigung der Malmedy-Angeklagten zu übernehmen, um zu verhindern, daß die Amerikaner ihren Sieg durch Justizmorde besudeln würden.

Werner Eckstadt lief der Schweiß über das Gesicht. Er lag auf dem Rücken und starrte gegen die Decke, immer auf den gleichen Fleck, bis er sich durch seine Augennässe verwischte. Er biß sich auf die Zunge, bis sie blutete. Er krallte die Nägel in das Fleisch. Der körperliche Schmerz tat ihm fast wohl. Was war er, gemessen an der Qual seiner Gedanken.

Werner haßte sich. Jetzt hängen sie dich mit Recht, dachte er verbissen, ganz mit Recht. Und sie sollen, sie werden sich einen Dreck drum kümmern, ob du unschuldig bist. Du hast Menschen, die dich schätzen, die dich lieben, die dir helfen wollten, vor den Kopf gestoßen. Du hast nicht gesehen, wie viele Sorgen sie sich um dich machten, was sie alles für dich taten. Du hast nur ihre hauchdünnen Nylonstrümpfe betrachtet und deinen dreckigen Vorstellungen freien Lauf gelassen: Kaugummi, Schokolade, Zigaretten, Strümpfe, Fräuleins. Und sie sollen dich auslöschen, denn du bist ein Cornedbeef auf anderer Ebene.

Alles sollte gut werden, und alles ist falsch gelaufen. Ein paar Monate Haft hatten genügt, seinen Lebenswillen auszulöschen. Er hatte sich damit abgefunden, daß er stellvertretend für Verbrecher büßen sollte. Jetzt aber, nach dieser Begegnung, war es vorbei. Die Sucht, der Drang weiterzuleben, da wieder zu beginnen, wo er einmal aufgehört hatte, waren da. Hoffnung gesellte sich dazu. Zum Sterben zuviel, zum Leben zuwenig Hoffnung.

Jetzt, unmittelbar vor dem Prozeß, wurde das Essen besser, die Behandlung menschlicher. Aber Werner rührte nichts an. Er sprach mit niemandem. Er saß auf seiner Pritsche und grübelte. Wenn es niemand sah, weinte er. Mitunter schrie er im Schlaf auf, fluchte oder versuchte zu beten. Seine Arme griffen nach Brigitte. Sie griffen ins Leere. Hundertmal rechnete er sich aus, was er hätte sagen müssen, und jedesmal biß er sich hinterher auf die Zunge. Alle gingen ihm aus dem Weg.

Als Colonel Evans von Malmedy zurückkommt, am Vorabend des Prozesses gewissermaßen, findet er Werner verändert vor. Haftpsychose, denkt der Oberst. Aber dann begreift er, daß es etwas anderes ist.

»Sie hatten Besuch?« fragt er.

»Ja«, versetzt Werner knapp.

»Ihre Schwester ist ein nettes Mädchen«, fährt der Oberst fort, »und sehr tapfer. Denken Sie an sie. Vielleicht geht es Ihnen dann besser.«

Werner nickt.

»Nun reißen Sie sich zusammen, Mann. Das ist ein Anfang. Die Verhandlung wird nicht schön. Eine verdammt dumme Sache, Ihr Geständnis. Ich weiß nicht, wie das Urteil ausgeht. Ich mache Ihnen gar keine Hoffnung ... aber etwas kann ich Ihnen versichern: Ich hole Sie 'raus. Auch noch nach der Verurteilung.«

»Warum tun Sie das alles für mich?« fragt Werner.

»Denken Sie sich, was Sie wollen«, versetzt der Oberst. Er betrachtet seine Fingernägel. »Nicht Ihnen zuliebe, obwohl Sie mir ganz gut gefallen. Nicht wegen Ihrer Schwester, die mir noch besser gefällt ... Glauben Sie an Gott?«

»Mitunter«, antwortet Werner.

»Ich glaube an ihn, und deshalb glaube ich auch an den Menschen ... trotz Malmedy. Aber lassen wir das Philosophieren. Zurück zu damals. Sie begannen also Ihren Einsatz in einem Tigerpanzer?«

Werner starrt vor sich hin. In seinem Gesicht zuckt es. Seine Hände verkrampfen sich. Er stiert auf den Boden, wagt es nicht, den Oberst anzusehen.

»Wie hieß der Kompaniechef?« fragt der Oberst weiter.

In dieser Sekunde bricht Werner Eckstadt zusammen. Er stützt den Kopf auf die Hände, sein Gesicht verzerrt sich, sein Atem geht stoßweise.

»Was haben Sie denn?« fragt Evans barsch.

Werner richtet sich auf. Der Krampf läßt allmählich nach.

»Ich muß Ihnen etwas gestehen, Sir«, antwortet er langsam. »Dann sind Sie ein für allemal mit mir fertig. Aber ich muß es Ihnen sagen. Sie sind ... Sie sind der erste Amerikaner, der anständig zu mir war ... und ich habe Sie angelogen, Sir ... «

»Was?«

»Ja«, erwidert Werner, »und jetzt sollen Sie erst alles erfahren. Ich war gar nicht in dem Panzer. Zuerst wenigstens nicht. Ich kam mit dem Flugzeug ... in amerikanischer Uniform ... Sabotagetrupp ... «

Der Oberst betrachtet Werner von oben bis unten. Endlos. Die Zeit bleibt stehen. Er sagt nichts. Sein Gesicht ist ruhig wie seine Hände. Er sieht und sieht auf Werner, durch ihn hindurch.

»Und dann?« fragt er.

»Dann war alles so, wie ich es Ihnen berichtete.«

Der Oberst tritt an das Fenster, sieht hinaus. Er kehrt Werner den Rücken, dreht sich langsam um, zündet sich eine Zigarette an. Das Streichholz verfehlt zweimal die Reibfläche.

»Sir, ich bitte Sie, mich nicht zu verteidigen«, sagt Werner leise. »Niemand kann Ihnen das zumuten ... nun wissen Sie alles.«

Werner Eckstadt hebt den Kopf, als ob er seiner verlorenen Stimme nachhorchen wollte. Er schluckt. Seine Augen kleben im Niemandsland. In dieser Sekunde hängt er wieder an den Gurten des Fallschirms, gleitet lautlos zur Erde, landet im Dorfteich bei dem Transformatorenhäuschen, spürt den Stiefelabsatz des bulligen MP-Mannes, wird aus dem Stroh gezerrt, zu Boden geprügelt, abgeführt.

Und wieder rumpeln die deutschen Tigerpanzer heran, und wieder steht er da in olivgrünen Unterhosen, hebt die Hand und brüllt um sein Leben ...

Und dann schlägt Cornedbeef zu. Sein Knüppel vibriert durch die Luft, und durch die Schwingungen hindurch sieht Werner Colonel Evans, der reglos am Fenster steht, mit abwesender und abweisender Miene, der nichts sagt, der sich nicht anmerken läßt, was er denkt, der schweigt. Noch einmal wiederholt Werner:

»Verteidigen Sie mich nicht, Sir. Jetzt wissen Sie alles ... ich kann Ihnen das nicht mehr zumuten.«

Der Satz schwebt im Raum, im primitiven Vernehmungszimmer. Ein Tisch, zwei Stühle, eine Blechbüchse als Aschenbecher und Harry S. Truman an der Wand mit Siegerlächeln unter verstaubtem Glas ...

Endlich dreht sich der Oberst um.

»Wer weiß das noch?« fragt er knapp.

»Wieblich«, erwidert Werner.

Der Colonel nickt.

»Das ist der Mann, der Sie beschuldigt, die Gefangenen ermordet zu haben?«

»Ja, Sir.«

»Und das mit der Sabotagelandung in amerikanischer Uniform?«

»Er weiß es. Sein Panzer hat mich schließlich aufgefischt ... Aber keiner hat ihn bis jetzt gefragt, ob ich von Anfang an im Panzer war.«

Der Colonel gibt sich einen Ruck.

»Sie halten gefälligst Ihren Mund«, bellt er dann. »Von dieser Sache will ich nichts wissen. Für mich saßen Sie im Panzer. Von Anfang an. Alles andere habe ich nicht zur Kenntnis genommen!«

In dieser Sekunde begreift Werner gar nichts. Er steht da wie ein trotziges, schmächtiges Kind und redet sich immer wieder ein: Ich habe ihm alles gesagt. Ich bin kein Lügner mehr. Ich bin anständig. Verdammt, wie anständig ich bin! Nichts mehr zu verheimlichen. Ich brauche keine Angst mehr vor seinen forschenden Augen zu haben. Ich brauche mich nicht mehr zu fürchten, daß er zur Türe hereinkommt und sagt: »Sie sind ein Lügner, Eckstadt! Ich übergebe Sie dem Henker. Sie haben es nicht anders verdient!«

»Haben Sie mich verstanden?« knurrt der Oberst.

Werner nickt mechanisch.

»Wiederholen Sie!«

Zögernd beginnt Werner:

»Sie haben es nicht zur Kenntnis genommen ... ich bin nicht mit dem Fallschirm gelandet ... ich war von Anfang an im Panzer, nur im Panzer.«

Der Oberst nickt.

Jetzt begreift Werner erst, was der Verteidiger meint.

»Nein, Sir«, sagt er leise, »Sie haben nur Schwierigkeiten ... Lassen Sie nur. Ich bin eben verloren ... ein paar sind immer verloren, nicht wahr? Es ist eben alles ein so ... gemeiner Zufall.«

Colonel Evans geht mit großen Schritten zur Türe. Er dreht sich noch einmal um. Sein Gesicht ist ruhig und gelassen, aber seine Augen sind freundlich, fast warm.

»Sie sind ein anständiger Kerl, Eckstadt«, sagt er. »Ich wünsche Ihnen alles Gute. Sie sind nicht allein beim Prozeß. Denken Sie daran!«

Während Werner vom Posten abgeführt wird, denkt er: Schlag zu, Cornedbeef, schlag zu, so fest du kannst! Brich die vernarbte Wunde am Arm auf! Steckt mir brennende Streichhölzer unter die Fingernägel! Veranstaltet Scheinhinrichtungen! Schickt mir eure Spitzel als Priester getarnt in die Zelle! Mästet die Denunzianten! Bezahlt die Verräter!

Ich spüre es nicht mehr. Ich höre nicht mehr die tierischen Schreie der Gefolterten. Mir dreht sich nicht einmal mehr der Magen um, wenn ich euch sehe. Ich sehe euch nicht mehr.

Ihr könnt mich nicht mehr vernichten! Ihr könnt mir nicht mehr beibringen, daß auch die Amerikaner manchmal unmenschlich sind, daß sie bloß eine andere Uniform anhaben.

Ihr habt den Colonel Evans. Und ein Evans wiegt hundert, wiegt tausend, wiegt euch alle auf! Werners Gesicht ist gerötet. Zum ersten Male seit Wochen. Die stumpfe Angst, die Beklemmung fallen von ihm ab. Zuversicht durchdringt ihn ganz.

Auf einmal ist Brigitte kein blasser Schatten mehr ... das Mädchen atmet, lächelt, ist aus Fleisch und Blut und ist nahe, ganz nahe.

7. Kapitel

Ein Theater hätte nicht pompöser eröffnet werden können. Die Militärpolizei trägt silberne Helme und weißes Koppelzeug. Ein paar tausend Watt verströmen gleißende Helle. Die Tribüne ist gedrängt voll Menschen. Wochenschaukameras surren. Blitzlichtlampen zukken auf.

In der Kolonne von 74 Mitangeklagten marschiert Werner Eckstadt durch das Spalier der Silberhelme in den Gerichtssaal. Sie werden vom Provost Marshall, dem Zeremonienmeister des Gerichts, in einen riesigen Pferch geleitet.

Der ganze Vorraum des Militärgerichts ist in ein System solcher Pferche eingeteilt, in große und kleine: einer für die Angeklagten, einer für die Zeugen, einer für die Verteidigung, einer für die Anklagebehörde. Und ganz hinten, hoch oben auf einem Podium, steht ein langer, verhangener Tisch mit Stühlen, deren Lehnen sich von der Anklagebank aus endlos in die Höhe recken, so hoch und so abweisend, daß sie wirken wie Gipfel, auf denen Schnee liegen könnte. Es sind der Tisch und die Stühle der Richter.

Werner hat auf weißem Tuch eine schwarze Nummer um Brust und Rücken gebunden. Alle Angeklagten sind numeriert. So sehen sie aus wie Radfahrer, die zum Sechstagerennen starten.

Werner hat kalte Hände und einen üblen Druck im Magen. Als er seinem Vordermann auf die Absätze tritt, dreht sich der um und sagt gereizt:

»Du hast wohl Bauchweh, was?«

Werner antwortet nicht. Bauchweh? Viel mehr als das. Sie alle wissen, daß der letzte Akt begonnen hat, wissen, daß in diesem Saal die Entscheidung über Leben und Tod fallen wird. Sie wissen, daß der Strick schon unsichtbar von den großen, weißen Milchglaskugeln der Deckenbeleuchtung herabbaumelt. Sie wissen, daß man zwar vor den Granaten auf dem Schlachtfeld der Ardennenoffensive noch einigermaßen Deckung nehmen konnte, aber vor den Akten in diesem engen, viereckigen Raum nicht mehr.

Der Malmedy-Prozeß ist nicht die erste Verhandlung, die dieser Raum in einer Baracke des Konzentrationslagers Dachau seit 1945 gesehen hat. Der Saal ist schon ein Veteran im Dienste der alliierten Gerechtigkeit. An den Holzbrüstungen des Angeklagten-Pferchs sind Namen eingraviert, Daten, kleine Ferkeleien, und dicht daneben liest Werner: »Heil Hitler!«

Es ist wie in einer Schule mit mehreren Klassenzimmern. Denn nicht nur in Court B – wie der Saal des Malmedy-Prozesses amtlich heißt – wird gerichtet. Seit der letzte deutsche Panzermotor 1945 stoppte und statt dessen die Gerichtsmaschinerie angeworfen wurde, haben die Court-Räume in Dachau Hochbetrieb. Fast immer laufen in den verschiedensten Sälen die verschiedensten Prozesse gleichzeitig. In dem einen verantwortet sich ein Bauer, der aus verhetzter Dummheit einen amerikanischen Flieger erschlagen hat, im nächsten Polit-Gangster, die aus Gemeinheit Menschen anderer Rassen zu Tode quälten. Dachau ist in diesen Tagen wie ein Unfallkrankenhaus bei Hochbetrieb, wenn an mehreren Tischen zugleich operiert werden muß. Riesengroß ist der Andrang von Schuld und Sühne.

Ein Luftzug streift Werner, der Luftzug einer großen Schwinge. Eine Doppeltüre ist aufgestoßen, herein rauscht das Gericht. Es sind sechs Richter, sechs amerikanische Offiziere. Werner weiß nicht, wodurch sie sich schon auf den ersten Blick von allen anderen Amerikanern unterscheiden, die er bisher sah. Vielleicht kommt es daher, denkt Werner, mit einem Rest Galgenhumor, daß sie keinen Kaugummi zwischen den Zähnen zermalmen und nicht bei der Begrüßung gleich »Helloh« rufen.

Die Richter haben alle eisgraue Haare, und der erste, der ihnen vorangeht, der sich vor den Stuhl mit der höchsten Lehne stellt, hat ein ganz verknittertes Gesicht, als ob er versucht hätte, es bei Dunkelheit zu bügeln.

Zum ersten- und letztenmal sieht Werner die Türe, aus der das Gericht kommt, mit beinahe neutralen Gefühlen an. Sie wird sich noch oft öffnen, und je weiter die endlose Sechstagefahrt vorankommt, je mehr es auf das Ende des Prozesses zugeht, desto mehr wird ihn das Geräusch der Türangeln, der Luftzug der Schwinge erschauern lassen, sein Blut aus dem Kopf treiben und die Angst in sein Blut.

Jetzt empfindet er nur Nervosität. Er sucht mit den Augen seinen Verteidiger, den Colonel Evans. Aber der Oberst wirkt heute ganz anders. Auch er erhob sich, als die Richter eintraten. Aber er sieht nicht auf. Er blättert in Stößen gehefteter Akten. Er hat ja nicht nur den Einzelfall Eckstadt übernommen, er hat außerdem, trotz vieler Bedenken, die Chefverteidigung, den Gesamtkomplex zu vertreten. Er weiß genau, daß er unter Umständen auch Mörder verteidigt, aber er hält es für besser, auch einmal einen Mörder laufen zu lassen, wenn er damit Unschuldige vor der Hinrichtung retten kann. Zwei Teile seines Gewissens kämpfen qualvoll miteinander: Der eine verbietet ihm, sich vor Verbrechen zu stellen, der andere befiehlt ihm, neue Verbrechen nicht zu dulden.

Der Colonel wirkt heute schmal. Sein Gesicht zeigt nicht mehr die frische Farbe. Er hat die Brille bis zur Nasenspitze heruntergezogen. Sie kontrastiert seltsam dürftig und hilflos zu seiner Uniform.

Mein Gott, denkt Werner, als sein Blick hinüberwandert in die andere Box, in der sich der Anklagevertreter mit seinem Stab aufhält. Lieutenant-Colonel Richards steht wie ein Baum. Er hat anliegende schwarze Haare, die matt im Licht schimmern. Mit seinen Schultern hätte er ebensogut in einem Tarzanfilm auftreten können. Die Nüstern an der scharfen Nase blähen sich ironisch. Er setzt sich und schnippt ein Stäubchen von seiner Uniformjacke.

Werners Augen streifen weiter. Sein Blick bleibt an einem Leutnant hängen, und er erschrickt, zittert. Sein Mund ist trocken. Der Mann, mit dem der Hauptankläger ein lächelndes Kopfnicken austauscht, ist Leutnant Prince, jener Vernehmungsoffizier, der im Kriegsverbrechergefängnis von Schwäbisch-Hall keine amerikanischen Pappstreichhölzer auf dem Schreibtisch stehen hatte, weil sich primitive, hölzerne, unter Fingernägel stecken lassen. Werner starrt hinüber. Er kneift die Augen zusammen. Er denkt, naiv wie ein Kind: Ich habe doch Colonel Evans alles über diesen Prince und seine Leute gesagt, der Mann müßte doch längst abgesetzt, degradiert, strafversetzt, verhaftet, eingesperrt sein!

Aber der Leutnant Prince wartet auf der Zeugenbank, bis sein Auftritt an der Reihe ist. Heute noch nicht, aber bald wird er sich erheben und sprechen, wird das Gebäude der Anklage untermauern, wird Zeuge sein. Schließlich weiß Leutnant Prince am meisten, er hat sich Monat um Monat damit beschäftigt, in einem Wahn, in einer Sucht, vielleicht in einem Haß gelebt: die Verbrechen an der Straßenkreuzung von Malmedy zu rächen.

Und vieles, was er weiß, stimmt. Er hat gut gearbeitet. Wo es ein Verbrechen aufzudecken gab, war er auf Draht. Daß er bei dieser Gelegenheit auch aus Unschuldigen Lügen preßte, das würde Leutnant Prince nicht glauben. Ich habe lediglich nachgeholfen, denkt er. Ich habe die Geständnisse etwas frisiert und das Schweigen gebrochen. Wie ich das machte, das ist meine Sache. Ich empfinde nicht mehr Humanität für die SS-Männer, als diese damals aufbrachten, damals, als sie in viehischer Weise meine Kameraden lynchten.

Deshalb zuckt Leutnant Prince mit keiner Wimper, als sich Werners Blicke an ihm festsaugen.

»Da sitzt er«, raunt Werners Nebenmann.

Werner kennt ihn nicht. Außer Wieblich kennt er keinen der Angeklagten von früher. Er weißt nicht, wie die Leute heißen, und er weiß noch nicht einmal genau, was man ihnen zur Last legt. Während des Prozesses wird er sie noch kennenlernen. Wüßte er bereits, wer sein Nebenmann ist, was er tat, dann würde Werner jetzt nicht diesem flachen, sommersprossigen Gesicht mit dem starken Kinn Einverständnis entgegenlächeln.

Es werden noch Tage kommen, an denen sogar seine Meinung über Leutnant Prince ins Wanken gerät. Tage, an denen er glaubt, es vor Scham mit den anderen im gleichen Pferch nicht mehr aushalten zu können, Tage, an denen sich jedes Maß von Schuld und Unschuld verliert, Tage, an denen er schließlich die Menschen nur noch in zwei Gruppen einteilt: in Mörder und solche, die noch nicht gemordet haben.

»The court is opened«, hallt die Stimme des Vorsitzenden durch den Saal. Der Mund in dem verknitterten Gesicht bewegt sich kaum. Eugene O'Connors Auftritt ist vorläufig beendet. Sofort erstarrt er wieder zu grauem Fels.

Wie oft hat er diese Formel schon gesagt in Dachau! Mit dem gleichen Gesicht spricht er die eröffnenden Sätze wie die abschließenden. Und am Ende heißt es meistens: »Death by hanging ... « – »Tod durch Erhängen.« Zwischendurch pflegt der Vorsitzende zu schweigen. Die angelsächsische Prozeßordnung ist ein Duell zwischen Anklage und Verteidigung, ein Match, bei dem der Vorsitzende nur Schiedsrichter ist. Oberst O'Connor sitzt zurückgelehnt auf seinem überhöhten Stuhl. Oft weiß man nicht einmal, ob er überhaupt zuhört, so fern ist sein Blick, so schläfrig wirkt seine Miene ... dann fährt er wie ein Blitz zwischen die streitenden Parteien, fast mit der Verachtung einer überirdischen Institution, die dazu mißbraucht wird, kleinliche Händel zu schlichten. Sonst hängt der Vorsitzende die ganze Zeit über an seinem gewaltigen Tisch wie ein Jaguar auf einem Baum in der Mittagshitze.

Die sonore Stimme des Hauptanklägers füllt den Raum. Werner braucht lange, bis er begreift, daß das dicke Buch in der Hand des Oberstleutnants nur aus Anklagen besteht. Da überläuft ihn ein Frösteln.

Die Verlesung der Anklageschrift wird zu einer unheimlichen quälenden Prozedur. Werner versteht jedes Wort, schon bevor es übersetzt wird, denn er spricht Englisch wie Deutsch, ist zweisprachig aufgewachsen ... und letztlich deswegen auf der Anklagebank von Dachau gelandet.

Nach einer Stunde kann er nicht mehr zuhören, die tausend pedantisch hintereinander aufgespießten Details, die tausend Namen, die tausend Scheußlichkeiten, die Orte, die Leichen, die Vorgänge verschwimmen zu einem einzigen grauen Brei.

Und Werner beginnt, ratlos die Reihen seiner Mitangeklagten hinauf- und hinunterzuschauen. Haben sie das alles gemacht? fragt er sich. Können Menschen, können selbst Unmenschen so etwas tun? Er kann es nicht begreifen. Er sieht in verschlossene, gelangweilte, geängstigte, gähnende oder dümmlich-verlegene Gesichter. Oder in beflissene. Und er denkt: Wenn sie das wirklich getan haben, warum kriechen sie dann nicht in alle Ritzen?

In diesem Moment fährt Werner zusammen, als ob er glühendes Eisen berührt hätte, wird er aus seinen wandernden Gedanken herausgerissen, wird er von Worten getroffen, die wie Granaten explodieren.

»Werner Eckstadt«, sagt der Hauptankläger, »... hat am 17. Dezember 1944 ... «

Wieso ich? fragt Werner. Das Blut schießt ihm in die Ohren, saust ...

»... mit der Kanone seines Panzerkampfwagens in wehrlose amerikanische Kriegsgefangene ... «

Werners Kopf fährt hoch. Der Ankläger sieht nicht auf. Seine Kieferknochen mahlen, während er spricht, als habe er an den ehernen Tatsachen zu kauen ...

»... geschossen, obwohl er sah, daß kein Widerstand geleistet wurde. Dabei sind mindestens acht amerikanische Soldaten ... «

Werner muß sich an der Brüstung festhalten, um nicht aufzuspringen. Seine flackrigen Augen begegnen dem gutmütigen Lächeln des mitangeklagten Unterscharführers Brinkmann. Sein Lächeln scheint sagen zu wollen: Was regst du dich denn auf, Kumpel? Gehörst doch zu uns. Ist ja passiert, oder etwa nicht? Dieses Lächeln macht Werner rasend.

»... getötet worden«, fährt Oberstleutnant Richards bei der Verlesung der Anklageschrift fort. »Zeuge: der ehemalige SS-Rottenführer Ernst Wieblich, der als Munitionsschütze im gleichen Panzer saß und den Vorgang genau verfolgen konnte. Im übrigen verweist die Anklage auf das eigene Geständnis des Angeklagten, gegeben vor der Untersuchungskommission zu Schwäbisch-Hall am 14. November 1946 ... «

Aus. Punktum. Basta.

Nein! will Werner schreien. Seine Zunge ist dick, geschwollen. Ein quirlendes Geräusch quillt über seine Lippen, erstickt in einem Hustenanfall. Chefrichter O'Connor zieht die buschigen Augenbrauen hoch.

Der Ankläger ist längst beim nächsten Namen.

Werner hört und sieht nichts mehr. Ganz langsam sinkt er in sich zusammen, verfällt, bekommt ein graues, spitzes Gesicht.

Die hundert Augenpaare aus den Zuschauerreihen lassen ihn los, lassen ihn fallen wie einen billigen Gegenstand, den sie eben auf einer Auktion taxiert haben.

In Hunderten von Zeitungen wird am nächsten Tag sein Bild sein. Und in allen Sprachen der Welt wird darunterstehen:

»Die Fratze eines Mörders während der Verlesung der Anklageschrift.«

Punkt zwölf Uhr macht der Chefrichter Pause.

Die Garde der Militärpolizei drängt sich in die Reihen des Anklagepferchs. Werner fühlt einen wuchtigen Stiefeltritt auf seinen Zehen. Sein Mund verzerrt sich. Dann schnappt das kalte Eisen um seine Handgelenkte. Er wird hochgerissen.

Der SS-Unterscharführer Brinkmann piekst das Steak mit der Gabel auf, hält es hoch und betrachtet das fetttriefende Fleisch anerkennend von allen Seiten.

»Mensch«, sagt er, »jetzt lassen die sich aber nicht mehr lumpen.«

Brinkmann ist seit einem Tag Werners Zellengenosse in Dachau. Werner weiß nicht, ob er ihn mag oder nicht. Manchmal erinnert ihn Brinkmann an Wieblich. Aber langsam wird Werner begreifen, welch großer Unterschied zwischen den beiden ist.

»Weeste noch den Schlangenfraß in Schwäbisch-Hall?« Brinkmann fängt an zu kauen. »'ne Schweinerei war det, 'ne Schweinerei ... «

Werner starrt mit würgendem Gefühl in der Speiseröhre auf das blitzende Aluminium-Tablett mit allen seinen gefüllten Fächern. Steak ... Erbsen, Karotten, süße Kartoffeln, Maisbrei, zwei Scheiben Weißbrot und eine dicke, henkellose Tasse Kaffee.

Heute, mit dem Prozeßbeginn, hat sich die Verpflegung der Angeklagten schlagartig gebessert. Zur Feier des Tages, denkt Werner bitter. Die Zuversicht, das Glücksgefühl, das ihn gestern durchströmte, nach dem letzten Gespräch mit Colonel Evans, sind verschwunden. Er kann kaum essen, obwohl er versucht sich zusammenzureißen, obwohl er sich klarmacht, daß er sich nur von den ersten äußeren Eindrücken im Gerichtssaal überwältigen ließ. Aber das ist es. Über dem ganzen Mittagessen liegt der dumpfe, stickige Geruch des Gerichtssaals. Die Erbsen schmecken danach. Die Kartoffeln auch.

Werner sieht sich bereits seine eigene Henkersmahlzeit essen. Wie das tatsächlich ist, dann, wenn an die Zelle geklopft, das Urteil noch einmal verlesen, die letzte Frist verstrichen ist – an diesen Tag wagt er nicht zu denken.

»War großartig, der Alte, was?« fragt Brinkmann mit vollen Backen.

»Na, haste nich jesehn, wie er jeguckt hat die ganze Zeit, als ob er zu die Richters sajen wollte, na kommt ma ran! Mit euch wer ick fertig! Und, Werner, kannste Jift druff nehmen, der macht die zur Schnecke, wenn er ma anfängt auszupacken!«

Werner lächelt gequält: Die Nummer eins ist der SS-Oberst Henze, der damals in den Ardennen das Kommando über die gepanzerte Vorhut geführt hat, in deren Aufmarschgebiet die Verbrechen von Malmedy geschehen waren. Werner war zu sehr mit sich selbst beschäftigt, um sich Gedanken über Schuld und Unschuld seiner Leidensgefährten zu machen, aber der Offizier mit dem schmalen, intelligenten Gesicht schien ihm alles andere als der Typ eines Kriegsverbrechers zu sein. Das war natürlich kein Argument, aber irgendwie wirkte der Mann beeindruckend: Er strahlte ein Fluidum von Stärke und Männlichkeit aus.

»Weeste, wat er zu uns jesacht hat, damals, als ich mit ihm in Schwäbisch-Hall in einer Zelle lag? Er will allet uff sich nehmen, eenfach allet . . . doller Hecht, wat?«

Werner Eckstadt seufzt. Er hat den Kommandeur, unter dessen Führung er einen Tag lang aktiv an der Ardennenoffensive teilnahm, nie gesehen bis zum heutigen Tag.

»Quatsch!« sagt Werner scharf.

Brinkmann macht schmale Augen.

»Wat heeßt Quatsch?«

Werner beißt die Zähne aufeinander.

Brinkmann höhnt:

»Weest du 'n besseres Rezept?« Brinkmann grinst. »Wat hast 'n du für Zeugen, die dich an Land ziehn?«

Werner Eckstadt rührt sich nicht. Er sieht an Brinkmann vorbei. Nein, er hat keine Zeugen, die für ihn aussagen würden.

»Nur einen – dagegen. Wieblich!«

»Na also«, antwortet Brinkmann ironisch. Dann beugt er sich vor über den Schemel, auf dem er sein Tablett stehen hat. Listig, vertraulich. Er spricht mit halblauter Stimme. Er hat es schon seit Tagen auf der Zunge, jetzt kann er es nicht mehr bei sich behalten.

»Aber ick«, feixt er, »ick hab . . . ick hab 'n Zeugen!« Brinkmanns Mund scheint sich von einem Ohr zum anderen zu dehnen.

Werner Eckstadt sieht ihn zweifelnd an. Irgend etwas scheint noch hinter dieser Mitteilung zu stecken.

Und dann macht der ehemalige SS-Uscha, dessen Eltern ein weitverzweigtes Lebensmittelgeschäft besitzen, eine eindeutige Bewegung mit Daumen und Zeigefinger:

»Hat aber 'ne Stange Jeld jekostet«, strahlt er. »'ne schöne Stange!«

Eckstadt fröstelt. So, denkt er mechanisch, das geht also auch! Er fragt nichts. Nicht nach den Zusammenhängen, nicht nach den näheren Umständen, nicht danach, wie so etwas überhaupt möglich ist. Werner Eckstadt ist noch nicht so lange in Dachau wie Brinkmann. Er hat noch keine Ahnung. Keine Ahnung beispielsweise von dem Zeugenmarkt, der wie auf einem Rummelplatz seine Zelte in Dachau aufgeschlagen hat, zu dem es hinströmt aus ganz Europa. Keine Ahnung hat Werner, daß die Gerechtigkeit auch einen Bazar eingerichtet hat. Keine Ahnung, daß Ankläger und Angeklagte ihre Aufkäufer wechselseitig zu Markte schicken und manche doppelt verdienen.

Die Bitterkeit schüttelt ihn. Die Übelkeit steigt ihm säuerlich bis in den Mund. Und er ringt mit seinem Verteidiger gegenseitig um Achtung, um Vertrauen, um Gerechtigkeit? Und in Wirklichkeit wäre das alles so billig?

»Doppelt genäht ist also doch besser?« sagt Werner mit Sarkasmus, »Kommandeur allein genügt wohl nicht?«

Brinkmann kratzt sich verlegen am Kopf.

»Na ja ... weeste ... « Er schluckt. » ... Also ich hab' det Umbringen von den Jefangenen bestimmt nich mitjemacht. Bestimmt nich.« Seine Stimme wird beinahe weinerlich. Und er sagt auch tatsächlich die Wahrheit. » ... Aber ick hab' die Toten jeseh'n. Und ick hab' mir jejraust, sag' ich dir, jeekelt, anjekotzt hab' ick mir innerlich ... aber ... ick hab' dabeijestanden. Und die Zeugen, die se vorführen, haben mir ooch jesehen und sajen, ick hätt' jeschossen, obwohl ick nich jeschossen hab' ... Und nu? Wat soll ick machen? Soll ick mir hier kalt uffhängen lassen? Nee, Mensch, nee, Brinkmann nich! Nich so! Da soll Vatern ma lieber erst berappen! Vastehste det nich?«

Werner nickt müde. Seine Augen sind leer. Sein Hirn ist wie ausgebrannt. Wir sind beide arme Schweine, denkt er bloß noch, und die Gerechtigkeit, das ist die Suhle, in der wir wühlen.

Punkt zwei Uhr werden sie erneut in den Gerichtssaal geführt. Brinkmann geht hinter Eckstadt. Beide passen sich den schnellen, lautlosen, gummibesohlten Schritten ihrer Bewacher an. Alle Zellen öffnen sich. Aus einer holen sie gerade Wieblich. Eckstadt sieht weg.

Brinkmann hat ein schlechtes Gewissen. Das schlechte Gewissen des reichen Mannes gegenüber dem armen Mann.

»Du, Werner«, sagt der Uscha plötzlich ganz ungeniert, obwohl die amerikanischen Posten dabei sind ... »He, Werner!«

Eckstadt dreht sich im Gehen halb um, nickt gleichgültig.

»Heute abend machen wa wat Dolles!«

Eckstadt verzieht einen Mundwinkel. Hinter ihm Brinkmann, der an einer Hand gefesselt ist, lacht auf.

»Heute abend holen wa uns 'ne Schnucke, 'ne Mieze, 'n Mädchen ... vastehste mir?«

Werner denkt, jetzt ist er übergeschnappt.

Brinkmann quasselt unbeirrt weiter: »Det jeht hier prima in Dachau. Die Amis sin' jar nicht so. Heute abend hat 'n Pole Flurwache, 'n ehemaliger KZler. Aber so 'ne Nummer! Soll ma jar nich denken. Müßte doch eijentlich 'ne Mordswut auf uns haben ... «

Eckstadts Posten geht etwas schneller. Brinkmann schreit lauter: »Aber der drückt sojar die Hühneroochen zu! Hat mir erst neulich 'ne Schnucke in die Zelle rinjeschoben. Eijenhändig.«

Werner beißt sich auf die Lippen, um nicht aufzuschreien, weil die metallene Handfessel eben widerlich ins Handgelenk geschnitten hat.

»Hier in Dachau is doch alles voller Mädchen ooch noch«, fährt Brinkmann fort, »so KZ-Personal, Wehrmachtshelferinnen und Karbolmäuse, die irgend wat von Schuld haben. Und ick saje dir ... «

Der Türposten des Gerichtssaals reißt die Türe auf, als die Angeklagten-Kolonne kommt.

»Die Weiber sind wild. Wollen alle schwanger werden. Nischt wie schwanger. Dann derfen se nämlich nich uffjebaumelt werden ... «

Werner Eckstadt sieht die amerikanische Flagge im Hintergrund des sich öffnenden Saals, die hohen Stühle der Richter, die noch unbesetzt sind, er sieht die Köpfe der Zuschauer, die sich ihnen zuwenden. Er hat noch ein paar Schritte zum Anklagepferch quer durch die Zuschauer, meistens Journalisten, zu gehen.

Brinkmann brüllt noch:

»Und davon lassen wa uns zwoo schicken, heute abend!«

»Shut up!« schreit der Posten. Endlich ist ihm der Geduldsfaden gerissen.

In diesem Moment wird Werner auf ein hübsches, junges Mädchen zugedrängt. Er kommt ihm so nahe, daß er es fast berührt.

»Entschuldigung«, murmelt er automatisch, die Augen noch immer am Boden. Dann sieht er auf.

Er steht vor Brigitte. Sie will lächeln, aber es gelingt ihr nicht. Ihre Lippen bewegen sich lautlos.

»Brigitte«, sagt Werner.

Der Posten stößt ihn mit einem leichten Schlag vorwärts. Er spürt den Schmerz nicht. Er spürt nur Brigitte, und er kommt sich auf einmal vor, als ob er nackt sei, nackt und in der Haut eines ganz anderen.

Über dem Gerichtssaal brütet die dumpfe Schläfrigkeit des Spätnachmittags. Noch immer rollt der erste Prozeßtag ab. Das Militärgericht steckt noch tief in den Vernehmungen zur Person. Vierundsiebzig Angeklagte haben sich zu erheben, sagen jeweils:

»Nicht schuldig!« Sagen es trotzig, heftig, kalt, zögernd, erschrokken, laut oder auch leise.

Die Vernehmung leitet nicht Chefrichter O'Connor, für diese juristische Taglöhnerarbeit genügt auch ein anderer Colonel des Tribunals.

»Eckstadt«, sagt er.

Die beiden Silben seines Nachnamens dröhnen in Werners Ohren wie Paukenschläge, reißen ihn hoch, ehe ihm noch ganz bewußt wird, worum es sich handelt.

»Where are you born?« fragt der Richter.

»In Bad Kissingen«, antwortet Werner. Warum, verdammt noch mal, bin ich bloß so heiser, überlegt er.

Die Anklagevertreter tuscheln miteinander, tauschen Akten aus, als ob sie Pokerkarten mischten. Colonel Evans, der Chefverteidiger, betrachtet seine Fingernägel.

Der vernehmende Richter scheint ein umgänglicher Mann zu sein. Der Anflug eines Lächelns klebt auf seinem Gesicht.

»Nice place ... hübscher Ort«, erwidert er. »Wann sind Sie geboren?«

»Am 24. April 1923.«

Der Richter nickt. Werner versucht, das flüchtige Lächeln zu deuten. Freut er sich, daß ich nicht mehr den Schutz der Unmündigkeit besitze, denkt er.

Er weiß noch nicht, daß die Militärjustiz jener Zeit keinen Unterschied zwischen Halbwüchsigen und Erwachsenen macht. Das Lebensalter spielt keine Rolle vor diesem Gericht. Und vielleicht auch mit Recht, denn Mord bleibt Mord, ob man mit 17 oder mit 22 das Verbrechen verübt.

»Der Name Ihrer Mutter?« vernimmt der Richter weiter.

»Evelyn Harriet Stratford.«

Der Richter schaut auf.

»Oh«, sagt er, »Ihre Mutter ist Amerikanerin? Engländerin?«

»Engländerin.«

Richter O'Connor schaltet sich ein. Seine zahllosen Gesichtsfalten geraten in Bewegung.

»Dann sprechen Sie englisch?« fährt er den Angeklagten an.

Werner starrt auf den Dolmetscher, der zwischen ihm und dem Gericht steht. In seinem Gedächtnis haften die Worte von Colonel Evans ... »Und dann, Eckstadt, sprechen Sie nicht englisch vor Gericht. Man würde Sie instinktiv erst recht ablehnen, man würde Sie als eine Art Deserteur betrachten.«

»No, Sir«, erwidert Werner.

Die Kerben im harten Gesicht des Chefrichters zucken verächtlich.

»I see«, knurrt er gedehnt.

Und weiter holpert die Vernehmung über kümmerliche Taten

und Tatsachen, die Werners bisheriges Leben ausmachten ... Vater, Beruf, Schulzeit, Krankheiten, Erlebnisse, Militärdienst.

»Ich bin nicht von Anfang an bei der SS gewesen«, antwortet Werner auf eine direkte Frage.

O'Connor übernimmt das Verhör wieder selbst. Mit einer Handbewegung schiebt er den vernehmenden Richter beiseite. Ausgerechnet an Werner hat er irgendwie Interesse gefunden. Vielleicht wegen der englischen Mutter, vielleicht wegen seiner Nase, oder vielleicht auch, weil es ihm zu langweilig wurde, stillzusitzen und den entnervenden Ablauf von Frage, Antwort und Gegenfrage über sich ergehen zu lassen.

»Dann waren Sie vermutlich besonders begeistert, daß Sie sich von der Armee zur SS versetzen ließen?« Der Oberst lehnt sich zurück.

Werner beißt die Zähne aufeinander. Was soll er auf eine solche Frage antworten? Auf eine Feststellung, die von vorneherein nach Vorurteil stinkt wie ein Wattebausch nach Salmiakgeist.

»Nein«, erwidert er kurz.

O'Connor macht eine gleichgültige Handbewegung. Er überfliegt kurz Werners Fragebogen, blättert in den Akten, sieht zum Fenster hinaus als er fragt:

»Haben Sie eine Religion?«

Auf diese Frage ist das Gericht gewohnt, im besten Fall die Antwort »Gottgläubig« zu hören.

»Evangelisch«, antwortet Werner.

»Hatten Sie da keine Schwierigkeiten bei der SS?«

»Nicht nur deshalb«, entfährt es dem Angeklagten.

Das Gesicht des Chefrichters ist eine Maske der Verachtung. Seine rechte Hand fährt kraftlos durch den Raum, als wollte sie alles weit wegschieben: die Angeklagten, ihre Verbrechen, ihre Lügen, ihre Beschönigungen, den Jahrmarkt von Schuld und Sühne. Freilich, er will gerecht sein, und er ahnt nicht, wie selbstgerecht der Glaube an seine Unfehlbarkeit ist. Die Erhabenheit, die hier schulmäßig exerziert wird, ist nicht mehr wert, als eine für die Kameras gestellte Schau. Lauter Lügen, denkt O'Connor. In vielen Fällen hat er recht. In noch mehr Fällen wird er sich korrigieren müssen. Dann aber wird ein anderer O'Connor auf seinem überhöhten Stuhl sitzen, bei dem sich das Netz von Lüge und Wahrheit unentwirrbar verheddert hat, indessen der Henker die Schlingen knüpft.

Werner fühlt die boshaften Blicke seiner Mitangeklagten. Da ist wieder einer, der das eigene Nest beschmutzt, ein Feigling, der sich auf unsere Kosten retten will. Merkt euch den Mann! Merkt ihn euch für alle Fälle!

Am liebsten würde Werner sich jetzt einfach umdrehen und gehen, Brigitte und Vera, die dort hinten in den Reihen der Zuschauer die ganze Peinlichkeit mitanhören müssen, unterhaken und mit ihnen weglaufen, weit weg.

»Sie geben zu, am 17. Dezember an der Ardennenoffensive im Rahmen der 1. SS-Panzer-Division teilgenommen zu haben?« Der Richter fragt gelangweilt, routinemäßig.

Werner preßt die Lippen aufeinander, daß sie weiß werden. Er kennt die Frage, die nun kommen wird. Er ist der 69. von 74, dem man sie stellt. Und er wird sie genauso beantworten wie die anderen.

»Sie bekennen sich im Rahmen der Anklage für schuldig?«

»Für nicht schuldig.«

Richter O'Connor lehnt sich weit zurück. Die eingegrabenen Züge in seinem Gesicht von der Nasenwurzel bis zu den Mundwinkeln sehen jetzt geradezu aus wie Straßen der Verachtung. Er nickt spöttisch.

»Sie wollen also das von Ihnen selbst unterschriebene Geständnis widerrufen?«

Werner versucht, den Richter voll anzusehen. Seine Arme hängen schlaff herab. Seine Fäuste sind geballt. Die Knöchel schimmern weiß. Seine Schultern sind fast unmerklich nach vorne gebeugt.

»Ja«, entgegnet er leise, »mein Geständnis ist ungültig ... es wurde mir abgezwungen.«

»So«, sagt O'Connor. Sein Blick geht zum langen Tisch der Anklage. Hört euch das an, sagen seine Augen. »Ist Ihnen klar, daß Sie zumindest einmal gelogen haben«, fährt dann O'Connor den Angeklagten an. »Entweder damals oder heute?«

Werner ringt um den nächsten Satz. Er fühlt, daß er sich immer tiefer hineinreitet. Aber ich muß sprechen, ich darf nicht umkehren, denkt er verbissen, schon deswegen nicht, weil dahinten Brigitte und Vera sind, die an mich glauben, immer noch an mich glauben. Ich darf kein Feigling sein. Und wieder fühlt er dieses fliehende Gefühl im Unterleib. Warum, zum Teufel, überlegt er, läßt mich der Richter so zappeln? Warum ließ er die anderen in Ruhe?

»Ich habe nicht gelogen«, antwortet er steif.

In den Zuschauerreihen rauscht es leicht, als ob schwacher Herbstwind das Laub zusammenkehrt. Einer kichert. Werner steigt das Blut in den Kopf.

O'Connor faßt an diesem Nachmittag seine erhabene Schiedsrichter-Position nicht sehr angelsächsisch auf. Seine Stimme schlägt um.

»Sie erwarten also«, beginnt er, »daß das Gericht die für Sie angenehmste Wahrheit aussucht, nicht wahr?« Der Richter lächelt. Werner sieht seine verrauchten Zähne. Er sieht, daß O'Connor trotz der

Verfärbung ein gesundes, kräftiges Gebiß hat. Und es scheint ihm nicht gut, zwischen diese Zähne zu geraten.

»Ich habe nicht gelogen, Sir«, wiederholt er leise. »... Meine Unterschrift unter dieses Geständnis wurde erpreßt. Das ist alles.«

»Sit down!«

Die beiden Worte zischen wie ein Peitschenhieb. Eine Sekunde blitzt es auf in O'Connors Augen. Dann aber fängt er sich sofort wieder in der von ihm verlangten Beherrschung und erstarrt in Gleichgültigkeit.

»The next«, sagt er.

Werner klappt lautlos auf seinen Stuhl. Seine Schläfen hämmern. Er begreift nichts, versteht nicht, wie das alles sein kann. Wo er Gerechtigkeit erwartete, bezog er einen Anschiß. Das ist ja wie in alten Zeiten, überlegt er, das ist ja wie auf dem Kasernenhof. »Sit down« statt »hinlegen«, wenn man etwas sagt oder tut, was nicht das vorgesetzte Wohlgefallen findet. Und die Furcht kommt drohend auf ihn zu wie die Haube einer Kobra, denn schließlich geht es hier nicht um kleinliche Schikanen auf dem Kasernenhof, sondern um das Leben, um sein Leben.

Wenn er jetzt Brigitte sehen könnte! Das hübsche Mädchen hat Tränen in den Augen. Leutnant Prince von der Anklage sieht es und wundert sich. Dabei überlegt er, ob Brigittes Beine wohl auch so hübsch sind wie ihr Gesicht. Dabei hat der Leutnant genau den Ausdruck um den Mund, der immer da war, wenn er sich mit etwas Gewalttätigem beschäftigte. Einen Ausdruck, den der »Kriegsverbrecher« Eckstadt zum Beispiel genau kennt, den er durch Cornedbeefs Ohrfeigen hindurch ein dutzendmal registriert hatte.

Werner friert, als er Princes Augen begegnet. Er möchte aufspringen, zu Colonel Evans hinüberlaufen, sich unter dessen Tisch verstecken. Ich spinne, denkt er. Aber die Zweifel schütteln ihn. Warum tut Evans nichts? Warum hilft er mir nicht? Warum schaltet er sich nicht ein? Warum ließ er mich so abkanzeln? Er weiß doch, daß ich im Recht bin!

Dann landen alle seine Gedanken bei Brigitte. Sein starres Gesicht lockert sich. Auf einmal sitzt das Mädchen nicht mehr hinter ihm, sondern steht vor ihm, jung, schön, mittelgroß, in weißer Schwesterntracht. Eine Samariterin mit zärtlichen Augen und zarten Händen. Und er legt seinen Arm um sie und zieht sie an sich.

»Nicht hier«, sagt sie, während sie ihn wiederküßt.

»Die sollen es ruhig sehen«, stößt Werner hervor.

»Eigentlich hast du recht«, antwortet sie, »wir bleiben zusammen. Bei uns ist es etwas ganz anderes, nicht wahr?«

Er nickt.

»Ich bin so glücklich«, flüstert er.

»Ich auch«, entgegnet das Mädchen.

»Dieser Scheißkrieg muß ja bald zu Ende sein.«

»Die Amis sind schon ganz in der Nähe«, sagt Brigitte, »ein paar Tage noch.«

»Dann fängt unser Leben an«, setzt Werner hinzu.

»Ja«, antwortet Brigitte, »unser Leben . . . und nie soll es anders werden. Nie!«

Ein Unterarzt betritt den Raum. Werner und Brigitte fahren auseinander. Der Mann hat ein schmieriges Lächeln im Gesicht. Er sagt nichts, aber in seinen Mundwinkeln zuckt es. Die also auch, besagt das Zucken, guck mal an, ausgerechnet Schwester Brigitte. Und gerade die war immer so etepetete. Ich bin ein Idiot, jetzt ist mir dieser mickrige SS-Heini zuvorgekommen. Aber dem wird's bald vergehen.

So war es damals im Lazarett gewesen. Aber die Zukunft, auf die Brigitte und Werner gesetzt hatten, war nichts anderes als eine fette, dreckige Wanze auf dem Streifzug nach Blut. Nach Werners Blut, das jetzt in seinen Ohren rauscht und jeden geordneten Gedanken unmöglich macht.

Seit Stunden kocht in Colonel Evans kalter Zorn, obwohl der Chefverteidiger die ganze Zeit scheinbar zerstreut und interesselos seine Fingernägel betrachtet. Werner weiß nicht, daß der Colonel gerade an diesem ersten Prozeßnachmittag die letzte innere Hürde überspringt, die letzten Kompromisse zerschlägt, die bisher immer noch da waren. Nicht, soweit es Werner Eckstadt betrifft. Aber bei den anderen Angeklagten.

Evans könnte es sich selbst nicht genau erklären, wodurch es bewirkt wurde. Vielleicht durch die Atmosphäre der Voreingenommenheit, die der Colonel zu spüren glaubt. Vielleicht durch Werners Vernehmung, aus der für den Verteidiger ersichtlich wurde, daß hier niemand gewillt war, einen Zweifel an der Schuld der Angeklagten aufkommen zu lassen.

Der Colonel lächelt, als er sich erhebt. Er steht auf, nachdem der letzte der 74 Angeklagten zur Person einvernommen worden war.

»Hohes Gericht«, beginnt er so leise, daß Colonel O'Connor eine Hand hinter das Ohr legen muß, »die Verteidigung kann die Methoden der Anklage nicht für rechtmäßig halten. Der Ankläger beschränkt sich darauf, als Beweismaterial hauptsächlich Erklärungen der Angeklagten selbst vorzulegen. Ich werde den Beweis antreten, daß diese Erklärungen oder Geständnisse zum Teil durch Drohungen und Erpressungen zustande gekommen sind. Deshalb beantrage ich zunächst, diese Erklärungen, die sogenannten ›Malmedy-Statements‹, nicht als Beweismaterial zuzulassen.«

Die Hand hinter dem Ohr des Richters O'Connor fällt schlaff auf den Tisch zurück. Colonel Evans setzt sich still und ohne Pose, immer noch mit dem höflichen Lächeln auf den Lippen. Jetzt ist es soweit, denkt er, die Würfel sind gefallen, der Krieg hat begonnen.

Im Gerichtssaal herrscht die Ruhe vor dem Sturm. Lieutenant-Colonel Richards, der Hauptankläger, erhebt sich groß und drohend. Evans ist verrückt geworden, denkt er verärgert. Er war ja auf einiges gefaßt gewesen, schließlich kennt er den Colonel, weiß, daß er ein Querkopf sein kann. Aber das ist eine Unverfrorenheit, die jedes Maß sprengt. Hat dieser Amerikaner die Toten von Malmedy vergessen? Ist er bereit, ihre letzten Schreie, Gebete, ihr Flehen, ihre letzte Verzweiflung an die Publicity, an die Sensation zu verkaufen? Will er Verbrechen decken, nur damit sein Name in den Schlagzeilen der Zeitungen steht? Ich habe nichts gegen eine gesunde Propaganda, denkt der Oberstleutnant, dazu bin ich viel zu sehr Amerikaner. Aber hier geht es um Menschen, die viehisch ermordet wurden. Und hier ist jede Propaganda zumindest eine Geschmacklosigkeit! Nein, viel mehr: ein Verrat an der Menschlichkeit selbst.

»Die Anklage glaubt«, wendet sich Richards an das Gericht, »daß sie den Herrn Hauptverteidiger nicht richtig verstanden hat ... Sie ist davon überzeugt, daß Colonel Evans nicht im Ernst behaupten will, daß die Untersuchungsbehörde unlautere Mittel während der Voruntersuchung angewendet hat.«

Die Stimme von Colonel Evans zerschneidet die Spannung.

»Doch«, sagt er ganz ruhig, ohne noch einmal aufzustehen. »Genau das will ich behaupten.«

Lieutenant-Colonel Richards zuckt zusammen. Ich muß mit diesem Evans sprechen, denkt er, heute noch! Der Mann rennt ja im Käfig seiner eigenen Besessenheit auf und ab. Richards wendet sich an den Richter O'Connor. Sein Gesicht wird schmal und verkniffen. Seine Hände halten ein Aktenstück. Das Aktenstück fällt plötzlich auf den Tisch.

»Dann muß ich auch hier noch Erklärungen abgeben«, sagt der Hauptankläger verärgert. »Also, die erbrachten Beweise sind stichhaltig. Die Anklagevertretung wird das hohe Gericht im Laufe des Prozesses davon überzeugen, daß die behaupteten Verbrechen begangen wurden.«

Blinde, gereizte Wut geht mit dem Oberstleutnant durch. Er überlegt seine Worte nicht mehr, sprudelt alles heraus.

»Wir brauchen die Opfer dieser Mörder nicht namhaft zu machen ... Wir haben keine Veranlassung, ihre Leichen vorzuweisen! Was denkt sich ihre Verteidigung? Die Anklage kann die Toten, die auf das Konto dieser Angeklagten hier gehen, nicht mehr hier im Gerichtssaal aufstapeln. Ein solcher Beweis ist unmöglich und überflüssig.«

»Sie vernebeln«, erwidert Colonel Evans scharf. »Ich spreche von Geständnissen, die erpreßt wurden, und nicht von Morden, die nicht begangen worden sein sollen. Es ist keine Frage, daß ich diese Morde auf das schärfste verurteile. Aber sie sollen die Schuldigen bestrafen und nicht die Unschuldigen ... Die Anklagevertretung hat es sich zu leicht gemacht. Sie hat einfach wahllos herausgegriffene Leute überredet« – die Stimme des Colonels steigt steil an, wird scharf und schneidend –, »mit unsauberen Mitteln überredet, Morde einzugestehen, die ihnen nicht nachzuweisen sind.«

Richards braust auf.

»Der Chefverteidiger redet, als ob das Malmedy-Massaker überhaupt nicht stattgefunden hätte.«

Der Richter unterbricht die Diskussion

»Ich verstehe nicht, was das soll«, brummt O'Connor. Er wendet sich an Evans: »Wollen Sie einen Antrag stellen, die schriftlichen Geständnisse der Angeklagten als Beweismittel nicht zuzulassen? In einem solchen Falle bitte ich Sie, das zu tun. Und nicht darum herumzureden. Wenn Sie das nicht vorhaben, dann ersuche ich Sie, Anspielungen dieser Art zu unterlassen!«

Colonel Evans erhebt sich. Er steht an seinem Tisch, schlank, schmal, kalt. Sein Gesicht ist ruhig, fast unbewegt. Nur seine Augen arbeiten. 74 Angeklagte starren ihn an, wundern sich. Die meisten von ihnen hielten die Tatsache, daß man ihnen einen hohen amerikanischen Offizier als Verteidiger stellte, nur für einen neuerlichen Trick, für eine Schau. Sie dachten ganz einfach in den Maßstäben des Volksgerichtshofes. Auch hier erhielten die Angeklagten einen Verteidiger. Aber dieser »Beistand« hatte gefälligst dem Staatsanwalt in die Hände zu arbeiten. Er war eine Puppe in einer Farce, und den Schlußgong hieb das Fallbeil. Und die Angeklagten waren wie vor den Kopf geschlagen. Sollte das hier anders sein? Sollten sie einen echten Verteidiger haben und nicht nur einen scheinbaren? Soweit sie Nationalsozialisten waren, und das waren die meisten von ihnen noch immer, geriet an dieser Stelle des Prozesses zum ersten Mal ihr braunes Weltbild ins Wanken. Und es wuchs die Scham und ließ den ganzen Wust von Rassenwahn, von Herrenmenschen, von Elitebewußtsein hinter sich. Auf einmal brannte etwas in den Angeklagten viel stärker als die Stellen an der Haut, wo man ihnen die Fingernägel weggeschmort hatte.

»Ich stelle den förmlichen Antrag«, beginnt Colonel Evans ruhig, »die schriftlichen Geständnisse der Angeklagten nicht als Beweismaterial zuzulassen.«

Der Vorsitzende nickt.

»Das Gericht zieht sich zur Beratung zurück«, sagt er dann.

Die Besprechung hinter geschlossenen Türen dauert kaum drei Minuten. Dann ziehen die Richter im Gänsemarsch wieder ein. Hinter O'Connor der Repräsentier-General wie ein folgsames Hündchen.

»Der Antrag der Verteidigung ist abgelehnt.« Der Blick O'Connors geht weiter über Colonel Evans hinweg. »Die Behauptung des Verteidigers Evans, daß die Malmedy-Statements erpreßt worden seien, ist durch nichts begründet.«

Ihr werdet euch wundern, denkt Evans! Ihr werdet euch noch grausam wundern! Ihr zwingt mich, in dem Morast herumzustochern. Gut, ich werde nicht darum herumkommen. Ich werde mich nicht mehr mit generellen Erklärungen begnügen.

Der Colonel läßt sich nicht von der Erbitterung über eine scheinbare Niederlage leiten. Er handelt klar und besonnen und holt aus einer unmöglichen Situation das Mögliche heraus. Jeder seiner Anträge, jedes seiner Worte ist von vorneherein auf eine spätere Revision zugeschnitten. Eines Tages, denkt der Colonel, werden sie ihre Schlingen wieder lösen müssen.

Der Form halber erhebt er sich noch einmal.

»Die Verteidigung wird dann ihren Einspruch erneut in jedem Einzelfall vorbringen«, sagt er.

Der Protokollführer notiert. Die Augen von Richter O'Connor sind leer und kalt. Noch ist der Chefrichter ein unberührbarer Berg aus Erz. Aber auch er wird eines Tages von der unnachsichtigen Konsequenz des Colonel Evans angebohrt sein. Und es wird die Zeit kommen, zu der sich der hartgesottene alte Mann wünscht, diesen Prozeß nie übernommen zu haben.

Zu spät, um vom Malmedy-Case noch loszukommen.

Früh genug, um einen Justizmord zu verhindern.

8. Kapitel

Endlos und quälerisch ist die Nacht nach dem ersten Prozeßtag. Für die Angeklagten, deren Lebensfrist bemessen scheint; für Vera und Brigitte, die sich in einem trostlosen Dachauer Hotelzimmer gegenseitig mit dünner Zuversicht zu trösten versuchen; für Werner, für den diese Nacht ein seltsames, deprimierendes Erlebnis bereit hat: ein Rendezvous in der Zelle.

Es begann damit, daß sich Brinkmann, der Zellengenosse, einen Zahnstocher aus einer Planke seiner Pritsche schnitzte und sich damit die Nägel säuberte.

»So«, sagte er dabei, »und jetzt machen wir uns schnieke.«

Der polnische Wachtposten, von dessen Großzügigkeit Brinkmann faselte, war schon dagewesen und hatte mit dem SS-Unterscharführer getuschelt.

Werner hockte auf seinem Schemel in der Zelle. Ich träume, sagte er sich. Noch am Mittag hatte er ein Rendezvous in der Zelle für einen geschmacklosen Scherz Brinkmanns gehalten. Aber der Mann polierte sich, als ob Damenbesuch zum Alltag eines Kriegsverbrecherdaseins gehörte, wie die Handschellen, der Gefängnispfarrer und zuletzt der Henker.

Eine Viertelstunde nach 22 Uhr, nach dem offiziellen Zapfenstreich, rasselte der Schlüsselbund im Schloß. Das schlitzäugige, pockennarbige Gesicht des Polen erschien freundlich grinsend im Hintergrund. Vor sich schob der Mann zwei graue Wesen her. Das einzig Weibliche an ihnen waren auf den ersten Blick nur die Röcke. Ihre Beine steckten in Wollsocken, ihre Füße in abgeschnittenen Wehrmachtsstiefeln. Der polnische Wachtposten stellte eine Flasche Whisky in die Ecke.

»Du zahlen, wenn Geld«, sagte er, bevor er ging.

»Machen wa, machen wa, Alter«, lachte Brinkmann.

Die Türe wurde abgesperrt. Sie waren allein mit den beiden Frauen.

Brinkmann zog sie in den Lichtkreis der abgeblendeten Zellenbirne.

»Euch ha ick ja noch jar nich jesehn«, begrüßte er sie.

»Na hör mal«, erwiderte die Größere der beiden, die unweibliche, unästhetische Schultern hatte, »du hast wohl den Mädchenhandel des Lagers unter dir.« Sie lachte, und mit ihr lachte ein Goldzahn an einer Lücke. Beim Untergang des Dritten Reiches war die Brücke gebrochen.

»Du bist ja janz dufte«, stellte Brinkmann fest. Er drückte das mächtige Frauenzimmer auf seine Pritsche, ging dann zur Ecke und holte die Flasche.

»Die Kleene laß ma dem Kleenen.« Brinkmann zwinkerte Werner zu. »Steh nich so steif rum, Jungchen! Det jibt's nur einmal, det kommt nich wieda.«

Werner hatte rote Ohrenspitzen. Was soll ich mit dem grauen Ding, das vor mir steht, ein zittriges Lächeln im Gesicht, anfangen? fragte er sich.

Das Mädchen stand hölzern neben ihm wie eine Arme-Leute-Puppe. Sie war nicht hübsch, nicht häßlich, gar nichts. Unter der grauen Gefängniskleidung konnte man nicht einmal sehen, ob sie überhaupt eine Art von Figur hatte. Werner wollte es auch gar nicht sehen. Er wünschte zunächst das Mädchen zum Teufel, dann Brinkmann, der es ihm beschert hatte.

Das Schlimmste für Werner war plötzlich ein brennendes Gefühl der Sehnsucht. Sehnsucht nach Brigitte, heiß und hoffnungslos.

»Wollen Sie etwas zu trinken?« fragte er, und selbst zu dieser Frage hatte er noch einen Anlauf gebraucht.

»Ja«, antwortete das Mädchen.

Werner überlegte krampfhaft, was er als nächstes sagen sollte. Wie verhält man sich in so einem Fall? Wie haben Sie den Tag heute verbracht? Wie fanden Sie das Wetter? Hat das Abendessen geschmeckt? Oder: Wann werden Sie aufgehängt?

»Wie heißen Sie?« fragte er.

»Thekla«, erwiderte sie. »Der Pole ist aber nett«, setzte sie mit einem faden Lächeln hinzu. Sie mochte knapp zwanzig Jahre alt sein. Was mag sie ausgefressen haben, dachte Werner verdrossen.

Die andere kreischte, weil Brinkmann sie kitzelte.

Thekla sah Werner schräg von unten an.

»Da kann man sich doch mal mit einem Kameraden über alles aussprechen.«

»Wie bitte?« Werner verschluckte sich, hustete.

Das Mädchen erschrak. Seine Stimme war auf einmal unnatürlich hoch und schrill.

»Ich habe doch gar nichts getan ... Warum werde ich hier eingesperrt?«

Die Große, deren Kopf längst an Brinkmanns Brust lehnte, fuhr kerzengerade auf.

»Dumme Urschel«, schnauzte sie, »fängst du schon wieder an! Du weißt doch genau, von wem du Sekretärin gewesen bist ... Sekretärin ist gut! Du hast doch vorher gewußt, wie du dran bist, wenn die Sache schiefgeht.«

Thekla zuckte mit dem Kopf, als hätte sie eine Ohrfeige erhalten.

»Ich war jedenfalls keine Aufseherin in einem KZ«, erwiderte sie dann spitz.

»Nu will ick euch mal wat sajen«, legte Brinkmann los, »haltet die Schnauze, sonst mach ick sie euch zu. Von dem Scheiß, wer wat jemacht hat und wer wat nich, ha ick jerade jenug. Det hörn ma ja den janzen Tach ... Los, Eckstadt, kümmere dir um det Mächen, denn red se nich so 'nen Mist ... los, Esel, setz dir uff deine vier Buchstaben und streichel ihr!«

Werner setzte sich neben Thekla. Die Hand, die er folgsam nahm, war schweißig-feucht. Er kämpfte tapfer mit dem Abendbrot, das in seiner Speiseröhre hüpfte wie ein Jo-Jo. Welcher Gauleiter oder SS-Bonze konnte Vergnügen daran gehabt haben, schweißige Hände zu streicheln? Dann griff er sich die Whiskyflasche.

»Aber nich alles«, sagte Brinkmann noch. Es klang zerstreut, denn der Zellengenosse war bereits mit etwas anderem beschäftigt.

Werner versuchte, nichts zu hören, nichts zu sehen. Thekla kicherte verlegen. Plötzlich kamen ihre Lippen auf Werner zu. Er sah den Flaum auf der Oberlippe. Sie streckte ihm den Mund so ruckartig entgegen, als hätte sie einen BDM-Kurs im »Küssen nach Zeit« erfolgreich bestanden: Kopf vor! Lippen halb auf! Augen fest geschlossen ... marschieren im Geiste mit!

Thekla nahm die Whiskyflasche. »Pfui«, sagte sie. Dann schmollten ihre Lippen. Aus schrägen Augenwinkeln starrte sie auf die andere Pritsche.

»Bist du immer so ... komisch?« fragte sie Werner schließlich.

Er ließ ihre Hand los.

»Gefalle ich dir nicht? Oder träumst du von deiner Braut?«

Werner schwitzte vor Peinlichkeit. Auch seine Hände waren jetzt feucht.

»Halt den Mund!« schnauzte er sie an.

»Warum hast du mich dann hierher geholt?«

Werner betrachtete die dicken Wollstrümpfe der Großen, die wie Pellen zweier Leberwürste am Boden lagen. Dann drehte er sich nach Thekla um. Ich muß ihr das erklären, sagte er sich. Aber muß ich das wirklich? Kann ein junges Mädchen so abgebrüht sein, daß es nicht merkt, wie unmöglich und abgeschmackt die Situation ist?

»Du bist aber wüst«, schnurrte die Große auf der anderen Seite.

Werner biß die Zähne aufeinander.

»Es tut mir leid«, sagte er zu Thekla.

Plötzlich weinte sie. Dabei hatte sie die geballten Fäuste im geschlossenen Schoß.

»Sogar die Ilse Koch bekommt ein Kind«, heulte sie, »sogar die . . . «

»Ach so«, erwiderte Werner. Vor der Ungeheuerlichkeit des Begreifens klappte sein Unterkiefer automatisch herunter. Deshalb also das ganze Theater, durchzuckte es ihn. Es fielen ihm Brinkmanns Worte von heute mittag ein:

»Sie wollen alle schwanger werden, denn wern se nämlich nich uffjebaumelt.«

Vor Werners Augen drehte sich alles. Er wendete den Kopf zur Seite und übergab sich. Dann sah er wieder auf. Er hörte das Geräusch auf der Nachbarpritsche. Sein Blick wanderte über die beiden Gestalten, dann sah er zur Whiskyflasche, dann die Wände hoch, auf der Suche nach einer Ritze, nach einem Mauseloch.

Seine Augen blieben an dem Guckloch der Zelle haften.

Werner sah die beiden wohlwollenden Schlitzaugen des Polen ganz deutlich im Guckloch. Augen, die starr und gebannt in die Zelle schauten.

Es schüttelte Werner von innen heraus, häßliches, irres Gelächter stieg in ihm auf. Er konnte sich nicht mehr dagegen wehren. Er warf sich hintenüber, lachte und lachte, brüllte vor Lachen.

»Ist das ein Saustall! . . . Ist diese Welt ein Saustall! Kinder, was für ein riesenhafter Saustall!«

Er lachte, bis ihn Brinkmann kräftig gegen das Schienbein trat. Vorübergehend verschwanden die Augen des Polen vom Guckloch. Das Mädchen neben Werner weinte. Er rückte zur Seite. Es war ihm noch immer hundeelend. Er griff nach der Flasche, obwohl er wußte, daß er den Whisky gleich wieder von sich geben mußte.

Mein Gott, dachte er angewidert, nimmt diese Nacht denn nie ein Ende?

Als der Pole kurz vor Mitternacht die beiden Mädchen wieder aus Werners Zelle schaffte, sitzt Colonel Evans noch immer in seinem Büro und liest im engbegrenzten grünen Lichtkreis seiner Lampe in den Akten. Der Oberst durchblättert die Zeugenlisten der Anklage, die er nach vielem Hin und Her, nach vielem Drängen und nach vielen bösen Worten zur Einsicht erhielt.

Eine Reihe von Namen aus den Listen hat er sich bereits notiert. Da fährt er plötzlich wie elektrisiert hoch. Ein Name ist gestrichen. Leise und nachdenklich spricht der Colonel den Namen vor sich hin:

»Colonel Percy W. McClure . . . «

Merkwürdig, überlegt der Chefverteidiger, daß der Ankläger ausgerechnet auf diesen Zeugen verzichten will. Warum wohl? Warum auf einen Oberst der Vereinigten Staaten, den bisher höchsten Dienstgrad aller Malmedy-Kämpfer, die in deutsche Gefangenschaft gerieten. Noch erstaunlicher aber ist, daß in den Akten die Adresse des Zeugen fehlt.

Colonel Evans denkt mit geschlossenen Augen nach. Er spürt, fühlt instinktiv, daß hier etwas nicht stimmt. Er sitzt auf einmal nicht mehr an seinem Schreibtisch, er ist am Hochstand, und er erlebt die Erregung des Jägers in dem Augenblick, in dem das Wild auf die Lichtung tritt.

Eine Viertelstunde später schließt Evans die Akten, knipst das Licht aus, steht abrupt auf. Er wird der Sache auf den Grund gehen. Es fällt ihm ein, daß die Vertreter der Anklage im Malmedy-Case sich heute, zum Beginn ihres Prozesses, zur Feier des Tages, eine kleine Party geben, sozusagen einen Betriebsausflug in Whisky und Soda.

Der Posten am Eingang zum ehemaligen Konzentrationslager Dachau salutiert, als er den Offizier im Jeep erkennt. Evans hätte ebensogut zu Fuß gehen können. Ein Teil der Richter und Ankläger wohnt in den ehemaligen SS-Villen am Rande des KZ. Früher hausten hier die höheren Offiziere der Lagerleitung. Funktionäre eines tausendfachen Mordes.

Der Jeep des Colonels knirscht auf dem Kies vor der Villa. Den Mantel läßt er gleich im Wagen. Als er ihn auszieht, fühlt er das Knistern eines Briefes in der Rocktasche. Mein Gott, denkt er, ganz vergessen! Wann habe ich schon einmal Zeit, einen Brief meiner Frau zu lesen und in Ruhe zu beantworten? Er reißt ihn noch in der Halle auf. Er hört das Gelächter der anderen, dazwischen quäkt die fette Stimme des Ansagers vom Soldatensender AFN: »Midnight in Munich.«

»Darling«, liest Evans, »schade, daß du jetzt doch nicht kommst! War es denn wirklich nötig? Aber du weißt ja, das ist nur so eine Frage, die Frage einer Frau, die nicht nur verheiratet, sondern auch noch in ihren eigenen Mann verliebt ist ... Im Grunde weiß ich nur zu gut, daß alles, was du tust, gut und richtig ist ...

Aber auch Ann und Bob haben große Sehnsucht nach ihrem Paps. Neulich mußte ich einmal sehr böse werden, weil Bob ganz altklug gesagt hat, wir hätten einen schönen Paps, der sich für böse Verbrecher mehr interessiert als für seinen Sohn ... ich habe versucht, ihm klarzumachen, daß die bösen Verbrecher manchmal gar keine sind, sondern nur arme Menschen, die ein entsetzliches Schicksal hatten ... Um deine Praxis mach dir keine Sorgen, noch haben wir ja Geld ... «

Colonel Evans würgt ein heißes Gefühl hinunter. Alice, Liebling, denkt er. Dann strafft er seine Uniformjacke. Das Lächeln, das er in sein Gesicht zwingt, fällt ihm schwer.

Er tritt in den Raum. Leere Schachteln von Pall-Mall-Zigaretten liegen auf den Tischen, schwimmen in kleinen Whisky-Pfützen. Die Gäste haben die Beine über die Sessellehnen gehängt. Leutnant Prince versucht vergeblich, auf dem Klavier das Radio zu begleiten. Die anderen schlagen sich auf die Schenkel vor Vergnügen, weil sie musikalischer oder unmusikalischer als Leutnant Prince sind. Der rechte Fuß des Leutnants bleibt auf dem Pedal kleben, als er Evans sieht. Der Akkord hängt verloren im Raum wie die Schwaden des kalten Zigarettenrauchs.

»Oh«, sagt Lieutenant-Colonel Richards und erhebt sich steif, »was für eine Überraschung ... « Er weiß im ersten Moment nicht, was er mit der Situation anfangen soll. »Wollen Sie einen Drink, Colonel?«

»Haben Sie einen nötig, Colonel?« fragt Oberleutnant McCormick, der bei den Voruntersuchungen im Kriegsverbrechergefängnis von Schwäbisch-Hall für die feineren Methoden zuständig war. Der Oberleutnant hatte seinerzeit die Gegenüberstellung von Wieblich und Eckstadt veranlaßt. Seine seltsamen Angebote hatten den SS-Rabauken Wieblich dazu bewogen, von Eckstadt zu behaupten, daß er amerikanische Gefangene ermordet habe.

Colonel Evans lächelt, lächelt müde.

»Nicht unbedingt«, antwortet er dann auf die Dreistigkeit McCormicks, »anderseits habe ich auch keinen Grund zum Feiern wie Sie.«

Er sieht in acht glitzernde Augenpaare, hebt langsam sein Glas und sagt:

»Alles Gute.«

»Tut Ihnen die Sache von heute nachmittag leid, Colonel?« bohrt der Oberleutnant weiter.

Evans reagiert nicht.

»Sie haben uns ja fast beleidigt«, murrt der Chefankläger Richards, während er dem Oberleutnant einen beschwichtigenden Blick zuwirft. Schließlich ist Evans Oberst, und das ist in der amerikanischen Armee genauso zu respektieren wie in jeder anderen.

»Das war nicht meine Absicht«, entgegnet Evans kalt. Er kneift ein Auge zu, als gäbe es in dem Glas etwas besonders Interessantes zu sehen. »Richards«, sagte er plötzlich, »kann ich Sie einen Augenblick sprechen?«

»Bitte«, erwidert der Oberstleutnant gedehnt. Die erzwungene Freundlichkeit bleibt ihm zwischen den Zähnen hängen.

Der Chefankläger und der Chefverteidiger gehen in den Nebenraum. Richards denkt, das Gespräch handle sich um den heutigen Nachmittag.

»Ich habe Sie wirklich nicht verstanden«, beginnt er mit einem versöhnlichen Unterton in der Stimme. »Diese Attacke, die Sie da ritten, das hat doch mit Verteidigung nichts zu tun! Da muß ich schon McCormick recht geben, das sollte Ihnen wirklich leid tun.«

Evans lächelt noch immer. Spott klebt in seinem Gesicht.

»Ich verstehe Sie auch nicht. Ich glaube, verschiedene Ihrer Methoden haben mit der Anklage nichts zu tun . . . «

Der Oberstleutnant zuckt mit den Schultern.

»Aber das alles machen wir viel besser vor Gericht aus«, fährt Evans fort. »Ich bin nicht hier, um mich über Untersuchungsmethoden zu unterhalten . . . Sagen Sie mal, Richards, ich habe da eben in Ihren Zeugenlisten gelesen. Ich interessiere mich für ein paar Namen.«

Der Chefankläger nickt mit dem Kopf.

»Da ist zum Beispiel ein Oberst McClure angeführt. Sie haben auf ihn als Zeuge verzichtet. Besitzen Sie zufällig noch seine Adresse? Ich konnte sie nirgends finden.«

Lieutenant-Colonel Richards wird stocksteif.

»Was wollen Sie mit McClure?« fragt er langsam.

»Das wird sich finden.«

»Aber das ist ja ein Voll-Trottel und Halbfaschist . . . «

Evans läßt keinen Blick von Richards. Er steht am Anstand, sieht das Wild, hebt die Büchse, zielt, wartet noch.

Richards beißt sich auf die Lippen. Er fühlt, daß er zu weit gegangen ist. Daß er schon zuviel gesagt hat.

»Sie meinen, weil er vielleicht nicht aussagen kann, was in das Konzept Ihrer Anklage paßt, ja?« antwortet Evans. »Oder vielleicht sogar das Gegenteil?«

Richards bleibt stumm.

»Was ist?« fragt Evans, »kann ich die Adresse haben?«

»No, Sir«, stößt Richards hervor, »tut mir leid. Die haben wir nicht mehr . . .« Auf seinem Gesicht schwimmt Hohn. »Wir haben ja ganz andere Zeugen als ausgerechnet McClure.«

»Das ist nur eine kleine Verzögerung. Macht nichts«, Evans spricht wie zu sich selbst.

Da poltert Richards los: »Kommen Sie, Colonel, sprechen wir einmal ehrlich miteinander! Wollen Sie wirklich die Sache dieser Verbrecher zu Ihrer eigenen machen?«

Der Chefverteidiger winkt ab.

»Verbrecher?« wiederholt er. »Wieso? Sind sie bereits überführt, verurteilt? Ich wußte nicht . . . «

Richards sieht den Oberst mit zusammengepreßten Lippen an. Nebenan steigert sich der Lärm. Ein paar Gläser werden an die Wand geworfen. Man hört Getrampel, als ob die Gäste, lauter Männer, Jitterbug miteinander tanzen würden. Das Radio ist auf laut gestellt. Ein Schlagzeuger hämmert wie besessen auf seinen Trommeln. Der Wirbel wird immer schneller, immer lauter, immer rasender.

Der Chefankläger wird jetzt ganz leise.

»Colonel, gehen Sie nicht zu weit ...! Die ganze amerikanische Öffentlichkeit, die ganze Welt steht hinter diesem Prozeß ... sie verlangt die Verurteilung dieser Mörder.«

»Hinter diesem Prozeß steht für mich nur eines«, antwortet Evans ganz ruhig, »die Gerechtigkeit. Und diese Gerechtigkeit ist unteilbar.«

Der Lieutenant-Colonel versucht Evans zu fixieren wie die Schlange das Kaninchen:

»Sie sollten an Ihre Gesundheit denken, Colonel. An Ihre Zukunft. An Ihre Familie. An Ihren Ruf ... oder – wollen Sie Krieg mit uns?«

Der Kopf von Evans fährt hoch. Ganz langsam geht er auf den Ankläger zu, tippt ihm mit dem ausgestreckten Zeigefinger auf die Brust, genau dorthin, wo die »Medal of honour«, das Ehrenband, sitzt.

»Wenn es sein muß, ja«, antwortet Evans ruhig. Dann läßt er Richards einfach stehen, geht hinaus, ohne die anderen Offiziere noch einmal anzusehen. Als er vor der Türe steht und die frische Luft einatmet, den kalten Zigarettenrauch noch in der Nase, das Schlagzeugsolo noch in den Ohren, fühlt er sein Herz in den Schläfen hämmern. Und wieder das heiße Gefühl in der Kehle, weil er an den Brief von Alice denkt und an den Satz ... »Im Grunde weiß ich nur zu gut, daß alles, was du tust, gut und richtig ist ...«

Hoffentlich, denkt Colonel Evans, hoffentlich.

Und weiter rollt am nächsten Tag der Prozeß, mit surrenden Wochenschaukameras, mit einem internationalen Aufgebot an Reportern, mit Beobachtern der politischen Parteien, mit Wortgefechten, mit Kartenspiel in den Pausen, mit Kontrollen und gratis und markenfrei gereichten Schinkenbrötchen.

Die von den deutschen Zeitungen abgestellten Reporter sitzen getrennt von ihren Kollegen aus aller Welt. Man erkennt sie nicht nur an ihren blassen, spitzen Gesichtern, an ihren schlecht geänderten Wehrmachtsuniformen, an ihren zu weit gewordenen Sakkos aus

Zellwolle ... Man erkennt ihre Nationalität auch daran, daß sie oft am liebsten unter die Bänke kriechen würden. Immer dann kommen Scheußlichkeiten zur Sprache, wie sie ohne Beispiel sind.

Scheußlichkeiten, die von ihren Landsleuten verübt wurden.

Dann zittern die Bleistifte zwischen ihren Fingern, und sie stehen fast ohnmächtig vor der Aufgabe, die Öffentlichkeit objektiv zu unterrichten. Sie sind abgestumpft mit der Zeit, sie hören es beinahe täglich, sie wandern von einem Saal in den anderen, registrieren, stenographieren, schütteln den Kopf und vergessen die Schinkenbrötchen in ihren Aktentaschen, den einzigen Gewinn eines massierten Grauens.

Heute ist die eigentliche Nummer eins des Malmedy-Falles im Zeugenstand, SS-Oberst Henze, der Chef der Vorausabteilung der ersten Panzerdivision, ein drahtiger Offizier mit einem intelligenten Gesicht.

Die Vorwürfe der Anklage gegen Oberst Henze sind nahezu unglaublich, wenn man in seine Augen sieht, wenn man die Ruhe spürt, die von ihm ausgeht, wenn man seine schmalen, gepflegten Hände betrachtet, die bewegungslos auf dem Pult ruhen, ohne einen Abdruck zu hinterlassen.

Da kämpfte Henze einen Krieg lang, immer in vorderster Linie, von seinen Soldaten vergöttert. Sie gingen für ihn durchs Feuer, und er schickte sie ins Feuer. Ein Mann, ein Kerl, wenn man so will, ein Held. Die Zuschauer dieses Prozesses überkommt das Elend dieser Welt, wenn sie daran denken, daß ein Offizier dieser Güteklasse sich für die braune Bewegung schlug, und vielleicht fragte sich der eine oder andere der Prozeßberichterstatter, ob Henze – wäre er in Milwaukee, statt in Berlin zur Welt gekommen – nicht mit der gleichen Bravour für die Demokratie gekämpft hätte wie für Hitler.

Es gibt in dieser Zeit ganz andere Angeklagte, dem Dienstrang nach höhere, Generäle. Aber Oberst Henze ist die Schlüsselfigur. Er soll den Befehl gegeben haben, die amerikanischen Gefangenen an der Straßenkreuzung bei Malmedy zu ermorden.

Einen klaren Befehl. Und er soll dabei zugesehen haben.

Als der Oberst jetzt gefragt wird, steht er ruhig, scheint er der einzige zu sein, der von der Ungeheuerlichkeit dieses Vorwurfs nicht beeindruckt wird.

»Sie geben also zu, den Befehl erteilt zu haben?« beginnt Lieutenant-Colonel Richards.

»Nein, so geht das nicht«, erwidert Henze. »Ich muß Sie bitten, die Frage nicht in dieser Form zu stellen.«

»Und Sie haben dabei zugesehen, wie amerikanische Gefangene niedergemetzelt wurden?« fährt der Ankläger fort, als hätte er die Antwort nicht verstanden.

»Nein. Ich habe nicht zugesehen. Und ich habe auch keinen Befehl für das Massaker gegeben.«

»Sie haben in der Voruntersuchung zugegeben ... « versucht Lieutenant-Colonel Richards die Aussagen wieder auf das Geleise von Schwäbisch-Hall zu schieben.

»Warum kommt es heute zu einer Hauptverhandlung«, fragt der Angeklagte Nummer eins, »wenn hier die Voruntersuchung verbindlich sein soll?« Bevor Ankläger oder Vorsitzender eingreifen können, fährt er fort: »Ich fasse zusammen: Unsere Panzer sind in eine US-Nachschub-Kolonne gefahren. Die amerikanischen Soldaten ließen die Waffen fallen und hoben die Hände. Es waren hundert, vielleicht zweihundert. Womöglich noch mehr. Ich hatte keine Zeit, sie zu zählen. Ich forderte sie auf, sich nach hinten zu begeben, und ich habe die nachfolgenden Verbände per Sprechfunk verständigt, daß eine größere Anzahl US-Gefangener ... «

»Und die nachfolgenden Verbände gehörten zu Ihrer Kampfgruppe?« unterbricht ihn der Ankläger.

»Möglich«, erwidert Henze. »Aber es können genausogut andere Einheiten gewesen sein.«

»Und Ihre Leute waren gewohnt, Ihre Befehle blind auszuführen?«

»Ja, Sir ... Aber ich habe ihnen keinen Mordbefehl gegeben.«

»Aber die GIs sind ermordet worden. Zweifeln Sie daran?«

»Nein, Sir.«

»Wie erklären Sie es sich dann?«

»Entweder gehörten die Täter einer anderen Einheit an – «

» – oder Ihre Leute handelten ohne Ihren Befehl?«

»Das gab es nicht«, geht Henze in die Falle. »Nicht bei mir.«

»Damit nehmen Sie also die Schuld auf sich?«

»Ich nehme die volle Verantwortung für alles auf mich, was in meinem Kampfabschnitt geschehen ist«, wickelt sich der Angeklagte Nummer eins den Strick um den Hals.

Weder dem Gericht, noch den Reportern scheint aufzufallen, wie sehr der Tenor der Voruntersuchung von dem der Hauptverhandlung abweicht. Die Zeit der Feinheiten war noch nicht gekommen. Groß war die Schuld, exemplarisch die Strafe. Die amerikanische Presse hatte die Verbrechen von Malmedy breit und eindringlich geschildert. Die USA verlangten Sühne. Es war ihr Recht: das Recht der Sieger. Und keiner fragte danach, was ein Mann wie Henze durchgemacht hatte.

Es begann in Schwäbisch-Hall.

Und es begann fürchterlich.

Daß die Untersuchungskommission den Oberst an diesem Tag in die Dampfzelle steckte, hing vielleicht mit Madame Mollier zusammen. Madame Mollier war Belgierin, eine rundliche, gutmütige Frau, die ein Leben lang gearbeitet, ein wenig gebetet und sonst gelebt hatte, wie immer nur ein anständiger Mensch leben kann. Sie war Mutter, dreifache Mutter, und ihre Kinder hingen mit abgöttischer Liebe an ihr.

Zufällig geriet Madame Mollier an die berüchtigte Straßenkreuzung. Sie erlebte das Massaker als Augenzeugin. Als ein achtzehnjähriger Amerikaner, schon irrsinnig vor Angst, einen lachenden SS-Mann um sein Leben anflehte, betrat die Frau die Straße. Sie konnte Deutsch. Sie nahm den SS-Mann am Arm.

»Er hat Ihnen nichts getan«, sagte sie. »Er hat eine Mutter. Lassen Sie ihn leben. Sie haben auch eine Mutter. Was würde Ihre Mutter sagen, wenn Ihnen so etwas passierte?« Sie stieß die Worte heftig aus. Links und rechts von ihr lagen gemordete amerikanische Soldaten. Madame Mollier hatte keine Angst. Sie brachte es fertig, diesen SS-Mann anzuschauen, sogar ein trauriges Lächeln stand in ihrem Gesicht.

»Denken Sie an Ihre Mutter«, wiederholte sie.

Da schlug der Mann zu. Mit dem Gewehrkolben. Er traf Madame Mollier am Kopf. Der Kopf zersplitterte beim dritten Schlag. Sie fiel zu Boden, lag neben den massakrierten GIs.

Dann traf der Kolben den jungen Amerikaner, dessen Leben Frau Mollier retten wollte.

Das erfuhr die Untersuchungskommission an diesem Tag. Es war eine echte Aussage. Es stand außer Frage, daß die schreckliche Szene passiert war. Nur den Mörder kannte man nicht. Aber man hatte Verdächtige in Haft.

Und in der Einzelzelle von Schwäbisch-Hall saß der SS-Offizier, der die ganze Vorhut befehligt hatte. Und dieser Mann, Oberst Henze, sagte stereotyp:

»Ich habe mit der Sache nichts zu tun. Ich weiß nicht einmal, daß sie passiert ist. Ich habe keinen Befehl dazu gegeben. Ich würde ein solches Verbrechen auch verurteilen.«

Da steckten ihn Leutnant Prince und seine Leute in die Dampfzelle. Sie schürten das Feuer so lange, bis die Temperatur auf achtzig Grad stieg.

Die Luft blieb Henze weg. Die Sinne schwanden. Die trockenen Lippen bebten aufeinander. Er fiel zu Boden. Er schlug mit dem Kopf auf. Der Schlag brachte ihn wieder zu sich. Er richtete sich auf. Er lächelte. Aber dieses Lächeln verging ihm in den nächsten zwei, drei Stunden. Immer, wenn er benommen herumtaumelte, sich für Sekunden zusammenriß, war er am Ende. Nichts gab es gegen den Dampf, gegen die Hitze, gegen die Qual in der Brust, gegen die Trockenheit, gegen die Angst. Zwischen den Nebeln, die um ihn aufstiegen, hörte er Princes Worte:

»Glauben Sie nicht, daß Sie Selbstmord begehen können. Das nützt Ihnen nichts. Gar nichts. Selbst, wenn Sie ein Geständnis schreiben würden und alle Schuld auf sich nähmen. Unter Eid werde ich vor Gericht aussagen, daß es nicht so war.« Er verzog das Gesicht. »Denken Sie an Madame Mollier ... und denken Sie daran, daß es in der Hölle noch viel heißer ist. Und Sie haben die Hölle verdient!«

Es nahm kein Ende. Henze war zäh, ein anderer wäre längst endgültig zusammengeklappt. Aber der Offizier wehrte sich mit letzter, verdämmernder Kraft dagegen, und er war allein auf einmal, fürchterlich allein.

An wen sollte er denken?

Woran sollte er sich anklammern? Gott hatte er längst beiseite gelegt wie einen alten Regenschirm. Die Kameradschaft war in die Brüche gegangen. Schon denunzierten ihn einige seiner Leute, freilich nicht alle. Und der Führer, der ihm die innere Kraft gab, wie er in seinen Reden zu sagen pflegte, war längst in den Selbstmord desertiert und überließ die Sühne seinen Gefolgsleuten.

Henzes Augen traten aus den Höhlen. Seine Hände verkrampften sich ineinander. Der Kopf hämmerte sinnlos. Die Zunge wurde zu einem Stück Leder.

Und an der Wand war die Heizung. Und sie spuckte neue Hitze aus. Noch mehr Hitze. Da riß er am Heizkörper. Er riß mit einer ungeheuerlichen, entsetzlichen Kraft. Zuerst kam das obere Rohr. Ein Materialfehler. Der Dampf zischte in feuchten, heißen Schwaden in die Zelle. Dann schaffte er auch das untere Rohr. Er brach den Körper einfach aus der Wand. Der Mechanismus der Folter funktionierte nicht mehr. Wasser lief in die Zelle ... aber der Dampf war weg.

So fanden sie ihn ein paar Stunden später. In seinem fahlen, spitzen Gesicht stand ein kaltes, verächtliches Lächeln. Er erhob sich mit eigener Kraft.

»Nun«, sagte er zu Leutnant Prince, »Ihre Hölle funktioniert nicht mehr ... Legen Sie mich gleich um, dann sparen Sie sich Zeit und Ärger.«

Jetzt trat McCormick auf den Plan, der für andere Methoden zuständige Oberleutnant. Und er wandte eine Technik an, die viel erfolgreicher war als heißer Dampf. Seine Taktik begann mit einer Zigarette.

»Leutnant Prince ist ein Idiot«, begann McCormick, »wenn ich das mit der Hitzezelle geahnt hätte, wäre es nicht geschehen. Es fällt mir schwer, das zu sagen: Ich habe die größte Hochachtung vor Ihnen. Ich weiß, daß Sie ein anständiger Frontoffizier sind.«

Wo ist die Falle, dachte Oberst Henze – und dabei saß er schon in der Falle. Immer, wenn Heldentum, Vorbild und Führerqualität zur Sprache kamen, straffte sich sein Oberkörper mechanisch, spürte er an seinem Hals das Ritterkreuz und wußte, daß er es zwar vergeblich, aber nicht umsonst erhalten hatte.

»Nun«, fuhr Oberleutnant McCormick fort, »ich will mich nicht rühmen, aber ich habe auch eine ordentliche Portion Krieg hinter mir. Ich denke, wir reden einmal von Frontsoldat zu Frontsoldat.«

»Gerne«, erwiderte der Häftling Henze.

»Wir haben beide im Dreck gelegen. Nur der eine links, und der andere rechts. Soweit wäre alles in Ordnung. Aber da ist noch ein kleiner Unterschied: Sie haben für Hitler gekämpft und ich gegen Hitler.«

»So ist es«, entgegnete Henze.

»Sie wissen, daß ich von Ihrem Führer nichts halte. Und wer einer seiner bekanntesten Offiziere war, hat nach dem Zusammenbruch keine großen Chancen mehr. Verstehen Sie mich?«

»Ja.«

»Wie gesagt, es tut mir leid. Aber Sie haben so oder so verspielt. Wer verliert, hat eben verloren.«

Oberst Henze drückte seine Zigarette aus.

»Ich werde vermutlich an Ihrem Schicksal nichts ändern können. Das ist besiegelt. So oder so.« McCormick stand auf, trat an das Fenster, sah ein paar Sekunden hinaus, drehte sich langsam um. »Aber vielleicht könnten Sie am Schicksal Ihrer Leute etwas ändern.«

»Und wie?« unterbrach ihn Henze.

»Ganz einfach: Nehmen Sie die Schuld auf sich. Nehmen Sie die Schuld für die ganzen Malmedy-Verbrechen allein auf sich.«

»Und dann?«

»Dann kommen Ihre Leute davon. Nicht gleich. Vielleicht erst nach der Verhandlung. Vielleicht auch nicht auf einmal und nur einzeln. Aber jedenfalls, es ist zu schaffen.«

»Und wer garantiert mir das?« fragte der Oberst knapp.

»Mein Ehrenwort«, versetzte der amerikanische Oberleutnant.

Nun sah Henze zum Fenster hinaus. Er hatte den Angelhaken schon im Mund. Er brauchte nur noch zuzuschnappen, und er würde folgerichtig in die Falle laufen.

Vor Henzes Augen tanzten verschwommene, nebulose Parolen einen Hexensabbat... Treue um Treue... Treue ist das Mark der

Ehre ... Unsere Ehre heißt Treue ... Wenn alle untreu werden ... Die Parolen bissen sich in den Schwanz, als Henze unterschrieb, als er im Vertrauen auf ein Ehrenwort fürchterliche Verbrechen testierte ... vorleben, vorsterben, sagte sich Henze. Er fürchtete das Sterben nicht. Irgendwann hatte er immer ein wenig vom Heldentod geträumt, wenn auch nicht in der Version des Stricks von Landsberg.

So handelt ein deutscher Offizier, bestätigte er sich selbst. Keine Sache des Verstandes, der Überlegung, der Vernunft, sinnierte er weiter. Eine Sache der zusammengekniffenen Arschbacken – und mit dem Hintern denkt man schlecht.

9. Kapitel

Die Qual zeichnet Veras Gesicht. Sie kann fast nicht mehr denken und schon gar nicht reden. Der Mann neben ihr spürt es. Was soll er ihr sagen? Nichts. Vor dieser Qual zerschellt jeder Trost, klingt hohl, abgestanden, verlogen. Nur irgend etwas tun, denkt Leutnant Tebster, er geht an den Radioapparat, schaltet ihn ein.

Vera merkt es nicht einmal. Der zweite Tag des Malmedy-Prozesses hat ihre Zuversicht, ihre Hoffnung, ihre Wünsche erledigt. Beinahe endgültig erledigt. Sie sitzt auf der Couch ihres Hotelzimmers, die Beine übereinandergeschlagen, will lächeln.

Und das ist das Schlimmste, denkt Tebster. Wenn sie wenigstens weinen würde, wenn sie mich mit Vorwürfen überschüttete, wenn sie mir sagen würde, daß sie mich hassen muß, weil ich die Uniform trage, die der Richter ihres Bruders anhat. Aber nichts von alledem. Kein Wort. Ein verlorenes, zaghaftes Lächeln in einem blassen, schmalen Gesicht.

Tebster gibt sich einen Ruck. Lachen, denkt er, strahlen, überzeugt sein, nicht so hastig reden, langsam. Am besten ein Witzwort. Ein Königreich für einen Witz! Zum Teufel, was bin ich für ein Trottel!

»Evans macht das schon«, sagt er dann. »Werner könnte in keinen besseren Händen sein.«

Sie sitzen nebeneinander.

Ohne sich einander zu nähern, sind sie sich jeden Tag nähergekommen. Längst sagen sie du zueinander, wenn sie sich in deutscher Sprache unterhalten. Es ging ganz automatisch. Es war ihnen am Anfang nicht einmal bewußt.

Aber dann, wenn sie so nahe beieinander saßen, daß sie ihre Wärme spürten, rückten sie erschrocken voneinander weg. Nicht, daß ihnen die Berührung unangenehm war. Es war viel schlimmer: unerlaubt. Vielleicht unerlaubt für immer.

Und jetzt, in dieser Sekunde, empfinden sie es gleichzeitig und versuchen, den Gedanken voreinander zu verbergen. Dabei steht er in ihren Gesichtern, brennt an ihren Händen, zuckt in ihren Körpern.

»Wenn das alles einmal vorbei ist«, beginnt Tebster zögernd, »ich meine, der Prozeß ... wenn Werner frei ist ... Vera, gibt es da einen Mann?«

»Es gab ihn«, antwortet das blonde, hübsche Mädchen.
»Und?«
»Gefallen.«
»Und du liebst ihn noch immer?«
»Ja.«
»Und du wirst ihn nie vergessen?«
»Ich weiß nicht«, erwidert das Mädchen leise. »Ich habe mir bisher keine Gedanken darüber gemacht.«
»Und jetzt?«
Sie zuckt mit den Schultern. Sie will etwas sagen, aber sie schweigt.
Und Leutnant Tebster will etwas hören. Aber fast ist er in diesem Moment froh, daß Vera nichts erwidert.
Die Türe wird hastig aufgestoßen. Brigitte stürzt herein, verstört, verweint. Sie wankt auf ihr Bett zu, stützt den Kopf auf die Arme, stöhnt hemmungslos.
»Was ist denn los?« fragt Vera erschrocken.
»Ich halt's nicht mehr aus«, stößt Brigitte zwischen Tränen hervor. »Es ist nicht mehr auszuhalten. Es war schrecklich.«
»Was denn?« fragt Tebster.
Brigitte schweigt verbissen. Das Schweigen klebt im Raum, wird von den Wänden zurückgeworfen, steckt zwischen den Stimmbändern, zittert in den Kniekehlen.
Sie gleitet zur Seite. Die Flut ihrer dichten schwarzen Haare fällt auf ihre Arme. Ihre langen, schmalen Beine zucken im Rhythmus haltlosen Schmerzes. Ihr Gesicht löst sich, die Tränen verschmieren das Make-up. Es sieht aus, als ob Brigitte winzige Blutstropfen im Gesicht hätte.
Vera setzt sich neben sie. Leutnant Tebster steht auf, geht an das Fenster.
»Was zum Teufel ist los?« fragt er.
Er erhält keine Antwort und flucht halblaut vor sich hin.
»Ich mache uns Tee«, sagt Vera unvermittelt. Als ob das ein Rezept gegen Brigittes Tränen wäre.
Das Mädchen richtet sich auf, versucht die gelösten Haare mit einem mechanischen Griff in Ordnung zu bringen, betrachtet Vera aus rotgeränderten, nassen Augen, sieht zu Tebster. Die Spur eines Lächelns geistert über ihr blasses Gesicht.
»Entschuldigung«, sagt sie mit schwankender Stimme, »ich bin sicher eine blöde Gans.«
»Kaugummi?« fragt Tebster. Er streckt Brigitte die Packung hin.
»Nein, danke«, antwortet das Mädchen.
Wie hübsch sie ist, denkt der schlaksige Leutnant. Veras Bruder kann sich gratulieren. Ein solches Mädchen! Verdammt, überlegt er,

was hat Werner schon davon. Vielleicht sieht er nur den Strick vor Augen, wenn er an diese lange Haarflut denkt. Vielleicht ist er schon verrückt, oder er wird es noch, wenn er tagtäglich in dieser muffigen Gerichtsbude, in Handschellen, vorgeführt in einem Rudel von echten oder falschen Kriegsverbrechern, an ihr vorbei muß ....

»Prince«, beginnt Brigitte auf einmal, »heute nachmittag in der Pause.«

Es war 16 Uhr. Die stickige Luft erzwang eine Unterbrechung. O'Connor sah mißmutig auf seine Armbanduhr.

»Zehn Minuten«, verkündete er dann.

Die Angeklagten blieben sitzen. Neben ihnen standen Polen in schwarzgefärbten amerikanischen Uniformen mit steifen Gesichtern. Ein amerikanischer Korrespondent benutzte die Gelegenheit und machte Aufnahmen für seine Zeitung.

Die Zuschauer gingen auf die Gänge. Brigitte stand am Fenster. In dieser Sekunde geschah es. Leutnant Prince war an sie herangetreten. Er lächelte flüchtig, hielt eine Schachtel »Lucky Strike« in der Hand.

»Zigarette?« fragte er Brigitte.

»Danke«, erwiderte sie.

Das Mädchen kannte den Assistenten des Anklägers. Zu wem gehört sie? fragte sich Prince seit Beginn des Prozesses. Ich muß einmal mit ihr sprechen, nahm er sich vor.

Dazu war jetzt die Gelegenheit gekommen.

»Presse?« fragte Prince.

»Nein.«

»Ach so, ich verstehe.«

»Sie verstehen gar nichts«, versetzte Brigitte.

Der Leutnant zog an seiner Zigarette und lächelte mit schmalen Lippen.

»Dann erklären Sie es mir doch«, fuhr er fort.

»Das ist in zehn Minuten nicht getan.«

»Ich habe auch länger Zeit. Nach der Verhandlung.«

Brigitte nickte automatisch. Dann erschrak sie, räumte aber ihre Bedenken sofort wieder weg. Schaden konnte es auf keinen Fall. Der Mann spielte eine maßgebliche Rolle, auch gerade im Fall Werners, und sie weigerte sich einfach, daran zu glauben, daß dieser schmale, intelligente Kopf zu einem Rowdy gehören sollte.

Sie wartete, bis Werner abgeführt war. Dann ging sie auf Prince zu. Er lächelte aus schiefen Augen, zerknautschte zwischen seinen

Fingern die leere Lucky-Strike-Packung. Sie gingen nebeneinander her.

»Zu wem gehören Sie?« fragte der Leutnant.

»Zu Werner Eckstadt«, erwiderte Brigitte.

»Ausgerechnet«, fluchte Prince.

Brigitte fuhr herum.

»Warum?«

Der Assistent des Anklägers sah in die andere Richtung, zuckte die Schultern.

»Was soll ich Ihnen vormachen«, entgegnete er dann, »ich halte ihn für einen der Schlimmsten.«

»Und warum?«

»Gefühlssache.«

»So«, versetzte das Mädchen, »... und auf Gefühle bauen Sie Ihre Anklage auf?«

»Nein«, erwiderte der Offizier, »außerdem wissen wir noch eine ganze Menge über ihn.« Plötzlich blieb er stehen, sah Brigitte an. »Sind Sie Nazi?« fragte er.

»Nein«, antwortete sie.

»Was dann?« fuhr er fort.

Das Mädchen wich seinem Blick nicht aus. Seine Augen sind gar nicht übel, dachte sie dabei. Eine Nuance zu blau für meinen Geschmack.

»Mensch«, sagte sie dann.

Er lächelte langsam, von rechts nach links, es sah aus, als ob das Lächeln auf der einen Gesichtshälfte melancholisch und auf der anderen zynisch wäre.

»Eckstadt«, murmelte er.

Sie standen vor Leutnant Princes Dienstwohnung auf dem Dachauer Gelände.

»Nehmen Sie einen Drink bei mir?« fragte Prince.

Brigitte nickte zerstreut. Der Offizier hatte eine kleine Zweizimmer-Wohnung, schaltete das Radio ein, ging an den Kühlschrank, stellte Whisky auf den Tisch.

»Soda?« fragte er.

»Halb und halb, bitte«, antwortete sie.

An der Wand hingen zwei Bilder von jungen Amerikanern in Uniform. Prince folgte Brigittes Blick.

»Der ... links«, sagte er dann mit kühler Stimme, »das ist Bob, abgeschossen über Köln.« Dann deutete er auf das Foto im rechten Rahmen. »Und das ist Tom ... notgelandet in der Lüneburger Heide.«

Das Radio spuckte eine sentimentale Schnulze aus. Eine helle, träge Stimme zog die Vokale zu breit.

»Gelyncht«, fuhr Leutnant Prince fort, »von zwei unbekannten Bauern. Mit einer Harke erschlagen.« Er sah Brigitte fest an. »Verstehen Sie mich nun?«

»Ich verstehe vieles«, entgegnete sie. Ihre Stimme schwankte leicht. Sie sah in das blindwütige Gesicht von Prince, und sie erfaßte in dieser Sekunde instinktiv, daß der Mann alles andere war als ein Sadist.

»Das ist noch nicht alles«, fuhr der Leutnant im unnatürlichen Gesprächston fort. »Meine Mutter war herzkrank. Als sie die Sache mit Tom erfuhr, starb sie. Ich bin der Rest der Familie.« Der Offizier nahm das Glas in die Hand. »Trinken Sie!« sagte er.

Brigitte stand auf und machte das Radio aus. Was sollte sie ihm sagen? Tut mir leid, oder: Damit hat Werner nichts zu tun? Ich auch nicht. Es waren nur Wahnsinnige, Aufgehetzte, Verblendete. Es waren von Haus aus Mörder, die es überall gibt. In jedem Land. Sie preßte die Lippen aufeinander.

»Sprechen wir von Werner Eckstadt«, sagte sie dann leise.

Er zuckte die Schultern.

»Er hat gestanden«, versetzte Prince kühl. »Ich zweifle nicht an seinen Morden.«

»Er hat gestanden, als Sie ihm die brennenden Streichhölzer unter die Fingernägel schoben.«

Prince fuhr herum. Seine eine Gesichtshälfte war gerötet.

»Glauben Sie auch an dieses Nazigewäsch?« zischte er.

Brigitte schlug die Beine übereinander, lehnte sich zurück.

»Ist denn Colonel Evans ein Nazi?« fragte sie dann langsam.

Der Leutnant brummte etwas vor sich hin, was ja oder nein heißen konnte.

»Sie wissen doch weit besser als ich, wie Sie Werners Geständnis erhielten«, sagte Brigitte bitter.

Der Offizier stand auf, starrte zum Fenster hinaus.

»Ich habe nur ein Ziel«, erwiderte er. »Diese Mörder an den Galgen zu bringen.«

»Welche?« unterbrach ihn das Mädchen, »die echten ... oder solche ... die es zugaben ... weil sie keine andere Wahl hatten?«

Er drehte sich um, ging auf Brigitte zu.

»Na schön«, antwortete er dann, »ich habe dem Geständnis nachgeholfen. Aber nur für die Gerechtigkeit! Nur deswegen bin ich hier. Nur, damit die Morde an meinen Kameraden gesühnt werden ... Halten Sie alle der Angeklagten für unschuldig?« fragte er das Mädchen.

»Ich glaube nicht«, erwiderte Brigitte unsicher.

»Schön«, fuhr Prince fort, »meinen Sie, ich hätte aus einem von ihnen ein Wort herausgebracht, wenn ... ?«

Brigitte hob den Kopf. »Wenn?« fragte sie leise.

»Wenn ich sie nicht ab und zu in den Hintern getreten hätte«, setzte der Leutnant barsch hinzu.

»Und das war alles?«

Prince griff nach seinem Glas. Sein Gesicht glättete sich.

»Wir haben uns alle am Faschismus schuldig gemacht«, sagte er, »ausnahmslos. England, Frankreich, Amerika ... und wissen Sie, warum? Wir sind dem Terror mit Humanität begegnet. Wir haben den Faschismus mit Demokratie aufhalten wollen. Wir haben viel zuviel Menschlichkeit in den Nazismus investiert. Kapiert?«

Brigitte nickte.

»Sie lehnen es also ab, den Fall Werner Eckstadt noch einmal zu überprüfen?« fragte sie dann.

Er betrachtete sie lange, stumpf. Seine Lippen kräuselten sich nach oben.

»Ich habe noch Namen von weiteren 600 Kriegsverbrechern«, erwiderte er zynisch. »Nur 74 sind auf der Anklagebank ... man kann eben nicht alles Ungeziefer auf einmal austreten.« Er trank sein Glas aus, goß sich sofort nach. »So halte ich mir die Nichtangeklagten in der Reserve als Belastungszeugen. Und sie spuren, verlassen Sie sich darauf ... und wenn sie nicht spuren, dann werde ich sie mir mal genauer ansehen ... Ich könnte ... ich könnte Ihren ... ich könnte Ihren ... « Er sah Brigitte an. Sie reagierte nicht. » ... na, sagen wir Schützling, austauschen. Zum Belastungszeugen befördern ... « Er brach plötzlich ab. »Wie gesagt, ich könnte das«, fügte er noch einmal hinzu.

»Und die Bedingung?« unterbrach ihn Brigitte.

Die Tünche des Hasses auf seinem Gesicht zerbröckelte. Die Augen wirkten verschleiert. Sie hatten einen anderen Ausdruck, wurden dunkler, zu dunkel.

»Sie«, antwortete Prince kalt. Er ging näher auf Brigitte zu, beugte sich zu ihr hinab. Sein Atem streifte sie. In ihren Mundwinkeln standen steile Falten.

»Ist das auch ... für die Menschlichkeit?« fragte sie.

Er lächelte derb.

»Nein. Das steht auf einem anderen Blatt«, fuhr er dann fort. Er hielt das Glas in der Hand und ging auf und ab. »Im ersten Moment könnte man es für geschmacklos halten«, dozierte er, »vielleicht ist es das auch. Aber es reizt mich ... Soll ich Ihnen erzählen, wie sich die Nürnberger Witwen trösteten?«

»Danke«, erwiderte Brigitte steif.

»Na, sehen Sie. Auge um Auge, Zahn um Zahn ... Zug um Zug ... Eckstadt wird Belastungszeuge, und Sie ... Sie werden meine Freundin.«

Langsam erhob sich Brigitte, nahm das Glas in die Hand, ging auf den Leutnant zu. Er lächelte dumm und verlegen.

»Haben wir uns verstanden?« fragte er.

»Ja«, erwiderte Brigitte.

»Prost!«

Sie schüttete ihm den Whisky mit einem Ruck zwischen die Augen. Sie raffte ihre Handtasche an sich und stürzte angeekelt davon.

Jetzt erst kam ihr zum Bewußtsein, was das für Werner bedeuten konnte, bedeuten mußte. Leutnant Prince würde ihr das nicht vergessen.

Sie berichtet den Zwischenfall leise, stockend.

Vera hat es gehört, sie weiß nicht, was sie sagen soll, sie denkt an Werner, sieht hilflos zu Tebster.

Der schlaksige Leutnant ballt die Hände zu Fäusten.

»I'll kick this dirty dog in his dirty back!« schnaubt er. In der Erregung spricht er englisch, und die beiden Mädchen lächeln, weil er als aussichtsloses Patentrezept den dreckigen Hund in seinen dreckigen Hintern treten will.

»Ich gratuliere Ihnen, Henry«, sagte Colonel Evans in dieser Stunde zu seinem Assistenten, während er ihm eine Zigarette anbietet.

»Wozu?« fragt Leutnant Morris verständnislos.

Der Oberst lächelt, hält ihm ein schmales, längliches Kuvert entgegen:

»Ihre Papiere ... Sie können nach Hause. In die Staaten. Die Armee hat Sie entlassen. In allen Ehren, wie ich nur bestätigen kann.«

»So plötzlich?« fragt der Leutnant betroffen.

Evans lächelt.

»Sie machen ein Gesicht, als ob's nach Sing Sing gehen soll ... und dabei haben Sie vor ein paar Wochen noch jeden Tag vom Kalender abgehakt.«

»Ja«, erwidert Morris zerstreut. Zurück nach New York, denkt er, mehr als 4000 Kilometer weg von ... Vera.

»Die Trübsal liegt ganz auf meiner Seite«, fährt der Colonel fort, »ich verliere einen wertvollen Mitarbeiter.«

»Danke, Sir«, erwidert der Leutnant trocken.

»Aber ich möchte Ihnen einen Vorschlag machen, Henry«, entgegnet der Oberst, »vorausgesetzt, daß Sie ähnlich denken wie ich und daß wir den Kontakt nicht ganz miteinander aufgeben wollen.«

Der Leutnant nickt.

»Ich weiß ja nicht, was Sie drüben vorhaben. Wahrscheinlich werden Sie jetzt fertigstudieren. In jedem Fall, Sie könnten mir von großem Nutzen sein.«

»Yes, Sir.«

»Hier«, fährt der Oberst fort und deutet auf einen Namen, den er auf einen Zettel geschrieben hat. »Dieser Oberst McClure lebt irgendwo in den Vereinigten Staaten. Sie müssen ihn finden, mit ihm sprechen.« Der Colonel spricht schneller: »Ich brauche den Mann als Zeugen. Die Anklagevertretung wird alles tun, um das zu verhindern ... Weshalb, weiß ich selbst noch nicht genau. Aber ich habe das Gefühl, daß hier etwas Wichtiges dahintersteckt.« Die Stimme von Evans wird leise und drängend: »Morris, Sie müssen McClure finden ... Fahren Sie zu meiner Frau nach Atlanta ... lassen Sie sich Geld geben.«

Morris macht eine schwach abwehrende Handbewegung.

» ... Doch, natürlich ... die Unkosten trägt die Anwaltsfirma Evans ... Henry, es ist gleichgültig, was das kostet. Nur finden müssen Sie ihn.«

Leutnant Morris sieht in das Gesicht, dem er so oft gegenübersaß, in das Gesicht von Colonel Evans, verzehrt von der Leidenschaft. Welch ein Mann, denkt der Leutnant!

»Und wenn Sie ihn haben«, fährt der Oberst fort, »rufen Sie mich gleich an. Mitten in der Nacht. Setzen Sie ihn ins Flugzeug. Sorgen Sie dafür, daß er auf schnellstem Weg herkommt.«

»Verlassen Sie sich auf mich, Sir.«

»Danke, Henry.« Der Oberst lacht verlegen, legt den Arm um die Schulter des Leutnants, bringt ihn zur Türe, lächelt traurig. »Grüßen Sie meine Frau«, sagt er leise ... Er schüttelt dem Leutnant die Hand. »Und wir ... wir bleiben Freunde, nicht?«

Leutnant Morris nickt, sieht an seinem bisherigen Chef vorbei. Was für ein feiner Kerl, denkt er auf der Treppe, was für ein feiner Kerl.

Und dann legt sich etwas auf seine Schultern. Er weiß, daß er auch Vera »Auf Wiedersehen!« sagen muß.

Und weiter rollt die Verhandlung. Der SS-Mann Heinz Willers steht im Zeugenstand. Die Stimme von Colonel Evans klingt hart und metallisch:

»Sind Sie während der Voruntersuchung geschlagen worden?« fragt er knapp.

Der Angeklagte zögert.

»Ob Sie geschlagen worden sind?« wiederholt Evans noch einmal ungeduldig.

Der Hauptanklagevertreter, Lieutenant-Colonel Richards, fährt mit rotem Kopf von seinem Sitz hoch.

»Ich beantrage, diese Frage nicht zuzulassen«, schnaubt er laut und ungehalten.

Richter O'Connor reagiert sofort. Das war ohne Zweifel eine Suggestivfrage. Berechtigt oder nicht, hat die Prozeßordnung nicht zu interessieren. Und nur an diese Ordnung klammert sich O'Connor. Immer verzweifelter wird er sich an sie halten, je mehr sich dieser Prozeß als ein Moor ohne Grund und ohne Boden erweist.

»Dem Einspruch wird stattgegeben«, dröhnt sein Baß. »Die Frage ist unzulässig.«

Evans verneigt sich, wie ein beherrschter Kavalier, der einen Korb bekam. Aber um seine Lippen spielt ein gefrorenes Lächeln. Er ist entschlossen, das Rechtsempfinden dieses Gerichtshofs heute auszuloten. Und dieser Angeklagte wird das Senkblei sein.

Der Chefverteidiger nickt einem der deutschen Rechtsanwälte zu, Dr. Schönborn, dessen Mandant eigentlich Willers ist. Schönborn soll mit der Vernehmung weitermachen, bis Evans einen neuen Grund zum Einhaken findet. Der Colonel weiß, daß er auf die Frage, die er eben anschnitt, heute noch einmal zurückkommen wird. Nur mit anderem Anlauf.

»Geben Sie jetzt bitte dem Gerichtshof Ihre Schilderungen von den Vorfällen in dem Dorf Wanne und von der Rolle, die Sie dabei spielten.« Dr. Schönborn versucht, in die trockene, juristische Aufforderung einen ermunternden Ton einfließen zu lassen. Es gelingt ihm nicht. Er steht da, in der schwarzen Robe über dem abgetragenen Nachkriegsjöppchen, steht zwischen zwei Mühlsteinen – einmal braucht er Zivilcourage, um die Vorwürfe der Öffentlichkeit zu ertragen, daß er kriminelle Nazis verteidige, und zum zweiten wird er in diesem Prozeß mitangenagelt auf das Kreuz der deutschen Scham. Wie jetzt, bei der Schilderung des SS-Mannes Willers.

Der Angeklagte erhebt sich, als ob er von einer Schnur gezogen würde. Seine Augen liegen tief in den Höhlen, und seine Backenknochen stechen hervor. Seine Worte tropfen dünn und unsicher in den Saal. Die ganze Hoffnungslosigkeit schwingt in ihnen mit. Er glaubt nicht mehr, daß man ihm glaubt, weil er schon selbst nicht mehr weiß, was er sich glauben soll.

»Wanne«, beginnt er leise. Sein Adamsapfel steigt auf und nieder.

Er fuhr in einem Panzer, an der Spitze der deutschen Ardennenoffensive, in das Dorf. Er trug die Uniform eines Unterscharführers. Amerikanisches Feuer schlug der Panzergruppe entgegen. Die Einschläge lagen genau und kamen aus Dutzenden, aus Hunderten von Rohren. Doch die deutschen Panzer fuhren und fuhren. Schließlich gaben es die Amerikaner auf und flüchteten aus dem Dorf.

Aber das Feuer ging weiter. Belgische Zivilisten schossen aus den Fenstern. Partisanen, die den Rückzug der amerikanischen Truppen übersehen hatten, kämpften hart und erbittert weiter.

Willers drehte seine Kanone auf die Häuser und knallte dazwischen. Die anderen Panzer folgten ihm. Bis Ruhe im Dorf war. Dann stoppten sie ihre stählernen Ungeheuer, klappten die Turmluks auf, rieben sich den Schweiß aus der Stirne und pumpten sich mit frischer Luft voll.

Ein Obersturmführer kletterte von seinem Panzer, schrie seinen Besatzungen zu:

»Los! Holt die Lumpen aus den Häusern ... was noch von ihnen übrig ist!«

Keiner reagierte gleich. Sie hockten auf ihren Panzern und starrten verdrossen den SS-Offizier an.

Der Mann griff sich Willers.

»Verdammt, kommen Sie herunter! Haben Sie den Befehl nicht verstanden?«

Willers baute sich vor dem Obersturmführer auf.

»Schnappen Sie sich eine Maschinenpistole, und holen Sie die Belgier aus dem Haus! Alle! Auch die Frauen! ... Gleich umlegen, verstanden!«

Willers starrte ihn erschrocken an.

»Dafür kann ich die Verantwortung nicht übernehmen, Obersturmführer«, antwortete er dann.

»So?« Die Stimme des SS-Offiziers wurde auf einmal leise. »Die Verantwortung trage ich. Die geht Sie einen Scheißdreck an!«

Aber Willers blieb mit hängenden Armen vor dem Obersturmführer stehen und rührte sich nicht von der Stelle.

»Gehen Sie nun, oder gehen Sie nicht?« Er lachte. »Ich trage auch noch die Verantwortung, daß ich dich umlege, du feige Sau!« brüllte er.

Da ging Willers auf das Haus zu, in das er zuletzt hineingeschossen hatte. Er passierte ein zertrümmertes Wohnzimmer, in dem zwei tote Männer auf dem Eßtisch lagen. Er erreichte ein Schlafzimmer mit heruntergezogenen Jalousien. Eine Frau saß mit zwei kleinen Kindern vor einem zerbrochenen Frisiertisch, hielt die Hände im Schoß und weinte. Die Kinder weinten ebenfalls und hielten sich an der Frau fest, betrachteten mit aufgerissenen Augen den eingetretenen SS-Soldaten.

Willers ging weiter in die Küche. Etwas tun, sagte er sich, irgend etwas. Die nächsten zwei Minuten überleben! Auf dem Tisch standen Brot und Marmelade. Er schnitt sich eine Scheibe Brot ab und schmierte die Marmelade fingerdick darauf. Sie fiel vom Brot, als draußen Schüsse peitschten. Jetzt legen sie die aus den anderen

Häusern um, dachte Willers ... Es wurde ihm schlecht. Er schob das Marmeladebrot auf die Seite, wischte sich die Hände am Tischtuch ab und ging wieder zurück zu seinem Panzer.

Draußen stand der Obersturmführer vor drei Frauen, die an einer Hauswand lehnten. Sie hielten die Hände in die Höhe und flehten verzweifelt um ihr Leben. Neben ihnen lagen die zerbrochenen Waffen ihrer Männer. Der Obersturmführer lächelte, als er nach der Maschinenpistole griff. Er erschoß sie alle drei mit einem einzigen Feuerstoß. Sie wurden zu den fünf anderen Zivilisten getragen, die er bereits ermordet hatte.

Jetzt sah der Obersturmführer den aus dem Hause kommenden Willers und ging mit zusammengezogenen Brauen auf ihn zu. Erst, als er ganz dicht bei ihm stand, hellte sich seine Miene auf.

»Ihr Glück, mein Lieber«, sagte er und feixte dabei über das kantige Heldengesicht. Er deutete auf Willers' Brust und lachte.

Willers sah betroffen an sich herunter. Es waren rote Marmeladekleckse, die der Mörder in Offiziersuniform für Blutspuren hielt. Damit war Willers gerettet. Der Obersturmführer fiel am nächsten Tag.

Das war alles.

Wer sich noch an dem Massaker beteiligt hatte, wußte er nicht.

Das berichtet Willers dem Gericht. Als er bei der Marmelade ist, wird sein Gesicht noch verkrampfter. Er hat ihren Geschmack im Mund, und er ist plötzlich schal und bitter. Wie soll ich heute klarmachen, daß man in einer so fürchterlichen Situation plötzlich etwas ganz Belangloses tut? Wer wird das glauben?

Er blickt in die Gesichter der Richter, der Zuschauer, der Ankläger. Und die meisten sehen so aus, als ob sie gleich ausspucken wollten vor einem abgebrühten SS-Zyniker, der heute noch seine Opfer mit Marmelade besudelt.

»Sie haben aber in Ihrem Geständnis in Schwäbisch-Hall etwas ganz anderes gesagt«, nimmt Dr. Schönborn das Fragespiel wieder auf. »Sie haben zu Protokoll gegeben, daß Sie an den Erschießungen in Wanne beteiligt waren.«

Der deutsche Rechtsanwalt beißt sich selbst auf die Lippen. Er muß diesem ausgebrannten Menschen die Sporen geben, um ihn aus seiner Lethargie zu rütteln.

Der Angeklagte fährt sich müde mit der Hand an die Stirne.

»Beteiligt?« wiederholt er wie im Selbstgespräch. »Nein, ich war nicht beteiligt, aber ... « fährt er stockend fort, »vielleicht hätte ich nicht in das Haus gehen sollen ... Es ist alles so kompliziert, so verworren ... oft weiß ich selbst nicht, bin ich schuld, bin ich nicht schuld?«

O'Connor hebt eine Hand an das Ohr, versucht, dem Dolmetscher zu folgen, der seinerseits aus den abgerissenen, halb geflüsterten Sätzen von Willers so etwas wie einen Zusammenhang zu konstruieren versucht und doch nur eine Selbstanklage heraushören kann. Der Richter macht ein angewidertes Gesicht.

Werner Eckstadt schwitzt. Vor Scham und Mitleid. Vor Angst und Abscheu. Denn was Willers aussagt, hat er selbst erlebt, gespürt, daß man schließlich überhaupt nicht mehr unterscheiden kann, wo die eigene Verantwortung aufhört, wo die Schuld der anderen beginnt.

In diesem Moment reißt Chefverteidiger Evans wieder das Heft an sich.

»Wir wollen von tatsächlichen Dingen sprechen«, beginnt er kalt. »Und nicht von Moralphilosophie! ... Haben Sie an den Erschießungen teilgenommen oder nicht? Yes or no?«

Willers ist verblüfft über die erfrischende Wirkung der brutalen Sachlichkeit, mit der ihn Colonel Evans aus seiner Gefangenendepression herausreißt.

»Nein«, erwidert er und hebt den Kopf.

»Und Sie sind sicher.«

»Ganz sicher.«

»Warum haben Sie das Gegenteil gestanden?«

»Es ist mir ... es ist mir immer so vorgesagt worden.«

»Von wem?«

Die Augen Willers' bohren sich an einem Vertreter der Anklage fest. Die Backenknochen an seinen Kiefern treten noch schärfer hervor.

»Der dritte Herr da von rechts!« sagt der Angeklagte plötzlich scharf. Es ist, als ob etwas in ihm aufbräche ... wie ein Geschwür.

Colonel Evans steht auf, geht um seinen Tisch herum, auf die Vertreter der Anklage zu. Kurz vor Leutnant Prince bleibt er stehen. Die Geste, mit der er den Arm ausstreckt, sieht aus, als hielte er ein dreckiges Taschentuch von sich.

»Meinen Sie diesen Gentleman?« fragt der Chefverteidiger, ohne den Kopf zu Willers zurückzuwenden.

»Ja«, bestätigt der Angeklagte heiser.

»Gut«, sagt Evans und wendet sich an den Protokollführer: »Bitte, notieren Sie, daß der Angeklagte Leutnant Prince meint.« Jetzt nimmt Evans seinen Mandanten wieder in die Zange: »Ich verstehe nicht ganz. Wenn Ihnen jemand ein Geständnis vorsagt, dann plappern Sie es nach ... Dann erklären Sie einen ganz anderen Obersturmführer«, der Colonel deutet auf den Angeklagten Triebenstein, der in der ersten Reihe sitzt, »für schuldig, den Erschießungsbefehl gegeben zu haben.«

Willers schießt das Blut in den Kopf.

»Nein«, erwidert er gurgelnd, »mir wurde gesagt, daß ich freigelassen würde, wenn ich das unterschriebe ... daß Triebensteins Kopf schon längst in der Schlinge läge ... und daß man außer mir noch ganz andere Zeugen hätte.«

»Wer hat Ihnen das gesagt?«

»Der dritte Herr von rechts.«

Wieder geht der Colonel auf Leutnant Prince zu.

»War es dieser Gentleman?« fragt er. Und zum zweitenmal befiehlt er dem Protokollführer: »Notieren Sie, daß der Angeklagte Leutnant Prince meint.« Und wieder nimmt Evans den Angeklagten in das Verhör: »Wenn man Ihnen also verspricht, daß Sie freigelassen werden ... dann sind Sie bereit, einen anderen, einen Unschuldigen, wider besseres Wissen zu belasten?«

Aus den Augenwinkeln beobachtet Colonel Evans den Chefankläger, der wie angedonnert dasitzt und in diesem Augenblick versäumt, dem Verteidiger in die Parade zu fahren.

»Nein«, erwidert Willers heiser. »Es war nicht nur ein Vorschlag ... «

»Sondern?«

»Ich wurde auch geschlagen.«

»Von wem?«

»Von einem Sergeanten.«

»Wer war dabei?«

»Der dritte Herr von rechts.«

Als der Oberst wieder vor Leutnant Prince steht, sieht er in ein Gesicht, das von Haß verzerrt ist. Aber das ist ihm gleichgültig. Er fürchtet sich nicht vor Prince. Er fürchtet sich nur vor einem: vor Unrecht. Und er ahnt noch nicht, daß man ihm selbst, dem Oberst der amerikanischen Armee, jedes nur erdenkliche Unrecht antun wird, sobald die Gelegenheit reif dazu ist.

»Und einmal Prügel genügen also«, nimmt der Chefverteidiger den Faden wieder auf. Jetzt gelingt es ihm, Willers aus der letzten Apathie herauszureißen.

»Nein!« schreit der Angeklagte. »Ich wurde nicht nur einmal geschlagen, fünfmal, zehnmal, zwanzigmal ... Ich kann es nicht mehr zählen.« Seine Stimme fängt an zu keuchen. »Und am Schluß wurde ich zum Tode verurteilt. Und aufgehängt! Ja! Aufgehängt ... Aber ... Sie haben mich dann wieder abgeknüpft.«

Ein Zuhörer lacht im Hintergrund laut.

Ein anderer sagt mit unterdrückter Stimme: »Schade.«

Aber Colonel Evans achtet auf nichts. Rasch holt er Stück für

Stück aus dem jetzt wieder halb zusammengesunkenen Willers heraus. Wie die amerikanische Untersuchungsbehörde mit ihm ein Scheinverfahren veranstaltete, wie man ihm einen blutverkrusteten Sack über den Kopf zog, wie man ihn tatsächlich eine halbe Minute lang an einem Strick aufknüpfte, dreißig Sekunden ... eine Ewigkeit ... bis er wieder zu sich kam.

Und während Willers das erzählt, wird seine Zunge im Mund wieder so dick wie damals. Er fühlt diesen wahnsinnigen Schmerz am Kopfwirbel, so ... als trüge er einen Chinesenzopf, der zusammengewunden wird und gedreht, und gedreht, und gedreht, bis die Welt vor seinen Augen in platzenden bunten Kugeln zerspringt.

»Und wer ...« fragt Colonel Evans leise, »war dabei?«

»Der dritte Herr von rechts«, stöhnt Willers mit dicker Zunge.

»Dieser Gentleman?« Aber der Colonel wartet die Antwort gar nicht mehr ab. Er nickt nur dem Protokollführer zu, bevor er sich vor dem Richtertisch verbeugt. »Danke, das genügt mir«, stellt er dann fest.

Im Zuschauerraum entsteht ein Raunen und Husten. Wie wenn nach der Kinovorstellung das Licht wieder angeht und die Menschen sich zublinzeln und sich doch nicht erkennen.

»Ich beantrage zum zweitenmal«, sagt der Colonel, »daß die Protokolle von Schwäbisch-Hall nicht verwendet werden.«

Das Gericht zieht sich zurück. Die Beratung dauert zehn Minuten. Das Gesicht des Richters O'Connor ist verdrossen, als er sagt:

»Dem Antrag wird nicht stattgegeben.« In seinem Kopf rumort es. Er sieht nicht mehr durch die Sache hindurch. Aber sie beschäftigt ihn.

Und es geht weiter.

Der Angeklagte Werner Eckstadt ist aufgerufen. Für den nächsten Tag.

10. Kapitel

Heute gewährt sich der Malmedy-Prozeß einen freien Vormittag. Um 14 Uhr wird er mit der Hauptvernehmung des Gefreiten Eckstadt fortgesetzt. Kein Fall, der die Presse besonders interessiert. Kein prominenter Angeklagter, ein unauffälliger Bursche, den die meisten gar nicht kennen. Und so werden sich am Abend Dutzende von Journalisten und Korrespondenten ärgern, weil sie die größte Sensation versäumten, die der Fall Malmedy bis jetzt zu bieten hatte.

Kurz vor Mittag klingelt Leutnant Henry F. Morris an der Türe von Veras Zimmer in einer Dachwohnung von München-Schwabing. Sie ist gerade im Gehen. Der Zug nach Dachau fährt in einer halben Stunde ab.

»Shopping?« fragt der Leutnant. Er gibt seiner Frage einen nonchalanten Unterton. Gleichzeitig beißt er sich auf die Lippen, weil er sofort fühlt, wie gedankenlos sie war. Shopping! Ein Ausdruck für flanierende Frauen, die sich in New York auf der Fifth Avenue überlegen, ob sie sich oder ihrem Dalmatiner-Hund ein imitiertes Perlenhalsband kaufen sollen! Ein sattes Wort, fehl am Platz in einem hungernden Deutschland, fehl am Platz vor Vera, die gern hungern würde, wenn sie dadurch ihrem Bruder Recht und Freiheit erkaufen könnte.

»Ich fahre nach Dachau«, antwortet sie. Sie hält noch immer die Türe unschlüssig in der Hand, überlegt sich dabei, ob sie noch so viel Zeit hat, den Leutnant hereinzubitten.

»Ich hätte es mir denken können«, murmelt Henry F. Morris. Er streift sie mit einem kurzen, wie verbotenen Blick: »Ich fahre Sie hinaus, Vera.«

Sie lächelt, verbeißt die Nervosität, in die sie die Angst vor dem heute bevorstehenden, entscheidenden Auftritt Werners stürzt.

»Das ist nett von Ihnen, Henry«, sagt Vera. »Aber deshalb sind Sie doch nicht gekommen?«

»Nein«, erwidert er mit einem melancholischen Lächeln. Er sieht auf den Boden. »Ich will mich verabschieden . . . «

»Fahren Sie denn weg?«

»Nicht weg«, versetzt er leise, »zurück.«

Vera nickt zerstreut. Wenn Brigitte doch mitkäme, denkt sie, dann bräuchte ich das nicht allein über mich ergehen zu lassen. Aber Brigitte weigerte sich, kann nicht mehr. Gestern erklärte sie... »Wenn Werner Rennfahrer wäre, glaubst du, ich säße dann bei den Boxen? Glaubst du, ich könnte das aushalten, wenn etwas passiert? Ich würde ihm verbieten, daß er Rennen fährt. Aber das hier, das ist ja noch viel mörderischer... und man kann es nicht einmal verbieten.« Daran denkt Vera in diesem Augenblick. Eine Schwester hat es eigentlich viel leichter als eine Braut. Und doch viel schwerer.

Jetzt erst bemerkt sie das traurig-enttäuschte Gesicht des jungen Leutnants.

»Was, verabschieden?« wiederholt sie mechanisch. »Wohin fahren Sie denn?«

»Nach Amerika«, erwidert er leise.

»Oh«, antwortet Vera betroffen, »Henry, entschuldigen Sie...«

Sie gehen zusammen die Treppe hinunter, und sie nimmt dabei mit einer herzlichen Bewegung seine Hand.

»Verstehen Sie doch«, sagt sie leise, »ich bin so unruhig, so durcheinander.«

»Natürlich.«

Dann sitzen sie im Wagen von Leutnant Morris. Der junge Offizier fährt sehr langsam. Er steuert den Wagen so sorgfältig, penibel und verbissen, als hätte er den Fahrprüfer neben sich. Der Zug ist gespart, Zeit gewonnen. Und auf einmal weiß Leutnant Morris nicht mehr, was er mit dieser vielen Zeit, mit dieser letzten Frist, anfangen soll.

Als ihn Vera so dasitzen sieht, verbohrt und hilflos an sein Steuer angeklammert, möchte sie plötzlich am liebsten seine Hände streicheln, ihren Arm um seine Schultern legen. Was für ein netter Kerl, denkt sie, was für ein wirklich netter, reizender Bursche. Und sie wendet sich ihm zu und sagt:

»Ich danke Ihnen sehr, Henry, sehr. Für alles.«

Er wird rot, räuspert sich, hustet.

»Was, Unsinn«, stottert er.

Vera lächelt ihn still und dankbar an. Sie würde einen Freund verlieren. Einen selbstlosen jungen Mann, der nie etwas von ihr wollte, der nie aufdringlich wurde, der unersetzlich sein würde.

Leutnant Morris spottet über sich selbst: Warum lasse ich dieses dreckige Steuer nicht einfach los und reiße sie in die Arme? Aber er ist wie gelähmt, und er haßt sich dafür, daß sie ihm dankte. Wofür, denkt er? Weil ich Werner zunächst doch für einen Kriegsverbrecher hielt und Vera sogar einmal verdächtigte, hinter einem Aktendiebstahl zu stecken?

Auf dieser kurzen, künstlich verlängerten Fahrt durch München, durch Karlsfeld, durch die ersten langgezogenen Nebelschwaden des Dachauer Moors versucht der Leutnant ein Dutzend Anläufe zu einem Dutzend von Worten und zu Sätzen, die ihm nicht über die Zunge gehen.

Und Vera sitzt gelöst neben ihm und denkt: gut, daß ich mich nicht in die Enge des Zuges quetschen mußte, daß ich ein paar Minuten Ruhe und friedliches Schweigen habe, bevor der Sturm beginnt.

Der Wagen hat die Gabelung mit dem Schild »War Crimes Division«, wo sich die Dachauer Hauptstraße von der Zufahrt in das ehemalige Konzentrationslager trennt, erreicht. Und als sie die neu asphaltierte Straße entlangfahren, fragt Henry Morris rauh:

»Mögen Sie eigentlich Tebster sehr gerne?«

Vera schrickt auf.

»Wie meinen Sie das?«

»Na ja, ich meine ... ob Sie ihn sehr gerne mögen?«

Dann lacht Vera unbefangen.

»Ja, natürlich. Ich mag Sie und ihn. Ich mag Sie beide wirklich sehr gerne.«

Dann wird sie wortkarg. Und der Leutnant könnte sich ohrfeigen, daß er sie auch noch veranlaßte, über Tebster nachzudenken.

Er hält abrupt vor dem großen Tor des KZs. Er steigt aus, steht vor ihr. Ein dicker, dummer Kloß würgt in seinem Hals.

»Schade.« Er sieht an Vera vorbei.

»Vielleicht«, erwidert sie leise. Ihre Augen glänzen. Sie hat verstanden, was er meint. Aber die Unruhe um ihren Bruder lenkt sie gleich wieder ab. Und sie vergißt alles, was sonst noch hätte sein können, was möglich gewesen wäre oder auch nicht.

Hastig verabreden sie sich für den Abend. Vera und Leutnant Tebster werden ihn zum Zug bringen. Am nächsten Tag schon geht sein Schiff von Bremen ab.

Ich komme wieder nach Deutschland zurück, redet sich Henry ein, und dabei weiß er doch ganz genau, daß er Vera nie mehr wiedersehen wird.

Am Abend werden sie auf dem Bahnsteig stehen. Zu dritt, das gewohnte Kleeblatt, das künftig nur noch zwei Blätter haben wird. Morris wird sich von Tebster verabschieden, wie sich zwei alte Kumpels trennen, die der stinklangweilige Kommiß für eine Weile vereint hat. Und zwischen ihnen wird stehen, was sie wirklich zusammenführte:

Vera.

Nur werden sie nicht davon sprechen. Leutnant Tebster winkt mit der Whiskyflasche in der Hand, während sich Morris noch zum Fenster hinauslehnt. Verdammte drei Minuten, verfluchte! Langweiliger Trottel von einem Fahrdienstleiter mit der lächerlichen Würde einer roten Mütze, mit dieser penetranten Pünktlichkeit – elender Zug, elender Fahrplan!

Leutnant Morris wird Tebster sehen und denken: der Glückliche. Und er wird dabei nicht wissen, daß Tebster den gleichen Gedanken hat. Und während die Lichter des Zuges kleiner und kleiner werden, nimmt der schlaksige Bursche aus Texas einen riesigen Schluck aus der Pulle und denkt – dieser Hund von einem Morris reist mit einem Versprechen Veras in der Tasche ab.

Und Vera weint ein wenig.

Ihr heller Mantel flattert wie eine Fahne. Wird winziger in den Augen von Leutnant Morris, wird zu einem Punkt zuletzt. Und dieser Punkt schaukelt auf einmal im Wasser.

Daß sie Amerikaner sind, erkennt man an ihren kurzgeschorenen Stiftenköpfen. Daß sie Reporter sein müssen, sieht man an den Kameras, die sie sich, je drei an der Zahl, um die Brust gehängt haben. Sie sitzen in einer der riesigen Messen, die von der Army für den ungeheuren Troß der Kriegsverbrecherprozesse in Dachau eingerichtet wurden. Sie sitzen und warten auf Leutnant Prince, den sie wegen irgendeiner versäumten Formalität hier treffen müssen, obwohl sie als amerikanische Staatsbürger an sich das Recht hätten, in der Offiziersmesse zu speisen.

Ein wenig bietet diese Dachauer Abfütterungshalle einen schwachen Abglanz eines Bierzeltes auf der Münchner Oktoberwiese. Die beiden Reporter starren leicht benommen auf das Gewühl um die schmutzigen Tische, auf die dampfenden Speiseschalter, vor denen Deutsche Schlangen stehen. Und der eine gebraucht belustigt den beliebtesten amerikanischen Ausdruck großer Verwunderung:

»Oh, my aching back!« Im freien Deutsch heißt das: »Himmel, Arsch und Zwirn!«

Vordergründig besteht der Unterschied zwischen den Dachauer Garküchen der Gerechtigkeit und den Münchner Bräus darin, daß es nicht Weißwürste, sondern süßen Maisbrei gibt. Der Hintergrund aber, dieser schreckliche Hintergrund, verbietet eigentlich den Vergleich. Denn nicht die Lebenslust füllt das Haus, sondern der Henker.

Hier essen die Deutschen und die Alliierten nicht amerikanischer Nationalität, die Zeugen und die Rechtsanwälte, die Journalisten und die Sachverständigen, die Sekretärinnen, Dolmetscher. Und die Freundinnen der amerikanischen Offiziere. Und sogar die Neugierigen erhalten einen Schlag aus dem Maisbreitopf. Die amerikanische Armee verteilt Bons, und sie tut das großzügig.

Hier essen sie alle, die so oder so an dem gewaltigen Palaver um Recht und Unrecht beteiligt sind. Nur die Angeklagten essen in ihren Zellen und die Gerichtsoffiziere in ihren Clubs.

Auch die beiden amerikanischen Korrespondenten haben sich ihre Bons geholt. Aber das Aluminiumtablett mit gelblichem Brei, süßen Kartoffeln und einer Scheibe echten »Spam«, der ordinärsten Büchsenwurst der Welt, haben sie von sich geschoben. Sie rühren in dem heißen Kaffee, der noch das Beste an dem Menü ist. Und sie starren fasziniert zu den Deutschen, die so hungrig sind, daß ihnen weder der »Spam« noch die fürchterlichen und zum größten Teil berechtigten Anklagen den Appetit verschlagen.

Rings um die beiden Reporter brodelt es in der Halle. Sie verstehen kein einziges Wort, obwohl sie beide etwas Deutsch können. Was hier gesprochen wird, ist Prozeß-Chinesisch. Rechtsanwälte debattieren mit ihren Kollegen über die Chancen ihrer Mandanten. Sachverständige malen auf Bierfilzen die belgische Landkarte auf. Und eine Sekretärin verrät, daß Colonel O'Connor bei einem Todesurteil viel krakeliger unterschreibt, als wenn er sonst seinen Namen unter ein Schriftstück setzt.

Leutnant Prince zwängt sich mit einem verblaßten Lächeln durch die Tischreihen. Wo er vorbeikommt, verstummt das Gespräch. Man starrt ihm nach, beobachtet, wie er die beiden Korrespondenten begrüßt, wie er auf einmal herzlich Hände schütteln kann, dieser smarte Anklagevertreter, und man denkt, nun ja, eben der Leutnant Prince.

Er entschuldigt sich bei den Journalisten, daß er sich hier mit ihnen treffen muß, wechselt ein paar belanglose Sätze und fragt sie nach ihren Eindrücken von dem Prozeß.

»Oh, es war sehr interessant«, sagt der längere von den beiden, der die »New York Herald Tribune« vertritt.

Dann quetschen sie ihn aus, und Leutnant Prince läßt das gerne mit sich geschehen. Er reicht ihnen seine Karte über den Tisch. Vorläufig legt er noch Wert darauf, daß sein Name richtig geschrieben wird.

»Sie müssen wissen«, sagt der Reporter der »Trib«, »daß die Öffentlichkeit drüben brennend an dem Prozeß interessiert ist . . . Wie viele Todesurteile wird es geben?«

Prince wirkt verdutzt, lacht, wird aber sofort wieder ernst. Plötzlich hat er einen Gedanken. Natürlich, das ist die Gelegenheit, endlich.

»Wenn Sie mich fragen«, erwidert er leise, während seine rechte Hand kraftlos durch die Luft fährt, » . . . ich fürchte, überhaupt keines.«

»Machen Sie Witze?« fragt der zweite Korrespondent.

»Traurige Witze«, entgegnet Prince gepreßt. Dabei lächelt er süßsauer. »Wenn der Chefverteidiger, Colonel Evans, so weitermacht, dann wird der amerikanische Steuerzahler den Angeklagten eine lebenslange Rente aussetzen müssen.« Der Leutnant fährt mit beiden Händen an seiner Uniformjacke entlang und zieht sie glatt. »Und wir«, setzt er gelassen hinzu, »wir, die Anklagevertreter, werden gehängt.«

»Wer ist dieser Evans?« fragen die beiden Reporter gleichzeitig.

Ich werd's euch gleich sagen, denkt Prince. Ich werde euch aus erster Hand informieren. Vorsichtig, geschickt sein, zurückhaltend bleiben, ihn nicht als Nazifreund denunzieren ... das tun sie dann schon von selbst, wenn ich ihnen die »news« richtig serviere.

Und so spricht er schnell und leidenschaftslos, reißt Argumente und Sätze des Hauptverteidigers aus dem Zusammenhang, beobachtet, wie die beiden Korrespondenten hastig mitschreiben. Sie klappen ihre Stenoblocks zusammen, und sie wissen in diesem Moment, daß sie einen Sensationsbericht haben. Die Story von einem hohen amerikanischen Offizier, der sein Land verrät, dem jedes Mittel recht ist, die Feinde seines Landes zu decken, der alles das mit Füßen tritt, wofür Amerika, der Repräsentant der freien Welt, gekämpft hat.

Auf einmal haben es die Reporter eilig. Sie schwirren ab wie zwei Hummeln, die sich mit Honig vollsaugten. Prince sieht ihnen lächelnd nach.

Als Prince die Halle verlassen will, halten ihn zwei deutsche Reporter auf. In seiner guten Laune stellt sich der Leutnant bereitwillig. Er kennt bereits die beiden Gesichter, das eine eifrig, beflissen, und das andere – verhalten, neugierig. Blitzschnell geht Prince noch einmal seinen eben gegebenen Kommentar zum Fall Evans durch.

»Ja bitte?« fragt er dann.

»Nur ein paar kurze Fragen«, bittet der Beflissene, der noch eine Nickelbrille trägt, die ihm die Wehrmacht verpaßte, »wir wollen Ihnen keine Zeit rauben.«

Prince nickt, wird plötzlich ungeduldig. Wenn sie Oberwasser haben, diese verdammten Krauts, denkt er, sind sie patzig. Und wenn sie im Trockenen stehen, bitten sie selbst das Klosettpapier um Verzeihung.

Der andere Reporter ist größer als Prince, sieht sehr gut aus. Könnte bei der SS gewesen sein, denkt der Leutnant.

»Ich möchte gerne wissen«, beginnt dieser, »welche Zeugen Sie als nächste vorführen werden.«

So wie sich Prince eben noch über das Kriechertum des einen ärgerte, reizt ihn jetzt die Sachlichkeit des anderen.

»Weiß ich nicht«, erwidert er wegwerfend. »Die Verteidigung ist zur Zeit dran.«

Da schiebt sich die Nickelbrille wieder in den Vordergrund.

»Apropos Verteidigung, Sir ... Der Herr Oberst Evans ... wie ist das zu verstehen ... ich meine, gestern ... die Anklagevertretung ... so scharf.« Er kommt immer mehr ins Stottern. Sein Englisch ist verzweifelt, und genauso verzweifelt bemüht er sich, den Herrn alliierten Offizier nicht zu beleidigen.

Die Unmutsfalte auf der Stirn des Leutnants geht so schnell vorbei wie eine flüchtige Wolke. Er schaltet um, von den amerikanischen Reportern auf die deutschen. Das breite, ein wenig verächtliche Befreierlachen klebt in seinem Gesicht.

»Sie fragen ganz richtig«, antwortet er. »Sie wundern sich, daß der Verteidiger im amerikanischen Recht den Staatsanwalt so scharf angreifen darf ... Sie sollten es in einem neuen und besseren Deutschland auch einführen. Den Ringkampf zwischen Ankläger und Verteidiger – ein catch as catch can, bei dem jedes Mittel, jeder Trick erlaubt ist. Dadurch ist gewährleistet, daß alle Punkte, die für oder gegen den Angeklagten sprechen, ins Licht gerückt werden. Nur so findet man das Recht.«

Leutnant Prince sieht an den beiden deutschen Journalisten vorbei.

»Sie haben eine schwere Aufgabe«, fährt er fort. »Ich stelle es mir entsetzlich vor, über diese Angeklagten, über Ihre eigenen Landsleute schreiben zu müssen. Ich kann mir denken, wie Ihnen zumute ist: Berichte über die Mordtaten des eigenen Volkes.«

Prince bricht ab, sieht auf die Uhr.

»Ich muß mich verabschieden. Nice to have met you.«

»Toll«, sagt die Nickelbrille, »Mensch, was der sagt, das hätte man bei den Nazis schreiben müssen! Aber wir ... wir waren ja alle Feiglinge.«

»Halt die Schnauze«, erwidert der Lange ruhig. »Schreib deinen fetten Aufmacher. Schreib! Schreib doch! Jetzt kannst du ja ... «

Die Nickelbrille versteht den Langen nicht. Und morgen, wenn der Mann die Zeitung des Kollegen liest, wird er nicht begreifen, warum der Lange kein einziges Wort über Leutnant Prince gebracht hat.

Er wird es einmal wohl noch begreifen.

Aber bis dahin ist ein weiter Weg.

Als sein Name aufgerufen wird, knickt Werner in den Kniekehlen ab. Er geht mit fremden Beinen auf den Zeugenstand zu, wundert sich, daß sie noch funktionieren. Er sieht verschwommene, dunstige Nebel um sich, möchte mit der Hand nach einem Halt, nach einem Ast greifen, fährt mit der Zunge über die trockenen Lippen, verbeugt sich vor O'Connor und denkt: Jetzt bist du dran. Jetzt ist es soweit. Reiß dich zusammen! Vera, Brigitte.

Lieutenant-Colonel Richards schüttelt den Kopf.

»Ein Mißverständnis«, sagt er. » . . . Ich will den Angeklagten gar nicht haben. Ich möchte zuerst eine Zeugin vernehmen, die draußen wartet.«

O'Connor hat die »Statements« von Schwäbisch-Hall vor sich liegen.

»Eine Zeugin zu den Morden an den vier amerikanischen Soldaten?«

»Nein«, versetzt der Chefankläger lächelnd. Er reckt sich. »Es ist uns gelungen, einen fünften Mord des Angeklagten aufzuklären. Wir sind in der Lage, ihn durch eine Zeugenaussage zu überführen.« Richards verbeugt sich ironisch vor Evans. »Es wurden so viele Bedenken gegen die Voruntersuchung von Schwäbisch-Hall geäußert«, fährt er heftig fort, »ich möchte dem Hohen Gericht nun einen Fall präsentieren, der völlig neu ist, der mit Schwäbisch-Hall nichts zu tun hat.«

»Ich protestiere«, fährt Chefverteidiger Evans dazwischen. »Die Verteidigung hatte keine Gelegenheit, sich damit zu beschäftigen. Die Verteidigung hört von dem behaupteten Verbrechen zum ersten Mal.«

O'Connor überlegt einen Augenblick. Wieder zieht sich sein Gesicht in Falten zusammen.

»Ich sehe keinen Grund«, erwidert er, »die Zeugin nicht zu hören, wenn sie schon da ist.«

Werner begreift nichts. Kein Wort. Wenn er in diesem Augenblick Evans ansehen würde, der lächelt, befriedigt, beglückt fast, müßte er den Verstand verlieren.

Er ahnt nicht, was im Hintergrund gespielt wird. Er weiß nicht, daß man das CIC beauftragte, ausgerechnet gegen ihn neues Material zusammenzutragen. Und daß Leutnant Tebster, sozusagen unter der Hand und außerdienstlich, Colonel Evans vertraulich darüber informierte. Und der Oberst zu einem Gegenschlag ausholte, der in Minuten schon wie eine Bombe im Gerichtssaal platzen wird.

Die Zeugin wird in den Raum geführt. Eine einfache Frau aus Belgien. Ihre Hände spielen nervös. Der französische Dolmetscher muß die Frage nach ihren Personalien dreimal stellen.

»Lucie Forestier«, sagt sie schließlich, »vierundfünfzig Jahre alt, verwitwet, wohnhaft in Stavelot, Belgien.«

»Madame«, beginnt der Chefankläger, »ich bitte Sie, sich Ihre Antworten genau zu überlegen und mir vor allem nur eigene Wahrnehmungen mitzuteilen. Also nur, was Sie selbst gesehen haben, nicht, was Ihnen andere Leute erzählten ... Sie können vereidigt werden.«

Die Zeugin nickt.

»Fangen Sie bitte an.«

»Es war damals«, beginnt die Frau stockend, »im Dezember 1944 bei dem Angriff ... wir waren alle im Keller, als es schoß. Dann hörte es plötzlich auf. Wir gingen nach oben ... wir wußten noch nicht, daß deutsche SS-Soldaten in das Dorf eingedrungen waren.«

»In welches Dorf?«

»Stavelot.«

»Gut.«

»Sie trieben Männer zusammen und führten sie ab ... ich weiß nicht, was aus ihnen geworden ist ... und da trat ihnen eine Frau in den Weg. Sie wollte den Männern helfen. Sie bat die SS-Leute um Gnade.« Jetzt spricht die Zeugin so schnell, daß der Dolmetscher nicht mehr nachkommt.

»Bitte langsamer«, schaltet sich der Vorsitzende ein.

»Ein ganz junger Soldat ergriff die Frau und zog sie am Arm weg. Sie schlug mit den Händen um sich. Ich glaube nur, um sich Luft zu machen. Vielleicht hat sie ihn auch getroffen. Das weiß ich nicht mehr genau.«

»Und dann?« fragt der Ankläger weiter.

»Der Soldat nahm sein Gewehr und schoß die Frau nieder. Der erste Schuß verwundete sie nur.«

»Wie hieß die Frau?«

»Bois.«

»Vorname?«

»Henriette.«

»Sie war aus Ihrem Dorf?«

»Sie war nicht aus unserem Dorf. Sie war aus Malmedy. Aber sie wohnte während des Krieges bei uns.«

»Und Sie sahen, daß sie tot war?«

»Ja.«

Der Chefankläger straffte sich.

»Und Sie haben den Mörder deutlich gesehen?«

»Ja.«

»Würden Sie ihn wiedererkennen?«

»Ja.«

»Haben Sie ihn in der Zwischenzeit noch einmal gesehen?«

Einen Augenblick stutzte die Zeugin.

»Sie müssen uns alles sagen«, ermuntert sie der Chefankläger.

»Deswegen bin ich ja hier«, sprudelt die Zeugin hastig heraus. »Man hat mir eine Fotografie gezeigt. Darauf habe ich ihn erkannt.«

Der Chefankläger wendet sich an den Protokollführer:

»Haben Sie die Aussage genau mitgeschrieben?«

»Jawohl, Sir.«

»Gut.« Lieutenant-Colonel Richards geht auf Frau Forestier zu, lächelt sie an. »Bitte drehen Sie sich um«, sagt er.

Der Dolmetscher muß sie zweimal dazu auffordern.

»Sehen Sie sich diese Leute an . . «

Die Zeugin will etwas erwidern. Richards kommt ihr zuvor:

»Gehen Sie ganz nahe heran. Betrachten Sie sie in Ruhe.«

»Voila . . . ici«, ruft Frau Forestier aufgeregt.

Sie geht in der ersten Reihe der Angeklagten entlang, bleibt in der Mitte stehen, kommt näher, auf eine winzige Lücke zwischen zwei Stühlen zu, wird fahl, hebt den Arm, deutet mit dem Finger – auf Werner Eckstadt.

Automatisch erhebt sich der Gefreite.

»Das gibt es nicht«, zucken seine Lippen. Er sieht nichts mehr. Und dann sieht er fünf Frauen, und sie alle deuten mit dem Finger auf ihn und schreien: »Mörder!« Und jede von ihnen hat einen Zeigefinger. Es sind gar keine Zeigefinger. Es sind Gewehrläufe, die auf sein Herz gerichtet sind, die immer größer, immer drohender werden.

»Nein!« bäumt sich Werner Eckstadt auf.

»Kommen Sie bitte hierher«, wendet sich Richards an die Zeugin. Er kann das siegreiche Lächeln nicht ganz unterdrücken. »Sie haben den Mann genau erkannt?«

»Ja.«

»Sie können es beschwören, daß er Madame Bois ermordet hat?«

»Jeder Zweifel ausgeschlossen«, entgegnet Frau Forestier ruhig.

»Danke«, sagt er. Es klingt scharf und hell wie der Gong eines Zirkus nach dem Abgang der Hauptnummer.

Keine besondere Sensation für die Zuschauer! In der Liste der Malmedy-Verbrechen ist die Erschießung einer wehrlosen Frau nicht besonders attraktiv. Ganz andere, viel scheußlichere Untaten wurden verübt.

Die Blicke der Zuschauer pendeln von Werner wieder zum Chefverteidiger zurück, der sich erhebt, ein paar Sekunden wartet, bis ihm der Vorsitzende das Signal zum Start gibt. Armer Hund, denken ein paar Wohlmeinende, was willst du noch machen? Warum verteidigst du auch solche Burschen? Man kann die Pflicht auch übertreiben. Na schön, du hättest dir von vorneherein einen anderen Beruf suchen müssen. Du bist ja eigentlich ein Opfer der Zivilisation wie die Klo-Frau, ehrenhaft freilich, aber doch nicht sehr appetitlich. Nur, du bist ja nicht auf den Groschen angewiesen, du mußt nicht unbedingt aus Armut Toilettenfrau spielen.

»Frau Forestier«, beginnt Evans auffällig ruhig, beherrscht, fast zerstreut, »ich habe nur wenige Fragen: Wo ist Frau Bois beerdigt?«

»Wir hatten damals mehrere Tote im Dorf. Sie wurde von den Deutschen verbrannt.«

»Well«, entgegnet der Colonel. »Sie kannten sie also genau?«

»Ja.«

»Sie haben sie jeden Tag gesehen?«

Die Zeugin nickt.

»Und von diesem Tag an nicht mehr?«

»Ja.«

Der Colonel verharrt einen Augenblick, als ob er nachdenken müßte.

»Sagen Sie«, beginnt er noch leiser, »wie sah Frau Bois aus?«

Die Zeugin lächelt eine Sekunde hilflos. Dann konzentriert sie sich.

»Nun«, erwidert sie, »sie war klein ... und ein bißchen dicklich. Und sie hatte immer ein rotes Gesicht ... «

»Wie alt war sie?«

»So alt wie ich.«

»Also wäre sie heute vierundfünfzig?«

»Ungefähr.«

»Und Sie wissen bestimmt, daß sie Bois hieß?«

Die Zeugin nickt.

»Henriette Bois?«

»Jawohl, Monsieur«, versetzt die Zeugin höflich.

»Danke«, erwidert der Colonel. Er fährt sich mit der Hand an die Stirne.

»Sind Sie fertig mit der Vernehmung?« fragt der Vorsitzende verwundert.

»Jawohl, Sir.«

Was ist mit ihm los, denkt der Richter, warum hört er mitten im Verhör auf? Warum erschüttert er jetzt das Erinnerungsvermögen der Zeugin nicht? Warum weist er nicht darauf hin, daß es schwer ist, nach fast zwei Jahren aus einer Gruppe von 74 gleichgekleideten und fast gleichaltrigen Männern in ein paar Sekunden einen einzigen wiederzuerkennen? Gibt er sich geschlagen? Stellt er endlich den Kampf gegen die Anklage ein?

Da unterbricht der Hauptverteidiger die hastigen Überlegungen O'Connors:

»Ich habe zwei Anträge.«

Der Vorsitzende nickt.

»Erstens«, sagt er, »möchte ich bitten, diese Zeugin hier vorläufig nicht zu vereidigen.«

Er sieht das erbitterte Kopfschütteln des Anklägers und fährt fort:

»Und zum zweiten ersuche ich das Hohe Gericht, eine Zeugin der Verteidigung zu hören.«

»Jetzt?« fragt O'Connor.

»Ja. Sie wartet bereits.«

»Zur Sache?« fragt der Vorsitzende noch einmal.

»Zu dieser Sache«, versetzt Colonel Evans fast bescheiden.

Der Ankläger fährt hoch:

»Protestiere!« sagt er, »das ist eine Verschleppungstaktik.«

Jetzt wird Evans Stimme scharf, akzentuiert.

»Das Gericht hat die Zeugin der Anklage eingeschoben ... gegen meinen ausdrücklichen Protest. Ich muß mit Nachdruck bitten, daß nun meine Zeugin in dieser Sache ebenfalls gehört wird.«

»Stattgegeben«, erwidert der Vorsitzende.

Die meisten merken in den ersten Sekunden nicht einmal, welch brisante Bombe im Saale platzt. Werner kann noch immer nicht klar denken. Vera, in der hinteren Reihe der Zuschauer, weint lautlos in ihr Taschentuch. Auch das fällt nicht weiter auf. Ein halbes Dutzend von Frauen, Müttern oder Bräuten der Angeklagten sitzen beinahe jeden Tag des Malmedy-Prozesses im Gerichtsraum. Und die anderen Besucher haben sich längst an die vorgehaltenen Taschentücher gewöhnt.

Die zweite Zeugin, die von einem baumlangen Militärpolizisten in den Gerichtssaal geführt wird, ist klein und dicklich. Sie kann den großen Schritten des MP-Mannes nicht folgen, bleibt zurück. Ihr Gesicht ist gerötet. Ihre Hände flattern unsicher. Sie wirft einen schnellen Seitenblick auf die Angeklagten und sieht dann sofort auf die andere Seite, verbeugt sich etwas linkisch vor dem Vorsitzenden, wird noch verlegener.

»Ihr Name?« fragt Evans leise.

»Henriette Bois.«

Der Colonel steigert seine Stimme:

»Bitte laut«, sagt er, »und noch einmal.«

»Henriette Bois«, wiederholt die Zeugin fast unhörbar zum zweitenmal.

Der Vorsitzende hat sie verstanden, starrt sie an. Sein Blick gleitet erschrocken von der Zeugin zum Chefverteidiger, der in dieser Sekunde das Verhör beginnt:

»Ich habe nur eine einzige Frage, Frau Bois«, und er sagt es so, daß es im letzten Winkel des Saales noch deutlich zu hören ist, richtet sich auf dabei, lächelt mit geschlossenen Lippen. »Eine seltsame Frage.« Er läßt den Chefankläger nicht aus den Augen, als er sie stellt:

»Leben Sie noch, Frau Bois?«

Die Verwirrung, die nach der seltsamen Frage des Colonel Evans über das Gesicht der Zeugin zieht, geistert durch den Saal, breitet sich in den Mienen der Richter aus, in der Bestürzung der Anklagevertreter, in dem Erstarren der Zuhörer. Es ist still im Raum.

Der Dolmetscher schüttelt den Kopf. Sein Blick pendelt vom Colonel zum Vorsitzenden und von da wieder zurück. Der Chefverteidiger nickt ihm zu. Gott, denkt er, es ist ja gar kein makabrer Scherz, kein geschmackloser Witz! Es ist ja ernst, fürchterlicher Ernst! Und er muß zweimal ansetzen, um die Frage zu übersetzen: »Leben Sie noch, Madame Bois?« Er nickt bei jedem Wort mit dem Kopf, als er mit fremder Stimme sagt:

»Est ce que vous vivez encore, Madame?«

»Mais oui, Monsieur«, entgegnet die Zeugin heftig. Sie schüttelt den Kopf und lacht dabei.

»Es wurde nämlich gerade behauptet, daß Sie gestorben seien. Schon fast vor zwei Jahren«, erklärt Evans.

»Pas de croire ... « erwidert die untersetzte, kleine Frau mit der gesunden Gesichtsfarbe. Mit einem Schlag wird sie die Verwirrung los. Ihr gallischer Witz, ihr natürlicher Charme brechen durch. »Oh, Monsieur«, setzt sie hinzu, »man wird hundert Jahre alt, wenn man zu früh totgesagt wird.«

»Ich hoffe es für Sie«, antwortet Colonel Evans galant. »Haben Sie einen Ausweis bei sich?« fragt er dann.

»Naturellement.« Die Zeugin kramt die Identitätskarte aus ihrer Handtasche, übergibt sie dem Oberst, der den Ausweis mit einer angedeuteten Verbeugung an den Vorsitzenden weiterreicht, ohne einen Blick darauf zu werfen.

»Das ist alles, Sir«, sagt er, »ich bitte Sie, nun die andere Zeugin ... Madame Forestier, vorführen zu lassen.«

O'Connor nickt grimmig. Er mustert die Anklagevertreter aus zusammengekniffenen Augen, sieht, wie die Offiziere noch immer mit der Bestürzung kämpfen, und weiß, daß es gegen diese Bombe des Colonel Evans keinen Schutz gibt. Daß es dem Chefverteidiger zum erstenmal gelungen ist, das Fundament von Schwäbisch-Hall zu sprengen. Er zuckt mit den Schultern. Mich geht das nichts an, heißt das. Ich bin ein freier amerikanischer Richter. Ich spreche Recht. Ich stehe über allem. Und das Kopfschütteln bedeutet auch: seht zu, wie ihr aus der Patsche kommt.

Die Luft ist schlecht und dick, und die unwirkliche, ungewohnte Ruhe im Gerichtssaal hält an. Die Reporter schieben ihre Stenoblocks zur Seite und verfolgen gebannt das Tribunal, das zur Szene wurde. Selbst der hagere Sonderberichterstatter aus Südafrika stellt das Hüsteln ein.

Werner Eckstadt begreift gar nichts. Beide Zeuginnen sah er zum erstenmal. Und beide versteht er nicht. Daß der Colonel mit seinem Fall heute seinen ersten großen Sieg erringt, wird ihm nicht klar.

Auch Vera, ein paar Meter hinter Werner Eckstadt, schüttelt den Kopf. Aber sie versteht wenigstens, daß das die Wendung zum Guten ist, die sensationelle Wendung.

»Holen Sie die Zeugin Forestier«, sagt O'Connor zu einem bulligen Sergeanten der MP.

Bis der Militärpolizist Madame Forestier findet, vergehen ein paar Minuten. So lange haben die Vertreter der Anklage Zeit, sich zu sammeln. So lange kann Werner Eckstadt noch darüber nachdenken, was eigentlich los ist. So lange bleibt das asketische Gesicht von Colonel Evans kühl und beherrscht.

In die Spannung hinein sagt Lieutenant-Colonel Richards, der Hauptankläger:

»Ich habe doch noch ein paar Fragen.«

O'Connor nickt Zustimmung.

»Kennen Sie das Dorf Stavelot?«

»Ja.«

»Haben Sie dort während des Krieges gelebt?«

»Ja.«

»Die Bevölkerung von Stavelot kennt Sie also auch?«

»Mais oui, Monsieur.«

»Hielten Sie sich während der Ardennenoffensive dort auf?«

»Ja.«

»Haben Sie Erschießungen von Zivilisten gesehen?«

Das Gesicht der Zeugin verdüstert sich.

»Ja«, antwortet sie. Ihre Stimme ist leiser geworden.

»Gut«, fährt der Oberstleutnant fort, »wir haben hier eine Aussage, daß Sie den SS-Leuten in den Weg getreten seien.«

»Das stimmt.«

»Und dann ...« die Stimme des Chefanklägers kommt ins Schwimmen, »dann sollen Sie niedergeschossen worden sein.«

»Das stimmt nicht ... Ein SS-Mann hat auf mich mit dem Gewehr angelegt. Ein anderer hielt ihn zurück. Dann holten mich Freunde aus dem Dorf weg. Sie versteckten mich zwei Tage in ihrem Keller, weil sie meinten, sicher sei sicher ... Dann nahm mich ein Milchauto nach Malmedy mit.«

»Und die anderen wußten nichts von Ihrer Abreise?«

»Nur die Leute, die mich versteckt haben, wußten davon.«

»Und Sie sind seitdem nie mehr nach Stavelot zurückgekommen?«

»Nein ... Sie wissen ja, wie das ist«, berichtet die Zeugin weiter, »man nimmt sich immer etwas vor, und dann zerschlägt es sich immer wieder.«

In diesem Moment kommt der Sergeant mit Frau Forestier zurück. Jeder im Saal starrt auf die Türe, verfolgt, wie sie auf den Richtertisch zugeht, wie sie Frau Bois sieht und doch nicht sieht, sie dann plötzlich erkennt, auf sie zuläuft, die Arme um sie schlingt.

»Nein«, ruft sie, »daß es so etwas gibt! Daß ich Sie noch einmal wiedersehen soll!«

Und was sich jetzt, zwei Meter vor O'Connor abspielt, sieht aus wie eine friedliche belgische Marktszene, die kein Ende nehmen will.

Endlich gelingt es dem Vorsitzenden, die beiden Frauen zu trennen.

Evans macht es kurz.

»Ist das Frau Bois?«

»Ja.«

»Haben Sie sich getäuscht, als Sie sagten, daß sie tot sei?«

»Ja.«

Es wird Frau Forestier nicht einmal bewußt, daß sie sich mit dieser Aussage selbst grober Fahrlässigkeit bezichtigt. Sie ist immer noch außer sich vor Freude, vor Überraschung, vor Erstaunen.

»Noch eine Frage?« wendet sich Richter O'Connor an Richards.

»Danke, Sir.« Richards vermeidet es, den Hauptverteidiger anzusehen, als er leise hinzufügt: »Ich verzichte auf diesen Punkt der Anklage im Falle Eckstadt ... Die Anklagevertretung bedauert, erkennen zu müssen, daß ihr hier ein Irrtum unterlaufen ist, der aus einer ungenauen Zeugenaussage resultierte.« Er spricht langsam, schleppend, strafft sich aber gleich wieder und fährt fort: »Die Erschießung von vier amerikanischen Soldaten wird dem Angeklagten Eckstadt selbstverständlich weiterhin zur Last gelegt.« Lieutenant-Colonel Richards verbeugt sich vor dem Richtertisch. Eine Sekunde klebt dann sein Blick auf dem fahlen Gesicht von Leutnant Prince, dann blättert er in seinen Akten.

O'Connor nickt. Er wirft einen Blick auf den Protokollführer. Seinem Gesicht ist nicht anzumerken, wie sich die Gedanken hinter der Stirne jagen. Dann betrachtet er Colonel Evans. Was ist das für ein Mann, denkt er? Ein blendender Jurist jedenfalls. Das war hervorragende, mit allen Wassern gewaschene, amerikanische Schule. Gegen Amerika? Oder vielleicht doch nicht? Und irgendwo nistet sich plötzlich ein verwegener, ein fast verrückter Gedanke bei O'Connor ein:

Wird Amerika diesem Mann eines Tages dankbar sein müssen, daß er sich mit Mut, mit Redlichkeit, mit Verantwortung, mit Geschick für die Feinde seines Landes einsetzte, vom Gewissen ermächtigt.

O'Connor versteht nichts von Politik und will nichts mit ihr zu tun haben. Früher, als Student, da glaubte er einmal, daß beide Begriffe, Politik und Recht, zusammengehörten, Arm in Arm zu marschieren hätten wie Freunde, wie Bundesgenossen, wie Brüder. Das Recht konnte die Politik nicht formen, und so sorgt O'Connor dafür, so gut er kann, daß die Politik das Recht nicht formt.

Richter O'Connor und Colonel Evans wollen das gleiche. Nur wissen sie es noch nicht. Sie wollen nur Recht. Sonst nichts. Recht ohne Unterschied der Rasse, der Klasse, der Sprache, der Uniform, der Nationalität. Aber wie verhängnisvoll, wie verschlungen, wie endlos sind die Wege dieser Gerechtigkeit im Falle Malmedy, auf denen sich zwei ehrenwerte Amerikaner von entgegengesetzten Seiten zögernd einander nähern.

Der Vorsitzende wirft einen Blick auf das Richterkollegium, nickt und sagt, während sein Gesicht immer noch zerstreut wirkt:

»Die Verhandlung wird auf morgen vertagt.«

Er steht abrupt auf. Mit ihm erheben sich alle Anwesenden, die Angeklagten in schnurgerader Linie zu fünf Gliedern, die martialischen MP-Leute, die noch immer betroffenen Vertreter der Anklage, die Journalisten und Zuschauer, alles sichtbare Funktionäre des Falls Malmedy.

Nur zwei gehen an dem Fluidum, dessen zwielichtiger Hauch durch den Saal weht, vorbei: die beiden Zeuginnen aus Belgien, die in rasendem Französisch aufeinander einreden und in zwei Minuten wissen möchten, was in zwei Jahren passiert ist.

Ein ungewohntes, beinahe lustiges Bild. Die Reporter verzichten darauf, es zu schießen.

Sein abgewinkelter rechter Fuß lag lässig auf dem Gaspedal und wippte einen Slowfox mit. Der Wagen bewegte sich in kleinen Sprüngen, und das hübsche, dunkelblonde Mädchen lachte, saß bequem auf dem rechten Vordersitz und hatte große, glänzende Augen. Und dieser Glanz war lustig, nicht traurig.

Zum erstenmal seit Wochen . . .

»Ich glaube, ich träume noch«, sagte Vera.

»Dann träum' weiter«, erwiderte Leutnant Tebster. Er stellte das Autoradio ab und fuhr manierlich.

»Ich verstehe das alles nicht«, fuhr das Mädchen fort. »Da schleppt man in letzter Minute einen neuen Zeugen an, und Colonel Evans zaubert unter der Hand sofort einen Gegenzeugen hervor. Kannst du dir vorstellen, wie so etwas möglich ist?«

»Genau.« Er lächelte. Es stand seinem Jungengesicht gut.

Vera zupfte ihn am Ärmel.

»Ich bin eine Frau«, erwidert sie dann, »und Frauen sind neugierig.«

»Ich bin ein Mann«, entgegnete Leutnant Tebster, »und Männer sind verschwiegen.«

»Wie lange?«

»Bis zum nächsten Baum dort.« Er fuhr ganz langsam.

»Step on it«, sagte Vera.

»Wo arbeite ich?« fragte Tebster unvermittelt.

»Bei dem CIC.«

»Und was macht das CIC?«

Vera zuckte die Schultern.

»Nun«, erklärte der Leutnant weiter, »einen Haufen Unsinn.« Dann wurde er ernst. »Und außerdem beschäftigt sie sich mit Kriegsverbrechen. Mein Freund Bauer, zum Beispiel, der beschaffte Madame Forestier für Leutnant Prince.«

»Und?« unterbrach ihn Vera.

»Ganz einfach«, erwiderte Tebster, »da erweckte ich Madame Bois wieder zum Leben.«

»Du?« Vera brauchte nur zwei Sekunden, um zu begreifen, was hinter den Malmedy-Kulissen vorgefallen war. Sie lehnte sich zurück und schloß die Augen. Das Lächeln verklärte fast ihr Gesicht. Sie wurde mit dem Weinen fertig, noch bevor es begann.

Der Mann an ihrer Seite beobachtete sie. Sein Blick teilte sich in die Landstraße nach München und in Vera Eckstadt. Aber er wurde ernst dabei. Und auf einmal traurig.

Veras Hand legte sich auf seinen Arm. Und dieser Arm zitterte unmerklich.

Und in dieser Sekunde sieht er das Mädchen neben sich irgendwo in Texas, in einem kleinen weißen Haus mit einem großen grünen Garten, in einem Schaukelstuhl, links ein Schäferhund und rechts eine Tigerkatze. Sie ist ein wenig älter geworden und ein wenig lustiger und auch etwas gelangweilter. Neben ihr liegen »Life« oder »Colliers« oder eine Illustrierte aus Deutschland, und er sagt:

»Ich habe Hunger, Honey.«

Und sie erwidert:

»Mach dir was, Darling ... der ganze Kühlschrank ist voller Konserven.«

Und er macht es wie viele Millionen Amerikaner, die sich von ihren Frauen gutmütig und mit heimlichem Vergnügen tyrannisieren lassen. Und er fragt: »Soll ich dir etwas mitmachen?«

Das stand vor den Augen des jungen Leutnants, als er im gemächlichen Tempo weiterfuhr. Beinahe hätte er einen Radfahrer gestreift. Der Mann hatte einen dicken, roten Kopf, drohte mit der Faust und schrie:

»Sie träumen wohl?«

«Ja, ich träume«, antwortete Trebster wie zu sich selbst.

Vera griff es auf.

»Und wovon träumst du?« fragte sie.

»Das kann ich dir nicht sagen«, entgegnete er. »Ich will dich etwas fragen.«

Vera nickte.

»Darf ich weiterträumen?« stotterte er.

Vera nestelte an ihrer Handtasche. Er sollte nicht merken, daß sie ihn verstanden hatte.

»Ja«, sagte sie dann fast lautlos.

William R. Tebster hatte es gehört.

Der Hauptankläger hat seine Leute zu einer Besprechung befohlen. Er hält seinen Unmut über die Blamage von heute nachmittag nicht zurück. Vor der Türe hängt ein Schild: »Do not disturb!« Selbst die Sekretärin, eine amerikanische Heereshelferin, muß den Raum verlassen.

Eine Minute lang betrachtet Lieutenant-Colonel Richards die acht Offiziere seines Stabes, die unter seinem Kommando den Krieg gegen das Unrecht führen sollen und heute im Namen des Rechts eine Niederlage erlitten haben. Seine Miene ist ungut, verbissen. Leutnant Prince trägt ein verkrampftes Lächeln um die bleichen Lippen. Oberleutnant McCormick fingert nervös in einer leeren Zigarettenschachtel. In den ausdruckslosen Gesichtern der anderen Offiziere steht geschrieben: Uns geht's nichts an . . . Gott sei Dank!

»Gentlemen«, beginnt der Oberstleutnant endlich. »Das war eine Schweinerei erster Klasse!«

Die Offiziere betrachten den Holzboden.

»Noch eine solche Panne, und wir können einpacken.« Richards wirft seine Zigarette weg, als könnte er damit alles abwerfen, was ihm im Malmedy-Case nicht behagt. »Damit kein Zweifel aufkommt: Wir selbst haben die Voruntersuchung geführt. Und wir haben sie zu verantworten.«

Er senkt die Stimme. »Ich dachte bisher, daß Sie anständig und korrekt gearbeitet hätten . . . Ich muß jetzt leider feststellen, daß hier unverantwortlich und liederlich vorgegangen wurde.«

Der Oberstleutnant schlägt sich mit der flachen Hand gegen die Stirne.

»Das ist ja Kintopp!« fährt er fort. »Eine tote Zeugin erscheint lebendig vor Gericht.« Er bricht plötzlich ab. Er sieht die Schlagzeilen der amerikanischen Presse vor sich, ihre gehässigen Kommentare, die seine Karriere ruinieren können. Er sieht Colonel Evans vor sich, und er haßt ihn. Aber das ist noch nicht alles: Zum erstenmal ist sein Glaube an die Sauberkeit der von ihm vertretenen Sache ins Wanken geraten. Er ist anders als Leutnant Prince. Er will Schuldige dem Henker übergeben. Und er denkt nicht einmal unbewußt daran, Unschuldige zu Schuldigen zu machen.

»Ich sehe mich daher veranlaßt«, fährt der Oberstleutnant fort, »einige neue Anordnungen zu treffen ... Ich verlange von Ihnen, daß Sie alle Ihre Zeugen noch einmal überprüfen. Es ist mir vollkommen gleichgültig, ob Sie Tag und Nacht arbeiten. Ich will kein faules Beweismaterial mehr vorgelegt bekommen!«

Sein Blick streift an den Gesichtern seiner Offiziere entlang. Leutnant Prince mustert er eine Sekunde länger als die anderen.

»Ich erwarte von jedem einzelnen von Ihnen schriftliche Meldung. Schriftlich, meine Herren! Und plötzlich, meine Herren! Sie haben mich verstanden, Leutnant Prince?«

Der Offizier verbeugt sich schweigend, mit verschlossenem Gesicht.

Richards entläßt seine Leute mit einer Handbewegung. Prince geht mit McCormick auf einen Whisky ins Casino, um seinen Ärger hinunterzuspülen.

»Was nun?« fragt McCormick.

»Was soll das heißen?« erwidert Prince.

Der Oberleutnant zuckt die Schultern.

»Was haben Sie plötzlich?« fragt Prince gepreßt. »Laufen Sie schon zu Evans über?« fährt er dann höhnisch fort. »Haben Sie Mitleid mit diesen Verbrechern? Dann stellen Sie sich doch morgen hin und sagen Sie – wir, wir allein sind an allem schuld. Die SS ist in Wirklichkeit eine Heilsarmee. Und die Juden leben ja alle noch ... nur ein paar Sadisten haben aus den armen SS-Leuten das voreilige Geständnis herausgepreßt, sie hätten 40 000 oder 400 000 oder vier Millionen Juden vergast ... und ein paar andere noch dazu. Geht ja nicht so genau! Aus dem vollen schöpfen, Mister McCormick!«

Leutnant Prince wirkt erschöpft, als er plötzlich abbricht. Seine Hände halten das Schnapsglas. Er schwankt leicht. Der Leutnant preßt die Lippen aufeinander, bis sie ganz dünn und weiß werden.

»Entschuldigen Sie bitte«, sagt er dann.

»Sie haben ja recht«, entgegnet McCormick verdrossen. »Das ist es ja.«

Der Oberleutnant klopft seinem Kameraden auf die Schulter und geht.

Prince trinkt weiter. Er mag Whisky nicht. Er schüttelt sich jedesmal, wenn er das scharfe Zeug hinuntergießt.

Auf einmal werden seine Augen kleiner. Natürlich, denkt er, ich werde ihm Unterlagen verschaffen, prima Unterlagen. Handgeschriebene.

Der Haß gibt ihm den Vorsatz ein. Haß ist ein schlechter Ratgeber. Aber Leutnant Prince ist entschlossen, ihm blind zu folgen.

Jeden Tag um diese Stunde werden die Angeklagten auf den Hof gelassen. Eine Stunde Rundmarsch zwischen Verhandlungsschluß und Abendessen genügen, um das Blut mit Sauerstoff aufzuladen. Sauerstoff muß in das Blut, damit der Mensch leben kann. Leben müssen die Angeklagten, weil sie zum Tode verurteilt und aufgehängt werden sollen.

Werner fühlt die Nervosität instinktiv, als er aus dem dunklen Zellengang tritt und sich der langen, grauen Reihe anschließt. Heute liegt etwas in der Luft. Aber Werner denkt nicht weiter darüber nach. Er sieht zwei rundliche Frauen aus Belgien vor sich, und langsam begreift er, welche Rolle sie in seinem Verfahren spielten.

Zwei Dutzend schwerbewaffneter Polen mit Stahlhelm, in schwarzen Uniformjacken und knapp sitzenden Hosen bewachen den täglichen Gesundheitsmarsch der Angeklagten. Der Sergeant, der die Oberaufsicht hat, ist der einzig echte Amerikaner auf dem Gefängnishof. Er ist gutmütig und vierschrötig. Gelegentlich schreit er:

»Hepp . . . hepp . . . hepp . . . «

Dann müssen die Spaziergänger nach dem von ihm angegebenen Rhythmus in Laufschritt fallen. Mehr kann der Sergeant nicht für sie tun.

Für viele der Gefangenen ist der Rundmarsch die sich täglich wiederholende Qual; für andere das sich täglich wiederholende Vergnügen. Die einen fallen, sooft sie eine Stunde lang das offene Geviert des Himmels über sich sehen, in die verzweifelten Abgründe der Haftpsychose; die anderen dagegen empfinden nur noch wie Tiere und füllen die Lungen auf Vorrat, als dürften sie danach nicht mehr atmen.

Sprechen ist verboten. Daran hält sich keiner. Der Spaziergang ist der Markt der Gefangenen. Brotkanten, Kaugummi, Streichhölzer und Tabak wandern unauffällig durch die Reihen. Auch Prozeßnachrichten, Tips zur Verteidigung, gute Ratschläge und Latrinenparolen werden ausgetauscht oder verkauft. Die Zigarette ist die Währungseinheit. Ein ständiges Murmeln liegt über dem Hof. Der Sergeant aus Alabama bewertet es nicht als Sprechen.

Der Laufschritt wird ohne Befehl langsamer. Ein Oberscharführer geht näher an Werner Eckstadt heran.

»Zehn Stangen Zigaretten«, keucht er, »Ami-Zigaretten.«
Werner wendet den Blick kaum seitwärts.
»Wofür?« fragt er dann mechanisch.
»Du kannst doch Zeugen beschaffen!«
Werner sieht den Oberscharführer verständnislos an.
»Was kann ich?« fragt er dann.
Der Mann stößt Eckstadt beim Laufen in die Rippen, zwinkert vertraulich aus hochrotem Gesicht.
»Mann, zier dich doch nicht so!«
»Hepp ... hepp ... hepp ... « ruft der Sergeant wieder.
»Das Ding mit deiner Zeugin heute ... die lebendige Tote ... das war doch einwandfrei gedreht!«
Der Schlackenstaub unter den schlürfenden Schritten der Vordermänner reizt Werners Kehle. Er hustet.
»Nein«, erwidert er dann.
»Kumpel«, der Oberscharführer rumpelt ihn mit dem Ellbogen an, »fünfzehn Stangen ... mehr kann meine Frau nicht beschaffen ... Die Schachtel kostet achtzig Piepen.«
Werner läßt ihn einfach stehen, geht schneller, um Abstand zu gewinnen. Von allen Mithäftlingen kann er den Oberscharführer am wenigsten leiden. Aber das heißt nichts, darüber ist er sich im klaren. Er weiß so gut wie Colonel Evans, daß Gesicht und Charakter nicht immer eins sind, daß sich die Natur oft einen Spaß daraus macht, Mörder mit Kindergesichtern und die Kindergesichter mit Mörderseelen auszustatten.
Er ist bestrebt, den Stab nicht über dem äußeren Habitus zu brechen. Er will keinen voreilig verurteilen. Vielleicht, weil er selbst nicht voreilig gerichtet werden möchte, obwohl er ist, wie er aussieht. Und er sieht eben wie Werner Eckstadt aus ...
»Also, was ist?« drängt der Oberscharführer.
Der Mann ist zu beschränkt, um zu begreifen, daß Werners Entlastungszeugin echt war. Genauso beschränkt war er, als er befehlsgemäß an der Straßenkreuzung von Malmedy amerikanische Kriegsgefangene umlegte. Aber jetzt möchte er zum erstenmal in seinem Leben klug sein. Er möchte sich vor dem Sterben erfolgreicher verstecken als der GI, den er damals unter einem Panzer hervorzog.
»Laß mich in Ruhe«, beendet Werner das Gespräch. Der Widerwille gräbt Ekelfalten um seinen Mund.
»Aha«, zischt der Oberscharführer, »die Kameraden sind in Rußland gefallen! Die gibt's nicht mehr, was! Ihr seid ja alle bloß noch Schweine!« Er verliert die Nerven und brüllt: »Schweine seid ihr, die nur an sich denken!« So schreit er, weil er nur an sich denkt.
Aber sein Brüllen geht in einem viel wilderen Geschrei unter.
Dort vorne prügeln sie sich.

Über dem Hof steht im Nu eine Staubwolke. Die polnischen Wachtposten laufen zusammen. Der Sergeant bläst wie besessen in seine Trillerpfeife.

Werner bleibt stehen.

Er erkennt Wieblich in dem verknäulten Kreis. Der SS-Mann torkelt mehr als er steht. In seinem fuchsigen Gesicht ist nichts mehr fuchsig. Aus der Nase läuft das Blut in einer breiten Spur über das Kinn. Zu acht schlagen sie ihn zusammen.

»Verräter!« schreien sie mit Stimmen, die vor Haß nur noch gurgeln, »Denunziant! ... Lügner! ... Kameradenschwein!«

Andere Gefangene wehren die Posten ab, die den Tumult beenden wollen.

»Das ist unsere Sache«, grölen sie dazu.

Worum es geht, weiß Werner nur zu gut. Wieblich hat Dutzende von Mitangeklagten belastet. Wider besseres Wissen beschuldigt. Denn damals bei der Ardennenoffensive saß Werner in Wieblichs Panzer, und er konnte von den Verbrechen an der Straßenkreuzung von Malmedy ebensowenig gesehen haben wie er. Trotzdem wurde er zum Patentzeugen der Anklage. Vielleicht nur, weil er feige war. Vielleicht, weil er seiner ganzen Veranlagung nach zum Denunzianten neigte.

Wieblich war nicht der einzige Zeuge dieser Art. Aber der bekannteste. Sie wußten es schon lange. Ihre Gespräche verstummten, wenn er zu ihnen kam. Und sie warteten auf eine Gelegenheit, um es ihm heimzuzahlen. Sie waren bisher zu besonnen gewesen, um eine solche Gelegenheit auszunützen. Jetzt hatte diesen Zwischenfall auf dem Gefängnishof ein Zufall ausgelöst. Wieblich trat versehentlich einem Obersturmführer, den er in der Voruntersuchung schwer belastet hatte, auf die Hacken.

»Aufhören! ... aufhören!« heult der Denunziant.

Aber er wird nur ausgelacht. Und die Polen kommen nicht an ihn heran, so sehr der Sergeant auch trillert. Die Bewacher fuchteln unschlüssig mit den Maschinenpistolen. Sie dürfen nur im schlimmsten Fall schießen, denn das Leben der Todeskandidaten muß geschont werden. Draußen heulen die Sirenen der Militärpolizei.

Wieblich bricht in die Knie. Sie reißen ihn wieder hoch. Zwei ziehen ihm die Arme im Polizeigriff zusammen. Im gleichen Griff, mit dem vielleicht einige von ihnen belgische Zivilisten hielten, die sie aus den Häusern geholt hatten.

»Wie viele Belgier habe ich umgebracht?« fragt der Obersturmführer. Er wartet Wieblichs Gestammel nicht ab. »Zwei«, sagt er, »... einen und noch einen.« Dabei gibt er Wieblich jedesmal einen furchtbaren Tritt in den Unterleib.

»Noch einen Elfmeter!« ruft einer der beiden, die ihn festhalten.

Und der nächste nimmt schon Anlauf.

Wieblichs spitze Schreie gellen über den Hof. Sein Gesicht ist ein Brei aus Blut, Rotz und Tränen; sein Körper kann nichts mehr bei sich halten.

»Eckstadt, hierher!« ruft einer der Angeklagten, »dich hat er doch auch verpfiffen! Los, gib's ihm!«

Langsam nähert sich Werner dem Knäuel. Plötzlich ist er im gleichen Sog des Hasses und der Brutalität, von dem sie alle gezogen werden. In seinen Schläfen hämmert es. In den Ohren hat er den höhnischen Klang von Wieblichs Worten bei der Gegenüberstellung vor Oberleutnant McCormick:

»Wat wahr is, muß wahr bleiben.« Worte, denen Werner Haft und Schläge, Todesangst und vielleicht noch den Strick verdankt. Und jetzt hat Werner diese wimmernde Jammergestalt vor den Augen, deren blutiger, geschwollener Mund vorübergehend die Lügen zurücknehmen will.

Wieblich ist halb besinnungslos vor Angst und Schmerzen. Seine Erbärmlichkeit ist den Tritten und Schlägen nicht gewachsen. Er sieht verstohlen zu Werner auf.

»Nein ... « jault er, »Eckstadt ... wir hab'n doch in eenem Panzer jesessen ... «

Werners Arme fallen kraftlos herab. Seine Beine bleiben stehen. Er kann keinen Anlauf mehr nehmen. Er hat das Gefühl, daß er gleich brechen muß, nur noch brechen, speien, kotzen.

Er sieht in Wieblichs glasige Augen, die ihn beschwören. Und er spuckt mitten in diese Augen hinein.

Wieblich ist ihm dafür dankbar.

Endlich stürmt die herbeigerufene Verstärkung den Hof. In wenigen Sekunden sind die Gefangenen auseinandergetrieben und mit erhobenen Händen gegen die Wände gestellt. Sie lassen alles willenlos mit sich geschehen. Sie stehen schweigend und sehen einander an. In manchen Augen brennt der Haß jedes gegen jeden.

Die Militärpolizei schleift Wieblich die Reihen entlang. Er soll zeigen, wer ihn geschlagen hat. Er weint, zögert einen Augenblick, dann deutet er auf alle acht Mann und auf Werner ... vielleicht, weil er jetzt schon wieder Angst vor der MP hat.

Das gibt Dunkelarrest, denkt Werner gleichgültig. Neben ihm steht der Oberscharführer, der bei ihm Entlastungszeugen kaufen wollte.

»Das war bloß ein Anfang«, sagt der Mann, ohne den Kopf zu bewegen. »Hier sind noch viel mehr Schweine als bloß der. Du kommst auch noch dran ... du bist mindestens eine solche Sau.«

Zuerst trifft ihn der Gummiknüppel und dann Werner. Die Bewacher stellen die Ordnung wieder her.

Unterdessen hat Leutnant Prince die Unterkünfte der Angeklagten erreicht. Haß plus Whisky diktierten den Entschluß, den er unverzüglich verwirklicht. Der Wachthabende grüßt stramm.

»Kleine Untersuchung«, sagt der Leutnant leutselig, »die Angeklagten haben nichts davon zu erfahren, verstanden?«

»Selbstverständlich«, erwidert der Postenchef. Woher sollte gerade er wissen, was in diesem Verfahren erlaubt und was verboten ist?

Die Türen der Zellen stehen offen. Prince betritt die erste hastig. Er ist peinlich bemüht, keine Unordnung zu hinterlassen, sucht zuerst mit den Augen und dann mit den Händen.

Und schon hier hat er Glück, findet Notizen dieses Angeklagten zu seiner Verteidigung. So will sich der Leutnant einen Einblick verschaffen, mit welchen Überraschungen die Anklage noch zu rechnen hat.

Er lächelt kalt und betritt die zweite Zelle, dann die dritte, dann die vierte. Er weiß, daß er heute nicht fertig wird. Aber er ist entschlossen, morgen wiederzukommen.

Jetzt findet er sogar ein Heft, nimmt es in die Hand, blättert es durch, betrachtet die hingeschriebenen Notizen, nickt, sucht weiter. Er denkt nicht darüber nach, ob seine Tat erlaubt oder unerlaubt, ehrenhaft oder unanständig ist. Sie wird ihn zum Ziel führen. Es soll keine Pannen mehr geben. Und er wird dem Chefankläger seinen schriftlichen Bericht einreichen. Einen verdammt guten, einen verdammt sicheren Bericht.

Er geht in die nächste Zelle. An der Wand hängt das Bild eines jungen Mädchens. Prince betrachtet es flüchtig. Nicht hübsch, denkt er, sieht noch einmal hin. Unsinn, keine Zeit verlieren! Er winkelt den Arm ab, sieht auf die Uhr, geht auf einen Stapel Bücher zu, wirft ihn um, läßt die Seiten durch seine Finger gleiten, findet nichts.

Nein, doch, noch ein Heft. Wo sie bloß die Hefte herhaben? überlegt er.

Er hört die Schritte nicht, die näher kommen. Ein schlanker Mann in der Uniform eines Obersten steht in der Türe.

»Was machen Sie da?« fragt eine scharfe Stimme.

Leutnant Prince fährt herum.

Vor ihm steht Colonel Evans.

Der Haß taucht das Gesicht des Leutnants in fahle Blässe. Dann erscheinen auf den schmalen Wangen die roten Kleckse der Scham. Krank sieht Leutnant Prince in dieser Sekunde aus. Aber der Colonel hat kein Mitleid mit ihm.

»Was Sie da machen?« wiederholt er. Dabei tritt er durch die Türe und kommt langsam auf den Leutnant zu.

Prince nimmt sich zusammen. »Sir«, beginnt er unsicher, »ich warte hier auf einen Angeklagten, von dem ich etwas wissen will.«

»So, Sie warten«, wiederholt Evans ganz sanft. Dabei nimmt er Prince das Heft aus der Hand, blättert darin. Er sieht den Leutnant an, schweigt. Dann klappt er das Heft zu. Kurz und hart.

»Leutnant Prince«, sagt er schneidend, »ich bitte Sie, mit mir zu kommen.«

Der Oberst verläßt die Zelle. Der überraschte und benommene Leutnant geht ein paar Schritte hinter ihm her. Er weiß, daß er im Moment keine Chancen gegen den Oberst hat. Auf dem ganzen Weg spricht Evans kein Wort mit ihm. Er nimmt ihn mit in sein Büro, läßt ihn stehen, ohne ihm einen Stuhl anzubieten, telefoniert.

Er verlangt Colonel O'Connor, den Vorsitzenden des Malmedy-Gerichts. Er will sich und Leutnant Prince bei ihm anmelden. Sofort, ohne Aufschub. Aber der Chefrichter erwidert zu seiner Überraschung, daß er selbst in Evans' Büro kommen will.

Es dauert fünf Minuten. In diesen fünf Minuten passiert Leutnant Prince alle Stadien des Hasses, der Ohnmacht, der Scham und der Demütigung. Er hört Schritte und zuckt zusammen, verspürt törichte Erleichterung, weil er noch einmal Aufschub erhielt.

Dann ist die Frist abgelaufen.

Endlich erscheint O'Connor und unterdrückt ein Lächeln, als er ausgerechnet Evans und Prince beieinander sieht.

»Überstunden?« fragt er.

»Jawohl, Sir.«

»Was gibt's?«

Evans' Stimme bleibt ruhig und sachlich.

»Ich habe Leutnant Prince eben in den Zellen angetroffen, als er versuchte, die persönlichen Notizen der Angeklagten zu durchschnüffeln. That's all, Sir.«

O'Connor begreift sofort, nickt mit dem Kopf, sieht zu Prince.

»So«, sagt er. Die Silbe donnert wie ein Gong.

Prince spürt etwas in den Kniekehlen. Der Richter läßt ihn nicht aus den Augen, betrachtet ihn lange, schweigend, verächtlich. In diesem Moment steht er vollkommen und eindeutig auf der Seite des Verteidigers, versucht, mit dem Widerwillen fertig zu werden.

»Verschwinden Sie!« brüllt er plötzlich den Leutnant an.

Evans, der diese Stimme noch nie anders als ruhig, fast gleichgültig gehört hat, erschrickt fast.

Leutnant Prince schlägt die Hacken zusammen, geht mit gefühllosen Beinen auf die Türe zu. Aus, denkt er, vorbei. Er ist nicht einmal bitter dabei. Er denkt mechanisch, wieder und wieder: Unehrenhafte Entlassung aus der Armee. Gut. Mit einer Armee, die deutsche Kriegsverbrecher deckt, will ich ohnedies nichts mehr zu tun haben.

»Ich spreche nie mit Verteidigern während eines Verfahrens«, nimmt O'Connor das Gespräch auf. »Haben Sie eine Zigarre, Colonel?«

»Bitte nehmen Sie Platz«, entgegnet Evans.

»Ich fürchte«, fährt O'Connor fort, »daß ich heute zum erstenmal mit meinem Prinzip brechen muß.«

»Ich will Sie nicht dazu verleiten«, antwortet der Oberst höflich.

»Das könnten Sie auch nicht.« Das Gesicht O'Connors wirkt auf einmal noch viel faltiger als sonst.

Was hat er für ein Leben hinter sich? denkt Evans. Wie alt mag er sein? Warum sieht er so zerknittert aus?

»Was sind Sie für ein Mensch, Evans?« fragt O'Connor unvermittelt und direkt.

Der Colonel schweigt.

»Gut«, gibt sich der Richter selbst die Antwort, »entschuldigen Sie die Frage.« Er lehnt sich in den Stuhl zurück, sieht zum Fenster hinaus. »Sie verteidigen vierundsiebzig Angeklagte.«

Evans nickt.

»Diesen Angeklagten werden fürchterliche Verbrechen zur Last gelegt.«

Evans nickt wieder.

»Glauben Sie, daß diese Leute alle unschuldig sind?«

»Nein«, antwortet Evans ruhig. »Ich glaube nur, daß es unter ihnen Unschuldige gibt. Viele Unschuldige«, setzt er hinzu.

O'Connor steht auf, geht ein paar Schritte im Zimmer auf und ab. Er wird auf einmal barsch, brummig, beinahe bösartig:

»Was wollen Sie? Publicity? Wollen Sie sich in Deutschland niederlassen? Unsinn«, gibt er sich selbst die Antwort. »Das glaube ich alles nicht, Evans. Kann ich nicht glauben. Will ich auch gar nicht.« Und die Worte und Sätze des Chefrichters werden beinahe zum Monolog. »Gut, Sie haben die besten Absichten. Das unterstelle ich. Hören Sie, Evans, ich unterstelle das ohne weiteres ... denken Sie an die Folgen.« Der Richter bleibt stehen. »Unsinn«, verbessert er sich, »ich weiß, was Sie sagen wollen: Folgen gibt es keine. Es gibt nur Recht. Nichts als das Recht. Daran haben wir beide einmal geglaubt, als wir jung waren, nicht?«

»Glauben Sie nicht mehr daran, Sir?«

»Manchmal«, knurrt O'Connor. »Aber ich will daran glauben.« Er setzt sich. »Vergessen Sie das, Evans. Ich bin ein alter Mann und habe heute meinen gesprächigen Tag.«

Was will er? denkt Evans. Was soll das alles bedeuten? Er ist doch alles andere als ein Schwätzer!

»Eine Frage«, fährt O'Connor fort. »Sie brauchen sie nicht zu beantworten.« Seine Stimme wird leiser, »es ist vielleicht gar nicht gut, wenn Sie sie beantworten.«

»Ich werde sie beantworten«, versetzt Evans knapp.

»Gut. Wenn Sie Beweise haben, daß ein bestimmter Angeklagter oder mehrere bestimmte Angeklagte die Verbrechen begangen haben ... was fangen Sie dann mit dieser Gewißheit an?«

In dieser Sekunde verfällt das Gesicht von Oberst Evans. Der Vorsitzende hat die Frage angeschnitten, die den Chefverteidiger jeden Tag und jede Stunde verfolgt, bedrängt, aufwühlt, daran zweifeln läßt, daß er richtig handelt. Evans weiß, daß er neben Unschuldigen auch Schuldige verteidigt. Und jetzt, ganz plötzlich, kann er gleichzeitig sich und O'Connor die Antwort, die er so oft vergeblich suchte, erteilen:

»Ich würde das ... nicht unterschlagen«, sagt er leise.

»Danke«, antwortet O'Connor. »Ich habe nichts anderes erwartet.« Er nickt, steht auf, geht zur Türe.

»Darf ich Ihnen auch eine Frage stellen, Sir?« fragt Evans.

Der Richter bleibt stehen.

»Wenn Sie die Gewißheit hätten ... ich meine, die Gewißheit vor sich selbst, daß ein bestimmter Angeklagter oder mehrere bestimmte Angeklagte unschuldig sind ... was würden Sie dann tun?«

O'Connors Gesicht wird noch durchfurchter. Einen Moment sieht es aus, als ob er die Türe wütend zuknallen wollte. Dann zwingt er sich zur Ruhe.

»Ich spreche Recht, Evans. Und sonst gar nichts. Nach bestem Wissen und Gewissen.« Den letzten Satz unterdrückt der Richter. Seine Lippen zucken ihn wortlos. »Aber ich bin nur ein Mensch«, lautet er.

Colonel Evans hat ihn auch so verstanden.

11. Kapitel

Daß sie ihn liebte, wußte sie. Daß dieses Gefühl konsequent bleiben würde, daran zweifelte sie nicht. Daß diese Liebe durch eine Hölle von Angst, Hoffnung, Folter und Grauen führte, erlebte sie täglich.

Brigitte konnte Werner nicht mehr sehen, weil sie zuviel für ihn empfand. Sie glaubte, daß sie ihm näher sei, wenn sie der täglichen Begegnung im Gerichtssaal auswich. Er war schmächtig und hilflos. Seine Augen flackerten, seine Hände zitterten. Die miserable Kluft des Angeklagten schlotterte an ihm herum. Er saß neben Mördern und wurde für einen Mörder gehalten. Er hatte keine Zukunft mehr, es sei denn die am Galgen von Landsberg.

Das alles konnte sie nicht bewegen, von Werner zu lassen. Ihr Gefühl war eindeutig und hoffnungslos. Und selbstverständlich. Sie gehörte zu ihm. Darüber brauchte sie so wenig nachzudenken wie über das Einmaleins oder über das Vaterunser.

Gestern war Vera zu ihr gekommen und hatte berichtet, daß das Verfahren für Werner völlig überraschend eine günstige Wendung genommen hätte. Veras Augen bettelten um Zuversicht, und Brigitte nahm sie auf und spiegelte sie wider.

Es war sogar echt.

Sie arbeitete an ihrem Seziertisch. Der Geruch im Keller des Anatomischen Instituts war faulig und süß. Der Studenten-Jargon nannte den Raum die »kalte Küche«. Ob den jungen Menschen davor ekelte oder nicht: Wer Arzt werden will, muß den Umgang mit Patienten durch die Übung an Toten erlernen. Die meisten gaben sich bewußt unbeschwert, Brigittes Nachbarin Erna, zum Beispiel. Sie plapperte dumm und gedankenlos.

». . . Gestern haben sie einen gebracht«, sagte sie, »der ist aufgehängt worden. Dahinten liegt er.«

Brigitte versuchte, nicht hinzuhören. Ihr Blick wanderte verstohlen zu dem letzten Tisch, über den ein weißes Tuch gebreitet war.

»Ja«, plapperte Erna weiter, »die Amis haben ihn der Uni geschenkt. Einer von den Kriegsverbrechern.«

Das Skalpell fiel aus Brigittes Hand. Sie sackte zusammen. Man nahm es nicht ernst.

»Du bist nicht die erste«, tröstete Erna, »der es in der ›kalten Küche‹ schlecht wird . . . Am besten ist Schnaps dagegen.«

Brigitte schwieg. Und die andere Studentin fühlte instinktiv, daß sie sich dumm benommen hatte. Sie legte kameradschaftlich den Arm um Brigittes Schultern.

»Ich wollte schon längst mit dir reden. Du gefällst mir nicht. Du mußt mal raus aus dem Laden. Was ist bloß mit dir los?«

»Nichts.«

»Doch. Ob du willst oder nicht, ich helf' dir schon auf die Beine ... Ich bin heute abend bei irgendwelchen Leuten eingeladen. Du kommst mit!«

»Nein«, versetzte Brigitte gequält.

Aber Erna ließ sich nicht abschütteln. Sie begleitete Brigitte nach Hause. Sie ging einfach nicht mehr weg. Sie öffnete den Kleiderschrank. »Da«, befahl sie und wählte das lavendelfarbige Kleid.

»Nein«, sagte Brigitte noch einmal. Um ihre Mundwinkel zuckte es. Kein Mensch wußte an der Universität etwas von Werner Eckstadt. Brigitte hatte manche Freunde unter den Studenten. Aber sie wollte kein Mitleid, keine Fragen, keine Anteilnahme und auch keine Diskussionen. Sie verspann sich in ihre Liebe, in ihr Leid, und in das Studium.

Und dann mußte sie das Kleid anziehen und mußte Erna auf die Party begleiten. Sie hörte Namen und drückte Hände. Lauter nette Leute eigentlich, sagte sie sich, als sie ein paar Schnäpse getrunken hatte. Sogar der hauseigene Schwarzhändler, der zu den Parties des Jahres 1946 gehörte wie ein Schwänzchen zum Schwein, sah manierlicher aus als seine Artgenossen.

Sie trank hastig. Sie hatte noch keine Erfahrung im Umgang mit Schnaps. Sie merkte, daß es ihr auf einmal leicht wurde und sie vergessen konnte. Sie wußte noch nicht, daß das alkoholische Vergessen am nächsten Tag mit Kopfschmerzen zu bezahlen ist.

Brigitte spürte, wie sich ihr Gesicht lockerte. Sie konnte auf einmal Konversation machen, lachen, sogar tanzen. Sie rückte in den Mittelpunkt, ohne es zu wollen und ohne etwas dagegen zu haben.

»Suchen Sie eigentlich Ihre Kleider nach der Augenfarbe oder Ihre Augen nach der Kleiderfarbe aus?« fragte der Bankier beim Foxtrott. Zu diesen Zeiten wollte er seine Eroberungen mit seinem Witz und nicht mit seinem Geld machen. Denn die Reichsmark war nicht viel wert.

Danach tanzte ein junger Rechtsanwalt mit Brigitte, der von einem Skilehrer abgelöst wurde. Der Schwarzhändler hatte großartig funktioniert. Die Gläser wurden nicht leer. Jeder trank, soviel er mochte. Und jeder mochte doppelt soviel, als er vertragen konnte.

Auf einmal klang Brigittes Lachen echt. Es wurde ihr warm und wohlig. Sie spürte unbewußt-kokett, daß sie wirkte. Sie hörte geflüsterte Worte an ihrem Ohr. Und sie tanzte, tanzte, tanzte.

Wieder verbeugte sich der Bankier artig vor ihr. Brigitte nahm seinen Arm und ließ sich auf den Korridor geleiten. Über einem Spiegel brannte eine schwache Lampe. Brigitte sah undeutlich ihr Spiegelbild. Sie starrte ein fremdes junges Mädchen an, das den Nacken zurückneigte, als der Mann ihr die Hände an die Schläfen legte und ihren Kopf zurückbiegen wollte. Da lachte sie hell und flirrend auf, und wand sich aus seinem Griff.

»Sind Sie prüde?« hörte sie die heisere Stimme des Bankiers.

»Vielleicht«, antwortete Brigitte. Dann lief sie zu den anderen zurück. Und sie wunderte sich, daß so etwas noch möglich war, daß der Sekt schmeckte, daß sie die Musik ertrug und daß sie sogar noch flirten konnte.

Und die Männer wurden aufeinander eifersüchtig. Wegen Brigitte. Der Bankier haßte den Skilehrer, und der Rechtsanwalt alle beide zusammen.

Der Anwalt deutete auf den Skilehrer.

»Der gefällt Ihnen wohl?« fragte er Brigitte.

»Großartig«, lachte sie.

»Sie Biest«, zischte der Anwalt. Mitten im Tanz sah er auf die Uhr. »Zu dumm«, sagte er. »Ich muß bald gehen. Ich habe morgen einen schrecklichen Tag.«

»Diese Tage sind alle schrecklich«, erwiderte Brigitte höflich.

»Ja«, fuhr er fort, »ich habe da eine schlimme Sache am Hals, konnte sie nicht loswerden, wollte sie ja gar nicht übernehmen. In meinem Beruf ist das schlimm im Moment. Es gibt so wenig Rechtsanwälte. Die meisten waren doch in der Partei.«

Brigitte nickte.

»Na ja.« Er blieb stehen. »Schade«, sagte er noch einmal. »Aber vielleicht sehen wir uns wieder? . . . Ich muß morgen schon um acht Uhr dasein.« Er hielt ihre Hand, als er sagte: »Dachau . . . Malmedy.«

Das Wort traf sie wie ein Peitschenhieb. Sie versteinerte. Ihr Gesicht verlor in zwei Sekunden jeden Ausdruck. Ihre Augen wurden starr. Im Mund hatte sie einen widerlich süßen Geschmack. Sie hörte das Lachen der anderen, lehnte sich an die Wand.

»Was haben Sie denn?« fragte der Rechtsanwalt betroffen.

»Es ist . . . es ist gleich vorbei«, entgegnete Brigitte leise.

Sie ließ den Rechtsanwalt stehen, holte ihren Hut, ihren Mantel und verließ die Party, ohne sich zu verabschieden.

Nur der Skilehrer bemerkte ihr Weggehen, folgte ihr über die Treppe, holte sie im Hausflur ein.

»Sind Sie doch vernünftig«, sagte er, » . . . wir alle haben zuviel getrunken.« Dabei legte er seinen Arm um ihre Schultern und zog sie an sich.

Brigitte schlug ihm in das Gesicht, machte sich frei und rannte auf die Straße.

Werner, dachte sie.

Sie warf sich zu Hause über ihr Bett, starrte mit leeren Augen zur Decke. Dann stand sie plötzlich auf und suchte Briefpapier. Die Tropfen verwischten den Namen, den sie schrieb:

»Lieber Werner ... ich habe manchmal keinen Mut mehr ... ich weiß oft nicht mehr, ob ich noch die Kraft habe, das alles durchzustehen ... Wenn Du glaubst, daß mein Leben sehr glücklich ist, dann täuschst Du Dich. Und manchmal habe ich die Versuchung, es einfach wegzuwerfen.«

Es wurde ein Brief voller Anklagen gegen fremde, unbekannte Mächte, gegen das Schicksal.

Brigitte setzte ab, nahm den Briefbogen und riß ihn in so kleine Fetzen, wie sie noch nie etwas zerrissen hatte.

Dann schrieb sie auf ein neues Blatt:

»Lieber Werner, ich liebe Dich so sehr, so sehr, wie ich es Dir gar nicht sagen kann. Das ist alles. Denk daran, wie auch ich immer daran denke: Ich liebe Dich. Ich warte auf Dich. Hab keine Angst. Es wird alles gut werden. Deine Brigitte.«

Für ein paar Minuten war sie erleichtert. Sie lag in ihrem Bett und konnte nicht einschlafen. Gut, sagte sie sich. Ich will daran glauben, weil ich daran glauben muß.

Aber was wird aus diesem Glauben, wenn Werner unschuldig gehängt werden sollte?

Die Prügelszene auf dem Hof wurde dem Gericht noch am gleichen Tag auf dem Dienstweg gemeldet. Richter O'Connor gab das Protokoll an die Armee weiter. Die Armee verfügte, daß vorläufig keine Maßnahmen gegen die rebellierenden Angeklagten getroffen werden sollten. Nur im Falle eines Freispruchs müßte der Zwischenfall disziplinar geahndet werden.

Wieblich kam zum Arzt. Quetschungen, Prellungen und Blutergüsse stellte man im Krankenrevier fest. Dann wurde ihm eine Einzelzelle verpaßt. Er sollte künftig erst nach den anderen allein im Hof zur Luftpause geführt werden.

Er sitzt auf seinem Schemel und brütet vor sich hin. Gar nichts kann mir geschehen, redet er sich ein. Mit Malmedy habe ich nichts zu tun! Aber dann sieht er die Augen der Frauen und Kinder aus Rußland, ihren verzweifelten Blick, bevor er sie niederknallte. Schweiß läuft ihm über die Stirn. Seine Hände werden schmierig.

»Scheißbande!« brüllt er plötzlich auf, »verdammtes, dreckiges

Russenpack! War doch meine Pflicht! Mit dem Gewehrkolben hätte ich euch erschlagen sollen ... nicht bloß erschießen! Was habt ihr denn alles gemacht!«

Als sein Schrei jäh abbricht, sehen ihn wieder die toten Augen seiner Opfer an, und seine Hände werden noch schmieriger. Blut, denkt er, betrachtet seine Handflächen, grinst dumm ... Quatsch, ist doch bloß Schweiß, ist zu warm hier. Das ist alles ...

Als er Schritte am Gang hört, fährt er mechanisch vom Stuhl hoch. Die Zellentüre wird aufgeschlossen. Wieblich wirkt erleichtert, als er Oberleutnant McCormick, den Gentleman unter den Anklagevertretern, erkennt.

Der Offizier nickt ihm zu, stellt das linke Bein auf den Schemel.

»Zigarette?« fragt er.

Wieblich nimmt sie gierig. Eine zweite »Camel« fällt aus der Pakkung zu Boden. Wieblich betrachtet sie unschlüssig.

»Heben Sie sie schon auf«, sagt der Oberleutnant verdrossen. » ... Wieblich«, beginnt er dann, »das war gestern nicht angenehm, was?«

»Nein, Herr Oberleutnant ... diese Schweine!«

»Sie wissen, was Sie alles gegen sie ausgesagt haben?«

»Jawohl, Herr Oberleutnant.«

»Und Sie bleiben dabei?«

»Jawohl, Herr Oberleutnant.«

»Wieblich«, erwidert McCormick nachdenklich, »das wird nicht immer leicht sein ... Gar nicht leicht mitunter, denken Sie daran.«

»Jawohl, Herr Oberleutnant.«

»Einige Ihrer Kameraden, die ebenfalls Mithäftlinge belastet hatten, sind vor Gericht umgefallen ... Nun, die werden ihre Quittung noch bekommen ... Wieblich, denken Sie daran. Wenn Sie uns im Stich lassen ... dann ... «

Wieblich wird grün im Gesicht. Was will er denn? überlegt er. Gibt's doch gar nichts darüber zu reden ... Was ist denn ein fremdes Leben gegen mein eigenes?

»Gut«, entgegnet McCormick, »wir haben uns verstanden, nicht?«

»Jawohl, Herr Oberleutnant.«

Der Offizier nickt, geht auf die Türe zu, klopft. Der Posten sperrt sofort auf. In der Türe dreht sich der Oberleutnant noch einmal um, nimmt die Zigarettenpackung, stellt sie auf den Kopf. Vier, fünf »Camels« fallen auf den Boden.

McCormick lacht kalt. Dann geht er.

Er hat mehr für mich gewagt, als ihm zuzumuten war, dachte sie. Und ich nehme das alles hin als selbstverständlich, lege ab und zu meine Hand auf seinen Arm, lächle noch darüber, wenn er auf einmal unbeholfen wird. Ich darf nicht länger so mit ihm umgehen. Denn ich weiß ja längst, was er sagen will. Und ich weiß, warum er schweigt.

Weil er so verdammt anständig ist.

Vera erschrak. Liebe ich ihn? fragte sie sich.

Wie war das damals, mit Heinz, dem Panzerleutnant? War das Gefühl nicht stärker, drängender? Vermißte ich ihn nicht jede Minute, jede Stunde, jeden Tag? Jetzt aber bin ich froh, wenn ich allein bin. Mitunter jedenfalls. Und erst dann suche ich Tebsters Gesellschaft, wenn ich ihn brauche.

Und das ist unfair, wirklich unfair.

Und irgendwie sind doch die Empfindungen gleich. Denn damals, bei Heinz, gab es ja keinen Fall Werner Eckstadt. Da war ja alles ganz anders. So selbstverständlich, so natürlich, ohne Probleme eigentlich – bis er gefallen ist.

Ihr Blick streifte scheu zu seinem Bild. Wie immer steckten frische Blumen in der Vase darunter. Und was würde Heinz davon halten, wenn er noch denken könnte? Heinz ... das müßte längst einmal geregelt werden. Ich vergesse ihn nicht. Ich will es auch nicht. Ich könnte es gar nicht.

Aber ich bin noch jung, sehr jung. Und ich habe noch nicht gelebt ... Und dieses Leben darf nicht zu einem Totenkult ausarten. Denn das, Heinz, möchtest du am wenigsten! Soweit kennen wir uns doch, nicht?

Eigentlich sind sie sich ganz ähnlich, überlegte Vera weiter. Beide sind sie groß, wissen mit ihren Händen nichts anzufangen und reden nicht viel.

Sie gab sich einen Ruck. Nein, sagte sie sich, so darf es nicht weitergehen. Ich werde dieses Durcheinander beenden. Sofort. Ich werde zu ihm gehen, mit ihm sprechen.

Und in dieser Stunde muß ich mir darüber klarwerden, wie es mit Tebster und mir weitergehen soll.

Sie schlüpfte in ihren Mantel. Wenn er nicht zu Hause ist, wird er im Club sein.

Ich finde ihn ganz bestimmt.

Der alte Mann kommt aus Stavelot in Belgien. Obwohl ihm die amerikanische Armee, auf Anweisung der Anklagebehörde des Malmedy-Prozesses, einen Schlafwagenplatz ab Maastricht reservieren ließ, hat er die ganze Zeit über aufrecht gesessen. Aufrecht, starr und schweigsam.

Jetzt steht der alte Bauer Jean-Pierre Gregoire mit einem wie aus Stein gemeißelten Gesicht auf einem Bahnsteig des Münchner Hauptbahnhofs und sieht die notdürftig weggeräumten Trümmer.

»A, bas les boches!« murmelt er und denkt: das geschieht den Deutschen recht. In seinen klobigen Händen, in deren Runzeln noch der Staub der belgischen Erde klebt, dreht und knüllt er den Brief, der ihn hierher bestellte.

Der alte Mann wird von einem Dolmetscher in Uniform erwartet und in einen Jeep gesetzt, der unverzüglich nach Dachau fährt. Es ist der diensteigene Wagen von Leutnant Prince, der weder abgelöst, noch aus der Armee ausgestoßen wurde. Sowohl Richter O'Connor, wie Colonel Evans haben den Zwischenfall in den Zellen der Angeklagten auf sich beruhen lassen.

Der Leutnant beaufsichtigt selbst die Vorbereitungen für das Abendessen, das die Anklagebehörden den Zeugen, ihren Gästen, in einer der weitläufigen Speisehallen des ehemaligen KZs geben wird. Zerstreut beobachtet Prince, wie Tische zusammengerückt, spanische Wände aufgestellt werden, um den alliierten Zeugen die Berührung mit dem deutschen Prozeßpersonal zu ersparen.

Inzwischen wird der alte Bauer Gregoire durch das Lager gefahren. Er schwieg auf dem Weg nach Dachau. Der Dolmetscher sprach ihn ein paarmal an. Ab Karlsfeld gab er es auf.

Seit der Wagen durch das Lager Dachau rollt, wird der alte Mann seiner rechten Hand nicht mehr Herr. Sie zittert. An dieser Hand wurde er im Ersten Weltkrieg verwundet. Sie ist seitdem etwas schwächlich geblieben, aber nicht deshalb zittert sie jetzt.

Mit mühsamer, heiserer Stimme fragt er den Dolmetscher:

»Sind die Angeklagten hier auch untergebracht?«

»Ja, natürlich.«

»Wo?«

»Wir fahren gleich in der Nähe vorbei.«

Der Übersetzer deutet auf eine Lagergasse.

Gregoire beugt sich langsam zur Seite, spuckt aus dem offenen Jeep auf das Pflaster, peinlich bemüht, den Wagen nicht zu verunreinigen.

Für die alliierten Zeugen wurde eine der Villen am Lagerrand freigemacht. Gregoire bekam ein hübsches Zimmer, mit dem er nichts anzufangen weiß. Er steht am offenen Fenster und starrt auf die Baracken der Angeklagten.

Und die Gedanken des alten Mannes gehen schwer und langsam hin und her.

Dort also, denkt Gregoire, sitzt der Mann, der sie ermordet hat ... die Frau ... die Tochter ... die kleine Enkelin ... die Frau ... die Tochter ... die kleine Enkelin ...

Leutnant Prince holt ihn ab. Er kennt ihn schon seit einer Gegenüberstellung in Schwäbisch-Hall. Er begrüßt ihn wie einen alten Freund. Der Druck seiner Hand ist weich und fest. Nicht zu glauben, daß diese Hand Werner Eckstadt brennende Streichhölzer unter die Nägel schob, oder Heinz Willers an einem Strick hochzog. Sie ist gepflegt und schmal. Es ist nicht zu fassen, daß eine Hand die Ausdruckskraft eines Seelsorgers besitzen und die Arbeit eines Henkers verrichten kann.

Kein schwieriger Fall, denkt Leutnant Prince. Er erinnert sich noch ganz genau an den Zwischenfall, der sich damals abgespielt hatte. In einem dichtbesetzten Saal, von Scheinwerfern angestrahlt, wurden die Reihen der Verdächtigen über den Laufsteg geführt. Und der alte Gregoire war einer der haß- und leiderfüllten Zuschauer in dieser Modenschau der Schuld, in der das Maß für die späteren roten Todesjacken genommen wurde.

Auf einmal schrie der alte Belgier auf. Seine Augen weiteten sich im Erkennen. Mit seinen durch die Pflugarbeit krumm gewordenen Beinen stürmte er auf den Steg, Tränen stürzten ihm aus den Augen, Tränen, weil er nicht schnell genug an die Gurgel, die zu dieser Visage gehörte, gelangen konnte. Die Militärpolizisten mußten ihn sanft aber bestimmt zurückhalten. Er brüllte wie ein Rasender, denn er hatte den Mörder seiner Familie gefunden.

Erst Stunden später war der Mann in der Lage, den Vorgang zu Protokoll zu geben.

Daran erinnert sich Leutnant Prince jetzt, und er denkt: Diesen Zeugen machen Sie mir nicht kaputt, Mr. Evans! Diesen nicht! Und seine Frau, seine Tochter, seine Enkelin lassen Sie diesmal auch nicht mehr im Gerichtssaal aufmarschieren!

Nach dem Abendessen in der Speisehalle serviert die Anklagevertretung ihren Gästen amerikanischen Whisky und deutsche Weine aus US-Heeresbeständen.

Als man dem alten Gregoire Wein eingießen will, nimmt er dem Kellner mißtrauisch die Flasche aus der Hand. Seine Lippen buchstabieren lautlos das deutsche Etikett.

»Nein«, sagt er dann kurz und weist die Flasche zurück.

Leutnant Prince beobachtet es. Er lacht.

»Monsieur, ein Belgier, beinahe ein Franzose, der keinen Wein trinkt?« fragt er. Er spricht fast akzentfrei französisch.

»Du vin allemand?« fragt er zurück, »deutscher Wein?«

»Ja«, meint Prince, »ein sehr guter sogar.«

Gregoire betrachtet den Leutnant mit seinen harten, alten Augen.

»Nein«, sagt er dann noch einmal, »merci, non.« Dabei preßt er die schmalen Lippen dicht aufeinander.

Jetzt erst begreift Prince. Ablehnung nicht aus Gründen des Geschmacks, sondern der Politik! Er denkt nach, und wieder einmal geht der Haß mit ihm durch.

»Monsieur Gregoire«, beginnt er leise, »möchten Sie, daß der Mörder Ihrer Familie freigesprochen wird?«

»Non!« Die Silbe platzt wie ein Pistolenschuß. Der Bauer wirft mit der rechten Hand ein Glas um, die Hand zittert heftiger.

»Keine Angst«, beschwichtigt der Offizier, »das wird er auch nicht ... Aber andere werden vielleicht freigesprochen, die ebenfalls Frauen und Kinder ermordet haben.«

Der alte Mann starrt den Amerikaner fassungslos an.

»Und warum lassen Sie das zu?« fragt er knapp.

»Es liegt nicht an uns ... Die Richter verlangen Beweise, die wir einfach nicht beschaffen können ... Es gibt keinen Zweifel, aber ... «

Gregoire sitzt wie betäubt. Er stellt sich in dieser Sekunde vor, daß die Amerikaner den Mörder seiner Familie laufen ließen ... in seine Augen steigen rote Nebel.

»Einer heißt Eckstadt ... Werner Eckstadt«, fährt Prince fort, »er hat wehrlose Frauen getötet ... aber wir haben keinen Zeugen, der es bestätigt.«

Der alte Mann denkt langsam. Er dreht den eisengrauen, zerfurchten Kopf dem Offizier zu.

»Ich soll diesen Zeugen machen?« fragt er. Keine Miene spielt in seinem Gesicht.

»Ja«, entgegnet Prince.

Der Bauer nickt, nickt noch einmal, nickt wieder, bläst eine Tabakfussel von den Lippen.

»Gut«, sagt er schließlich rauh. »Ich bin einverstanden. Ich mache Ihnen diesen Zeugen.«

Leutnant Prince gibt Gregoire die Hand.

»Ich danke Ihnen«, sagt er, »ich danke Ihnen im Namen der Menschlichkeit.«

Er geht rasch. Die Gewißheit, daß Werner Eckstadt jetzt endgültig in der Falle sitzt, beschwingt seinen Gang.

Es ist wie damals in Schwäbisch-Hall. Wieder ein Raum, gefüllt mit Menschen, mit Schicksalen. Wieder ein Laufsteg in der Mitte. Wieder strahlende Scheinwerfer. Wieder Kintopp der Gerechtigkeit ...

Und doch ist heute die Atmosphäre anders. Es herrscht nicht mehr diese entsetzliche Erregung unter den versammelten Zeugen, nicht mehr die unerträgliche Spannung wie damals, als sie noch nicht wußten, ob sie die Mörder ihrer Familien finden würden. Es gibt auch nicht mehr die Haßausbrüche wie damals, wenn einer der SS-Leute identifiziert wurde, wenn die Szenen des Grauens wieder gespenstisch zum Leben erwachten.

Heute geht es ja nur darum, auf Wunsch des Hauptanklägers eine nochmalige Bestätigung zu erhalten, eine reine Formsache eigentlich. Die Menschen, die über den Laufsteg geführt werden, überraschen keinen mehr. Es geht halblaut zu, sachlich, zielstrebig.

Der Unteroffizier Kober ist der zwölfte, der in die Scheinwerfer blinzelt. Der alte Gregoire schreit nicht auf, als er den Mörder seiner Familie sieht. In seinem Gesicht kämpfen Ekel und Genugtung. Das aber ist kein Grund mehr, die Nerven zu verlieren. Denn der Henker wartet schon auf den Verbrecher.

Der Bauer aus Belgien hört aufmerksam zu, als ihm der Dolmetscher noch einmal sein damaliges Protokoll vorliest. Er nickt bestätigend mit dem Kopf.

»Sie bleiben also dabei, daß dies der Mann ist, der Ihre Frau, Ihre Tochter und Ihr Enkelkind ermordet hat?« schließt der Dolmetscher routinemäßig.

»Oui«, antwortet Gregoire trocken.

Kobers Gesicht wirkt stumpfsinnig und verstockt. So sahen die Neger auf den Märkten der amerikanischen Südstaaten aus, wenn sie darauf warteten, was geboten wird. Nur, daß diese Neger keine Mörder waren.

Erst als Kober hinausgeschafft wird, beginnt die Hand von Gregoire wieder zu zittern.

Sie zittert noch, und zittert stärker sogar, als Werner Eckstadt hereingebracht wird. Er ist der 14. Angeklagte im Scheinwerferlicht.

Er wunderte sich, daß er zu dieser Vorstellung mitgenommen wird. Schon damals, in Schwäbisch-Hall, ging das ergebnislos aus. Und damals promenierte er drei Tage lang über den Laufsteg, hörte die Suggestivfragen der Untersuchungskommission, starrte gegen das blendende Licht, bis die Augen tränten, und zwischen diesen Tränen hindurch sah er die Zeugen, Bauern, Waldarbeiter, Hausfrauen, die gepreßt den Kopf schüttelten, so sehr Leutnant Prince auch drängte.

Aber Werner Eckstadt hatte sich abgewöhnt, noch über eine Funktion dieses Prozesses erstaunt zu sein. Mit der Verwunderung kann man nicht mehr aufhören, wenn man hier einmal angefangen hat.

Und so steht er wieder oben, auf der Rampe. Fast ein wenig neugierig versucht er, in der verschwommenen Dunkelheit des Saales Einzelheiten zu erkennen.

Leutnant Prince sitzt neben dem alten Gregoire. Er gibt ihm einen leichten Seitenstoß.

»Der«, flüstert er.

Der Belgier erhebt sich verwirrt.

»Gehen Sie näher!« zischt ihm Prince zu. »Sehen Sie ihn sich genau an.«

Wenn das Theater im Gerichtssaal steigen soll, muß die Szene gut einstudiert sein.

»So gehen Sie doch schon!« sagt der Leutnant noch einmal.

Der alte Mann stolpert nach vorne, zwängt sich durch die Reihen, geht weiter, tritt ganz nahe an die Rampe heran. Er könnte die Füße von Werner Eckstadt berühren. Er sieht zu ihm auf. Sein Unterkiefer mahlt dabei. In seinen Ohren fängt es auf einmal an zu brausen, als er dieses Gesicht sieht, das schmale, abgehärmte Gesicht eines jungen Mannes, das keineswegs unsympathisch wirkt und das der alte Gregoire nun auswendig lernen soll, damit es im Gerichtssaal nicht eine neuerliche Panne gibt.

Werner weiß nicht, was der Belgier denkt. Er hat ihn nie gesehen. Er wundert sich, daß der Alte da unten steht und starrt und starrt. Er weiß nicht, daß Gregoire versucht, ihn als handelnde Figur in einen Mord zu stellen, den er nicht begangen hat. Er ahnt nicht, daß er in diesen Sekunden mit Kober verglichen wird, einem Scheusal in erschlichener Menschengestalt.

Und vor den Augen des alten Gregoire kreist alles. Er steht wieder in dem Keller seines Hauses in Stavelot. Damals, im Dezember 1944, kurz vor Weihnachten. Die Geschenke waren schon vorbereitet. Eine Puppe hatte man für das Enkelkind erstanden, im Tausch gegen zwei Pfund Butter, verdammt teuer. Aber Kinder hatten im Krieg ohnedies so wenig Freude, und sie konnten ganz bestimmt nichts für den Krieg.

Die eigenen Landsleute hatten ihn eingesperrt, Partisanen, die gegen die Deutschen kämpften. Sie hatten ihn deswegen nach unten getrieben, weil sich der Alte dagegen wehrte, seinen Hof verteidigen zu lassen. Er wollte nichts mit dem Krieg zu tun haben. Natürlich wünschte er sich die Deutschen aus dem Lande. Aber das sollten die Amerikaner besorgen. Belgien hatte schließlich genug gelitten.

Sie hörten Schüsse gegen die Hauswände klatschen, Handgranaten krepierten ganz in der Nähe. Und auf dem Hof rumpelten Panzer.

Gregoire murmelte dumpf:

»Das ist ja alles Wahnsinn ... Wahnsinn ... Wahnsinn!« Seine Tochter heulte:

»Sie werden uns noch alle ins Unglück stürzen!«

Dann verstummten plötzlich die Schüsse. Ein paar Minuten lang blieb es gespenstisch still. Plötzlich polterten schwere Soldatenstiefel im Haus, verhielten kurz vor dem Kellergang und dröhnten dann die knarrende Stiege herunter.

»Los! Raus mit euch!« brüllte ein langer Kerl mit vorgehaltener Maschinenpistole.

SS, durchzuckte es den alten Gregoire.

Der Soldat trieb die Familie nach oben. Die kleine Enkelin schrie. In der Stube standen zwei weitere SS-Männer. Und das Gesicht des einen von ihnen hat der Bauer nie vergessen: das Gesicht des Unteroffiziers Kober.

»Habt ihr geschossen?« brüllte er, französisch radebrechend.

»Sie hatten keine Waffen«, erklärte der SS-Mann, der sie aus dem Keller geholt hatte. In seinem Gesicht waren die Strapazen des Krieges eingezeichnet. Es wirkte grau und schmal. Und rechts an der Stirne leuchtete ein blutiger Schnitt.

»Wer hat geschossen! Los, die Namen!« brüllte Kober.

Gregoire zuckte die Achseln.

»Ach ... du willst nicht!« zischte der Unteroffizier. Seine Brauen zogen sich zusammen. Seine Augen verkleinerten sich.

Gregoire zuckte wieder die Achseln.

Kober lächelte dünn. Dann winkte er Gregoires Frau, Lucie, zu sich. Er setzte ihr die Maschinenpistole dicht auf den schweren Leib. Dabei sah er Gregoire an.

»Ich zähle bis drei«, begann er, »dann sagst du, wer in diesem Dorf auf uns geschossen hat.«

Gregoire bewegte lautlos die Lippen. Mein Gott, er wußte es ja gar nicht. Er war ja im Keller. Und die meisten Partisanen waren aus anderen Dörfern. Und er hatte den Wortwechsel nur mit dem Anführer gehabt, den er nicht kannte.

Kober zählte.

»Non!« schrie Lucie.

Die kurze Salve raste hohl durch ihren Körper.

Da winkte Kober Gregoires Tochter zu sich. Beatrice beugte sich über die tote Mutter. Der Unteroffizier riß sie hoch und trat ihr in den Unterleib.

»Sag doch, Papa«, wimmerte sie, obwohl sie wußte, daß es nichts zu sagen gab.

»Hab Erbarmen, Gott«, stöhnte Gregoire ... Ich kann doch nicht einfach Leute aus dem Dorf nennen, die unschuldig sind! Das geht doch nicht! Das verlangst du doch nicht von mir, Herrgott! Das kann ja nicht einmal der Teufel verlangen!

Der lange SS-Soldat trat dazwischen.

»Genug«, brüllte er seinen Unteroffizier an, »laß den Quatsch! ... Ich hab' dir doch gesagt, daß sie keine Waffen hatten!«

»Du feige, lange Sau!« zischte ihn Kober an.

Dann drückte er den Abzug durch. Die Salve der Maschinenpistole rasselte. Beatrice fiel um, ihr Mund war weit geöffnet. Ihr Gesicht wirkte gespenstisch weiß. Die Haare waren pechschwarz. Und auf die andere Gesichtshälfte rann rot das Blut.

Und dann passierte das Furchtbarste.

Sie nahmen das Kind. Es war vier Jahre alt. Und es sah aus, als ob es der eben ermordeten Großmutter und Mutter aus dem Gesicht geschnitten sei. Das Kind weinte, wollte zum Großvater flüchten. Aber Kober riß es an sich.

Der alte Mann warf sich auf die Knie. Kober gab ihm einen Tritt in das Gesicht.

»Ich bin großzügig«, sagte er, »diesmal zähle ich bis vier.«

Selbst der dritte SS-Mann, der bisher die Szene schweigend verfolgt hatte und nur ab und zu heftig an seiner Zigarette zog, griff jetzt ein.

»Laß das!« sagte er, »du hast schon zwei umgelegt. Laß das Kind in Ruhe ... Ich knall' dich über den Haufen, wenn du ihm etwas tust! ...«

Gregoire hörte nichts mehr. Er lag willenlos am Boden. Ein paar Meter nur neben den Leichen seiner Frau und seiner Tochter.

»Ich hab' selbst ein Kind zu Hause«, sagte der dritte SS-Mann leise.

Einen kurzen Moment zog Kober die Maschinenpistole vom Kopf des Kindes weg. Seine Oberlippe stülpte sich nach oben. Er hatte schräge, gelbliche Raucherzähne. Und diese Zähne grinsten. Es sah aus, als ob ein Totenkopf feixte.

»Ach«, erwiderte Kober, »werd' nur nicht sentimental, du Arschloch ... Und die sie von uns umgelegt haben, die zählst du gar nicht, was! Denk doch an Müller, dem haben sie beide Augen ausgeschossen ... das Pack gehört sowieso ausgerottet!« Er drehte sich wieder zu dem Alten um und hielt den Lauf seiner Maschinenpistole an die Schläfe des vierjährigen Kindes.

»Eins ... zwei ... drei ... «

»Nein«, brüllte der Alte, »Nein! ... Ich sag euch alles ... alles, was ihr wissen wollt!«

»Na also«, antwortete Kober lachend. »Noch mal von vorne.«

»Eins ... zwei ... «

Die Lippen des alten Gregoire zuckten. Der lange SS-Mann, der ihn aus dem Keller geholt hatte, konnte das Grauen nicht mehr aushalten. Er stürzte davon, wollte seinen Kompaniechef holen, wollte eingreifen, wollte, wollte, wollte ... und wollte es zu spät.

Bei »vier« knallte der nächste Feuerstoß.

Da fing Gregoire an zu lachen, zu lachen, zu lachen, schrill, fassungslos, ohne Anfang, ohne Ende, ohne Sinn, ohne Hoffnung, ohne Ausweg, ohne Nutzen, ohne Zweck.

Kober legte auf ihn an. Der andere SS-Mann schlug ihm den Lauf auf die Seite. Er war aschfahl. Er hatte gesehen, wie der Feuerstoß dem kleinen Mädchen den Kopf vom Rumpf gerissen hatte. Er wollte sich auf Kober stürzen. Aber er wagte es nicht. Seine Stimme war aus Blech.

»Das ist doch beschissen!« sagte er. »Der Alte ist wahnsinnig. Laß ihn.«

Und so ließen sie ihn. Ließen ihn am Leben, als einzigen seiner Familie.

Als sie gegangen waren, schleppte sich der Alte in den Keller zurück. So fanden ihn die Nachbarn erst zwei Tage später: Er hatte die Puppe seines ermordeten Enkelkindes auf den Knien.

Und so steht er jetzt vor Werner Eckstadt. Und in der Erinnerung an die grausige Szene zittert seine Hand nicht nur, sie wackelt. Und die ganze Rampe wackelt, als sich Jean-Pierre Gregoire daran festhält.

Was will er denn, denkt Werner Eckstadt? Seine Augen haben sich jetzt halbwegs an das Scheinwerferlicht gewöhnt. Er sieht den Mann deutlich vor sich ... Ihm ist doch schlecht, seht ihr das nicht? Bringt ihm doch ein Glas Wasser, schafft ihn an die frische Luft ...

Noch einmal sieht der Alte zu ihm auf. Wasser steht in seinen Augen. Er öffnet den Mund halb. So muß Gregoire geweint haben, als er noch ein Kind war, vor siebzig Jahren ...

»Nein!« röchelt der alte Mann stockend.

Ganz langsam dreht er sich um, dorthin wo er hergekommen ist, dorthin, wo Leutnant Prince sitzt, der jetzt auffährt, fahl im Gesicht ist und die Fäuste ballt.

Es ist unruhig geworden im Saal. Die anderen verstehen nicht, was da vorgeht.

»Nein!« brüllt der alte Mann plötzlich. »Nein!« Und er kann Werner Eckstadt nicht mehr ansehen. Er geht einfach weg, so schnell ihn seine schwankenden alten Beine tragen.

Und unter der Türe murmelt er noch:

»Der tut ... so etwas ... nicht ... nicht ... nicht!«

Der alte Gregoire hätte es nicht so laut zu sagen brauchen. Leutnant Prince hat ihn auch so verstanden.

Leutnant Henry F. Morris nahm sich kaum Zeit, seine Eltern zu begrüßen. Er blieb nur ein paar Stunden im Haus, dann fuhr er nach Atlanta, in die Hauptstadt von Georgia. Er sprach in der Rechtsanwaltskanzlei von Evans vor. Der Vertreter, Mr. Smith, begrüßte ihn mißmutig.

»Wir können uns vor Arbeit nicht mehr retten«, sagte er. »... Und Evans könnte zurück und gibt ein Gastspiel in Germany. Ich verstehe das nicht ... begreifen Sie es?«

Der in Ehren aus der Armee entlassene Leutnant schüttelte den Kopf. Was sollte er dem Mann alles erklären? Es eilte. Es eilte fürchterlich. In der amerikanischen Presse brodelte es. Noch waren die Angriffe gegen Evans versteckt. Aber von Tag zu Tag wurden sie offener.

Es mußte etwas geschehen, bevor die öffentliche Meinung Amerikas auf den Colonel gehetzt wurde. Bevor die Frauenverbände rebellisch wurden, die Veteranenvereine, die Ligen gegen Unmenschlichkeit jedweder Art, die Kampfbünde und was es sonst noch gab.

Morris ahnte nicht, daß das alles erst ein geradezu winziger Auftakt war, der sich zu einem Hurrikan der Verachtung steigern würde.

Eine Stunde später saß er Mrs. Evans gegenüber.

»Ich soll Ihnen Grüße bestellen«, sagte er.

»Ich danke«, erwiderte sie. »Einen Drink? ... Erzählen Sie doch etwas.«

Henry F. Morris bemühte sich ehrlich. Aber er konnte es nicht. Die Frau seines Chefs verstand ihn auch so. Sie saß in dem Clubsessel zurückgelehnt. Sie war ruhig, hatte ein stilles, hübsches Gesicht mit warmen, sehr warmen Augen. Alles an ihr wirkte harmonisch und ausgereift. Sie gehörte zu den Frauen, zu denen man aufsehen mußte.

»Ich kenne ihn zu gut«, begann sie leise, »ich weiß, daß es eine ganz große, eine ganz schlimme Sache sein muß, die ihn von seiner Familie fernhält.«

Sie richtete sich auf. »Und was halten Sie von dieser Sache, Mister Morris?«

Er überlegte eine billige Antwort, fand sie nicht und schwieg.

Mrs. Evans war ihm dankbar dafür. Auf einmal wurde sie resolut, vertrieb jede Peinlichkeit.

»Sie brauchen Geld, nicht?« sagte sie. »Ich gebe Ihnen einen Scheck ... Stehen Sie nicht so verlegen herum. Deshalb hat er Sie doch zu mir geschickt.«

Und wieder saß der Leutnant im Flugzeug. Washington. Unter den Gästen war ein junges Mädchen, das Vera ähnelte. Sein Herz klopfte auf einmal. Ich hab' sie verloren, sagte er sich, aber sie soll mich nicht verlieren. Ich werde ihr helfen. Ihr und Evans und diesen armen, gequälten Schweinen, die in eine furchtbare Sache hineingeraten sind.

Und die anderen? fragte er sich im gleichen Augenblick. Unsinn, rügte er sich selbst. Nicht meine Sorge. Das besorgt Evans.

Henry F. Morris wußte vom Fall Kober zum Beispiel nichts. Auch Colonel Evans kannte noch wenig darüber. Aber eines Tages würde er ihn genau kennen. Und das würde kein guter Tag für die Bestie von Stavelot sein.

Morris fand McClure. Es ging ganz einfach. In Washington sitzt die Zentrale der Armee. Im Pentagon führt man Listen über die entlassenen amerikanischen Soldaten. Man gab ihm bereitwillig Auskunft.

Und er mußte noch einmal auf die andere Seite der Küste, nach Los Angeles.

Dann stand ihm Oberst McClure gegenüber.

»Ich mache Ihnen nichts vor«, begann Morris. Beinahe hätte er in Erinnerung an seine Militärzeit ihn mit »Sir« angesprochen. »Es ist eine scheußliche Sache, in die ich Sie da hineinziehen möchte.«

Der Oberst nickte.

»Sie wurden von der Zeugenliste des Malmedy-Case gestrichen.«

»Ja.«

»Können Sie sich denken, warum, Mister McClure?«

»Das kann ich.«

»Darf ich es ganz kurz zusammenfassen?« fuhr Morris fort. »Ihre Aussage paßte nicht in das Konzept der Anklage.«

»Das stimmt.«

»Wären Sie bereit, Mister McClure, als Zeuge der Verteidigung aufzutreten?«

Der Oberst betrachtete seine Fingernägel. Sein Blick glitt zum Fenster hinaus, sein Gesicht wurde schmal.

»Ja«, antwortete er dann leise.

»Wären Sie bereit, nach Deutschland zu fliegen?«

»Das muß ich wohl.«

»Ich danke Ihnen ... und ich warne Sie.«

»Okay«, entgegnete McClure. »Ich starte, sobald diese lästigen Formalitäten erledigt sind. Vor drei Monaten wurde ich hier kommissarisch vernommen. Es hieß, daß ich mich zur Verfügung halten sollte. Dann habe ich von der Sache nichts mehr gehört. Eigentlich war ich froh darüber... Dann teilte mir Lieutenant-Colonel Richards mit, daß er auf meine Aussage verzichten wolle. Na schön!«

Mr. McClure sah wieder zum Fenster hinaus. Sein Büro lag an einer Hauptstraße. Die Autos fuhren in einem breiten Strom vorbei, prächtige, glitzernde Limousinen.

Endlich war der Krieg aus, und man konnte wieder kaufen, was man wollte. Die Menschen waren froh, den Krieg überstanden zu haben, soweit sie ihn überstanden hatten.

Auch Mr. McClure war froh darüber. Seine Ehrenmedaille war nicht aus Pappe. Er hatte sie sich redlich verdient. Bei Malmedy war er in den schlimmsten Schlamassel hineingeraten. Und dann ging's nach Deutschland. In Kriegsgefangenschaft. Und McClure zählte jeden Tag und wartete, wartete.

Und dann hatte der Oberst etwas getan, bei dessen Erinnerung er heute noch rot wurde: Er war auf den Panzer gesprungen, der auf das Kriegsgefangenenlager zurollte, und hatte den Mann im Turm umarmt, sogar geküßt.

Diese Szene war ganz unamerikanisch.

Aber McClure ist ein echter Amerikaner.

Und auch für ihn öffnen sich noch einmal die Schleusen einer fürchterlichen Zeit, und er muß durch die Hölle hindurch, durch eine Hölle von Verdächtigungen, Beschimpfungen, Verleumdungen. Und das alles nur, weil er die Wahrheit sagen wird.

Noch am gleichen Tag rief Henry F. Morris Colonel Evans an. Der Assistent hatte seinen Auftrag erfüllt.

Und jetzt, da er aus dem Fall Malmedy ausschied, aus dem Prozeß, den er hundertmal verflucht hatte, brannte eine Leere in ihm.

Der Knall beim CIC in München wurde mit einem Zusammenstoß zwischen Leutnant Tebster und dem deutschen Agenten Bauer eingeleitet. Es war am Spätnachmittag, als die beiden aneinander gerieten. Aus einem nichtigen Anlaß. Das Pulverfaß ging hoch.

Der Leutnant hatte die Beine am Schreibtisch und fuchtelte mit einem überlangen Lineal in der Luft.

»Vorläufig bin ich noch der Chef«, sagte Tebster. »Leider reichen meine Vollmachten nicht aus, um Sie hinauszuwerfen.« Er betrachtete den deutschen Agenten wie ein Insekt, das zu erschlagen er zu faul war. »Ich will Ihnen etwas sagen«, fuhr er fort, »Ihr Sakko ist zu lang und Ihr Kinn zu kurz. Ihre Augen sind zu gelb und genauso falsch wie Ihr englischer Akzent. Kapiert, Bauer?«

Der Agent knallte die Türe zu. Das hatte er noch nie gewagt. Leutnant Tebster wußte, daß Bauer jetzt zum Chef der Dienststelle lief.

Das CIC war längst von der Anklagevertretung im Falle Malmedy gewarnt worden. Und in dem säulengeschmückten Haus in der Prinzregentenstraße wußte man genau, daß Leutnant Tebster vom Dienstweg aus Seitensprünge machte . . .

Eine halbe Stunde später wurde er zum Chef gerufen. Der Major sah nicht auf, als der Leutnant eintrat. Er deutete auf einen Stuhl und ließ ihn warten. Endlich schob er die Akten auf die Seite.

»Tja, Tebster«, begann er, »wie lange müssen Sie noch bei der Army bleiben?«

»Sechs Monate, Sir.«

Der Major nickte.

»Bei welcher Waffengattung waren Sie im Krieg?«

»Das kann ich nicht mit einem Satz sagen, Sir.«

»Dann sagen Sie es mit zwei.«

»Also: zuerst Fallschirmjäger. Ich knackte eine Flakstellung und drehte sie um. Damit war ich Flakkanonier. Dann rollte ein Tiger auf uns zu. Ich schoß ihn ab. Panzerabwehr. Na, und dann war die Brücke gesprengt. Ich baute sie wieder mit auf, also Pionier. Und dann hatschte ich zu Fuß nach Deutschland ... daß ich nicht übertreibe, ein großes Stück fuhr ich auch auf einem Jeep. Infanterie ... That's all, Sir.«

Das Gesicht des Majors blieb unbewegt.

»Sie haben ein Liebesverhältnis zu einer Deutschen«, sagte er dann barsch.

»Ist das eine Frage?«

»Ja.«

»Dann bitte ich Sie, Sir, sie anders zu formulieren.«

»Quatsch«, versetzte der Major kalt. Er stand auf. »Tut mir leid, Tebster«, fuhr er fort, »ich kann Sie nicht länger beim CIC brauchen ... ein verliebter Agent taugt nichts. Suchen Sie sich eine von Ihren Waffengattungen aus.«

Er bot Tebster eine Zigarette an. »Die letzten sechs Monate dienen Sie bei der Truppe ab, verstanden?«

»Yes, Sir.«

Der Major wurde freundlicher.

»Sie haben sich ohnedies bei uns nie richtig wohlgefühlt, nicht?«

Der Leutnant nickte.

»Ist ja alles in Ordnung! Alles Gute ... Haben Sie noch einen Wunsch, zum Abschied?«

»Ja, Sir«, antwortete Tebster grinsend. »Werfen Sie Bauer hinaus, Sir.«

Der Major betrachtete den Leutnant kühl. Dann lachte er unvermittelt, schlug sich mit der dicken Hand auf den Schenkel.

»Den Gefallen tue ich Ihnen«, knurrte er ... Es klang wie: Ich bin froh, wenn ich euch alle zwei nicht mehr sehe.

Tebster räumte sofort seinen Schreibtisch. Er hatte nichts gegen die Versetzung. Für Vera konnte er ohnedies nichts mehr tun. Und in München würde man ihn lassen.

Er stieg in seinen Wagen und fuhr nach Harlaching in seine Wohnung. Es war Post für ihn da. Aus Amerika. Er las den Brief seiner Mutter in der Badewanne. Nur nicht so ungeduldig, dachte er, ich komme ja bald. Und wenn alles gutgeht, komme ich nicht alleine. Ich muß ihr einmal etwas von Vera schreiben. Im nächsten Brief. Jetzt habe ich ja Zeit zum Schreiben.

Tebster kletterte aus der Wanne, goß sich einen Whisky ein und zog sich an. Er wäre gerne zu Vera gefahren. Aber er wollte es nicht ohne Aufforderung tun.

Sie hatte ihn noch nie besucht. Er hatte sie auch noch nie darum gebeten. Mit Gefühlen lebte er auf dem Kriegsfuß. Bisher war er einer von diesen jungen, unbekümmerten Amerikanern, die Sport trieben, Bestseller lasen, den Whisky on the rocks tranken, an Gott, an den amerikanischen Präsidenten, an die Charta der Vereinten Nationen und an die amerikanische Hygiene glaubten. Das jedenfalls stellte er mit Selbstironie fest.

Aber seine Gedanken glitten ab. Mehr und mehr. Zu Vera. Und er hatte es gerne. In der Reihenfolge seiner Weltanschauung rückte das deutsche Mädchen an die erste Stelle, und rangierte sogar noch vor dem Sport.

Es klingelte. Leutnant Tebster ließ sich Zeit. Ohne Eile öffnete er die Türe. Vor ihm stand Vera. Sie lächelte. Er starrte sie an. Sein Blick nagelte sie förmlich an der Türe fest.

»Willst du mich nicht hereinlassen?« fragte sie.

Erschrocken trat er aus dem Rahmen. Und sinnlos dachte er: Mein Gott, die Unordnung, alles liegt noch herum. Ausgerechnet heute ist das Bett nicht gemacht. Und der Whisky muß auch noch am Tisch stehen. Sie hält mich ja für einen Säufer. Und das Handtuch liegt am Boden.

»Darf ich mich setzen?« fragte sie.

»Entschuldigung«, murmelte der Leutnant. Jetzt erst begriff er vollständig, daß sie zu ihm gekommen war.

»Was Neues?« fragte er gepreßt.

»Nein, gar nichts«, versetzte Vera leicht, »ich wollte dich nur einmal besuchen ... Hübsch hast du es hier.«

Endlich wußte er, was er mit seinen Händen anfangen sollte. Er steckte sie in die Taschen.

»Und was gibt es bei dir Neues?« fragte Vera und dachte dabei: Muß ich ihm eigentlich eine Liebeserklärung machen? Soll ich ihm die Hände aus den Taschen ziehen? Aber es ist ja alles ganz anders. Damit treibt man keinen Spott. Was habe ich bloß für einen seltsamen Tag, heute?

»Nicht viel«, erwiderte Tebster. »Was wäre dir lieber«, fragte er dann, »Fallschirmjäger, Infanterist, Pionier, Flak oder Pak?«

»Mir ist alles gleich unlieb«, versetzte Vera. »Du stellst aber komische Fragen.«

»Ich kann mir's nämlich aussuchen«, erläuterte Tebster. »Ich bin versetzt.«

Vera erschrak.

»Meinetwegen?« fragte sie schnell.

»Unsinn ... Die Army hat das so an sich. Da wird man doch alle Augenblick verschoben ... Ist ganz gut so.«

Vera wurde auf einmal ernst. Tebster sah es, schenkte hastig einen Whisky ein und schob ihn ihr zu.

»Hör zu, William R. Tebster«, begann das Mädchen. »Ich will mit dir sprechen. Ich will dir etwas sagen.« Sie stand auf und ging näher an ihn heran. Ihr Mund war ganz nahe bei seinem Kopf. Und dieser Kopf wirkte hilflos und verlegen. Auch Tebster wurde ernst. Veras Augen glänzten, als ob sie Fieber hätte.

»Wir zwei lieben uns, nicht wahr?«

Er starrte sie an. In seinem Gesicht zuckte es. Er sah auf den Boden.

»Ja«, erwiderte er. Er griff jetzt selbst nach dem Whiskyglas.

»Und warum sagst du mir das nicht selbst?«

Tebster schwieg.

»Vera«, begann er dann stockend. Er kam nicht weit. Seine Gedanken waren schneller als seine Worte. Geht doch nicht, dachte er, noch nicht. Später, wenn alles vorbei ist, wenn Werner freigelassen wird.

Sie las ihm alles vom Gesicht ab. Und in dieser Sekunde wußte sie, daß sie ihn wirklich liebte, echt, ohne jeden Hintergedanken, nicht einmal an Werner. Und sie würde ihn lieben, was auch aus Werner würde.

Fast erschrak sie darüber.

»Ich habe noch nie ein Mädchen richtig geliebt«, sagte Tebster stockend. »Ich habe eigentlich gar nicht daran gedacht ... Zuerst war ich ja noch so jung. Und dann kam der Krieg ... Und dann kamst du ... «

Vera nickte. Sie ließ ihn nicht aus den Augen. Ihre Blicke begegneten sich, und ihre Gesichter standen noch immer nahe beieinander.

Der Leutnant stand auf, bückte sich nach dem Handtuch, legte es auf das ungemachte Bett.

»Ich bin glücklich«, sagte er, »ich bin furchtbar glücklich.« Sein Gesicht wirkte gequält. Auf der straffen Haut standen ein paar Falten. »Aber da ist noch etwas anderes. Vera ... erst, wenn ... wenn Werner frei ist ... dann ist es mit uns beiden soweit.«

»Nein«, erwiderte Vera, »nein!«

Tebster verstand sie nicht. Seine Augen saugten sich an ihrem Munde fest. Er hörte es gerne, und doch hatte er das Gefühl, daß jedes Wort ein Schlag sei.

»Du siehst es falsch«, fuhr Vera fort. »Entweder man liebt oder man liebt nicht.« Auf einmal wurde sie fast heftig. »Und mein Bruder ist kein Tauschobjekt, verstehst du mich!«

Er verstand nicht.

»Es gibt kein Wenn und kein Aber«, sprach Vera weiter. »Ich hab' dich lieb. Und dabei bleibt es.«

Er blieb stehen und starrte sie einfach an. Und wieder huschte die ganze Skala seiner Empfindungen über sein jungenhaftes Gesicht.

Er hat Hemmungen, weil er so viel Anstand, so viel Takt besitzt, dachte Vera glücklich. Und er weiß gar nicht, wie dumm seine Hemmungen sind.

Sie stand auf. Ihr Gesicht war gerötet, als sie auf ihn zuging.

Tebster rührte sich nicht vom Fleck. Er hatte das Gefühl, daß seine Hände und seine Beine auf einmal eingeschlafen seien. Dann sah er in ihre Augen, und es war ihm, als liefen Ameisen über die nackte Brust.

Vera kam näher. Sie legte ihre Arme um seinen Hals. Sie mußte sich auf die Zehenspitzen stellen. »Du«, flüsterte sie . . .

Ihre Arme lagen weich und fest um seinen Hals und zogen seinen Kopf langsam nach unten. Und dieser Kopf warf alles durcheinander. Die Gefühle bannten die Gedanken, und die Vorsätze schmorten im Fegefeuer der Empfindungen. Leutnant Tebster stand ein wenig steif und hilflos diesem Karussell aus Hoffnung, Pflicht, Verlangen, Verzweiflung und Fairneß gegenüber. Plötzliche Wärme weitete seine Brust, immer stärker, immer mächtiger, vergrößerte ihn gleichzeitig und schnürte ihn in der nächsten Sekunde wieder zusammen.

Zu plötzlich verwandelte sich für ihn eine zärtlich gepflegte Traumwelt in nahe Wirklichkeit. Es war, wie wenn ein Mann ein Leben lang auf ein eigenes Haus gespart hatte und plötzlich nicht wagte, die Schwelle des Neubaues zu überschreiten. Weil ihm das erfüllte Glück zu groß und zu schön und zu unglaublich erschien.

Vera lag an seinen Schultern, leicht und schwer zugleich. Er sah nur ihre dunkelblonden Haare, und sie wirkten auf einmal so hell, als ob sich die Sonne darin widerspiegelte. Er preßte das Mädchen an sich, streichelte den Kopf, sanft und heftig, spürte ihre Lippen, die auf seinem Mund zuckten.

So standen sie im Raum, und einer spürte die Wärme des anderen. Und diese Wärme, vor der sie sich fürchteten, die sie nicht begriffen, die ihnen Angst und Mut machte, trieb sie noch fester, noch mächtiger aufeinander zu. Sie preßte sich gegen den jungen Leutnant. Etwas strich steil und kräftig den Rücken hoch ... wie damals, bei der Invasion, als er aus dem Flugzeug gesprungen war und auf den Fallschirm gewartet hatte ... wie damals, als er das erbeutete Flakgeschütz umdrehte und den Panzer in Fetzen schoß.

Und doch war es ganz anders.

Jäh machte sich Tebster los. Fast verlegen stand er vor Vera, sah ihr gerötetes Gesicht, ihre gelösten Haare, ihre glänzenden, offenen Augen, räusperte sich trocken.

»Gott verdammt«, keuchte er, » ... wie bin ich glücklich!«

Sie lächelte.

»Kommst du mit nach Amerika?« fragte er.

»Ja.«

»Und du heiratest mich?«

»Was bleibt mir schon anderes übrig«, antwortete sie schnell.

Vera baute seiner Verlegenheit keine Brücke. Sie stand Tebster gut. Sie spiegelte sich auf seinem Gesicht: ein Ausweis der Unerfahrenheit. Ihr Blick ließ ihn nicht los. Sie wollte diese Minute nie vergessen, und sie würde sie ganz klar bei sich behalten, für später, für eine Zukunft, die Gegenwart bleiben sollte.

Und dann machte sie es ihm doch leicht. Sie schenkte sich einen Whisky ein, füllte sein Glas, drückte es ihm in die Hand und sagte:

»Auf uns beide!«

Da nahm er beide Gläser, stellte sie auf dem Tisch wieder ab, zog sie an sich, küßte sie, als hätte das Leben für sie nur diese eine Zärtlichkeit bereit und als folgte dieser nichts mehr als die Erinnerung.

»Und jetzt räum' ich auf«, begann Vera unvermittelt, machte sich los und begann sinnlose Hausarbeit.

Und Vera füllte den Raum, die Wohnung, das ganze Haus. Vielleicht war es nur der benommene Blick des jungen Leutnants, der alles verklärte, ob sie nun ein Handtuch aufhob, das Bett wegräumte oder im Bad Ordnung schaffte. Auf einmal glaubte er, überall ihre Nähe, ihre Wirklichkeit zu spüren, in jedem Winkel, in jeder Ecke, überall Vera, Vera, Vera. Er stand daneben und sah ihr zu, wollte ihr gelegentlich helfen, aber sie schob ihn lächelnd auf die Seite.

Und er redete auf einmal schnell und viel, und sie nickte nur dabei. Er erzählte von seiner Mutter, von seinen Plänen, von seinem Vater, von seinen Brüdern, von der großen Farm in Texas. Er setzte sich rittlings auf einen Stuhl und machte Vera vor, wie gut er reiten könne, und er versprach, ihr in einer Woche beizubringen, wie man sich im Sattel hält. Und er nahm den Staubwedel und schlug eine harte Backhand und sagte:

»Du mußt dir gleich beim Tennis den richtigen Schlag angewöhnen. Nur nicht aus dem Handgelenk die Bälle dann so hoch löffeln. Es kostet zuviel Kraft.«

Und dann erzählte er, daß er die Salate am liebsten süßsauer esse und daß er neulich beim Pokern sieben Dollar gewonnen hätte. Und daß er ganz bestimmt kein Trinker sei, wenn er auch ab und zu ein halbvolles Glas hinunterstürze.

Dann saßen sie wieder nebeneinander auf der Couch. Sie hatten zusammengefunden. Sie gehörten zueinander. Und dieses Bewußtsein war so schlicht und so mächtig, daß es ihnen Worte ersparte. Das Radio summte leise. Der Plattenjockey schien eigens für Vera und Leutnant Tebster die Musik ausgewählt zu haben. Sie standen auf und traten an das offene Fenster, sahen dem verdämmernden Tag nach.

»Welches Datum haben wir heute?« fragte Tebster.

»Ich weiß es nicht«, erwiderte Vera.

»Wir dürfen es nie vergessen.«

Sie gingen zurück. Eine Stehlampe übergoß sie mit mattem Licht. Sie hielten sich an den Händen. Ihre Finger liebkosten sich. Ihre Schultern lehnten aneinander. Sie wollten die Hände nicht lösen, deshalb vergaßen sie die Zigaretten.

So schön ist das, dachte Leutnant Tebster, so schön und so einfach und so natürlich. Er hatte wenig Erfahrungen, und diese wenigen waren unbedeutend. Leutnant Tebster lächelte, als er eine jetzt schon verjährte Szene vor sich sah.

Ein Freund, ein Offizier der Army, bittet zu einer »Bottleparty«. Jeder bringt seinen Whisky mit. Die Mädchen beschafft der sogenannte Gastgeber. Die Räume im Haus sind entsprechend hergerichtet. Längst bevor die Gäste ihre Flaschen öffnen, haben sie untereinander ausgehandelt, wer in dieser Nacht zu wem gehören soll. Man trinkt hastig und steuert noch eiliger das Ziel an. Für Tebster hat man eine lange Rotblonde ausgesucht. Sie lacht ständig. Sie legt beim Tanzen Extrasprünge ein. Und sie zieht den Leutnant schon fest an sich, als ihre Füße noch am Boden Halt finden.

Später noch fester.

»Eine hübsche Party«, kichert sie.

»Sicher.«

»Wo kann man sich hier frisch machen?« setzt sie hinzu.

Sie weiß es viel besser als er. Sie nimmt seinen Arm und zieht ihn hinter sich her. Die anderen bemerken es und lachen.

»Sieh mal an, jetzt wird der steife Lord ins Bett geschafft ... Wenn's ihm Betsy nicht beibringt, lernt er's nie!«

Er hört ihr Gelächter, als er den Raum verläßt. Es schlägt über seiner Trunkenheit zusammen.

Es ernüchtert ihn.

Betsy geht voraus.

»Das Licht ist viel zu grell«, sagt sie, nimmt ihren Schal und legt ihn über die Lampe. Dann kramt sie den Lippenstift aus ihrer Tasche, wendet Tebster den Rücken zu.

»Na«, sagt sie, »mach's dir doch gemütlich.«

»Ja«, erwidert er und setzt sich unschlüssig auf das Bett.

»Du bist mir ein seltsamer Liebhaber«, schmollt das Mädchen.

»Wird schon noch«, entgegnet er mit unsicherer Stimme. Und er verfolgt, wie sie mit langen, spitzen Fingern den Reißverschluß ihres Kleides am Rücken löst, wie sie dabei vor sich hinsummt, wie die Hülle links und rechts des Körpers langsam hinabrutscht, und er starrt auf diesen weichen, weißen Rücken, sein Blick tastet sich bis zu den Hüften herab, bis zu der schmalen Taille, und er überlegt dabei, warum gibt sie sich so billig? Warum ist sie die Attraktion einer jeden Bottleparty? Warum schält sie sich ohne fremde Hilfe aus ihrem Kleid und trällert dabei?

»Wir sind doch hier, um uns zu amüsieren. Nicht wahr?«

»Ja«, sagt er. Sein starres Gesicht läuft an.

Betsy dreht sich um und kommt langsam auf ihn zu. Wieder sind ihre Arme nach hinten abgewinkelt. Sie nestelt an den Knöpfen eines schwarzen, spitzenbesetzten Etwas über ihrer üppigen Brust. Sie setzt sich neben Tebster auf das Bett und girrt.

»Na, so hilf mir doch endlich.«

Da steht der lange Leutnant auf, schüttelt sich wie ein Hund, der eben aus dem Wasser kommt. Sie ist schön, denkt er, und sie treibt Mißbrauch mit ihrer Schönheit, und wenn ich jetzt gehe, kommt der nächste. Und sie nimmt den nächsten, wie sie mich umarmt hätte.

Er läßt sie einfach stehen und geht aus dem Raum, stürzt aus dem Haus, setzt sich in seinen Wagen und gibt Gas. Auf der ganzen Fahrt weiß er nicht, ob er mit sich hadern soll oder mit Betsy oder mit der Party oder mit dem vorbereiteten, abgestandenen Amüsement oder darüber, daß ihn die Mädchen dieser Kreise einen hölzernen Liebhaber nennen. Und er geht nach Hause, wirft die Türe ins Schloß und bekämpft den Whisky mit Whisky.

»An was denkst du?« fragte Vera.

Tebster schrak hoch.

»Ach, nichts Besonderes«, entgegnete er.

»Du hast mich gerade mit jemandem verglichen. Mit einer Frau, nicht?«

Er lächelte. »Du weißt genau, daß du unvergleichbar bist.«

Sie schlug ihm belustigt auf die Finger.

»Du sollst so etwas nicht sagen«, erwiderte sie ... »aber wenn du es sagst, höre ich es gern.«

Leutnant Tebster flehte insgeheim, daß dieser Abend, daß diese Nacht nie ein Ende nehmen möchte, während er auf die Armbanduhr sah. Vera folgte seinem Blick.

»Stell die Zeit ab«, sagte sie leise.

Er stand auf.

»Ich . . . ich bringe dich jetzt . . . nach . . . nach Hause.«

»Nach Hause?« fragte sie. Sie schloß die Augen und lehnte sich zurück. »Ich bleibe bei dir«, flüsterte sie ganz leise.

In der ersten Sekunde begriff er nicht. Dann aber hatte er sie verstanden. Er setzte sich wieder neben sie. Er nahm ihre Schultern und drückte sie behutsam nach hinten, ließ sie eine Sekunde in der Schwebe, bis er ein Kissen gefunden hatte, auf das er ihren Kopf betten konnte. Dann legte er seine heißen Hände an ihre heißen Schläfen.

»Vera«, sagte er, »liebe Vera . . . «

Und weiter rollt der Prozeß, dem Ende entgegen. Ein wochenlanger, zäher, beinahe aussichtsloser Kampf um Wahrheit und Lüge, um Niederlagen und Siege auf beiden Seiten. Und noch immer liegen die blutigen Vorgänge im grauen Nebel.

Der Mann, der heute im Zeugenstand steht, trägt die Uniform eines Obersten der Vereinigten Staaten, die er längst abgelegt hatte. Colonel McClure wirkt sehr jung und straff. Er trägt drei Reihen Orden an der Brust, darunter die »Medal of honour«, das amerikanische Ritterkreuz.

Gleich nach seiner Ankunft in Deutschland hatte sich der Zeuge bei Colonel Evans gemeldet. Nach einer dreistündigen Unterredung hatte der Chefverteidiger zum ersten Mal seit Monaten das Gefühl, einen Verbündeten zu haben.

»Und das wollen Sie alles vor Gericht so bezeugen?« fragte Evans.

McClure zuckte bloß die Achseln und lachte mit schneeweißen Zähnen.

»Why not?« fragte er, »warum nicht? Was ich sage, stimmt.«

»Good luck«, erwiderte der Chefverteidiger. Er wußte genau, was dem sympathischen Offizier bevorstand.

So steht McClure jetzt vor dem Richtertisch. Die Vertreter der Anklage sitzen auf ihren Stühlen, aber sie beugen oft die Oberkörper einander zu, tuscheln und flüstern und verbergen nur notdürftig hinter gelassener Fassade die Nervosität.

Die Stimme des Zeugen füllt den Raum. Er wartet die Fragen nicht ab, springt mitten hinein in die Geschehnisse.

Der Vorsitzende O'Connor wirkt müde.

»Wodurch sind Sie qualifiziert, über Malmedy auszusagen?« unterbricht er ihn, damit Grund und Boden in die Vernehmung kommt.

»Ich war Einheitsführer an der fraglichen Straßenkreuzung, bevor ich in deutsche Gefangenschaft geriet.«

O'Connor nickt.

»Außerdem war ich in Gefangenschaft noch eine Art Vertrauensoffizier. Die Deutschen haben das anerkannt und ließen mich, natürlich bewacht, von Lager zu Lager fahren, damit ich Beschwerden entgegennehmen konnte und ähnliches, was es zwischen den Gefangenen und den Deutschen zu regeln gab.«

Colonel O'Connor wirft einen scharfen Blick zum Tisch der Ankläger. Daß Lieutenant-Colonel Richards einen solchen Zeugen einfach fallen ließ, ist natürlich ein starkes Stück, denkt er.

»Ich hatte so Gelegenheit«, fährt McClure fort, »nach und nach mit fast allen Malmedy-Gefangenen zu sprechen.«

»Gut«, entgegnet O'Connor. Er übergibt die Vernehmung dem Chefverteidiger.

Evans beginnt mit ein paar nebensächlichen Fragen.

»Wie war Ihre Behandlung in der Gefangenschaft?«

»Korrekt.«

»Wurden Sie jemals mit Erschießung bedroht?«

Der Zeuge lacht.

»Ach wo«, erwiderte er ungezwungen, »das einzige, womit wir bedroht wurden, war die schlechte Verpflegung. Das Essen war mies. Die Krauts hatten selbst nichts. Aber später bekamen wir vom Roten Kreuz Pakete, die uns die Deutschen ohne Schikane zugestellt haben.«

Der Chefankläger fährt hoch.

»Das ist Propaganda!« bellt er in den Saal.

Der Vorsitzende sieht Evans an und sagt:

»Bitte, stellen Sie nur solche Fragen, die unmittelbar zur Sache gehören.«

Evans erwidert ungewöhnlich scharf:

»Ich bitte das Hohe Gericht um Entschuldigung. Aber diese Fragen gehören zur Sache, weil sie klären sollen, ob die deutsche Kriegsgefangenschaft für Amerikaner mit Massenmord gleichzusetzen war.«

Der Vorsitzende zögert, aber Evans fährt sofort weiter:

»Sie waren an der bewußten Straßenkreuzung, als der erste deutsche Angriff heranrollte?«

»Ja.«

»Was geschah da?«

»Eine Spitze von etwa zehn Panzern prallte auf meine Einheit. Wir wehrten uns, aber die Tiger waren uns überlegen. Wir hatten große Verluste. Schließlich mußten wir den Kampf aufgeben.«

»Und was geschah dann?«

»Die Panzer rollten an uns heran, und die Besatzungen forderten uns durch Gesten auf, hinter die rückwärtigen deutschen Linien zu verschwinden.«

»Diese Panzer haben also nicht auf Sie geschossen?«

»Nein, keineswegs. Sie entnahmen unseren Tankwagen Benzin und rollten sofort weiter.«

Werner Eckstadt sieht den Zeugen an, hängt an seinen Lippen, hört seine Worte, schüttelt den Kopf. Ist doch alles vergebens, denkt er, vergebens. Sie werden die Aussage einfach nicht anerkennen.

»Was taten Sie dann?« fragt Colonel Evans.

»Ein Teil unserer Leute befolgte den deutschen Befehl. Ich selbst sammelte ein paar Mann, stellte die umgestürzten Wagen wieder auf, und wir machten uns mit Waffen wieder gefechtsklar. Ich hatte die Absicht, mich wieder zu den eigenen Verbänden durchzuschlagen.«

»Und warum gelang das nicht?«

»Nach einer Viertelstunde tauchte ein neue deutsche, sehr starke Panzereinheit auf. Wir eröffneten sofort mit unseren Waffen das Feuer.«

»Aber Sie hatten sich doch bereits ergeben?« stellt Colonel Evans fest.

McClure lacht unbekümmert.

»Na ja«, erwidert er dann, »das wußten die ja nicht.«

Der Chefverteidiger sieht scharf zu dem Tisch der Anklagevertretung.

»Vor diesem Gericht basierte ein wesentlicher Teil der Anklage darauf, daß die nachfolgende deutsche Einheit das Feuer auf amerikanische Soldaten eröffnete, die sich bereits ergeben hatten!«

Der Zeuge zuckt mit den Schultern.

»In meinem Fall jedenfalls nicht.«

»Das ist Propaganda«, schreit Lieutenant-Colonel Richards zum zweiten Mal.

Der Saal ist unruhig. Die schlichte, vorurteilslose Überlegung des amerikanischen Frontoffiziers rüttelt am Fundament der Anklage.

Der Vorsitzende klopft hart mit dem Bleistift auf die Tischplatte.

»Sie sollen hier keine Überlegungen anstellen«, tadelt er McClure, »ich will nur wissen, was in Ihrem speziellen Fall geschah.«

McClure läßt sich nicht einschüchtern. Er behält seine gelockerte, beinahe saloppe Haltung bei. Was soll der ganze Zauber, denkt er, wart ihr schon einmal an der Front? Habt ihre eine Ahnung, wie es da zugeht?

»Sehr einfach«, versetzt er dann, »die Deutschen fuhren feuernd an, und ich sah zu, daß ich davonkam. Leider lief ich in die falsche Richtung und wurde von einem SS-Kommando geschnappt.«

»Sie haben die Erschießungen, die sich später an der Kreuzung abspielten, nicht gesehen?« schaltet sich Colonel Evans wieder ein.

»Nein ... ich habe zwar anhaltenden Gefechtslärm gehört ... «

»Halten Sie es für möglich, daß es sich bei diesem Gefechtslärm um Erschießungen handelte?«

Wieder fährt der Chefankläger dazwischen.

»Ich protestiere, ich beantrage, diese Frage nicht zuzulassen!«

Noch bevor O'Connor eingreifen kann, gibt der unbekümmerte McClure bereits die Antwort:

»Das Hohe Gericht kann diese Frage ruhig zulassen«, sagt er hastig, »denn ich beantworte sie mit Ja. Denn meine eigenen Wahrnehmungen lassen es für absolut möglich erscheinen, daß an der Kreuzung Kriegsgefangene erschossen wurden.«

Der Vorsitzende sieht auf. Seine starre, ungnädige Haltung lokkert sich. Er läßt McClure weitersprechen.

»Ich halte zwar den Umfang dieser Erschießungen für maßlos übertrieben. Wie ich überhaupt das ganze Malmedy-Massaker für aufgebauscht halte. Ich bitte, mich richtig zu verstehen. Ich verurteile die Verbrechen auf das schärfste. Aber wenn sie in dem von der Anklage behaupteten Ausmaß stattgefunden hätten ... nun, ich habe in Kriegsgefangenschaft genug Kameraden gesprochen, und ich hätte mehr darüber hören müssen.«

An dieser Stelle seiner Aussage schießt der Zeuge plötzlich weit und unklug über das Ziel hinaus. Vielleicht, weil er in die Augen der Anklagevertreter sieht, die seine Aussage unterdrücken wollten. Oder weil er zuviel Temperament hat, oder weil er zu fair ist, oder weil er den Krieg zu gut kennt.

»Ich war lange genug Soldat«, sagt er laut und deutlich, »um zu wissen, daß im Krieg immer Schweinereien vorkommen. Auf allen Seiten. Natürlich bleibt Malmedy nach wie vor eine Ausnahme. Aber ich könnte Ihnen ein paar Geschichten erzählen, die auch mich auf die Anklagebank gebracht hätten, falls die Deutschen Sieger geworden wären ... Und wenn ich das alles so zusammenrechne, Hohes Gericht, dann ist meiner Meinung nach in diesem Fall unsere Rechnung mit den Deutschen ziemlich glatt.«

Der Tumult hält Minuten an. O'Connor klingelt. Bullige MP-Wachen ziehen auf. McClure hebt die Schultern und lächelt hilflos. Habe ich das alles angerichtet, scheint seine Miene zu fragen? Der Vorsitzende läßt den Saal von Zuschauern räumen. Auch die Pressevertreter müssen ihn verlassen. Die Öffentlichkeit wird ausgesperrt. Denn in dieser Zeit geistert unter dem Schlagwort der Erziehung die Überzeugung durch die Welt, daß Millionen von Menschen für die Wahrheit nicht reif seien.

Colonel O'Connor wirkt auffallend ruhig, als er den Zeugen

McClure verwarnt. Selbst Colonel Evans, dem die Vernehmung entglitten ist und der beinahe entsetzt der Entgleisung des Frontoffiziers gefolgt war, wundert sich, wie gepreßt und zerfahren der alte Richter plötzlich wirkt.

Die 74 Angeklagten sitzen mit gesenkten Köpfen. Und in diesem Moment glaubt der Chefverteidiger deutlich die Schuldigen von den Unschuldigen unterscheiden zu können, denn die letzteren halten die Köpfe gesenkt, wie beschämt, daß sich ein amerikanischer Offizier fand, der so sprach, wie sie es selbst nicht mehr dürfen.

»Fahren Sie fort«, wendet sich O'Connor an Evans.

Der Chefverteidiger zögert eine Sekunde, als hätte er den Faden verloren.

»Kennen Sie einen der Angeklagten?« fragt er dann.

McClure dreht sich um.

»Darf ich die Reihen entlanggehen?« wendet er sich an die Richter.

Der Vorsitzende macht eine zustimmende Handbewegung.

Langsam geht der junge Oberst McClure von Gesicht zu Gesicht. Und die Gesichter folgen ihm wie die Köpfe einer Ehrenkompanie, die unter präsentiertem Gewehr vom Kommandeur gemustert wird. Und McClure sieht in diese Gesichter, als ginge er an seinem eigenen Regiment vorüber und als wüßte er genau, was er von jedem einzelnen Soldaten zu halten habe. So wie es eben ist, wenn man ein Regiment mustert und dabei weiß: So viele anständige Kerle befehlige ich, und so viele Schweine gehören auch dazu.

Plötzlich bleibt er stehen.

»Einen der Angeklagten erkenne ich mit Sicherheit.« Er deutet auf Oberst Henze, den damaligen Kommandeur der Panzervorhut.

Die Spannung knistert. Zum erstenmal seit Beginn dieser peinlichen Sitzung lächelt Lieutenant-Colonel Richards. Na, denkt er, schließlich hat dumme Ehrlichkeit doch auch nach der anderen Seite ihr Gutes.

Die beiden Offiziere, die in jungen Jahren eine Blitzkarriere absolvierten, sehen sich in die Augen. Keines der beiden Gesichter bewegt sich. Oberst Henze ist automatisch aufgestanden.

Der Hauptankläger greift ein. Evans läßt ihn gewähren, obwohl seine Fragen zuerst an der Reihe wären.

»Erkennen Sie Colonel McClure auch wieder?« fragt er den Angeklagten.

»Ich glaube«, entgegnet Henze leise.

»So, Sie glauben«, versetzt Richards im gleichen Tonfall. Zwischen seinen Worten schwingt der Hohn. Er wendet sich an McClure. »Möchten Sie bitte dem Gericht die Einzelheiten dieser Bekanntschaft schildern?«

»Da gibt es nicht viele Einzelheiten«, antwortet McClure. »Dieser Oberst ließ mich vorführen, weil ich zu dieser Zeit der rangälteste amerikanische Offizier war.«

»Und?« platzt Lieutenant-Colonel Richards heraus.

»Und?« echot McClure. Er lächelt kalt. »Der Oberst ließ mir eine Tasse Kaffee bringen und bot mir eine Zigarette an.«

»Und?« fragt Richards nochmals ungeduldig.

». . . Ach ja«, sagt McClure nachdenklich, »er entschuldigte sich noch für die schlechten deutschen Zigaretten. Das habe ich mir gemerkt, weil es großen Eindruck auf mich machte . . . Das war alles.«

Der Chefankläger begreift die Welt nicht mehr. Wie soll das alles zusammenpassen? denkt er verbittert.

Neben ihm ballt Leutnant Prince in ohnmächtiger Wut die Fäuste.

Colonel Evans genießt seinen Triumph kühl. Er weiß, daß er das Netz der Anklage wieder an einer Stelle aufgerissen hat. An dem Zeugen McClure wird das Gericht nicht vorbeigehen.

Aber schon am nächsten Tag gibt der Chefankläger nach Beginn der Sitzung mit flachem, verschlossenem Gesicht eine Erklärung ab:

»Ich bin überzeugt«, beginnt er, »daß es sich bei dem Zeugen McClure um einen Mann handelt, der in die Lehren des Faschismus verstrickt ist. Ich mache kein Hehl daraus, daß McClure völlig undurchsichtig ist. Ich bedauere diese Feststellung, weil sie einen Offizier der Vereinigten Staaten betrifft. Aber ein Oberst, der in deutscher Gefangenschaft den Vertrauensmann spielte, das ist . . . «

Evans fährt hoch. Die Adern an seinen Schläfen sind geschwollen.

»Das ist eine Ungeheuerlichkeit!« schreit er in den Saal. »Ich bitte das Hohe Gericht, diese Erklärung nicht zuzulassen. Die Feststellung des Chefanklägers besagt, daß jeder Belastungszeuge ein anständiger Mensch und Demokrat sei und jeder Entlastungszeuge ein Faschist und Dunkelmann. Ich bitte das Hohe Gericht, einen Soldaten meines Landes zu schützen, der die ›Medal of honour‹ trägt und dessen Ehre hier in den Schmutz gezogen wird.«

O'Connor sieht bedächtig an den Gesichtern der Beisitzer entlang. Er liest gleichzeitig Zustimmung und Ablehnung, überlegt einen Augenblick, unterdrückt sein Zögern und sagt dann:

»Ich weise diese Erklärung der Anklage zurück . . . und ich unterbreche die Sitzung.«

Damit scheint der Zwischenfall aus der Welt geschafft. Aber die Presseleute im Saal haben mitgeschrieben.

»Zeuge McClure – ein Faschist . . . « so steht es am nächsten Tag in den amerikanischen Zeitungen. Und das wiederum leitet ein beinahe offenes Kesseltreiben gegen Oberst Evans ein.

Die Kampagne beginnt schlagartig. Schlagzeilen hämmern wie Keulenschläge. Und die Vorwürfe sind schon in ihrer Diktion seltsam uniformiert. In Dachau werden sie ferngesteuert, und sie erreichen noch das kleinste amerikanische Provinznest.

Die Kommentare steigern sich von der gemäßigten Verwunderung bis zur wilden Hetze.

»Amerikanischer Verteidiger bekennt sich zur Naziideologie«, heißt es.

»Evans verrät sein Land.«

»US-Verteidiger beschafft bestochene Zeugen.«

»Mit den Nazis in einem Boot.«

Dann erscheint das Bild Colonel Evans', daneben sind die Angeklagten, und darunter steht:

»Seine Freunde, die Mörder.«

Evans' Abberufung, seine Bestrafung werden gefordert. Selbst die Armee greift man an, weil sie Mr. Evans nicht in Unehren entläßt.

Langsam gibt es der Chefverteidiger auf, die Zeitungen zu lesen. Er ist den Reportern nicht einmal böse. Äußerlich gesehen haben sie völlig recht. Wie sollten sie die Zusammenhänge übersehen, wenn er, der sich seit Wochen, seit Monaten in diesen Fall verbissen hat, oft selbst unsicher ist.

Dann aber kommt der Tag, da der Oberst beinahe entschlossen ist, die Verteidigung niederzulegen und Deutschland zu verlassen.

Er liest den Brief seiner Frau wie betäubt:

»Lieber Bob«, beginnt das Schreiben, »in dieser Woche haben Feather & Co. den Vertrag mit Dir gekündigt. In der vorigen Woche waren es zwei andere Firmen. Es ist nicht schlimm, und ich habe noch lange keine Angst, daß wir Hunger leiden müßten.

Viel schlimmer ist, daß ich anfange, unsicher zu werden, und nicht mehr weiß, was ich denken soll. Ich will nicht von diesen entsetzlichen Zeitungsartikeln sprechen, die ich Tag für Tag vor den Kindern verstecken muß. Vorgestern kam unser Junge mit einer blutenden Stirne nach Hause. Kinder haben ihn bis hierher gehetzt und immer gerufen: ›Nazibengel! Nazibengel!‹ Gestern habe ich mich überwunden und bin zu dem alten Feather gegangen und habe ihn gebeten, mir genau mitzuteilen, warum er Dir die Rechtsberatung entzog.

Der Alte sah mich lange an und sagte schließlich: ›Sie und die Kinder tun mir leid. Ich habe auf Ihren Mann mal große Stücke gehalten. Aber heute verstehe ich ihn nicht mehr. Ich schätze Reklame verdammt hoch ein, aber ich kann nicht gutheißen, daß Ihr Mann deswegen die Geschäfte der Nazis besorgt. Sie müssen verstehen, Mrs. Evans, daß ich damit unseren guten alten Firmennamen nicht beschmutzen kann.‹

Darling, bitte kehr um! Komm nach Hause! Laß uns sehen, wie wir gemeinsam wieder herausfinden. Du hast Dich verrannt, ich verstehe das ja alles.«

An dieser Stelle läßt der Chefverteidiger des Malmedy-Prozesses den Brief sinken. Er preßt eine Hand auf die Augen. Er ist ein glänzender Anwalt, aber auf den Gedanken, sich selbst verteidigen zu müssen, ist er bisher noch nicht gekommen.

Verteidigen gegen wen?

Gegen Verleumdung, gegen Vorurteile.

Der Oberst geht verloren in seinem Büro hin und her, zerstreut bleibt er vor seinem Schreibtisch stehen. Unter einem Briefbeschwerer findet er ein zweites Schreiben. Er reißt es auf, liest zunächst achtlos:

»Nehmen Sie es nicht als Aufdringlichkeit. Aber lassen Sie mich Ihnen ein einziges Mal für alles danken, was Sie tun. Ich möchte Ihnen das absichtlich vor dem Urteil sagen, denn davon hängt im Grunde nichts ab. Es genügt allein, gesehen zu haben, wie sich ein Mensch so einsetzt. Vera Eckstadt.«

Der Oberst hält beide Briefe in der Hand. Sie sind aus Papier und haben das gleiche Gewicht. Dennoch flattert der eine zu Boden und bleibt dort liegen: der Brief seiner Frau.

Sein Gesicht ist zerquält, sein Mund ausgetrocknet.

Auf einmal steht er vor dem Casino.

Sogar hier bedient ihn das Personal inzwischen nachlässig. Seinen Sold bekommt er verspätet. Seine PX-Karte ist wochenlang von der ausstellenden Dienststelle verschlampt.

Beim Verlassen des Casino-Gebäudes stößt Colonel Evans in der Türe mit dem Chefrichter O'Connor zusammen. Der Oberst grüßt kühl. O'Connor bleibt stehen, faßt Evans vorne an einem Uniformknopf.

»Ja«, sagt er und betrachtet den Verteidiger mit seinem zerknitterten Gesicht, »wir werden alle Opfer unseres Berufs. Die einen früher, die anderen später. Die einen werden von der Umwelt vernichtet, die anderen von ihrem Gewissen.«

O'Connor läßt den Knopf los.

»Wie wär's«, fragt er leicht und unvermittelt, »wenn wir morgen eine Partie Poker zusammen spielten?«

Poker, denkt Evans.

»Gerne«, sagt er dann knapp.

Diese fast verlegen verabredete Zusammenkunft wird in das Schicksal eines Verzweifelten namens Werner Eckstadt eingreifen.

12. Kapitel

Sie blieben jetzt in jeder freien Stunde zusammen. Sie saßen glücklich und ohne ein Wort zu reden nebeneinander, oder sie bauten wortreich Luftschlösser. Ihre Zärtlichkeit nützte sich nicht ab. Aber ihr Glück erschien ihnen unwirklich, beinahe unheimlich. Immer dann, wenn Vera still vor sich hinsah, mit traurig nach innen gekehrtem Blick, wenn sie dann plötzlich aufschrak und hastig etwas fragte, wußte Leutnant Tebster, woran sie dachte. Es gelang ihnen tagelang, nicht über Malmedy zu sprechen, als hätten sie es so verabredet. Aber gerade weil sie diesem Thema aus dem Weg gingen, mußten sie ständig daran denken.

Dem jungen Leutnant blieben noch ein paar Tage Urlaub, bis er sich bei seiner neuen Einheit melden mußte. Zwar hatte er jetzt mit dem CIC nichts mehr zu tun, aber er verfügte noch über genügend alte Verbindungen, um zu erfahren, was sich hinter den Kulissen von Dachau abspielte. Er wußte, daß es mit Riesenschritten auf das Urteil zuging. Und er zweifelte nicht daran, wie es ausfallen würde. Es stand schlecht um Werner, sehr schlecht. Und es stand noch miserabler um die anderen Angeklagten. Und dagegen ließ sich nichts tun, gar nichts mehr, es sei denn, mit leeren Worten trösten oder die leeren Hände zu Fäusten ballen.

Zum erstenmal war Vera dem Prozeß ein paar Tage fern geblieben. Das ständige Wechselbad von Hoffnung und Angst hatte selbst sie abgestumpft. Mitunter gelang es ihr jetzt, die Gedanken an ihren Bruder einfach abzuschalten. Damit trottete sie ein wenig in der trostlosen Lethargie der Angeklagten mit, die sich einredeten, es könne nichts geschehen, solange der Prozeß noch weiterrollte. Denn sie alle, ob sie schuldig waren oder unschuldig, gewöhnten sich daran, die Zukunft in Tagen zu messen.

Schließlich brachte Leutnant Tebster als erster die Sprache auf Werner. Er hatte erfahren, daß die Angehörigen der Angeklagten eine Chance hatten, vor dem Urteilsspruch die Gefangenen zu sprechen. Er wußte nicht, ob eine neuerliche Begegnung gut für Vera und Werner war. Aber er mußte es ihr sagen.

»Vera«, begann er, »es geht ... du weißt ... «

Sie sah auf.

»Du sprichst von Werner, nicht?« fragte sie.

Er nickte.

»Du kannst ihn sprechen, wenn du willst.«

»Ist es schon soweit?« fragte Vera leise.

»Nein«, erwiderte Tebster gepreßt. »Du weißt, es geht auf das Urteil zu ... Vera, wenn es schlecht ausfällt, denk daran, es ist noch nicht alles vorbei. Evans läßt ihn nicht im Stich.«

»Ja, ich weiß«, antwortete Vera.

»Ich kann nicht sagen, ob es gut ist, wenn du ihn siehst ... aber er wird dich brauchen.«

»Brigitte«, entgegnete Vera. »Sie muß zu ihm.«

Ein paar Minuten später saßen sie im Wagen.

Brigitte war zu Hause. Sie trug einen weißen Kittel und beugte sich über Präparate. Der weiße Kittel paßte gut zu ihren dunklen Haaren. Sie wirkte ruhig, beinahe gelassen. Aber ihre Hände waren unsicher. Sie nahm eine Zigarette.

»Was ist mit euch beiden los?« sagte sie, »ihr seid so ... so ... «

»Wir «, setzte Vera an, »wir«, und brach wieder ab.

»Ich weiß schon.« Brigitte drehte sich um, sah zum Fenster hinaus. »Ich möchte euch alles Gute wünschen.« Ihre Stimme klang brüchig. Brigitte ärgerte sich darüber. Noch mehr ärgerte sie sich über ihre Gedanken. Gibt es denn nur für andere Glück und eine Zukunft? Können sie sich denn keine Zeit lassen dabei? Können sie nicht warten, bis Werner aufgehängt ist?

Sie drehte sich um, lachte plötzlich, und das Lachen klang auf einmal ganz natürlich, ganz selbstverständlich.

»Ihr seid mir ein schönes Paar«, sagte sie leicht, »sitzt herum wie die Trauerklöße.«

Vera spielte mit ihrem Taschentuch.

»Ich weiß, daß du nie mehr nach Dachau gehen willst«, begann sie, »ich will dich auch gar nicht überreden.« Ihre Stimme wurde leiser, »aber Werner braucht dich ... jetzt ... das Urteil ... in ein paar Tagen ... Besuchst du ihn?«

Brigitte schwieg. Sie sah Werner vor sich, schmächtig, blaß, verbittert, verzweifelt. Sie hörte eine gepreßte Stimme. Sie erlebte in dieser Sekunde zum zweitenmal, wie sie wiederum aneinander vorbeigingen, wie sie sich nichts, gar nichts sagen konnten, obwohl sie sich doch soviel zu sagen hatten.

Nein, dachte sie, das nie mehr wieder, nie mehr wieder!

Dann sah sie in Veras blasses Gesicht. Ihr Blick glitt zu Tebster. Sie bemerkte, wie der schlaksige Leutnant die Lippen aufeinanderpreßte.

Brigitte schob ihre Präparate auf die Seite, leerte den Aschenbecher, ordnete die Kissen.

»Ja«, sagte sie dann, »ich tu' das.«

Vera ging auf sie zu und legte ihren Arm um sie. Die beiden Mädchen weinten. Tebster stand wie angewurzelt, sah zum Fenster hinaus und wünschte sich in die Flakstellung, auf die ein deutscher Tigerpanzer zurollte.

So hilflos sahen ihn die beiden Mädchen und lächelten unter Tränen.

»Morgen oder übermorgen«, sagte Tebster zu Brigitte, »ich fahre Sie hinaus.«

Die Behandlung verfeinert sich auf einmal. Das Essen wird fetter, die Fleischportion üppiger. Die Bewacher schreien nicht mehr, selbst die Spaziergänge werden verlängert. Plötzlich gibt es auch Post. Die deutschen Verteidiger kommen öfter. Selbst die Anklagevertreter scheinen sich zu mäßigen.

Steht eine Wendung im Prozeß bevor? Setzt sich die Einsicht durch? Oder probiert man zur Abwechslung wieder einmal die weiche Methode aus?

Die 74 Angeklagten machen sich wenig Illusionen. Brinkmann stochert in seinem Essen herum, deutet auf die zwei Koteletts und sagt:

»Det is wohl schon die Henkersmahlzeit.« Er grinst hohl dabei, spricht mit vollen Backen, schneidet das Fleisch vom Knochen. »Paß uff, Werner, so wer'n se uns ooch bald zerlejen!«

Werner Eckstadt schiebt angewidert den Teller von sich.

»Na, Mensch, haste wohl keenen Appetit, meenste, es wird besser, wenn du nischt frißt? Gloob mir, mit leerem Bauch is det noch mieser.«

Werner legt sich auf seine Pritsche und starrt zur Decke. Wie lange noch, denkt er, wie lange darf ich noch leben? Wie lange muß ich dieses Hundeleben noch aushalten? Gott, wie erbärmlich ist der Mensch und wie feige! Und das Dreckigste auf der Welt und das Sinnloseste und das Dümmste ist die Hoffnung. Ohne Hoffnung wäre alles viel leichter.

Dauert ja nur ein paar Minuten. Ist ganz human. Kapuze auf. Daneben steht ein Mann mit einem gutmütigen Gesicht. Dieses Gesicht ist blaß, und die rosa Lippen murmeln, murmeln und murmeln:

»Vater unser, der du bist im Himmel, geheiligt werde dein Name, zu uns komme dein Reich . . . dein Reich . . . dein Reich.«

Wo beginnt es? Wenn man die Treppen hinaufgestiegen ist? In ein paar Sekunden schon, wenn der Strick um den Hals gelegt wird? Wenn einer mit dem Kopf nickt und ein anderer auf den Knopf drückt?

Alles nicht so schlimm, redet sich Werner ein, und sein Magen dreht sich um, während er mechanisch beobachtet, wie Brinkmann auf dem dritten Kotelett herumkaut.

Die Amerikaner sind ja ganz menschlich. Sie strangulieren ja nicht einmal. Sie ziehen einem einfach den Boden unter den Füßen weg, und man fällt. Ein paar Meter nur. Aber in Wirklichkeit fällt man endlos. Der Wirbel im Genick bricht, und dann ist man tot. Sofort. Freilich, der Arzt schreibt in das Protokoll:

»Der Tod trat in 54 Sekunden ein oder nach 60 oder nach 77.« Aber das hat nichts zu besagen. Gar nichts. Denn man stirbt in einem Ruck. Und daneben steht der Mann mit dem gutmütigen, blassen Gesicht und murmelt: »... Zu uns komme dein Reich, dein Wille geschehe wie im Himmel also auch auf Erden.«

Und dann kommt man in einen Sarg. Vielleicht wenigstens. Und wird verscharrt. Unter einer Nummer, nicht unter seinem Namen. Das ist dann alles, wenn der Mann im schwarzen Talar unter dem Galgen nicht recht hatte. Aber der Priester ist ja schon wieder unterwegs. Der nächste, bitte, der nächste, der nächste ...

Sie pflegen jeweils sechs an einem Tag zu hängen. Und der Henker trainiert zuvor mit einer zwei Zentner schweren Puppe. Wenn er einen guten Tag hat, dann schafft er spielend zehn Exekutionen.

Ob es besser ist, der erste oder der letzte zu sein?

Werner liegt und schließt die Augen. Seine Gedanken verdämmern, er schluckt. Über seine Stirne rinnt der Schweiß. Seine Hand ist wie gelähmt. Sie hat nicht die Kraft, den Schweiß wegzuwischen.

Dann sieht er Brinkmann, der jetzt mit einem Stück Brot die Tunke aufsaugt. Dann hört er Schritte. Sie halten vor der Zelle. Die Türe quietscht in den Angeln. Der Pole mit dem breiten Gesicht geht auf Werner zu.

»Du mitkommen«, sagt er.

Werner erhebt sich mechanisch. Seine Beine gehorchen auf Befehl. Er geht neben dem Polen am Gang her. Der Mann grinst.

»Du Glück haben«, sagt er. »Serrr schön Fräulein.«

Werner hört es gar nicht. Er geht und geht, Schritt für Schritt, Fuß vor Fuß, links, rechts, links, rechts. Eine Türe wird aufgerissen. Der Pole grinst wieder, verbeugt sich in den Raum hinein, schließt die Türe von außen ab.

Werner geht weiter, nimmt den Blick vom Boden, starrt auf das Glasfenster, von dem aus der Raum bewacht wird. Dann erst bemerkt er Brigitte.

»Werner«, sagt sie leise.

Er nickt, fährt sich mit der Hand an den Hals, schluckt, denkt, verdammt, warum ist meine Zunge so dick? Mit einer dicken Zunge kann man nicht sprechen.

»Grüße von Vera«, fährt Brigitte leise fort, » . . . sie wollte uns allein lassen.«

»Vera«, wiederholt Werner. Und dann bleiben seine Augen stehen. Er richtet sich auf, wirkt auf einmal größer, jünger, sicherer, er befiehlt es sich, der Körper gehorcht plötzlich, selbst die Stimme ist wieder sicher:

»Das ist alles . . . alles gar nicht so schlimm. Wirklich nicht . . . «

»Und das sagst du, Werner?« erwidert Brigitte leise.

Er nickt. Er trägt eine graue Uniform ohne Rangabzeichen. Daß sie ihm zu weit ist, fällt besonders am Kragen auf. Seine Haare sind kurz geschnitten, seine Lippen rissig, seine Augen schimmern gelb in den Pupillen, und an der Spitze seiner Finger bemerkt Brigitte schlecht vernarbte, rötliche Brandstellen.

»Brigitte«, setzt Werner an, » . . . glaubst du . . . glaubst du ganz bestimmt, daß ich unschuldig bin?«

»Ja, Werner«, entgegnet sie schlicht.

»Dann ist ja . . . alles gut«, erwidert der Gefangene. »Weißt du«, sagt er leise, »ich habe . . . mich schon mit allem abgefunden. Glaub mir, ich empfinde weder Haß noch Schmerz . . . nur manchmal, als ich plötzlich nicht mehr wußte, ob ich tatsächlich unschuldig bin . . . verstehst du mich, auf einmal traute ich mir selbst nicht mehr.«

»Es ist die Haft . . . das läßt sich alles ganz natürlich erklären. Und eines Tages hast du wieder eine genaue Erinnerung . . . «

Werner lächelt mühselig.

»Du bist so vernünftig, Brigitte.«

Seine eigenen Worte hängen im Raum. Vernünftig . . . vernünftig, dröhnt es gegen sein Trommelfell. Er greift das Wort auf.

»Ja, Brigitte, und was ich dir jetzt noch sagen will, fällt mir . . . fällt mir furchtbar schwer.« Werner fährt sich mit der Zunge über die Lippen, fummelt in seinen Haaren herum, versucht ihren Augen auszuweichen, aber ihr Blick läßt ihn nicht los. Und so muß er sie ansehen, anstarren. Und ganz langsam pendeln seine Augen nach unten. Er sieht Brigitte vor sich, in einem dunkelblauen, ganz auf Taille geschnittenen Schneiderkostüm, das sich beinahe hauteng auf den Körper spannt, den er einmal streichelte, der ihm für immer gehören sollte.

Oder hat er auch das nur geträumt? Gab es diese Nacht, in der ihre Sehnsucht, ihre Zärtlichkeit, ihre Seufzer zusammengefunden hatten und sich in Träume, Pläne und Hoffnungen auflösten, nicht? Ist auch das nur ein Auswuchs der . . . Haftpsychose, der Zellenkrankheit, der Einsamkeit?

»Du bist frei, Brigitte«, sagt Werner stockend. »Ich danke dir vielmals für alles. Wenn du nicht gewesen wärst . . . «

Und Brigitte kann in dieser Sekunde lächeln.

»Ich bin niemals frei, Werner«, erwidert sie. »Denk daran.«

»Brigitte.« Es klingt wie ein Schrei. Werner hat sich gleich wieder in der Gewalt. Geh auf sie zu, nimm sie in die Arme, laß diese Polen ruhig durch das Fenster starren, befiehlt er sich. Aber er bleibt stehen.

Brigitte erhebt sich.

»Werner«, erwidert sie, »davon wollen wir jetzt nicht sprechen. Ich will etwas ganz anderes ... ein Versprechen: Wenn du freikommst ... dein erster Weg ... zu mir. Versprichst du mir das?«

»Es gibt keine Freiheit«, antwortet Werner gequält.

»Ich glaube fest daran«, entgegnet sie, »versprichst du mir das?«

»Ja«, erwidert Werner fast tonlos.

Und dann geht alles schnell. Der Pole sperrt auf, gibt Werner einen Wink. Er dreht sich noch einmal nach Brigitte um. Sie nickt ihm zu, lächelt.

»Ich glaube fest daran!« ruft sie ihm nach, und dabei wundert sie sich, wie überzeugend sie auf einmal lügen kann.

Aber wer hofft, der lügt, und wer nicht lügt, ist unbarmherzig.

Schleichend fällt an diesem Tag der Föhn in die oberbayerische Landschaft; der matte, laxe Südwind nimmt den Schlaf, vibriert in den Nerven, dröhnt gegen die Schläfen, macht die Menschen mißmutig und unschlüssig, läßt Autos aufeinanderprallen. Das Pokerspiel der beiden Männer, die sich zu dieser Stunde gegenübersitzen, ist zerfahren und unkonzentriert. Das liegt nicht nur am Föhn. Ihre Gedanken gleiten immer wieder ab, zu dem Malmedy-Prozeß, von dem sie sich durch das Kartenspiel für eine knapp bemessene Frist loskaufen wollten. Und dabei wissen beide, wissen Chefrichter O'Connor und Chefverteidiger Evans, daß die Pokerkarten in ihren Händen nur ein Vorwand sind. Daß sie ihr Gewissen aufeinander zutreibt und daß sie nur zu unpathetisch und zu schamhaft sind, um es sich einzugestehen.

Beide sind sie hager, beide sind sie grau im Gesicht, beide quälen sie sich seit Wochen, der eine, weil er ein Urteil sprechen muß, und der andere, weil er es nicht beeinflussen kann. Denn zwischen ihnen steht die Zeit, und diese Zeit ist gemein und allmächtig.

»Flash«, sagt Evans und legt seine Karten auf den Tisch.

O'Connor betrachtet mißmutig seine mageren Drillinge.

»Mir langt's jetzt«, antwortet er. »Ich habe jetzt sieben Dollar verloren. Weiß nicht, wie Sie das machen, daß Sie immer die besseren Karten haben ... Man soll eben nicht mit schlechten Karten so hoch spielen.«

»Eine goldene Regel, Chief«, erwidert Evans, »... man spielt beim Pokern nicht mit schlechten Karten ... und bei der Justiz nicht mit schlechtem Beweismaterial.«

O'Connor langt nach seinem Whiskyglas.

»Da wären wir also wieder einmal soweit. Sie lassen auch keine Gelegenheit aus, mich anzubohren.«

»Pardon«, entgegnet Evans.

Der Richter rutscht unruhig in seinem Sessel hin und her. Je näher es auf den Urteilsspruch zugeht, desto lieber würde er aus seiner zerknitterten Haut fahren. Das Verhängnis, das sich auf viele der Angeklagten legte, geht auch am Richtertisch nicht vorüber. Ob sein Schicksal oder das Geschick vieler Angeklagter erträglicher sein wird: Unschuldige hängen zu lassen – oder unschuldig gehängt zu werden, mit dieser Frage wird der Chefrichter nicht mehr fertig. Und so sucht er nach Gründen, mit denen er sein Gewissen umstellen könnte, und er bringt mit Überzeugung Argumente vor, Argumente, von denen er keineswegs überzeugt ist.

»Evans«, poltert er los, und sein Gesicht kräuselt sich dabei bis in die Nasenwurzeln, »Sie sind ein Starrkopf. Das war ich in Ihrem Alter auch ... Aber man kann mit Ihnen reden.« Der alte Militärrichter holt tief Luft. »Aber das kann man mit mir auch.« O'Connor steht auf, geht im Zimmer hin und her, reißt ein Fenster auf, spürt die warme Föhnluft und schlägt es wieder zu. »Sie müssen nicht denken, daß ich diese Vorgänge hier wunderschön und fabelhaft finde. Aber was soll ich tun? Kann ich mich gegen das Rechtsgefühl einer ganzen Welt stemmen?«

Colonel Evans betrachtet ihn ruhig, mit dem melancholischen Lächeln einer anderen Überzeugung um die Mundwinkel. Der alte Richter fährt sich an den Schlips, fuchtelt mit der Hand, unterbricht seinen Marsch durch das Zimmer, fixiert Evans.

»Wo sollen wir bei diesem problematischen Prozeß anfangen frei zu sprechen, wo sollen wir verurteilen?« O'Connor zuckt mit den Schultern. »Das einzige, was ich tun kann ... gut, ich halte den formalen Ablauf des Prozesses soweit in Ordnung.«

»Nein«, antwortet Evans leise.

»Was heißt das?«

»Sie könnten mehr tun.«

»Bitte?« Die Stimme des Chefrichters ist scharf und bissig.

»Recht sprechen«, setzt Colonel Evans hinzu.

O'Connor braust auf:

»Sie stehen da wie Alexander der Große ... Aber den gordischen Knoten soll ich entzweihauen! Recht! Recht! ... Lieber Evans, sicher sitzen unter diesen Angeklagten Unschuldige. Aber das Belastungsmaterial gegen sie ist ebenso gut und so schlecht wie das Belastungsmaterial gegen die Schuldigen. Dann müßten wir ja alle laufen lassen.«

O'Connor ballt die Fäuste, kämpft mit seinem Atem, mit seiner Erregung, mit seinen Gedanken.

»Recht ist noch etwas anderes«, schnaubt er weiter, »als die Guten ins Töpfchen, die Schlechten ins Kröpfchen. Es gibt noch eine höhere Warte. Das Rechtsempfinden ganzer Völker. Und von dieser Warte aus gesehen, gehören alle Angeklagten an den Galgen ... Die Unzahl der im Namen ihrer Organisation, der SS, verübten Verbrechen verurteilt sie dazu ... alle, ohne Ausnahme!«

Colonel Evans legt den Kopf auf die Seite. Seine Augen sind kalt.

»Das Rechtsempfinden?« wiederholt er gedehnt. »Die Zahl der Verbrechen oder das Recht der Sieger?«

Er läßt die Worte langsam zergehen, wendet den Blick nicht von O'Connors Gesicht, bleibt ruhig, überlegen. »Es ist seltsam«, fährt er fort, »daß auch wir uns, wenn wir nicht mehr weiter wissen, diese Rechtsauffassung zu eigen machen müssen.«

O'Connor zuckt zusammen. Seine Schultern hängen vornüber. Dann kommt plötzlich Farbe in sein fahles, faltiges Gesicht. Eine Sekunde sieht es aus, als ob er dem Chefverteidiger sein Whiskyglas in das Gesicht schleudern wollte. Dann hat er sich wieder in der Hand. Und wieder sieht er grau und resigniert aus.

»Was wollen Sie?« fragt O'Connor leise.

»Ich treibe keine Rechtsphilosophie«, entgegnet der Chefverteidiger. In seiner übergroßen Konzentration schließt er die Augen. Unbewußt fast spürt er eine Chance. »Ich ringe nur um meine Mandanten. Um die vor allem, von deren Unschuld ich überzeugt bin.«

»Eckstadt?« fragt der Chefrichter kalt.

»Ja ... zum Beispiel.«

»Ich kann ihn nicht freisprechen«, versetzt O'Connor müde.

Evans schweigt.

»Selbst wenn ich wollte«, fährt O'Connor fort, »ich würde bei der Beratung von den anderen Richtern überstimmt.« Evans schweigt noch immer. Er beobachtet, wie es hinter der faltigen Stirn des Chefrichters arbeitet. O'Connor streift Evans dabei mit einem schrägen Blick, und Evans wittert in diesem Blick auf einmal die Lust des alten juristischen Fuchses an Listen und Finten.

»Ich könnte«, sagt der Chefrichter gedehnt, ganz im Widerspruch zu der eben geäußerten Feststellung, »ich könnte aus formalen Gründen vielleicht das Verfahren gegen Eckstadt einstellen, ohne weitere Begründung.«

Evans sieht auf.

»Ja«, wiederholt der Alte nachdenklich, »das könnte ich. In einem Fall ließe sich das arrangieren.« Er betrachtet den Chefverteidiger halb lächelnd, halb unsicher. »Täte ich Ihnen damit einen Gefallen?«

»Einen Gefallen? Mir?« fragt Evans erstaunt. »Ich glaube, Sie würden damit dem Angeklagten Eckstadt Recht geschehen lassen!«

»Quatsch«, versetzt O'Connor ruhig. Er kneift ein Auge zu, greift nach dem Glas.

»Sie glauben also noch immer an Gerechtigkeit?«

»Ja.«

»Auch wenn Sie an meiner Stelle wären?«

»Dann erst recht.«

Das Gesicht O'Connors verzerrt sich, wirkt beinahe gehässig, verkrampft.

»So«, entgegnet er kalt. »Sie können sich nicht vorstellen, daß Sie eines Tages Ihre Rechnung mit dieser Gerechtigkeit austragen müssen, daß es eine Situation gäbe ... bei der die Gerechtigkeit zugunsten des einen für den anderen ungerecht wäre?«

Evans schüttelt fast unmerklich den Kopf.

Der Chefrichter sieht auf den Boden. Ich werde deine Selbstgerechtigkeit erschüttern, denkt er, ich werde den Glauben an dein Ideal in einer Minute brechen. Ich werde dir eine Falle stellen. Ich werde dich brutal zwingen, an meine Stelle zu rücken.

Er wechselt jäh den Ton, plaudert fast. Sein Gesicht entspannt sich. Die Falten scheinen zu lächeln.

»Gut«, erwidert O'Connor, »nun spielen Sie Schicksal, Evans ... Ihr Zeuge McClure – und ich unterstelle hier, daß ich seine Aussagen anerkenne – hat versichert, daß die gesamte Panzerspitze der Vorhut an dem Malmedy-Massaker nicht beteiligt war. Bei dieser Vorhut waren Eckstadt und Wieblich in einem Panzer. Entweder sind sie beide schuldig – oder beide unschuldig. Können Sie mir folgen, Evans?«

»Ja«, versetzt der Chefverteidiger leise.

O'Connor geht ganz nahe an ihn heran.

»Unterstellen wir, daß sie unschuldig sind ...«

»Daran zweifle ich nicht«, unterbricht ihn Evans.

»Einen von beiden lasse ich frei. Mit einem juristischen Kniff. Einmal geht es. Zweimal bestimmt nicht.« O'Connor mustert Evans scharf und kalt. Seine Stimme hebt sich, wirkt grell, fast höhnisch. »Und wen wollen Sie: Eckstadt oder Wieblich? ... So, nun wasche ich meine Hände in Unschuld. Entscheiden Sie, wen ich freigeben soll ... Barabbas oder Jesus?«

Colonel Evans wird bleich wie ein Leintuch. Eine riesige, unsichtbare Schwinge berührt ihn. Um Gottes willen, denkt er, wie zynisch, wie lästerlich, wie verderbt werden wir noch! Wie ausweglos ist das alles! Und er fühlt eine ungeheure Last auf seinen Schultern, und er fürchtet sie, und er haßt in diesem Moment den alten O'Connor dafür, daß er ihm dieses entsetzliche Gewicht auferlegte. Die Alternative zwingt ihn, einen von zwei Unschuldigen fallen und das Schafott besteigen zu lassen. Um einen zu retten, muß Evans den anderen verurteilen. Zwar hat er keinen Zweifel, wer von beiden die Freilassung verdient, aber einen Handel um Leben und Freiheit, den er hier besiegeln soll, verabscheut und verachtet er.

»Wo bleibt Ihre Gerechtigkeit, Evans?« fragt O'Connor lauernd.

Der Colonel steht auf, streicht sich den Uniformrock glatt. O'Connors Blick läßt ihn nicht los.

»Lesen Sie gelegentlich die Bibel, Evans? Sind Sie eigentlich religiös?« fragt der alte Richter.

Der Chefverteidiger horcht der Frage nach. Er hört keinen Spott daraus.

»Eckstadt«, antwortet Evans.

O'Connor nickt.

»Also Jesus«, flüstert er. »Das ist sehr vernünftig.« Und er beobachtet, wie das Gesicht von Evans verfällt. Er beobachtet die Qual, die Ungeheuerlichkeit eines Entschlusses ... Jetzt könnte der Chefrichter triumphieren. Aber diese Genugtuung schmeckt nach Galle.

»Haben Sie die zwei Seiten der Gerechtigkeit erkannt?« fragt O'Connor fast mitleidig. Er gibt sich einen Ruck. »Entschuldigen Sie, Evans«, sagt er dann, »man treibt kein Schindluder damit. Ich hatte auch nicht die Absicht ... Ich wollte Sie nur in Versuchung führen ... Ja. Wir alle sind in der Versuchung. Und verdammt noch mal, Nacht für Nacht fürchte ich mich vor ihr, fürchte, zu unterliegen, zu unterliegen.«

Er gibt dem Colonel die Hand.

»Danke für den Poker, Evans.« Mit schleppenden Schritten geht er zur Türe, dreht sich noch einmal um. »Ich war ohnedies entschlossen, Eckstadt freizulassen.«

Evans stand am Fenster, die Arme ineinander verschränkt, das abgewinkelte linke Bein auf einem Stuhl. Er wartete, bis der Posten gegangen war. Sein Gesicht wirkte nachdenklich, und Werner erschrak, als er dieses Gesicht seit Wochen zum erstenmal wieder aus der Nähe sah. Die Haut war gelb, ungesund und schlaff, als ob sie plötzlich zu weit für den Kopf geworden wäre. Die Augen lagen tief in den Höhlen, und rings um die Augen und den Mund standen kleine Falten.

Werner grüßte, aber der Colonel überhörte es. Sein Gesicht arbeitete. Werner wartete unschlüssig. Immer, wenn er Evans gegenüberstand, wurde er für Minuten, oft für Stunden von den Abgründen der Haftpsychose erlöst; dann sagte sich der schmächtige Angeklagte, daß es einen Mann gab, der unbeugsam und unbeirrt durch das Dunkel, durch das Zwielicht hindurchging, ohne vom Weg abzukommen, ohne sich von Drohungen und Versuchungen beeinflussen zu lassen.

Auf Werners Körper brannten die Mißhandlungen. Schlimmer aber war die tägliche Demütigung im Gerichtssaal. Es kann nicht alles erlogen, erpreßt, erschlichen, konstruiert sein, sagte er sich wieder und wieder.

Dann aber war er ein Kamerad von Mördern.

Und sooft er das dachte, irrte sein verworrener Blick an den langen Reihen der Angeklagten entlang, und er stellte sich die Kardinalfrage dieses Prozesses:

Wer ist schuldig? Wer ist unschuldig?

»Setzen Sie sich, Eckstadt«, sagte der Colonel leise.

»Sir«, stieß Werner hervor, »ich muß Ihnen heute etwas sagen ... ich muß Ihnen danken, Sir.«

Evans wollte mit einer Handbewegung seinen Satz abschneiden. Aber Werner fuhr hastig fort:

»Ich war lange Soldat. Ich habe diese Zeit hassen gelernt. Und ich habe mich an eine bessere Zukunft gekrallt. ... Und dann kam alles so ... Aber ich habe diesen Glauben an die Zukunft noch nicht verloren. Und diesen Glauben haben Sie mir erhalten, Sir ... Und selbst wenn ich gehängt werde«, keuchte Werner, »glaube ich noch daran, weil ich an Sie denke.«

Das Gesicht des Colonels wirkte noch fahler. Werner kannte diese Züge auswendig, die Skala der Empfindungen, die es widerspiegelte, die feinen, treffsicheren Pointen im Gerichtssaal, die Qual des Zweifels, wenn er gegen die Argumente der Anklagevertreter nicht ankam, die harte Verschlossenheit, wenn Evans sich mit den Methoden des Leutnant Prince auseinandersetzte. Jetzt aber lag in diesem schmalen, hageren Gesicht, in dem die Augen dunkel glänzten, ein Ausdruck, den Werner nie beobachtet hatte: die Rührung.

Der Colonel ging hin und her.

»Eckstadt«, begann er mit brüchiger Stimme, »Sie sind ein verdammt anständiger Kerl. Ich weiß das ... ich wußte es immer.« Er blieb stehen. »Wir sehen uns heute zum letztenmal«, sagte er knapp.

»Zum letztenmal?« wiederholte Werner gepreßt. »Wollen Sie ... wollen Sie uns ... ?«

Evans lächelte. In einer Sekunde konterte dieses Lächeln die Schatten in seinem Gesicht nieder, ließ ihn jünger, energischer, gelockerter erscheinen.

»Nein ... Sie werden uns verlassen, Eckstadt.«

Werners Gesicht zuckte. Er begriff nichts. Er begriff noch lange nichts. Stunden nicht. Tage nicht.

»Das Verfahren gegen Sie ist eingestellt.«

Werners Gesicht zuckte. Er begriff nichts.

Werner wurde es schwindlig. Er starrte dem Colonel in die Augen, als könnte er sich an ihnen festhalten.

»Sie sind frei, Eckstadt . . . Verstehen Sie? Frei! Sofort. Sie können gehen.«

Da brach Werner am Stuhl zusammen. Sein Kopf schlug hart auf die Tischplatte. Sein Gesicht spannte und spannte sich. Sein Atem rasselte. Seine Hände preßten sich gegen die Schläfen.

Und dann weinte er. Er weinte lange, hemmungslos. Er weinte wie nie in seinem Leben. Aber es waren keine Tränen des Glücks. Und jetzt, da er erlöst war, da er sich freuen mußte, da man ihm seine Unschuld bestätigte, da die Drohung des Galgens für immer verschwunden war, verspürte er unheimliche Angst, vor der Freiheit . . .

Die graue Zelle grinste Eckstadt zum letztenmal an. Er stand wie benommen in der Türe. Der Posten schob ihn vorwärts. Werner merkte es gar nicht. Er starrte auf seine Decken, die er befehlsgemäß abzuliefern hatte. Seine Beine waren klamm, seine Hände unschlüssig und kraftlos. Sein Gesicht war erregt, aufgelöst.

Brinkmann fuhr hoch.

»Na, Kumpel«, sagte er, »dir is wohl die Braut jetürmt. Macht nischt, jibt ja noch andre.«

»Mach schnell!« fluchte der Posten.

Werner faltete mechanisch die Decken, griff nach der Bibel, raffte die Fotografien von Brigitte und Vera zusammen.

Brinkmann sah es und wurde blaß. Seine schnoddrige Art, sein zynischer Optimismus fielen auf einmal von ihm ab. Seine Augen wurden klein und ängstlich. Er rüttelte Werner an der Schulter.

»Wat is denn los, Mann?«

Werner sah durch das winzige Zellenfenster nach draußen, zu dem graublauen Horizont, wo die Freiheit lag. In seinem Gesicht zuckte es. Er war anfänglich gegen Brinkmann gewesen. Dann hatte ihn der Gleichmut des Zellengenossen mitgerissen. Er wußte, daß Brinkmann kein schlechter Kerl war. Und jetzt, da er ihn allein lassen mußte, schämte er sich plötzlich.

»Brinkmann«, begann Werner zaghaft, »ich bin entlassen.«

»Wa?«

»Entlassen«, wiederholte Werner. »Das Verfahren gegen mich ist eingestellt.«

Brinkmann klammerte sich an das Bettgestell. Sein Gesicht verzerrte sich ein paar Sekunden lang. Er schloß die Augen. Er hielt den Mund, zum erstenmal seit Wochen. Die Knöchel wurden weiß an seinen Handgelenken. Der Krampf schüttelte seinen Körper. Mühselig richtete er sich auf, sah auf Werner, aus spitzem, gelbem Gesicht, in dem die Augen brannten.

»Werner«, sagte er leise. Er drehte sich um.

Brüll doch, schrei doch! Sag doch, daß ich ein feiges Schwein bin, daß ich mich hier durch den Notausgang davonschleiche! Beschimpf mich doch! Mach's mir leicht. Sag doch was, Brinkmann, dachte Werner.

Langsam drehte sich der Zellenkamerad um. Sein Gesicht war jetzt ruhig, gelockert. Und die Augen glühten nicht mehr, sondern wirkten verloren, verschwommen.

»Werner«, sagte Brinkmann zögernd, »Werner ... mach's jut, Kumpel. Ick jönn's dir. Hör zu, Werner ... verjiß mich nich ... verjiß uns alle nich ... Du weeßt ja, ick ha ja nischt jemacht, jar nischt.«

»Mach schnell!« rief der Posten ungeduldig.

Werner gab Brinkmann die Hand. Es war ihm so schwindlig, daß er fürchtete, den Halt zu verlieren und kopfüber auf den Boden zu schlagen.

»Du bist ein feiner Kerl, Brinkmann«, flüsterte er leise.

»Is schon jut, Kumpel.« Brinkmann nahm sich unheimlich zusammen. Mit angestrengter Energie konnte er lächeln, fand er ein Witzwort:

»Nu muß ick die fetten Koteletts alleene fressen.«

In diesem Moment stieß der Posten Werner ohne Übergang aus der Zelle. Nicht ganz so brutal, wie er ihn vor Monaten hineingestoßen hatte.

Werner drehte sich noch einmal um. Wie durch einen Nebel hindurch sah er, daß Brinkmann auf seiner Pritsche zusammensackte, daß sich sein Gesicht auflöste, daß er weinte und weinte ... genauso haltlos, verloren und abgründig, wie er kurz zuvor bei der Unterredung mit Colonel Evans.

Die Formalität der Entlassung rollte gleichmütig und reibungslos ab. Werner Eckstadt unterschrieb, lieferte die Decken ab, erhielt eine schlechtsitzende Uniform ohne Rangabzeichen und Geld. Dreißig Mark für ein Jahr unschuldig abgesessener Haft. Dann setzten sie ihn in einen Jeep und karrten ihn zum Tor des Konzentrationslagers Dachau hinaus.

Werner spürte die frische Luft nicht. Er saß bleich und bewegungslos zwischen zwei MP-Soldaten. Ein bulliger Sergeant fuhr. Sein faltiger Fettnacken war violett.

Nein, Werner begriff das Wunder der Freiheit nicht. Er verstand nicht, daß er keine Freude und keine innere Befreiung empfand, wie er es sich in seinen Wach- und Wunschträumen immer ausgemalt hatte. Er war ausgebrannt und leer. Seine Gedanken waren genauso grau wie die Dachauer Nebel. Und durch diese Nebel hindurch sah er alles, seit sich die Zellentüre geöffnet hatte, unwirklich. Seine Gedanken klammerten sich mehr an die Vergangenheit als an die Zukunft, mehr an Brinkmann, den Zellenkameraden, als an Brigitte.

An der Straßengabelung fuhr er mechanisch hoch.

»Geradeaus«, rief er dem Sergeant zu. »Ich bin in München zu Hause.«

Der Sergeant bog nach links ab. Er drehte sich träge zu Werner um. Und jetzt erst erkannte ihn der eben Entlassene: Es war Cornedbeef, der Schläger.

»No, my friend«, grinste Cornedbeef mit gelben Zähnen. »Nichts zu machen. Wir sollen dich nach Bad Kissingen fahren. Das ist in deinen Papieren als Heimatort angegeben.«

Werners Zähne schlugen aufeinander wie im Frost. Es galt nicht dieser letzten Schikane des amerikanischen Militärgerichts, das ihn auf Umwegen in die Freiheit schaffen ließ. Er sah nur etwas: das gedunsene Gesicht von Cornedbeef, in dem die Zähne unter der Oberlippe steckten, als hätte er sich eine ausgeschnittene Apfelsinenschale vorgesteckt. Ein Gesicht, das Werner nachts von der Pritsche hochfahren ließ, das ihm den Schweiß aus den Poren trieb, das ihn im Traum schreien ließ, das Gesicht des Mannes, der für ihn zur inkarnierten Maske der Brutalität geworden war. Und Werner spürte Angst, sinnlose Angst; er fürchtete, daß Cornedbeef jeden Moment anhalten und ihn wieder auf den verwundeten Arm schlagen oder an einem Strick drosseln oder in die Schienbeine treten könnte.

Cornedbeef merkte von dem allem nichts. Er war guter Laune wie nie zuvor.

»Hey, old chap«, sagte er nach einer Weile munter zu Werner, »freust dich wohl, was?«

»Ja«, antwortete Werner eilfertig. Er dachte wieder im alten Gleis: Wenn ich zögere, schlägt der Sergeant zu.

»Hätte meinen Kopf dafür verwettet, daß du nicht freikommst«, meinte Cornedbeef freundlich.

»Ja«, versetzte Werner.

Cornedbeef legte seinen Kopf schief und zwinkerte ihm mit seinen kleinen, fetten Augen durch den Rückspiegel zu.

»Kannst dich nicht beklagen«, brummte er, »Sergeant Brusher hat dich anständig behandelt.«

Werner hörte zum erstenmal Cornedbeefs richtigen Namen. Kalter Schweiß lief ihm über die Stirne, als er erwiderte:

»I know.«

»Ja«, meinte der Sergeant weiter, »was meinst du, wenn das der Leutnant Prince gesehen hätte, wie ich dich schonte ... was mir passiert wär'!«

»Ja, Sergeant.« Werners Hände zuckten. Die Muskel seiner Oberschenkel spannten sich. Aber er konnte sich zwischen den beiden MPs nicht rühren. Sie würden ihn sofort zurückreißen, wenn er sich auf den Sergeanten stürzte und ihn von hinten würgte, würgte, würgte ...

»Ne ganze Menge Burschen wie du«, plauderte der Sergeant breit weiter, »können mir dankbar sein. Und ein paar sind es auch. Hier ... « Brusher klopfte mit der flachen Hand gegen seine Brusttasche, »ein paar haben mir sogar geschrieben ... ja ... haben old Brusher danke schön gesagt!« Er lachte breit und meckernd.

»Ja«, würgte Werner hervor.

In dieser Tonart ging es weiter, Kilometer um Kilometer, Kurve um Kurve, Baum um Baum. Pausenlos bestätigte sich der Sergeant, was er für eine prima Nummer sei.

Als sie in Kissingen ankamen, war es bereits dunkel.

»Wohin?« fragte Cornedbeef.

Werner zuckte die Schultern.

»Ich bin hier nicht mehr zu Hause.«

»Okay«, lachte der Sergeant und drückte auf die Bremse. »Dann ist es ja egal, wo wir dich absetzen. In Bad Kissingen bist du jedenfalls.«

Sie stiegen alle aus, mit steifen Gliedern. Sie reichten Werner das Lumpenbündel seiner Habseligkeiten.

Cornedbeef trat an Werner heran, klopfte ihm gegen die magere Brust und hielt ihm die Hand hin.

»Mach's gut!«

Werner hatte trockene Lippen. Aus schrägen Augenwinkeln sah er, daß die Straße belebt war. Passanten kamen vorbei, sie achteten nicht auf die drei Soldaten mit dem Zivilisten am Gehsteig. Die Gegenwart anderer Menschen gab Werner wenigstens etwas Gleichgewicht gegenüber Cornedbeef.

»No«, sagte er rauh und starrte auf die haarige Hand. Die eigenen Fäuste hielt er geballt.

Der Sergeant lachte bloß.

»You idiot!« Dann gab er Werner einen freundlichen Klaps auf die Schulter, fummelte in seiner Brusttasche, kramte ein Päckchen Zigaretten hervor und drückte es Werner einfach in die Hand.

So ließ er ihn stehen und fuhr noch immer lachend und kopfschüttelnd mit dem Jeep davon.

Werner ließ die Zigaretten zu Boden fallen und ging langsam weiter. Ein älterer Herr beobachtete die Szene. Er hob die »Camels«

auf, schüttelte den Kopf und entfernte sich dann eilig in die andere Richtung.

An diesem Tag, kurz vor der Verkündung der Schuldsprüche, begegnen sich zwei hohe amerikanische Offiziere an der engsten Stelle des Ganges, kommen aufeinander zu, können sich nicht mehr ausweichen, schwenken, der eine zu weit nach rechts, der andere zu weit nach links, als möchten Colonel Evans, der Chefverteidiger, und Lieutenant-Colonel Richards, der Hauptankläger, möglichst viel Distanz zwischen sich legen. Auf gleicher Höhe grüßen sie sich knapp, dann streben sie hastig auseinander.

Aber der Chefankläger bleibt plötzlich stehen, dreht sich um und ruft Evans nach:

»Colonel, sollten wir nicht ein paar Worte miteinander sprechen?«

Evans hält mit einem Ruck, fährt langsam herum, versucht, die Überraschung in seinem schmalen, hageren Gesicht zu verbergen.

»Gerne«, erwidert er dann leise.

Die beiden Offiziere gehen in Evans' Büro. Ein paar Funktionäre des Gerichts, die ihnen entgegenkommen, bleiben stehen und schütteln verwundert den Kopf. Evans und Richards, die Gegenpole dieses fürchterlichen Prozesses, in freundlichem Gespräch?

»Hören Sie, Colonel«, beginnt Richards, »wir sind in diesem verfluchten Verfahren oft aufeinandergeprallt, und es war nicht immer schön.«

»Ganz und gar nicht«, versetzt der Chefverteidiger lächelnd.

Sie setzen sich gleichzeitig, lassen einander nicht aus den Augen, belauern sich fast. Was will er eigentlich, denkt Evans, während er beobachtet, wie der Oberstleutnant mit seiner Verlegenheit kämpft und Worte sucht.

»Hören Sie, Evans«, beginnt er dann heftig, »der Prozeß ist so gut wie vorbei. Ich brauche Ihnen nicht zu sagen, daß Ihre Aktien verdammt schlecht stehen.«

Der Colonel nickt.

»Schade für Sie ... nicht für die Angeklagten. Das ist nach wie vor meine feste Überzeugung.«

»Warum sagen Sie mir das alles eigentlich?« unterbricht ihn Evans.

Der Chefankläger zögert. Sein verschlossenes Gesicht wirkt nachdenklich.

»Ich habe mir auch ... meine Gedanken gemacht. Das können Sie mir glauben, Evans.« Er wird heftiger. »Und verdammt, mir sind auch mitunter Zweifel gekommen. Natürlich! Nun, ich bin ja nur die eine Seite des Gerichts, das Urteil hat O'Connor zu fällen.«

»Nach Ihrem Beweismaterial«, versetzt Evans bitter.

Der Chefankläger winkt müde ab.

»Darüber haben wir uns eingehend im Gerichtssaal unterhalten. Gut, ich gebe gerne zu, daß es bei diesen Geständnissen nicht immer so zugegangen ist, wie es zugehen hätte sollen. Sie wissen so gut wie ich, Colonel, daß ich damit nichts zu tun hatte.«

»Nur nachträglich, Richards.«

Der Chefankläger steht abrupt auf, marschiert im Zimmer hin und her, zieht fahrig an seiner Zigarette, bleibt unvermittelt stehen, betrachtet Evans, nachdenklich, ausgiebig. Seine Stimme wird ruhiger.

»Sie haben sich in jeder Hinsicht in die Nesseln gesetzt. Manchmal tun Sie mir fast leid.«

»Danke«, versetzt Evans akzentuiert.

Der Hauptankläger marschiert weiter.

»Seien wir keine Kindsköpfe, Evans ... diese Zeitungsangriffe ... ich habe nichts mit ihnen zu tun, ich nicht. Glauben Sie mir das, bitte! ... « Seine kühlen Augen werden wärmer. »Evans, wenn Sie meine Hilfe brauchen ... ich stehe Ihnen zur Verfügung.«

Jetzt erhebt sich auch der Colonel. Diesmal kann er die Erregung nicht unterdrücken. Sein Blick klebt auf der Platte des Schreibtisches. Seine Gedanken fahren Karussell. Hilfe? Mir? Warum? Habe ich sie schon nötig? Aber nein, das ist nur eine faire Geste. Fällt ihm fast so schwer, sie mir anzubieten, wie mir, sie abzulehnen.

»Danke«, antwortet er dann zum zweitenmal, ruhig, ohne Schärfe, ohne Schwanken.

Richards zuckt die Schultern. Wie Sie wollen, heißt das. Und er denkt bei sich: Sie sind ein Starrkopf, Evans. Wo haben Sie bloß diese entsetzliche Sturheit her? Fahren Sie nach Hause, schlafen Sie sich aus, vergessen Sie diese unselige Schlacht hier. Wir sind alle arme Teufel, ob wir links oder rechts des Gerichts stehen, ob wir in diesem Verfahren siegen oder unterliegen. Wir haben beide nichts in Dachau zu suchen. Du gehörst nach Atlanta und ich nach Cleveland, und wir sollten dort arbeiten. Versicherungssachen, Veteranenansprüche, Verkehrsunfälle. Und dann, wenn wir uns nach ein paar Jahren zufällig begegnen, in Tahiti oder auf den Bermudas, dann sollten wir uns die Hand schütteln, einander auf die Schulter klopfen und einen Doppelten mit viel Eis und wenig Soda hinunterschlürfen und sagen: »War eine beschissene Zeit, damals. Gut, daß sie vorbei ist. Was machen die Kinder? So, Ihr Ältester hat Schwierigkeiten auf dem College? Na, wird schon werden, wir waren ja auch keine Musterschüler.«

»Es geht nicht um mich«, sagt Evans in die Stille hinein.

Richards gibt sich einen Ruck. Er lächelt verlegen.

»Ich bin kein Unmensch ... diese Urteile werden verdammt hart ausfallen. Wenn Sie Ihrer Meinung nach in einigen Fällen zu hart, zu ungerecht sind, gut. Ich helfe Ihnen dann. Im bescheidenen Umfang natürlich. Verstehen Sie mich?«

»Nein«, entgegnet der Chefverteidiger.

»Dann muß ich noch deutlicher werden.« Er setzt ab, drückt die Zigarette aus, zündet sich sofort wieder die nächste an. »Vielleicht habe ich in dem einen oder anderen Fall Einfluß auf eine Begnadigung.«

Begnadigung, denkt Evans. Als ob ich das wollte! Als ob es darauf ankäme! Ich wäre der letzte, der etwas unternimmt, um Schuldigen den Henker zu ersparen. Ich will keine Gnade, ich will nur Recht, möchte Evans in dieser Sekunde zum hundertsten Mal hinausbrüllen.

Aber er ist zu müde dazu. Zum ersten Mal resigniert er. Und er weiß schließlich, wenn das Recht versagt, dann gibt es nur noch die Gnade. Und Gnade ist immer noch besser als Unrecht.

Die beiden Gegenspieler scheiden mit einem Händedruck. Dem ersten seit Wochen. Die Geste ist trocken und nobel, im besten Sinne amerikanischer Tradition. Und sie beide denken an diesem Tage noch lange und ohne Ergebnis über einander nach.

Mit einem Tag Verspätung traf Werner in München ein. Weder Brigitte noch Vera wußten, daß ihn das Militärtribunal entlassen hatte. Er irrte durch die Straßen. Er hatte kein Ziel. Seine Beine flüchteten wie seine Gedanken. So stand er auf einmal vor Brigittes Wohnung.

Er wagte nicht zu klingeln ...

Ein Hund bellte. Die hellen Schritte spielender Kinder hasteten über Stiegen. Bei jedem Geräusch fuhr Werner zusammen, preßte sich steif gegen die Wand. Als sein Finger endlich doch die Klingel betätigte, wußte es sein Kopf gar nicht. Er wollte davonlaufen. Aber auf einmal stand eine alte, rundliche Frau, Brigittes Wirtin, in der Türe. Während sie mit dem Schlüssel in der Luft herumstocherte, musterte sie den blassen, schmalen Mann mißtrauisch.

»Was wollen Sie hier?«

»Ist ... Brigitte zu Hause?«

»Nein.«

»Wann kommt sie?«

Die Frau schüttelte den Kopf. Dann warf sie die Türe zu. Sie war ein Teil des Überdrusses dieser Zeit. Vielleicht nur, weil sie Sorgen hatte oder Hunger oder Angst, oder weil sie allein war.

Aber Werner war fast froh, daß er Brigitte nicht angetroffen hat. Noch eine Stunde Aufschub, dachte er verbissen, oder vielleicht sogar zwei. Er schlich im Schatten der Häuser entlang. Die Haftpsychose tobte sich aus: Wenn ein Auto hupte, wenn ein Radfahrer klingelte, wenn ein Kind dem Ball nachlief, wenn ein Pferdehuf auf dem Asphalt scheuerte, beim geringsten Anlaß schrak er zusammen und fürchtete sich, fürchtete sich mehr vor selbstverständlichen Geräuschen als vor Cornedbeef, vor einem fernen Urteil, vor einem noch ferneren Galgen.

Er lief, bis er müde war. Er aß keinen Bissen. Er ging in Brigittes Wohnung zurück, kauerte im Treppenhaus, wie ein Bettler, wie ein Dieb, wie ein Gehetzter, wie ein Verlorener.

Am frühen Abend kam Brigitte. Werner sah sie schon von weitem. Er verfolgte, wie sie mit schmalen, gebeugten Schultern die Treppe hochkam. Erst am letzten Stufenabsatz hob sie den Kopf.

Sie zuckte zusammen. Ihre Augen weiteten sich.

»Werner«, flüsterte sie.

Die Begegnung war so plötzlich, so unerwartet gekommen, daß ihr Gesicht keine Freude ausweisen konnte.

Werner lächelte mühsam, schräg von unten herauf.

»Ja, das bin ich«, sagte er mit gestanzter Stimme.

»Um Gottes willen«, flüsterte Brigitte tonlos. »Was ist?« Und jetzt erst nahm sie zögernd Stufe um Stufe, die sie noch von Werner trennten.

»Was soll sein?« stieß er hervor. Das bin gar nicht ich, der nach Hause kommt, redete er sich ein, das ist ein Fremder. Ich müßte ganz anders aufgenommen werden!

Er machte sich nicht klar, daß Brigitte im ersten Moment annehmen mußte, daß er ausgebrochen sei, daß ihre Gedanken genauso durcheinanderwirbelten wie seine.

»Ich bin entlassen«, sagte er hart.

Da stand sie vor ihm. In ihren Augen glänzten Tränen. Sie sah ihn an, und ihr Mund zuckte. Sie legte die Arme um seinen Nacken.

»Entlassen?« fragte sie mit einer ganz hohen Stimme, wie ein Kind, das sich wundert, wenn es ein Wort zum erstenmal hört. Dann schob sie den Kopf an seine Brust, und er fühlte, wie ihre Schultern zitterten. Aber seine Arme hingen steif herab. Dabei registrierte er mechanisch, daß er alles falsch machte. Aber die richtigen Worte, die natürliche Zärtlichkeit, hatte die Haft gefressen.

Er stand unsicher, spürte Brigittes Körper wie den einer völlig fremden Frau, schluckte, rührte sich nicht. Und dabei wollte er selbst viel lieber den Kopf an ihre Brust legen und heulen.

Brigitte machte sich los von ihm, immer noch verwirrt, nestelte in ihrer Handtasche nach dem Schlüssel. Ihre Puderdose fiel auf den

Boden. Sie bückten sich gleichzeitig, prallten mit den Köpfen zusammen.

»Au«, lachte Brigitte. Es klang zu hoch und zu schrill.

Dann stand er in ihrem Zimmer. Und dieses Zimmer war viel größer als seine Zelle und viel heller. Und alles verwirrte ihn. Die Möbel wirkten fremd und standen ihm im Wege. Wie sollte man hier auf und ab gehen? Vier Schritte vor, Drehung, vier Schritte zurück, Drehung, Blick auf die Pritsche, Blick auf den Dreckkübel.

»Willst du dich nicht setzen?« fragte Brigitte hastig. Dabei begann sie, sinnlos aufzuräumen, verstellte einen Aschenbecher, zupfte an einem Überzug, rückte an einem Stuhl, trieb lauter unsinnige Dinge.

Werners Hände zitterten, als er sich eine Zigarette anzündete.

Er sah Photos auf ihrem Schreibtisch. Brigitte mit Freundinnen oder Kollegen, in der Badeanstalt, auf einer Party, vor der Universität. Schnappschüsse aus ihrem Leben, während des letzten Jahres, aus einem Leben, mit dem er nichts zu tun hatte. Dann pendelte sein Blick weiter, und er sah hoch oben auf dem Schreibtischsims sein eigenes Bild. Er erschrak, weil er sich nicht gleich erkannte. Seine Hand fuhr über die Haut am Kinn. Bin ich ausgemergelter Totenschädel jemals ein so fescher Geck gewesen, dachte er? Und die Wut zitterte in ihm hoch, weil er sich sagte, daß Brigitte den Kerl auf dem Bild liebte und nicht ihn.

Sie saß ihm gegenüber mit knapp am Kopf anliegenden dunklen Haaren, mit glänzenden Augen, mit zaghaftem Lächeln. Ein Bild, das er tausendmal in der Haft gewaltsam fortgeschoben und ebenso gewaltsam wieder herbeigeträumt hatte.

Brigitte stand wieder auf.

»Ich gehe Kaffee kochen«, sagte sie, »oder willst du lieber einen Schnaps?«

»Schnaps.«

Als sie aus der Türe ging, um die Flasche zu holen, verschlang er ihre Gestalt, langsam von oben bis unten. Als sie wieder zurückkam, starrte er auf die Couch. Und wieder sah er durch den Nebel hindurch, und wieder kämpfte er abstrus und verloren mit den hämischen Gedanken, die ihm die Haftpsychose einhämmerte. Los, nimm sie, zerr sie dorthin, auf das Gestell mit dem unscheinbaren Überzug, das ist unkompliziert und wortlos. Aber hinter diesen Gedanken stand nichts, gar nichts. Zwölf Monate lang hatte er in der grauen, kalten Zelle alle Triebe empfunden, die es gibt, die Todesangst, die Feigheit, den Lebenswillen, nur diesen einen Trieb nicht. Er wußte nicht, ob er ihn vergessen oder ob die Haft ihn erstickt hatte. Und er fragte sich jetzt – und die Ohnmacht verstärkte die Verzweiflung.

»Dreh das Radio an«, sagte er kurz vor acht Uhr.

»Warum?«

»Ich will die Nachrichten hören.«

Brigitte begriff, daß er mit seinen Gedanken beim Prozeß war. Zum erstenmal seit der plötzlichen Wiederbegegnung schwang Zärtlichkeit in ihrer Stimme mit.

»Werner«, sagte sie leise, »willst du nicht völlig abschalten ... willst du das nicht lieber alles vergessen?«

Er schüttelte den Kopf, suchte Worte, fand sie, fand falsche Worte:

»Ich muß das wissen ... ich muß das genau wissen. Es sind Kameraden von mir dabei.« Es klang schal und pathetisch.

Brigitte erwiderte nichts mehr. Sie schaltete folgsam das Radio ein. Das Wort übernahm der Ansager. Und seine Stimme zerhackte ihre Gefühle vollends.

»Das amerikanische Militärgericht in Dachau hat die Beweisaufnahme abgeschlossen und beginnt morgen mit der Verlesung der Schuldsprüche.«

Da stand Werner auf.

»Ich werde jetzt zu Vera fahren«, sagte er.

Brigitte räumte wortlos das Schnapsglas weg. Sie kehrte ihm dabei den Rücken zu. Er sollte nicht sehen, daß sie die Tränen nicht mehr zurückhalten konnte. So waren sie mit Gefühlen und Empfindungen, mit echten wie falschen, beladen wie zwei Güterzüge, die auf verschiedenen Gleisen ganz nahe und ganz langsam aneinander vorbeifuhren. Brigitte brachte es nicht fertig, ihn zu fragen, ob sie mitkommen solle. Und er brachte es nicht über sich, sie darum zu bitten.

»Gut«, fuhr er mit scheinbarer Gleichgültigkeit fort, »ich gehe dann ... «

Sie standen sich wieder an der Türe gegenüber, wo sie sich vor einer knappen Stunde getroffen hatten. Sie standen und zögerten.

»Werner?« fragte Brigitte leise und gewürgt. »Du liebst mich ... nicht mehr?«

»Ich«, stotterte er. Er mußte einen zweiten Anlauf nehmen. »Ich ... mag keine großen Worte.« Dann wendete er sich jäh um und ging so hastig, als ob er fliehen wollte.

Und weil Brigitte nicht merkte, daß er nicht vor ihr, sondern vor sich selber davonlief, hielt sie ihn nicht zurück, dachte sie monoton und abwegig: Nun ist alles vorbei.

So stand sie da, hölzern und leblos, mit leeren Augen, ohne eigene Bewegung, wie eine Marionettenfigur, die in einer Ecke lehnt, weil niemand mehr an den Drähten zieht.

Erst bei Vera, am gleichen Abend, riß der Knoten in Werner. Er heulte und heulte, wie es ein Mann nur kann, wenn die Dämme erst einmal gebrochen sind.

Und Vera, die glücklich vor sich hin lächelte, fand genau den richtigen Ton.

Denn sie liebte Werner auf eine andere Weise als Brigitte.

»Ihr seid beide Kinder«, sagte sie und zerrte Werner zärtlich und glücklich an den Haaren, »du bist ein geschlagenes Kind ... und Brigitte ein dummes.«

Leutnant Tebster stand daneben. Er grinste und fuchtelte mit den Händen. Er überlegte angestrengt und pfiff dann leise vor sich hin, suchte und fand Whisky, goß drei Wassergläser bis zum Rand voll, reichte eines davon Werner.

»Da, trink«, sagte er burschikos. »Der Whisky bringt dich in Ordnung.« Der schlaksige Leutnant hatte als erster begriffen, daß das Glück nun ebenso brutal in ihr weiteres Leben eingriff wie nie zuvor das Unheil. Und er nahm diese Tatsache ebenso entschlossen wie unsentimental hin. Seine Liebe zu Vera war schon in den Anfängen eine klare, sichere Sache. Aber jetzt erst hatte ihn das Glück ganz am Wickel, denn jetzt, seit Werners Entlassung, kam ihm die Verbindung erlaubt vor.

Vera und Werner merkten gar nicht, als er das Zimmer verließ und sich in seinen Wagen setzte. Er raste durch die Stadt wie die Feuerwehr. Und er war dabei vergnügt und belustigt und dachte: Euch werde ich helfen.

Und das Urteil rückt näher, verharrt im Hintergrund dieser letzten Stunden des Prozesses wie ein grinsendes Gespenst, das alle zu fürchten haben, die Richter wie die Gerichteten, die Ankläger wie die Verteidiger. Der monatelange Kampf ist zu Ende. Das Wort haben die Einsicht – oder der Henker. Und in dem Netz dieses Malmedy-Verfahrens zappeln sie alle, die Helfershelfer der Sühne wie ihre Opfer, und unter ihnen wieder die Schuldigen wie die Unschuldigen, die Mörder neben denen, die das Urteil unschuldig treffen soll.

Und keiner kennt sie auseinander. Ihre Worte ähneln sich wie ihre Gesichter. Und in Viererreihe beteuern die Angeklagten:

»Ich bin unschuldig!«

Das Gewissen aller brodelt im gleichen Topf. Und in diesem Kessel wird ihr persönliches Schicksal zu grauem, fadem Eintopf gar gekocht. Monatelang stand hinter dem Verfahren ein unsichtbarer, Regisseur: die Lüge. Und sie breitete sich auf beiden Seiten aus, reckte sich, dehnte sich, wurde zur Allmacht.

Zu dieser Stunde läßt Colonel Evans die Angeklagten noch einmal vorbeiziehen. Er ermuntert sie, belehrt sie knapp, je nachdem, wie er sie leiden mag, wie sehr er von ihrer Unschuld überzeugt ist.

Als erster steht Oberst Henze vor ihm. Der Chefverteidiger betrachtet ihn mit fast unmerklichem Kopfschütteln, sieht diesen großen, schlanken Mann mit dem offenen, sympathischen Gesicht an, der den barbarischen Mut hatte, sich zu Verbrechen zu bekennen, um seine Leute zu schützen, Verbrechen, die er nie verübt hatte.

»Ich wollte noch einmal mit Ihnen sprechen«, beginnt Evans. »Ich erwarte nicht viel vom Urteil. In Ihrem Fall erscheint es mir besonders klar.«

Oberst Henze nickt.

»Ich will Ihnen nur sagen, daß damit der Kampf noch nicht zu Ende ist. Ich gebe Ihre Sache noch lange nicht auf.«

»Danke, Sir«, versetzte Henze knapp.

»Der nächste«, ruft Evans dem MP-Mann zu.

Und so erscheinen sie. Einer nach dem anderen, lächelnd oder starr, ängstlich oder hoffend. Der Colonel schneidet den Dank ab, spart mit jedem Wort, mit jeder Geste, reicht dem einen die Hand, unterläßt es bei dem anderen, sieht ihnen in das Gesicht, in die Augen, als ob er so endlich erfahren könnte, was er von ihnen zu halten hat.

72mal wiederholte sich die Szene in seinem Büro. Jetzt aber, da der Colonel den 73. Angeklagten empfangen will, den Mörder Kober, ist er am Ende. Eine Sekunde zögert er, möchte dem Posten zurufen: Lassen Sie den Mann in der Zelle. Ich will ihn nicht sehen . . . ich kann ihn nicht sehen. Ich will nichts mit ihm zu tun haben. Er gehört nicht zu den anderen. Mörder verteidige ich nicht!

Aber die Selbstdisziplin siegt. Der Colonel dreht sich langsam um, betrachtet den etwa dreißigjährigen Hauptangeklagten mit den dunklen, stechenden Augen, mit den in der Mitte schon schütteren Haaren, kalt und verächtlich. Du bist nicht der einzige dieser Art, denkt er, aber bei dir weiß ich es genau. Und sein Blut hämmert in den Schläfen. Er möchte einfach gehen, möchte Kober stehenlassen, möchte hinausstürzen, die frische Luft einsaugen, nichts mehr hören, nichts mehr sehen, nichts mehr denken. Er fühlt fast, wie starr sein Gesicht wird, gibt sich einen Ruck. Sein Blick gleitet von Kober zur Wand.

»Setzen Sie sich«, sagt er dann ruhig, unheimlich ruhig.

Chefverteidiger Evans sitzt steil und steif auf seinem Stuhl, die Hände flach auf die Schreibtischplatte gelegt, Hände, die auf einmal brennen, die sich mechanisch zu Fäusten verkrampfen wollen, wenn sein Blick den Mann auf der anderen Seite streift, den demütig und verlegen gesenkten Kopf, den fleischigen Mund, um den ein servilschlauer Zug lauert. Niemand könnte Colonel Evans ansehen, mit welcher Qual er sich zu dieser Ruhe zwingen muß, wie es hinter seiner schmalen Stirne drängt und tobt, wie die Abscheu gegen seine Magenwände bohrt. Und der Chefverteidiger hört den tierischen Schrei des alten Bauern Gregoire, und er sieht, wie dieser Mann, sein Mandant Kober, mit der Maschinenpistole anlegt und sie nacheinander tötet, die Frau, die Tochter, das Kind. Und der Colonel spürt, wie sein Hemd auf dem Leib klebt, wie seine Hände feucht werden. Er schluckt und schluckt, während seine Lippen zittern ... Father in heaven ... Father in heaven ... Father in heaven. Und verbissen fleht Evans Gott um die Kraft an, jetzt die Gegenwart dieses Mörders ertragen zu können, um der anderen willen, um der vielen anderen willen, die mit dem Verbrechen Kobers nichts zu tun hatten.

Mit Mühsal bewahrt der Colonel Haltung. In dieser Sekunde begreift er den verbissenen, farblosen Leutnant Prince samt seiner praktizierten Menschenverachtung, nebst seiner kalten Brutalität, begreift und beneidet ihn, weil seine Hände gegen die Visage dieses Mörders hämmern durften. Hämmern wie sein Herz, über dem er den Brief seiner Frau, von Alice, trägt, die ihn zurückruft, zu sich, zu den Kindern. Und er möchte aufbrüllen: Ich hab' nichts mit euch zu tun! Mit euch allen nicht, ob ihr nun schuldig seid oder unschuldig ... ich kann euch nicht mehr sehen! Ihr geht mich nichts an! Ihr sprecht die gleiche Sprache wie dieses Scheusal hier. Ihr tragt die gleiche Uniform.

Auch mit dieser Regung wird der Colonel fertig. Er steht auf, betrachtet Kober, sieht den langen, kräftigen MP-Mann hinter ihm, der gleichgültig zum Fenster hinausstarrt.

Kober platzt plump heraus:

»Wie steht es um mich, Herr Oberst?« Zuerst schlagen seine Worte gegen das Trommelfell des Colonels. Und später erst, viel später, gegen sein Bewußtsein.

»Wie es um Sie steht, Kober?« Er betrachtet ihn kalt. Sein Blick nimmt ihn in die Zange. »Nun, das müssen Sie am besten wissen, nicht?«

Kober zuckt die Schultern.

»Schlafen Sie nachts, Kober?«

»Warum nicht, Herr Oberst?«

Der Colonel nickt. Man kann mit Bestien nicht sprechen, denkt er. Sie gehören diskussionslos ausgestoßen, vernichtet. Während er das denkt, wiederholt er den Satz, den er an diesem Tag schon 72mal sprach:

»Morgen werden die Schuldsprüche verkündet. Das Gericht wird sich zuerst mit der Frage befassen, ob Sie schuldig oder unschuldig sind. Erst nach einem Schuldspruch wird vielleicht einen oder zwei Tage später das Strafmaß verkündet ... Das Statut des Militärgerichts sieht eine Revision nicht vor. Das Urteil wird endgültig sein.«

Bei den meisten der anderen setzte der Colonel noch hinzu: »Nach der Verurteilung sind wir auf den Gnadenweg angewiesen ... Lassen Sie den Kopf nicht hängen, Mann. Wir müssen nur Zeit gewinnen. Die Zeit wird für Sie arbeiten.«

Kober hebt den Kopf, nickt, zwängt das rechte Auge etwas ein, als ob er wieder eine Maschinenpistole in der Hand hätte und kurz über Kimme und Korn visierte. Bist ein alter, dummer Esel, mag er dabei denken, und es ist doch ganz gut, daß wir nicht genug Zeit hatten, alle Leute deines Schlages umzulegen. Da habt ihr eure beschissene Humanität. Ist ja doch bloß fauler Zauber, jüdischer Trick, taugt keine Mark, Reklame für eure Plutokratie. Aber mir soll's recht sein, wenn ich meinen Kopf aus eurer verdammten Schlinge ziehe. Mir schon!

»Verstanden?« fragt Evans knapp und kalt.

»Jawohl, Herr Oberst«, entgegnet Kober stramm.

Der Colonel will ihn mit einer Handbewegung entlassen. Der Posten klopft dem Gefangenen auf die Schulter. Kober zögert. Der lauernde Zug in seinem Gesicht verstärkt sich. Er setzt zum Sprechen an, grinst dümmlich dabei, fummelt mit der Hand in seinem Gesicht herum, als müsse er die Augen hinter ihr verstecken, stottert:

»Herr Oberst ... ich ... möchte Ihnen danken ... für Ihre Mühe, Ihren Einsatz ... Meine Eltern ... vielleicht Geld ... « Er bricht jäh ab, als er sieht, wie sich das asketisch-hagere Gesicht des Colonels mit dunkler Röte überzieht, wie seine Hände, die jetzt nicht mehr ruhig auf der Schreibtischplatte liegen, zucken.

»Danken?« wiederholt Evans leise. »Sie brauchen mir nicht zu danken ... Sie haben mir gar nicht zu danken. Mit Ihnen ist alles klar, Kober.« Colonel Evans bereut seine Worte im gleichen Augenblick, aber er kann sie nicht mehr stoppen.

»Sie werden gehängt. Und mit Recht, Kober. In Landsberg, wahrscheinlich.« Er spricht schnell, hastig, aber deutlich, überdeutlich. »Und wenn das nicht der Fall ist ... bei Gericht liegt ein Auslieferungsantrag. Die Russen haben Sie angefordert, wegen Verbrechen gegen die Menschlichkeit in Dutzenden von Fällen ... klaren Fällen.« Er bricht plötzlich ab, ringt mit der Selbstbeherrschung, unterliegt. »Und was die Russen mit Ihnen machen, das zählen Sie sich selbst an den Fingern ab, Kober.«

Der Mann reißt die Augen auf. Sein Gesicht wird fahl. Der lauernde Zug schwindet.

»Nein«, heult er, »nein!«

»Ja«, entgegnet Evans knapp, »und ich werde keinen Finger rühren, Kober, das verspreche in Ihnen. Entweder Landsberg oder die Russen.«

»Ich bin unschuldig, Herr Oberst«, keucht Kober, »ich nicht ... die anderen, alles Schweine. Ich bin unschuldig ... Befehl ... Verstehen Sie doch! Sie sind doch auch Soldat.«

Der Colonel gibt dem Posten ein Zeichen, Kober abzuführen. Er dreht sich um, zeigt dem Mann den Rücken, sieht zum Fenster hinaus. Aber wo immer er auch hinblickt, starrt ihn die keuchende, stammelnde Fratze des Mörders an, sieht er klar und riesig die Erbärmlichkeit Kobers. Schnell vergleicht er diese Visage mit den Gesichtern der anderen. Und er ist sich darüber im klaren, daß alles, was er für die Unschuldigen unternimmt, auch den Schuldigen zugute kommen wird. Und er weiß, daß nicht für alle ein Auslieferungsantrag an die Russen vorliegt.

Aber hier, im Fall Kober, sieht er genau voraus, was geschehen wird, daß in dieser endlosen Spanne zwischen Urteil und Vollstreckung, in dieser Spanne von Monaten, von Jahren, der Dienstweg einmal vernünftig ist und gerecht, und Kober auf langem Weg an die Russen ausliefert, die mit ihm kurzen Prozeß machen werden.

Er dreht sich um, sieht Kober, der beinahe auf den Knien liegt, von dem Posten weggezerrt wird und in flehender Gebärde die Hände hebt, beinahe wie damals der alte Bauer Gregoire, als Kober seine Familie mordete, die Frau, die Tochter, das Kind.

»Nein«, sagt der Colonel mit Genugtuung.

Da reißt sich Kober los, springt auf, schreit, tobt, brüllt:

»Du Sau! Du verdammte Sau! Dreckhund! Scheinheiliger Judenknecht! Hab's doch gleich gewußt: alles Scheiße!«

Der Posten reißt ihn zurück. Der Gummiknüppel saust nach oben. Bevor er herunterprasselt, winkt Evans müde ab. Der Schlag stirbt in der Luft. Die MP-Soldaten stoßen Kober aus dem Raum.

Noch auf dem Gang brüllt er:

»Ihr Säue! Ihr Hunde! Ihr Dreckskerle! Kommt noch die Rache! Sie kommt noch! Euch hängen sie auch noch. Euch alle!«

Colonel Evans wartet, bis das Geschrei verstummt. Mit schweren Schritten geht er aus dem Raum. Seine Schultern hängen schlaff durch, als laste ein überschweres Gewicht auf ihnen. Noch zwei Tage, sagt er sich, dann ist alles vorbei, zu Ende. Dann sind die Urteile gesprochen. Dann ist mein Auftrag erfüllt.

Während sich Colonel Evans das einredet, weiß er genau, daß nach der Urteilsverkündung erst seine Mission beginnen wird.

13. Kapitel

Im Grunde ist es ein Tag wie jeder andere. Die aufgehende Sonne schickt ihre Strahlen gleichmütig in die Zellen der Brinkmanns, der Wieblichs, der Kobers und der anderen. Sie bescheint sie noch in den Waschräumen, wo sie unter Aufsicht von Posten durch zehn Friseure an diesem Morgen besonders glatt rasiert werden. Dann führt man die Angeklagten wie eine Schulklasse, die geschlossen zur Versetzung in die Aula eines Gymnasiums geleitet wird, den Schlakkenweg entlang zur Gerichtsbaracke.

Sie ist heute zum Bersten voll. Die Angehörigen der Angeklagten sind da, bekannte und unbekannte Gesichter, solche, die keinen Tag des Prozesses ausließen, und andere, deren Nerven die Zermürbung nicht mehr aushielten und die heute nur erscheinen, um es ihren Männern oder Söhnen leichterzumachen. Oder auch schwerer.

Es ist soweit.

Der Tag des Urteils ist da, eines Urteils, für das man sie seit Kriegsende von Gefängnis zu Gefängnis schleppte, für das man sie schlug, ihnen Kapuzen überzog, sie zur Probe hängte und ihnen mit Streichhölzern die Haut verbrannte.

Eines Urteils, das Schuldige wie Unschuldige treffen wird.

Der Saal fiebert vor Unruhe. Nervosität geht von den Bänken aus. Das ständige Zucken der Blitzlichtlampen an den Pressetischen ist wie ein Symbol. Die MP-Soldaten tragen wie zu Beginn des Prozesses weiße Helme, weiße Koppel, weiße Gamaschen, sind ausgesucht groß und haben tadellos gebügelte Hosen an. Leutnant Prince von der Anklage ist in Ausgehuniform. Sie hat olivgrüne Farbe, fast genauso wie sein unbewegtes, kaltes Gesicht. Neben ihm Lieutenant-Colonel Richards, er wirkt zerstreut. Hinter Richards steht Oberleutnant McCormick. Sein Gesicht und seine Augen glänzen wie im Fieber.

Auf der anderen Seite wartet wie immer Colonel Evans auf seinem Platz, assistiert von deutschen Anwälten. Der Chefverteidiger hält den Kopf schief, als lausche er einem Ton, den er doch nicht hören kann.

Und dann geht die Türe auf wie an jedem anderen Tag. Und die Richter kommen in langer, feierlicher Prozession in den Gerichtssaal. Die Anwesenden erheben sich, betrachten O'Connor, sehen in sein faltiges, müdes Gesicht, hören seine schleppende Stimme, die heute den sonst so oft vernommenen beißenden Klang der Ironie verloren hat.

Vor dem Richter liegt ein Blatt Papier. Dieses Papier enthält 73 Schicksale. 73 Namen verliest der Richter. 73 Schuldsprüche verkündet er. Stundenlang. Monoton.

Er beginnt mit dem Hauptangeklagten, mit Oberst Henze.

Das Gericht hat die Vorwürfe der Anklagebehörde beinahe wörtlich übernommen.

»Schuldig«, sagt O'Connor.

Und dann kommen zäh und einschläfernd die Beweise, sortiert, geprüft und zu Recht befunden.

»... hat in einem Fall selbst die Erschießung eines amerikanischen Soldaten veranlaßt. Beweis: Aussage Necker.«

Oberst Henze sitzt in der ersten Reihe der Angeklagten. Ein melancholisches Lächeln spielt um seinen Mund. Manchmal nickt er mit dem Kopf, als wolle er dem Vorsitzenden die Richtigkeit des Schuldspruches ausdrücklich bestätigen.

Als jetzt dieser Beweis zitiert wird, gerinnt das Lächeln des jungen Offiziers zu Spott. SS-Mann Necker, sein früherer Bursche, sitzt in der zweiten Reihe der Angeklagten und senkt den Kopf zu Boden.

Damals, beim Vormarsch, hatte er einen amerikanischen Gefangenen gerade in dem Moment angeschleppt, als sein Oberst in den Tiger steigen und weiterrollen wollte. Er sah den Kommandeur fragend an. Henze machte mit der Hand eine Bewegung nach hinten.

»Wie immer«, rief er dann Necker zu.

Auf dem Weg nach hinten war der GI dann erschossen worden. Sowohl Henze als Necker erfuhren es erst nach ihrer Verhaftung.

Wie immer während dieses Prozesses geht jetzt die Wertung der beiden Worte »wie immer« diametral auseinander. Für Henze selbst war es selbstverständlich gewesen, die Gefangenen als Gefangene zu behandeln; wie immer eben. Das Militärtribunal aber sieht darin eine Aufforderung zum Mord. Schließlich war der GI erschossen worden. So haben beide Seiten recht und unrecht zugleich.

Der Angeklagte Nummer eins sitzt hochaufgerichtet auf seiner Bank, den Kopf leicht nach vorne geneigt, den offenen Blick unverwandt auf O'Connor gerichtet. Die Beschuldigungen, die O'Connor gegen ihn vorbringt, lassen ihn ungerührt. Er zuckt nicht zusammen, als der Vorsitzende die Stimme hebt und abschließend feststellt:

»Der Angeklagte ist der Hauptschuldige. Er hat die Befehle gegeben. Er trägt für das sogenannte Malmedy-Massaker die Verantwortung.«

Die alleinige Verantwortung, verbessert ihn Henze in Gedanken.

Und wieder ist er der Gefangene eines ebenso törichten wie ehrenhaften Wahns: vorleben – vorsterben. Wenn's sein muß, am

Strick. Für die anderen sterben, die anderen schützen, ihnen diesen schimpflichen Tod ersparen – selbst wenn es sich um Verbrecher handelt. Und jetzt, da der Oberst zusammenbrechen müßte, ist er zufrieden.

Es ist unheimlich ruhig im Saal. In den hinteren Reihen weinen ein paar Angehörige der Angeklagten in ihr Taschentuch, unterdrückt, verhalten. O'Connor gleitet zum nächsten Mann. Er betont die Silben nicht mehr so stark wie bei der Verkündung des Schuldspruchs über Oberst Henze. Er spricht hastiger, als könnte er dieses elende Verfahren nicht schnell genug hinter sich bringen.

»Willers«, sagt der Vorsitzende, »schuldig in allen Punkten der Anklage . . . «

Jetzt erst sackt Oberst Henze zusammen. Er schwankt leicht in seiner Bank. Ein Posten stützt ihn.

Leutnant Prince sieht es und lächelt dünn. Er begreift instinktiv, was in dem Angeklagten Nummer eins vor sich geht. Ja, du Schwein, denkt er, du dachtest, du könntest mit uns einen Kuhhandel machen.

Die MP-Männer ziehen Henze hoch, der halb auf der Bank zusammengesunken ist. Er sieht an ihren Uniformen entlang, mit gläsernen Augen, abwesend.

»Something wrong?« flüstert ein Sergeant, während er sich zu Henze hinabbeugt.

Und in diesen Sekunden bricht in dem Oberst der Vorausabteilung der Turm von Babel zusammen. Der letzte, sündhaft-verwegene Turm, von der SS-Ehre zementiert, steil in den Himmel gereckt. Einer für alle, alle für einen, lehrten die Nationalsozialisten, und er war ihnen blind gefolgt.

Und jetzt verwarfen die Amerikaner diesen Grundsatz. Diese Erkenntnis nimmt Henze den Atem, treibt ihm das Blut aus dem Gesicht, macht ihn krank, halb ohmächtig . . . im Grunde, weil er nicht versteht, daß die Amerikaner keine Nationalsozialisten sind.

Und so sitzt er da. Stundenlang. Steif wie eine Puppe, mit erloschenen Augen. Sein Schwung, den er tagaus, tagein in diesem Gerichtssaal trug, der ihn alle Folterungen überstehen ließ, hat ihn verlassen. Er ist ein Mensch, der ohne Idee nicht leben kann, sei sie auch noch so verblendet. Und die letzte Idee seines Lebens, seines Führens, war die Vorstellung gewesen, als einsamer Märtyrer zu sterben.

So geht es weiter. Pausenlos. Von morgens um neun Uhr bis nachmittags um fünf Uhr. Schuldspruch auf Schuldspruch.

Immer häufiger nimmt O'Connor einen Schluck aus dem Wasserglas. Erst beim 14. Schuldspruch wird die Monotonie der Formel unterbrochen.

»In einem Punkt der Anklage nicht schuldig ... in drei anderen schuldig«, verliest der Vorsitzende.

Der Angeklagte, den es betrifft, klappt wieder auf seinen Stuhl. Vor seinen Augen flimmert es. Was hat das zu bedeuten, denkt er in einem Fieber der Hoffnung ... Kopf oder Zahl – leben oder sterben.

Und der Mann weiß nicht, wie er die kommenden Stunden überleben soll: die Spanne zwischen Schuldspruch und Strafmaß. Er fürchtet die Unterbrechung wie ein Kind den Keller, und der Keller wird die Zelle sein, in die er während der Pause zurück muß.

»Wieblich!« ruft O'Connor.

»Hier«, antwortet der Angeklagte überlaut. Er hat sich die Haare mit Wasser angeklatscht. Er springt auf die Füße, als hätte er eine Feder unter ihnen. Wieblich wagt ein unsicheres Lächeln zum Vorsitzenden. Während der Haft gewöhnte er es sich an, eine Mischung aus Dreistigkeit, Angst und Unterwerfung. Und ein wenig ... hoppla, jetzt komm' ich, Wieblich, der Zeuge der Anklage.

Ich habe doch gute Dienste geleistet, denkt er, kann doch nichts passieren. Ich bin doch für Leutnant Prince so unentbehrlich wie ein Richtkanonier. Und schließlich war es eine ähnliche Arbeit, die er leistete, ob er nun die Panzerkanone auf Menschen richtete oder mit dem Zeigefinger auf die eigenen Kameraden deutete ...

» ... In einem Punkt der Anklage nicht schuldig. In drei Punkten schuldig.«

Wieblich klappt der Unterkiefer herunter. Seine Nase wird weiß und spitz. Ist das alles? durchfährt es ihn. Und sofort flitzen seine flinken Augen zu Oberleutnant McCormick. Herr Oberleutnant, möchte er herausbrüllen, Sie haben mir doch gesagt, daß ich freikomme, wenn ich alles bestätige.

Aber McCormick sieht in die andere Richtung.

»Nein«, röchelt Wieblich halblaut, während er sich mit der Hand an den Hals fährt.

Aber der Chefrichter ist längst beim nächsten Namen.

Wieblich steht immer noch. Ein Militärpolizist muß ihn mit Gewalt auf seinen Stuhl drücken.

»Kober. Schuldig.«

»Triebenstein. Schuldig.«

Das Schluchzen im Gerichtssaal ist die ständige Untermalung der Worte des Vorsitzenden. O'Connor sieht gelegentlich verärgert auf, stößt dann hart mit dem großen Rotstift auf die Tischplatte. Sein Gesicht drückt aus: Das hättet ihr euren Söhnen früher sagen sollen!

Sein Gesicht ist gemeißelte Verachtung.

Dann ist Brinkmann an der Reihe.

»Schuldig in allen Punkten der Anklage ...«

Colonel Evans läßt den Vorsitzenden nicht aus den Augen. Die Schuldsprüche prasseln auf ihn herab, als beträfen sie ihn selbst. Nein, das hat er nicht erwartet, trotz alledem nicht. Irgendwie hat er den Vorsitzenden seit Wochen als einen heimlichen Verbündeten gewertet. Was ist mit O'Connor los? Hat er es sich leichtgemacht? Viel zu leicht? Wurde er überstimmt? Oder hantiert er deshalb so freigebig mit Schuldsprüchen, um bei der Verkündung des Strafmaßes sich zu beschränken?

Der Chefverteidiger weiß es nicht. Vor seinen Augen flattert es. Er wartet auf das Ende.

Punkt 17 Uhr ist es soweit. Dreiundsiebzigmal hat der Vorsitzende den Stab gebrochen. Das endgültige Urteil ist morgen zu erwarten.

Leutnant Tebster fand Brigitte auf Anhieb zu Hause. Er schnellte die Treppe in großen Sätzen hoch, klingelte Sturm, schob die rundliche, mißgelaunte Wirtin einfach auf die Seite, riß die Zimmertüre auf.

Brigitte lag auf der Couch. Ihre Augen waren rotgerändert, ihre Haare aufgelöst, ihr Mund zuckte.

Der Leutnant lachte laut und ungeniert.

»Los«, sagte er dann.

»Wohin?« fragte sie.

»Zu uns ... Werner wartet auf Sie.«

Brigitte zögerte. Sie stand auf. Aber sie war noch unschlüssig, flüchtete in kleinbürgerliche Bedenken, die keineswegs zu ihr paßten.

»Aber ich kann ... ich kann ... ihm doch nicht einfach nachlaufen.«

»Sie können«, erwiderte der Leutnant mit lachenden Augen, »was meinen Sie, was ich alles könnte.«

Er nahm Brigittes Arm und zog sie einfach aus dem Zimmer, mit aufgelösten Haaren, mit verweinten Augen, in einem Hauskleid. Er schleppte sie weiter die Treppe hinunter, setzte sie in den Wagen, gab Gas und grinste.

Dann drehte er sich zu Brigitte um.

»Ich hab' genug Scherereien erlebt bis jetzt. Mir langt's. Verstanden?«

Sie verstand gar nichts. Sie schüttelte den Kopf. Sie wagte nicht, zu widersprechen. Sie hatte auf einmal Angst vor dem schlaksigen Leutnant, und sie gestand sich nicht ein, daß hinter dieser seltsamen Angst die Hoffnung lauerte.

Und der Wagen fand den Weg wie von selbst nach Harlaching.

Brigitte blieb sitzen, und so wiederholte William R. Tebster die Prozedur von vorhin. Er hob sie aus dem Wagen, zerrte sie die Treppe hoch. Ihr Widerstand wurde schwächer. Sie konnte auf einmal auf eigenen Beinen gehen.

Und jetzt, da es auf den Raum zuging, in dem Vera ihren Bruder tröstete, war der Leutnant nicht mehr so optimistisch wie bisher. Er grinste verlegen.

»Tapferes Mädchen«, sagte er. »Zuerst einen Whisky ... oder nachher?«

»Überhaupt keinen Whisky«, entgegnete sie.

Brigitte las dem Leutnant die Kümmernis vom Gesicht ab und konnte lächeln. Sie erfaßte, was vorgefallen war. Daß er sich einfach in den Wagen gesetzt hatte und das Vernünftigste tat und jetzt vor seiner Vernunft erschrak. Sie bemerkte sein Zögern, und plötzlich wurde ihr leicht und wohl. Plötzlich sah sie Werner, wie sie ihn immer gesehen hatte, jung und kräftig und voller Hoffnung auf eine gemeinsame Zukunft. Und sie schüttelte den Kopf über sich selbst, daß sie ihn nicht gleich bei sich behalten hatte.

Sie blieb vor dem Spiegel stehen, ordnete mit ein paar Handgriffen die Haare, zog die Lippen nach, hörte halblaute Sätze im Raum, ohne sie zu verstehen, drehte sich nach dem verlegenen Tebster um und sagte mit echtem, natürlichem Lächeln, mit fester Stimme, mit einem Schimmer in den Augen, der nichts mehr mit Tränen zu tun hatte:

»Na, William, trinken Sie einstweilen einen Whisky.«

Dann machte sie die Türe auf.

Vera sah sie zuerst. Sie nickte ihr zu.

Dann hob Werner den Kopf. Dieser Kopf war zerquält und zergrübelt, und die Backenknochen, über denen sich die Haut spannte, schienen ein wenig vorzustehen.

Brigitte zögerte keine Sekunde. Sie ging auf ihn zu, voller natürlicher Anmut, ohne Verlegenheit. Sie setzte sich neben Werner, zog seinen Kopf an sich und sagte:

»Wir sind ganz schön dumm, nicht?« Sie drehte sich zu Vera herum und setzte, fast unhörbar, hinzu: »Und glücklich.«

Und Werner begriff allmählich, daß er nicht träumte, daß er Brigitte in seinen Armen hielt, die er aufgegeben, verloren und zurückgewonnen hatte. Und er verlernte es, eifersüchtig auf seine eigene Photographie zu sein.

Langsam leert sich der Saal, über dem dünn, an vier Reißnägeln befestigt, die amerikanische Flagge hängt. Der Zug der Schuldiggesprochenen wird durch das Spalier der Zuschauer geführt.

Brinkmann sieht plötzlich seine Mutter unter ihnen, möchte zu ihr hinlaufen. Aber sie erkennt ihn nicht. Sie hat die Fäuste in das Taschentuch und das Taschentuch auf die Augen gedrückt. So bemerkt sie nicht, wie ihr Sohn vorwärts gestoßen wird. Holzknüppel schwingen drohend in der Luft.

Rufe sind verboten. Kein Wort des Trostes ist zu hören. Hölzerne Schranken trennen die Verurteilten von ihren Angehörigen, von der Welt.

Auf dem Gang begegnet der deutsche Rechtsanwalt Dr. Schönborn dem Chefverteidiger Evans. Er grüßt ihn. Aber Evans reagiert nicht. Dr. Schönborn ruft zum zweitenmal:

»Good evening, Sir.«

Da dreht sich der Chefverteidiger um wie ein Mondsüchtiger und kommt langsam zurück.

»I'm so sick«, sagt er. »Mir ist so schlecht.«

Inzwischen sind die Angeklagten wieder in ihren Zellen. Sie erhalten ein fabelhaftes Abendessen. Es gibt Eier, Schinken, Weißbrot und starken Kaffee. Denn wer schuldig ist, der muß auch essen.

Oberst Henze rührt nichts an. Er sitzt genauso steif und gebrochen vor dem Aluminiumtopf wie auf der Anklagebank. Wieblich ißt mit langen Zähnen. Seine Dreiviertelschuld hat sich auf den Magen gelegt.

Als der Schlüssel in der Zellentüre knirscht, springt Wieblich wie elektrisiert hoch. Die Eier klatschen auf den Zellenboden.

In der Türe steht Oberleutnant McCormick. Der Angeklagte überfällt ihn mit einem Schwall von Fragen, Klagen, Vorwürfen.

Der Offizier hebt abwehrend die Hand.

»Deshalb bin ich ja da«, beginnt er freundlich. »Ich kann Sie beruhigen.«

Wieblich läßt sich auf seinen Hocker plumpsen. Er schnauft vor Erleichterung.

»Na ja«, fährt McCormick fort und lächelt, »dachten Sie vielleicht, Amerikaner stehen nicht zu ihrem Wort? Sie haben uns geholfen ... dafür geben wir Ihnen mildernde Umstände. Das hat mit dem Schuldspruch gar nichts zu tun. Der ist ja wohl korrekt, Wieblich, das werden Sie selbst zugeben müssen.«

Der Angeklagte wackelt dumm mit dem Kopf.

»Nur beim Strafmaß konnte ich etwas machen. Ich bin da, um es Ihnen zu sagen.« McCormick starrt angewidert auf die Spiegeleier am Zellenboden. »Damit Sie nun nicht vor lauter Aufregung nichts zu Abend essen können.«

Wieblich nickt.

»Welche Strafe?« fragt er dann ängstlich.

McCormick schnippt an seiner Uniform.

»Woher soll ich das wissen«, erwidert er dann, »fünf Jahre Zuchthaus vielleicht.«

Der Angeklagte gurgelt, taumelt von seinem Hocker, weicht an die Wand ...

»Was!« brüllt er heiser, »fünf Jahre?« Seine Augen kreisen irre.

Der Oberleutnant strafft sich. Seine Lippen werden schmal.

»Ich bin nicht gekommen, um mit Ihnen zu handeln, Wieblich ... Fünf Jahre, das ist nichts wie Entgegenkommen, nichts wie Gnade für Sie. Das merken Sie schon noch, wenn die anderen Urteile verlesen werden.«

Aber Wieblich hört nicht zu. Er zittert vor Angst. Er ballt die Fäuste, duckt sich, als ob er den amerikanischen Offizier anspringen wollte.

»So ist det also!« zischt er, »reinjelegt habt ihr mir.« Der Zorn verschluckt den Rest seiner Worte. Und zum erstenmal gibt ihm dieser Zorn die Kraft, sich gegen einen Vertreter der Anklage aufzubäumen, läßt ihn Gift und Galle spucken.

»Da lügt man für euch det Blaue vom Himmel«, brüllt er. »Und denn sagt ihr Schweine, fünf Jahre kriegste dafür! Soll ick man dem Jericht erzählen, wat ick für euch alles jelojen hab'?«

Mit zwei Schritten ist der kühle McCormick an Wieblich heran, der Offizier, der im Rahmen der Untersuchungskommission von Schwäbisch-Hall für die feineren Methoden zuständig war, der nie schlug oder an den Fingernägeln zündelte, der seine Schäfchen anders behandelte. Dieser McCormick holt auf einmal ganz kurz mit der Hand aus, und dann klatschen Wieblich drei, vier Maulschellen, made in Texas, ins Gesicht, daß sein Kopf hart gegen die gekalkte Zellenwand schlägt.

»Schade«, sagt der Offizier zwischen den Zähnen, als er hinausgeht, »daß man das nicht rückgängig machen kann mit den fünf Jahren.«

Kaum einer der Angeklagten wird in dieser Nacht schlafen. Zwischen den Schuldspruch des Gerichts und der Verkündung der endgültigen Strafe schiebt sich grau und endlos eine Mauer von Angst und Hoffnung. Vor ihnen liegt die Bibel, die sie wieder lesen lernten oder noch immer mit spitzen Fingern anfassen. Geistliche trösten von Zelle zu Zelle, deutsche Anwälte kommen und gehen. Das Wachpersonal verhält sich ruhig, viel stiller als sonst. Das Licht geht nicht um 22 Uhr aus.

Und sie schweigen, beten, weinen, grübeln, hoffen, verzweifeln. Haß schlägt Wellen. Haß gegen Amerika, Haß auf Deutschland, das ihnen die Uniform mit dem Totenkopf verpaßte. Und das kleine Blechding, an dessen Anblick sie sich gewöhnt hatten, wird groß und grau und knöchern, und das ist ihr eigener Schädel, in Wochen vielleicht schon, ohne Fleisch, ohne Augen, ohne Leben.

Sie rasen gegen diese Vorstellung. Sie finden sich mit ihr ab. Und das alles in einer Minute. Und jede Stunde hat sechzig Minuten.

Und nur ein paar hundert Meter von ihnen entfernt, in irgendeinem Dachauer Gasthof, wissen sie ihre Angehörigen, die auch nicht zur Ruhe kommen, die der gleiche Hexensabbat von Hoffnung und Grauen martert. Die Kellner betrachten sie scheu von der Seite, und sie selbst, die Mütter der Angeklagten, die sich heute kennenlernten, die in der Kameraderie der Not zusammenfanden, können einander nicht in die Augen sehen. Dein Sohn mag ein Mörder sein, denkt die eine Mutter, bei meinem bin ich mir sicher, daß er so etwas nicht tat. Du tust mir leid, denkt die gleiche Mutter weiter, deinen Sohn werden sie vielleicht hängen. Aber für meinen besteht noch Hoffnung. Ich weiß es, ich spüre es, ich fühle es, ich glaube fest daran. Ich will ja daran glauben. Ich muß es ja. Und der Glaube dieser Mutter, dieser Mütter, ist so so egoistisch wie ergreifend ...

Die Wirte zögern mit der Polizeistunde. Sie ahnen, was diesen blassen Frauen bevorsteht, wenn sie erst zwischen ihren vier Wänden sind und auf den Tag warten, der nur Leid und Tränen bringen kann.

Dann gibt es noch Richter, die zu ihrem »Schuldig« stehen müssen. Und Ankläger, die wissen oder ahnen, wie diese Schuldsprüche zustande kamen ... Es gibt den Leutnant Prince, der sie erzwang. Und es gibt den Lieutenant-Colonel Richards, der noch immer nicht glauben will, daß sein Assistent ein Schweinehund ist.

Und so gehen sie in ihren winzigen Zellen auf und ab, ballen die Fäuste, werfen sich auf die Pritschen, wischen sich den Schweiß aus dem Gesicht, greifen wieder nach der Bibel, schlagen sie auf, lesen. Die Buchstaben verschwimmen vor ihren Augen. Sie schlagen die Seite um, springen auf, sitzen erneut vor der Bibel.

Aber zum Teufel, mögen die dreiundsiebzig der Reihe nach denken in dieser Nacht, ich heiße Wieblich, Henze, Triebenstein, Willers, Brinkmann, Kober und ich will nicht sterben!

Ich will nicht ...

In dieser Nacht vor der Urteilsverkündung hastet Dr. Schönborn von Zelle zu Zelle. Das Honorar dafür zahlt ihm sein Gewissen. Zwar wird ihm die amerikanische Armee morgen auch einen Scheck überreichen. Aber dieser Scheck ist nicht mehr wert als zweihundert Zigaretten. Und Dr. Schönborn macht sich nicht nur deswegen nichts aus ihm, weil er zufällig Nichtraucher ist.

An der Seite von Colonel Evans durchstand er Wochen und Monate auf einsamem, verlorenem Posten. In Erfüllung seines Berufes, der zu seinem Schicksal wurde. Er und fünf andere deutsche Anwälte kämpften mit Mut, mit Verve, mit Geduld. Und sie hatten es gleichzeitig viel leichter und viel schwerer als Mr. Evans, der Chefverteidiger: weil sie keine Amerikaner sind.

Trotz der summarischen Schuldsprüche des heutigen Tages hofft Rechtsanwalt Dr. Schönborn noch immer, daß auch in diesem Verfahren sich Gerechtigkeit durchsetzen wird. Vielleicht nur deswegen, weil er auf Recht und Moral setzt. Selbst sechs Kriegsjahre, in denen Recht und Moral unter deutschen Knobelbechern zertrampelt wurden, konnten diesen Glauben nicht zerstören.

Er hat Brinkmanns Zelle erreicht, findet den jungen, harten Burschen niedergeschlagen wie noch nie.

»Also machen Sie sich keine Gedanken«, sagt er zu dem Angeklagten, »gut, mit einer Freiheitsstrafe werden Sie rechnen müssen. Aber sonst ... Brinkmann, hören Sie auf, Gespenster zu sehen.«

Brinkmann zieht die Mundwinkel hoch, macht eine fahrige Geste mit der Hand, hält den Kopf ein wenig schief, als ob er die Worte seines Anwalts noch deutlicher hören möchte.

»Na schön«, erwidert er dann, »mir soll es ja recht sein, Herr Doktor.« Sein flüchtiges Lächeln wirkt verzerrt. »Aber an sich jlobt Brinkmann imma erst, wat er sieht. Und ick seh mir so zwanzig Jahre in den Bau ziehen.«

»Unsinn, Brinkmann«, entgegnet Dr. Schönborn überzeugt. Er denkt in einfachen Bahnen. Der Fall Brinkmann ist völlig klar. Der Mann hat Zivilisten erschossen. Im Kampf. Also Partisanen. Das ist korrekt. Aber noch lassen in diesem Punkt die Amerikaner nicht mit sich reden. Zivilisten sind für sie Zivilisten. Die Partisanenbestimmungen des Kriegsrechts wollen die Alliierten nicht für die Deutschen gelten lassen. Aber das wird sich ändern. Das muß sich ändern! Es ist nur ganz einfach der psychologische Rückschlag auf eine deutsche Schuld in anderen Fällen. Aber wie soll man das einem so armen Schwein wie Brinkmann klarmachen?

»Ich halte Sie für unschuldig, Brinkmann«, beginnt der Anwalt wieder. »Ich möchte Ihnen das einmal deutlich sagen. Trotzdem ... « Er stockt einen Moment, hebt den Blick, sieht den Mann hinter den Gitterstäben, dessen Hände sich um das Eisen krampfen.

»Trotzdem ... ?« fragt Brinkmann heiser.

Dr. Schönborn wirkt müde. Aber er spricht. Er weiß nicht, wie er dazu kommt, gerade diesem unbekümmerten Angeklagten etwas klarzumachen, was er selbst nur verschwommen sieht.

»Der Krieg, den wir führten«, sagt er leise, fast beschwörend, »war ungerecht. Es war im Grunde gar kein Krieg. Es war Mord ...

vom Staat erlaubt und befohlen. So sehen es die anderen, so sieht es die ganze Welt. Zu Recht so lange, bis es um jeden einzelnen von uns geht. Um die persönliche Schuld. Und wenn wir uns hier verteidigen, legt man das für Verstocktheit aus. Der eine hat im Kampf getötet, der andere hat Gefangene ermordet, der dritte Zivilisten, der vierte Juden erschossen . . . Brinkmann, von außen her gesehen ist das ganz egal. Dieser Krieg war in jedem Fall ein Verbrechen, und wir mußten es wissen.«

Dr. Schönborn sieht zur Wand. Sein Gesicht wirkt krank.

»Und deshalb ist es nicht einmal entscheidend, wer in das Gefängnis kommt. Wir alle, die wir am Krieg beteiligt waren, sind schuldig geworden.«

Brinkmann läßt die Stäbe los. Seine breiten Hände hängen hilflos herunter. Blut schießt ihm in das Gesicht.

»Na, denn, Herr Doktor«, murmelt er verbissen, »wenn Se det alles so klar sejen, dann jehn Se mal für mich ins Jefängnis. Oder sind Se nicht schuldig jeworden?«

Der Anwalt schenkt sich nichts.

»Ja, Brinkmann, bin ich«, antwortet er ruhig. »Ich habe nur mehr Glück gehabt als Sie. Denn ich war nicht bei der SS. Ich habe zufällig keine Partisanenkämpfe erlebt. Ich habe . . . « er zuckt müde mit den Schultern, »auch nur gehorcht. Nur Befehle ausgeführt . . . deshalb bin ich heute Verteidiger im Malmedy-Prozeß, weil ich selbst genau verstehe, wie alles war.«

Der Angeklagte atmet schwer. Seine Brust hebt und senkt sich stoßweise. Seine Augen kleben am Boden. So stehen die beiden Männer lange nahe beieinander, durch ein Gitter getrennt. Der eine schon fast im Reich des Todes, der andere im Bereich des Lebens.

Endlich hebt Brinkmann den Kopf. Um die Lippen dieses unbekümmerten, naiven Burschen spielt ein halbes, verlegenes Lächeln.

»Det hab'n Se alles sehr schön jesagt, Herr Doktor. Vielleicht sind Se ein Spinner. Vielleicht och nicht. Ick weeß es noch nicht.«

Als er wieder in seiner Zelle allein ist, denkt er zum erstenmal nach. Bisher hat er diesen Prozeß nur als ein einziges Verbrechen betrachtet. Als eine billige, gemeine Rache der Sieger. Jetzt tastet er sich zum erstenmal an die andere Seite des Problems heran. Zum erstenmal begreift er, daß man nicht in Schwarz und Weiß denken kann, nach dem Prinzip: Die Amerikaner sind Schurken, und die Deutschen sind anständig. Zum erstenmal spürt Brinkmann die Grenzen von Schuld und Unschuld, die Grenzen von Recht und Unrecht.

Zum erstenmal legt er sich Fragen vor, denen er bisher aus dem Wege gegangen war.

Als dieses Gespräch stattfand, stand Brinkmanns Urteil bereits fest. In einer der letzten Sitzungen hatten sich die Richter hinter verschlossenen Türen geeinigt. Sein Fall war schon zu den Akten gelegt. Morgen wird das Urteil verkündet.

Von der Wandlung des jungen Burschen wußten die Richter sowenig wie von seiner Unschuld. Sie hatten die Chance, und nicht nur im Falle Brinkmann, durch ein angemessenes Urteil einen Menschen zu gewinnen und die Saat von Zynikern wenigstens um ein Samenkorn zu mindern.

»Also einstimmig?« fragte O'Connor. Er schüttelte den Kopf dabei. Nicht nur bei Brinkmann.

Gewiß, er ging nicht aus sich heraus. Er kämpfte nicht mit den anderen Richtern, er rang nur mit sich selbst. Und auch dieses Ringen war noch unentschieden. Vierzehn Tage berieten sie bereits, berieten über 73 Schicksale.

Die Richter waren ohne Ausnahme hohe amerikanische Offiziere. Achtbare Männer, gewiß. Sie konnten mit Waffen besser umgehen als mit den Paragraphen des Rechts. Daraus war ihnen kein Vorwurf zu machen. Sie erinnerten sich vielleicht allzu deutlich an die Bilder der Konzentrationslager oder an das Gesicht des alten Gregoire, das alle Verbrechen dieses Krieges in allen Orten, in allen Ländern anklagte. Und die Schuld dieses Mordes marschierte vorwiegend unter der Hakenkreuzflagge.

Die Richter waren nur Menschen, hatten ihre Sorgen, ihren täglichen Ärger, ihre Vorurteile. Daß der Gerechte des Tages siebenmal irrte, beteten sie jeden Sonntag. Aber sie wußten nicht, daß jeder zu diesen Gerechten zählen kann. Der Mensch, dieses großartige, elende Geschöpf, hat ein Recht auf Irrtum, auf Schuld, auf Sünde.

»Also Todesurteil!« wiederholte O'Connor nachdenklich. Dabei setzte er hinter den Namen Brinkmann ein Häkchen. Der Verschluß, der oben im Galgen das Seil hält, könnte so aussehen ...

Der Oberst zur Rechten des Vorsitzenden hatte eine deutsche Freundin. Eine ältere, bessere Dame. Er hatte ihr ausgerechnet heute noch eine Büchse amerikanischen Kaffees versprochen. Aber wenn hier nicht bald Schluß wird, dachte er, komme ich nicht mehr ins PX.

Der Major neben ihm hatte bloß Durst und dachte seit einer Stunde unentwegt an ein schönes, quadratisches Stück Eis, das in einem Whiskyglas schwimmt. Todesurteile zerren an den Nerven. Auch wenn sie bloß schuldige Krauts betreffen. Und Whisky ist immer noch das Beste gegen die innere Unruhe.

»Wieviel haben wir denn noch?« fragte der Oberst mit der älteren Dame ungeduldig.

»Noch acht«, brummte O'Connor.

»Das ist ja eine Arbeit des Herakles«, knurrte ein anderer Richter.

»Ja«, versetzte der Oberst, »das Ausmisten des Augiasstalles.«

«Können wir das nicht auf morgen verschieben?« fragte ein Oberstleutnant, »es ist ja doch im Grunde immer das gleiche.«

O'Connor zögerte. Dann nickte er. Ein bitteres Lächeln stand in seinen Mundwinkeln.

Ihre Stühle rückten augenblicklich. Alle waren dem Vorsitzenden dankbar, daß er sie für heute erlöst hatte.

Und die ältere Dame bekam doch noch ihren Kaffee.

Als das Tageslicht verdämmert, werden sie zum letzten Mal in den Gerichtssaal geführt. Einzeln. Die meisten in Handschellen. Draußen ist es dunkel. Symbolisch fast. Plötzlich wird das Lager abgesperrt. Dreifache Postenketten umstehen das Gerichtsgebäude. Scheinwerfer strahlen es an. Nur mit Sonderausweisen darf der Saal betreten werden. Die Angehörigen der Angeklagten, die noch der Verkündung des Schuldspruches beiwohnen durften, werden nicht mehr vorgelassen. Verzweifelt und verständnislos drängen sie gegen die Ränder des Sperrkreises.

Die 73 Angeklagten sitzen in einem Warteraum, bis man sie aufruft. Die Bänke reichen nicht aus. Die meisten müssen stehen, drükken sich an die Wände des über und über mit MP gespickten Raumes. Sie warten und warten. Es dauert und dauert. Sie sehen sich mit Augen an, die nach innen gerichtet sind und nichts mehr erkennen. Die Zeit, der Raum und die Angst kriechen über sie hinweg. Der Kaffee, den man ihnen reichte, läßt ihre Hände noch stärker zittern. Spiegeleier und Schinken verstärken den dumpfen Druck der Furcht in den Eingeweiden. Laufend müssen sie die Toiletten aufsuchen.

Brinkmann schielt in die hellen Mattglas-Kugeln, die den Warteraum in kaltes, milchiges Licht tauchen. Dann sieht er auf die Türe, die in den angrenzenden Gerichtssaal führt. Ein Lichtschimmer fällt durch das Schlüsselloch. Dort also, denkt er.

»Wie Weihnachten vor der Bescherung«, sagt er laut in die lähmende Stille, um die Erregung vor seinen Kameraden zu verbergen, »genauso feierlich. Nur nicht so rührend ... «

Die Türe wird aufgerissen. Aber noch ist es nicht soweit. Leutnant Prince sieht herein. Mit einer Hand stützt er sich schwer gegen den Türrahmen. Er grinst. Sein Blick wirkt hohl und glasig.

»Well«, sagt er und fährt sich mit der Zunge über die trockenen Lippen, »schade, daß ich nichts mehr für euch tun kann.«

Ein Militärpolizist schiebt ihn zur Tür hinaus, schüttelt den wuchtigen Kopf, brummt etwas vor sich hin.

In diesem Moment wird der Angeklagte Nummer eins aufgerufen: Oberst Henze.

Den Kopf hoch erhoben, geht er zwischen zwei Posten auf den hohen Tisch zu, hinter dem die amerikanischen Richter stehen. Rechts die Anklagevertretung, links die Verteidigung und ringsherum, an allen vier Wänden, MPs.

Sonst ist der Saal leer. Noch nie war für Oberst Henze der Weg zwischen den leeren Stuhlreihen so lang. Er tastet mit seinen Augen das faltige Gesicht O'Connors ab, zu dem er bis auf drei Meter herangeführt wird. Die Bewacher bauen sich neben ihm auf. Die Stahlfesseln umschließen seine Handgelenke.

Der Vorsitzende hält das Urteil in der Hand, fixiert den Angeklagten. Das Stück Papier schwingt und schwingt, nach oben, nach unten, nach oben, nach unten.

Da beginnt O'Connor mit der Verlesung, wiederholt noch einmal kurz den Schuldspruch, und dann kommt der Satz, auf den Henze wartet. Undramatisch, unbetont, unabwendbar:

»Death by hanging ... «

»Tod durch Erhängen«, übersetzt der Dolmetscher stockend.

Die Anwesenden starren in das graue Gesicht Henzes, sehen, wie die Gesichtsmuskeln sich spannen, sehen, wie die Hände ruhig bleiben, sehen, wie der Mann nickt, ohne Pathos, ohne Erregung. Er beißt die Zähne zusammen, so als wollte er sagen: Was ihr von mir erwartet, die Angst um mein bißchen Leben, das Flehen um Gnade, das gibt es bei mir nicht.

Henzes Unterlippe wölbt sich nach vorn. Es dauert lange, ehe er eine Antwort findet.

Nur ein einziges Wort sagt der Oberst. Es ist bis in die letzte Reihe deutlich zu hören:

»Danke!«

O'Connor läßt ihn nicht aus den Augen. Seine buschigen Brauen verengen sich, während er den Arm langsam hebt, ihn ausstreckt und auf die Türe zeigt.

Die MPs verstehen ihn sofort, zerren den Verurteilten herum, führen ihn weg vom Richtertisch. Mit hocherhobenem Kopf läßt sich Henze abführen. Das ist das letzte, was O'Connor von ihm sieht.

Und er greift nach dem nächsten Blatt, nach dem nächsten Urteil. Und er wird heute so oft die Todesformel aussprechen, daß während des Schlafes noch seine Lippen selbständig weiterzucken:

»Death by hanging ... death by hanging ... death by hanging.«

Sie sperrten ihn in das gläserne Gefängnis ihrer Fürsorge. Sie bewachten den Radioapparat. Sie ließen keine Zeitungen an ihn heran. Sie gaben sich oberflächlich und sorglos. Sie wollten ihm alles erleichtern, soweit wie möglich, und deshalb machten sie sicher vieles falsch.

Vera, Brigitte und Leutnant Tebster wechselten einander ab. Werner sollte nicht allein sein. Keine Minute. Es geschah stillschweigend und reibungslos und doch ein wenig verbissen, als hätten sie Angst, daß Werner gewaltsam ausbrechen könnte, zurück in das graue Gefängnis von Dachau, in dessen Vorschriften er noch dachte.

Wenn Werner morgens erwachte, suchte er jeweils zuerst nach den Gitterstäben des Zellenfensters, woher das graue, fahle Licht kam, suchte und suchte, bis ihm fast schmerzhaft klar wurde, daß er frei war. Daß er sich ungehindert bewegen konnte. Daß die Menschen, die ihm von jetzt ab begegneten, keine Gummiknüppel trugen. Daß sie ihn nicht anbrüllten. Daß ihn außer seinen Gedanken nichts bedrohte. Daß er wieder frei atmen durfte.

Aber, daß er erst wieder lernen mußte ...

Sooft er sie sah, lächelte er ihnen mit gewaltsam gespannten Backenmuskeln zu. Die trübe Haftfarbe wich nicht aus seinem Gesicht. Er führte Schattengespräche mit seinem Zellengenossen Brinkmann. Das Essen ekelte ihn an. Mit seinen Händen wußte er nichts anzufangen.

Seine Haare blieben struppig. Von der frischen Luft wurde ihm schwindlig. Er hatte Angst, auf die Straße zu gehen. Erst wenn es finster war, konnte ihn Brigitte zu einem Spaziergang überreden. Wenn ihnen dann Passanten begegneten, stoppte er, wurde sein Arm steif. Sprechen fiel Werner schwer. Oft saß er minutenlang am Tisch und starrte seine Fingernägel an.

Wenn ihn Vera ansprach, zuckte er zusammen, nickte hastig mit dem Kopf oder gab zusammenhanglose Antworten. Er konnte nicht über den Haftschatten springen, so sehr er sich auch bemühte.

Und doch verkleinerte sich der Schatten. Es begann damit, daß ihn die Uniform des Leutnants Tebster nicht mehr störte, daß er nicht jedesmal feststellte: Der Rock Cornedbeefs hatte die gleiche Farbe und den gleichen Schnitt.

Und dann lernte er, wieder Fragen zu stellen, den Alltag abzuschätzen. Er bat Brigitte, wieder in die Vorlesungen zu gehen. Er unterhielt sich mit Tebster über Texas.

Und dann kam der Augenblick, vor dem sie alle Angst hatten. Werner stand auf, ging auf den Leutnant zu.

»Sie gehen bald zurück, nicht?«

»Ja.«

»Sie wollen Vera mitnehmen?«

Das Mädchen winkte Tebster mit den Augen. Der Leutnant schwieg.

Werner lächelte frei und unbefangen, ging auf den Offizier zu, streckte ihm die Hand entgegen.

»Alles Gute«, sagte er schlicht. Dann drehte er sich zu Vera um, nahm sie einfach in die Arme, streichelte ihre Haare. »Weit ist es ja«, schluckte er. Und dabei dachte er: aber nicht so weit wie die Hölle von Landsberg.

Dann setzte er sich neben Brigitte.

»Du hast mich überrundet, Mädchen.«

»Wieso, Werner?«

»Na, du bist schon im zweiten Semester.«

»Macht das etwas?«

»Nein«, erwiderte Werner.

Sie hatten es bisher peinlich vermieden, über Werners Zukunft zu sprechen. Damals, während des Krieges, hatte er keine Vorstellung von seinem künftigen Beruf gehabt. Das Leben war auf den Tag ausgerichtet. Und diese Tage bestanden aus Strammstehen, Schießen und Feldpostbriefen.

Aber jetzt hatte er auf einmal seinen Beruf klar vor Augen.

»Ja«, nahm er das Gespräch wieder auf, »und für mich beginnt jetzt auch die Arbeit.«

»Zukunftssorgen?« fragte Brigitte lächelnd.

»Na, ruh dich erst mal aus, Werner«, warf Vera ein.

Er nickte, betrachtete die Schwester mit den langen Blondhaaren und dem hellen Gesicht, sah Brigitte an, mit Augen, die sich nicht mehr versteckten. Er stellte beglückt fest, wie schön sie war, daß sie zu ihm gehörte, daß sie bei ihm bleiben würde. Dann kehrte sich sein Blick nach innen. Sein Gesicht wirkte nachdenklich, offen, belebt. Er dachte an den Colonel.

Und er wußte, daß er sich künftig entschlossen auf den Beruf von Evans vorbereiten würde.

Als zwölfter wird Willers im Warteraum hochgerissen. Während sich das kalte Eisen der Handschellen um seine Gelenke schließt, sackt er zusammen. Gerade hat er Brinkmann zugeflüstert:

»Wen sie vorher fesseln, der wird zum Tode verurteilt.«

Die MP-Soldaten lassen Willers keine Zeit zum Überlegen, zerren ihn vorwärts. Von dem Moment an, da er den Saal betritt, hat er die Empfindung, daß ein Film rasend abspult. Er möchte ihn anhalten, den Daumen auf die Spule legen, ein Stück von dem Zelluloidstreifen zwischen die Zähne kriegen, sich festbeißen. Aber die Spule rast und rast.

Mein Gott, denkt er, nicht so schnell. Zeitlupe! Es ist doch mein Leben und mein Sterben, was ihr herunterhaspelt.

Aber die Lippen von O'Connor öffnen sich, schließen sich, formen Worte . . .

Willers versucht, ihm zu folgen. Aber er versteht kein Wort. Er hört nur die Silben. Sie sind kleine Handgranaten, die an seinen Ohren explodieren. Er versteht nichts, weil seine ganze Kraft, weil seine Nerven im endlosen Taumel von Furcht und Hoffnung auf das Ende gerichtet sind: auf den letzten Satz. Er kann nicht folgen, weil sein Bewußtsein zwischen Wunsch und Angst gespalten wird.

Und während O'Connor spricht und spricht, mißt sich Willers aus, wie viele Worte der Richter noch bis zum allerletzten Satz zu sagen hat. Er versucht an der Augenstellung des Vorsitzenden zu erkennen, wie weit er schon ist. Aber aus diesen Augen ist nichts zu lesen, als daß sie kalt sind und keinen Widerspruch vertragen. Und so wird O'Connor für den Angeklagten zu einem gefährlichen Tier, zu einer riesigen, behaarten Vogelspinne, die in langen Sätzen wie auf Ästen auf ihn zukriecht. Näher und näher.

Und dann kommt das Ende:

»Death by hanging«, schallt es durch den Raum.

Willers' Lippen bewegen sich. Er lächelt den Richter fahl und dumm an, möchte fragen: bitte noch einmal! Ich habe mich bloß verhört!

Die MPs reißen ihn herum. Willers glaubt zu ersticken. Hanging? denkt er. Das haben wir doch schon. Das kennen wir. Das machen wir doch nicht noch einmal. Eine kleine, schillernde Blase platzt vor seinen Augen. Und das ist es, was ihn seither nicht mehr schlafen ließ. Der Strick auf Probe, und wieder hat er das Gefühl, als ob in seinen Kopf Luft geblasen würde, als ob er anschwölle. Wieder empfindet er den rasenden Schmerz, der sich am hinteren Haarwirbel konzentriert. Und es wird schwarz und schwärzer vor den Augen. Und er ist ein Chinese, dessen langer Zopf zu einem Knebel gewickelt wird, bis es ihm in blutigen Fetzen die Kopfhaut herunterreißt. Und wieder steigt der letzte, gurgelnde Schrei über eine dicke, geschwollene Zunge, die im Mund keinen Platz mehr hat, alles versperrt und auch diese letzte Zuckung nicht mehr vorbeiläßt.

Sie führen Willers hinaus. Er hängt in den Handschellen wie im Kettenkarussell. Er glaubt nicht mehr, mit den Füßen den Boden zu berühren. Er geht über lauter weiche, nachgebende Luftmatratzen.

Was ist denn los, versucht er zu denken. Er möchte Ordnung in seinen Kopf bringen. Ist der Film gerissen? Oder schon abgespult? Was hat er gesagt? Hanging?

Und er denkt auf einmal logisch, entfernt und doch klar: Nein, das kann er nicht gesagt haben. Kein Mensch kann es einem anderen zumuten, mitten im zwanzigsten Jahrhundert: Tod durch Erhängen. Das ist barbarisch, das ist mittelalterlich. O'Connor, du kannst Auto fahren; ich auch. O'Connor, du trinkst Schnaps; ich auch. O'Connor, du putzt dir die Zähne; ich auch. Wir sind beide geimpft. Du hast schon einen Kühlschrank, ich wollte ihn mir erst anschaffen. O'Connor, wir beide verwenden Klosettpapier und Wasserspülung. Wir gingen beide einmal in die Tanzschule. Hängen, das gibt es doch nicht, das steht nicht im Knigge, das ist vorbei, gab es einmal, früher, vor langer Zeit.

Jetzt bricht Willers lautlos zusammen. Die MPs reißen ihn vom Boden hoch, schütten ihm Wasser in das Gesicht. Sie brauchen nicht weit zu laufen. Die Verwaltung der »War Crimes Division« hatte vorsorglich Kübel bereitgestellt.

Kober, der Mörder einer ganzen Familie, verhält sich im Gerichtssaal nicht still und bescheiden wie Willers, als er erfährt, daß er hängen soll. Rotviolett färbt sich sein Kopf, an dem die Adern wie dicke Schnüre hängen. Dann plärrt er los, mit großen, weißen Augen:

»Ich habe nichts getan!« Vielleicht glaubt er es selbst in diesem Moment. Denn er ist nur so lange abgebrüht, als es nicht um ihn selbst geht. Er sprudelt Kaskaden von wirren Sätzen, von gestammelten Worten heraus. Und dazwischen immer wieder, wild, tierisch: »Nein! ... Nein! ... Nein!«

O'Connor starrt auf ihn hinunter, ekelt sich.

Kober will sich auf die Knie werfen. Die MPs halten ihn fest, hindern ihn daran. Er möchte die Hände zusammenfalten, beschwörend hochheben. Die Handschellen lassen das nicht zu. So viele Jahre hat Kober nicht gebetet, und jetzt, wo ihn kein SS-Ehrenkodex daran hindern würde, bringt er die Hände nicht zusammen.

Er stemmt sich mit aller Kraft gegen die Militärpolizisten, wird zum wilden Tier dabei. Schweiß verklebt seine Stirnhaare. Die MPs müssen Verstärkung holen. Vier Mann, wie Packer, die ein Klavier abzutransportieren haben.

So räumen sie ihn, Schritt für Schritt, aus dem Saal.

»Ich bin unschuldig!« fällt sein Geheul von den hohen Wänden zurück. Das war doch alles nur Spaß, möchte er brüllen! Den Alten ließ ich ja am Leben, nur die Familie habe ich massakriert. Es war doch Krieg! Da darf man doch Menschen umlegen! Jede Menge ... c'est la guerre!

Endlich haben sie ihn draußen. Aber weil er noch immer brüllt, schlagen sie ihm über den Schädel. Da wimmert er nur noch. Sein Kopf baumelt hin und her.

Die anderen, die noch auf das Urteil warten, hören ihn. Jetzt schnappen um Brinkmanns Hände die Stahlfesseln.

Noch ist er ruhig. Er heult und tobt nicht. Trotzdem muß auch er gleich mit dem Knüppel niedergekontert werden.

Denn er lacht. Lacht schallend, als O'Connor die Strafe ausspricht:

»Death by hanging.«

Noch nie lachte er so in seinem Leben wie über diesen Witz. Ich hätte mit dem Rechtsanwalt wetten sollen, denkt Brinkmann. Armer Irrer. Gnade, hat er gesagt. Scheißgnade, denkt Brinkmann, während er lacht. Mistgerechtigkeit! Saudemokratie! Der Adolf ist tot, es lebe der Führer ... und ich, ich hab' mir von diesen Vögeln auch noch Sand in die Augen streuen lassen.

Er lacht und lacht, während die Richter fassungslos über diesen Kraut dastehen, der entweder verrückt geworden oder ein dirty-Nazi-Dog geblieben ist, oder beides zusammen.

Aber hier ist O'Connor einmal machtlos. Er kann dem Gelächter mit keiner Ordnungsstrafe beikommen. Brinkmann würde noch lauter lachen, wenn das möglich wäre. Mit dem Todesurteil hat der Vorsitzende alle Munition verschossen.

Mehr geht nicht ...

An dieser Stelle ist Colonel Evans fertig. Fertig mit dem Gericht, mit sich, mit seinen Nerven. Er kann nicht mehr. Er steht auf. O'Connor bemerkt es, unterbricht die Verlesung des Urteils, macht ein unwirsches Gesicht dabei, sieht, wie der Hauptverteidiger mit harten, langsamen Schritten den Saal verläßt. Ohne sich umzudrehen. Ohne den Vorsitzenden zu grüßen, über dessen Kopf die amerikanische Flagge hängt. Das Sterne-und-Streifen-Banner, das der Colonel ein Leben lang für ein Symbol der freien Welt gehalten hat.

Er ist am Ende. Vorbei. Unterlegen. Auf der ganzen Linie. Der Kampf war umsonst. Das Ende kommt mit amerikanischer Präzision. Vielleicht liegt in seinem Büro schon die hektographierte Zusammenstellung der Urteile.

Am 16. Juli 1946 hat man 43 Menschen zum Tode durch den Strang verurteilt. Unter ihnen ein paar Schuldige.

22mal lebenslängliche Haft.

Für den Rest der Angeklagten begrenzte Haftstrafen.

Kein Freispruch.

Die Urteile stützen sich auf Geständnisse. Viele Geständnisse wurden erpreßt.

Am liebsten würde der Colonel einfach davonlaufen, hinaus aus dem Konzentrationslager, irgendwohin an den Horizont, wo die Nebel aus dem Dachauer Moor aufsteigen, wo der Boden sumpfig wird, wo man verschwinden kann. Endgültig. Für immer. Wo alles endet.

Er geht und geht. Er zwingt sich zur Ruhe.

Er sieht sie alle noch einmal vor sich, wie sie die Urteile aufnahmen, tapfer, höhnisch, verbissen. Er hört Brinkmanns Lachen an der Grenze des Irrsinns und sieht Kobers Erbärmlichkeit im Schatten des Todes.

Und irgendwie findet er sich wieder in dieser Nacht, findet er zu sich, denkt er ganz klar, faßt den Entschluß, nicht aufzugeben, weiß, daß er den Kampf fortsetzen muß. Aber nicht hier in Deutschland mit der amerikanischen Militärbürokratie. Nein, in den Staaten selbst. In Washington. In der amerikanischen Öffentlichkeit. Beim Kongreß. Im Repräsentantenhaus. Auf allen Ebenen. Mit allen Mitteln.

Fast kommt er sich ein wenig lächerlich vor in dieser Nacht. Ich überschätze mich, denkt er. Es ist vielleicht sinnlos. Aber ich gebe nicht auf. Niemals!

Die Latrinenparolen behalten recht. Als der endlose Zug der Todeskandidaten und Lebenslänglichen den Saal passiert hatte, einer nach dem andern, verzichtet die Militärpolizei darauf, den restlichen Angeklagten Handschellen anzulegen.

Wieblich ist der erste. Er stolpert in den Saal, beinahe begeistert vor Freude. Mit der wildesten Empfindung, die er je hatte. Was sind fünf, was zehn, was zwanzig Jahre Zuchthaus gegen die Hängerei!

Er nickt zustimmend, als O'Connor verkündet:

»Five Years« ... fünf Jahre.

Sein Zorn auf die Anklagebehörde, von der er sich gestern noch betrogen wußte, ist verraucht. Tatsächlich, stellt er fest, wenn ich so sehe, wer alles aufgehängt wird, dann sage ich mir, Wieblich, McCormick hat recht, sie haben dich kulant bedient ...

Er starrt zu McCormick hinüber, will ihn angrinsen. Aber der Anklagevertreter sieht starr an ihm vorbei. So geht er aus dem Gerichtssaal, zufrieden, beglückt fast ...

Und die anderen nach ihm empfinden fast alle so. Ihre Zukunft ist das Zuchthaus, nicht der Galgen.

Am späten Abend sind die Verurteilten alle wieder in den Zellen. Bis auf Willers, der zusammengeklappt ist. Endlich bringen sie ihn mit Wasser wieder zu sich. In seinem Gesicht steht ein schmales, festgefrorenes Lächeln. Er grinst wie ein Wahnsinniger.

Sie führen ihn ab. Frische Nachtluft strömt in seine Lungen, bläht sie in wildem Lebenswillen. Seine Nasenflügel beben plötzlich wie die Nüstern eines gehetzten Wildes. Seine Augen fassen den nächtlichen Lagerfrieden. Die Türme mit den Scheinwerfern. Die Bogenlampen an den Straßenrändern. Und dann, kurz vor seiner Unterkunft, bemerkt Willers die zusammengedrängten, ausgesperrten Angehörigen der Verurteilten.

Nicht hängen, denkt er, immer wieder, immer schneller, immer heftiger. Alles andere ist besser! Jede Chance! Auch die Chance, eine Kugel durch den Kopf zu bekommen.

Da tritt er seitlich. Hart. Trifft den Militärpolizisten, der ihn an der Handschelle führt wie am Halfter, am Oberschenkel. Im ersten Schreck läßt der Bewacher die Handschelle fahren. Da schlägt Willers mit der Faust zu. Und ist frei.

Für ein paar Meter. Für ein paar Sekunden.

Er rennt los. Die Lagerstraße entlang, auf die beleuchtete Insel zu, wo die Angehörigen sich zusammendrängen, die das Urteil noch nicht kennen.

Er kommt nicht weit. Der zweite Posten reißt die Pistole heraus, jagt das ganze Magazin hinter Willers her. Schüsse krachen, Querschläger patschen gegen hölzerne Barackenwände.

Ein Lungensteckschuß wirft Willers vornüber in die Schlacken. Er hat seine Chance verpaßt. Die Verletzung kann ausgeheilt werden. Man wird ihn wieder fit zum Hängen machen, als wäre nichts geschehen.

Aber einer der Schüsse traf eine alte Frau, die im Lichtkreis der schweigenden und wartenden Menschen stand. Eine Mutter, die um ihren Sohn bangte, die nicht wußte, daß er bereits zum Tode verurteilt war.

Die verirrte Kugel traf sie tödlich. Sie starb. Wie auch Madame Mollier starb, die an der Kreuzung von Malmedy den SS-Mann um das Leben eines amerikanischen Soldaten angefleht hatte.

Die Belgierin wurde durch einen Kolbenhieb getötet. Die Frau auf dem Hof von Dachau starb an der Kugel, die nicht ihr galt. Sie starb, bevor sie wußte, was mit ihrem Sohn geschehen sollte.

Einer der Militärpolizisten beugte sich zu ihr hinab, stand wieder auf und fluchte:

»God damn'. . .« fluchte er!

Das war vorderhand das letzte Wort im Malmedy-Prozeß.

Zweites Buch

1. Kapitel

Der Galgen steht. Der Henker wartet. Die Schuld schwitzt. Das neue Unrecht auch. Es ist soweit. Die Urteile sind bestätigt. Zwischen dem Schuldspruch des Gerichts und seiner Vollstreckung liegen noch fünfzehn Stunden. Unter den mehr als 300 Todeskandidaten des Kriegsverbrecher-Gefängnisses von Landsberg verzweifeln auch die 43 Malmedy-Verurteilten, denen das Militär-Gericht von Dachau das Leben aberkannt hat.

Das Haus ist bis unter das Dach mit Schuld gefüllt. Die meisten der dreihundert, die Drillichjacken in der Farbe des Blutes tragen, eine Tasche links, die andere rechts, vier Kunststoffknöpfe, sind menschliche Bestien. Da gibt es einen, der unter Eid aussagte, 90 000 Menschen in Rußland ermordet zu haben. Da wartet ein anderer, der anordnete, den KZ-Opfern nach der Vergasung die Goldzähne aus den verzerrten Mündern zu brechen und in Säcken zu sammeln. Da gehen andere in ihrer Zelle auf und ab, die Kriegsgefangene lynchten. Hier gibt es jede Art von Mördern. Jede Gemeinheit. Jede Unmenschlichkeit. In einem, in zehn, in hundert bis zu 90 000 Fällen.

Hier in Landsberg verbüßte Adolf Hitler für seinen Putsch an der Feldherrnhalle neun Monate großzügiger Haft. Der Führer ist tot. Aber seine Gefolgsleute leben noch.

Wann es soweit ist, weiß keiner. Offiziell erfährt man es erst, wenn man die 13 Stufen des Holzgerüsts hinter sich hat. Aber viele Anzeichen lassen die letzte Stunde schon vorher erkennen: zuerst der Pfarrer, fahl, schmal, beherrscht. 10- oder 20- oder 30mal muß er mitunter an einem Tag unter den Galgen. Dann die Angehörigen, die ein Telegramm des Gefängniskommandanten im Hotel »Goggl« versammelt. Wiedersehen vor dem letzten Akt. Mit der Stoppuhr gemessen. Von Wächtern beaufsichtigt. Von einem Gitter in zwei Hälften geteilt. Wer links steht, muß sterben.

Dann der hohle Schritt des Sergeanten auf dem langen, unheimlichen Flur. Plötzliche Stille. Das Geräusch des Schlüssels.

»Bibel, Bilder, Decken«, sagt er mit amerikanischem Akzent. Du wirst gehängt, heißt das. Morgen früh um acht. Oder um neun. Hol' die Photos von der Wand, nimm die beiden olivgrünen Decken über den Arm, geh' in den Keller. Jetzt darfst du mit den anderen sprechen, die morgen dein Schicksal teilen. Die Häftlingskapelle spielt, die Militärposten schleppen Essen an. Der amerikanische Staat zahlt, was du willst. Alles bekommst du, außer Alkohol. Und morgen früh ist es aus.

Solltest du morgen abend noch leben, dann hast du Aufschub. Denn die Amerikaner haben feste Hinrichtungstage: zwei pro Woche. Dienstag und Donnerstag.

Urteile bestätigt – wen trifft es von den 300: mit Sicherheit diesmal die ersten des Malmedy-Prozesses. Keine Revision. Keine Gnade. Nicht einmal Mitleid. Das Urteil ist jetzt so endgültig wie der Tod.

So kauern sie mit verdämmerndem Bewußtsein in ihren Zellen. Die einen murmeln mit ledernen Lippen: »Nur ich nicht ... nur morgen nicht ... lieber das nächste Mal ...« Andere stöhnen in später Einsicht: »Vergib uns unsere Schuld ...« Und einige beten: » ... Vergib auch unseren Schuldigern.«

Mehr als tausend Zellen sind besetzt. Wer im Erdgeschoß untergebracht ist, trägt die Rotjacke. Fast jeder dritte von Landsberg. In sämtlichen amerikanischen Gefängnissen sind die Mörder aus Sicherheitsgründen zu ebener Erde unterzubringen. Aber die ebene, trostlose Erde von Landsberg reicht nicht aus für den Massenansturm der Schuld. Und so mußte ein zusätzlicher Flügel für die Red-Jackets freigemacht werden.

Eine der Rotjacken trägt Oberst Henze. Er schreibt ein Gesuch, ihn und seine Leute zu erschießen, statt zu erhängen. Abgelehnt. Dann Willers. Sein Lungensteckschuß wurde ausgeheilt. Er ist wieder fit zum Hängen. Während der Voruntersuchung wurde er schon »auf Probe« gehängt. Und dann, bei der Einlieferung nach Landsberg, nahm der richtige Henker wie bei den anderen Todeskandidaten Maß, registrierte Gewicht und Körpergröße. Und übt vielleicht gerade jetzt am Schafott, das man vom Küchenfenster aus sehen kann, mit einer Bleipuppe die Hinrichtung des Gefreiten Willers. Erst wenn der Strick dreimal reißt, wird man begnadigt. Bisher riß er nur in einem Fall. Beim zweiten Versuch klappte es. Und dann war der Delinquent nicht begnadigt – aber erlöst.

Sergeant Murphy, der fast zwei Zentner schwere Armee-Henker, versteht sein Handwerk.

Brinkmann starrt mit aufgequollenen Augen an die Decke. Seine Pritsche ist an die Wand geklappt und versperrt. Das Buch in seinen zitternden Händen liest er zum viertenmal, ohne es zu begreifen. Die Bibliothek gibt für jeden Häftling zwei Bücher pro Woche aus. Zu wenig für die freie Zeit, zu viel für die Angst. Die Buchstaben flattern vor den Augen wie dunkle Mückenschwärme. Morgen also. Scheißgnade! Mistgerechtigkeit! Saudemokratie! denkt sich der SS-

Unterscharführer. Und zwischen den wilden Wogen des Hasses taumelt leere Hoffnung, zuckt das letzte Leben. Ich bin unschuldig! Hört doch auf! Ich hab' nichts getan! Ich bin unschuldig! Unschuldig? Unschuldig!

So verlassen, wie sich Brinkmann und die anderen Angeklagten wähnen, sind sie nicht. Das Landsberger Haus der Buße liegt im toten Winkel Gottes, aber nicht abseits der Welt. Colonel Evans, der Chefverteidiger der Malmedy-Angeklagten, von der Armee in Ehren entlassen und vom eigenen Land in Schande empfangen, ist überstürzt nach Amerika geflogen, kämpft gegen das Urteil, ringt in diesen letzten Stunden gegen die letzten Stunden. Zwischen dem Pentagon in Washington und dem Hauptquartier der amerikanischen Armee in Heidelberg glühen die Drähte, jagen sich die Gerüchte, die Kabel, die Meldungen, die Gesuche, treffen sich Hoffnung und Verzweiflung. Auf halbem Wege, zwischen Amerika und Deutschland, zwischen Vernunft und Unrecht, zwischen Revision und Exekution.

Bischöfe beider Konfessionen sprechen vor, geben Bittschriften ab.

Keiner schläft in dieser Nacht. Kein Angeklagter, kein Richter, kein Ankläger, kein Verteidiger. Sie alle haben blasse Gesichter und nasse Hände. Sie alle haben Angst, quälende Angst.

Der Kommandant von Landsberg verzögert die letzten Vorbereitungen. Ein Fernschreiben muß er noch abwarten. Die Angehörigen weinen. Die Rundfunkstationen meldeten bereits, daß morgen die Hinrichtungen stattfinden. Die Schlingen sind geknüpft, die Särge im Keller gestapelt. Der Henker führt nur den Befehl aus. Der Kommandant reicht ihn bloß weiter. General Clay bestätigt ihn lediglich. Das Kriegsministerium in Washington nimmt seine Entscheidungen schließlich nur zur Kenntnis.

Keiner von ihnen wird morgen mittag direkte Schuld haben. Und doch wird keiner unschuldig sein. Das bei Malmedy vergossene Blut strömt in breiten, gewaltigen Fluten zurück und überspült alle, die Mörder wie die anderen.

Die Zeit kennt keine Gnade. Und die Gnade keine Zeit. Vierzehn Stunden noch. Es ist soweit.

Der Reporter Peter Steffens gehört zu den unfreiwilligen Zeugen, die an diesem naßkalten Dezembertag des Jahres 1946 den Wettlauf zwischen Leben und Sterben an Ort und Stelle erleben. Er ist noch jung, hat aber schon vier Jahre Front hinter sich. Zuletzt brachte er es zum Infanterieleutnant. Er haßte beides: Die Infanterie, weil er marschieren, den Offiziersrang, weil er kommandieren mußte. Der

Krieg ließ ihn nicht los. Die Erinnerung an ihn begleitet ihn wie die schlecht geänderte Wehrmachtsuniform auf seinem schmalen Körper.

Peter Steffens ist etwas hagerer als schlank, ein wenig heftiger als beherrscht, und eine Kleinigkeit kühler als herzlich. Diesen äußeren Eindruck jedenfalls hinterläßt er. Seit dem Zusammenbruch ist er Journalist. Eigentlich wollte er Jurist werden. Der Krieg verhalf ihm zum beruflichen Stellungswechsel. Denn Peter Steffens zog eine persönliche Konsequenz aus der Vergangenheit. Er wollte sich mit ihr auseinandersetzen, um dazu beizutragen, daß sie sich nicht wiederholen würde.

Jetzt, um 17 Uhr, stoppt er sein geliehenes Auto auf dem Marktplatz des idyllischen Städtchens Landsberg und fragt einen Passanten nach dem Zuchthaus. Dann holpert der Wagen weiter über das Kopfsteinpflaster, platscht durch Pfützen und rollt über die Lechbrücke stadtauswärts. Der Regen treibt in grauen Schwaden, als weigere sich der Himmel, den Schlußakt von Malmedy zu verfolgen.

Der riesige vierflügelige Bau wächst so plötzlich aus dem trüben Dunst, daß der Reporter erschrickt. Er kennt das Gebäude von Photos. Aber jetzt wächst es groß, drohend und düster aus der Dunkelheit. Dabei wirkt die Festung Landsberg mit ihren hohen Hallen und dem niederen Rundturm in der Mitte nicht wie ein Zuchthaus, eher wie ein etwas verbautes dreihundert Jahre altes Kloster.

Peter Steffens parkt seinen Wagen vor dem Hauptportal. Den Einlaßschein hat ihm die Münchner Militär-Regierung in der Tegernseer Landstraße ausgestellt. Die Verwaltung muß ihn noch abstempeln. Hoffentlich klappt es nicht, denkt der Reporter. Alles in ihm sträubt sich gegen den morgigen Tag. Er hat den Prozeß miterlebt. Ohne innere Anteilnahme zuerst. Peter hielt Mr. Evans für einen gerissenen Advokaten und die Angeklagten für Mörder. Er hatte den Kopf zwischen die Schultern gezogen und den Blick am Pult versteckt. Er beobachtete, wie die Hand, die die Prozeßberichte schrieb, zitterte. Er hörte die Urteile. Er hielt sie – davon abgesehen, daß er gegen die Todesstrafe war – für gerecht – bis er, kurz vor Prozeßende, Gelegenheit hatte, mit Colonel Evans zu sprechen.

Da änderte sich alles für ihn. Und jetzt ist er hier, um auf Befehl der Militär-Regierung die letzte Niederlage des Chefverteidigers im Malmedy-Verfahren zu erleben. Jede größere Zeitung hat einen Reporter abzustellen. Es ist ein Wunsch, aber 1946 werden die Wünsche des amerikanischen Hauptquartiers zu Befehlen.

Außer dem Wagen des Reporters stehen noch drei Jeeps vor dem Eingang. Aus einem offenen Fenster tönt eine Schlagerschnulze. Der polnische Posten stülpt sich gerade den Stahlhelm in das Genick, als Peter Steffens auf ihn zukommt. Der Pole liest das Schreiben und nickt. Er hat fünf Jahre KZ-Haft hinter sich, und in dem schrägen Blick, mit dem er den Reporter mustert, scheint jedes Verständnis zu fehlen, daß noch ein Deutscher frei herumläuft und nicht in Landsberg eingesperrt wird. Der Posten ruft etwas in die Wachtstube.

Ein GI mit Stahlhelm übernimmt jetzt die Führung zum Verwaltungsbau, der noch außerhalb des eigentlichen Gefängnisses ist. Zwei Treppen hoch. Der Posten nickt und wartet. Peter Steffens klopft an die Türe.

»Come in!« antwortet eine helle Mädchenstimme.

Da erschrickt Peter zum zweitenmal. Die Stimme paßt nicht hierher, findet er. In der nächsten Sekunde sieht er Evelyn Wyler.

Das Mädchen steht am Fenster, hält den Spiegel der Puderdose in der Hand und zieht sich die Lippen nach.

»Ich will nicht stören«, sagt Peter auf englisch.

»Das tun Sie nicht«, erwidert der weibliche Sergeant der amerikanischen Armee. Der Lippenstift stockt an einer schwierigen Stelle. Evelyn Wyler ist zierlich. Die olivfarbene Uniformjacke sitzt so gut, als stamme sie aus einem erstklassigen Modehaus der Fifth Avenue in New York.

Peter betrachtet sie gleichzeitig verwirrt und zornig. Die Jacke wölbt sich an den Brusttaschen.

Evelyn Wyler klappt die Puderdose zu und sieht ihn zum erstenmal an. Ihre Augen sind türkisfarben, mitunter blau, dann schimmern sie wieder grünlich. Peter Steffens, der ihr die Bescheinigung der Militär-Regierung reicht, ahnt nicht, wie oft ihm das Wechselspiel dieser Augen künftig noch auffallen soll. Der Sergeant wirft einen langen Blick auf das Formular und einen flüchtigen in Peters Gesicht.

»What can I do for you?« fragt sie lässig, was sie für ihn tun könne.

Jetzt erst bemerkt Peter die breite silbrige Strähne in ihrem dunklen, losen Haar. Nach weiteren zehn Sekunden stellt er fest, daß sie nicht Natur, sondern modischer Schick ist.

»Journalist?« fragt Evelyn Wyler.

»Ja«, entgegnet Steffens.

Sie setzt sich an die Schreibmaschine, spannt eine feste, vorgedruckte Karte ein.

»Name?« fragt sie weiter, »Adresse? . . . Wie alt? . . .«

Der Reporter beantwortet alle Fragen wie im Trotz.

»Wann sind die Exekutionen?« fragt er brutal.

Ohne von der Maschine aufzusehen, erwidert sie: »Morgen. Kommen Sie um neun . . . man wird Sie hereinlassen, wenn es soweit ist.«

Evelyn Wyler reicht Peter Steffens die ausgefüllte Karte. Dann zieht sie ein paar bunte Bons hervor.

»Und das sind Ihre Essenmarken.«

»Danke, nein«, antwortet Peter knapp.

»Keinen Hunger?« fragt sie.

Der Reporter sieht zum Fenster hinaus, in die ungefähre Richtung des Galgens.

»Keinen Appetit«, versetzt er dann gereizt.

»Ein Deutscher, der keinen Appetit hat?« fragt der weibliche Sergeant spöttisch.

In diesem Moment dreht Peter Steffens durch. Vielleicht ist es die Atmosphäre hier. Oder die Gedanken an Evans. Oder der Ärger über die Taktlosigkeit der US-Army, hier, an diesem grauen, kalten Ort ein Mädchen zu beschäftigen, das höchstens zweiundzwanzig Jahre alt ist.

»Eine Amerikanerin«, erwidert er heftig, »die Takt besäße?«

Sie schiebt die Unterlippe nach vorne. Ein paar Sekunden lang schwankt ihr Gesicht, als ob sie nicht wüßte, ob sie lachen oder zürnen soll. Dann unterläßt Evelyn Wyler beides und legt mit einem Schulterzucken die Marken für das Gratisessen in die Schreibtischschublade.

»Also, um neun«, sagt sie abschließend.

Peter nickt und geht. Neun Uhr .... Markenfreies Essen ... Und dann Gebete ... In seinem Kopf wogt alles durcheinander. Und dann ist es aus, denkt er. Dann wühlt das neue Unrecht. Monate, Jahre. Vergiftet die ersten, scheuen Annäherungsversuche zwischen Amerika und Deutschland. Und dann steht der Justizmord Schmiere und klopft den hunderttausend Nazis auf die Schultern und raunt ihnen in das Ohr: Ihr habt ja recht ... ist doch alles Betrug.

Das überlegt sich der Reporter, während ihn der Posten zum Hauptportal zurückführt. Das Mädchen hat er vergessen.

Evelyn Wyler lacht plötzlich auf. Er hat sich benommen wie Bob, denkt sie, wie damals in New York, kurz bevor er gefallen ist. Da war sie schon allein. Die Eltern starben ein Jahr früher. Autounfall. Seitdem mußte sie sich hart durch das Leben beißen. Allein durch die tägliche Fahrt mit der Subway von Queens zum Times Square hatte sie den Wert von Ellenbogen kennengelernt.

Evelyn steht auf. Viermal hat sie sich von Landsberg weggemeldet. Kein Platz für eine Frau, deshalb will sie weg, nicht aus Mitleid für die Häftlinge, die sie alle für schuldig hält. Auf den Gedanken, an einem US-Urteil zu zweifeln, käme sie nie. An die Rechtschaffenheit ihres Landes glaubt Evelyn Wyler so fest wie an Gott, wie an Autos, wie an den Fortschritt, wie an Coca-Cola.

Noch dreizehn Stunden. Es ist still im Haus, unheimlich. Selbst die Posten auf den Gängen unterhalten sich nicht, schlagen nicht wie sonst mit den Gummistiefeln gegen die massiven Eichentüren der Zellen, rütteln nicht an den altmodischen, aber stabilen Schlössern. Die Wächter haben Verstärkung erhalten. Die beiden Geistlichen halten sich im Hause auf. Sie sind die einzigen, die wissen könnten, wer morgen hingerichtet wird. Vor drei Tagen übergab ihnen der Kommandant eine Liste. Ein Drittel der Namen, die auf weißen Bögen aufgeführt sind, werden sich morgen abend in Ziffern auf Holzkreuzen verwandeln.

Aber welche?

Auch Pfarrer Märker weiß es nicht genau. Auch er hofft und leidet, wenn er von Zelle zu Zelle geht. Er muß sich beeilen. Die Zeit ist knapp. Er kommt von Willers, will zu Henze und dann zu Brinkmann. Sein Beruf wird zur Berufung. Er hat nicht zu unterscheiden, wer schuldig oder unschuldig ist. Er ist für alle da, für die Bestien wie für die Menschen. Er ist der Stellvertreter für Gottes Güte. Er ist der letzte Trost, die letzte Zuflucht.

Und trotzdem stocken die Menschen hinter den Gittern, wenn sie seinen Schritt hören. Er kommt – also bin ich an der Reihe. Deshalb haben sich die beiden Priester angewöhnt, die Gefangenen gleich blockweise zu besuchen. Denn sie kommen, um zu trösten, und nicht, um zu beunruhigen. Zu allen, die es wünschen. Und sie kümmern sich selbst noch um die wenigen, die es nicht wünschen.

Pfarrer Märker steht auf der Höhe von Zelle 101. Sooft er sie erreicht, stockt er. Unterscharführer Türmer will ihn nicht sehen. Gestern nicht. Heute nicht. Vielleicht auch morgen nicht. Sein Name steht auf der absichtlich erweiterten Liste. Er ist vierundzwanzig und wurde im Malmedy-Prozeß zum Tode verurteilt. Während des Verfahrens fiel er nicht auf. Die Anklage gegen ihn war vielleicht die farbloseste von allen. Er saß in der vierten Reihe. Sein Gesicht wirkte völlig uninteressiert. Er war es auch. Seine Empfindungen waren längst tot. So wurde er kaum genannt, selten vernommen und in der Presse fast nie erwähnt. Und dabei war er doch ein Angeklagter ganz besonderer Art:

Der einzige, der niemals ein Geständnis unterschrieben hat.

Fritz Türmer überstand die Schläge. Den Hunger. Die Scheinhinrichtung. Er lachte, als ihm die Anklagevertretung im üblen Frevel einen als Priester getarnten Agenten in die Zelle schickte. Er schwieg nach der Dampfprozedur. Er preßte in der Kältezelle die Lippen aufeinander.

Der Unterscharführer hatte weiche Züge und ganz schmale Hände. Früher ging er hoch, wenn man ihm vorhielt, er habe ein Mädchengesicht.

Und ausgerechnet dieser Mann erwies sich als der härteste von 74 Angeklagten.

Er ist unschuldig. Er weiß es, doch außer ihm glaubt es, Evans ausgenommen, keiner. Er ist auch jetzt beherrscht. Und doch, wenn er an morgen denkt, zittert er. Und der Galgen verrutscht zu einem anderen Bild.

Dann steht er wieder am Fluß. In der Nähe von Malmedy. Rückzug. Knapp hinter ihm amerikanische Infanterie. Er führt einen Trupp Versprengter, dreizehn Mann. Sie wollen nicht weiter. Einige sind Nichtschwimmer. Die Amerikaner kommen näher. Fritz Türmer reißt die Maschinenpistole hoch. Auf die eigenen Leute.

»Los! Hinüber!« keucht er.

Da folgen sie. Sieben kommen an. Ihnen hat der Unterscharführer das Leben, zumindest aber die Freiheit gerettet. Sechs ertrinken. An ihrem Tod ist er schuld. Wegen der Maschinenpistole. Er handelte automatisch, denn er hielt die Gefangenschaft für schlimmer als den Tod. Er glaubte an Hitler, bis er selbst daran glauben mußte.

Pfarrer Märker gibt jetzt vor seiner Zelle dem Posten einen Wink. Der schmale Spalt, durch den man das Essen in die Zelle reicht, wird geöffnet.

»Türmer«, sagt der Geistliche leise.

»Was wollen Sie?« Der Gefangene kommt verdrossen näher.

»Nichts Besonderes«, erwidert der Priester, »sprechen möchte ich mit Ihnen.«

»Aber ich nicht«, entgegnet der Gefangene kalt.

»Sie haben Angst vor mir.«

»Angst?« antwortet der Mann in der Rotjacke höhnisch. »Vor Ihnen?«

Pfarrer Märker nickt ergeben. Das ist die zwanzigste Begegnung dieser Art. So oft sah er in dieses starre, graue Gesicht, das sich niemals zu lockern schien. So oft rannte er gegen die Mauer des Trotzes. Der 24jährige war einer der wenigen Landsberger, die sich weigerten, wieder in die Kirche einzutreten. Fast alle Häftlinge hatten in der Zeit, als es Mode war, die Gottlosen »gottgläubig« zu nennen, ihr Bekenntnis weggeworfen wie ein zerrissenes Hemd.

Der Posten sieht weg. Mach' schnell! mag er denken. Pfarrer Märker, der Nichtraucher, zündet sich eine Zigarette an, betrachtet aus schrägen Augen noch einmal den Posten. Dann wirft er sie durch das Luk in die Zelle. Die Gefängnisordnung verbietet das, die Menschlichkeit erlaubt es.

»Ist schon gut«, sagt der Häftling müde, »gegen Sie hab' ich ja nichts ... Überhaupt nichts!« schreit er. Seine Stimme wird laut und häßlich.

Der MP-Posten dreht sich langsam um. Der Geistliche nickt.

Dann wird das schmale Fenster zur Barmherzigkeit wieder geschlossen.

Noch zwölf Stunden. Der Speisesaal des Hotel »Goggl« in Landsberg ist dunkel getäfelt. Teller und Bestecke klappern. Scheren klirren leise, wenn die Kellnerinnen die Lebensmittelmarken der Gäste abschneiden.

Peter Steffens sitzt in der Ecke. Die Bedienung nimmt nur zehn Gramm Fett statt zwanzig. Als er sie darauf aufmerksam macht, lächelt sie und wird rot. Ihm ist es recht. Das kleine Helle wird so eingeschenkt, daß tatsächlich etwas Schaum auf die schale Nachkriegsbrühe gerät. Auf der anderen Seite werden zwei Tische zusammengestellt.

»Das sind die Frauen«, flüstert das Mädchen, als es das Glas abstellt.

»Welche Frauen?« fragt der Reporter zerstreut.

»Na ja.« Die Kellnerin reibt sich verlegen die Hände an der Schürze, »von denen, die morgen . . .«

Peter Steffens nickt. Er ißt hastig und lustlos. Dann geht er mit langen Schritten aus dem Speisesaal, vorbei an dem Doppeltisch. Er kann es nicht ändern, daß seine Augen von ihm angezogen werden. Die Frauen sprechen wenig. Ihre Lippen sind schmal, zusammengepreßt. Ganz links fällt der Blick des Reporters auf die runzeligen, verarbeiteten Hände einer alten Frau, die still auf dem weißen Tischtuch liegen. Er sucht ihr Gesicht, und er findet ein paar gute, wehe Augen.

Mein Gott, denkt er, so sieht doch nicht die Mutter eines Mörders aus! Er haßt sich, weil er sie so angestarrt hat. Sie merkt es und gibt ihm die Blicke zurück, als ob sie ihm von vorneherein verzeihe.

Peter Steffens weiß nicht, daß er eben der Mutter Brinkmanns begegnet ist.

Er geht vor dem Hotel auf und ab. Was ist mit Evans? denkt er. Warum höre ich nichts von ihm? Hat er aufgegeben? War alles umsonst? Opferte er seinen Ruf und sein Vermögen vergeblich?

Damals hatte er sich bei dem Chefverteidiger des Malmedy-Prozesses zu einem Interview angesagt. Das Kesseltreiben gegen Colonel Evans war gerade auf dem Höhepunkt. Zeitungen in London, Paris und New York, Blätter von Weltformat, die sich sonst etwas auf ihre kritische Zurückhaltung zugute tun, forderten fast einstimmig die Abberufung des amerikanischen Offiziers, der unter dem Deckmantel des Verteidigers versuche, Satans Garde reinzuwaschen.

Als Peter Steffens in sein Büro trat, las der Colonel gerade Zeitungen. Er lachte bitter.

»Denken Sie auch, ich bin ein Nazi?« fragte er den deutschen Reporter spöttisch.

»Ich verstehe nicht, Colonel«, entgegnete Peter vorsichtig ausweichend.

»Sie verstehen genau«, antwortete der Chefverteidiger knapp. »Aber ich will Ihnen eine sensationelle Nachricht für Ihr Blatt verraten: Ich bin kein Nazi.«

Der Reporter wurde verlegen. Der Colonel war ihm auf einmal sympathisch. Viel sympathischer jedenfalls als im Gerichtssaal, wo es Peter jedesmal einen Stich gab, wenn Evans etwas zugunsten der Angeklagten sagte. Er hielt die Einwände des Hauptverteidigers für faule Tricks. Peter hatte in Rußland gelegentlich schlimmere Greuel erlebt, als sie während des Malmedy-Verfahrens zur Sprache gekommen waren. Und die Mörder, die in seiner Sprache redeten, trugen als sinniges Wappenschild den Totenkopf auf ihrer Uniformmütze.

»Warum verteidigen Sie diese Leute eigentlich, Colonel?« fragte Peter unvermittelt.

Evans wurde ernst.

»Weil ich sicher weiß, daß manche von ihnen unschuldig sind.« Er setzte leise hinzu: »Völlig unschuldig.«

Peter schluckte. In dieser Ruhe gesagt, hatten die Worte von Mr. Evans Gewicht. Weil Peter nichts erwidern konnte und weil der Colonel ihn auf den ersten Blick mochte, schilderte er ihm die Vorkommnisse bei der Voruntersuchung.

»Es ist für Sie besonders schwer zu verstehen«, sagte er abschließend, »wir kamen hierher mit dem Glorienschein der Gerechtigkeit ... Und nun auf einmal erfahren Sie, wie es bei den Ermittlungen zuging ... Man wollte einem ganzen Volk ein Beispiel geben. Und dabei benahmen sich ein paar Halunken wie Gangster in Chikago ...« Der Colonel stand auf. Sein Oberkörper straffte sich. »Enttäuschend, nicht? Aber verlassen Sie sich darauf, für mich am meisten.«

Der Colonel brach plötzlich ab. Peter sah erstaunt, daß der hagere, kühle Jurist nicht mehr weitersprechen konnte.

Das ist ja echt, stellte er betroffen fest. Der Mann glaubt tatsächlich, was er sagt.

Am anderen Tag hörte der Reporter wieder die Reden der Anklagevertreter, die rundweg alles negierten, was Mr. Evans vorbrachte.

Und Peter Steffens stand in der Mitte, wußte nicht mehr ein noch aus. Aber auf einmal verspürte er eine Furcht, die viel tiefer saß als jede körperliche Angst. Er wollte sich seine Ideale, den Glauben an

Recht und Freiheit, den Amerika ihm und allen Deutschen guten Willens verkündet hatte, nicht ... von Amerikanern rauben lassen.

Und so ertappte sich der Reporter dabei, daß er den Gerichtssaal mit den 74 bleichen SS-Männern mied. Für Tage, an denen sein Gewissen zu einem Ausschlag an der Hand wurde und er sich vergeblich daran gewöhnen wollte, einen Handschuh zu tragen.

Dann suchte er erneut Colonel Evans auf. Diesmal machte er Notizen. Es war der Tag, an dem Werner Eckstadt als einziger Angeklagter der Siedehitze von Dachau entkam.

»Wenn Sie weiterkommen wollen«, sagte der Chefverteidiger zu ihm, »heute wird einer der Angeklagten entlassen ... geben Sie ihm ein paar Tage Zeit und sprechen Sie dann mit ihm.«

Nach einer weiteren Woche war es soweit. Die Erschütterung nach der Begegnung mit Werner Eckstadt trieb dem jungen Reporter die letzten Zweifel aus.

Es ist kalt. Peter Steffens spürt es nicht. Es ist finster. Er muß die Armbanduhr ganz nahe an die Augen halten. Sie tickt. Er erschrickt. Noch zwölf Stunden, denkt er, mein Gott, laß' ein Wunder geschehen. Für Mr. Evans. Für die Unschuldigen.

Gerade, als er in das Hotel zurückgehen will, begegnet sie ihm wieder. Evelyn Wyler, der weibliche Sergeant der Gefängnisverwaltung. Peter grüßt. Sie erkennt ihn, lächelt, will weitergehen, zögert, dreht sich noch einmal um.

»Mister ...«

»Steffens«, hilft er ihr.

»Mister Steffens«, fährt sie fort und lächelt flüchtig, »entschuldigen Sie. Es war dumm von mir.«

»Ich habe mich auch nicht fein benommen«, sagt er dann.

»Dann sind wir quitt.« Ihr Lächeln wird klarer. Sie verschwindet in ihrem Hotel, das für die Besatzungsmacht reserviert ist.

Zurück zu Evans, zwingt sich Peter Steffens. Jetzt spürt er Nässe und Kälte, geht in sein Zimmer, friert, obwohl das Fenster geschlossen ist, döst ein. Sein Schlaf tanzt wie ein Schwimmer an der Angelschnur auf der Oberfläche. Irgendwann wacht er auf, fährt sich erschreckt an den Hals.

»Sie sind begnadigt!« hallt eine Traumstimme in ihm nach, »zu lebenslänglicher Haft. Unter meiner Aufsicht. In meinem Gefängnis.«

Erst langsam weicht das Bild von Evelyn Wyler der Wirklichkeit. Er sieht auf die Uhr.

Noch zehn Stunden.

2. Kapitel

Die Maschine landet auf die Minute genau. »You are now in Washington!« schallt die Stimme aus dem Lautsprecher über den Flugplatz.

Als Mr. Evans über die Flugzeugtreppe herunterhetzt, ist es genau siebzehn Uhr. Die Uhren Amerikas an der Ostküste gehen der europäischen Zeit um sechs Stunden nach.

Ich bin in Washington, denkt Evans grimmig. Und wahrscheinlich zu spät. Zu spät für Landsberg und zu spät für das Pentagon. Er hatte keine Zeit mehr, sich anzumelden. Nur durch den Vertrauensbruch eines alten Freundes vom Ministerium erfuhr er, daß seine Mandanten aus dem Malmedy-Prozeß hingerichtet werden sollen, obwohl man ihm eine weitere Überprüfung der Urteile zugesichert hatte.

Mr. Evans trägt Zivil, an das er sich wieder gewöhnen muß. Seit drei Tagen ist er wieder in Amerika, sieht Alice, seine Frau, und Bob und Ann, seine Kinder. Das war das einzige erfreuliche Wiedersehen in der Heimat. Die Stadt Atlanta sah über den Rechtsanwalt Evans hinweg, und er über die Stadt. Weil die Menschen glaubten, daß Evans seinem Land wegen der SS-Leute von Malmedy einen schlechten Dienst erwiesen hatte, und weil der Colonel annimmt, daß er seinem Land nicht dienen kann, wenn nicht im Zeichen der Wahrheit.

Das Taxi schleicht auf weichen Sohlen wie eine Katze. Die Washingtoner Taxifahrer sind der Meinung, sie müßten den Fremden schon vom Flugplatz weg die Hauptstadt Amerikas erläutern.

»Bitte schneller!« sagt Evans.

Der Fahrer sieht mürrisch in den Rückspiegel. Die Bäume der Parks, an denen der Wagen vorbeiflitzt, liegen im ersten Abendnebel. Die breiten Asphaltstraßen sind überfüllt.

»The White House«, murmelt der Fahrer, als der Wagen den Sitz des amerikanischen Präsidenten passiert. Evans sieht gleichgültig auf die Villa, die kein Prachtbau ist. Durch die weite Parklichtung bemerkt er dann auf dem ansteigenden Rasen das Lincoln-Memorial.

Dann erreicht der Wagen das Verteidigungsministerium. Das Pentagon in Washington und das Gefängnis von Landsberg sehen einander ähnlich. Nur hat das Pentagon fünf Flügel statt vier. Vom baulichen Standpunkt aus ist das Gebäude ein Monstrum, vom militärischen eine Idiotie. An einer Stelle, in einem Gebäude die Leitung aller amerikanischen Wehrmachtsteile vereint – reiner Unsinn, denkt Colonel Evans, aber er hat keine Zeit, darüber nachzugrübeln, daß man im Zeitalter der Luftkriege nicht die gesamte militärische Führung an einem Punkt konzentriert. Als der hohe Heeresrichter sein Büro verlassen will, bleiben noch neun Stunden Zeit für Landsberg.

An der Türe steht: »Wenn du nichts zu tun hast, tue es nicht hier.«

»Evans«, stellt sich der Rechtsanwalt mit rauher Stimme vor. Auf seiner durchfurchten Stirne stehen Schweißtropfen. Er sieht in diesem Moment nicht sehr vorteilhaft aus.

Der Richter im Generalsrang betrachtet ihn mit einem Gesicht, als ob er sich in die Zunge gebissen hätte.

»Was ist denn jetzt schon wieder los?« fragt er säuerlich und lehnt sich zurück.

»In ein paar Stunden werden die Malmedy-Leute hingerichtet«, antwortet Evans gepreßt.

Der hohe Heeresrichter blickt Evans stumm und fragend an.

»Ich beantrage Aufschub!« sagt Evans laut.

»Aufschub? Wieso? Haben Sie Gründe? Neues Beweismaterial?«

Mit fliegenden Händen reißt der Rechtsanwalt den Reißverschluß seiner schmalen Mappe auf.

»Hier«, erläutert er heftig, »ist noch einmal eine genaue Aufstellung aller Beweise ... wenn Sie nicht unverzüglich eingreifen, Sir, wenn Sie die Exekution nicht verhindern ... dann begeht Amerika einen Justizmord.«

Der General-Richter nimmt den Akt und legt ihn auf ein Gestell neben seinem Schreibtisch.

»Ja, lesen Sie denn das nicht?« braust Evans auf.

»Keine Zeit mehr.«

Der General lehnt sich zurück. Sein Gesicht wirkt alt und jung zugleich. Die Augen sind wach, die Stirne intelligent. Kein Mann, der eine Sache leichtnimmt.

»Ich kann nichts mehr machen«, stellt der hohe Richter lakonisch fest, »Sie haben Pech, Evans.«

»Ich?«

Das ist nicht mehr der ruhige, klar denkende Colonel, der mit Anstand und Würde seine Sache verficht. Das ist ein anderer Evans, der tobt: »Es geht nicht um mich, zum Teufel! Es geht um das Leben Unschuldiger!« Er verliert jede Fassung. »Wie dick ist das Fell eigentlich noch an eurem Hintern!« Der Verteidiger schlägt mit der leeren Aktentasche auf die Schreibtischplatte des Generals. Dann stürmt er hinaus.

Das Grauen sitzt ihm im Nacken. Die Angst jagt. Die Zeit drängt, sie kennt keinen Dienstweg mehr. Er reißt einfach Türen auf. Nein, er ist nicht mehr der Mann, der mit einem Fingerschnippen die Ankläger des Malmedy-Prozesses zur Weißglut brachte. Jetzt glüht er selbst.

Eine Sekretärin fährt erschrocken vom Stuhl hoch. Cremefarbene Vorhänge bauschen sich im Luftzug, als Evans wie ein Bankräuber in das Vorzimmer des Verteidigungsministers stürmt.

»Ich muß den Minister sprechen!« fährt der Colonel das Mädchen an.

»Der Minister?« stottert die Sekretärin, ohne zu begreifen, ». . ist nicht da.«

Der Colonel rast einfach an ihr vorbei, reißt die nächste Türe auf. Eine Bildergalerie aller amerikanischen Generale hängt an der Wand. Das Büro ist leer.

Evans ist wie vor den Kopf geschlagen. Er sackt auf den nächstbesten Stuhl.

»Aus«, sagt er. Das Wort knirscht wie Sand zwischen den Zähnen.

»Ich habe Ihnen doch gleich gesagt«, entgegnet das Mädchen immer noch verwundert, »daß der Secretary of Defense in seinem Landhaus ist.«

»Landhaus«, murmelt Evans dumpf.

»Wenn es sehr wichtig ist«, beginnt die Sekretärin zögernd.

»Wichtig?« heult Evans fast heraus.

Das Mädchen betrachtet ihn, zögert noch immer, geht dann mit langsamen, sicheren Schritten zum Telefon.

»Ich verbinde Sie mit ihm.«

Das Blut rauscht in Evans' Kopf, als er den Hörer in die Hand nimmt.

»Helloh! Helloh!« schreit er in die Muschel. »Ich bin der Verteidiger im Malmedy-Prozeß. Helloh, Sir . . . helloh . . . hören Sie . . .«

Die Hand der jungen Sekretärin legt sich auf seinen Arm.

»Wenn Sie so schreien«, sagt das Mädchen, »versteht er überhaupt nichts.«

In diesem Moment nimmt sich Colonel Evans wieder zusammen, wägt jedes Wort, konzentriert sich darauf, eine Geschichte in drei Sätzen zu erzählen, hat einen wachen Instinkt für die Reaktion auf der anderen Seite, bittet, beschwört, drängt, droht, spricht weiter, spricht Minuten, die das Schicksal einräumt.

Die Uhr tickt weiter. Zerreibt die Zeit. Verschwendet Sekunden. Vermindert Chancen.

Während des Gesprächs mit dem amerikanischen Verteidigungsminister kleben die Augen des Colonel Evans groß und schreckhaft am Zifferblatt. Der Hörer in seiner Hand wird schweißnaß. Seine Lippen hasten der Zeit nach. In den wilden Strom seiner Worte ist jetzt Ordnung gekommen. Die Knie des Colonels sind weich, als er sagt:

»Sie können diese Hinrichtungen nicht zulassen, Sir.«

Neun Stunden noch nach mitteleuropäischer Zeit. Während Amerika jetzt den Cocktail mixt, ist in Deutschland schon Mitternacht. Die Uhren der Neuen Welt gehen sechs Stunden nach. General Lucius D. Clay wird schon im Bett liegen. Die Militär-Regierung hat längst Büroschluß. Morgen um neun Uhr erscheinen die Beamten des Military Government of Germany wieder in ihren Offices. Und genau um diese Stunde beginnt unwiderruflich die Tragödie von Landsberg, geht der erste das schmale, hölzerne Gerüst hinauf, spricht ein letztes Gebet und wartet auf die Schlinge.

Colonel Evans hört aus dem Draht den obersten Chef der US-Army atmen. Dann antwortet seine Stimme mit der kühlen Distanz eines Organisators, der einen Riesenapparat beherrscht, in dem man sich in ganz anderen Dimensionen auf die Verteidigung des Landes, auf Sterben und Töten einstellen muß, als in der Zahl von ein paar zum Tode verurteilten Kriegsverbrechern.

»Ja, hören Sie mal, Evans«, sagt der Verteidigungsminister, »ich bin hier draußen auf dem Lande.« Er schweigt kurz, »ich meine ... soll ich denn nun diesen Fall von hier aus übers Knie brechen?«

Die Sekretärin nimmt Colonel Evans den Brieföffner aus der Hand, weil er damit wahllos auf der Schreibtischplatte herumstochert.

»Ich kann sofort zu Ihnen kommen«, antwortet der Colonel, »und Ihnen die Unterlagen vorlegen ...«

»No thanks«, erwidert der hohe Beamte unwirsch. »Das Pentagon hat sich wochenlang mit den Urteilen von Dachau befaßt ... ich kann nicht in fünf Minuten diese Überlegungen umwerfen ... das müssen Sie verstehen, Mister Evans ... Geben Sie in meinem Vorzimmer Ihre Gesuche ab ... ich werde sie selbst prüfen.«

»Sir«, stößt Evans hervor, »dazu ist keine Zeit mehr. In neun Stunden werden die Malmedy-Leute gehängt.«

Es bleibt still. Lange still. Wenn er jetzt einhängt, denkt der Colonel, wenn er sich daran erinnert, daß es für einen früheren Oberst der Armee eine Ungeheuerlichkeit ist, den Minister unmittelbar zu belästigen, dann ...

»Sind Sie sicher«, fragt der Mann am anderen Ende der Leitung zögernd, »daß die Hinrichtung dieser ... äh ... Malmedy-Leute schon in neun Stunden ...?«

Evans möchte gleichzeitig lachen, weinen, fluchen und bitten.

»Ja«, entgegnet er.

»Na schön«, brummt der »Secretary of Defense« widerwillig, »wenn Sie glauben, daß es unbedingt sein muß ... Mrs. Brown ... Sie wissen, die Witwe des Senators ... gibt um neunzehn Uhr eine Cocktail-Party ... ich werde für eine knappe Stunde dasein ... wenn die alte Dame Sie hineinläßt, würde ich Sie anhören.«

»Thank you, Sir«, ruft Evans heftig in die Muschel. Es klingt wie ein Dankgebet, und dabei prallt die Höflichkeitsfloskel des Verteidigers mit dem Schlußsatz des Verteidigungsministers zusammen:

»Aber versprechen Sie sich nicht zu viel von dieser Unterredung, Evans.«

Langsam, wie um das bescheidene Zugeständnis nicht noch zu zerstören, legt Evans den Hörer auf die Gabel. Er zieht eine Zwanzig-Dollar-Note aus der Tasche, lächelt die Sekretärin, die ihm das Gespräch ermöglichte, verlegen an, gibt ihr ein Trinkgeld.

Er geht so schnell hinaus, daß das Mädchen nicht mehr fragen kann.

Er muß zum Friseur. Er braucht ein neues Hemd. Er muß sehen, wie er sich einen dunklen Anzug verschafft. Mr. Evans ist zwar für einen Besuch im Pentagon eingerichtet, nicht aber für eine Cocktail-Party bei Mrs. Brown, deren politischen Salon man in ganz Amerika kennt. Minister treffen sich hier und Diplomaten, Industrielle und Wissenschaftler, Filmstars und Modeschöpfer, Schönheitsköniginnen und Journalisten. Dabei werden auf den Perserbrücken der alten Dame zwischen Martinis und Manhattans im Plauderton Entscheidungen gefällt, die in den Konferenzsälen längst fällig waren.

Acht Stunden noch, als der Chefverteidiger die Vorbereitungen zur Party hinter sich hat. Er sitzt im Taxi. Die lichtflutende Stadt mit ihren schillernden Auslagen zieht an ihm vorbei. Ein Juwelier-Geschäft jetzt, mit einem Traum von einer Perlenkette. Wie gerne würde ich sie Alice schenken, denkt Evans. Ihr Mut hat sie längst verdient, und wie leicht hätte ich sie ihr schenken können, wenn ich nicht mein ganzes Geld in den Malmedy-Case investiert hätte. Nur das Gewissen wird ihm vielleicht einst die Spesen ersetzen. Niemals die Todeskandidaten von Landsberg. Und niemals die Armee, die kalt den Standpunkt vertritt, daß der entlassene Oberst Evans gefälligst sein Hobby aus eigener Tasche zu bezahlen hat.

Mrs. Brown steht im Vorraum. Sie sieht aus wie Friedrich der Große, nur ist ihr Spitzenjabot blütenweiß und ohne die Spuren königlichen Schnupftabaks. Sie mustert den Fremden mit übergroßen blauen Augen, stößt leicht den Stock mit der goldenen Krücke auf:

»Well«, sagt sie, als Evans seinen Namen nennt.

»Entschuldigen Sie, Madame«, entgegnet der Colonel, »ich habe mich aufgedrängt ... es geht um das Leben von Menschen ...«

Die Mundfalten im Gesicht der alten Dame werden zu Felsschründen aus Granit.

»Mein Freund«, antwortet sie mit offenem Hohn, »wenn Sie vorwärtskommen wollen: werden Sie nie dramatisch!«

Der Verteidiger hat keine Zeit, auf seinen Stolz Rücksicht zu nehmen. Er hat das Haus der gefürchteten alten Dame betreten und wird es nicht verlassen, bevor er mit dem Minister gesprochen hat.

Er mischt sich unter die Gäste. Die Türen der Salons sind offen. Es wogt und summt. Alles steht in Gruppen und Grüppchen, zu zweit, zu dritt, zu viert. Die Damen haben die Hüte auf. Die Hüte wippen zustimmend, wenn die zahllosen Ober auf silbernen Tabletts Cocktails anbieten. Es gibt die drei einschlägigen Mixgetränke: Martini, Manhattan und Whisky-Soda, die so unverrückbar zum amerikanischen Leben gehören wie die Rocky Mountains, die Bibel in den Hotelzimmern und der elektrische Stuhl von Sing-Sing.

Sieben Stunden noch. Da stehen sie hier, plaudern über Hüte und Kandidaten, über Autos und Television. Und die Zeit macht sich breit und verstreicht nutzlos.

Der Minister kommt nicht. Vielleicht absichtlich. Oder er hat es vergessen. Oder er ist aufgehalten worden. Und dann?

Am liebsten würde Evans auf den Stuhl springen und vergessen, daß er ein Gentleman aus den Südstaaten ist, möchte aufschreien: Hört zu, ihr alle, die ihr Amerika repräsentieren wollt! Du, bösartige Mumie mit dem goldenen Krückstock! Und ihr feinen Diplomaten mit den glatten Gesichtern! Und ihr Frauen mit eurem Modekummer, mit eurem Anstand, der so steril ist wie eure Langeweile! Hört zu, stellt die Gläser ab: Amerika tut etwas Furchtbares! Ein Unrecht, das nie wieder gutzumachen ist, das junge Menschen erleiden, die einmal eure Feinde waren. Aber der Krieg ist aus. Ihr habt ihn gewonnen. Verspielt den Sieg nicht! Hört auf zu lachen! Malmedy ... klingt schlecht, was? Klingt mit Recht blutig. Aber soll das Wort künftig einen noch miserableren Klang haben?

Evans' Gedanken brechen ab. Der Zorn schwindet. Er ist müde und resigniert. Und er sieht nur noch das Zifferblatt, nicht mehr die Gesichter der Umstehenden. Colonel Evans war nicht untätig in den Monaten zwischen Urteil und Hinrichtungstermin. Er gab nicht auf. Er kämpfte sich bis zu General Clay durch. Und der Mann, der von so vielen unterschätzt wurde, die er überlebte, hörte ihn schweigend an, nickte, ließ die Akten kommen, sagte Prüfung zu, gab ihm die Hand. Das registrierte der Chefverteidiger besonders, weil viele hohe Offiziere keinen Händedruck mehr für ihn hatten.

Dann ging Colonel Evans nach Amerika zurück. Schriftwechsel mit dem Pentagon. Wohlwollender Empfang trotz alledem. Für jedes freundliche Wort war der Chefverteidiger dankbar. Nicht für sich, nicht einmal für seine Mandanten.

Und dann kam die Nachricht, daß die Exekution doch stattfinden, daß der Galgen doch errichtet würde.

Hat es überhaupt noch einen Sinn, fragt sich Evans. Nichts Neues in Amerika, der Wettlauf zwischen Henker und Recht. Wie viele Gouverneure werden in letzter Stunde noch überredet, die Hinrichtung zu verschieben? Und die Zeitungen freuen sich. Amerika liebt die Sensation. Aber das ist nicht der Grund. Amerika schätzt auch das Recht. Solange es noch eine Möglichkeit gibt, einen neuen Beweis auszuschöpfen, nützt man sie auch noch in letzter Stunde.

Darauf baut Evans. Das ist seine einzige Chance.

In diesem Moment betritt der Verteidigungsminister den Salon. Er ist untersetzt. Sein Grauhaar steht borstig in die Höhe. Sein Gesicht ist braungebrannt. Die Zähne schimmern hell, wenn er lächelt. Sein Lächeln flammt auf und erlischt ebenso schnell, wenn er einen der Gäste begrüßt. Er beugt sich an das Ohr von Mrs. Brown. Sie trägt jetzt einen elektrischen Verstärker.

Evans gibt sich eine Sekunde Zeit. Und dann noch eine. Dann strafft er sich. Jede Sekunde, die ich feige bin, sagt er sich, geht vom Leben anderer Menschen ab.

»Ich bin Evans, Sir«, sagt er und steht nun vor dem Minister.

Das Lächeln flammt auf.

»Nice to meet you«, erwidert der Minister, »nett, Sie zu treffen.« Das Lächeln erlischt. »Wer sind Sie, bitte?«

Evans erschrickt.

»Ich habe vor zwei Stunden mit Ihnen gesprochen, Sir. Ich bin der Verteidiger im Malmedy-Case.«

»Oh, ja«. Der Minister greift sich mit einer abgespannten Geste an den Kopf. Dann kreuzt er beide Arme über dem Rücken. »Machen wir es bitte kurz«, sagt er. »Schießen Sie los!«

Jedes Wort von Evans sitzt. Jeder Satz kommt knapp und kalt. Der Minister neigt den Kopf, unterbricht den Colonel nicht.

Eine Frau im Hintergrund sagt:

»... Ach, es ist ihm völlig gleichgültig, ob er einen oder zehn Nerze kauft. Aber er hat so einen dummen sozialen Komplex, und deshalb läßt er Helen ständig so herumlaufen.«

»Gut, Evans«, antwortet der Minister. »Ich habe mich über Sie informieren lassen ... ich weiß, Sie waren der querköpfige Verteidiger.« Er nimmt ihn am Arm und geht mit ihm in eine Nische.

»... Wenn er jetzt nicht verkauft, ist er in ein paar Jahren pleite ...« knurrt ein Mann hinter Evans.

»Sie verlangen Unmögliches von mir«, sagt der »Secretary of Defense« hastig, »ich kann diese Urteile nicht einfach über den Haufen werfen, nachdem sie von allen Instanzen geprüft wurden.«

»Das verlangt kein Mensch von Ihnen, Sir. Sie sollen heute nichts umstoßen . . . nur aufschieben.«

Es liegt so viel drängende Leidenschaft in diesem Satz, daß die kühlen Augen des Ministers ihre Reserve aufgeben. Der Mann hat in vierzig harten Geschäftsjahren gelernt, hinter die Stirne zu sehen. So fühlt er, daß es hier nicht um den Kniff eines gerissenen Advokaten geht. Evans ist vielleicht verrannt, denkt er. Aber aus Überzeugung. Es sind nicht so sehr die Worte des Verteidigers, die ihn zum Nachdenken zwingen, sondern das schmale Gesicht, die fiebrigen Augen, der Klang der Stimme, die Qual, die Not, die aus allem sprechen.

Der Colonel ist schon beim nächsten Argument.

»Lassen Sie das jetzt . . . kommen Sie morgen um sechzehn Uhr in mein Büro.«

»Aber da ist es doch zu spät!«

»Nein«, erwidert der Minister. Einen Moment lächeln seine Augen. »Ich tue Ihnen den Gefallen, Evans. Die Hinrichtung wird vertagt . . . Wir können diese Leute ja immer noch hängen«, setzt er grimmig hinzu. Er nimmt einen Whisky vom Tablett, trinkt ihn aus, nickt. »Wir sprechen morgen weiter. Aber kommen Sie nicht mit Worten, sondern mit Beweisen.«

»Jawohl, Sir.«

Der Abschied ist kurz und kühl. Evans verbeugt sich und geht, quer durch die Reihen der Gäste. Der Minister sucht das Telefon.

»Sie gehen schon so früh«, sagt die Garderobiere zu dem Verteidiger, »hat es Ihnen nicht gefallen?«

»Danke«, entgegnete der Colonel. Auf einmal hat er Durst. Jetzt erst fällt der Druck von ihm ab.

Es ist soweit. Heute stehen fünfzehn Autos vor dem Gefängnis von Landsberg. Der Morgen ist düster. Das Grauen liegt über der kleinen Stadt am Lech. Es ist kurz vor neun Uhr. Der Reporter Peter Steffens hat das Gefühl, daß er zu seiner eigenen Hinrichtung müßte.

Weit vor der Zeit hat er sich aus dem Hotel geschlichen, um den blassen, verstörten Frauen, die gestern abend zum letzten Male ihre Söhne und Männer sahen, nicht zu begegnen. Er lief sinnlos im Kreise umher, stapfte durch Wasserpfützen, fror und schüttelte sich.

Die Wachen sind verstärkt. So viele Amerikaner waren noch nie in der Stadt. Die meisten patrouillieren mit offenen Jeeps, auf die sie Zwei-Zentimeter-Kanonen montiert haben. Gegenüber dem Eingang lauern primitive Zaungäste, die auf die Straße starren und wenigstens den Henker sehen wollen, wenn sie schon die Hinrichtung versäumen müssen. Sie kennen Sergeant Murphy nicht, und so stoßen sie sich bei jedem Amerikaner, der das Tor passiert, mit den Ellbogen an. Und weil ständig Uniformierte kommen und gehen, genießt makabre Neugier permanentes Gruseln.

Peter Steffens wartet noch ein paar Minuten. Dann steigt er aus dem Wagen, passiert den ersten, weit um das Gefängnisgebäude gezogenen Sperrkreis und geht auf den Posten vor dem Haupteingang zu.

Der Pole in der schwarzgefärbten Uniform winkt schon von weitem ab.

»Nix heit.« Er grinst, während seine flache Hand zum Hals fährt und die Geste des Hängens andeutet.

»Was ist los?« fragt der Reporter ohne Verständnis.

»Nix heit!« wiederholt der Mann.

Da begreift Peter Steffens, daß der Schlußakt von Malmedy verschoben wird.

Er zeigt seinen Passierschein vor und wird zum Verwaltungsgebäude geführt. Diesmal erschrickt er nicht, als Evelyn Wyler mit heller Stimme »come in« ruft.

Wenn sie lächelt, sieht sie ganz anders aus. Dann öffnet sich der knappe, strenge Mund. Die Zähne schimmern, die Augen werden größer und glänzen. Dann wirkt der weibliche Sergeant wie ein Mädchen, das die Uniform ausziehen, die Armee aufgeben und vom Leben träumen sollte.

Evelyn Wyler nickt dem Reporter zu.

»Setzen Sie sich«, sagt sie, »Zigarette?«

»Danke«, erwidert Peter Steffens.

»What the matter?« fragt das Mädchen, als sei die unterbliebene Hinrichtung in Landsberg so selbstverständlich wie der Regen, der Lech oder die Zaungäste vor der Strafanstalt.

»Stimmt es, daß ...«

»Yes«, erwidert sie.

»Warum?«

Evelyn Wyler zuckt die Schultern.

»Weiß es nicht ... mitten in der Nacht kam ein Fernschreiben ...«

»Und wie lange gilt das?«

»Kann ich Ihnen auch nicht sagen.«

Der Reporter steht auf, geht erregt ein paar Schritte im Zimmer hin und her.

»Was haben Sie?« fragt das Mädchen. »Ist ein Verwandter von Ihnen unter den Verurteilten?«

»Das hätte mir noch gefehlt«, entgegnete er. »Nein, das ist es nicht ...« Jetzt erst fällt ihm auf, wie unhöflich er ist. Er setzt sich wieder auf den Stuhl, drängt seine Gedanken zurück.

»Sie sind vergeblich hierhergekommen«, antwortet Evelyn. »Die Story können Sie heute nicht schreiben.«

Peter lächelt. Ich werde eines Tages eine ganz andere Story schreiben, denkt er. Er betrachtet sie. Vielleicht ist es nur die veränderte Situation, daß sie ihm heute viel sympathischer erscheint als gestern. Sie ist hübsch, sagt er sich. Und der helle Streifen in ihren dunklen Haaren wird zum Zeigefinger, der auf dieses gelassene Ebenmaß hinweist.

»Wie kommen Sie eigentlich hierher, Miß Wyler?« fragt er unvermittelt.

Sie deutet auf ihre Uniformbluse.

»Das sehen Sie doch, durch die Army.«

»Und wo waren Sie vorher?«

»Militärgericht in Dachau.«

»Dachau?« wiederholt der Reporter.

»Ja. Dolmetscherin, unter anderem auch im Malmedy-Verfahren«, sagt sie in einwandfreiem Deutsch, mit leicht amerikanischem Akzent.

»Malmedy?«

»Ja. Ich habe die ganzen Protokolle getippt.«

»Dann wissen Sie ...«

»Ich weiß ziemlich gut Bescheid«, unterbricht sie ihn. »Und ich bin nicht sehr froh über dieses Wissen.«

Er nickt.

»Haben Sie auch für die Anklage übersetzt?«

»Gelegentlich«, erwidert sie. »Von wem sprechen Sie? Von Lieutenant-Colonel Richards? Von Oberleutnant McCormick? Oder von Leutnant Prince?«

»Mich interessiert der ganze Fall«, antwortet der Reporter.

»Und jetzt wollen Sie mich interviewen?« entgegnet der weibliche Sergeant.

»Nein«, wehrt Peter fast erschrocken ab.

Evelyn bemerkt es und lächelt.

»Ein Reporter ohne Neugierde?« sagt sie. »Das gibt es auch nur in Germany. Aber wenn Ihr Interesse wächst: von mir können Sie erfahren, wie McCormick mit seiner Verstopfung und Prince mit seinen Freundinnen fertig wurde.«

»Kein Armee-Geheimnis?« fragt Peter.

»Army«, schnaubt sie verächtlich.

Er müßte gehen, aber das Mädchen trifft keine Anstalten, ihn zu verabschieden. Und so bleibt Peter Steffens. Evelyn lächelt auf einmal, halb spöttisch, halb verständig.

»Haben Sie nichts anderes anzuziehen?« fragt sie.

Peter sieht an seiner schlecht geänderten Uniformjacke entlang.

»Nein«, versetzt er dann kurz, »warum?«

»Na, vielleicht ...«, sie lächelt, drückt ihre Zigarette aus, »ich meine ... gehen Sie nie aus?«

»Mitunter.«

»Wenn ich nach München komme, rufe ich Sie an«, sagt das Mädchen, ohne zu erröten, »oder wollen Sie nicht mit mir ausgehen?«

»Und ob«, erwidert Peter. Er reicht ihr die Hand. Seltsamer Gedanke, überlegt er im Gang, mit mir, einem von diesen hungrigen, abgerissenen Krauts ausgehen zu wollen. Amerikanerinnen haben ihre Launen. Amerikanerinnen sind hübsch, gepflegt und adrett ... sie haben Nylons an den Beinen, Rouge auf den Lippen und Flirts im Kopf. Ich habe nichts gegen sie ... und nichts mit ihnen.

Ein netter Kerl, denkt Evelyn, während sie sich mechanisch mit dem Kamm durch die Haare fährt. Warum ich eigentlich mit ihm ausgehen will, weiß ich nicht. Vielleicht, weil er so etwas wie Würde zeigt, was vielen Deutschen des Jahres 1946 abgeht? Oder, weil er so schnell zornig werden kann? Oder, weil er gut aussieht? Oder, weil ich Mitleid mit ihm habe? Unsinn, überlegt das Mädchen weiter, wozu über ihn nachdenken? Wer weiß, ob ich ihn jemals anrufe.

Peter Steffens hat den Ausgang erreicht, gibt seinen Passierschein ab. Am Rande des Sperrkreises drängen sich immer noch die Schaulustigen. Noch weiß das Städtchen nicht, daß die Hinrichtungen aufgeschoben wurden.

Der Reporter fährt zum Hotel zurück, zahlt die Rechnung, holt den Koffer. In der Halle ist eine alte Frau, blaß, mit rotgeränderten Augen, deren Blick nach innen geht. Mutter Brinkmann. Peter kämpft mit sich. Das Mitleid besiegt die Hemmung. Er geht auf sie zu. »Ihr Sohn lebt«, spricht er die alte Frau an, »heute geschieht bestimmt nichts mit ihm. Glauben Sie es mir, es wird alles noch gut.«

Sie sieht ihn jetzt an, aber in ihrem Blick ist noch kein Begreifen. Peter wiederholt seine Worte, eindringlich. Sie nickt. Noch ist ihr die Erleichterung nicht anzusehen.

»Danke«, sagt sie endlich in einem Ton, den er nicht vergessen wird.

Spät erst begriffen die Häftlinge, daß dieser Donnerstag an ihnen vorüberging. Von nun ab hatten sie noch mindestens vier Tage Zeit; denn vor dem nächsten Dienstag wird keine Hinrichtung stattfinden. Vier Tage ... Viel, wenn das Leben nach Stunden zählt, wenig, wenn man weiterleben will. Die Nacht war ohne Gnade. Sie kauerten in den Zellen und warteten. Sie hörten den Schritten nach und verzweifelten.

Brinkmann sah an seiner roten Jacke entlang und erschauerte. Dann sprang er von der Pritsche hoch, raste in der Zelle hin und her stieß an der Wand an, spürte es nicht, fürchtete die eigenen Schritte, lauschte, traute seinen Ohren nicht, nahm das Buch, las drei Zeilen, warf es weg, hob es wieder auf, dachte an seine Mutter, die er vor Stunden ein letztes Mal gesehen hatte. Warum nur, dachte er verbittert, warum mußte sie kommen und mich an all das erinnern, was nie mehr sein wird?

Sein Blick kroch hoch zum Zellenfenster. Da, in dieser Richtung liegen die Gräber. Seine Hand fuhr zum Hals. Sie können es nicht tun, sagte er sich hundertmal. Unschuldige sterben nur in Kitschfilmen, nicht im Leben. Und der Pfarrer! Gottes Gnade, hatte er gesagt. Der junge Unterscharführer lachte laut auf. Armer Teufel, dachte er, wenn du an so etwas glauben mußt! Aber lieber daran glauben als sterben! Lieber alles andere, alles andere.

In der übernächsten Zelle wartete Willers, der zum zweiten Male gehängt werden sollte. Was bin ich für ein feiges Schwein, dachte der Gefreite. Wie machen das die anderen? Henze zum Beispiel, der ruhig und kühl bis in die Fingerspitzen bleibt. Oder auch Triebenstein, der nur verächtlich die Unterlippe schürzt, wenn er mir bei dem kurzen Spaziergang im Hof, fünf Minuten, fünf Meter Abstand, Gespräche verboten, begegnet. Was ist mit mir los? Ich bin doch ein alter Frontsoldat. Ich habe doch das Sterben und Töten hundertmal erlebt. Aber da war es etwas anderes. Zufall oder Bestimmung. Und es ging blitzschnell. Man brauchte nicht zu warten. Hatte weder Zeit zum Hoffen, noch zum Verzweifeln. Man war einfach da und die Granate auch.

Neben Triebenstein lauerte der Obersturmführer Karolin. Er gehörte nicht zu den Malmedy-Leuten. Er war Lageroffizier im KZ Dachau. Und hier, an der gleichen Stelle, die er elf Jahre lang als bevorzugter Angehöriger der Totenkopfverbände gehalten hatte, wurde er auch abgeurteilt. Zum Tode. Mit Recht. Aber das verstand der Obersturmführer nicht. 1934 begann es. Damals war er noch Unterführer in einem Außenlager. Fünfzig Häftlinge, Sklaven im gestreiften Kittel, kurzgeschoren, übelriechend, abgerissen, krank, keine Menschen mehr, Arbeitstiere, Feinde der Bewegung . . .

Drei Tage Sonderurlaub für Erschießung auf der Flucht. Aber sie flüchteten nicht. Dazu waren sie viel zu schwach. Man mußte nachhelfen. Es gab ein System. Karolin hatte es nicht erfunden, aber erprobt. Ein dutzendmal. Und noch öfter. Er riß einem der Häftlinge die Mütze vom Kopf, warf sie zehn Meter weit.

»Hol die Mütze!« brüllte er.
»Nein«, schluchzte der Mann.
»Du sollst die Mütze holen, du Schwein!«
Der Häftling fiel auf die Knie, hob die Hände, bat, flehte, wimmerte. Er erhielt dafür ein paar Fußtritte. Dann legte der Bewacher mit der Pistole auf ihn an. »Los!«
Da taumelte der Häftling vorwärts, fünf Meter oder sechs. Die Kugel warf ihn nieder. Zwei, drei Kugeln. Er zuckte noch mit den Lippen. Dann war er tot.
»Auf der Flucht erschossen . . .« stand im Protokoll.
Und der Schütze erhielt drei Tage Sonderurlaub. So brachte er im Laufe der Zeit ein dienstfreies Vierteljahr zusammen.
Und jetzt wartete Karolin auf den Henker, hörte Schritte, warf sich auf die Knie, genauso wie damals seine Opfer.
»Ihr könnt mich doch nicht hängen!« stöhnte er. »Es war ja nicht schön von mir! Geb' ich ja alles zu! Aber ich hab's doch auch nur auf Befehl getan. Hängt die anderen! Den Standartenführer und den Sturmbannführer und die Kapos! Aber laßt mich weiterleben! Laßt mich weiterleben! Ich wollte doch bloß Urlaub wegen meiner Frau. Versteht das doch! War doch menschlich, nur menschlich . . .«
Die Schritte hielten vor der Zelle Die Türe wurde aufgesperrt. In dieser Sekunde übergab sich Karolin. Der MP-Soldat sah es und grinste. Hinter ihm stand der Pfarrer.
»Nein!« heulte der Obersturmführer.
»Nicht! . . . ich will nicht!«
»Beruhigen Sie sich«, entgegnete Pfarrer Märker, »es finden heute früh keine Hinrichtungen statt. Ich wollte Ihnen das nur sagen . . .«
Die Zelle wurde wieder geschlossen. Die Freude des Obersturmführers war wild und kurz. Er hoffte weiter. Wochen, Monate. Er hoffte vergeblich. – Seine Mütze würde geworfen werden.
Die beiden Geistlichen gingen von Zelle zu Zelle. Sie beruhigten eine Nacht lang. Sie hatten als erste erfahren, daß General Clay die Exekutionen ausgesetzt hatte. Sie trugen mit Würde die Bürde, die ihnen Gott auferlegte. Sie waren grau und müde. Aber sie hielten durch, Stunden, Monate, Jahre . . .
Und jetzt stand Pfarrer Märker wieder vor der Zelle 101, vor Unterscharführer Fritz Türmer, vor dem einzigen Malmedy-Angeklagten, der niemals ein Geständnis abgelegt hatte.
»Post«, sagt der Geistliche, »von Ihrer Mutter.«
»Von meiner Mutter?«
»Ja . . . an mich, nicht an Sie«, fuhr der Pfarrer fort.
Fritz Türmer zuckte die Schultern.
»Warum das Theater?«

»Ihre Mutter möchte, daß Sie wieder zurückfinden ... daß Sie in die Kirche eintreten ... wollen Sie es sich nicht überlegen, Türmer?«

»Nein!« schrie der Mann in der Rotjacke, »meine Mutter kann's ruhig wollen ... sie wird ja hier auch nicht aufgehängt!«

Der Geistliche ließ den Brief in die Zelle flattern, ging weiter, den Kopf zwischen die Schultern gezogen, die Schultern nach vorne gebeugt. Er gab nicht auf. Er rang mit einer Seele. Es war ein stiller Zweikampf, den vielleicht der Galgen gewinnen würde.

Fritz Türmer bückte sich, hob den Brief auf. Er las, ohne zu begreifen, und begriff, ohne zu lesen. Vielleicht, dachte er, vielleicht hat sie recht. Aber solange ich nichts von Hertha weiß, solange mir meine Frau nicht ein Zeichen der Teilnahme in die Todeszelle schickt, will ich nichts mit dem Mann im schwarzen Rock zu tun haben. Da ist das Schlimmste: keine Nachricht von Hertha. Kein Wort über sie im Brief der Mutter. Ein Achselzucken des Geistlichen, wenn man nach Hertha fragt. Hätten sie mich doch hingerichtet, dann wäre es jetzt vorbei!

Während der Unterscharführer das dachte, vergaß er, daß er die ganze Nacht gehofft hatte, daß die MPs an seiner Zelle vorbeigingen.

Sie gingen schließlich an allen Zellen vorbei. Sergeant Murphy reiste wieder ab. Die Fachsprache des Henkers hatte für diesen Vorgang ein neues Wort geprägt:

Hinrichtungsstopp.

Donnerstag, sechzehn Uhr. Die Dezember-Sonne wärmt zwar nicht, aber sie ist grell. Im Minister-Zimmer des Pentagon wurden die Rollos heruntergelassen. Auf dem Tisch stehen drei Wasserkaraffen neben Gläsern. Das Licht aus den schmalen Jalousieschlitzen bricht sich bläulich im Glas und Wasser, tanzt über eine bräunliche, behaarte Hand, die gelassen auf der glänzenden Platte liegt.

Der Verteidigungsminister spricht. Colonel Evans sitzt ihm gegenüber, zusammengekauert wie ein Hundert-Meter-Läufer im Startloch. Rechts von ihm lehnt sich der Richter im Generalsrang im Sessel zurück; sein Mienenspiel verrät die langjährige Übung, auch im Umgang mit dem höchsten Vorgesetzten die eigene Würde nicht aufzugeben.

»Mein lieber Jack«, beginnt der Minister, »eines möchte ich gleich klarstellen: Ich dachte nicht daran, in deine Kompetenzen einzugreifen ... ich selbst habe keinen Zweifel, daß diese SS-Kerle von Malmedy Verbrecher sind und zu Recht verurteilt wurden.« Er streift Evans mit einem harten Blick. »Aber ich hielt es doch für richtig, einem alten amerikanischen Brauch zu folgen und Verbrechern eine letzte Chance zu geben, solange noch ein winziger Zweifel an ihrer Schuld bestehen kann.«

Er dreht sich zu Evans.

»Sie sind sicher ein korrekter Mann. Und Sie haben mich gestern vielleicht ... ein bißchen überfahren. Nun, wir werden die Sache prüfen ... und dann die Burschen aufhängen. Diese Mörder laufen uns ja nicht weg. Und nun sind Sie dran, Evans.«

Der Colonel senkt den Kopf. Aus der spiegelnden Tischplatte sieht ihn sein eigenes zerfurchtes Gesicht traurig an.

»Ich habe nur einen Antrag: die Wiederaufrollung des gesamten Verfahrens.«

»Begründung?« unterbricht ihn der Generalrichter, höflicher als gestern, aber mit spürbarem Spott.

»Die Unschuld mancher Verurteilter.«

»Sie haben ihre Schuld gestanden«, erwidert der Richter trocken.

Evans hebt den Kopf, so schwer und langsam, als trüge er ein Halseisen.

»Da sind wir genau bei der Sache«, antwortet er dann, »viele Geständnisse sind leider falsch ... ich habe von Anfang an beantragt, daß die Statements von Schwäbisch-Hall zurückgezogen werden. Das wurde abgelehnt. Und dann rollte das Verfahren über die Bühne.«

Der Richter hebt die flache Hand.

»Bestreiten Sie, Evans, daß die Verhandlung in Dachau korrekt geführt wurde?«

Der Chefverteidiger lächelt schwach.

»Ich bin völlig Ihrer Meinung, Sir, die Verhandlung selbst war korrekt. Das habe ich auch nie angezweifelt. Nur basierte sie auf einer falschen Voraussetzung: daß die Geständnisse der Angeklagten echt waren.«

»Ich verstehe Sie nicht, Evans«, schaltet sich der Minister wieder ein. »Gibt es denn einen besseren Beweis als ein Geständnis? Glauben Sie denn, daß sich jemand freiwillig den Strick um den Hals legt?«

Es ist soweit, denkt Evans. Sein Blick taucht tief in die abweisenden Augen des Ministers. Er strafft sich.

»Die Geständnisse wurden mit Mitteln der Drohung und Gewalt erzwungen«, sagt er fest.

»Von wem?«

»Von der amerikanischen Untersuchungskommission, die man hinterher auch noch zur Anklagebehörde ernannte ... Da wurde dann der Bock zum Gärtner.«

»Was heißt das?« unterbricht ihn der Minister barsch. »Wollen Sie behaupten, daß sich amerikanische Offiziere als Erpresser betätigten?«

»Ja«, entgegnet Evans ruhig.

An den beiden Gesichtern, die ihn bisher zwar distanziert, aber nicht unfreundlich angesehen hatten, erkennt Evans, daß es nun kein Zurück mehr gibt.

»Mit anderen Worten«, antwortet der Minister drohend, »Sie bezichtigen einige unserer Leute im Prinzip der gleichen Verbrechen, wie sie in Hitler-Deutschland allgemein üblich waren?«

Die Hände von Evans zucken auf und zu.

»Das ist sehr scharf formuliert, Sir«, erwidert er heiser, »aber ich glaube, Sie haben es richtig beim Wort genannt.«

»Das ist unerhört«, faucht der Richter.

»Wenn Sie das nicht beweisen können ...« entgegnet der Verteidigungsminister kalt.

»Ich kann es beweisen«, versetzt der Colonel ruhig.

»Wie?« fährt der Richter hoch.

»Durch die Aussagen der Angeklagten ...«

Der Minister und sein oberster Richter sehen sich an, als hätten sie es mit einem Kranken zu tun.

»Großartige Beweise, Mister Evans! Gratuliere!« Der Richter kneift die buschigen Augenbrauen zusammen. »Auch die Massenmörder in den KZ beteuern ihre Unschuld«, sprudelt er dann hastig heraus, »schade, daß sie keinen Evans gefunden haben.« Noch einmal steigert sich seine Stimme. »Da würde sich am Schluß noch herausstellen, daß nicht SS-Leute die Juden vergasten, sondern die Amerikaner die Deutschen schikanierten.«

Colonel Evans steht auf, zieht einen Brief aus der Tasche. An der Art, wie ihn der Minister entgegennimmt, merkt der Verteidiger, wie gereizt er ist. In diesem Moment steht wieder das faltige, unwirsche Gesicht des Chefrichters O'Connor vor den Augen des Verteidigers, als er ihm den Brief gab. Beim Abschied von Dachau. Der Chefrichter hielt ihm den Umschlag fast verlegen hin. »Da«, sagte er knapp, »Evans, vielleicht werden Sie das mal gebrauchen können. Sie sind dazu berechtigt.« Damals steckte der Verteidiger den Brief ein, dankte flüchtig und riß erst viel später den Umschlag auf.

Der Minister liest das Schreiben. Auf seiner Stirne stehen steile Falten.

»Lieber Evans, vielleicht schreibe ich Ihnen, weil man irgendwann sein Gewissen erleichtern muß. Wir haben uns oft gestritten. Sie als Verteidiger hatten an mir einen ungnädigen Richter. Aber Sie werden mir bestätigen müssen, daß ich das Verfahren korrekt leitete. Nun muß ich Ihnen bestätigen, daß ich die von der Anklagebehörde geführte Voruntersuchung für außerordentlich fragwürdig halte – um nichts Schlimmeres zu sagen! Es hat mich während des ganzen Prozesses bedrückt. Aber ich konnte nichts tun. Die Mehrheit des Gerichts erkannte die Statements als Beweismittel an. So lief mir der Prozeß davon. Jetzt kann ich noch weniger tun. Mir sind durch das eigene Urteil die Hände gebunden. Sie, Evans, werden sich weiter schlagen. Sie müssen es. Das klingt seltsam aus meinem Mund, nicht wahr? Aber wenn Sie eine Revision des Verfahrens durchsetzen können, ich versichere Ihnen, Sie würden einem alten Mann die Ruhe wiedergeben!«

»Wer hat das geschrieben?« fragt der Minister mit blassen Lippen. Er reicht den Brief dem Heeresrichter hinüber.

»Der Vorsitzende des Verfahrens«, antwortet Evans.

»Mann!« schreit der Minister plötzlich, »und warum kommen Sie erst jetzt damit?«

»Ich habe den Dienstweg eingehalten, Sir«, entgegnet der Verteidiger. Ganz kann er die Ironie nicht unterdrücken, »und der Dienstweg ist mitunter lang und umständlich.«

Der Generalrichter starrt den Brief an, als ob er eine Fälschung sei.

»Jack«, sagt der Minister schließlich schwer, »wir müssen diesen O'Connor hören.« Er sieht Evans gequält an, schüttelt den Kopf. »Ich kann es nicht glauben«, setzt er mit schwacher Stimme hinzu.

»Ich wollte es zuerst auch nicht, Sir«, erwidert Evans fast unhörbar.

Sie stehen auf. Die Unterredung ist zu Ende. Der Entschluß gefaßt. Endlich konnte der Chefverteidiger bei der richtigen Stelle landen. Es war der erste Schritt auf einem langen Weg.

3. Kapitel

Landsberg. Der Abendnebel verwächst mit dem massiven Gebäude zu trübem Horizont. Plötzlich schälen sich Wachtposten in dunklen Uniformen aus der Waschküche, rufen einander etwas zu, sehen auf die Uhr und fluchen, während der Nebel sie schon wieder verschluckt. Sie sichern die Herberge des Todes, wo der Tag kein Licht hat. Die Nacht keinen Trost. Die Zeit keine Form. Der Hunger keinen Appetit.

Hier kauert in Hunderten von Zellen das Strandgut des Krieges. Namen, die Millionen kennen, neben Schicksalen, um die nur die Angehörigen wissen. Die Zellen sind gleich, eng und hoch. Sie fragen nicht danach, ob sie Minister, Diplomaten, Gauleiter, Generalfeldmarschälle, Professoren, Industriekönige oder sogar Frauen aufnehmen. Nur die MPs fragen mitunter nach Prominenz und tauschen Zigaretten gegen Autogramme, unterbrechen für Sekunden den Alltag, das zersetzende Warten: auf die Gerüchte, auf die Post, auf die Wachablösung, auf das Essen, auf den Pfarrer, auf die Gnade, auf den Henker.

Vom runden Wachtturm in der Mitte des Gefängnisses zweigen die schnurgeraden, überhell beleuchteten Zellengänge ab. Hier schieben nur echte GIs Wache. Soldaten, die wegen kleiner, militärischer Delikte nach Landsberg strafversetzt wurden. Dreimal täglich geht ihnen die törichte Kommißweisheit auf, wie langsam zwei Stunden auf Wache verrinnen. Drei Monate müssen sie hier bleiben. So lange haben sie keinen Ausgang, grölen sie nicht in den überhitzten Soldatenkneipen, wechseln ihre Fräuleins den Besitzer, gibt es keinen schwarzen Schnaps. Daß selbst der Kanonenkönig Krupp noch den kleinsten Gefreiten aus Alabama oder Arkansas mit »Sir« titulieren muß, hebt ihre Laune nicht.

Brinkmann hört die laute Unterhaltung der beiden Posten vor seiner Zelle. Er geht an das Fenster und lauscht. Er hat heute einen guten Tag hinter sich und weiß nicht warum. Zuerst gerann die Angst zur Erschöpfung. Sie verwandelte sich in Hoffnung. Aus ihr wurde Zuversicht, die sich schließlich zum Stumpfsinn steigerte. Mehr kann ein Mann in der Rotjacke in Landsberg von seinen Nerven nicht erwarten. Siebenmal am Tag häutet sich die Angst. Und Brinkmann hat sich an sie gewöhnt.

Der frühere Unterscharführer tritt dicht an die Türe heran. Er lernte längst, Englisch zu verstehen, ohne es sprechen zu können. Einer der beiden Posten fährt mit seinem Holzknüppel am Geländer entlang.

»Und ich werde Eva doch heiraten«, sagte der erste.

»Quatsch«, knurrte der zweite.

»Doch, Joe, solche Beine, solche Augen ... so was gibt's in den ganzen verdammten Staaten nicht ...«

»Bis du hier wieder 'raus bist«, entgegnet Joe höhnisch, »hat sie sich mit diesen Beinen und diesen Augen längst den nächsten geangelt.«

»No ... gestern schrieb sie mir erst ... davon verstehst du nichts ... ich sage dir ...«

Brinkmann klopft an das Zellenfenster. Mürrisch öffnet es einer der Posten.

»What's happened?« fragt Joe.

Der Gefangene deutet auf seine Zigarette, bittet um Feuer.

»No«, erwidert Jimmy barsch.

»Na, gib's ihm schon«, schaltet sich Joe ein, »armer Teufel, kann sowieso nicht mehr lange rauchen ...« Er hält Brinkmann sein Feuerzeug hin, »da, Kraut.«

Vor Zelle 101 bleibt Joe stehen, sieht durch das Fenster. Plötzlich fährt er herum.

»Look at him!« ruft er erschrocken.

Jimmy kommt ohne Eile näher.

Der Gefangene Fritz Türmer liegt mit dem Gesicht auf seinem Bett, starr, Arme und Beine weit von sich gestreckt.

»Tot«, sagt Joe.

»Quatsch«, erwidert der zweite Posten, während er die Türe aufsperrt, auf den Häftling zugeht, ihn rüttelt.

Türmer reagiert nicht. Seine Augen sind glasig. Sein Gesicht wirkt steif. Links von der Pritsche liegt der Brief seiner Mutter. Joe hebt ihn auf, schiebt ihn fluchend in die Tasche.

Zu zweit zerren sie den Gefangenen hoch. Joe geht zurück zum Rundturm, erstattet Meldung. Türmer wird schwerbewacht in das Lazarett geschafft. Die Posten stützen ihn an den Armen. Wenn sie ihn nicht festhalten, knickt er in den Knien ab. Er röchelt, grinst irr, schreit plötzlich.

Türmer wird auf den Operationstisch gelegt. Mit scheuen Fingern ziehen ihm zu niederen Freiheitsstrafen verurteilte Mithäftlinge die weinrote Jacke aus. Der Arzt untersucht den ehemaligen SS-Unterscharführer verdrossen.

»Kollaps«, sagt er, »Herz, Nerven, sonst noch was ... Der Mann bleibt ein paar Tage hier.«

So vertauscht Fritz Türmer die Todeszelle mit der Krankenstube. Tagelang dämmert er ohne bewußtes Begreifen dahin.

Und dann zwischen Wachen und Träumen, zwischen heute und damals, erscheint sie ihm wieder und wieder, Hertha, die Frau von der er nie wieder gehört hat.

Damals, in Hamburg, 1943, zwei Tage, bevor er abgestellt wurde. Geburtstagseinladung bei seinem Kompaniechef, der später fiel. Großes Haus in Blankenese. Viel Zivil, wenig Uniformen. Frauen, Lachen, Alkohol. Und die Tanzplatte drehte und drehte. Die Nacht verlängerte sich von selbst. Und das Lachen nahm kein Ende. Und nicht die heißen, trunkenen Worte, die sie einander zuflüsterten.

Auf einmal war Fritz Türmer nüchtern. Er saß neben einer jungen, ernsten Frau, deren dunkle Augen zu ihren hellen Haaren einen hübschen Kontrast bildeten. Sie tanzte nicht und trank wenig. Er starrte sie unverwandt an. Zuerst war sie ärgerlich, und dann mußte sie lächeln. Türmer ging zu seinem Kompaniechef, stand stramm und fragte: »Obersturmführer, wer ist diese Frau?«

»Eine Witwe«, antwortete der Obersturmführer, » ... mehr weiß ich auch nicht.«

Hertha Haussen hatte einen jungen Panzerleutnant geheiratet. Mit siebzehn war sie verlobt. Mit achtzehn wurde sie Mutter. Mit neunzehn Witwe.

»Ich ... ich«, stammelte Fritz Türmer, » ... Sie ... tanzen nicht?«

»Nein«, erwiderte sie.

»Gehen wir an die frische Luft?«

»Gerne.«

Sie standen im Freien und wußten nichts mit sich anzufangen. Auf einmal hielten sie sich an den Händen. Er wagte nicht, sie zu küssen. Noch lange nicht. Vielleicht weil sie Witwe war, Frau eines gefallenen Offiziers, und er nur die Litzen eines Unterführers trug. So sah er von Anfang an zu ihr auf. Und selbst später, als sie sich gefunden hatten, verspürte er noch ein unbewußtes Schuldgefühl. Vielleicht, weil er feststellte, daß Hertha, die immer alles fest in die Hand zu nehmen pflegte, seine SS-Uniform mit spitzen Fingern anfaßte.

Sie waren jeweils nur Tage zusammen und brachten es bis zum Kriegsende ratenweise auf fünf Wochen. Sie waren glücklich. Hertha mochte seine jungenhafte Art, und Fritz schätzte ihre stille Zurückhaltung.

So heirateten sie. Hertha dachte an die Zeit nach dem Zusammenbruch. Und Fritz Türmer schuftete für den Endsieg.

Und dann, im März 1945, mußte Fritz Türmer zum letztenmal hinaus. Kriegsgefangenschaft. Endstation Schwäbisch-Hall. Malmedy-Verfahren. Todesurteil. Landsberg ...

Er fürchtet den letzten Akt nicht mehr.

Aber er hat Angst vor der Gewißheit um Hertha.

In jeder Stunde, in jeder Minute sieht er sie vor sich, wie damals, vor dem letzten Abschied. Ihr gerötetes, noch ein wenig verschlafenes Gesicht in den weichen Kissen. Die Augen dunkel und feucht. Die Haare in wilder Flut um den Kopf. Die Lippen weich und warm.

»Wir zwei«, flüsterte sie, »wir sind glücklich . . . nicht?«

»Ja«, erwiderte er.

»Der Krieg ist bald aus«, fuhr sie fort, »und dann haben wir uns immer . . .«

»Immer«, stöhnt der Gefangene jetzt laut auf.

Nun erst bemerkt Türmer den Mann im schwarzen Rock, der sich auf seinen Bettrand gesetzt hat. Pfarrer Märker. Er nickt ernst und traurig.

»Ja«, beginnt er, »es ist vielleicht seltsam, wenn ich gerade zu Ihnen von der Güte Gottes spreche . . . aber sie reicht für alle, auch für Sie . . . Der Glaube ist das erste Wunder, Türmer . . . dann kommt die Gnade . . .«

»Was ist mit meiner Frau?« fährt der Häftling hoch.

Der Pfarrer schüttelt müde den Kopf. Seine Lippen zucken wortlos. Seine Hände sind schmal und weiß, Hände, die oft zueinander finden müssen, damit der Priester die Zeit durchstehen kann.

»Finden Sie heim . . . Türmer . . .« sagt Pfarrer Märker leise, »versuchen Sie es wenigstens.«

Der Gefangene betrachtet ihn ohne Regung.

Der Priester steht auf.

»Ich lasse Ihnen die Bibel da. Wenn Sie wollen?« fragt er zögernd.

Ein paar Minuten reagiert der frühere Unterscharführer nicht. Dann nickt er fast unmerklich mit dem Kopf.

Dankbar, demütig und beglückt verläßt der Geistliche den Raum. Auf dem Gang stirbt das glückliche Lächeln auf der Stelle. Er muß weiter. Von Zelle zu Zelle. Er hat sich zu beeilen. Es ist soweit. Das Gerücht hat sich verdichtet, die Unruhe gesteigert. Morgen, Donnerstag, finden die nächsten Hinrichtungen statt. Pfarrer Märker weiß es. Diesmal gibt es keinen Aufschub, keinen Hinrichtungsstopp. Die Angst brodelt im Gebäude, steigert sich in dreihundert Todeszellen zum Wahnsinn. Wer ist der nächste? Diese Frage greift mit grauen, kalten Spinnenfingern nach den Männern in der Rotjacke, von denen morgen vierzehn nicht mehr leben werden.

Peter Steffens packt mißmutig seinen Koffer. Zum viertenmal seit elf Monaten muß der Reporter umziehen. Beim letztenmal veranlaßte es der Regen durch die offene Zimmerdecke. Jetzt ist die Wirtin schuld. Die Laune der Vermieter des Jahres 1946 taugt nicht mehr als die Reichsmark. Viel hat er nicht zu verstauen: eine entmilitarisierte Uniform, einen zu weit gewordenen, dunklen Anzug, drei Hemden und ein paar Socken.

Mit pedantischem Geschick dreht der Reporter seinen letzten Tabak zu einer mageren Zigarette. Als er die Wohnung verlassen will, erhält er Besuch. Erschrocken erkennt er die Frau mit den guten, wehen Augen, mit dem Gesicht, in das sich das Leben mit harter Hand eintrug, die Mutter des Unterscharführers Brinkmann.

»Entschuldigen Sie bitte«, sagt sie.

Peter nickt. Woher kennt sie meinen Namen? Woher hat sie meine Adresse, überlegt er. Und was will sie von mir?

»Sie sind so alt wie mein Sohn«, beginnt Frau Brinkmann. Ihre Stimme klingt tief und unsicher. Sie versucht zu lächeln. Aber die Entspannung stirbt auf halbem Wege. »Glauben Sie, daß er unschuldig ist?« fragte sie fest.

»Ja«, erwidert Steffens.

»Haben Sie Beweise?«

»Einige«, entgegnet der Reporter.

Frau Brinkmann sieht auf den Boden. Die Gedanken arbeiten in ihrem Gesicht weiter.

Mein Gott, denkt Peter, was soll ich ihr sagen? Was kann ich für sie tun?

»Sie sind Reporter«, fährt die Frau leise fort, »Sie arbeiten für eine Zeitung ... ich verstehe ja nichts von diesen Dingen ... aber wenn Sie alles schreiben würden ... und dann veröffentlichen.«

»Veröffentlichen?« fragt Peter.

Frau Brinkmann nickt, weicht seinem Blick aus, versucht, die nassen Augen zu verstecken.

Der Reporter zuckt die Schultern.

»Ich weiß nicht, ob ich es will«, sagt er, »und ich weiß auch nicht, ob ich es kann.«

Ihre Blicke treffen sich. Jetzt sieht Peter Steffens zu Boden.

»Es ist nicht so leicht«, korrigiert sich Peter widerwillig, »die Zeitungen haben keinen Platz ... es gibt kein Papier. Und wir haben eine Militärregierung. Und für sie ist das Urteil rechtskräftig. Und ein Angriff wäre ein feindseliger Akt gegen die Besatzungsmacht.«

Frau Brinkmann nickt.

»Ich will Sie nicht in die Sache hineinziehen«, sagt sie ruhig, »ich will Sie auch gar nicht bedrängen ... Haben Sie noch eine Mutter?«

»Ja.«

»Können Sie sich vorstellen, was Ihre Mutter jetzt alles tun würde ... um Ihnen ... das Leben ... zu ... zu retten?« Sie steht langsam auf, kramt verlegen in ihrer Handtasche. »Entschuldigen Sie«, sagt sie zum zweitenmal, »ich will Sie nicht aufhalten ... ich will ja eigentlich gar nichts von Ihnen ... Ich bin halt eine alte Frau, die alles probiert und einfach nicht mehr mit diesem ... diesem Leben fertig wird.«

Peter schluckt. In diesem Moment haßt er seinen Beruf. Verdammt, denkt er, wie soll ich jemals über diese Stunde hinwegkommen? Wie soll ich mich damit abfinden, wenn Brinkmann und die anderen Unschuldigen des Malmedy-Verfahrens gehängt sind und ich nichts weiter tat, als zu überlegen, wie ich mit dünnen Worten eine verzweifelte Mutter trösten könnte? Man geht eben nicht zur SS, überlegt er bitter. Man verkauft sich nicht an Hitler! Man vermehrt nicht Satans Garde! Unsinn, sagt er sich in der nächsten Sekunde. Brinkmann war damals vielleicht siebzehn. Und seine Mutter hat ihn sicher angefleht, nicht zur Leibstandarte zu gehen. Vielleicht genauso vergeblich, wie sie heute an mein Mitgefühl appelliert ... Und dann sehe ich sie wieder. In Landsberg. Im Hotel »Goggl«. Und diesmal hält Colonel Evans den Justizmord nicht mehr auf.

»Verstehen Sie mich nicht falsch«, sagt Frau Brinkmann und legt ein Päckchen Zigaretten auf den Tisch. »Sie rauchen sicher ... und meinem Sohn darf ich sie ja nicht schenken.«

Die Mutter des Todeskandidaten ist gegangen. Die Zigaretten liegen bereit. Genau auf den Notizen des Reporters über den Malmedy-Case. Er sitzt da und grübelt, faßt Entschlüsse, verwirft sie, läßt die Zigaretten liegen, die eigentlich einem anderen gehören. Er kommt nicht weiter. Die Gedanken überrennen die Vorsätze. Und die Vorsätze scheitern an der Vernunft.

Das Telefon stoppt das Karussell.

»Wie ist's?« fragt eine helle Stimme. »Haben Sie Lust, mit mir auszugehen?« Es ist Evelyn Wyler, der weibliche Sergeant der amerikanischen Gefängnisverwaltung von Landsberg.

Lust, denkt Peter Steffens bitter, nein, doch ... warum nicht?

»Ja«, sagt er dann fest.

»Gut ... vor dem Hotel Excelsior ... in einer halben Stunde.«

Der Reporter hängt ein. Er sieht das hübsche Mädchen vor sich. Und dann weicht es mehr und mehr dem Bild einer alten Frau, die nicht weinen will.

Sein Gesicht war noch älter geworden, seine Sprache noch schroffer, sein Benehmen noch kühler. Mr. O'Connor, der Chefrichter des

Malmedy-Verfahrens, trug einen Zivilanzug, der ihn kleiner machte. Bei Beginn des Gesprächs mit dem Verteidigungsminister war er peinlich bestrebt, sich die Erleichterung nicht anmerken zu lassen, daß diese Aussprache stattfand.

Wieder verfolgte der Richter im Generalsrang aufmerksam Worte und Gesten, überlegte, zuckte die Schultern, sah den Verteidigungsminister an, der immer ungehaltener wurde. Nach einer knappen Vorstellung zeigte der »Secretary of defense« den Brief vor, den ihm Colonel Evans gegeben hatte.

»Eine Frage zunächst: Stammt das von Ihnen?«

»Ja.«

»So«, antwortete der Minister kalt, »dann bin ich gespannt, was Sie uns noch alles zu sagen haben. Fahren Sie fort, sägen Sie sich die eigenen Beine ab!«

Und dann prasselten Fragen auf O'Connor ein, giftig wie Pfeilspitzen, ätzend wie Salzsäure. Der alte O'Connor saß so unbewegt auf seinem Stuhl wie damals in der Mitte des Richtertisches von Dachau. Sein Gesicht zog sich zusammen. Er hob müde die Hand.

»Über das Formaljuristische brauchen wir uns nicht zu unterhalten«, erwiderte der Chefrichter beinahe verächtlich, »es ist in Ordnung.«

Der Minister nickte. O'Connor beugte sich. Seine Stimme wurde wärmer.

»Ich will Ihnen etwas sagen, Sir... ich habe von dem Hinrichtungsstopp gehört. Und zum erstenmal seit Monaten war mir wieder wohl.«

Der Minister sprang auf.

»Und das sagen Sie, der Vorsitzende dieses Prozesses!... Der Mann, der 43 Todesurteile unterschrieben hat!«

O'Connor schloß die Augen.

»Das war mein Problem, Sir. Das Gericht hatte sich mit den Untersuchungsmethoden der Anklage nicht zu befassen... während des ganzen Prozesses habe ich Hinweise der Verteidigung auf unkorrekte Ermittlung zurückgewiesen... ich konnte mir nicht vorstellen, daß amerikanische Offiziere Häftlinge schlagen, foltern, halb hängen...« O'Connor spuckte die Worte aus wie Tabletten. »Evans hat keinen Tag vergehen lassen, an dem er nicht mit neuen Greueln der Anklage aufgewartet hätte«, fuhr der Chefrichter fort, »ich hielt ihn zunächst für einen skrupellosen Anwalt und später für einen Verrückten und weigerte mich zu glauben, daß an diesen Ungeheuerlichkeiten ein wahres Wort sei... bis ich es eines Tages genau wußte...«

»Wußte?« unterbrach ihn der Minister mit schwankender Stimme.

»Ja«, entgegnete O'Connor, »aber da war das Urteil bereits gesprochen ... Die Anklagevertretung gab ein Abschiedsfest. Es wurde reichlich getrunken. Ein junger Leutnant, namens Prince, führte eine Art Apachentanz auf. Er feierte die Urteile auf seine Art. Und dann enthüllte er freigebig seine Tricks ... Sir, ich will Ihnen eine genaue Schilderung ersparen ...«

Der Verteidigungsminister schüttelte den Kopf.

»Ich weiß, was Sie denken, Sir«, sagte der Chefrichter, »Sie meinen, mit solchen Geschichten à la Hintertreppe sollte sich ein Richter nicht abgeben. Ich sagte mir das gleiche: Auf betrunkenen Parties kann man keine Urteile umstoßen, die Justiz blamieren und sein Land in den Schmutz ziehen ... Deshalb schrieb ich lediglich dem Chefverteidiger Evans diesen Brief. Ich gab ihm eine Waffe, weil ich wußte, daß er sie benutzen würde. Und ich bin froh, daß er es tat und ich jetzt hier sitze und mir Ihren Unwillen zuziehe, Sir.«

Der oberste Armeebeamte stand auf und sah zum Fenster hinaus. Nach einer langen Pause sagte er gedehnt:

»Wir werden für die Herren der Anklage noch einmal eine Party arrangieren müssen ... aber unter uns, verstanden? Die Öffentlichkeit erfährt kein Wort! Vor allem die Presse nicht!«

»So wird es nicht gehen«, versetzte O'Connor.

»Und warum nicht?« fragte der Minister heftig.

»Ich glaube nicht, daß man unter Ausschluß der Öffentlichkeit den Malmedy-Prozeß revidieren kann.«

»Wer spricht von Revision?« entgegnete der Richter im Generalsrang scharf.

»Anders ist das Problem nicht zu lösen.«

»Meinen Sie?« unterbrach ihn der Minister kalt.

»Sir«, antwortete O'Connor, »wenn wir nicht noch einmal von vorne anfangen, stehen Sie vor einer Alternative: entweder alle zu hängen ...«

»Oder?«

» ... alle laufen zu lassen ... Und diese Entscheidung haben Sie zu treffen, Sir, nicht mehr ich. Und dafür bin ich meinem Schöpfer dankbar.«

Noch am gleichen Tage wurden die Vertreter der Anklage vorgeladen. Ausnahmslos. Noch am gleichen Tage trafen sich O'Connor und Colonel Evans. Sie saßen nebeneinander an der Hotelbar, tranken Whisky und starrten an die Wand.

»Es steht schlecht«, sagte O'Connor schließlich, »Menschen können Fehler machen, Verbrechen begehen ... aber der Staat irrt nie ... Die amerikanische Öffentlichkeit steht gewiß nicht hinter dem Malmedy-Prozeß. Sehen Sie zu, Evans, daß sich der Staat nicht hinter die Urteile stellt! Dann sind Sie verloren!«

»Ich habe Ihnen zu danken für den Brief, für Ihre Aussage«, versetzte Evans.

»Unsinn«, knurrte O'Connor, »ich habe nicht mehr Ihren Elan, Evans, das ist alles . . .« Er lächelte bitter. »Ich habe das Gefühl, daß wir uns noch oft begegnen werden. Alles Gute . . . Hören Sie, Evans: alles Gute! Verdammt . . .« setzte er hinzu.

Einen Moment hatte der Chefverteidiger wie gelegentlich während des Prozesses Mitleid mit O'Connor.

Dann meldete Evans ein Gespräch nach Atlanta an, um seiner Frau mitzuteilen, daß er noch in Washington bleiben müsse.

Also, dann in die nächste Runde, dachte er grimmig. Und nun, meine Herren Prince, McCormick und wie ihr alle heißt . . . im Pentagon sehen wir uns wieder!

Die Musik ist gedämpft, das Licht weich, die Stimmung gefiltert. Kerzen flackern, Kellner flitzen, Paare tanzen. Man nimmt Whisky mit Eis und Musik fürs Herz. Aus übergroßen Wandspiegeln lächeln geschickt aufgemachte Mädchen. Hier gibt es alles, was es schon lange nicht mehr gibt. Die deutsche Not hat im amerikanischen Offiziers-Club nichts zu suchen.

Peter Steffens sitzt an der Bar neben Evelyn Wyler. In ihren Augen spiegelt sich das Kerzenlicht. Und ihre Augen flimmern in seinen Gedanken. Auf dem ganzen Weg hierher hat der Reporter gegen das Ziel protestiert. Und nun ist er froh, es erreicht zu haben. Zutritt für Deutsche verboten, es sei denn, daß sie als Kellner, Musiker, Toilettenfrauen oder Girlfriends fungieren.

»My boyfriend«, sagte Evelyn spöttisch und passierte den Pförtner, ging mit sicheren Schritten auf die Bar zu, verwandelte Bons in Schnaps und Peters Zaudern in Stimmung.

»Gar keine Uniform, heute?« fragte sie mit gutmütiger Ironie, während ihre Türkisaugen seinen dunklen Anzug mit einem schnellen Blick mustern.

»Ich wollte, Sie hätten auch keine an«, brummt der junge Reporter.

»Ich auch«, erwidert sie lachend.

Peter braucht Evelyn nicht von der Seite anzusehen. Ihr Gesicht steht im Spiegel unter der Bar. Und daneben, ganz dicht, das seine. Der Reporter ist einen Augenblick auf sich selbst eifersüchtig.

»You belong to my heart . . .« spielt die Musik. Peters Hände sind kühler als seine Augen. Er ist zurückhaltend. Und gerade das empfindet Evelyn als eine Aufmerksamkeit. Eine Laune, denkt sie, mit einem Kraut hierher zu gehen und die amerikanischen Offiziere zu verärgern. Eine nette Laune, überlegt sie eine Viertelstunde später. Und nach dreißig Minuten sagt sie sich: eine blendende Laune.

»Noch immer ängstlich?« fragt sie.

»Noch immer durstig«, erwidert er.

Der Keeper reagiert sofort.

»Zufrieden?«

»Multipliziert mit hundert«, versetzt Peter.

»Hundert Schnäpse?«

»Nein, hundert Zufriedenheiten.«

Sie unterhalten sich abwechselnd deutsch und englisch.

»Was machen Sie mit Ihren Abenden?«

»Ich schlag' sie tot.«

»Allein? ... Wie ist das bei Ihnen: verliebt, verlobt, verheiratet?«

»Nein«, erwidert er, »allein, beschwipst, vergnügt.«

Der Reporter betrachtet lächelnd einen baumlangen Leutnant, der sich in typisch amerikanischer Manier mit dem Essen abmüht. Er zerschneidet das Fleisch in kleine Stücke, nimmt die Gabel in die rechte Hand und lädt umständlich auf. Evelyn folgt Peters Blick.

»Na ja«, sagt sie, »die Amerikaner haben diese Unart ... die Deutschen vielleicht noch schlimmere.«

»Wollen Sie streiten?« fragt Peter.

»Ich will tanzen«, entgegnet Evelyn.

Er hilft ihr vom Stuhl. Bei den ersten Schritten sind die Blicke einiger Offiziere in der linken Saalecke, die ihn mit verdrossener Langeweile anstarren, seinen Beinen noch im Wege. Dann lockern sie sich und vergessen, daß sie seit Jahren nicht mehr über das Parkett glitten.

Die Musik bringt das Paar auf Tuchfühlung. Evelyn summt das Lied mit. Ihre Lippen sind halb geöffnet. Sie hält sich in der richtigen Distanz, nicht zu nahe und nicht zu steif. Und je leichter sie bei den Drehungen wird, desto gewichtiger erscheint sie Peter. Der Whisky, sagt er sich. Aber seine Hände wissen, daß der Kopf lügt. Sie ziehen das Mädchen eine Nuance fester an sich.

Evelyn merkt es, lächelt. Die gebleichte Strähne in ihrem dunklen Haar streichelt seine Stirne. Die Haut prickelt. Er spürt es gern. Dann sitzen sie wieder nebeneinander. Enger diesmal. Auch sonst kommen sie sich näher. Der Raum wird zum Palast, die Musik zum Mittler, der Abend zum Gönner. Evelyns Lächeln macht keinen Umweg mehr über den Spiegel, sondern geht den geraden, den nächsten Weg.

Peter nimmt Zigaretten aus ihrem Etui, ohne zu fragen. Sie stellt es vergnügt fest. Und dann bringen sie Englisch und Deutsch durcheinander, sagen du zueinander, rücken noch näher, lächeln noch öfter, tanzen noch ausgelassener. Den Whisky schiebt Peter weg. Vielleicht sehe ich sie zum letztenmal heute, denkt er mit trunkener Wehmut, mit zärtlichem Blick.

»Ich bin nach München versetzt«, sagt das Mädchen unvermittelt.

»Nach München?«

Evelyn nickt.

»Und ich werde dafür sorgen, daß du deine Abende nicht mehr allein totschlägst.«

»Du?«

»Wer sonst? . . . Oder ist sonst wer?«

Die Kapelle, auf die Peter lächelnd verweist, gibt die Antwort. Sie spielt den Schlager:

»You . . . you . . . you . . .«

Dann gehen sie.

»Einen Moment«, sagt die Garderobiere. Sie ist alt und hat graue Haare.

Auf einmal desertiert Peters Übermut. Er starrt die Garderobenfrau an. Sie sieht Brinkmanns Mutter ähnlich. Sie hält ihm die Mäntel hin. Er bemerkt es nicht. Sekundenlang.

»Was hast du?« fragt Evelyn.

»Ach, nichts«, erwidert er.

»Lügen mußt du noch lernen«, erwidert das Mädchen. Evelyn nimmt seinen Arm. Es ist kalt. Aber sie spüren es nicht. Peter spricht langsam zuerst und dann schneller, erzählt von Frau Brinkmann, vom Malmedy-Case, von Colonel Evans.

Sie unterbricht ihn nicht.

»Und was soll ich tun?« fragt er.

»Bist du sicher, daß deine Informationen stimmen?«

»Ja.«

»Ich begreife das nicht.« Sie fühlt instinktiv, daß der Reporter nicht lügt. Sie kümmerte sich nie um Politik. Sie wußte nur, daß sie in einem freien Land aufgewachsen war, das stolz auf seine Tradition sein konnte. Und sie war es auch. Sie versuchte mit dem Schock fertigzuwerden. »Wenn du Journalist bist«, sagt sie leise, »dann schreib deine Story.«

»Und die Folgen?«

»Die Wahrheit braucht sich nicht um die Folgen zu kümmern«, erwidert Evelyn.

Peter bleibt stehen.

»Aber in einem Land, das zwölf Jahre von der Lüge vernebelt wurde . . .?«

»Gerade hier«, versetzt das Mädchen überzeugt.

Sie haben das Hotel erreicht. Evelyn zieht die Hand zurück.

»Auf Wiedersehen«, sagt sie.

Peter bleibt am Gehsteig stehen und starrt ihr nach, schüttelt den

Kopf. Die Wahrheit, denkt er, zuckt die Schultern. Gut, die Wahrheit.

Er sieht auf das Zifferblatt, es ist genau 23 Uhr.

Zu dieser Stunde erreicht das Grauen in Landsberg einen neuen Höhepunkt.

Schritte kommen. Schritte gehen. Schlüssel rasseln. Türen kreischen. Ein Schrei gellt nach oben, hallt schaurig über die hohlen Gänge. Sein Echo geistert über hundert verzerrte Gesichter. Es ist soweit.

Die Todeskandidaten sehen mit den Ohren, hören mit der Haut. Sie klammern sich an ihren Pritschen fest. Sie lehnen an den graugetünchten Wänden. Sie kauern auf ihren Hockern. Sie schließen die Augen, denn sie wissen nicht, wie sie sehenden Auges den Moment überstehen sollen, da die Türe aufgeht und man sie holt ...

Sie fürchten die Gesichter der Wachen. Sie fürchten das Kommando: »Bilder ... Bibel ... Decken ...« Sie fürchten die offene Türe. Sie fürchten den Luftzug des Todes.

Der Sergeant draußen, der Zeremonienmeister der Hinrichtung, der die Verurteilten in der Nacht in den Keller mit den Todeszellen zu bringen hat, geht vorbei. Brinkmann treten die Augen aus den Höhlen. Willers übergibt sich mitten in der Zelle. Triebenstein steckt die flache Hand in den offenen Mund. Oberst Henze erstarrt. Aber der Sergeant geht und geht ... und geht vorbei!

Die 43 Todeskandidaten des Malmedy-Prozesses fassen es nicht. Sie starren auf die Verriegelung ihrer Türen. Sie bewegen sich nicht. Sie verspüren keine Erleichterung. Es kann nur ein Irrtum sein, eine Verzögerung, denken sie. In fünf Minuten wird er zurückkommen. Oder in zehn. Oder in fünfzehn. Aber noch heute abend ... Das Grauen bezieht in ihren Köpfen Posten, und diese Posten kennen keine Ablösung.

Der Todesengel von Landsberg geht nie vergebens. Denn die Schuld hat hier eine große Kollektion gestellt. An diesem Abend holt der Sergeant in Begleitung von vier schwerbewaffneten Posten der Militärpolizei 28 zum Tode verurteilte Kriegsverbrecher. Es ist das ehemalige Stammpersonal des Konzentrationslagers Dachau. Diese 28 haben Tausende von Menschen umgebracht. Und dafür sterben sie jetzt jeweils einen einzigen Tod.

Die Schlüssel des Sergeanten klirren.

... Weiss ... Ruppert ... Förschner ... Karolin ...

Das sind die ersten vier.

»Bilder, Bibel, Decken«, sagt der Sergeant knapp

... Redwitz ... Kück ... Knoll ... Eichelsdörfer ...

Das sind die nächsten.

... Niedermeier ... Schilling ... Tempel ... Boettger ...

Beim dritten Schub passiert es.

Als der Sergeant die Tür von Boettgers Zelle öffnet, prallt er zurück. Der ehemalige SS-Oberscharführer hockt zum Sprung geduckt in seiner Zelle. Seine Augen haben rote Ränder. Sein Mund ist verzerrt. Der Sergeant bringt sich zu spät in Sicherheit. Boettger springt ihn wie ein Raubtier an. Der Anprall reißt den MP-Mann zu Boden. Im Gesicht des Häftlings flackert wilder Haß. Er schlägt um sich, trifft mit den Füßen. Gelernt ist gelernt. So hat er wer weiß wie viele Menschen im Konzentrationslager niedergeschlagen, zusammengetrampelt. Aus Lust. Jetzt schlägt er aus Not. Er will nicht hängen. Die Todesangst hat sein Gehirn verdunkelt. Er denkt, daß er in Freiheit ist, wenn er den Sergeanten überrennt.

Die vier MPs werfen sich gleichzeitig auf ihn. Boettger brüllt auf. Ein Holzknüppel trifft ihn zwischen die Augen. Ein anderer Hieb in den Magen. Die Beine klappen unter ihm weg. Aus.

Er keucht, als sie ihn in die Gitterzelle des Kellers sperren. Blut rinnt aus seinen Mundwinkeln. Wahnsinn stiert aus den Augen.

»Sorry«, sagt der Sergeant, der von ihm niedergeschlagen worden war.

Weiter geht es. Noch zwei werden aus den Zellen geholt.

... Kirsch ... Langleis ...

Langleis brüllt. Seine Schreie heulen durch die hohen Festungshallen, springen die Mauern hinauf, auf die Balustraden gegen die Zellentüren, durch sie hindurch. Brinkmann preßt die flachen Hände gegen die Ohren. In diesem Moment glaubt er, mitbrüllen zu müssen. So ist das also, denkt er, und die Angst wird zum Veitstanz. Der Atem pfeift aus seinen Lungen. Warum halten sie ihm denn nicht den Mund zu? denkt er.

Sie tun es. Der Sergeant unternimmt alles, was menschlich vertretbar und sachlich richtig ist. Der Häftling gurgelt in die breite Hand aus Texas, die sich wie eine Klammer um seinen Kiefer schließt.

Vierzehn Mann sitzen jetzt im Keller. Genug für heute. Auch ein Henker hat sein Soll. Auch ein Henker will nicht pfuschen. Jeder Beruf hat seinen Stolz.

Die Todeszellen im Keller haben keine Türen, sondern Gitter.

Klaus Schilling, Arzt und Mörder, internationale Kapazität für Bakteriologie und Fachmann für tödliche Versuche an lebenden Menschen, rüttelt an diesen Gittern. Er will an seinem Schicksal rütteln.

»Das ist Betrug!« schreit er. Sein Kopf schwillt kirschrot an. Der Kopf eines Gelehrten auf schmalem Hals, aber er war nicht klug und nicht gelehrt und vor allem nicht menschlich. Sonst hätte er gewußt, daß der Arzt nicht töten, sondern heilen soll. Noch vor vier Wochen rechnete sich Professor Schilling eine Chance aus, dem Galgen zu entgehen. Da gaben ihm die Amerikaner in die Zelle Papier und Tinte und forderten ihn auf, die Resultate von Dachau niederzuschreiben.

Und er schrieb und schrieb. Bis heute. Bis vor ein paar Stunden. Zählte und addierte, verglich und bewertete die Toten, die er, von unmenschlichem Hochmut verblendet seinem erbarmungslosen Ehrgeiz geopfert hatte. Bis sie ihn holten, wühlte er noch einmal unter seinen Opfern, ohne Gefühl, ohne Mitleid, so wie damals, als er in Dachau noch die Injektionsspritze ansetzte ... ein Henker mit der feinen Nadel.

Jetzt schreit er, wieder und wieder:

»Das ist Betrug! ... Das ist Betrug!«

Die anderen dreizehn betrachten ihn stumpf oder gar nicht. Die nackten Birnen brennen grell. Die Gesichter der Rotjacken sind wie gepudert. Aber sie müssen noch leben.

Ein Korporal will es ihnen leichter machen.

»Wünscht euch, was ihr essen wollt!« ruft er.

Es gibt alles. Das amerikanische PX von Landsberg ist auf höheren Befehl mit Fressalien reichlich eingedeckt. Die Henkersmahlzeit ist internationaler Brauch. Die Angst auch. Das Entsetzen auch.

Kirsch bleibt der Büchsenhummer im Hals stecken. Langleis bringt das Steak nicht bis zum Mund. Knoll ißt aus Todesangst Marathon. Ruppert will nur Süßes. Karolin nur Saures. Aber ob süß oder sauer: es schmeckt immer bitter und würgt und würgt und würgt.

Alkohol gibt es nicht.

»Warum nicht?« stöhnt Boettger. Dabei zittern seine Hände so, daß er jedes Glas verschütten würde.

»Ihr sollt wissen, daß ihr sterbt«, sagt der Posten vor seinem Gitter ebenso schlicht wie ehrlich. Und dabei tut ihm der Mann so leid. Er hat Boettger ja nie erlebt, damals, als unter seinen Nagelstiefeln noch Knochen splitterten.

Der Ami-Posten hat in der hinteren Hosentasche noch eine flache Flasche Whisky. Weil Boettger in der letzten Zelle sitzt, riskiert es der MP und reicht ihm schnell die Flasche durch die Stäbe. Fahrig setzt der Häftling die Flasche an den Mund.

Denn so fing es immer an bei Boettger. Immer mit Schnaps. Immer, wenn er getrunken hatte, schlug er zu, pfiff er die Häftlinge aus den Baracken, stand er schwankend vor ihnen, den dressierten Bluthund an der Seite.

»Noch einen Schluck«, bettelt Boettger jetzt.

Der Amerikaner nickt wortlos.

Und Boettger trinkt, bis seine Augen starr werden. Er lacht leise auf. Mit einem Mal ist es wieder da, das irre Gefühl, daß er alles auslöschen kann, niedertrampeln, wie er will, wie damals . . .

»Du da!« schrie Boettger die schweigende Wand der angetretenen Häftlinge an.

Einer taumelte vor. Boettger grinste.

»Der nächste!« tobte er, »du bist zu dünn . . . so ein Knochengestell faßt mein Hund nicht an . . .«

Und ein anderes menschliches Wrack aus Dachau taumelte aus der Reihe.

»Wehe, du zuckst!« brüllte der Mörder den Häftling an.

Der Hund knurrte.

»Kastor . . . faß!« schrie Boettger.

Der riesige schwarze Hund machte jeden Tag gehorsam die Übungen, die sein Herr befahl. Biß in Arme. In Beine. In Kehlen. Wer dabei zuckte, den nahm sich der Mörder selbst vor. Das von Menschen mißbrauchte Tier war noch human. Sein Herr war der Bluthund. Er gab dem am Boden Liegenden den Rest, nicht Kastor.

Und dann jeweils soff Boettger weiter. So oft er nüchtern war, bekam er Angst. Deshalb war er selten nüchtern. Und wenn er wieder getrunken hatte, schaffte er sich Grund zu weiterer Angst.

Jetzt. Stunden vor der hundertmal verdienten Strafe, brüllt Boettger. Denn in diesem Keller nützt auch der Alkohol nichts mehr. Er heult wie ein Tier, aber keiner kümmert sich um ihn. Es gibt keinen Ausweg mehr. Nur der Tod befreit aus diesem Keller. Die Zeit läßt sich Zeit, vergeht quälend langsam oder quälend schnell. Der Pfarrer geht von Gitter zu Gitter. Und da, in dieser Stunde, verüben vertierte Mörder einen letzten Frevel an ihrem Land, das sie besudelten, verrieten, schändeten – singen »Deutschland, Deutschland über alles . . .«

Und dazwischen brüllt Boettger. Seine Schreie hören sich heute genauso an wie die seiner zahllosen Opfer. Und er und seine Spießgesellen haben diese Schreie Tag und Nacht gehört, sie haben davon gelebt. Schließlich brauchten sie deshalb nicht an die Front, bekamen Schnaps dafür und das Kriegsverdienstkreuz Erster Klasse.

Auch die längste Nacht dauert nur eine Nacht. Aber die letzten Minuten sind die längsten. Es sind 16 einzelne Minuten. Zwischen der ersten und der sechzehnten liegt alles beschlossen, was auf dem Weg vom Todeskeller bis zum Galgen noch zu geschehen hat.

Die ernsten Gesichter der Posten, die den Verurteilten zum Gerüst bringen. Der gebeugte Rücken des Geistlichen, der zunächst voraus und dann nebenher geht. Die kurze Verlesung des Urteils, auf dem Gerüst schon, die letzten Worte. Neunzig Sekunden bewilligt man jedem. Die letzten Schritte. Die schnürenden Stricke um Füße und Hände. Der schwarze Sack über dem Kopf. Der leichte Druck der Schlinge hinter dem Kopf.

... der Ruck.

Dann spürt keiner mehr etwas. Da zuckt noch das Herz, fünfzehn Sekunden oder dreißig. Posthumes Leben. Aber die Seele, die die Mörder von Dachau verleugnet hatten, wurde durch das Seil vom Körper getrennt.

Sergeant Murphy bedient sich eines deutschen Assistenten, eines Mannes mit hundertfacher Erfahrung. Er trägt Frack und Zylinder. Seine Handgriffe sitzen tödlich genau. Und noch ein Amerikaner assistiert bei der Hinrichtung. Als Langleis angeschleppt wird, der selbst nicht mehr gehen kann, als der junge Soldat in die erloschenen Augen des Mannes blickt, der aussieht, als ob er schon gestorben sei, stößt der GI zwischen zusammengebissenen Zähnen hervor:

»Wieviel denn noch!«

Sieben an diesem Tag. Viel mehr noch an anderen. Groß ist das Reservoir der Schuld in Landsberg.

4. Kapitel

Der Umschlag flatterte zu Boden. Der Mann mit den dicken Augenlidern trug Zivil. Es war der frühere Leutnant Prince, der jetzt nicht mehr an den Gerichtshof Schuld, sondern an die New Yorker Gebrauchtwaren verkaufte. Gerade, als er das Haus verlassen wollte, um sich mit Eileen zu treffen, hatte ihn die Vorladung des Kriegsministeriums erreicht.

Was wollen die noch? dachte er. Ist doch alles in Ordnung. Die Angeklagten wurden verurteilt. Und dieses Urteil war nicht zuletzt das Verdienst des Aktivisten unter den Anklägern, des früheren Leutnants Prince, der seinen Mut gekühlt, seinen Zorn befriedigt und seine Rache gefunden hatte. Mit allen Mitteln. Auch mit unerlaubten. Auch mit gemeinen. Mit allen Tricks.

Das Schreiben war knapp und kurz. Das Herz schlug. Und der frühere Leutnant hatte das Gefühl, als ob Arme aus längst zugeschütteten Gräbern nach ihm griffen, aus Kellern, aus verschlossenen Zellen.

Prince ging in sein Schlafzimmer. Dort hing die Fotografie seines Bruders, den man in Deutschland gelyncht hatte, als er mit dem Fallschirm abgesprungen war. Der Rand war gelb, vergilbt wie der Haß, mit dem Leutnant Prince in Deutschland nach Mördern in Uniform gefahndet hatte. Zunächst mit ehrlichem, dann mit sadistischem Haß. Jetzt versuchte er zu pfeifen. Es wurden Mißtöne.

Und dann ging er zu Eileen. Zuerst zu den Eltern. Auf eine Cocktaillänge. Dann in das Kino. Schließlich ins »Astoria«. Oben eine Kapelle, unten die zweite.

Prince spürte nicht das Mädchen in seinem Arm. Der Brief des War-Departments in der Brusttasche brannte wie Feuer auf der Haut.

»Woran denkst du?« fragte Eileen.

»Nichts«, erwiderte er.

Der Schlager brach mit einer schrillen Trompeten-Dissonanz ab. Prince wurde blaß. Aus den Blechtönen hörte er deutlich ferne Schreie.

»Ein scheußliches Lied«, sagte er und führte Eileen zum Tisch zurück.

Er zwang sich zum Trinken. Rasch und viel. Das Mädchen sah es mißbilligend. Eileens Gesicht war glatt und kühl. Aber die Augen lebten. Plötzlich lockten sie ihn wieder.

»Wir tanzen«, schrie er fast.

»Schon wieder?«

»Wir tanzen die ganze Nacht durch«, antwortete er.

Sie lächelte matt.

»Ich denke, du mußt nach Washington ... was ist eigentlich los?«

»Geschäfte«, entgegnete er abwesend.

»Dann fahren wir nach Hause.«

»Wie du willst«, antwortete Prince kalt und steif.

Der Broadway spiegelte sich mit tausend Lichtern in der Windschutzscheibe. Der Wagen rollte fast geräuschlos. Eileen saß in der Mitte der breiten Polster. Prince fühlte ihre Wärme. Seine Lippen waren aufeinandergepreßt. Er tippte heftig auf die Radiotaste. Sie fuhren hinunter zum Riverside-Drive.

Der frühere Leutnant hielt unschlüssig. Wieder brach ein Schlager mit einer Dissonanz ab. Gereizt wollte er den Knopf umdrehen.

»Laß doch!« sagte Eileen nervös und zog seine Hand vom Radio weg.

Er spielte zerstreut mit ihren Haaren. Sie streckte sich ihm entgegen. Hände tasteten nach einander. Er sah Eileens halbgeöffneten Mund.

»Nein«, sagte er roh.

Das Mädchen öffnete wortlos die Wagentüre.

»Eileen!« brüllte er ihr nach. Er stieg aus.

Ihre hohen Absätze klickten. Sie lief hastig in das Haus.

»Eileen!« schrie er noch einmal.

Sie drehte sich nicht mehr um.

Prince stieg wieder in das Auto. Zu dumm, dachte er, das wird sich nie mehr reparieren lassen. Er legte den Kopf auf das Steuer. Wollt ihr euch an mir rächen? überlegte er dumpf ...

Und er sah die Angeklagten des Malmedy-Prozesses vor sich, sah Gesichter, die sich immer aus Angst vor ihm zusammenzogen. Und auf einmal stand die Angst, die er so oft an anderen gesehen hatte, in seinen Augen.

Der Schein der Tischlampe reißt eine magere Bresche in die Düsternis des frühen Winterabends. Über dem wackeligen Tisch hängt ein Stilleben in Öl: Ein Büschel Weintrauben, eine Banane und zwei Zitronen drapieren eine lachsfarbene Languste.

Peter Steffens stützt die Ellbogen schwer auf das Holz. Sein rechter Arm ist verkrampft. Er schreibt. Seit Stunden, was ihn seit Monaten bewegt. Sein Bericht ist fast fertig. Was danach kommen soll, weiß er nicht.

Er begann zögernd, schrieb sich frei, fuhr wie im Fieber fort. Die Vorgänge des grauen Dezembertages 1944 an der Straßenkreuzung von Malmedy wuchsen gespenstisch aus dem Nebel. Schüsse peitschten, Schreie gellten. Peters Hand stockte. Er sah auf. Sein Blick war fern, verloren. Dann aber kam gleich wieder Leben in seine Augen. Sie sahen eine tapfere, alte Frau vor sich, deren vermutlich untaugliche Hoffnung er war ... die Mutter des Todeskandidaten Brinkmann.

Peter nickte und beugte sich wieder über sein Manuskript. Sein Stil war kurz und prägnant. Die Zeit hatte die Arabesken gestrichen. Und dann schwitzte der Reporter mit in der Dampfzelle, brannten seine Fingernägel, spürte er den Strick um den Hals.

Und wieder stockte die Hand. Und wieder war er ein Gefangener des Netzes aus Lüge, Mord und Intrige. Und wieder verspürte er schmerzhaft die Erkenntnis von Colonel Evans, daß es auf beiden Seiten, in allen Ländern, in allen Uniformen Menschen gibt, gute und böse. Daß der Anstand, die Fairneß und das Verbrechen an keine Nation, an keine Sprache, an keine Fahne gebunden sind.

Kurz vor zwanzig Uhr ist er fertig. Zehn Seiten. In steiler, energischer Handschrift. Zehn Seiten, die Leid und Greuel wiedergeben, knapp formuliert, nicht nach der Nationalität geordnet. Und morgen will der Reporter das Manuskript abtippen und an seine Zeitung weitergeben. Solange nimmt er sich vor, nicht daran zu denken, was aus seinem Bericht werden soll.

Peter Steffens schlüpft in seinen Mantel. Gleich trifft er Evelyn. Ein Flirt, sagt er sich, ein hübscher Flirt. Aber seine Gefühle marschieren weit schneller als seine Gedanken. Sooft er sie sich vorstellt, spürt er eine warme Woge, schüttelt den Kopf, lächelt trotzig und hofft dabei uneingestanden, das zu erlangen, was er mit steifen Armen von sich halten will: Evelyn Wyler, den weiblichen Sergeanten der amerikanischen Armee.

Sie treffen sich wieder im »Excelsior«. Wieder lächelt sie bei der Begrüßung, und er sitzt neben ihr in dem viel zu großen, behaglichen Wagen.

»Ich möchte wissen, wo du dich herumtreibst, wenn du allein bist«, sagt Evelyn.

»Da gibt es nichts zu wissen. Ich esse irgendwo, und dann gehe ich nach Hause.«

»Und wenn du nicht nach Hause gehst?«

»Ich kenne ein Tanzlokal«, antwortet er und dirigiert sie in eine Bierkneipe, die das dürftige Gepränge eines typischen Reichsmark-Etablissements aufweist.

Das Bier ist schal und dünn, der Schnaps undefinierbar. Aber die Zigaretten sind wenigstens gut, denn Evelyn hat sie in der Handtasche.

Peter sieht sie von der Seite an. Er schämt sich, obwohl es nicht sein Lokal ist, in das er sie geführt hat, obwohl er keine Schuld hat, daß Deutschland arm ist, daß man kein anständiges Bier bekommt und keinen sauberen Schnaps. Und doch ist der Reporter ein wenig stolz, daß die hübsche Amerikanerin mit ihm ausgeht. In Zivil heute.

Evelyn sieht mit großen Augen um sich, betrachtet die Tanzenden. Das Bier läßt sie stehen. Peter merkt es und ist machtlos dagegen, daß es ihn ärgert.

»Well«, sagt er plötzlich rauh, »wie gefällt's dir bei den Eingeborenen?«

Sie legt ihre Hand auf seinen Arm.

»I know what you think«, antwortet sie leise.

»Ja«, erwidert er, »es war eine dumme Idee, mit dir hierherzugehen.«

Evelyn zieht ihre Hand zurück.

»Du bist ein Schaf, Peter«, entgegnet sie ruhig. »Ich finde es recht hübsch hier.«

»Was hast du gesagt?« fragt er überrascht.

»Ich sagte«, wiederholt sie lächelnd, »daß ich mit dir tanzen möchte.«

Dann hält Peter sie wieder in seinen Armen. Ob der Schnaps schlecht ist oder gut, ob das Lokal fein ist oder billig, ob Deutschland arm ist oder reich, das spielt auf einmal keine Rolle mehr.

Sie tanzen. Ihr schmaler Körper liegt leicht an seinen Schultern. Wieder streicheln ihn ihre Haare. Und wieder gleiten sie leicht und sicher über das Parkett, als ob sie seit der ersten Pennäler-Tanzstunde miteinander geübt hätten.

»Das darfst du nie wieder tun«, sagt Evelyn leise zu Peter.

»Was?«

»Dich vor mir genieren.«

»Und warum nicht?«

»Du hast keinen Grund dazu.«

»Nein?«

Sie lächelt mit geschlossenen Augen.

»Nein«, erwidert sie dann, »du nicht. Ich vielleicht . . . ich meine, wir Amerikaner haben Grund.«

Evelyn sieht ihn offen und zärtlich an.

»Mitunter schämt man sich, wenn man alles hat.«

»Du bist verrückt«, entgegnet Peter.

Sie gehen zum Tisch zurück.

»Doch«, fährt das Mädchen fort. »Peter, hast du manchmal Hunger?«

»Nicht so schlimm«, antwortet er.

Sie wird ernst.

»Ich will nicht, daß du Hunger hast ... du mußt es mir sagen ... ich kann dir doch leicht helfen.«

Peters Gesicht wird hart.

»Nein, Evelyn, nicht eine alte Kante Weißbrot würde ich von dir nehmen.«

»Esel«, sagt sie zärtlich, »dein Stolz wird dir noch den Magen ruinieren ... und morgen bringe ich dir eine Sendung Konserven ... und damit basta!«

»Ich werf' sie zum Fenster hinaus«, erwidert Peter grinsend.

Sie nickt.

»Und dann dich hinterher.«

»Rohling!« entgegnet Evelyn.

Eine Amerikanerin und ein Deutscher an einem Tisch ist in der Zeit, da einem erbärmlichen Krieg ein erbarmungsloser Friede gefolgt ist, ein fast abenteuerlicher Anblick. Nicht ohne Grund leben die einen in Not, die anderen im Überfluß. Auf dem Schwarzmarkt kosten zwanzig amerikanische Zigaretten 150 Reichsmark, die Kippe fünf Reichsmark, ein Kilo Kaffee 1100, ein Ei zwölf, die Schachtel Streichhölzer fünf Reichsmark. Im blauen Dunst der Zigaretten-Währung werden die Menschen aus Übersee zu Halbgöttern, und so fragt sich Peter, ob man nach einer Halbgöttin, die noch dazu wie eine Göttin aussieht, greifen darf.

»Ich hab' dich lieb«, sagt er plötzlich so hastig und böse, daß sie hellauf lachen muß.

»Und deshalb verachtest du Konserven?«

»Genau deswegen. Evelyn.«

Wieder spielt die Musik, erheben sich die Paare. Peter und Evelyn sitzen allein am Tisch, und da sagt das Mädchen ganz langsam:

»I'm afraid, I love you more than you know.«

Als sie ihm gesagt hatte, daß sie mehr für ihn verspüre, als er wisse, nahm Peter einfach Evelyns Kopf und küßte sie mitten im Lokal.

Peter und Evelyn gehen.

»Aber eine Flasche Whisky darf ich dir schenken, nicht?« beginnt sie wieder.

»Aber unter einer Bedingung«, sagt er, während er unterhakt.

»Und die wäre?«

»Daß wir sie zusammen austrinken.«

»Dann schenk' ich dir zwei«, erwidert das Mädchen.

»So durstig?«

»So glücklich«, entgegnet Evelyn und legt ihren Kopf an seine

Schulter. Und dann verwachsen ihre Schatten zu einem Bild. Sie finden sich, drängen sich aneinander, in stiller, beinahe heftiger Liebkosung. Ein Passant kommt vorbei und brummt:

»Ihr habt's wohl nötig.«

»Shut up!« versetzt Peter lachend.

»Wir brauchen gar keinen Whisky, Evelyn«, sagt er dann zu dem Mädchen.

»Ja, ich fürchte«, antwortet sie mit halboffenen, feuchten Lippen.

»Ich dachte immer, die Amerikanerinnen seien Eisblöcke.«

»Und ich dachte, die Deutschen hätten Höcker wie Kamele.«

»Wieso Höcker?« fragt der Reporter dümmlich.

»Wieso Eisblöcke?« gibt sie zurück.

Da verspürt Peter mit einemmal Angst vor seinem Glück.

»Evelyn«, fragt er, »ob wir uns immer verstehen werden?«

Sie steckt ihre Hand in seine Manteltasche.

Er sieht sie nicht an.

»Ich meine ... ob es nicht Grenzen gibt ... wo du zum Beispiel eine Amerikanerin bleiben mußt ... und ich ein Deutscher ...«

Evelyn schweigt, dann sagt sie leise:

»Denkst du jetzt an diese Malmedy-Affäre?«

»Ja.«

Sie geht neben ihm, beinahe im gleichen Schritt. Wird sie noch mithalten können, fragt sich Peter, wenn es erst soweit ist? Wenn mein Name durch die Rotation rast, wenn der Malmedy-Prozeß aufgerollt wird. Und wenn man mich vielleicht als Lügner, als Sensationsmacher ... als Brunnenvergifter bezeichnet?

»Peter«, sagt Evelyn in seine Überlegung hinein, »ich glaube, daß ich immer nur auf einer Seite bleibe.«

Er nickt.

»Ich meine«, fährt sie fort, »auf der ehrlichen Seite.«

Der Reporter legt den Arm um ihre Schultern.

»Wir wollen es versuchen«, antwortet er.

»Ich weiß nicht, ob ich es dir sagen soll«, erwidert sie zögernd, »ich habe in diesen Malmedy-Akten gelesen ... ja, natürlich, schließlich interessiert mich doch deine Arbeit«, kommt sie seiner Antwort zuvor, »und ich bin auf etwas gestoßen, und ich frage mich die ganze Zeit schon, ob ich dir diese Information geben kann ... oder darf ...«

»Ich will sie nicht«, erwidert Peter barsch.

»Ich weiß«, versetzt sie, »du weist alles zurück, was von mir kommt, die Konserven wie die Informationen ... aber wir sprechen uns noch ...«

In dieser Sekunde entschließt sich Evelyn, Peter eine Waffe in die Hand zu geben, eine Waffe im Kampf um die Gerechtigkeit.

Ich werde das tun, sagt sie sich. Ich kenne ihn. Er ist fair und anständig. Und er wird sich zu nichts Unrechtem hergeben. Ein Lächeln liegt leicht auf ihrem Gesicht. Seit sie Peter kennt, hat sie sich angewöhnt, die Deutschen mit anderen Augen zu betrachten. Sie sind für sie mehr als ein anonymer Haufen, der hungert, friert und Zigarettenkippen von der Straße aufliest. Und die Entnazifizierung betreibt.

Inzwischen stapft Peter seinem möblierten Zimmer entgegen. In seiner Manteltasche ist noch die Wärme ihrer Hand. Auf dem Stoff haftet noch der Duft ihres Parfüms.

Plötzlich bleibt er stehen, zieht aus der Tasche zwei Päckchen »Camel« heraus, lacht laut auf.

»Kleines Biest . . .« murmelt er.

In diesem Moment ist die Zärtlichkeit stärker als die Angst, die Zuversicht größer als der Kleinmut.

Einige Monate nach der erfolgreichen Intervention des Colonel Evans konnte die Untersuchung des Falles Malmedy nicht leben und nicht sterben. Chefverteidiger Evans kehrte nach Atlanta zurück und wartete, stets sprungbereit, zu neuerlichem Vorstoß. Exleutnant Prince wurde vernommen, log, log schlecht. Aber es machte nichts mehr aus, denn es glaubte ihm ohnedies keiner mehr. Hauptankläger Lieutenant-Colonel Richards war nach Japan versetzt worden. Erst nach seiner Rückkehr sollten die Ermittlungen des Pentagons vorangetrieben werden.

Die Hinrichtung der Malmedy-Verurteilten blieb so lange ausgesetzt, ohne daß es öffentlich bekannt wurde. Aber die Häftlinge – die Schuldigen und die Schuldlosen, die Mörder und die Mitläufer – wußten, daß Colonel Evans für die Gerechtigkeit weiterkämpfte, schöpften Hoffnung, kauerten zwischen Angst und Zuversicht.

Die Zellen füllten sich immer mehr. Pausenlos spuckten die Militärgerichte Urteile aus. Die Prominenz vermehrte sich. Krupp kam nach Landsberg, zu zwölf Jahren Haft verurteilt. Er arbeitete als Schmied in der Werkstatt, benahm sich freundlich und kameradschaftlich. Der grauhaarige von Weizsäcker bezog die Zelle, ein alter Mann, bei dessen Fall sich Schuld und Tragik auf halbem Wege trafen. Er war still, reserviert. Seine Zellennachbarn mochten ihn. In den Paketen, die die Angehörigen dem ehemaligen Staatssekretär schickten, wurden sie nicht vergessen. Der Generalfeldmarschall List, zu lebenslänglicher Haft verurteilt, schrieb Memoiren. Ilse Koch wurde zur Entbindung ihres Kindes in ein Krankenhaus gebracht. Die Festung war amerikanisches Territorium, und nach US-

Recht mußte jedes hier geborene Kind amerikanischer Staatsbürger werden. Das wußte der Kommandant im Falle Koch zu verhindern.

Einer der Hauptankläger des Volksgerichtshofs, Ernst Lautz, der namenloses Leid über Hunderte von Deutschen gebracht hatte, erfuhr, ein paar Jahre bevor ihm der neue Staat eine fürstliche Pension zuerkannte, am eigenen Leib, allerdings nur zum Teil, welches Schicksal er »seinen« Angeklagten bereitet hatte. General Warlimont benahm sich, als ob sich seit dem Zusammenbruch nichts geändert hätte, bestand seinen Mithäftlingen gegenüber auf militärischer Disziplin, so daß sie nach ihrer späteren Entlassung Hitlers »schönsten General« als arrogant bezeichneten.

Inzwischen faßt ein Gefangener, der nicht auf der Liste der Prominenz steht, der Malmedy-Verurteilte Fritz Türmer, neue Hoffnung und neuen Glauben. Pfarrer Märker hat gesiegt, als der Angeklagte des Malmedy-Prozesses eines Tages zu ihm sagt:

»Ich will wieder in die Kirche eintreten ... heute noch.«

Pfarrer Märker nickt ernst.

»Ich habe eine Bitte«, fährt Türmer fort, »wissen Sie, was mit meiner Frau los ist?«

»Ja«, erwidert der Priester schwer.

»Und Sie sagen es mir hinterher?«

»Ich sage es Ihnen auch jetzt.«

»Nein«, versetzt Türmer ruhig, » ... ich will erst meinen Frieden machen ... dann ...«

Er kniet auf einem Kissen nieder. Zwei Kerzen brennen. Der Geistliche spricht das Glaubensbekenntnis. Der Häftling wiederholt es. In die kleine Zelle zieht für Minuten Feierlichkeit ein und verdrängt die Atmosphäre von Landsberg.

Das Gesicht des Seelsorgers ist blaß. In seinen Augen glänzt mehr als der Schein der Kerzen. Er hat einen Kampf gewonnen. Er nimmt den Sieg dankbar und demütig. Und selbst da noch nicht für sich, sondern für den Mann, der Gottes Gnade mehr benötigt als jeder andere.

Als die Kerzen ausgelöscht sind, sagt Türmer leise:

»Herr Pfarrer, was ist mit Hertha?«

Der Priester schließt die Augen. Mein Gott, denkt er. Er sucht einen Anfang, Worte, Festigkeit, Stärke, Trost.

»Hat mich meine Frau vergessen?« fragt Türmer gefaßt. Er sieht mit festem Blick dem Geistlichen in die Augen. »Sagen Sie es mir ... will sie nichts mehr von mir wissen?«

»Nein«, erwidert Pfarrer Märker leise, »nein ...«

Der Duft der Kerzen klebt noch in der Zelle. Sie sind zu kleinen, bizarren Stummeln zusammengeschmort. Der härteste Angeklagte des Malmedy-Prozesses hat heimgefunden. Heim ... nach Landsberg. Und jetzt, da er die Frage nach seiner Frau stellt, spürt der graue, leichtgebeugte Priester die Last des Kreuzes. Seine Augen sind gütig und traurig, seine Hände heiß und ruhig, seine Lippen schmal und steif.

»Türmer«, beginnt Pfarrer Märker leise, »Sie sind tapfer. Sie waren es immer. Ich weiß es. Aber jetzt ... jetzt ...« würgt der Geistliche an dem Wort, »jetzt müssen Sie sich besonders zusammennehmen ...«

»Hertha!« stammelt der Gefangene.

»Sie ist tot«, sagt der Priester heiser, »ganz zuletzt ... eine russische Granate ... zwei Tage vor der Kapitulation.«

»Tot«, flüstert Türmer verständnislos. »Tot!« heult er dann auf. »Tot!« brüllt er.

Plötzlich springt er hoch, rast gegen die Wand, schlägt mit den Knöcheln gegen den Kalk, wieder und wieder, bricht ab, läßt sich auf die Pritsche fallen.

»Tot ...« schluchzt er. Sein Gesicht verzerrt sich. Haß ist es auf einmal, der die Muskeln über den Backenknochen steif wie Leder werden läßt, der aus den schmalen Augen glüht.

Der Priester läßt dem Gefangenen Zeit. Seine Lippen murmeln selbständig ein Gebet. Den Schmerz, das Leid spürt er fast körperlich mit und schweigt, bittet um Gnade, um Geduld, um Einsicht, um Begreifen, um Verständnis für das Unverständliche.

Langsam entspannt sich das Gesicht Fritz Türmers. Er schließt die Augen. Er möchte weinen, wird damit fertig, mit der Kraft, die ihn die Folterungen des Leutnants Prince überstehen ließ, mit der Energie, die ihm so lange die Annäherung an den Mann im schwarzen Rock unmöglich machte.

»Und das Kind?« fragt er tonlos.

»Auch tot«, entgegnet der Geistliche mit fremder Stimme.

» ... Beten Sie«, sagt er, als er aus der Zelle geht.

Fritz Türmer ist allein. Ich will sterben, denkt er. Ich bin unschuldig. Aber jetzt will ich es. Ich kann nicht mehr leben. Ich werde das nie überstehen.

Da rüttelt er am Fenster. Ein Posten schiebt das schmale Seitenfenster hoch.

Da brüllt Fritz Türmer: » ... ich will dabei sein ... ich will gehängt werden ... der erste! ...«

Der Posten versteht ihn nicht. Da deutet der frühere Unterscharführer mit einer flachen Handbewegung am Hals die Geste des Hängens an. Der Posten begreift und grinst. Dann läßt er das Fenster wieder herunterklappen, schüttelt den Kopf. Diese Krauts, mag er denken, können es nie erwarten. Armer Bursche, überlegt er vielleicht weiter, der ist bestimmt ein armer Bursche!

Es ist still. Der Galgen steht bereit. Vierzig oder fünfzig sind ausgewählt. Bald werden sie geholt. Die Reihenfolge bestimmt der Kommandant. Oder der Zufall. Oder General Clay. Oder alle zusammen. Wen es trifft, weiß keiner. Das Fließband des Grauens läuft wieder, langsam und lautlos.

Bilder . . . Bibel . . . Decken . . . Die Devise der Endstation, unter der Colonel Evans, der Chefverteidiger des Malmedy-Verfahrens, lebt und leidet. In Atlanta, der Hauptstadt von Georgia. Als Anwalt in einer Praxis, die früher blendend war und jetzt schlecht und recht geht. Viele der alten Klienten haben längst den Rechtsberater gewechselt, und die restlichen blieben weniger aus Treue als aus Gewohnheit.

Der frühere Colonel ist in seinem Arbeitszimmer. Eine Decke liegt über seinen Füßen. Die Bilder seiner Frau Alice und der Kinder Bob und Ann stehen auf dem Schreibtisch. Der mattglänzende Goldschnitt der Bibel schimmert oben links aus dem Bücherregal.

Burton C. Evans liest, was er schon beinahe auswendig kann: die Handakten des Malmedy-Prozesses. Morgen geht es nach langer Pause zur nächsten Station. Morgen, denkt der Colonel ohne Begeisterung. Müde fährt er sich mit zwei Fingern in die Augenwinkel. Ob das Pentagon endlich Gewißheit schaffen wird? Gerechtigkeit? Evans hofft es, weil er es hoffen will. Er starrt ins Leere.

In den Schein seiner Leselampe schiebt sich ein Schatten. Der Rechtsanwalt sieht auf.

»Du, Alice?«

Sie bleibt dicht an seinem Schreibtisch stehen, sieht auf ihn herunter, ernst und doch zärtlich.

»Du verreist morgen?« fragt sie.

»Ja«, antwortet er ein wenig bedrückt und schuldbewußt. Er hat das Hausmädchen beauftragt, sein Gepäck für den Flug in die amerikanische Hauptstadt zu richten. Seiner Frau sagte er davon noch nichts. Es hat sich eingebürgert zwischen Burton und Alice Evans, daß sie über Malmedy nicht mehr sprechen. Sie klagt nicht mehr, daß er seine Praxis, seine Gesundheit und sein Geld für ehemalige deutsche SS-Leute opfert. Und er versucht nicht mehr, seiner Frau klarzumachen, warum er es tut. Malmedy trennt ihn von Alice wie eine Kluft. Und aus der Kluft wächst das Schweigen.

Darum erschrickt Colonel Evans jetzt fast, als ihn Alice fragt:

»Wegen des Malmedy-Prozesses, ja?«

»Ja«, bestätigt er verwirrt.

Sie setzt sich behutsam neben ihn. Der Stoff ihres Kleides knistert leicht. Um ihre Augen liegt die Sorge um ihren Mann. Um ihren Mund spielt die Liebe zu ihm. Und in ihren Händen ruht die Kraft, ihm zu helfen.

»Burt«, sagt sie leise, »vorhin hat jemand angerufen ...«

»So«, meint er, erleichtert über den Themawechsel.

»Ja, ich wollte dich nicht stören, weil du gearbeitet hast. Aber ... ich habe einen Termin für dich ausgemacht.«

Er runzelt flüchtig die Stirne.

»Ich muß doch morgen weg.«

»Morgen nachmittag«, entgegnet Alice schnell, »aber morgen früh ginge das doch noch.«

Der Rechtsanwalt klappt seine Aktendeckel zu.

»Wer ist es denn?« fragt er lustlos.

Alice wendet ihm das Gesicht voll zu.

»Ein Senator aus Washington ... Senator Chambers ... er sagte, daß er heute noch abfliegt. Hierher ... er will dich unbedingt sprechen.«

»Senator Chambers?« Evans betrachtet seine Frau verblüfft. Diesen Senator, eines der zugkräftigsten Pferde aus dem Stall der Republikaner, kennt er natürlich aus den Zeitungen. Jedes Kind in Amerika kennt Senator Chambers. Aber was hat der Parteimann ausgerechnet bei ihm zu suchen? »Hat er gesagt, was er will?« fragt der Chefverteidiger mechanisch.

»Nein.« Sie druckst herum. »Aber ich habe mir gedacht, daß du ihn vielleicht sehr gut gebrauchen kannst. Gerade jetzt ... in dieser Malmedy-Affäre«, setzt sie leise hinzu.

Evans richtet sich auf.

»Alice«, sagt er, »daran hast du gedacht?«

Eine Röte zieht über ihr Gesicht. Alice sieht wieder so rührend jung und verwirrt aus, wie vor fünfzehn Jahren im Drugstore ... und genauso rosa wie das erste Himbeereis, das er ihr dort kaufte.

Er nimmt ihre Hände. Behutsam küßt er ihre Fingerspitzen.

Sie will sie ihm entziehen.

»Burt«, flüstert sie, »ich schäme mich so ...«

»Wieso?« fragt Evans, aber achtet dabei nur auf ihre Fingerspitzen.

»Ich ... deine eigene Frau«, versetzt Alice fest, »habe eigentlich auch zu deinen Gegnern gehört ... ja, ich habe dich nicht verstanden ... vor allem damals nicht, als du noch in Deutschland warst ... und als hier alles über mich und die Kinder hereingebrochen ist. Nun ... du weißt es schon ...«

»Dein Ringfinger ist dein schönster«, antwortet er lächelnd.

Alice hört nicht zu.

»Aber dann habe ich dich kämpfen sehen«, fährt sie fort, »tapfer und unbeirrbar ... und dann habe ich darunter gelitten, daß ich von allem ausgeschaltet war, obwohl ich mich ja selbst isoliert hatte ... schließlich begann ich, in deinen Akten zu lesen. Immer wenn du fort warst ... und jetzt, Burt ... habe ich das mit Senator Chambers richtig gemacht?« Sie betrachtet ihn beinahe ängstlich.

Er hält ihre Hände ganz fest.

»Alice«, entgegnet er, »weißt du, warum dein Ringfinger dein schönster ist?«

»Sei doch ernst, Burt!«

»Es ist mein voller Ernst ... weil er jedem zeigt, daß wir zusammengehören.«

Glücklich und untergehakt holen Alice und Burt Evans ihre Kinder zu Tisch. Als sie Bobs Zimmer betreten, sitzt Ann auf einem Schemel und mault. Bob hat den Talar seines Vaters an, der ihm viel zu lang ist, und bricht eine große Rede ab:

»Ann hat zwanzig Menschen umgebracht«, stottert er. Seine Backen sind fieberrot.

»Ja«, murrt Ann, »und Bob will mich vom Gericht befreien, so wie Paps das tut ... aber Paps befreit doch nur Unschuldige ... und das will Bob nicht glauben.«

Da beugt sich Alice zu ihrem Jungen und sagt fest:

»Doch Bob ... wenn Paps nicht davon überzeugt wäre, daß jemand unschuldig ist, dann könnte er ihm auch nicht helfen.«

Burton Evans sieht in die großen, gläubigen Augen seines Jungen, und er sagt sich einmal mehr, daß er zwar vergeblich kämpfen kann, aber deshalb noch lange nicht auf verlorenem Posten steht.

Durch das Haus wuchten Hammerschläge. Das Gerüst des Todes wird wieder aufgestellt. Der Galgen. Gegenüber einer geborstenen Gedenktafel, die darauf hinweist, daß hier, wo die Gefangenen ihren letzten Kampf ausstehen müssen, Adolf Hitler seine Teufelsbibel »Mein Kampf« geschrieben hatte. Die Geräusche dringen bis in die letzten Zellen, vibrieren in den Körpern der Gefangenen weiter und werden zu Angst. Zu Todesangst.

Bald kommt der Henker wieder, der sich in den letzten Monaten in Landsberg nicht sehen ließ ...

Sepp Dietrich, Generaloberst der Waffen-SS, zu lebenslänglicher Haft verurteilt, schiebt die selbstgezeichneten Spielkarten beiseite. Sollte ihn ein Grand mit Vieren reizen, wenn vielleicht in diesem Moment die Männer der früheren Leibstandarte in den Todeskeller gebracht werden? Nebenan hämmert Generalfeldmarschall Georg von Küchler auf seiner Schreibmaschine. Er und die anderen sechs verurteilten Generäle des Oberkommandos der Wehrmacht haben es noch gut, denn der Kommandant schickte ihnen Papier, um die Stationen der deutschen Niederlage chronologisch festzuhalten. Und sie alle, die irgendwo hinter Stacheldraht oder hinter schmalen Gittern in Landsberg die Geschichte des Zweiten Weltkrieges schreiben, wissen jetzt übereinstimmend, wer am Zusammenbruch schuld war.

In einer anderen Zelle unterbricht General Wilhelm Speidel, der Bruder des Mannes, der später NATO-Kommandeur werden sollte, im Geisel-Prozeß zu zwanzig Jahren Strafhaft verurteilt, den fruchtlosen Kreismarsch in der Zelle. Während der eine Bruder noch für seine militärische Vergangenheit büßt, wird der andere bald die Wiederaufrüstung vorbereiten.

Staatssekretär von Weizsäcker wird ins Gefängnislazarett geschafft. Er wurde noch stiller, noch blasser, noch lautloser. Die Ärzte, die ihn untersuchen, zucken die Schultern. Kein Befund. Es ist die Diagnose des baldigen Krebstodes, der ihm die Freiheit wiedergeben wird, sechs Wochen vor dem Ende.

Und in einer anderen Zelle erschauert eine Frau: Herta Oberheuser, mittelgroß, schlank, blaß. Ihre Hände sind weich und weiß, schwitzig und blutig. Hände, die geschaffen waren, Kranke zu pflegen, den Kopf eines Mannes zärtlich zu streicheln, ein Kind an die Brust zu legen. Hände, die die Nadel führten, die KZ-Häftlinge mit Typhus- und Malariabazillen impften, die sie zu Tode quälten. Eine Frau.

Atlanta, Hauptstadt von Georgia. Senator Chambers kommt pünktlich auf die Minute. Er kommt in das Haus und besetzt es im gleichen Moment. Er hat eine massive Figur und derbe Hände, die während des Gesprächs nicht stillhalten können. Zu seinem bulligen Körper passen die listigen, schnellen Stieraugen. Seinen Redefluß stoppen, hieße, einen Expreßzug in voller Fahrt aufzuhalten.

Der bekannte Politiker ist in Eile. Das verdoppelt sein Tempo und seine Wucht. Er hat für die Besprechung, die in der Privatwohnung des Colonel Evans stattfindet, dreißig Minuten angesetzt. Länger braucht er sonst nie, um seine Partner zu überzeugen.

»In Washington haben die Bars Ohren und die Hotelzimmer mitunter Abhörgeräte«, beginnt Chambers grinsend, »darum kam ich gleich hierher ... zur Sache ...« Der Senator geht mit kurzen, straffen Schritten im Arbeitszimmer des Rechtsanwalts hin und her, als sei er der Hausherr. »Ich habe viel von Ihnen gehört, mein lieber Evans«, er lacht jovial mit dem Wohlwollen eines gutgelaunten Haifisches, »nicht immer das Beste ... aber vielleicht kann ich doch etwas daraus machen, vielleicht ist das alles gar nicht so schlecht ... ich meine, wenn es sich für die Republikanische Partei verwenden läßt.«

Der Senator unterbricht sich.

»Was sind Sie eigentlich, Evans, Republikaner oder Demokrat?«

»Amerikaner«, versetzt der frühere Colonel unbewegt.

»Eine gute Antwort für einen Advokaten«, sagt der Senator. »Aber Spaß beiseite ... also, nicht festgelegt, wie?« Der Senator bleibt abrupt stehen. »Nun, Evans, ich biete Ihnen eine Chance.«

Der Rechtsanwalt betrachtet den Politiker ruhig. So, denkt er, Amerikaner, das heißt für dich, »nicht festgelegt«. Er ist entschlossen, sich von dieser Dampfmaschine nicht überfahren zu lassen. Vom ersten Moment an warnt ihn eine Stimme, auf der Hut zu sein.

»Ich schlage Ihnen ein Business vor.« Der Senator reibt sich die breiten, behaarten Hände. In der Politik herrscht mitunter die Gestik des Pferdemarktes ... »Also: Sie geben mir genaue Einzelheiten der Affäre, die zur Zeit im Pentagon in Sachen dieser deutschen Kriegsverbrecherprozesse untersucht wird.« Der Senator fängt den erstaunten Blick des Rechtsanwalts ab, lächelt überlegen dabei. »Ja, ja, ich habe so meine Beziehungen, und höre mitunter so etwas, was nicht für meine Ohren bestimmt ist.« Sein Ton wird energisch: »Aber genaue Einzelheiten will ich haben ... und Sie tun es nicht umsonst, Evans. Als Gegenleistung helfe ich Ihnen, Ihre Sache durchzustehen.« Er klopft Evans auf die Schulter. »Sie werden berühmt, mein Lieber.«

Das Gesicht des Anwalts bleibt ohne Ausdruck.

»Sehr verlockend, Senator«, antwortet er dann höflich, »aber wie kommt der Malmedy-Prozeß zu dieser Ehre?«

Der Senator lacht schallend.

»Gut kombiniert, mein Lieber. Ja, im Grunde ist es mir gleichgültig, ob eine Bande von SS-Leuten aufgehängt wird oder nicht, das stimmt allerdings ...«

Evans spürt die Worte wie Peitschenschläge.

Aber der Senator taucht mit einem Kopfsprung in sein Element. Er ist zu impulsiv, als daß er seine Pläne zurückhalten könnte. Außerdem zweifelt er nicht daran, daß ihm Evans entgegenkommen wird.

»Sehen Sie«, fährt der Politiker fort, »im nächsten Jahr wird der neue Präsident gewählt, nicht? Für uns hat der Wahlkampf bereits begonnen ... Wir können uns nur gegen die Regierungspartei durchsetzen, wenn wir dem Präsidenten Truman und seinen Demokraten ein paar handgreifliche Schnitzer nachweisen ...« Die Stieraugen werden wieder klein und listig. »Wie wär's, wenn wir diese

Malmedy-Sache platzen ließen ...? Im richtigen Augenblick natürlich. Was glauben Sie, was geschehen wird, wenn wir Beweise vorlegen, daß Offiziere unter der Regierung Truman Verbrechen begangen haben ...? Darum dreht sich doch wohl Ihre Story, wie ...? Bei dem Gerechtigkeitsgefühl des amerikanischen Volkes gäbe das ja einen Skandal von den Palmen Floridas bis in die Eiskeller Alaskas!«

Evans kämpft mit einem Frösteln. Ja, denkt er, das Gerechtigkeitsgefühl unseres Volkes ist so sauber, daß wir es bei diesem Kuhhandel aus dem Spiel lassen sollten. Er denkt angestrengt nach. Versuchung und Abwehr nehmen ihn in die Zange, machen ihn ein paar Sekunden unschlüssig. Was ist erlaubt? Was verboten? Ihm kann es ja gleichgültig sein, aus welchen Motiven auch immer Unschuldige vom Strick abgeschnitten werden.

Blitzschnell ziehen die Gesichter seiner Klienten an ihm vorbei, Henze, Brinkmann, Willers, Triebenstein, Türmer und andere, die er für unschuldig hält.

Gestern hoffte er noch mit Alice zusammen auf eine Chance, mit Senator Chambers über den Malmedy-Case zu sprechen. Heute könnte er offene Türen einrennen. Die Sache wäre ja ganz leicht! Was geht ihn die amerikanische Innenpolitik an? Was soll er sich darum kümmern, ob in den Staaten Demokraten oder Republikaner herrschen? Wenn nur Justizmorde verhindert werden! Denn diese würden auf ganz Amerika zurückfallen und nicht nur auf eine seiner Parteien.

Er wollte mit Chambers über Malmedy sprechen.

Aber nicht in einer Sprache, die ihm widerwärtig ist. Schade, überlegt Evans, schade ... und er schließt die offenen Türen, noch bevor er es sich selbst eingesteht.

»Nun?« reißt ihn der Senator aus seinen Gedanken, »machen Sie mit?« Er streckt dem Rechtsanwalt die Hand hin.

Der Chefverteidiger, der für die Gerechtigkeit eintreten will und nicht für eine Partei, gegen die er sonst gar nichts hat, hebt den Kopf.

»Nein«, antwortet er knapp und kurz.

Der Senator ist fassungslos, setzt sich, zündet sich eine Zigarette an, fährt sich mit der Hand über die halb kahle Stirne.

»Wie bitte?« fragt er dann gedehnt. »Und warum nicht, wenn ich fragen darf?«

Evans will keine Diskussion mit einem Mann, der ihn nie verstehen wird.

»Sir«, sagt er ruhig, »ich habe keinen Grund, mich gegenüber dem Pentagon illoyal zu verhalten. Ich bin überzeugt, daß die Sache dort in den besten Händen ist.«

»Ah«, erwidert der Politiker heftig, kneift die Augen zusammen, »Sie halten also den Handel, den ich Ihnen anbiete, für ein schmutziges Geschäft?«

Der Rechtsanwalt schweigt.

Chambers greift zu seiner dünnen Ledermappe. Er ist gewohnt, ebenso rasch zu verlieren, wie er sonst siegt.

»Vielleicht kommt der Tag«, sagt er mürrisch, »wo Ihnen mein Vorschlag noch sehr, sehr sauber erscheint... Denken Sie daran! ... Ich hoffe, Sie wissen, wo ich in Washington telefonisch zu erreichen bin.«

Evans verbeugt sich.

»Besten Dank für Ihre Mühe, Sir«, sagt er beim Abschied.

An der Tür wendet sich der Senator noch einmal brüsk um:

»Sagen Sie mal, Evans, Sie glauben wohl wirklich daran, daß diese Kerle in Deutschland unschuldig sind, was?«

»Nicht alle, Sir«, versetzt Evans steinern, »aber einige.«

»Phantast!« murmelt der Senator ärgerlich, während er zu seinem Wagen geht.

Und Evans denkt: arme Alice, Liebling, und du hast es so gut gemeint.

Er rafft seine Akten zusammen. In diesem Moment kann er sich nicht vorstellen, daß er eines Tages durch einen Telefonanruf bei dem unsympathischen Senator die Notbremse ziehen wird.

5. Kapitel

Die Zeitung, bei der Peter Steffens als Reporter arbeitete, wurde im Keller gedruckt. Er stand unter Wasser. Das Wasser hatte Balken, auf denen die Redakteure hin- und herbalancierten. Die Zeitungen erschienen so oft wie der Henker in Landsberg: zweimal in der Woche. Ihr Umfang war so beschnitten wie die Freizeit eines Rekruten. Was die Länge der Meldungen betraf, so hatte die Zeit ihre eigenen Maßstäbe für die Sensation: eine Sonderzuteilung von 125 Gramm Quark wurde in 50, ein Doppelmord in zwei Zeilen dargestellt. Den Redakteuren fehlte nicht der gute Wille. An Papier mangelte es ihnen. Denn Papier wurde damals vorwiegend für Fragebogen gebraucht.

Nach dem Umbruch ging Peter Steffens nach oben. Er hatte sich mit seinem Ressortchef verabredet. Heute fand die entscheidende Aussprache statt. Damals hatte der junge Reporter seinen Malmedy-Bericht am nächsten Tag nicht abgeliefert. Beim Durchlesen stellte er fest, daß eine Reihe von Informationen aus Vermutungen resultierte. Er entschloß sich, den ganzen Fall noch einmal gründlich zu überprüfen.

So reiste er monatelang ohne Auftrag kreuz und quer durch Deutschland, in überfüllten Personenzügen, deren Glasfenster durch Pappscheiben ersetzt waren, oder in Autos, die schneller stehen blieben, als sie rollten. Er sprach mit Angehörigen der früheren Leibstandarte. Er wandte sich an amerikanische Offiziere, fuhr nach Schwäbisch-Hall, sicherte jede Behauptung ab und verfügte nunmehr über ein Manuskript, das kaum mehr eine Lücke aufwies.

Ressortchef Weber las ohne Eile und ohne Lust. Dann aber zuckten die Finger, die zunächst flach ausgestreckt auf der Schreibtischplatte lagen. Er blätterte zurück, schüttelte den Kopf, sah mit seltsam leerem Blick durch Peter Steffens hindurch, begann noch einmal.

Sein Reporter ließ ihn nicht aus den Augen. Ein paar Monate hatte Peter Steffens investiert. Sein Gewissen steckte in Raten zwischen den Zeilen. Und das wehe, wunde Lächeln einer alten Frau, der Mutter des Todeskandidaten Brinkmann, trieb ihn vorwärts, ließ ihn das Unmögliche versuchen, drängte sich sogar zwischen ihn und Evelyn, die er immer häufiger gesehen hatte und die ihm immer nähergekommen war. Aber Evelyns Uniform stand ihren Gefühlen im Wege, obwohl Olivgrün tagtäglich mehr mit dem deutschen Straßenbild fraternisierte.

Und jetzt erinnerte sich der Reporter des Tages, da ihm der weibliche Sergeant einen verschlossenen Brief gab.

»Für dich«, sagte Evelyn, »für deinen Malmedy-Case.«

»Nein«, erwiderte er.

»Es ist eine Information, die sehr wichtig sein kann ...«

»Ich will von dir keine Information.«

»Ich weiß«, entgegnete das Mädchen heftig, »aber hierbei geht es weder um dich noch um mich ... es geht um Menschen, denen du helfen kannst ... helfen mußt!«

»Aber nicht dadurch, daß ich dich zu einer Unkorrektheit verleite.«

Im ersten Impuls wollte Evelyn den Brief zerreißen. Dann sagte sie:

»Wie hieß der amerikanische Verteidiger damals? ... Es war Colonel Evans, nicht?«

»Ja.«

»Gut«, antwortete sie, »dann mache ich dir einen letzten Vorschlag: Schick ihm den Brief ... von mir aus ungeöffnet. Ein amerikanischer Oberst wird wohl am besten beurteilen können, was korrekt ist.«

Peter gab nach. Am gleichen Tag setzte er sich hin und schrieb nach Atlanta:

»Dear Mr. Evans, vielleicht erinnern Sie sich noch an mich. Sie hatten sich einmal die Zeit und die Mühe genommen, mir die Grundlagen des Malmedy-Verfahrens auseinanderzusetzen. Von da ab sah ich den Prozeß aus einer anderen Sicht. Ich weiß, daß Sie den Kampf um die Gerechtigkeit nicht aufgegeben haben. Auch ich versuche, so gut ich kann, das Unheil abzuwenden. In der Beilage darf ich Ihnen einen Brief schicken, dessen Inhalt ich nicht kenne. Er wurde mir von einer Amerikanerin übergeben, die in Dachau als Dolmetscherin arbeitete. Ich will Ihnen nicht verhehlen, daß mir Miß Evelyn Wyler nahesteht. Ich wünsche Ihnen persönlich und Ihrer Arbeit alles Gute. Mit freundlichen Grüßen Peter Steffens.«

Und darauf erhielt der junge Reporter ein knappes, herzliches Dankschreiben. Sonst hörte er nichts. Er konnte nicht ahnen, daß er dem Colonel eine schlagkräftige Waffe in die Hand gegeben hatte. Seitdem war der Brief zwischen Evelyn und Peter nie mehr erwähnt worden.

In diesem Moment stand der Ressortchef auf. Er zündete sich achtlos seine letzte Zigarette an, ging auf und ab.

»Unglaublich ...« sagte er kopfschüttelnd. Dann schwieg er.

»Ich weiß, was Sie sagen wollen: erstens haben Sie keinen Platz... zweitens können Sie es mit Rücksicht auf die Besatzungsmacht nicht bringen ... und drittens wissen Sie gar nicht, ob mein Bericht stimmt...«

»Quatsch«, versetzte Weber. »Erstens kenne ich dich, Peter, und weiß, daß du keinen Türken baust, und zweitens bist du ein Narr! Denk doch: Gut, hier wurde an zwanzig oder dreißig oder von mir aus vielleicht noch mehr SS-Leuten ein großes Unrecht verübt... ich bin auch objektiv, wenn es sich um die Leibgardisten Hitlers handelt, das weißt du ... aber überleg dir doch: Alles ist noch im Werden. Zwölf Jahre Nazismus lassen sich nicht, und schon gar nicht unter diesen Verhältnissen, in einigen Jahren ausradieren! Und wenn wir jetzt diesen Bericht bringen, werden die Nazis unter unseren Lesern Millionen vergaster Gegner Hitlers gegen dreißig SS-Leute abwägen und einfach Unrecht gegen Unrecht setzen... einen Einzelfall mit einem ganzen System gleichstellen ... und dann hämisch sagen: Was wollt ihr eigentlich, die Amerikaner sind ja genauso wie die SS!«

»Und wenn Unschuldige hingerichtet werden?« unterbrach ihn Peter.

Der Ressortchef zuckte die Schultern. Sein Gesicht wirkte grau, müde und abgekämpft. Er setzte sich auf seinen Stuhl.

»Willst du mir die Verantwortung in die Schuhe schieben?« knurrte er.

»Soll ich ... soll ich sie tragen? Soll ich Ihnen von Frau Brinkmann erzählen, der Mutter eines Unschuldigen?« Peter wurde heftig: »Sagen Sie doch, daß Sie es nicht bringen können, weil Sie Angst vor der Besatzungsmacht haben!«

»Hör zu«, erwiderte Weber langsam. »Natürlich wird der Bericht wie eine Bombe einschlagen. Und was sonst noch passiert, weiß ich nicht... Ich habe zwölf Jahre lang als Journalist gelebt, in Deutschland, jawohl, in Nazideutschland. Gut, ich bin auf Gemüse und Kartoffeln ausgewichen, habe über unpolitische Themen geschrieben ... aber etwas habe ich in dieser Zeit gelernt. Ich habe es satt; es steht mir bis zum Hals, nach links oder rechts zu sehen ... Ich bin bereit, den Bericht zu bringen, jawohl ...« Er wurde ruhiger. Er sah Peter fest an. »Aber eine Bedingung habe ich: Eine Nacht überlegst du dir das noch einmal ganz genau. Die Entscheidung liegt bei dir allein ... wenn du mir morgen mit gutem Gewissen sagst, daß du noch dazu stehst, ohne Rücksicht auf die Folgen, dann wird er gedruckt... und der Teufel soll uns alle holen!«

Weber stand auf, reichte dem Reporter die Hand. »Bis morgen«, sagte er.

Gibt nichts zu überlegen, dachte Peter im ersten Moment, gar nichts! Und der Weber ist doch ein anständiger Kerl. Ein verdammt anständiger sogar.

Aber der Reporter kam nicht dazu, viel darüber nachzudenken. Evelyn holte ihn ab. Ihr Wagen parkte vor der Zeitung. Falsch natürlich. Aber die deutschen Polizisten hatten es längst aufgegeben, amerikanische Nummern zu notieren.

»Na«, begrüßte sie ihn, »bekommst du den Pulitzer-Preis?«

»Ich weiß nicht«, antwortete Peter, »vielleicht krieg' ich auch einen Fußtritt.«

Sie fuhren los, hinaus aus der Stadt, Richtung Isartal. Das Radio spielte leise. Der Abend löste sich in Pärchen auf, die zwischen den Küssen Luft holten. Evelyn und Peter ließen den Wagen stehen und gingen am Fluß entlang. Sie setzten sich nebeneinander in das Gras.

»Was macht unsere Liebe?« fragte Evelyn.

»Danke«, erwiderte Peter, »es geht ihr gut.«

»Und das ist alles?«

»Nein, erst der Anfang.«

»Und wie stellst du dir das Ende vor?«

»Schön«, versetzte der Reporter grinsend.

»Ich muß bald in die Staaten zurück«, entgegnete Evelyn.

Peter hatte es seit Monaten befürchtet und die Angst darüber von sich weggeschoben. Jetzt griff sie brutal nach ihm, grub sich in sein Gesicht ein.

»Evelyn«, erwiderte er.

»Ja«, antwortete das Mädchen, »und du bist traurig darüber?«

»Warum fragst du?«

Die Amerikanerin deutete auf ein paar Margeriten.

»Du bist doch Europäer«, sagte sie lächelnd, »und jede Amerikanerin träumt heimlich von einem kontinentalen Mann. So, und jetzt mach's ganz kontinental: Pflück die Blumen zu einem schönen Strauß. Und dann kommst du wieder, verbeugst dich vor mir und hältst um meine Hand an. Kapiert?«

»Um deine Hand anhalten . . . ?« wiederholte Peter ganz verdutzt.

»Ja . . . ich habe um eine Heiratslizenz eingegeben. Und der Konsulatsbeamte sah genauso geistreich aus wie du . . . im Ernst, Peter, du wirst eine männliche Kriegsbraut. So etwas gibt's! Nicht bloß im Film. Mein Antrag wird genehmigt, und ich erhalte eine Importerlaubnis. Ich importiere dich. Ich brauche nur noch deine Unterschrift.«

»Du willst mich heiraten?« fragte Peter langsam, überrumpelt.

Evelyn legte ihre Arme um ihn, zog ihn leicht an sich.

»Vergiß die Blumen nicht.«

»Und was soll ich in Amerika?«

»Mich lieben«, entgegnete sie leise.

»Ja ... aber?«

»Kein Aber. Du fängst als Tellerwäscher an oder als Straßenkehrer oder als Taxichauffeur ... Und dann ein Haus, ein Auto, ein Hund, ein paar Kinder. Nicht mehr als drei. Sonst verdirbt es mir die Figur ... Und wenn du nicht gestorben bist, dann wirst du ein Ölkönig oder ein Kühlschrankfabrikant. Und wir sind alle Jahre bei der Neujahrs-Party im ›Astoria‹, wirklich.«

»Du willst mich heiraten!«

»Daß du immer alles so schnell begreifst«, erwiderte sie. Ihre Augen glänzten. Ihre Arme lockten. Die gebleichte Strähne in den dunklen Haaren hing waagrecht in der Luft wie ein Bindestrich.

Und dann sagte sie gar nichts mehr. Peter preßte Evelyn an sich, als ob er sie nie mehr loslassen wollte. Die Luft war warm. Die Paare zogen weiter. Die Isar floß nordwärts. Ein Mann lachte. Ein Hund bellte. Eine Katze strich blitzschnell vorbei. Es wurde dunkel und kühl.

Und Evelyn und Peter hielten sich fest, schweigend vor Glück und glücklich über das Schweigen.

Washington, Pentagon. Die schweren grünen Gardinen des Konferenzzimmers sind zugezogen. In der Mitte, an überhöhter Stelle, sitzt der Richter im Generalsrang. Seine Stimme ist ruhig und kühl. Beinahe gleichgültig sagt sie:

»Die Untersuchung ist eröffnet.«

Und da ist auf einmal die Atmosphäre des Militärgerichts von Dachau. Vielleicht, weil die Gesichter, die dort während eines monatelangen Verfahrens einander auswendig lernten, sich wieder trafen. Vielleicht, weil die Teilnehmer dieser Sitzung alle wissen, daß sie ein letztes Mal am Schnittpunkt von Recht und Unrecht stehen, wie damals die amerikanischen Gefangenen an der Straßenkreuzung von Malmedy. In verhärteter Feldstellung. Festgelegt auf Worte, auf Taten, auf Wünsche, auf Träume, auf Leidenschaften, auf Haß, auf Menschlichkeit, auf Unmenschlichkeit.

Vorne rechts der frühere Chefrichter O'Connor mit einem Gesicht, in das das Leben seine Runen gemeißelt hatte. Auf der anderen Seite die acht Ankläger. In der Mitte von ihnen Lieutenant-Colonel Richards, ihr Chef, aus Japan herbeizitiert. Links von ihm Leutnant Prince. Daneben Oberleutnant McCormick. Dann die anderen fünf, die während des Verfahrens selten zu Wort kamen.

Im Hintergrund wartet Evans auf sein Stichwort. In seiner Mappe ist ein Brief. Der Inhalt dieses Schreibens ist eine Bombe, die hier im Raum explodieren wird. An einer ganz bestimmten Stelle der

Verhandlung, die der Chefverteidiger ruhig belauert, überlegen beherrscht, wie damals, ganz der alte, der mit einem Schnippen des Fingers seine Gegner zur Weißglut bringt, der mit heißem Gefühl und kühlem Kopf das Bein stellt, wartet und zuschlägt.

Nur der Rahmen ist gepflegter als damals. Nur die Angeklagten, um die sich damals in Dachau alles drehte, fehlen.

Denn heute werden nicht sie, sondern ihre amerikanischen Ankläger beschuldigt.

»Meine Herren«, knurrt der hohe Richter. »Es geht darum, die amerikanische Fahne von jedem Verdacht reinzuwaschen ... Sie kennen die Beschuldigungen, die gegen Ihre Arbeit in Deutschland vorgebracht werden ... Sie waren Offiziere ... Sie werden sich zu verantworten wissen ... Haben Sie Vertrauen zu mir ... Das ist eine Sache, die wir gemeinsam klarstellen und für immer in Ordnung bringen müssen.«

Die Stimme des Generalrichters hallt hohl und überzeugungslos durch den Raum.

Die Ankläger nicken. Das linke Augenlid des Leutnant Prince zuckt.

»Mister Richards«, wendet sich der Heeresrichter an den früheren Chefankläger, »was haben Sie zu sagen, bevor wir zu den Einzelheiten kommen?«

Der Oberstleutnant erhebt sich. Er streift mit einem raschen, verdrossenen Seitenblick Evans. Seine Stimme ist fest.

»Ich kenne jeden einzelnen der Offiziere und Zivilankläger aus langer Zusammenarbeit ... Sir, ich möchte mich für jeden meiner Herren verbürgen.«

»Soll das besagen, daß Sie Mißhandlungen von Angeklagten rundweg in Abrede stellen?«

»Genau das.«

»Sie können beeiden, daß während des Verfahrens Unkorrektheiten nie vorgekommen sind?«

»Während des Verfahrens bestimmt nicht.«

»Was heißt das?«

»Das heißt, daß ich erst mit Beginn des Prozesses zum Ankläger bestellt wurde.«

Der Heeresrichter überlegt einen Augenblick.

»Was haben Sie dazu zu sagen, Mister Evans?« fragt er dann.

»Ich habe die Korrektheit von Lieutenant-Colonel Richards nie bezweifelt ... meine Vorwürfe beziehen sich ausschließlich auf die Voruntersuchung von Schwäbisch-Hall.«

Der Heeresrichter nickt. »Die anderen sieben Herren waren alle in Schwäbisch-Hall?«

»Jawohl«, antworteten sie der Reihe nach.

In diesem Moment erhebt sich Leutnant Prince.

»Entschuldigung, Sir«, sagt er, »ich möchte im Namen dieser Herren die Erklärung abgeben, daß die Behauptungen der Verteidigung falsch und grundlos sind . . . völlig falsch und völlig grundlos. Gut, wir haben Häftlinge nicht gerade mit Handschuhen angefaßt. Das hatte man wohl von uns auch nicht erwartet . . . Aber ich stelle hier fest, daß von Folterungen, von Scheinhinrichtungen, Dampfzellen und ähnlichen Dingen weder mir, noch meinen Kameraden etwas bekannt ist.«

»So«, erwidert der Richter im Generalsrang. Er lächelt fast unmerklich. Er ist zum erstenmal seit Monaten wieder zufrieden. »Sie werden das beschwören müssen, Prince.«

»Yes, Sir.«

Evans erhebt sich.

»Ich stelle den Antrag, die Vereidigung aufzuschieben, bis ich meine Beweise vorgelegt habe.«

»Abgelehnt«, entgegnet der Generalrichter unverzüglich. »Hier steht Aussage gegen Aussage«, sagt er dozierend, »auf der einen Seite deutsche SS-Leute, die ihren Kopf retten wollen, andererseits amerikanische Offiziere, die bereit sind, die Lauterkeit ihrer Ermittlungen mit einem Eid zu bekräftigen.« Er spricht rascher, wird heftiger: »Niemand kann es mir verwehren, dieser eidlichen Aussage größere Bedeutung beizumessen.«

Vor Colonel Evans liegt der Brief aus Deutschland. Gut, denkt er, schwört, schwört falsch . . . und dann, in fünf Minuten, sprechen wir uns wieder. Beinahe mitleidig mustert er Leutnant Knoth, während der Vorsitzende alle Vorbereitungen zur Vereidigung trifft. Gleich werden sie schwören. Als erster Prince, dann McCormick, dann Knoth, die anderen, der Reihe nach.

Und dann, denkt Evans, komme ich . . . Gut, ich kann einen vielfachen Meineid nicht verhindern, aber um so fester werde ich zuschlagen.

Füße scharren, Stühle rücken, Männer erheben sich, leicht oder schwer, müde oder energisch. Die dunkelgrünen Gardinen des Konferenzsaales im Pentagon zu Washington bauschen sich im Luftzug. Dann ist es still, aber nicht feierlich. Die Vereidigung ist ohne Weihe. Keine Kerzen. Keine Bibel. Sachlich, geschäftsmäßig fast . . .

Der Richter im Generalsrang steht an überhöhter Stelle. Vor ihm, in einer Reihe, mäßig ausgerichtet, die sieben Ankläger. Ihr Chef, Lieutenant-Colonel Richards, ist vom Schwur ausgenommen, da er erst zu Beginn des Malmedy-Verfahrens sein Amt übernahm. Vorne, am linken Flügel, Leutnant Prince, verquollene Augen, fahrige Hände, ein fahles, gelbliches Gesicht. Daneben Oberleutnant McCormick, gerötete Wangen, das linke Knie abgewinkelt, die Augen am Boden. Neben ihm Leutnant Henry Knoth. Er lächelt hohl. Die Backenmuskeln halten die Grimasse wie im Krampf fest.

Der Armeerichter wiederholt die Namen.

»Ich darf mir eine Einzelvereidigung ersparen«, sagt er dann, nimmt einen Zettel und liest: »Ich sage Ihnen zunächst den Text ... wenn Sie mir bestätigen, daß Sie den Schwur in dieser Form leisten können, nehme ich die Vereidigung vor.« Er sieht an der Reihe entlang. »Also: Ich war Angehöriger der Untersuchungskommission von Schwäbisch-Hall, die sich mit den Untaten deutscher Kriegsverbrecher an der Straßenkreuzung von Malmedy sowie mit der Ermordung belgischer Zivilisten in diesem Frontabschnitt während der Ardennen-Offensive befaßte. Ich habe bei den Ermittlungen keine Gewalt angewendet, um Geständnisse zu erlangen. Ich habe nichts unternommen, was die amerikanischen Untersuchungsmethoden bloßstellen müßte ...« Der Chefrichter unterbricht sich. »Können Sie das beeiden, meine Herren?«

»Einverstanden!« sagt Leutnant Prince.

Oberleutnant McCormick nickt. Leutnant Henry Knoth fuchtelt mit den Händen Zustimmung. Auch die anderen vier Assistenten der Anklage sind bereit.

»Meine Herren«, fährt der Richter im Generalsrang schnell fort, »dann heben Sie die rechte Hand.« Noch einmal liest er den Schwurtext. Dann ruft er zwei amerikanische Offiziere als Zeugen und eine Sekretärin als Protokollführerin. Ruhig fixiert er Leutnant Prince.

Der Mann streckt die drei Finger in die Höhe. Die Hand zittert merklich. Das Gesicht zuckt. Die Lippen sind spröde. Aber der Haß ist stärker als das Gewissen, mächtiger als die Vernunft, kräftiger als die gequetschten, dünnen Worte:

» ... So wahr mir Gott helfe.«

Im Hintergrund starrt Chefrichter O'Connor betroffen auf den Boden. Hauptverteidiger Evans lächelt traurig. Selbst sein Gegner, Lieutenant-Colonel Richards, wirkt unsicher und verlegen.

» ... So wahr mir Gott helfe«, wiederholt Oberleutnant McCormick hastig.

» ... So wahr mir Gott helfe«, sagt Henry Knoth heiser.

Und so tasten sich die Worte der Reihe entlang, wie die Zahlen beim Appell einer Rekruteneinheit.

Sieben Meineide ... »Gut«, erwidert der Heeresrichter, »damit ist der Fall erledigt. Das Pentagon nimmt den Eid zu Protokoll und verständigt General Clay, daß der Hinrichtungsstopp aufgehoben ist.«

»Einen Moment, Sir!« Evans tritt vor. »Ich habe versucht, diese Vereidigung zu verhindern ... es ist mir nicht gelungen. So muß ich jetzt den Beweis führen, daß diese Männer hier falsch geschworen haben ...« Der Colonel blickt den Richter fest an. In seinen Augen brennt Überzeugung. Sein schmales, asketisches Gesicht wirkt in diesem Moment leidenschaftlich besessen.

In der Luft liegt Unmut zum Greifen dicht, wie der Haß im fahlgelben Gesicht des Leutnants Prince. Der Richter im Generalsrang zögert, bedeutet dann mit einer verdrossenen Geste dem Rechtsanwalt, fortzufahren.

Evans tritt näher, geht langsam an der Reihe der sieben Ankläger entlang, bleibt vor dem dritten stehen.

»Ich habe einige Fragen an diesen Mann«, wendet er sich an den Heeresrichter. Ohne eine Antwort abzuwarten fährt er fort: »Sie waren Offizier der amerikanischen Armee?«

»Ja.«

»Sie trugen Uniform mit den Rangabzeichen eines Leutnants?«

»Ja.«

Evans macht eine kurze Pause. Dann dreht er sich zu dem Heeresrichter um.

»Ich stelle fest, daß Henry Knoth niemals Offizier der amerikanischen Armee war ... er hatte lediglich einen Vertrag als Zivilangestellter. Das gilt auch für die anderen sechs Herren. Ich stelle weiter fest, daß er deshalb die Uniform nebst Rangabzeichen widerrechtlich trug. Die anderen sechs Herren ebenfalls.«

Henry Knoth schüttelt verbissen den Kopf. Der Richter im Generalsrang erwidert unbeteiligt:

»Wir werden das natürlich aufgreifen und untersuchen, Evans ... aber glauben Sie, daß wir hier sind, um unsere Zeit an solche ... solche Bagatellen zu verschwenden?«

»Nein, Sir. Ich komme gleich zur Sache ... Sie sind amerikanischer Staatsbürger?« wendet sich der Colonel wieder an Knoth.

»Ja.«

»Seit wann?«

»Seit 1942«

»Und vorher?«

»War ich staatenlos.«

»Und noch früher?«

Knoth läuft rot an. Noch immer lächelt er verbissen. Noch immer taugt die Grimasse nichts.

»Ich kam als Deutscher zur Welt«, stößt er unwillig hervor.

»Und Sie lebten in Deutschland?«

»Ja.«

»Wann sind Sie ausgewandert?«

»1938.«

»Wie alt waren Sie damals?«

»Neunundzwanzig Jahre.«

»Und wo lebten Sie in Deutschland?«

»In Nürnberg.«

Evans lächelt kühl.

»Das war die ›Stadt der Reichsparteitage‹, nicht wahr?«

»Das wissen wir doch alle«, faucht Knoth.

Der Heeresrichter sieht auf die Uhr.

»Ich gebe Ihnen noch fünf Minuten, Evans . . . ich sehe nicht ein, was Ihre Vernehmung bezwecken soll.«

Der Rechtsanwalt verbeugt sich gemessen.

»Diese Zeit reicht mir, Sir«, sagt er sachlich.

Der alte O'Connor hebt den Kopf. Er kennt Evans. Hundertmal hat er diese Art, ein Kreuzverhör zu führen, erlebt. Und dann jedesmal wartete er auf den Stoß, stellte hinterher fest, wie genau Evans zu treffen pflegte.

»Haben Sie einmal einen Reichsparteitag erlebt, Mister Knoth?« fragt Evans gedehnt.

»Sicher.« Der frühere Heeresangestellte ist weiß vor Wut. Er kämpft mühselig mit der Selbstbeherrschung. Er weiß nicht, daß ihm Evans die umständlichen Fragen nur vorlegt, um ihn in Zorn zu versetzen, den Verstand blind, die Zunge selbständig zu machen.

»Ich frage«, fährt der Colonel fort, »als Zuschauer oder als Teilnehmer?«

»Ich habe weder zugeschaut, noch teilgenommen!« antwortet Knoth. »Ich war Bürger dieser Stadt . . . Das war alles!«

»Waren Sie in der Partei?«

»Nein.«

»Bei keiner Gliederung?«

»Nein.«

»Auch nicht bei der HJ?«

»Niemals.«

Evans deutet mit dem Finger auf die Brust des Vernommenen. Er dehnt die Stimme, steigert sie dabei.

»Auch nicht bei der SS?« stößt er dann zu.

Knoth zuckt zusammen, als ob er einen Schlag erhalten hätte. Er taumelt zwei Schritte nach vorne, hält sich am Tisch fest.

Richards hört auf, mit den Fingern auf der Tischplatte zu trommeln. Der Richter im Generalsrang vergißt die Uhrzeit. Das Gesicht des alten O'Connor entspannt sich zu deutlichem Erstaunen. Die anderen Männer im Konferenzraum verharren steif, wie festgefroren. Kein Stühlerücken. Atemlose Stille im Raum. Nur die Herzen schlagen, pochen in den Schläfen.

Ein Mann würgt an der Antwort. Keiner hilft ihm. Alle warten. Sekunden, die sich dehnen, recken, zerren . . .

Evans wartet und lächelt.

Da endlich fährt die rauhe Stimme des Richters im Generalsrang quer durch die Spannung:

»Worauf, zum Teufel, wollen Sie eigentlich hinaus, Evans?«

»Sir«, antwortet der Colonel, »Sie haben ganz richtig festgestellt, daß der Eid eines amerikanischen Offiziers mehr gilt, als das Wort eines deutschen SS-Mannes, der seinen Kopf retten will ... Als früherer amerikanischer Offizier erkläre ich Ihnen, Sir, daß ich diesen Standpunkt ohne Einschränkung teile. Aber«, fährt Evans fort, »ich bestreite, daß die Ankläger hier, mit Ausnahme von Lieutenant-Colonel Richards, amerikanische Offiziere waren ... zweitens, daß ihr Eid der Wahrheit entspricht ... und drittens behaupte ich, daß einer der Ankläger, Mister Henry Knoth«, die Stimme des Colonels ist scharf und kalt, »ein früherer deutscher SS-Mann ist!«

Evans fährt herum. Sein Arm schnellt nach vorne, weist auf Knoth, hängt ohne Pose in der Luft. Der Verteidiger steht aufrecht, mit harten, kalten Augen, in der uralten Geste des Richters, der sein »Schuldig« spricht.

Die Zeugen dieses Zwischenfalles starren sich betroffen in die Augen. Keiner der Männer scheint zu atmen. Das gibt es nicht, reden sie sich ein, das ist Unsinn, Unfug, ein plumper Trick, ein Alp!

Aber da wuchtet wieder die Stimme des Chefverteidigers in den Wirbel der Gedanken:

»Knoth wanderte nach Amerika aus, als er in eine Unterschlagung verwickelt war. Das verschwieg er seinem Gastland und tarnte sich als politischer Emigrant ... Der Zufall spülte diesen Mann in eine Schlüsselposition ... Er folterte seine früheren Kameraden. Auf seine eigenartigen Vernehmungsmethoden gehen Dutzende von Geständnissen zurück ...« Evans Stimme wird lauter, heftiger: »Und sein letztes Verbrechen war der eben geleistete Meineid!«

»Nein ... stimmt nicht! ... Alles ... alles ... Schwindel ...« röchelt der Beschuldigte. Er wischt mit der Hand den Schweiß von der Stirne, wieder und wieder, unsicher, fahrig, will weitersprechen, würgt an den Worten ...

Alle im Raum starren ihn an, begreifen nichts, warten auf das Ende des Spuks. Nur der alte O'Connor lächelt beinahe versonnen auf den Fußboden. Gut gemacht, Evans, denkt er. Deine Informationen stimmen immer. Das kenne ich. Und wie immer weiß ich nicht, wo du sie her hast ...

Wie sollte der frühere Richter wissen, daß ein weiblicher Sergeant der Armee bei dem Studium der Akten auf einen beschlagnahmten Brief stieß, den ein Häftling aus Landsberg herausschmuggeln wollte?

Endlich greift der Richter im Generalsrang ein:

»Evans«, knurrt er, »Sie sind verrückt! ... Lassen Sie das Theater! Wie wollen Sie diese Ungeheuerlichkeit jemals beweisen?«

»Ganz einfach«, antwortet der Colonel unbewegt. »Die SS stempelte sich selbst ab. Durch ein Blutgruppenzeichen am Oberarm ... deshalb konnten unsere Ermittlungsbehörden in Deutschland Tausende ehemalige SS-Leute, die sich als Wehrmachtsangehörige tarnten, überführen. Wenn Mister Knoth bei der SS war, muß sich dieses Kainsmal an seinem Oberarm finden lassen.«

Der Heeresrichter starrt einen Moment auf seinen Tisch, überlegt, hebt den Kopf, betrachtet den zusammengekauerten Henry Knoth, lacht trocken auf, geht ein paar Schritte auf seinem überhöhten Podium hin und her.

»Meine Herren«, erwidert er kühl, »wollen wir diese Sonderschau des Mister Evans schnell beenden und noch schneller vergessen!« Er bleibt vor Knoth stehen. »Ich kann Sie nicht zwingen ...« sagt er ruhig, »aber ich glaube, daß wir diesen Unsinn stoppen müssen ... Bitte führen Sie den Gegenbeweis. Auf der Stelle!«

Der Beschuldigte kann nicht antworten. Sein Gesicht ist verzerrt, er schüttelt den Kopf.

»Ich bitte Sie, den Oberarm freizumachen!« fährt ihn der Heeresrichter angewidert an.

»Nein!« heult Knoth, »ich ... alles ... niemals ... nein!«

In diesem Moment ist es vorbei mit der Selbstbeherrschung des Lieutenant-Colonel Richards, des früheren Chefanklägers. Er springt auf Henry Knoth zu, brüllt ihn an:

»Mann, nehmen Sie sich zusammen! ... Dieser Verdacht trifft uns alle. Hören Sie, wir lassen das nicht auf uns sitzen! Ziehen Sie Ihre Jacke aus!«

Knoth reagiert nicht.

Da faßt Richards mit derbem Griff zu, reißt sie ihm fast vom Leib, gibt McCormick einen Wink. Sie krempeln dem sich kraftlos Wehrenden den Hemdsärmel hoch. Der Heeresrichter sieht zur Wand, als ob seine Augen demonstrieren wollten, daß er mit einem so unwürdigen Zwischenfall nichts zu tun hat.

Und dann starren sie alle wie gebannt auf die nackte Haut, auf ein dunkelblaues Signum am Oberarm, sehen es, erkennen es.

Die Bombe des Colonel Evans ist geplatzt.

»Ich stelle fest«, sagt er ruhig, »daß Mister Knoth die Blutgruppe A hat.«

Der Richter im Generalsrang braucht Sekunden, um mit der Situation fertig zu werden. McCormick läßt den Arm des früheren Kollegen erschrocken los. Prince spuckt aus.

Jetzt endlich reagiert Henry Knoth.

»Ein Irrtum!« stöhnt er, »ich ... ich ... war nie ... bei ... der SS!

Nur ... ein Jux ... ich habe mir ... das Zeichen ... machen lassen ... nichts anderes! ... Niemals bei der SS gewesen ...!«

Er spricht gegen taube Ohren, gegen starre Gesichter. Keiner glaubt ihm. Vielleicht hat er recht. Vielleicht büßt er in diesem Augenblick nur für den geschmacklosen Scherz, daß er sich nach dem Zusammenbruch als SS-Mann drapieren ließ. Oder er gehörte tatsächlich zu Hitlers Garde. Niemals wird das einwandfrei geklärt werden.

Jetzt aber läßt das Zeichen an seinem Oberarm, das Knoth einem Häftling, den er mit sadistischer Lust geschlagen hatte, höhnisch vorwies, Rechtsanwalt Evans diese Runde gewinnen. Ein Sieg in letzter Stunde. Ein Sieg, den er bitter nötig hat.

In dieser Nacht fand Peter Steffens keinen Schlaf. Der Reporter lag mit angezogenen Knien auf dem Bett seines tristen Zimmers. Die Uhr verpackte die Zeit in Portionen, zerhackte sie zu Stunden, Minuten, Sekunden, die zuerst quälend langsam und dann rasend schnell vergingen.

Peter Steffens hatte sich zu entscheiden, ob sein Bericht über die Malmedy-Greuel der amerikanischen Untersuchungsbehörde veröffentlicht werden sollte.

Wenn er schwieg, machte er sich zum Komplicen des Unrechts. Wenn er schrieb, würden ihm Nazis anerkennend auf die Schulter klopfen ... und er haßte ihr Lob wie die Pest. Zog er seinen Bericht zurück, benahm er sich herzlos zu Dutzenden von Angehörigen, deren letzte, bescheidene Hoffnung er zu sein schien. Bestand er aber auf dem Abdruck, so konnte seine Reportage einen massiven Ansatz zur Renazifizierung abgeben.

In der einen Minute sagte der Reporter »ja«, in der nächsten wieder »nein«. Er faßte mühselige Entschlüsse und stieß sie schnell wieder um. Auf der einen Seite stand Frau Brinkmann, eine Mutter, die um ihren unschuldigen Sohn bangte, und dieses Gewicht zog und zog zu ihr hin ... und auf der anderen Seite war die Erkenntnis, daß ein Bericht dieser Art im Jahre 1947 fürchterliche Folgen haben mußte.

Der Reporter sah auf das Zifferblatt seiner Uhr. Vier Uhr morgens. Noch fünf Stunden bis zu dem entscheidenden Gespräch mit seinem Ressortchef Weber. Würden die Millionen, in deren Köpfen noch die Parolen von gestern rumorten, jemals begreifen, daß das einzelne Unrecht einer amerikanischen Behörde in keinem Verhältnis zum Massenunrecht Hitlers stand? Daß die Taten von Prince, McCormick, Knoth und den anderen nur das Echo auf die Schüsse am Waldrand von Malmedy waren? Daß man zuerst das deutsche

Unrecht ohne jede Schonung darstellen mußte, bevor man die Amerikaner aufforderte, mit ihrem Haufen wildgewordener Staatsanwälte Schluß zu machen?

Der Reporter versuchte, seine Gedanken abzuschütteln wie ein Hund das nasse Fell. Er konnte es nicht. Er sah die Zuschriften voraus, Berge von Briefen: ... Die SS hat nie etwas Unrechtes getan ... Beleidigung einer Eliteeinheit ... Beschmutzung des eigenen Nestes ... Verrat an Deutschland ... Judenknecht ... Denunziant ... Reichsverräter. Er hörte ihre Drohungen, daß sie Schluß mit ihm machen, ihn den Berg hinabrollen, mit ihm abrechnen wollten ...

Freilich, das waren wenige aus der breiten Masse, auf die es überhaupt nicht ankam, die bei ihren Spruchkammerverhandlungen klein und erbärmlich ihren »Führer« verraten hatten und jetzt großmäulig und anonym den Kopf aus dem Dreck hoben.

Aber die anderen? Würde man ihn nicht mißverstehen? Würde man ihm nicht vorwerfen, daß er alle SS-Männer zu Mördern stempelte? Sie waren ja zum Umgang mit dem Gewehrkolben erzogen worden und nicht so sehr zum Schreiben und zum Lesen ...

Wer mißverstehen wollte, konnte es ...

Die Worte seines Ressortchefs hallten in dem Reporter nach:

»... Wenn wir jetzt deinen Bericht bringen, werden die Nazis Millionen vergaster Gegner Hitlers gegen dreißig SS-Leute aufwiegen ... und einfach Unrecht gegen Unrecht setzen ... einen Einzelfall mit einem ganzen System gleichstellen ...«

Und dazu soll ich beitragen? fragte sich Peter.

Um neun Uhr war der Reporter im Büro. Weber kam nicht gleich. Peters Gesicht wirkte müde. Er wartete geduldig und lustlos.

»Na, da bist du ja schon«, begrüßte ihn der Ressortchef.

Noch bevor er Platz genommen hatte, entgegnete Peter Steffens fest: »Ich ziehe meinen Malmedy-Bericht zurück.«

Der Mann nickte.

»Das habe ich mir gedacht«, erwiderte er dann.

»Heben Sie ihn auf«, entgegnete Peter. »Die Zeit ist noch nicht reif. Warten wir ab ... Später vielleicht ...«

»Glaubst du das?« fragte der Ressortleiter zurück.

Aber ihre Augen begegneten sich. Auch Weber war qualvolle Überlegung anzusehen.

»Glauben?« versetzte Peter ruhig. »So etwas kann man nur hoffen ...«

So wurde der Bericht aufgeschoben, aber nicht aufgehoben.

Jetzt da Peter seinen Entschluß gefaßt hatte, verspürte er Erleichterung. Und doch fürchtete er, daß die Türe aufgehen und eine alte Frau mit ein paar guten, wehen Augen unter ihr stehen könnte.

Evans, dachte Peter, Evans muß uns allen helfen ...

6. Kapitel

Evelyn nahm alle Hindernisse mit Schwung. Sie begleitete Peter auf verschlungenen Wegen quer durch die amerikanische Bürokratie. Wenn die Beamten des Konsulats und der Militärverwaltung die Stirne runzelten, daß das hübsche Mädchen einen Deutschen heiraten wollte, genoß es Evelyn in einer Art extravaganten Spotts. Peter Steffens genoß es nicht.

Ein älterer Vizekonsul nahm den weiblichen Sergeant zur Seite. Peter stand zehn Schritte abseits und konnte kein Wort verstehen. Plötzlich kam er sich wie ein Neger auf dem Sklavenmarkt vor, der instinktiv fühlte, daß man seinen Wert herabsetzen wollte. Evelyn rauchte gelangweilt weiter und lachte dann. Da zuckte der Amerikaner die Schultern und schickte Peter zum Impfen.

Bevor der Reporter noch wußte, ob er eine Einreiseerlaubnis erhielt, senkte sich die Injektionsnadel mindestens zehnmal unter seine Haut. Anschließend mußte er zu einem amerikanischen Militärarzt.

Evelyn wartete auf einer Holzbank vor dem Ordinationsraum und las in den »Stars and stripes«.

»Such a fine girl«, murmelte der Captain kopfschüttelnd. Dann sah er Peter fest an. »Haben Sie Tuberkulose gehabt?«

»Nein«, erwiderte der Reporter.

»Das werden wir gleich sehen«, meinte der Captain, als er Peter hinter den Röntgenschirm stellte. Das Bild wurde zum Nadelöhr, durch das kein Kamel in den Ehehimmel marschieren sollte.

Zuerst sagte der Captain nichts, dann murmelte er verdrossen:

»Kein Befund.«

Nach einer Stunde ging der Captain mit dem deutschen Reporter auf den Gang

»Your German is okay«, sagte er zu Evelyn. Er gab Peter mit der Hand einen Klaps auf den Rücken, wie ein Veterinär, der ein Pferd wieder auf die Koppel entläßt. »Ob er allerdings Kinder haben wird, kann ich bei dieser Untersuchung nicht feststellen«, meinte der Arzt lachend.

Evelyn stand rasch auf.

»Thank you, Captain«, lächelte sie. »Geben Sie sich keine Mühe, Doc . . . das werden wir selbst herausbekommen.«

Der Arzt nickte. Evelyn nahm Peters Arm.

»Armer Liebling«, sagte sie, und in der unbefangenen Art der Neuen Welt setzte sie hinzu: »Dabei geht es jetzt erst los.«

Was sie meinte, erfuhr Peter am nächsten Tag beim »Screening«. Diesmal wurde nicht seine Lunge, sondern seine Vergangenheit geröntgt. Evelyn wartete inzwischen in einem Café.

»Erstens dauert es lange«, kommentierte sie, »und dann will ich nicht Augenzeuge werden, wenn sie dich auf der Stelle verhaften.«

»Hoffentlich«, erwidert Peter sarkastisch, »im Gefängnis werde ich dich wahrscheinlich leichter heiraten können als in den Vereinigten Staaten.«

Die Vernehmung fand im Hauptquartier der Militärregierung statt. Sie residierte am Stadtrand, und der Volksmund nannte die Straße, die zu ihr führte, die »Bücklings-Allee«. In Scharen pilgerten die Bittsteller zu dem weiträumigen Gebäude wie zum Wallfahrtsziel, freilich nicht wie Gläubige zum Gnadenort, sondern wie Hungrige an die Futterkrippe.

Die amerikanische Residenz war ein schmuckloser Betonklotz, der an eine Kaserne erinnerte, was auch daher kommen mochte, daß die Hausherren ausnahmslos Uniform trugen. Das riesige Gebäude hatte ihrer Wahl, nicht jedoch ihrem Geschmack entsprochen: Weil es zentral beheizt werden konnte, intakt war und genügend sanitäre Einrichtungen besaß, war der weißgraue Komplex schließlich zu einem Hauptquartier innerhalb des Vier-Zonen-Deutschlands aufgerückt. Die Hausherren waren Offiziere, aber keine Buchhalter. Sie waren als Sieger gekommen und nicht als Kalfaktoren. Viele von ihnen wußten, wie man einen Atlantikwall durchbricht, weniger aber, wie man einen Trümmerhaufen verwaltet, was sie nunmehr besorgen sollten, da aus dem Kreuzzug in Europa ein Kreuzweg in Germany geworden war.

Sie alle waren von der Notwendigkeit der politischen Säuberung überzeugt, aber die Entnazifizierung erstickte unter einem Berg von Fragebogen. Es wurde eine Revolution auf dem Papier, hinter dem sich die Schuldigen versteckten und die nur formal Belasteten decouvrierten. Das führte zu dem grotesken Ergebnis, daß Mitläufer nicht mehr arbeiten durften und Nicht-Nazis arbeiten mußten – für den Gegenwert von zwei oder drei Päckchen Zigaretten im Monat.

Peter Steffens saß vor einem Schreibtisch neben einem Schild, das in Blockbuchstaben den Namen Ernest L. Butcher festhielt. Als Reporter war der Deutsche schon einmal gecleart worden, aber der Mann schob die Unterlagen mißtrauisch hin und her, dabei war er nicht unfreundlich.

»Sie werden verstehen, daß wir uns für deutsche Männer, die Töchter unseres Landes heiraten wollen, besonders interessieren.«

»Ich verstehe«, antwortete Peter. Er mußte unwillkürlich lächeln, als er sich vorstellte, daß »Ernest Butcher« sicher vor 45 Jahren unter dem Namen »Ernst Fleischer« zur Welt gekommen war.

»Sie behaupten also, daß Sie nicht in der Partei gewesen seien?« fragte der Offizier.

»Ja«, erwiderte Peter kühl, »ich behaupte es nicht nur, es war auch so.«

»Und warum nicht?«

»Weil ich mit Hitler nichts zu tun haben wollte.«

»Und wenn es umgekehrt gewesen wäre, würden Sie das jetzt zugeben?«

Peter betrachtete ihn verdutzt. Dann mußte er lächeln.

»Also, in der Partei waren Sie nicht?« fuhr Mr. Butcher fort.

»Nein.«

»Was hätten Sie gemacht, wenn Hitler den Krieg gewonnen hätte?«

»Was weiß ich«, brummte der Reporter verdrossen. »Ich habe nie damit gerechnet.«

Der Offizier hatte die Fragen weisungsgemäß zu stellen. Peter wußte es. Aber es ärgerte ihn trotzdem. Vielleicht schien ihm Evelyns wegen die Prozedur schlimmer als sie war. Und so schoß er hoch:

»Eine Frage, Mister Butcher: Was hätten Sie gemacht, wenn Hitler den Krieg gewonnen hätte?«

Der Offizier schwankte zwischen Ärger und Belustigung. Aber gleich wurde sein Gesicht wieder sachlich kühl. Das Verhör ging weiter.

»Sie waren in der Hitlerjugend?« fragte er.

»Beim Jungvolk war ich«, stellte Peter richtig, »bei den Pimpfen.«

»Das ist doch das gleiche«, versetzte Butcher.

»So ziemlich«, bestätigte der Reporter, »bis auf den Altersunterschied.«

»Warum sind Sie da überhaupt hineingegangen?«

Peter stand auf. Sein Gesicht färbte sich rot.

»Weil ich im Alter von zehn Jahren noch nicht den politischen Weitblick hatte wie Sie heute mit fünfundvierzig ...« Er sprach englisch und hastig. »Wenn meine Heirat scheitern sollte, wird meine Braut verstehen, daß wir nicht Kinder großziehen können, denen später vielleicht einmal der falsche Kindergarten zum Vorwurf gemacht wird.«

Aus, dachte Peter. Esel, warum kannst du dich nie zusammennehmen.

Mr. Butcher lachte breit. Er klopfte dem Reporter auf die Schulter. »Okay«, sagte er, »nichts für ungut. Ich wollte nur mal hören.

Aber nehmen Sie einen Rat mit, Mister Steffens: Gehen Sie nach Texas, wenn Sie Ihre Ungeduld nicht bremsen können.«

Die nächste Station führte wieder zum Konsulat.

»Sei vernünftig, Peter«, sagte Evelyn.

Der Reporter wurde mißtrauisch.

»Ist da was?« fragte er.

»Ja«, antwortete sie, »ich habe eine Bürgschaft für dich hinterlegt . . . in Dollars.«

»Kommt nicht in Frage«, erwiderte Peter verbissen.

Evelyn begegnete seinem Zorn mit Zärtlichkeit, streichelte seine Hand.

»Darling, das ist doch nur eine Formsache.«

Er schüttelte eigensinnig den Kopf.

»Ich nehme kein Geld von dir.«

Evelyn lachte.

»Du kannst es doch drüben sofort abarbeiten . . . für Hilfe beim Abtrocknen werde ich jeden Abend einen Dollar aus meinem Guthaben streichen.«

Nicht ihre Dollars, ihre Augen überzeugten ihn.

Und so standen sie auf dem Konsulat. Peter schwor auf die Bibel, daß er die amerikanische Verfassung nicht außer Kraft setzen und den Präsidenten nicht ermorden wolle. Vorschrift für alle, die nach Amerika wollen, nicht nur für Deutsche.

»Alles erledigt jetzt?« fragte er.

»Nein«, erwiderte das Mädchen übermütig. »Noch eine Vereidigung: Schwöre, daß du mich immer lieben wirst!«

Er legte den Arm um ihre schmalen Schultern, zog sie an sich mitten im Gang. Ein langer GI, der ein deutsches Mädchen an der Hand führte, betrachtete ihn beinahe erschrocken und grinste dann. Evelyn wertete die flüchtige Zärtlichkeit als Schwur. Peter hatte es auch so gemeint.

Wenn alles klappte, konnten sie schon in ein paar Wochen in den Staaten sein und alles hinter sich zurücklassen. Auch den Malmedy-Case, den der Reporter vergessen wollte und auch konnte, sooft er bei Evelyn war. Und sie blieben fast immer zusammen.

Peter war glücklich. Aber irgendwo lauerte im Hintergrund des Glücks die Angst.

Es ist soweit. Mit dem Abend kommt das Grauen. Mit dem Morgen der Henker. Die Posten werden verdoppelt, das Essen früher ausgegeben. Die Arbeitskommandos rücken vorzeitig in die Zellen. Der Häftling Krupp von Bohlen-Halbach legt die Eisenfeile aus der Hand. Feierabend.

Bei 49 Gefangenen für immer.

Der Dolmetscher, der frühere Gauleiter Bohle, weiß es.

»Morgen wird auch einer Ihrer Kollegen gehängt«, sagte der Kommandant zu ihm, »da brauche ich Sie nicht ... Es gibt nichts mehr zu übersetzen.«

Um 20 Uhr sind die Häftlinge in der Zelle. Selbst die sonst offenen Klappen werden geschlossen. Hundertfache Schuld ist in diesem Haus säuberlich in Kästen gesperrt. Die Sühne hat ihren Ritus. Landsberg gleicht am Vorabend einer Hinrichtung einem Schlachtschiff, das sich klar macht zum Gefecht.

Der unterste Stock im B-Flügel ist ausgeräumt. Freigemacht für 49 Mann, die morgen sterben. Die größte Exekution, die je in Landsberg vorbereitet wurde. Der Todeskeller reichte für das Massenaufgebot der Schuld nicht aus. Masse gegen Masse: 49 Todeskandidaten stehen gegen 70 000 Menschen, die sie im Konzentrationslager Mauthausen ermordet haben, zu Buch.

Morgen wird das Buch saldiert.

Um drei Uhr wälzt sich der Henker im Bett, sieht auf die Uhr. Noch fünf Stunden. Um vier Uhr stellt der Kommandoführer Spatzenegger das Essen ein. Bis jetzt hat er über Urteile und Schuld nur gelacht. Jetzt schnürt ihm die Angst noch vor dem Strick die Gurgel zu. Um sieben Uhr stöhnt der Arzt Dr. Krebsbach: »Wenn ich doch nur eine Spritze von den Tausenden, die ich den Häftlingen gab, hätte ...«

Um dreiviertel acht Uhr ist das Hinrichtungskommando vollzählig. Der erste wird geholt. Eigruber, Gauleiter von Linz, oberster Chef des KZ Mauthausen. Hände am Rücken gefesselt, Posten links, Posten rechts, Schwindel im Kopf, Grauen im Nacken. Noch fünfzehn Meter Leben. Fünfzehn Meter auf einem Weg, der mit Hunderten von Opfern bestreut ist. Er bleibt stehen, küßt das Kreuz, das ihm der Priester vorhält, weil man nicht sicher sein kann, ob es nicht doch nützlich ist. Die Beichte verweigert er, Einsicht auch. »Dumm war ich«, sagte er, »das ist alles.« Er hatte damit gerechnet, daß das »Tausendjährige Reich« wenigstens sein Leben überdauern würde. Das Gerüst ächzt unter seinem Schritt. Die amerikanischen Zeugen schweigen. Der Mann, der jetzt geifert, hat nicht nur die Gegner der Bewegung vernichtet, sondern auch seine persönlichen Feinde. Menschen, die ihm einen Zahlungsbefehl schickten oder von deren Hunden er sich belästigt fühlte.

Und jetzt heult er heraus:

»Es ist mir eine Ehre, von dem ungerechtesten und brutalsten Gericht der Welt gehängt zu werden!«

Der Gerichtsoffizier nickt gleichgültig. Dann gibt er dem Henker einen Wink. Die Türe fällt. Einer büßt. Einmal nur. Mit einem einzigen Kopf. Die Opfer hatten 70 000 Köpfe. Und sie starben viel gemeiner. Im Steinbruch. Ihre Gehirndecke splitterte unter Stiefelabsätzen. Der Hundebiß saß in der Halskehle. Sie starben auf dem Bock, im Schlamm, an Hunger, vor Kälte, im Gasauto. Sie starben siebenmal am Tage. Und jedes Jahr hatte 365 Tage. Und keiner hatte Mitleid. Die Henker dachten sich nichts mehr. Sie fühlten nichts. Mord war ihr täglich Brot.

Der nächste . . .

Kommandoführer Spatzenegger, Chef des Steinbruchs, die Hölle für alle Häftlinge. Wer bei der Arbeit nicht umkam, wurde erschossen, erschlagen oder zertrampelt. Der Mann, der jetzt stirbt, vergleichsweise human, gemessen an seinen Opfern, machte im Steinbruch jeder Gaskammer Konkurrenz. Er meldete es stolz nach oben.

Nichts mehr ist jetzt da von dem Stolz. Die Stricke schneiden in das Fleisch. Die Haut ist geplatzt, blutet. Die Todesangst treibt den Nationalsozialismus aus ihm heraus.

Der Gerichtsfotograf richtet die Kamera auf Spatzenegger. Er peitscht das Entsetzen hoch. Das glänzende Auge der Linse spiegelt für ihn plötzlich alle Augen aller Opfer wider. Die stehen um ihn herum, schweigen, heben die Hand, die Jungen, die Alten, die Deutschen, die Ausländer, die um ihr Leben baten und die ihm vor die Füße spuckten.

»Nein!« heult Spatzenegger auf und versucht, die Hände hochzureißen.

Der Henker läßt die Klappe aus in der Meinung, der Delinquent wolle sich losreißen. So verrutscht der Knoten, der ihm das Genick brechen soll. Der Massenmörder stirbt ein paar Sekunden langsamer und deutlicher als seine Komplicen. Der Strick erdrosselt ihn. Aber er endet immer noch bequemer als die Masse der Opfer, die als geronnene Blutklumpen in den Steinbrüchen des Totenkopf-Mannes Spatzenegger liegengeblieben waren.

»The next«, murmelt der Henker.

Es ist Wischer, die rechte Hand des eben Gehängten.

»Sterben und sterben lassen«, war sein Wahlspruch im Steinbruch. Dann machte er jeweils einen fertig. Wen er fertiggemacht hatte, der stand nicht mehr auf. Seit zwei Tagen simulierte Wischer Herzanfälle. Er wollte ins Lazarett und nicht an den Galgen. In dieser Nacht verfiel er vor Angst. Er tobte und schrie. Er warf sich gegen die Wände. Er stemmte sich mit den Beinen gegen die Tür, als er geholt wurde. Vier MPs brachten ihn nicht über die Schwelle der Zelle. Sie konnten ihn schlagen. Sie taten es nicht. Er hat Hunderte geschlagen. Zu Tode geschlagen. Die GIs brauchten nur etwas nachzuhelfen. Verboten. Es hat alles korrekt zu sein in Landsberg.

Auch der Tod. Sie nahmen Wischer und schnallten ihn auf ein Brett. So trugen sie ihn zu dem Galgen hoch.

Das Brett steht am Gerüst. Wischers Augen quellen aus den Höhlen. Er reißt den Kopf vor der schwarzen Kapuze weg. Er röchelt, schreit ...

»Sei vernünftig«, knurrt der Henker.

Aber Wischer brüllt wie ein Tier am Schlachthof. Den Zuschauern wird schlecht.

»Haben Sie noch etwas zu sagen?« fragt der Gerichtsoffizier angewidert.

»Ich bin unschuldig!« heult Wischer heraus. Sein Gebrüll ist noch zu hören, als das Brett mit ihm durch das gähnende Loch saust.

»The next«, sagt der Henker. Auf seinem Gesicht glänzen Schweißtropfen. Einen Feigling will er nicht noch einmal. Und deshalb starrt er fast ängstlich auf das dunkle Tor, aus dem der nächste kommen muß.

Es ist Rehbusch. Er geht aufrecht. Der Haß läßt ihn die Angst nicht spüren. Es ist kein Haß auf die Amerikaner – Haß auf die Männer, die heute mit ihm sterben müssen. Er ist unschuldig. Er hat keinem Menschen etwas getan. Als alter Sozialist wurde er 1933 inhaftiert. Er benahm sich tadellos. Nur einmal schlug er zu, als der Hunger die Menschen zu Kannibalen machte. Er verdankt sein Todesurteil der SS. In letzter Gemeinheit denunzierten ihn seine Bewacher. Bevor die Entlastungszeugen heranrückten, war das Urteil gesprochen, das jetzt vollstreckt werden soll ...

Der Häftling geht neben dem Pfarrer. Märker sagt leise: »Sie sollten wenigstens jetzt Ihren Frieden machen.«

Gerade und aufrecht geht der ehemalige KZ-Häftling auf den Galgen zu. Sollen sie einen Unschuldigen hängen, überlegt er in diesen letzten Sekunden. Sie hängen wenigstens 99 Mörder auf. Und der Hundertste bin ich. Ich sterbe unschuldig, aber wenigstens erlebe ich das Ende der anderen, das Ende der Mörder.

In diesem Moment kommt ein Captain auf das Gerüst zu. Er deutet auf den Gefangenen.

»Ist das Rehbusch?« fragt er.

»Yes, Sir«, erwidert der Sergeant, während der Häftling bereits die dreizehn Stufen hinaufgeht.

»Stop«, entgegnet der Captain.

Im ersten Augenblick begreift Rehbusch nichts. Er wird zurückgebracht. Auf halbem Wege begegnet er dem nächsten, dem Unterscharführer Paulig. Der Mann erkennt ihn vor Todesangst nicht.

Einer geht, einer kommt, einer lebt, einer stirbt. Unter dem Galgen schöpft Paul Rehbusch neue Hoffnung. Am Galgen endet Unterscharführer Franz Paulig. Beider Schritte sind zögernd; die

Beine des Mannes, der in das Leben geht, werden vom Boden genauso bleischwer angezogen wie die Füße des Delinquenten, der nur noch zehn Meter Leben vor sich hat. Sie sehen sich nicht an. Sie sind beide schon im Niemandsland.

Die amtlichen und freiwilligen Zaungäste des Galgenhofes wirken unruhig. Der Henker schwitzt noch mehr.

»Who is the next?« ruft er aufgeregt seinem Assistenten zu.

Die Stricke sind vorbereitet. An jedem hängt ein Zettel. An jedem Zettel ein Leben. Der letzte, unmenschliche Akt soll so menschlich wie möglich vollstreckt werden. Und vor allem schnell.

Paul Rehbusch begreift nichts. Jetzt, da er das Ringen zwischen Todesfurcht und Lebenswillen, den Kampf um Anstand und Haltung durchgestanden hat, drückt sein Körper schwer und plump auf seine Kniekehlen.

»Was ist los?« fragt er mit gepreßter Stimme, »warum hängt man mich nicht?«

Der Priester legt mit leichtem Druck die Hand auf seinen Arm.

». . . das verdanken Sie dem da, Paulig . . .« sagt er ruhig, »beten Sie für ihn . . . um Sie hat er es verdient.«

Da löst sich die Starre des Begnadigten. Der Nebel, der den Blick jedes Todeskandidaten in den letzten Minuten trübt, hebt sich. Rehbusch sieht in das fahle Gesicht Pauligs, das schon die wachsgelbe Farbe des Todes hat, während sich der Körper mit den mechanischen Schritten einer schnurgelenkten Puppe vorwärtsbewegt. Dem Galgen entgegen. Der Begnadigte sieht auf die Oberlippe Pauligs. Die Angst hat sie hochgezogen. Er betrachtet die gefalteten, gefesselten Hände. Er horcht dem schlürfenden Schritt nach. Paulig sieht ihn nicht. Sein Blick klebt am Todesgerüst.

»Der da?« fragt Rehbusch tonlos, ohne Verständnis. Das ist doch Unterscharführer Paulig, denkt er, einer, der mich tödlich verleumdet, der mich als KZ-Bewacher jahrelang gequält und dann, vor dem Militärgericht in Dachau, die letzte Gemeinheit an mir vollzogen hatte, und mich für seine Verbrechen verantwortlich machte . . .

»Was sagen Sie, Pfarrer?« fragt Rehbusch noch einmal den Geistlichen.

Der Priester schweigt. Er läßt den Arm von Rehbusch los und geht hinüber auf die Seite Pauligs. Denn in diesem Moment erfordert sein Amt, einen Mann in den Tod zu geleiten, statt den anderen in das Leben.

Rehbusch bleibt stehen, dreht sich um, bemerkt, wie der Delinquent die Stufen des Gerüsts erreicht hat. Der amerikanische Posten neben ihm zuckt die Schultern, stößt den Geretteten gutmütig in die Rippen.

»You need a cup of coffee, that's what you need«, brummt der GI.

Natürlich brauche ich eine Tasse Kaffee, denkt Rehbusch zerstreut. Aber warum soll ich für Paulig beten? Ausgerechnet ich? Er hat mir doch das Schlimmste angetan. Und dann fühlt er instinktiv, daß er den Mann auf seinem Todesgang nicht so kühl hätte betrachten dürfen. Er möchte zurückgehen, ihm etwas nachrufen, vielleicht ein Wort des Trostes, des Mitleids.

»You wanna sandwichs too?« fragt der Posten weiter.

Unser tägliches Brot . . . ja, denkt Rehbusch. Aber vor allen Dingen . . . vergib uns unsere Schuld . . . wie auch wir vergeben unseren Schuldigern . . . Und führe uns nicht in Versuchung . . . Dein war die Kraft und die Herrlichkeit, mich vor dem Galgen zu bewahren . . . darum erlöse auch Paulig, schnell und schmerzlos . . . von dem Übel.

»Amen«, sagte der Häftling leise, als er wieder vor seiner Zelle steht, die er am Abend zuvor verlassen hatte, um in der Todeszelle auf die Exekution zu warten.

Erst in Stunden wird er erfahren, was sich in der vergangenen Nacht abspielte, wie es zu dem Wunder kam, zu der Rettung in letzter Minute.

Und der Mann, dem er es verdankt, dem er freilich vorher auch das Urteil verdankte, steht jetzt zu einem letzten Gebet neben Pfarrer Märker.

»Paulig«, sagt der Geistliche leise, als sie die vorletzte Stufe erreichen, »ich habe Ihnen noch etwas zu sagen.«

»O Gott«, stammelt Paulig, als der Henker den Strick durch die Hand gleiten läßt.

»Paulig, bleiben Sie stark . . . Sie dürfen es.« Der Priester faßt den Unterscharführer am Arm und hilft ihm den letzten furchtbaren Schritt auf die Plattform zu tun. »Haben Sie Vertrauen . . . Gottes Gnade wird mit Ihnen sein . . . Sie haben sich von einer entsetzlichen Schuld gereinigt . . .«

Pfarrer Märker tritt noch näher an ihn heran: »Sie haben Rehbusch gerettet.«

Der Delinquent wendet langsam den Kopf dem Geistlichen zu. Seine Lippen bewegen sich lautlos, wiederholen stumm die Worte Pfarrer Märkers, wie im Gebet.

»Ach«, sagt er dann tonlos. Da wird sein Gesicht von einem stillen Glanz überzogen. So fühlt er den Moment gar nicht, wo ihm die Gehilfen des Henkers, die Mechaniker des Todes, die Stricke um Füße und Beine binden.

»Haben Sie noch etwas zu sagen?« fragt der Dolmetscher des Gerichtsoffiziers. Er hat Feder und Papier in der Hand, um die letzten Worte festzuhalten . . . den letzten Wutschrei des SS-Fanatikers, das irre Angstgestammel eines armen Teufels genauso wie den letzten

Gruß eines reuigen Mörders ... das alles kommt wortgetreu in die Akten. Und darunter, unter dem letzten Röcheln, steht der Tag, die Stunde, die Minute, die Sekunde ...

Paulig sieht den Pfarrer an.

»Man hat ... mein Geständnis ... angenommen?« fragt er zögernd.

»Ja«, antwortet der Geistliche.

»Und Rehbusch ... wird ... wird nicht gehängt?«

»Das Urteil ist ausgesetzt«, bestätigt der Priester.

Da weint der frühere SS-Unterscharführer. Aber es sind keine Tränen der Angst, sondern Tränen eines späten, erlösenden Glücksgefühls unter dem Galgen.

Es ist vollbracht ... denkt Pfarrer Märker. Die Gerechtigkeit für den unschuldigen Rehbusch ... Die Sühne und die Befreiung für den schuldigen Paulig. Und während er das letzte Gebet spricht, zieht der Schauer über seinen Rücken. Wenn es anders gekommen wäre! Dann hätte vor drei Minuten ein Unschuldiger sterben müssen, dessen Leben eine Nacht lang an einem Faden hing.

Es war ein Rennen um Minuten.

Es begann vor acht Stunden.

Pfarrer Märker betrat die Todeszelle Pauligs. Pflichtgemäß. Er erwartete eine Abfuhr. Der Mann in der weinroten Jacke hatte den Geistlichen bisher nie sehen wollen. So wußte Pfarrer Märker nicht, was Paulig seit Wochen mit sich abzumachen hatte. Daß sich langsam Schale um Schale eines verstockten Herzens sprengte. Denn bei diesem Mann stand verspätet zwar, doch nicht zu spät, das Gewissen auf. Er konnte keinem mehr in die Augen sehen ...

»Brauchen Sie mich?« fragte der Geistliche, nicht unfreundlich aber kurz.

»Ja.« Der Todeskandidat stand in der Zelle. Steif, ohne Bewegung. Seine Augen waren fast geschlossen.

»Ja?« fragte Pfarrer Märker. Er schloß behutsam die Türe hinter sich, setzte sich auf einen Holzhocker.

Der Unterscharführer rührte sich nicht von der Stelle, als er mühsam, wie unter einem Zwang, begann:

»Ich muß Ihnen etwas sagen.«

»Deshalb bin ich hier«, versetzte der Geistliche ruhig.

»Sie haben ja keine Ahnung ...« murmelte Paulig. Dann riß er die Augen auf. Sie waren starr. »Ich habe acht KZ-Häftlinge ermordet.«

Pfarrer Märker senkte den Kopf, griff sich müde mit Daumen und Zeigefinger in die Augenhöhlen. In seinen Gedanken hatte sich in den letzten Monaten die Schuld wie in einem Silo gestapelt. Trotzdem konnte er die Fälle auseinanderhalten.

»Waren es nicht fünf Menschen, die während des Transportes zum Steinbruch Mauthausen umkamen?« fragte der Gefängnisgeistliche fast schüchtern.

Paulig nickte ungeduldig mit dem Kopf.

»Ja«, antwortete er hastig, »das ist richtig ... aber außerdem ...« Seine Stimme verringerte sich zu einem Flüstern, »die anderen gehen auch auf mein Konto ...«

Der Priester faltete die Hände.

»Es ist gut, daß Sie Ihr Gewissen erleichtern wollen«, erwiderte er schlicht.

»Es geht nicht um mich!« Paulig schrie es fast heraus. »Wegen dieser drei ist ein anderer an meiner Stelle verurteilt worden ... und er wird morgen gehängt ... und er ist unschuldig ... er ist ...«

Märker stand auf, trat dicht an Paulig heran.

»Was sagen Sie da?« fragte er scharf.

Der Unterscharführer verdrehte den Kopf.

»Ja«, stieß er hervor, » ... es ist Rehbusch ... ich habe das auf ihn abgewälzt ... aber er hat nichts damit zu tun ... und jetzt kann ich nicht mehr ... ich muß ja sowieso sterben ... wegen der anderen fünf ... ich will es ja auch ... ich bin schuldig ... schuldig!« heulte er auf. Er wurde mit dem Schluchzen fertig. » ... Aber der Rehbusch kann nichts dafür ...«

Der Priester blieb mit hängenden Armen vor Paulig stehen.

»Das ist keine Beichte«, entgegnete er leise, »das ist ein Geständnis ... ja, ein Geständnis müssen Sie ablegen ... und beeiden müssen Sie es ...« Der Geistliche bedachte in diesem Moment nicht, daß er nur Beichten abzunehmen und keine Geständnisse zu protokollieren hatte. Es ging um ein Menschenleben.

Und so handelte er sofort.

Der Todeskandidat schrieb nieder, was er zu sagen hatte. Der Pfarrer rang mit der Ungeduld. Auf jede Minute kam es an. Paulig schrieb zu langsam. Sei ein Christ, mahnte sich Pfarrer Märker selbst, es sind Pauligs letzte Worte, und es sind seine besten ...

Und er nahm das Geständnis an sich.

»Ich lasse Sie jetzt allein, Paulig«, sagte er, »denn ich glaube, Sie finden erst Ihren Trost, wenn wir Rehbusch freibekommen.« Leise setzte er hinzu: »Beten Sie, wenn Sie können.«

»Ich glaube, ich kann«, versetzte Paulig ruhig.

Und während nun der Geistliche hinter einem Leben herlief, betete ein achtfacher Mörder für sich und für einen Unschuldigen.

Märker hetzte zum Gefängniskommandanten. Er war nicht da. Er meldete sich beim Stellvertreter. Der Captain lag schon im Bett. Er erschien schließlich, mit verschlafenem Gesicht und wirren Haaren, mit halbzugeknöpfter Uniformjacke.

»What the hell is it?« schimpfte er verdrossen.

Der Geistliche legte das letzte Geständnis Pauligs vor, übersetzte langsam Wort für Wort.

Der Captain schüttelte den Kopf.

»Das geht mich nichts an«, brummte er. »Das überschreitet meine Vollmacht!«

»Einen Unschuldigen zu retten, überschreitet niemals eine Vollmacht!« erwiderte der Pfarrer mit ungewohnter Heftigkeit.

Der Captain drehte sich brüsk um.

»Machen Sie, was Sie wollen! Aber lassen Sie mich aus dem Spiel.«

Und so irrte Märker durch das Haus, stieß leere Büros auf, telefonierte, schrie, betete. Aber die Drähte gaben keine Antwort. Um diese Zeit war niemand zu erreichen, war keiner zuständig, schlief die Gerechtigkeit tief und traumlos.

Nur der Sergeant in der Nachrichtenzentrale des Gefängnisses war wach. Hellwach. Er sah aufmerksam in das übernächtigte schweißnasse Gesicht des Priesters. Seit einer Stunde hatte er die sinnlosen Telefonverbindungen hergestellt.

»Give it to me«, sagte er schließlich. Da waren noch drei Stunden Zeit. Der Sergeant setzte sich an den Fernschreiber. Er tippte mit steifen Fingern den Text des Geständnisses herunter.

Das Fernschreiben ging direkt an das Hauptquartier General Clays. Der Sergeant kannte die Kanäle. Aber er war nicht befugt, sie zu benutzen.

»General Clay wird es vor acht Uhr haben«, erklärte er dem Pfarrer.

Der Geistliche sah ihm über die Schulter. Er rang die Hände ineinander. Der Soldat schrieb die Unterschrift. Die Buchstaben tanzten vor Märkers Augen, als er las:

»Aussetze Hinrichtung Rehbusch bis zum Eingang der Antwort«, schrieb der Sergeant . . . und hängte die Unterschrift des Gefängniskommandanten an.

»Das können Sie nicht machen«, sagte Märker erregt.

Der GI stieß ärgerlich seinen Stuhl zurück.

»Wollen Sie Ihren Boy freibekommen oder nicht, Pfarrer?«

»Ja . . . aber die Schwierigkeiten für Sie.«

Der Sergeant lachte kalt.

»Ich will nach Hause, Pfarrer . . . die Schwierigkeiten kämen mir gerade recht, damit sie mich endlich aus der Shit-Army 'rauswerfen.«

Um sieben Uhr erschien der Gefängniskommandant. Pfarrer und Sergeant standen vor ihm. Der Geistliche blaß, der GI gleichgültig.

»Dafür werden Sie bestraft!« brüllte der Colonel seinen Feldwebel an.

»Okay, Sir.«

»Und Sie«, tobte der Kommandant weiter, »bilden Sie sich ja nichts ein ... glauben Sie an Wunder, soviel Sie wollen ... aber in diesem Gefängnis werden Sie keine verrichten ... Sie nicht! ...«

Und dann geschah es. Kurz nach acht. General Clay bestätigte die Eigenmächtigkeit des Sergeanten. Ein Leben war gerettet. In letzter Minute.

Aber jetzt steht Paulig auf dem Gerüst, das sein Gewissen erleichtert.

»Haben Sie noch etwas zu sagen?« fragt der Dolmetscher den Unterscharführer zum zweitenmal.

Der Henker daneben hat schon die schwarze Kappe in der Hand. Paulig schluckt ...

»Sagen Sie ... Rehbusch ... wie froh ich bin ... daß es ... noch rechtzeitig ... und sagen Sie ihm ... daß mir ... das alles ... furchtbar ... leid tut ... alles ... alles ... nicht nur die ... Sache mit Rehbusch.«

Dann erstickt das schwarze Tuch seine Worte.

»Ich werde es ihm sagen«, ruft Pfarrer Märker. Aber da fällt der Delinquent schon. Paulig hört es nicht mehr. Er braucht es auch nicht mehr zu hören. Denn er hat seinen Frieden gefunden.

7. Kapitel

Washington, Pentagon. Die Teilnehmer der Konferenz gehen auseinander wie die Überlebenden eines Erdbebens. Keiner hilft dem Ankläger Knoth. Das blaue Mal der SS auf seinem Oberarm, eben noch allen sichtbar, brennt wie Höllenstein auf der Haut. Kopflos läuft er davon.

Der Generalrichter steht mitten im Raum wie der einsame König Lear. Nur noch Rechtsanwalt Evans ist da und packt still und bescheiden seine Unterlagen zusammen.

»Evans«, sagt der hohe Heeresrichter mit mühsamer Beherrschung. »Sie werden verstehen, daß ich heute nicht mehr über den Fall sprechen will ... Aber kommen Sie morgen.«

Am Nachmittag des folgenden Tages hat der Richter im Generalsrang wieder sein konventionelles Lächeln im Gesicht.

»Zigarre? Zigarette? Einen Drink?« fragt er Evans.

Der frühere Chefverteidiger unterdrückt ein Zucken um die Mundwinkel. Zum erstenmal wird ihm im Pentagon etwas angeboten.

»Evans«, beginnt der Richter, »ich glaube, wir werden Ihnen alle bald die Hand schütteln müssen.« Grimmig setzt er hinzu: »Aber vorläufig wünschen wir alle Sie noch dahin, wo der Pfeffer wächst!«

Evans verbeugt sich lächelnd. Der Richter lehnt sich zurück, berichtet im Plauderton, vertraulich fast, souverän, gelöst heute.

»Sie können sich denken, wie der Verteidigungsminister reagierte, als ich ihm von unserer gestrigen Sitzung erzählte ... und nun kommt das Komische: Er veranlaßte sofort, daß die Burschen nachträglich noch ›unehrenhaft‹ aus der Armee entlassen werden ...« Der Generalrichter lacht plötzlich bitter auf. »Und was soll ich Ihnen sagen ...? Es geht nicht. Sie waren alle Zivilangestellte und haben sich die Uniform selbst verpaßt.«

»Ganz richtig, Sir«, unterbricht ihn Evans.

»Sagen Sie«, der Richter runzelt die Stirne, »hat man denn beim Dachauer Stab von diesen Dingen nichts gewußt?«

Der Chefverteidiger kann das feine Lächeln nicht ganz unterdrükken.

»Die Anklagebehörde war damals allmächtig«, erwidert er gelassen, »die Herren benahmen sich ja wie die Vertreter des Pentagons auf Erden.«

Der Generalrichter verzieht das Gesicht.

»Was ich mir gedacht habe, steht auf einem anderen Blatt, Sir«, fährt Evans fort. »Daß Prince und die anderen keine Soldaten waren, habe ich gefühlt... und daß es keine Fachleute waren, stellte ich fast jeden Tag im Gerichtssaal fest.«

Spott nistet sich im Gesicht des Rechtsanwalts ein. »Ich weiß nicht, Sir, warum sich das Pentagon gerade diese Gemüsehändler, Eisschrankagenten und Versicherungsvertreter ausgesucht hatte... nehme an, weil sie alle gut Deutsch sprechen konnten.«

Der Richter macht eine rasche Handbewegung. Der Hieb sitzt.

»Für diesen Meineid werden mir die Burschen büßen, Evans... ich muß mir dabei überlegen, wie ich den Skandal vermeide.«

Der Colonel nickt. Irgendwo ist da wieder das Mißtrauen. Aber er muß dem Heeresrichter recht geben. Der Rechtsanwalt ist zu sehr Amerikaner, als daß er den Schmutz öffentlich ausbreiten möchte. Und wer ist schon im Grunde ein Prince, ein McCormick, ein Knoth, fragt er sich: arme, gestoßene, mit Komplexen behaftete Kerle, an denen viel größere Kräfte wirksam wurden. Und für den Haß, der sie auffraß, konnten sie ganz bestimmt nichts.

»Und was wird jetzt aus den Malmedy-Leuten?« fragt der Colonel so sachlich wie möglich.

Der Generalrichter betrachtet ihn mit großen Augen. Sie sind freundlich.

»Ja, Evans, darüber wollen wir sprechen... darüber müssen wir sogar sprechen... Sie denken an Revision, nicht?«

»Natürlich«, antwortet der Rechtsanwalt.

Die Pause wächst über das Gespräch hinaus, verlängert sich wieder und wieder. Der Richter feilt schon im voraus an den Worten.

»Von Ihnen selbst«, beginnt er dann langsam, »habe ich den Eindruck bekommen, wie verfilzt und verfahren dieser ganze Malmedy-Case ist. Nun liegen auch noch die Ankläger im Sumpf... wie wollen Sie da jemals klares Wasser filtern? Die Urteile könnten nur noch zufälliger werden, als sie es schon sind.«

Evans steht auf.

»Sir«, erwidert er ruhig, »ich bin Amerikaner. Amerika ist ein Rechtsstaat. Für einen Rechtsstaat gibt es kein anderes Mittel wie eine ordentliche Verhandlung.«

»So«, versetzt der Pentagon-Beamte, »und ich bin kein Amerikaner?« Er betrachtet Evans beinahe erschrocken. »Entschuldigen Sie, Evans, verdammt, mir wächst der ganze Mist über den Kopf... Sie haben recht... Gewiß haben Sie recht. Da gibt es nichts zu rütteln... Und zum Teufel noch mal, solange ich auf meinem Stuhl hier sitze, wird auch nicht daran gerüttelt!... Aber es ist etwas anderes: Die Statuten des Gerichts von Dachau sehen Revision nicht vor. Wir müßten also die Statuten ändern.« Er zuckt die Schultern. »Und ich sehe nicht, wie wir es könnten. Denn wir müßten sie ja dann für alle Prozesse ändern, nicht nur für das Malmedy-Verfahren ... Und ich darf doch annehmen«, sagt der Mann gepreßt und bitter, »daß die anderen Prozesse ordentlich abgewickelt wurden.«

»Ich zweifle nicht daran, Sir.«

»Gut.« Der Richter geht auf und ab. »Also«, fährt er fort, »wir sind uns einig, daß etwas geschehen muß. Wir wissen nicht, wie es zu geschehen hat ... wir werden einen Weg suchen. Und finden. Aber nicht von heute auf morgen. Dazu brauchen wir Monate. Und vielleicht noch länger ...«

»Ja, Sir.«

»Bis dahin sind die Exekutionen ausgesetzt. Das ist klar. Ich glaube, wir werden den ganzen Fall noch einmal durchgehen. Sozusagen unter uns. Es gibt auch noch einen anderen Weg der Gerechtigkeit: die Begnadigung, Evans.«

»Gnade für alle?« fragt der Colonel schnell.

»Für alle, die sie verdienen.«

»Und wie wollen Sie diese Leute herausfinden, Sir?« fragt der Chefverteidiger scharf.

Der Heeresrichter bleibt vor ihm stehen.

»Ganz einfach«, erwidert er, »mit Ihrer Hilfe, Evans.« Er verbessert sich sofort: »Ich meine ... auch mit Ihrer Hilfe.«

Zeit ... Hinrichtungsstopp ... Gnade ... Hilfe ... hallt es in Evans nach. Für die Minute ist er fast dankbar für das Erreichte. Gestern, bei der Vereidigung, sah es noch ganz anders aus. Aber irgendwie spürt der Colonel bereits, wie aus dem Morast Malmedy die Nebel wieder aufsteigen und ihn kalt und trübe streifen.

»Verheiratet, Evans?« fragt der Richter unvermittelt.

»Ja.«

»Dann fahren Sie zu Ihrer Frau. Ich verspreche Ihnen, daß nichts Entscheidendes geschehen wird, ohne daß wir Sie hören ...«

»Ich danke Ihnen, Sir.«

Sie reichen sich die Hand. Zwei Amerikaner in Washington, die das gleiche wollen: Unrecht verhindern, und die auf diesem gnadenlos-schweren Weg ein Stück Schulter an Schulter gehen. Und die beide fühlen: Das ist nur ein Waffenstillstand. Der Krieg ist nur aufgeschoben. Wir sind noch lange nicht am Ziel. Und dieses Ziel fürchten sie beide, ohne es auszusprechen, denn es wird furchtbar sein. So oder so.

Sollen Unschuldige am Galgen sterben, werden sich beide Männer wieder und wieder fragen. Und beiden wird auch die andere Möglichkeit Schauder über den Rücken jagen: Müssen, um die Unschuldigen zu retten, eines Tages auch Mörder entlassen werden?

Die Fragen drehen sich im Kreis. Ein Kreis hat keinen Anfang und kein Ende. Und in seinem endlosen Rund stehen Recht und Unrecht, Vernunft und Haß, Gnade und Strafe.

Bei den Unschuldigen wäre die Vollstreckung ein Unrecht ohne Gnade.

Bei den Schuldigen die Aufhebung ein Unrecht durch die Gnade.

Wer kann das Netz entwirren?

Gott kommt nicht oft nach Malmedy.

Der Henker ging. Der Alltag kam. Nichts Neues in der Festung Landsberg. Fünf, sechs Monate lang. Draußen rüstete man zu einer ärmlichen Weihnacht. Hier gab es höchstens ein Paket außer der Reihe. Die Häftlinge arbeiteten in den Werkstätten. Sogar einige Rotjacken fanden auf eigenen Wunsch jetzt in der Sattlerei Beschäftigung. Morgens gab es Kaffee, zweimal wöchentlich kam der Pfarrer, dreimal der Bibliothekar. Denn gelesen wurde viel.

Die Kommandanten wechselten. Es gab bessere und schlechtere. Aber der Unterschied war nie groß, denn sie entfernten sich nicht weit von der Linie der Korrektheit. Der eine ließ Oswald Pohl, den früheren Chef des Wirtschaftshauptamtes der SS, im Gefängnis Fußball spielen, und der andere nahm Oberst Henze, dem Hauptangeklagten des Malmedy-Verfahrens, die Streichhölzer aus der Zelle weg.

Das Todesgerüst wurde abgebrochen. Der Galgen schwand aus den Augen der Gefangenen, nicht aus dem Sinn. Gerüchte schwirrten durch das düstere Haus. Noch immer trugen rund 230 Mann die weinrote Todesjacke. Was war ihr Schicksal?

Nur einer durfte sie bis jetzt lebend ausziehen: Paul Rehbusch. Sein Todesurteil wurde aufgehoben. Aber er kam noch nicht frei. Auch ein Unschuldiger stieg eher über die Mauern von Landsberg als sein Fall über die Berge von Papier.

Der Gefängniskommandant ernannte den in letzter Minute Begnadigten zum Kalfaktor. Rehbusch lachte bitter auf. In den KZs, in denen er zehn Jahre lang gequält wurde, war er Kapo ... in Landsberg wurde er Kalfaktor. Im Grunde das gleiche.

»Schön«, sagte der Gefangene sarkastisch zum Kommandanten, »daß ich wenigstens in der internationalen, gehobenen Häftlingslaufbahn bin.«

Seitdem verteilte Rehbusch das Essen, säuberte Kessel in der Küche, bediente die Heizung im Keller oder kontrollierte die Duschen. Er sprach fast mit keinem Gefangenen ein Wort. Er haßte sie alle, seine Mithäftlinge, vom Großindustriellen Flick bis zum SS-General Lorenz, vom Staatssekretär Körner bis zum General Rendulic, vom Massenmörder Ohlendorf bis zum unbekannten, dienstranglosen Sadisten.

Paul Rehbusch, dessen Entlassung in irgendeinem Winkel der Bürokratie hängenblieb, suchte keinen Anschluß. Er tat seine Pflicht ohne Begeisterung. Nicht so, wie im KZ, wo er jeden Diebstahl wagte, um einer verhärmten Greisin ein Stück Brot zu verschaffen. In Landsberg brauchte er auch nicht zu stehlen. Gemessen an der KZ-Verpflegung war das Essen hier großartig.

Es ging auf Weihnachten zu. Rehbusch hoffte, wenigstens am Heiligen Abend frei zu sein. Wofür, wußte er nicht. Er kannte kein Zuhause. Seine Frau hatte sich 1937 von ihm scheiden lassen. Solange er sich zurückerinnern konnte, war seine Heimat hinter Stacheldraht.

So arbeitete er schweigend, sah die Mithäftlinge kaum an. Bis er es nicht mehr aushielt, bis er die eigene Stimme wieder hören wollte.

Er knallte Fritz Türmer das Essen an das Fenster.

»Da«, sagte er.

»Eintopf?« fragte Türmer.

»Ist noch gut genug für so ein Schwein wie dich.«

Türmer trat langsam näher.

»Und woher weißt du, daß ich ein Schwein bin?« erwiderte er ohne Erregung.

»Seid ihr doch alle!« knurrte Rehbusch.

Türmer schüttelte den Kopf. Er hatte sich mit mehr abfinden müssen, als mit der Verachtung eines Mannes. Damals, als ihm Pfarrer Märker nach seiner Bekehrung eröffnete, daß seine Frau und sein Kind tot waren, wollte er nicht mehr weiterleben. Aber die Einsicht war stärker als das Unbegreifliche. Und der wiedergefundene Glaube größer als die Verzweiflung.

Und der frühere Unterscharführer begann nachzudenken. Nicht nur über das Ende in Berlin. Nicht nur über den Zusammenbruch. Und so wandelte er sich. Noch in der Rotjacke des Todeskandidaten. Noch unter der täglichen Drohung des Galgens. So begriff er endlich, warum ihn ein früherer KZ-Insasse mit Haß begegnen mußte. Und jetzt, aus der gemeinsamen Not heraus, wäre auch er dankbar, wenn er einen Menschen hätte, mit dem er gelegentlich sprechen könnte. Denn es graute ihm vor den kommenden Tagen. Vor dieser hohlen, leeren Weihnacht hinter Gittern. Denn Türmer folterte die gleiche Angst vor der Einsamkeit wie den Kalfaktor Rehbusch, der zwölf Jahre länger Zeit gehabt hatte, sich an sie zu gewöhnen.

»Du«, sagte Türmer leise.

»Was willst du?« fragte Rehbusch.

»Ich war bei der SS«, fuhr Türmer fort.

»Und ich im KZ.« Rehbusch wußte selbst nicht, warum er in die offene Zelle ging. Er setzte sich auf den Hocker, betrachtete den Boden, langte mit zögernder, widerstrebender Hand in die Tasche und gab Fritz Türmer eine Zigarette.

»Danke«, erwiderte der Häftling, » . . . ich hab' nichts getan. Bestimmt nicht.«

Rehbusch nickte, ohne es zu wollen.

»Ich hab' an Hitler geglaubt.«

»Und ich an den Sozialismus«, antwortete der Kalfaktor.

»Ich bin unschuldig«, sagte der Malmedy-Verurteilte.

»Und ich?« Der frühere KZ-Insasse lachte laut auf, erhob sich, nahm die Schüssel. In der Zellentüre drehte er sich noch einmal um, betrachtete das blasse, seltsam weiche Gesicht Türmers.

»Angst vor dem Alleinsein?« fragt er.

»Ja, jetzt vor allem.«

»Daran gewöhnt man sich.«

Und Paul Rehbusch, der alle Stationen der Zellenkrankheit am eigenen Leib erfahren hatte, war auf einmal bereit, sich um diesen Häftling zu kümmern. Warum, wußte er nicht. So wie er sich schämte, es ihm zu sagen.

Ihr Gesicht ist heiß. Ihre Augen glänzen. Ihre Hände sind voll ungewohnter Erregung. Das dunkle, auf dem schmalen Körper straff anliegende Kleid hat etwas von der Feierlichkeit ihres Gesichts. Die erste Kerze am Baum brennt. Das Zimmer duftet nach Harz, nach Wachs, nach Evelyn.

Der Schein zieht flackrig über ihr hübsches Gesicht, streichelt ihre schmale, glatte Stirne, tastet sich zu der hellen Strähne in den dunklen Haaren hoch.

Peter Steffens steht neben ihr. Sie reicht ihm die Streichhölzer.

»Faulpelz!« sagt der weibliche Sergeant der amerikanischen Armee, »tu doch auch etwas!«

Der junge Reporter steht und starrt. Die »matches« fallen zu Boden.

»Du«, sagt er leise.

Jetzt hebt Evelyn den Kopf, betrachtet ihn. So lange, daß er verlegen wird. Er geht auf den Tisch zu und gießt sich einen »Black and White« ein.

»Du sollst jetzt nicht trinken«, sagt Evelyn, »verdirb dir nicht den Appetit . . . mein Truthahn brutzelt schon. Alle Armeeangehörigen essen heute Turkeys, ein alter Brauch. Ich weiß auch nicht, wo er herkommt. Hoffentlich hast du großen Hunger ... unser Truthahn wäre fast nicht in die Pfanne gegangen. In allen amerikanischen Pfannen schmoren heute Turkeys ...«

»Hoffentlich reden nicht auch alle amerikanischen Sergeanten heute so viel wie du«, antwortet Peter.

Evelyn schnippt mit der Unterlippe.

»Du weißt doch, daß ich aufgeregt bin ... unsere erste gemeinsame Weihnacht.«

Sie wird gleichzeitig traurig und glücklich. Die helle Strähne macht sich selbständig, fällt quer über die Stirne, wo heute ein paar schnelle, winzige Fältchen stehen.

»Immer war ich allein am Heiligen Abend«, erwidert Evelyn, »seit damals ... als meine Eltern umgekommen sind. Das war kurz vor Weihnachten ... und deshalb muß ich immer wieder an sie denken, wenn die Kerzen brennen. Entschuldige, Liebling ... und jetzt sehe ich nach dem Truthahn. Zünd die Kerzen an und laß den Whisky stehen.«

Ich träume, sagt sich Peter, ich träume ganz gewiß ... von einem Truthahn und von einem Mädchen und von einer Liebe und von einem Leben zu zweit und vom Glück. Träume sind Schäume ... aber ich kann ja gar nicht träumen, der Whisky brennt auf der Zunge.

Der Reporter bückt sich nach den Streichhölzern, zündet dann pedantisch Kerze um Kerze an. Der Baum brennt in der winzigen Wohnung Evelyns, deren Gang mit Gepäckstücken vollsteht. Vielleicht schon in ein paar Tagen geht es nach Amerika. Gemeinsam. Alles ist bereit. Das Visum erteilt. Die Überfahrt bezahlt. Die Überprüfung beendet. Und selbst der Hautausschlag, der den Impfungen folgte, ging zurück.

Peter läuft ein paar Meter weg vom Baum. Die Tanne ist klein, ihre Äste sind ebenmäßig gewachsen. Oben rechts hängt eine Kerze schräg. Das Wachs tropft auf ein Stück Papier. Der Reporter steigt auf einen Stuhl und richtet sie. Dann geht er in die Küche.

»Fertig«, sagt er.

»Mein Truthahn auch«, erwidert Evelyn. Sie fährt sich mit dem Handrücken über die Augen. Sie hat eben an ihre Eltern gedacht und ein wenig geweint dabei ... weil Samuel und Eary Wyler nie mehr Peter kennenlernen können. Dabei goß sie Wasser über den Turkey und sagte sich: sie wären sicher mit ihm einverstanden, er hätte ihnen gefallen. Genausogut wie mir. Und vielleicht hätten sie ihn sogar eines Tages geliebt. Wie ich. Und heute ganz besonders, wo er ein wenig ernster als lustig, etwas feierlicher als nötig, und eine Nuance schweigsamer als beredt ist.

Sie stehen zusammen im Zimmer. Über ihnen probiert ein Knirps den neuen Roller aus. An der Türschwelle bleibt er hängen. Eine Frau ruft dem Kind etwas zu. Ein Vater lacht. Aus der linken Nachbarwohnung kommt Orgelmusik. Weihnachtslieder. »O du fröhliche ... o du selige ...«

Peter und Evelyn tauschen die Geschenke. Beide verlegen. Sie, weil sie so viel hat. Und er, weil er ihr nicht mehr geben kann.

»Im nächsten Jahr, dann ...« sagt er.

Evelyn krault in seinen Haaren.

»Ich freue mich«, erwidert sie, »ich freue mich ganz riesig ... aber nicht deswegen.«

Dann kauen sie an ihrem Truthahn.

»Ganz gut gelungen. Mehr Kochkunst kann man von einem Sergeanten nicht verlangen«, sagt Peter grinsend.

Und wenn der Turkey von Savarin gekocht worden wäre, könnte er Peter nicht besser schmecken. Seine Hände teilen das Geflügel. Aber er ißt gar nicht. Nicht mit dem Mund. Er ißt mit den Augen. Evelyn. Ganz und gar ißt er sie auf.

Sie brauchen kein Licht. Auch keine Worte. Sie können auf die Banalität der Sprache verzichten.

Die Kerzen brennen zu kleinen Stummeln. Eine von ihnen setzt kraftlos einen Zweig in Brand. Gleich geht die Flamme aus. Es duftet noch stärker nach Harz. Der Roller im zweiten Stock steht still. Auch der Choral ist verstummt. Jetzt darf Peter einen Whisky nehmen. Aber er vergißt es, Evelyn auch. Alles, was nebensächlich ist, vergessen sie. Alles, was wichtig ist, werden sie nie vergessen.

Peters Hände streicheln Evelyn. Es ist anders mit den beiden als sonst. Sie spüren es. Sie erschrecken davor. Sie werden damit fertig. Ihre Augen weichen einander nicht aus.

Evelyn schiebt mit sanftem Druck Peters Hände zurück. Sie lacht.

»Ich bin glücklich«, sagt sie leise.

»Warum?«

»Because I love you so much ... so very much ...«

»Und warum hast du mich lieb?«

»Weil du Peter bist«, antwortet Evelyn ganz leise ...

Da versinkt alles um sie. Der Abend, der Duft, die Nacht, der Baum ...

Der Raum duftete noch immer nach Harz, nach Wachs, als sich die Nacht an ihnen vollzog. Der Baum in der Ecke sah aus wie ein dunkler Engel, der die Arme weit ausbreitete.

Peter Steffens hielt die Hände längs ihres schmalen Kopfes. Er spürte, daß Evelyn ihn ansah und lächelte. Draußen lebte der Verkehr auf. Die Scheinwerfer vorüberfahrender Autos lieferten Licht und Schatten, die sich auf ihren Gesichtern auflösten.

»Arme Menschen«, flüsterte Evelyn.

»Warum?« fragte Peter überflüssig.

Sie schob seine Hände weg, richtete sich auf. Ihre Augen glänzten wie die silbrige Strähne in ihrem dunklen Haar.

»Weil sie es nicht so ... schön haben wie ... wir.«

Er nickte.

Und dann griff der Zweifel nach ihm, die Furcht des Reichen, daß er plötzlich wieder arm sein könnte.

»Ich habe so Angst«, sagte Peter auf einmal.

Evelyn legte den Arm um seinen Nacken.

»Angst?« Das Mädchen lachte lautlos.

Der Reporter streckte sie ein wenig von sich weg.

»Ja«, antwortete er dann leise. »Angst ... daß es mit uns jemals anders sein könnte.«

»Nein, Peter«, erwiderte Evelyn überzeugt.

»Doch.« Auf seiner Stirn bildeten sich kleine Falten. »Es ist so ... so einmalig ... und so wunderschön.« Seine Stimme wurde heftiger: » ... und dann nützt es sich eines Tages ab, verschleißt ... und endet ganz alltäglich. Man geht auseinander und kennt sich nicht mehr ... Die Worte bekommen plötzlich wieder einen anderen Sinn ... und man ist wieder allein ...«

»Peter!« Evelyn schüttelte langsam den Kopf. Dann kuschelte sie sich an ihn, lag neben Peter, nackt und erfüllt. Eine kleine Melodie schwebte im Raum, weich und zärtlich. Eine erschöpfte Kerze flakkerte auf dem Tisch. Wenn der Wind mit der bunten Seidengardine spielte, strich der rötliche Schein über den mädchenhaften Körper, verschattete ihn, konturierte seine Formen. Sooft sich ihre Haut berührte, setzte ein Körper den anderen in Flammen, während das Kerzenlicht Worte, die sie nicht aussprachen, feierlich machte.

Aber die Tropfen ihrer Gemeinsamkeit waren Stunden, in denen sie über dunkle Schatten setzten, unsichtbare Hürden nahmen und wider tückische Barrieren walzten.

»Erheb dich, Faulpelz!«, sagte Evelyn schließlich.

Peter trat an das Fenster. Der Morgen bot den kalten Charme eines glitzernden Frosttages. Die Sonne hatte sich aus den Wolken geschält und lächelte hell und kraftlos. In seinen letzten Tagen bescherte das Jahr 1947 Ruhe, Stille, Frieden.

Es war ereignisreich: Die amerikanische und die britische Besatzungszone hatten sich zusammengeschlossen. Der preußische Staat war offiziell aufgelöst worden. In München kamen – zum ersten wie zum letzten Mal – die Ministerpräsidenten der deutschen Länder aus dem Osten wie dem Westen zusammen. Stalin begründete die Kominform neu. Fliegende Untertassen sollen zum ersten Mal gesichtet worden sein. Während sich die Amerikanerinnen in den PX-Läden im »New look« einkleideten, dem verlängerten Rock, sollten in Westdeutschland 918 Industriewerke demontiert werden; jedes vierte in die Sowjetunion.

Peter und Evelyn frühstückten, ließen dann den Wagen stehen und gingen zu Fuß in den Englischen Garten. Der Schnee knirschte leicht unter ihren Schuhen. Evelyn Wyler trug einen Pelz, wie ihn die deutschen Frauen längst gegen Butter und Eier verhamstert hatten. Peter sah an sich und seinem schäbigen Wintermantel herunter. Das feldgraue Tuch war der sichtbare Dank des Vaterlandes, den ihm die Entlassungsstelle des Gefangenenlagers mit scheelem Seitenblick belassen hatte.

»Daß du dich so mit mir sehen läßt?« murmelte er.

»Dummkopf«, erwiderte das Mädchen, »ich wüßte nicht, mit wem ich mich sonst sehen lassen sollte. Und dann ... in ein paar Wochen gehen wir in New York über die Fifth Avenue ... und du siehst todschick aus, wie die Reklame in einem Modejournal ... auch wenn du die neue Pracht später in Raten noch abstottern mußt.« Sie lachte übermütig.

Der junge Reporter nickte nachdenklich.

»Ja«, erwiderte er, »ich muß mich allmählich umstellen, ich werde ja Bürger eines reichen Landes.«

»Kommt wieder der deutsche Minderwertigkeitskomplex?«

»Nein, Evelyn«, antwortete Peter, »verstehe mich nicht falsch ... kein Mensch trägt gerne schlecht geänderte Militärmäntel und geflickte Hosen ... aber manchmal ... weißt du, da habe ich das Gefühl, daß ich mich drücken würde ... als Deserteur der Not, sozusagen ... anderen geht es schlecht ... und ich setze mich einfach in das Flugzeug und starte ins Schlaraffenland.«

Evelyn nahm seinen Kopf in ihre Hände. Sie waren warm trotz der Kälte.

»Ist das nicht alles ganz unwichtig, Peter? ... Ich meine ... wenn wir uns ...« Ihre hellen Augen vollendeten den Satz.

»Natürlich«, entgegnete er.

»Oder«, fragte Evelyn, »würdest du dich jetzt wohler fühlen, wenn ich ein ... ein deutsches Mädchen wäre?«

»Unsinn«, lachte Peter, »die Liebe ist doch keine Paßkontrolle ...«

Sie hängte sich bei ihm ein.

»Peter?« fragte sie dann leise, »hast du einmal daran gedacht, daß auch ich Ängste und Befürchtungen haben könnte?«

»Wieso?«

»Nun«, versetzte sie, »ich bin Amerikanerin ... vielleicht denken viele, eine amerikanische Braut sei ein Freifahrtschein in die Sicherheit.«

Der Reporter blieb unwillig stehen. Sein Gesicht wurde schmal und böse.

Evelyn bückte sich, nahm eine Handvoll Schnee und warf sie mitten in Peters Unwillen.

»Esel!« lachte sie und lief davon.

Er setzte ihr nach. Sie stolperte und fiel in den Schnee, strampelte und lachte. Er warf sich neben sie und revanchierte sich für den Schneeball.

Ein alter Mann hüstelte vorüber und schüttelte den Kopf. Evelyn und Peter sahen und hörten nichts mehr.

»Du siehst aus wie ein Grislybär in Kanada«, rief Peter.

»Und du wie ein deutscher Eskimo.«

Sie standen auf, gingen weiter, bauten wieder ein Luftschloß, träumten von einem Haus am Hudson und dachten nicht daran, daß das Schicksal mitunter Luftschlösser schon einreißt, bevor noch der Grund ausgehoben ist.

In diesen Tagen zwischen Weihnachten und Silvester erheben sich die Mauern der Festung Landsberg aus der verschneiten Winterlandschaft wie ein riesiger, schmutziggrauer Fleck. Lautlos läuft die Sühne. Dreimal am Tag Essen, zweimal in der Woche Pfarrer, einmal im Monat Post. Und fast tausend Häftlinge kauern in den Zellen. Das kleine, viereckige, viel zu hoch angebrachte Gitterfenster läßt nur einen schrägen Blick gegen den Himmel zu. Das Fließband des Grauens läuft ohne Pause, steigert sich zur Monotonie der Angst und zur Angst vor der Monotonie.

Die weinroten Jacken der Todeskandidaten sind wie immer drükkend und klebrig. Die Posten freundlich oder verdrossen. Die Gespräche leise und ängstlich. Die Gedanken heiß und verworren. Hier, in der kleinen, idyllischen Stadt, wurde der letzte Umschlagplatz des Nationalsozialismus errichtet. Hier endet ein barbarisches System. Hier trägt man Hitlers Nachlaß stückweise zu Grabe. In ungebeizten Fichtensärgen. Die Gräber haben Nummern und keine Namen. Und diese Nummern werden nie über die Zahl 300 hinauskommen. Das System mordete Millionen. In Landsberg tötet man einige Hundert.

Nichts Besonderes geschieht in diesen Tagen. Die Wachen gähnen in den Rundtürmen, an den Maschinengewehren. Die Zeit hat für sie keinen Vertreib. Nichts Neues in Landsberg. Doch, ein kleiner Zwischenfall, als der neue Häftling eingeliefert wird. Der Posten verläuft sich. Vielleicht zufällig. Oder absichtlich. Jedenfalls erreicht er die zuständige Abteilung nur auf Umwegen. Er geht mit dem Neuzugang über den Flur der Todeskandidaten.

Sein Häftling ist eine Frau.

Brinkmann sieht sie zuerst. Er hört das harte Klappern von Stökkelschuhen auf dem stählernen Umgang. Er tritt an die Klappe, starrt auf den Gang. Seine Augen erstarren, seine Gedanken rasen. Jetzt bin ich verrückt geworden, denkt er fiebrig. Das gibt es nicht! Das kann nicht sein! Nein, diese Amis haben sich etwas Neues ausgedacht. Er grinst und glotzt, sieht die Frau, erkennt in diesem Moment, wie lange er keine mehr sah. Und es wird ihm so heiß, als streckte er seinen Kopf nicht durch das schmale Luk, sondern in das Schürloch eines Hochofens in Rheinhausen.

Seine Augen saugen sich an der Vorübergehenden fest. Sie ist jung, hat dunkle, kastanienrote Haare, geht auf hohen Absätzen. Und dann wachsen die Nahtstriche der hauchdünnen Nylons schnurgerade nach oben.

Mein Gott, denkt Brinkmann. Seine Hände zittern.

Sie ist eine Tschechin, heißt Marina. Sie hat nichts mit Kriegsverbrechen zu tun, sondern mit Zivilvergehen. Der Geheimdienst ihres Vaterlandes bezahlte ihr hübsches Gesicht mit Geld; einige amerikanische Offiziere mit Informationen. Marina mißbrauchte ihre Schönheit nicht nur, um den Satz zu hören: »I love you ... I love you so very, very much ...«

Nur ein einziges Mal versagte ihre makabre Kunst. Bei einem Captain, dessen Kopf kühl blieb, als seine Hände schon heiß wurden. Deshalb geht die Tschechin jetzt über den Gang wie ein Mannequin über den Laufsteg. Aber das Kleid, das sie vorführt, sind zehn Jahre Zuchthaus wegen Gefährdung der amerikanischen Sicherheit, wegen Spionage zugunsten einer fremden Macht.

Die Handschellen an ihren Gelenken schimmern wie silberne Armbänder. Selbst die Fesseln trägt sie noch kokett. Einmal versagten ihre Reize, bei einem amerikanischen Offizier. Hier jedoch wirken sie. Verheerend. Von Klappe zu Klappe. Von Mann zu Mann, die alle an das schmale Fenster herantreten.

»Go away!« ruft der Posten grinsend. »Ihr bekommt sie ja doch nicht!«

»Aber du, wat!« brüllt Brinkmann, »jetzt ham wa dich wenigstens hier los ... jetzt wirste bloß noch Wache brummen in der Frauenabteilung, du Haremswächter ... kenn wa! ... Kenn wa!«

Die Tschechin geht dicht am Geländer entlang. Soweit wie möglich von den Zellen, von den Augen, von den Gesichtern weg.

»Nur einmal anfassen ...« stöhnt Triebenstein ganz leise, als sie bei ihm vorbeikommt.

Aber sie bemerkt ihn nicht, geht langsam weiter. Sie trägt noch keine Anstaltskleider. Der Pullover sitzt straff auf der Haut. So passiert sie die Zelle 97. Ihr Insasse heißt Cordes. Er ist neunzehn Jahre alt. Als sie ihn verurteilten, war er achtzehn. Als er die Tat im KZ verübte, die ihm die Rotjacke einbrachte, siebzehn. Er sieht das Mädchen und zittert, stöhnt, fiebert:

»Ich will nicht sterben . . . ich will nicht! . . . Ich hab' noch nie . . . eine Frau . . . noch nie! Hört doch!« Er sinkt auf den Boden, hämmert mit den Fäusten gegen die Türe. »Ich will nicht! . . . Leben! . . .« Sein Körper wirft sich hin und her. Seine Lippen flüstern.

Sie geht vorbei, langsam, selbstbewußt. Sie schwebt vorüber wie ein Bild. Für den einen die Braut. Für den anderen die Schwester. Für den dritten die Frau. Für alle aber eine Sehnsucht, die so übergroß ist, daß sie das Gefängnis sprengen könnte.

Die dicken Mauern verschlucken stumme Verzweiflung, halblautes Stöhnen, irres Gelächter, sinnloses Gebrüll. Ganz hinten im Gang streckt auch Oberst Henze den Kopf durch die Klappe, betrachtet kühl den Posten, dem die Schau allmählich so viel Spaß macht, daß er das Mädchen samt Handfesseln unterhakt.

Dann ist es wieder still. Marina und der Posten haben die zuständige Abteilung gefunden. Die Todeskandidaten treten von dem Ausblick ins Leben zurück. Schweigen jetzt. Die Lippen mühsam zu harten Strichen aufeinandergepreßt.

8. Kapitel

Das Telegramm aus Washington machte die Vorbereitungen zu der bescheidenen Silvester-Party im Hause des Rechtsanwalts Evans in Atlanta überflüssig. Mit dem alten Jahr schien das Pentagon gerade in der Zeit, da die Bürokratie in aller Welt zu schlafen pflegte, den Malmedy-Case erledigen zu wollen. Endgültig.

Diesmal packte Alice selbst den Koffer. Evans stand hilflos daneben, sprach in Gedanken Worte, die ihm in der Kehle steckenblieben. Seine Frau lächelte tapfer und erfolglos, fuhr ihn zum Flugplatz.

»Alles Gute«, sagte sie leise.

»Ja«, erwiderte er, »und vor allem für dich und für Bob und Ann . . .« Er schluckte.

Der Lautsprecher zerhackte die gepreßten Neujahrswünsche des Colonels. Der Flug nach Washington wurde ausgerufen.

Die Maschine landete planmäßig. Diesmal brauchte der Chefverteidiger kein Taxi. Er wurde in einem olivgrünen Wagen mit weißem Stern abgeholt. Der Fahrer wollte ihn in das Gebäude des Verteidigungsministeriums begleiten. Evans winkte ab. Seine Beine waren in dem fünfflügeligen Bau, in dem sich sonst jeder verläuft, längst zu Hause.

Der Generalrichter erwartete Evans schon. Er stand auf, was er nur in seltenen Fällen tat, schüttelte dem Rechtsanwalt die Hand, entschuldigte sich für den Termin der Unterredung.

»Macht gar nichts«, erwiderte der Colonel. Sein Lächeln strafte seine Worte Lügen. Es war traurig, weil er an die Familie dachte. Zum letztenmal, sagte sich Evans, flüchtig und heftig, aber er glaubte nicht daran . . .

»Erfrischung?«

»Danke.«

»Also«, begann der Richter im Generalsrang resolut, »die Würfel werden fallen . . . Das ist wohl auch in Ihrem Sinn, Evans?«

»Gewiß, Sir.«

»Wir haben alle Möglichkeiten durchgesprochen. Ich brauche nicht noch einmal zu wiederholen, warum es keine Revision des Malmedy-Verfahrens geben kann.«

Der Colonel nickte, hob den Kopf, spürte, daß sein Nacken steif wurde, fühlte Unsicherheit, Furcht . . .

»Das Pentagon hat sich entschlossen, von dem Begnadigungsrecht ebenso weitgehend wie sinnvoll Gebrauch zu machen.«

»Was heißt das?« unterbrach Evans den Heeresrichter.

»Hier ist die Liste«, antwortete er. Sein Gesicht verhärtete sich, »43 Namen. 43 Mandanten von Ihnen. Sie kennen sie alle persönlich, Evans. Sie kennen ihre Fälle, ihr Leben ...«

»Und?«

»Sie brauchen sich nicht gleich zu entscheiden ... ich lege Sie auch nicht auf eine bestimmte Zahl fest ... streichen Sie die Leute an, die Sie für unschuldig halten ...«

»Ich?« entgegnete der Colonel gedehnt.

»Genau ... Wir sind nicht kleinlich. Von mir aus werden fünfzehn oder zwanzig oder noch ein paar mehr dieser Leute begnadigt. Von mir aus«, fuhr der Richter unwirsch fort, »entkommt auch einmal ein Schuldiger ... wenn sich das nicht vermeiden läßt.« Er zuckte die Schultern. »Wenn ich Sie recht verstanden habe, Evans, waren Sie doch nie der Meinung, daß alle unschuldig sind?«

»Gewiß nicht, Sir.«

Der hohe Heeresrichter wirkte erleichtert, ging auf und ab.

»Gut, daß Sie so vernünftig sind«, erwiderte er dann. »Ich weiß, es ist nicht leicht für Sie ...«

»Es ist ausgeschlossen«, versetzte der Hauptverteidiger knapp und energisch.

»Evans«, fuhr der Beamte drängend fort, »seien Sie kein Querulant! Helfen Sie uns ... und helfen Sie auch diesen armen Burschen, soweit sie es verdienen.«

»Gewiß, Sir.« Der Rechtsanwalt spürte die Gänsehaut auf seinem Rücken, die Trockenheit im Mund, die Übelkeit im Magen. »Es wäre ein Frevel, Sir, wenn ich mir ein Richteramt anmaßen würde. Noch dazu, wo es um den Kopf geht. Während ich die einen begnadige ... verurteile ich die anderen zwangsläufig zum Tode ...«

»Die Schuldigen«, antwortete der Richter barsch.

»Ich kenne sie nicht mit Sicherheit ... Sie ebenfalls nicht, Sir! ... Nicht das Pentagon! ... Nicht einmal der alte Chefrichter O'Connor, der den Prozeß führte, könnte sie uns nennen.«

In diesem Moment verlor das Gesicht des Richters im Generalsrang jede Verbindlichkeit. Seine dichten, dunklen Brauen wölbten sich zu Unwillen. Seine Worte wurden so hart wie seine Augen.

»Entweder«, sagte er schneidend, »Sie helfen uns ...«

»Oder?« unterbrach ihn Evans leise.

»Oder Sie tragen die Verantwortung, daß vielleicht alle 43 Malmedy-Verurteilten gehängt werden.« Sein Gesicht wurde dunkelrot. »Kommen Sie doch endlich zu sich!« setzte er heftig hinzu. »Heben Sie den Kopf aus Ihren verdammten Akten! Überlegen Sie, um was es geht! Denken Sie daran, wie großzügig wir sind, welch einmalige Chance wir Ihnen, dem Verteidiger, bieten!«

Der Richter ging mit steifen Schritten hin und her, drehte das Gesicht zum Fenster. Seine Fingerspitzen spielten mit den Tasten eines unsichtbaren Klaviers. Plötzlich fuhr er herum:

»Und vielleicht erinnern Sie sich auch gefälligst einmal daran, was sich an der Straßenkreuzung von Malmedy alles abspielte!«

Die Qual, die Last, die Verlorenheit kerbten sich in das Gesicht des Rechtsanwalts Evans. Mein Gott, dachte er, wie ausweglos ist das alles! Und so sieht das Ende eines Kampfes aus, den ich seit Jahren führte, für mein Land, für die Gerechtigkeit – auch wenn es um deutsche SS-Leute ging –, für alles, woran ich glaube – auf Kosten meiner Familie, meines Ansehens, meines Wohlstandes. Jetzt bietet man mir zwei Wege an – und beide enden beim Unrecht.

Colonel Evans fuhr hoch.

»Sir«, sagte er erregt, »was sind Sie für ein Mensch?«

»Sie halten mich für einen Unmenschen, Evans, nicht?« Er lächelte matt. Dabei las er dem Anwalt den Kreislauf der Verzweiflung vom Gesicht ab. Er wurde versöhnlicher, klopfte Evans auf die Schulter. »Kopf hoch« sagte er leise. » . . . Und Sie brauchen sich ja nicht gleich zu entscheiden, nicht jetzt . . . kommen Sie morgen wieder. Oder von mir aus auch übermorgen. Aber noch in dieser Woche.«

Erst am Gang bemerkte der frühere Colonel, daß er verabschiedet worden war. Er irrte hilflos über die schnurgeraden Gänge des Pentagons. Er hob die Füße vorsichtig und mechanisch, als ob sie sich über glitschigen Lehmboden bewegten. Sein Blick ging nach innen. Seine Hände waren pelzig, auf seine leicht gehobenen Schultern drückte die Last einer tödlichen Entscheidung. Und der Mann, der begnadigen oder richten sollte, hatte in diesen aus der Naht geplatzten Minuten selbst Erbarmen nötig.

So sieht also das Ende aus, dachte er, ich stehe wieder am Anfang . . . Aber diesmal ist es zu spät, für immer zu spät.

Seine Gedanken hoben ihn auf das Karussell des Entsetzens, trieben ihn in die Schiffschaukel von Recht und Unrecht, spülten ihn über den Rummelplatz des Gewissens. Und dann brach die Musik ab. Und er hörte Schreie, Schüsse, und junge amerikanische Soldaten fielen mit gefalteten Händen vornüber in den Schnee. Und dann spielte die Drehorgel weiter, und aus ihren gedehnten Synkopen kamen Schreie wie aus Dampfzellen und Folterkabinen.

Colonel Evans fand den Ausgang des Pentagons, verzichtete auf den Sternwagen, ging zu Fuß. Die frische Luft schnitt in sein Gesicht. Er dachte jetzt ruhig und geordnet.

Landsberg, Silvester 1947. Es gibt Tee mit Rum und Angst mit Hoffnung. Am späten Abend zieht der Häftling Rehbusch einen Karren mit zwei riesigen dampfenden Kübeln über die Gänge. Die Kelle klappert. Aluminiumbecher rasseln. Rehbusch füllt sie und reicht sie den Gefangenen wortlos durch die Fenster zurück.

»Danke schön, Kamerad«, sagt ein SS-General zu ihm.

»Ich bin nicht Ihr Kamerad«, entgegnet der Kalfaktor ruhig, »auch nicht, wenn es Schnaps gibt.«

Er zieht seinen Karren weiter, verteilt gerecht. Einen halben Liter pro Kopf. Ein früherer Gauleiter schlürft den Tee hastig und hält den leeren Becher ein zweitesmal hin.

»Noch einen«, bettelt er heiser.

»So«, antwortet Rehbusch spöttisch, »Sie wollen mehr als die anderen?« Der Hoheitsträger nickt stupide.

»Das war schon immer euer Fehler«, versetzt der Kalfaktor kalt.

Der Gauleiter versucht es noch einmal. Rehbusch lacht bitter auf.

»Der Führer trinkt nicht und raucht nicht«, deklamiert er, während er seinen Karren nachzieht.

Der Alkohol ist dünn, aber er macht dicke Köpfe. Er braust im Blut, brodelt in den Gedanken, macht beschwingt oder schwerfällig, steigert die Qual des Gewissens oder lindert sie.

Der Kommandant ist ein Mensch und beweist es an diesem Silvesterabend. Die Gänge sind schwer bewacht, aber die Zellentüren stehen offen. Das Licht brennt. Die Gefangenen besuchen sich. Krupp verteilt aus seinen Paketen. Staatssekretär Weizsäcker auch. Er sieht nur nach den Händen, nicht nach den Gesichtern, verschenkt wahllos seinen Kuchen, soweit der Vorrat reicht.

Schicksale prallen aufeinander. Alles lebt in Landsberg auf Tuchfühlung: der Stumpfsinn und das Grauen, das Tragische und die Banalität. Die einen schaudern vor dem neuen Jahr, die anderen klopfen lärmend Skat. Manche reizen, andere sind gereizt. Einige Häftlinge errechnen den Gewinn der Karten, viele den Verlust des Lebens. Die einen reden vor Angst, und die anderen ängstigen sich vor dem Reden. Viele zittern vor der Vergangenheit, noch mehr fürchten die Zukunft.

Fritz Türmer geht nicht aus seiner Zelle. Er kauert mit gesenktem Kopf auf seiner Pritsche. So findet ihn Rehbusch.

»Erinnerungen, was?«

Der ehemalige SS-Unterscharführer nickt schwerfällig.

»Ganz schlecht«, versetzt Rehbusch.

»Und die Zukunft?« fragt Türmer bitter.

»Quatsch«, entgegnet der Kalfaktor, reißt ein Päckchen Zigaretten auf, das ihm der Kommandant schenkte. »Hier, nimm! Das ist die Zukunft: zwanzig Camels.«

»Wenn ich sparsam bin, reichen sie vielleicht bis zu meiner Hinrichtung.«

»Hör zu«, Rehbusch stößt ihn zum zweitenmal an. »Was meinst du, wie viele Jahreswechsel ich schon in hoffnungsloser Lage zubrachte ... und ich lebe immer noch.«

»In Landsberg.«

»Nicht mehr lange.«

»Vielleicht bis sie mich ... mich ...«

Rehbusch versucht, seine Augen zu verstecken. Falsch, denkt er, ich hätte nicht hierherkommen sollen. Ich mache es ihm schwerer statt leichter.

Fritz Türmer steht auf.

»Warum kommst du zu mir?« fragt er, »warum nicht zu Pohl ... oder zu Ohlendorf?«

»Weil ich ... weil ich dich anders einschätze ...«

»Ich trage die gleiche Jacke wie die beiden.«

»Aber vielleicht ... nicht die gleiche Schuld!«

»Und woher weißt du das?«

»Ich hoffe es ...«

Der einfache Satz reißt die Mauern ein.

»Ausgerechnet du«, sagt Fritz Türmer. Er geht auf und ab wie in den letzten Tagen, Wochen, Monaten. » ... Und dich haben sie eingesperrt, weil du Sozialist warst, nicht?«

»Ja.«

»Würdest du ... dafür noch einmal dreizehn Jahre opfern?«

»Ich weiß nicht«, antwortet Rehbusch nachdenklich. »Aber etwas weiß ich bestimmt: Für Hitler wäre ich nie, um keinen Preis ...«

Der frühere SS-Unterscharführer nickt.

»Ja«, erwidert er müde, » ... von Leuten wie dir wußte ich gar nichts. Ich wußte überhaupt nichts. Ich war jung, viel zu jung, verstehst du, ich wollte für Deutschland kämpfen.« Er lacht trocken auf. »Ich wußte ja nicht, wie es wirklich aussah ...«

»Und jetzt weißt du es?« fragt der Kalfaktor scheu.

»Ja«, versetzt Türmer wild. »Das ... und noch viel mehr. Aber es ist zu spät dazu«, setzt er hinzu.

»Es ist nie zu spät, mit dieser Bande zu brechen«, entgegnet Rehbusch, » ... du bist auch ein Opfer Hitlers, aber du hast es zu spät gemerkt.«

In diesem Moment ruft der Häftling Brinkmann aus der Nachbarzelle:

»Grand mit Vieren, staunste, wat? Schneider ooch noch, Junge, Junge, und dafür kannste nicht mal Zigaretten koofen.«

»Dieses Schwein!« heult Türmer, »dieses gottverdammte Schwein!«

»Der?«

»Der Führer«, schnaubt Türmer verächtlich. Er wendet sein gequältes Gesicht ab. »Heil Hitler!« sagt er sarkastisch, »Hitler, du feige Sau. Du verdammt feige Sau!«

Die Schleuse bricht. Und der Haß wogt wild aus einem mißbrauchten Jungen, der in den Fallstricken der Zeit hängengeblieben ist.

Sie sitzen wortlos beieinander, zwei, die zueinandergefunden haben, über die Fronten, über die Zellen, über die Vergangenheit hinweg.

Und die Freunde bleiben wollen . . . bis der Henker sie trennt.

Das neue Jahr ist da. Und sein erster Morgen beginnt trüb und trostlos. Die Zellentüren sind wieder geschlossen. Wer wird das Jahr 1948 überleben? Wer muß sterben? Die vielhundertfache Frage schwimmt im Frühnebel.

Antwort erteilen die Zeit, der Henker, die Gerechtigkeit oder die Gnade.

Die Nacht ging mit Colonel Evans ins Gericht. Sie war unwirklich, unbarmherzig. Die Gedanken zersetzten sein Bewußtsein, zersägten seine Grundsätze. Er schlug um die eigene Achse wie ein Karren, dessen Deichsel gebrochen war. Er stand am Ende seines Kampfes, seines Glaubens. Die letzten drei Jahre hatten den Rechtsanwalt auf den einsamen Posten des unerbittlichen Vorkämpfers für die Gerechtigkeit gestellt. Und jetzt zeigte sich diese Gerechtigkeit als ein von Menschen erschaffenes Götzenbild mit den Bestandteilen: Irrtum, Verhängnis, Unvermögen, Kompromiß. In der Vorstellung des tapferen Chefverteidigers war ein Gott, das Recht, zu Fall gekommen. Stürzende Götter aber sind Götzen.

Auf einmal war der Colonel von den Prinzipien, denen er immer gefolgt war, isoliert. Die Bilder jagten sich und ihn. In rascher Folge zogen sie alle noch einmal an ihm vorbei: der schmale, intelligente Kopf des Obersten Henze, der noch immer in einem Turm von Babel lebte, von eines SS-Mannes Ehre zementiert. Von den Nerven strapaziert. Von der Haft gesteigert. Durch die Todesangst verhärtet. Seine Ehre hieß Treue. Aber diese entfesselte Treue deckte auch die Verbrechen an der Straßenkreuzung von Malmedy. Sie machte keine Unterschiede. Und deshalb war sie selbstherrlich und ungerecht. Diese Erkenntnis war dem Rechtsanwalt keineswegs neu. Aber sollte nun Oberst Henze für einen vermessenen Wahn gehängt werden?

Dann kam Willers, der die Schlinge schon einmal um den Hals

hatte. Sein ausdrucksloses Gesicht verzerrte sich zu Haß. Er hob die Hand. Er klagte an. Mit Recht. Soll die Schlinge zum zweiten Male geknüpft werden?

Dann Brinkmann. Sein Gelächter geisterte durch das Hotelzimmer des Colonels wie damals, bei der Urteilsverkündung, durch den Gerichtssaal. So verloren, so verächtlich, so abgründig lacht nur ein Unschuldiger! Und dann brach es auf einmal ab. Es wurde still. Totenstill. 13 Stufen. 13 Knoten. Death by hanging . . .

Und sie kamen. Einer nach dem anderen. In Linie zu einem endlosen Glied. 43 Namen. 43 Schicksale. Und so wie sie sich äußerlich unterschieden, waren sie sich auch innerlich ungleich. Die einen wußten sich schuldig, die anderen waren unschuldig. Auch Colonel Evans kannte die ungefähre Front des Gewissens. Aber jetzt waren seine Hände gelähmt . . . Er konnte weder den Unschuldigen helfen noch der Sühne für die Schuldigen assistieren, ohne sein Prinzip zu verraten, ohne auf einer Liste von 43 Namen eine tödliche Auswahl zu treffen, ohne dabei Vermutungen, Sympathien, Vorstellungen, Wünschen zu folgen . . . ohne sich des Rechts zugunsten der Spekulation zu begeben.

Er war am Ende. Er hatte Jahre hindurch Gesundheit, Ruf, Vermögen geopfert. Er hatte das Wohl seiner Familie geringer eingeschätzt als das Schicksal deutscher SS-Leute. Er war nicht einmal ins Wanken geraten, als ihm seine Heimatstadt Atlanta, sein Land Amerika, als ihm Hunderte rasender Rotationsmaschinen die geballte Verachtung vor die Füße warfen. Jetzt aber, da die Grundsätze, die es ihm ermöglicht hatten, seinen einsamen Weg durchzustehen, den Boden unter den Füßen verloren, war er fertig.

Evans wußte und trug es, als er Stunden später wieder in das Pentagon ging. Der hohe Heeresrichter empfing ihn sofort.

»Nun, Evans?« fragte er.

Der Rechtsanwalt schüttelte den Kopf.

»Sie sind uns also nicht behilflich?«

»Ich . . . ich kann es . . . nicht«, entgegnete der frühere Colonel. Er sah links und rechts an dem Richter im Generalsrang vorbei, sah, wie in einer gespenstischen Stummfilmszene 43 ihren letzten Gang antreten: Henze, Willers, Brinkmann, Triebenstein, Türmer . . .

Der Beamte betrachtete den Chefverteidiger aufmerksam, versuchte sein Mitleid zu unterdrücken. Es mißlang ihm.

»Evans«, sagte er drängend, »das ist alles noch der Krieg . . . sind noch seine verdammten Folgen . . . wir müssen damit fertig werden. Nehmen Sie sich zusammen.«

»Ja, Sir.«

»Ich sehe ja ein, daß mein Vorschlag schlecht war . . . Ich habe Sie unterschätzt, Evans . . . you win . . .« setzte er hinzu.

»Und jetzt?«

Der Richter zuckte die Schultern.

»Wir haben noch Ihre Denkschrift. Wir haben den alten O'Connor. Wir haben die Akten ... Wir werden unsere ... unsere Entscheidung selbst treffen ... so gut es geht.«

Und so schlecht es sein mag, dachte der Colonel bitter. Er preßte die Lippen aufeinander. Sie wurden dünn wie ein Strich.

»Ja, Evans«, fuhr der Mann nachdenklich fort, »den Krieg hat eigentlich nur ... der Krieg gewonnen.«

»Yes, Sir ...«

»Fahren Sie zurück. Geben Sie den Fall auf! Vergessen Sie, Evans. Sie haben alles getan, was Sie tun konnten. Ich bestätige Ihnen das ausdrücklich. Sie haben sich benommen wie ein Mann. Wie ein Amerikaner.«

Sein Gesicht verhärtete sich. »Wenn alle so gehandelt hätten, ständen wir heute nicht hier.«

»Sir ...« antwortete Evans ruhig, »ich habe eine Bitte: Wenn es soweit ist ... wenn Sie Ihre ... Ihre Entscheidung getroffen haben ... ich meine«, setzte er hinzu, »wenn die ... Exekutionen ... stattfinden, lassen Sie es mich wissen.«

Der Richter im Generalsrang ließ Evans nicht aus den Augen. Er schüttelte fast unmerklich den Kopf.

Diesmal gibt es keine Intervention, Evans, hieß das. Diesmal wird dir kein Verteidigungsminister mehr helfen. Diesmal ist die Entscheidung endgültig wie der Tod.

»Okay«, erwiderte er dann, »das verspreche ich Ihnen, Evans.« Als ob er schon zu viel gesagt hätte, fuhr er sich mit der Hand über den Mund. »Das ist aber auch alles.«

»Danke, Sir.«

Sie gaben sich die Hand, und einen Moment sah es aus, als hielten sie einander über einem Abgrund fest.

In wenigen Tagen startet die »Constellation« vom Rhein-Main-Flughafen in Frankfurt aus. Ziel Amerika. Mit zwei glücklichen Menschen an Bord. Mit Evelyn Wyler und Peter Steffens. Der weibliche Sergeant ist demobilisiert und der deutsche Reporter gecleart.

Er verabschiedet sich an diesem Tag von seiner Zeitung. Alle stehen auf, klopfen ihm auf die Schulter, stottern verlegen die Abschiedsfloskel.

»Da kommt er ja, unser Alliierter«, sagt der Ressortchef Weber mit wehmütigem Spott. »Viel Glück! ... Schreiben ist gut ... Zigarettenschicken noch besser ... beides zusammen am allerbesten.«

Peter lacht. Eine Nuance zu hoch. Seine Augen streifen seinen leeren, aufgeräumten Schreibtisch. Schreibtische sind überall, denkt er, auch in Amerika ...

Er geht rasch. Flüchtiger Gruß zum Portier, den er zum letztenmal sieht.

Vor dem Haus wartet Evelyn. Er steigt in ihren Wagen. Sie lächelt. Vor diesem Lächeln zerstiebt der Abschiedskater.

Sie fahren quer durch die Stadt.

»Schlimm?« sagt Evelyn.

»Nein«, erwidert er. Nur nicht sentimental werden, denkt er, typisch deutsche Eigenschaft, und ich bin ja ein künftiger Yankee ...

Dann steht er vor seiner Haustür. Er hat noch einen Koffer zu holen.

»Soll ich mitkommen?« fragt das Mädchen.

»Nein. Ich bin ja gleich wieder da.«

Er hastet die Treppe hinauf. So schnell, daß er mit den beiden Frauen, die vor seiner Tür stehen, fast zusammenprallt. Eine von ihnen kennt er. Zwei wunde, wehe Augen ziehen ihn wie ein Magnet an.

»Herr Steffens«, sagt die Mutter Brinkmanns mit müder Stimme, »entschuldigen Sie ... ich ... wir ...« sie deutet auf ihre jüngere Begleiterin, »Frau Triebenstein ... ich glaube, Sie kennen ihren Mann auch?«

»Ja«, entgegnet Peter gepreßt, »kommen Sie doch herein.«

»Wir ... wollen gar nicht stören ... damals ... Sie waren so verständnisvoll.« Die Stimme der alten Frau bricht ab. Ihre Augen betteln stumm.

Der Reporter wendet den Kopf, betrachtet Frau Triebenstein flüchtig, sieht in ein blasses Gesicht, in dem nur die Augen leben. Auf einmal liegt Blei auf seinen Schultern.

»Gibt es ... etwas Neues?« fragt Peter mit haltloser Stimme.

Ein Telegramm zittert in der Hand der alten Frau. Der Reporter liest es. Einmal. Zweimal. Dann begreift er:

»Exekutionsstopp für Malmedy-Verurteilte aufgehoben. Mit der Hinrichtung des ehemaligen Unterscharführers Brinkmann ist in Kürze zu rechnen. Antworten Sie umgehend, ob letzter Besuch erwünscht. Stop. War Crimes Prison, Landsberg.«

»Mein Gott«, sagt Peter leise.

Frau Brinkmann schweigt. Frau Triebenstein auch. Nur die Augen sprechen. Diese Sprache ist entsetzlich.

Peter spürt das Hemd am Leib. Es scheuert gegen die Haut wie eine Rotjacke. Wie ist das möglich? hastet seine Überlegung durch den Wirrwarr. Ein Irrtum? Hat Evans versagt? Um Gottes willen, wie konnte so etwas geschehen!

Die eigene Stimme klingt fremd in seinen Ohren. Kalt und hohl.

»Ich ... ich fahre übermorgen«, antwortet er mechanisch, »nach ... Amerika. Für immer.« Er macht eine vage Bewegung mit den Schultern. Ich bin in Eile, möchte er hinzufügen. Aber das Mitgefühl verschluckt den Satz.

»Amerika ...?« entgegnet Frau Brinkmann verständnislos.

»Ja«, versetzt Peter leise.

»Und Sie ... wollen, Sie ... können nichts mehr ...?«

»Was soll ich denn tun?« fragt Peter mit der Heftigkeit des schuldlos-schlechten Gewissens. »Ich ... warum denn ich! Ich kann doch gar nichts ... überhaupt nichts! ... Ich möchte ja ... verstehen Sie mich doch. Aber, wenn ein Mann wie Evans nichts ausrichten kann ... ein Amerikaner, ein Oberst, ein Jurist sogar ... und was für einer ...« Er bricht plötzlich ab. Worte schwingen hohl im Raum. Augen werden zu Zangen. Hände zu Schlingen. Der Atem zur Qual.

Frau Brinkmann nickt mit steifem Nacken.

»Ich ... ich dachte mir schon ...« schleppt sich ihre Stimme weiter, »entschuldigen Sie ... die Störung ...« Ihr letzter Mut bricht, aber die Form hält stand. Sie zieht die jüngere Begleiterin am Arm, geht.

Peter Steffens will ihnen nacheilen, bleibt stehen, starrt, schwitzt, flucht. Sein Kopf dröhnt, brummt wie die vier Motoren des Flugzeuges, mit dem er in die Neue Welt starten wird.

Schließlich greift er nach seinem Koffer, wechselt verlegene Nichtigkeiten mit der Wirtin, geht die Treppe hinunter. Dreizehn Stufen, denkt er, aber Brinkmann und Triebenstein werden sie nicht mehr hinabgehen ... nie mehr – für sie gibt es kein Zurück mehr.

Er legt den Koffer in den Gepäckraum, setzt sich neben Evelyn.

»Wo bleibst du denn so lange?« fragt sie.

»Ich bin aufgehalten worden.«

»Etwas Unangenehmes?«

»Nichts ... nichts von Bedeutung«, entgegnet er.

Evelyn betrachtet ihn von der Seite. Gut, daß du so schlecht lügst, denkt sie. Er geht doch nicht so leicht, wie er sagt. Aber ein paar Wochen, dann hat er es überstanden. Auch mir würde an seiner Stelle der Abschied schwerfallen.

»Wir müssen heute abend noch zu Snyders ... uns verabschieden.«

»Ja«, antwortet der Reporter zerstreut.

Evelyn beugt sich zu Peter hinüber.

»Glücklich?« fragt sie.

»Selbstverständlich«, erwidert er umständlich. Das Wort ist falsch. Die Miene echt. Sie wirkt in diesem Moment traurig. Denn er sitzt nicht im Auto neben Evelyn, er ist in Gedanken in Landsberg und wartet – auf den Henker.

Jetzt treibt auch das Glück Evelyns und Peters hilflos im Strudel von Malmedy.

9. Kapitel

Wie immer war das Gerücht in der Strafanstalt Landsberg schneller als die Gewißheit. Wieder wuchteten Hammerschläge durch das Haus. Wieder wurde das Gerüst des Todes aufgebaut. Und wieder wichen die Blicke der Männer in den Rotjacken so lange dem Galgen aus, bis es ihre Nacken nicht mehr konnten. Der Henker war da. Der Tod hielt Ernte. Die Sühne marschierte. Im gleichen Schritt und Tritt.

Die Gedanken der 43 Malmedy-Verurteilten rannen träge wie durch eine verstopfte Sanduhr. Immer die gleichen Gedanken durch die immer gleiche Verengung. Die Schläge fielen unregelmäßig. Aber jeder von ihnen weckte das Grauen, traf das Gewissen, zerschlug die Hoffnung, zertrümmerte den Glauben.

In dieser Stunde wurde Rehbusch zum Kommandanten gerufen. Der Major lächelte, als er ihm einen Stuhl anbot. Niemand außer ihm war im Raum. Der Offizier sprach mit halblauter Stimme, als sollte ihn niemand hören.

»Rehbusch«, begann er, »ich kenne jetzt Ihren Fall. Ich habe mich an General Clay gewandt, damit die Sache so schnell wie möglich in Ordnung kommt ... ich bedaure, daß ich Sie noch hierbehalten muß. Verstehen Sie?«

»Ja«, erwiderte Paul Rehbusch, der für seine politische Überzeugung fast fünfzehn Jahre in Konzentrationslagern und Zuchthäusern gebüßt hatte, eben weil seine Überzeugung gegen Institutionen dieser Art war.

»Ich kann Ihnen versprechen«, fuhr der Major fort, »daß Sie bald entlassen werden ... und bis dahin möchte ich Ihnen alles so leicht wie möglich machen ... Sie haben nichts mit diesen Leuten hier zu tun. Und daraus ziehe ich die Konsequenzen. Ich nehme das auf meine Kappe, denken Sie immer daran.«

»Danke, Sir«, entgegnete der Häftling überrascht.

»Ich gebe Ihnen einen Zivilanzug ... Sie dürfen die Strafanstalt verlassen, wann Sie wollen ... nur abends müssen Sie hier sein.« Der Major lächelte dürftig. »Betrachten Sie sich als mein Gast, Rehbusch. Es ist zwar nicht sehr schön hier, aber immerhin ...«

Der Kalfaktor nickte. Gast? Zivilanzug? Frei herumlaufen? Ein verdammt anständiger Kerl.

»Ich habe nur eine Bedingung: Fallen Sie nicht auf. Gehen Sie nicht in Gasthäuser und reden Sie da herum. Und dann noch etwas: Nehmen Sie keine Post heraus und mit herein. Versprechen Sie mir das, Rehbusch?«

»Ja, Sir.«

»Okay«, antwortete der Major.

Sie reichten sich die Hand. Auf einmal standen Kommandant und Häftling auf einer Ebene. Auf dem Boden des Vertrauens.

Rehbusch ging langsam zu seiner Zelle zurück. Auch er hörte die Hammerschläge. Aber entfernt, wie in Watte gepackt. Bis er an Fritz Türmer dachte, den ehemaligen SS-Mann, seinen Freund. Es wurde ihm schwindlig. Er wurde wieder Teilhaber der Angst.

In diesen Tagen arbeitete sich einer der Freiheit entgegen, schuftete wie besessen. Der ehemalige Ortsgruppenleiter Mahlert handelte verwegen, obwohl er ein Feigling war. Die Feile in seiner Hand lief mit dem Hammer am Todesgerüst um die Wette auf Leben und Tod. Der Schweiß färbte die Rotjacke dunkel. Mahlert war nicht intelligent, aber der Henker machte ihn schlau. Der frühere Hoheitsträger schob den herausbröckelnden Mörtel in die Tasche und verteilte ihn in winzige Portionen, wenn er an die frische Luft geführt wurde.

Die Steine lockerten sich, gaben nach. Mahlert brach sie heraus. Das Loch war klein. Aber es mußte genügen. Heute abend. Er schob die Steine zurück. Die schmalen Lücken zwischen ihnen waren kaum zu sehen. Nicht für den Posten wenigstens, der ab und zu gleichgültig durch das Zellenfenster hereinsah. Noch war keinem ein Ausbruch aus Landsberg geglückt.

Mahlerts Hände fieberten. Die Feile kratzte schnell und pausenlos. Ein Mann trieb ihn vorwärts, eine Erinnerung. In Uniform eines amerikanischen Fliegers. Notgelandet. In der Nähe einer kleinen Stadt. Bauern nahmen ihn fest. Dann kam der Hoheitsträger, sein Mörder und handelte. Eine Sekunde, bevor der alliierte Soldat mit dem Gesicht auf das Gras fiel, hob er die Hand, ungefähr so hoch, wie sie morgen der Henker heben wird, wenn er Mahlert den Strick um den Hals legt. Nein, stöhnte der Mann in der Rotjacke. Ich nicht. Ich will nicht sterben! Ich hab' nur einen umgebracht. War doch Krieg! Und einen darf man doch umbringen! Hängt die anderen auf! Sie haben Hunderte umgelegt. Er war ein Flieger. Sie haben Bomben geworfen. Auf Frauen, auf Kinder. Und dann hab' ich durchgedrückt. Was ist einer gegen die vielen, die im Luftkrieg blieben? Hab' halt an die Zeit geglaubt. Führer befiehl, wir folgen dir. Scheißführer! Wegen dir verreck' ich noch lange nicht. Ich hau' ab. Mich kriegen die nicht! Die haben noch genug andere, viel schlimmere ... Hab' doch nur einen umgebracht. Einen einzigen ...

Es war Abend. Die Dunkelheit stülpte sich über die Festung wie eine schwarze Kapuze. Der frühere Goldfasan trat an das Fenster. Der Posten war nicht zu sehen. Mahlert schob die Steine zur Seite, streckte die Hand hinaus. Sie war zuerst in Freiheit.

Mahlert richtete sich auf, lauschte. Nur sein eigenes Herz war zu hören. Seine Zelle lag im obersten Stock. Es wurde ihm schwindlig. Unter ihm gähnte der schwarze Hof. Und in der Mitte ein heller Fleck. Der Galgen, durchfuhr es ihn. Ein Blick gab ihm Riesenkräfte. Er preßte seinen Oberkörper weit hinaus, streckte die Arme. Sekunden später pendelte er frei an der Dachrinne. 20 Meter muß er sich entlanghanteln. Dann kommt der Abfluß. Von hier aus kann man auf das Dach des Frauenhauses kommen. Der Häftling schiebt sich weiter. Der Tod gibt ihm zwei Möglichkeiten: entweder heute zerschmettert oder morgen aufgehängt zu werden.

Jetzt weiß er auf einmal, wieviel er wiegt. Seine Arme werden klamm. Noch zehn Meter. Die Gelenke füllen sich mit glühendem Blei. Noch fünf Meter. Vor den Augen drehen sich bunte Kreise. Mahlert fletscht die Zähne. Wenn er das Rohr nicht schafft, muß er sterben. Jetzt schon, nicht erst morgen früh.

Er rutscht vorsichtig an dem Blech abwärts. Die Rinne wetzt am Stein. Es scheppert. Aber die amerikanischen und polnischen Posten unten im Hof dösen. Wie sollten sie darauf kommen, daß sich erstmals ein Gefangener von Landsberg durch die steinernen Mauern frißt?

Er liegt flach auf dem Dach. Er robbt wie ein Rekrut, ohne Ausbildung freilich, denn er hatte es immer vermieden, Soldat zu werden. Mahlert macht sich platt und klein, windet sich wie eine Schlange. Er erstarrt. Ein Scheinwerfer tastet sich über ihn.

Es ist Routine, nicht Entdeckung.

Er schiebt das Gesicht über den Dachrand. Ein Sprung von zwei Metern. Dann ist er auf der Außenmauer. Gelungen. Noch ein Sprung. Fünf Meter diesmal. Nach unten. Auf den Boden. In die Freiheit. Fünf Meter bloß. Die Fallschirmjäger mußten im Krieg diesen Aufprall aushalten. Dabei sprangen sie in den Tod, nicht in das Leben.

Der Ausreißer plumpst nach unten. Ein Fuß knickt um. Er fällt mit dem Gesicht auf die Erde, erhebt sich, humpelt los. Kein Schuß. Kein Alarm. Kein Hund bellt.

Geschafft.

Mahlert lacht und lacht, hysterisch, während er über den Acker rennt. Ohne mich, denkt er.

Es ist wie ein Rausch. Räusche sind flüchtig. Mahlert hastet und humpelt. Die Luft bläht seine Lungen. So stark, daß er fast ohnmächtig wird. Er braucht lange für den Weg zur Stadt, obwohl ihn der Scharfrichter vorwärtstreibt. Er setzt sich auf eine Bank, steht Sekunden später auf, taumelt weiter, lehnt sich gegen Zäune, gegen Bäume, wenn die Kniekehlen zucken, sieht die ersten Passanten, erschrickt zu Tode. Mein Gott, die Rotjacke! Er reißt sie herunter, wirft sie weg, läuft im Unterhemd weiter, tastet sich am Stadtrand entlang, erreicht die Landstraße. Noch kein Alarm in der Festung!

Glück für Mahlert, Pech für den Kommandanten. Auch die Landsberger hängen keinen ...

Plötzlich steht der Ausbrecher im gleißenden Strahl eines Autoscheinwerfers. In der ersten Sekunde will er beiseite springen, querfeldein flüchten. Dann ist sein Instinkt stärker als die Nerven. Er bleibt stehen, hebt die Hand, winkt, bittet, fleht.

Der Fahrer hält. Die Türe des Führerhauses öffnet sich. Der Mann in der Lederjacke betrachtet Mahlert.

»Landstreicher, was?« brummt er, »und so spät noch auf der Walz?«

Der Flüchtige folgt dem plötzlichen Impuls, appelliert an falsches Solidaritätsgefühl.

»Ich war eingesperrt«, erwidert er hastig, »von den Amis ... bin abgehauen.«

»So«, entgegnet der Fahrer gedehnt. »Dann sieh zu, daß du weiterkommst.«

»Nimm mich mit ... bitte, nimm mich mit!«

Der Chauffeur überlegt kurz. Er hat nichts für die Amis und nichts gegen sie. Er empfindet nichts für den Ausbrecher und nichts gegen ihn.

»Steig ein«, erwidert er verdrossen.

Der Wagen rollt. Die Tachometernadel zittert, klebt bei 50. Ortsschilder huschen vorbei. Mahlert starrt in die Nacht. Wenn sie meine Flucht entdeckt haben, denkt er, können ihre Posten schon bereitstehen. Er kauert sich zusammen wie zum Sprung.

»Bist aber still«, sagt der Fahrer. »Warum haben sie dich eingebuchtet?«

»Lappalie«, erwidert der Ortsgruppenleiter. Er lacht. »Politische Geschichte ...«

»Scheißpolitik«, entgegnet der Chauffeur. Er zündet sich eine Zigarette an, sieht den begehrlichen Blick seines Passagiers, reicht ihm widerwillig eine »Camel«.

Und weiter rattert der Lkw. Plötzlich steht er. Mahlert schreckt hoch.

»Ich bin da«, sagt der Fahrer. »Ingolstadt. Hau ab und laß dich nicht erwischen!«

Der Flüchtende gleitet schnell aus dem Führerhaus. Ein paar Meter ist er noch im Licht des Scheinwerfers, dann verschluckt ihn die Nacht. Er geht weiter. Richtung Nürnberg. Ins Ungewisse.

Zu dieser Stunde wurde in Landsberg seine Flucht entdeckt. Der Kommandant ließ das Gelände absuchen. Mit Hunden. Sie nahmen die Spur auf, verfolgten sie bis zu dem Lastauto. Dann mußten ihre Nasen versagen.

Warnung an alle Polizeistationen! So sehr die Morsetaste auch tickte, der Kommandant war ratlos. Einer konnte entkommen. Vielleicht nur für Stunden. Oder für immer.

Noch in der Nacht geisterte die Nachricht durch die unsichtbaren Kanäle, über die sich Häftlinge in allen Gefängnissen der Welt verständigen.

Oberst Henze, der Angeklagte Nummer eins von Malmedy, hob den Kopf. Sonst wies er Gerüchte weit von sich. Flucht, dachte er, und so etwas ist einem »Goldfasan« gelungen? Und wir, die früheren Soldaten, warten auf das Jüngste Gericht! Er ging in seiner Zelle hin und her. Es war still. Unheimlich still. Auch am Todesgerüst wurde nicht gehämmert. Es stand fertig. Und der Morgen, vor dem den Gefangenen graute, graute bereits.

Der neue Tag serviert Peter Steffens eine Vorladung zum amerikanischen Konsulat. Evelyn begleitet ihn. Auf dem Gebäude der früheren Gauleitung München-Oberbayern weht jetzt die amerikanische Flagge. Der Reporter klopft mit Evelyn beim Vizekonsul an.

»Take it easy«, sagt der Vizekonsul.

»Was?«

»Ihr für drei Monate erteiltes Visum ist abgelaufen ... Sie wollten es verlängern lassen.«

»Ja«, erwidert Peter.

»Tut mir leid«, entgegnet der Beamte. »Sie müssen einen neuen Antrag einreichen.«

»Aber das ist doch Unsinn«, schaltet sich Evelyn ein. »Unsere Maschine geht übermorgen.«

Der Beamte bedauert höflich. Das Mädchen wird heftig.

»Das ist eine Schikane«, versetzt sie, »nichts weiter. Ein lächerlicher Übergriff der Bürokratie!«

»I'm sorry«, entgegnet der Vizekonsul abschließend. »Ich habe meine Vorschriften, und ich sitze hier, um sie auszuführen, ohne Rücksicht darauf, ob sie umständlich sind oder nicht.«

»Ich werde mich beschweren!« Der weibliche Ex-Sergeant faßt Peter am Arm, zieht ihn aus dem Zimmer. »Ich fahre zu Colonel Miller. Er muß uns helfen ... So ein Tropf.« Evelyn fährt erregt ab.

Peter ist allein. Er geht zerstreut durch die Stadt. Seine Füße haben ein Ziel, ohne daß es der Kopf weiß. Auf einmal steht er vor dem Hotel, in dem Frau Brinkmann wohnt, wenn sie nach München kommt. Er wird mit der letzten Unschlüssigkeit fertig. Ich will nichts von ihr, denkt er. Ich kann ihr auch nicht helfen. Aber das möchte ich ihr noch einmal erklären. In Ruhe. Nicht so heftig wie gestern. Ich werde ihr einen Durchschlag meines Malmedy-Berichts geben. Sicher wird das nichts nützen. Aber versuchen soll sie es wenigstens.

»Zimmer elf«, sagt der Portier.

Peter zählt die Stufen beim Hinaufgehen. Fünfzehn. Am Korridor drängen sich Menschen zusammen. Zuerst will er sich an ihnen vorbeischieben. Dann hört er Worte, Sätze . . . »Der Arzt ist ja schon da«, sagt der Hotelier beruhigend, »vielleicht noch nicht zu spät.«

Dann geht die Türe auf. Die Worte gefrieren im Mund. Die sechs, sieben Zaungäste des Unglücks weichen scheu zurück. Der Arzt ist klein und rundlich. Er trägt eine Aktentasche in der Hand, schüttelt den Kopf.

Die Tür steht offen. Peter sieht hinein. Seine Beine stehen fest. Seine Augen taumeln. Er erkennt die Tote sofort. Die Lider sind halbgeschlossen, das Gesicht ist wachsgelb, die Lippen etwas aufgequollen, die Hände verkrampft.

»Mein Gott«, sagt Peter halblaut.

Es ist die Frau des Häftlings Triebenstein. Weil sie die Hinrichtung ihres Mannes nicht erleben wollte, starb sie vor ihm. Der letzte Schritt war das Produkt vieler Nächte ohne Schlaf. Gestern nahm sie Tabletten. 30 oder 40. Und zum erstenmal seit langer Zeit konnte sie einschlafen.

Es war kein Ausweg. Aber ein Ende. Jetzt, da die großen, dunklen Augen nicht mehr lebten, wirkte das Gesicht, die Stirne, die Wangen, der Mund einer Dreißigjährigen, die vor Jahren noch schön war. Damals erlebte sie diese Zeit gedankenlos und bequem an der Seite eines SS-Offiziers, der als Funktionär der fatal blonden und fahlblassen Herrenrasse mit ihrer staatlichen Schädelmessung an bevorzugter Stelle stand. Deshalb büßte er jetzt auch bevorzugt.

Damit brach für seine Frau eine Welt zusammen. Sie hatte nicht die Gabe wie die Mutter Brinkmanns, still zu kämpfen und lautlos zu leiden. Sie fand keinen Trost und keine Hoffnung. Das Leben wurde unerträglich für sie, als sie in einsamen Nächten begann, an der Unschuld ihres Mannes zu zweifeln. Und so machte sie in ihrem Leben erst dann von sich reden, als sie es weggeworfen hatte.

Peter reißt die Augen von der Toten los. Um Gottes willen, denkt er . . . Er sieht auf den Boden. Er spürt die Hand auf seinem Arm nicht.

Dann erkennt er Frau Brinkmann. Er will etwas sagen, schafft es nicht.

Sie schüttelt langsam den Kopf.

»Sie können nichts dafür«, sagt sie ruhig. »Machen Sie sich keine Vorwürfe.« Ihr Blick brennt auf seinem Gesicht. Die gütigen Augen einer Mutter, die den eigenen Sohn verlieren wird – und einen Fremden trösten will.

Auf einmal hat der Reporter Peter Steffens die Empfindung, daß seine eigene Mutter den Arm um seine Schultern legt. Seine Gedanken vergessen die Gegenwart, die Unterredung im Frühstücksraum mit Frau Brinkmann. Für Sekunden sieht er seine Mutter vor sich. Sie lächelt ihm wehmütig zu, wie damals, als er an die Front fuhr, als er sie zum letztenmal sah. Drei Wochen später kam die Bombe. Volltreffer. Frau Steffens war tot. Gestorben durch ein Geschoß amerikanischer Herkunft. Aber Peter wußte, daß jede Bombe des Zweiten Weltkrieges in Wirklichkeit von Hitler geworfen wurde.

Er schüttelt die Erinnerung ab. Seine Augen gleiten offen über das Gesicht der Frau Brinkmann. Die Befangenheit fällt von ihm ab. Er ist ruhig und beherrscht.

»Ich mußte Sie noch einmal sprechen«, beginnt er. »Ich wollte Ihnen alles erklären. Sie sollen nicht den Eindruck haben, daß ich mich hier wegschleichen würde.«

Die müde, alte Frau, deren Begleiterin in der vergangenen Nacht Selbstmord verübt hat, nickt.

»Ich hätte so etwas niemals gesagt«, antwortet sie ruhig.

Es waren auch nicht deine Worte, sondern deine Augen, überlegt Peter.

»Sehen Sie ... da ist eine Frau, ein Mädchen ... Evelyn ... wir lieben uns. Sie ist Amerikanerin ... übermorgen geht unsere Maschine. Glauben Sie mir ... ich würde hierbleiben, wenn ich Ihnen helfen könnte ...«

»Sie ist sicher sehr schön ...«

»Ja.« Peter lächelt matt. »Das ist es nicht allein.«

»Und Sie sind ... sehr glücklich?«

Verdammt, denkt Peter. Er sagte es, als die Nachricht von der Bombe kam ... Er murmelte es, als er sich über seinen Freund beugte, dem eine Granate den Kopf abgerissen hatte ... Er fluchte es, als die Russen ihn über die schutzlose Ebene jagten. An jedem Tag des Krieges gebrauchte er diese Parole der Hölle. Er quetschte sie mit Verzweiflung, mit Inbrunst, mit Haß, mit Stumpfsinn über die Lippen. Und auch jetzt greift er, in Gedanken wenigstens, zu dem Patentwort. Es versagt wie immer.

»Ich möchte Ihnen helfen«, erwidert er hart.

»Ich weiß.« Ihre Hände liegen still in ihrem Schoß. Ihr Gesicht entspannt sich. Das Lächeln kommt unendlich langsam. Es steht zwischen Hoffnung und Haltung, zwischen Verstehen und Verzweiflung.

»Ich bin eine dumme alte Frau«, sagt Mutter Brinkmann ruhig, »... und ich laufe Ihnen immer wieder über den Weg. Ich weiß, daß Sie mir helfen wollen. Und ich weiß auch, daß Sie es nicht können... Aber ich bin so allein... verstehen Sie? Mitunter brauche ich einen Menschen... wie Sie, mit dem ich sprechen kann... nur sprechen.« Ihre Hände bitten stumm.

Peter steht auf.

»Ich könnte... hierbleiben.«

»Nein... fliegen Sie. Mit ihr.« Ihre Augen glänzen. Aber ihr Gesicht bleibt ruhig. »Ich wünsche Ihnen alles... alles Gute... Ich danke Ihnen, Herr Steffens.«

»Ich habe die ganze Malmedy-Affäre zusammengestellt. Ich gebe Ihnen einen Durchschlag meines Berichts... Sie können ihn verwenden, soweit er Ihren Sohn betrifft.« Peter nimmt das Manuskript aus seiner Brusttasche, gibt es Frau Brinkmann. »Ich konnte es nicht veröffentlichen«, setzt er hinzu. Seine Stimme ist heiser. Auf seiner Stirne stehen Falten.

Ich darf das nicht tun, überlegt er, ich darf ihr keine Hoffnung machen. Vielleicht hat sie sich schon abgefunden, obwohl – eine Mutter findet sich nie damit ab. Auch hinterher nicht. Ob ihr Gesicht nicht mehr taugt als alle Beweise? Ob es in der Umgebung von General Clay nicht einen Mann gibt, der sich auf Gesichter versteht? Unsinn, sagt sich der Reporter, das Gesicht der Mutter eines Unschuldigen ist genauso gequält und müde wie das der Mutter eines Mörders. Aber wenn sie einen Zeugen braucht, einen unbefangenen, unbeteiligten?

»Ich hoffe noch immer«, sagt Peter.

»Ich auch«, antwortet Frau Brinkmann. Sie gibt dem Reporter die Hand. Ihre Augen sind schon woanders. In einer Ferne, die ungefähr an den äußeren Mauern von Landsberg endet.

Peter geht. Seine Beine sind steif. Seine Gedanken ledern. Sein Blick starr, nach innen gekehrt. Hier toben die Bilder, die Gedanken, zuerst die eigene Mutter, dann Frau Brinkmann und zwischen beiden ein steifes, endgültiges, wachsgelbes Gesicht, Frau Triebenstein. Gestorben an Verzweiflung. Ein Problem ist zur Hälfte gelöst. Aber um welchen Preis.

Evelyn kämpfte einen Vormittag lang wie eine Löwin um Peters Visum. Sie schämte sich fast, daß Amerika, ihr Land, den Mann, den sie liebte, so kühl behandelte. Sie lief von Stelle zu Stelle, bettelte oder beschimpfte die Bürokratie, und unbewußt lauerte hinter der Heftigkeit die Enttäuschung, daß sich Peter um gar nichts kümmerte, ihr freie Hand ließ. Schließlich war es doch sein Visum. Evelyn schüttelte den Gedanken ab. Ist ja Unsinn, sagte sie sich, eine Amerikanerin wie ich erreicht doch viel mehr als er.

An Colonel Miller blieb das junge, hübsche Mädchen hängen. Auch er bekannte sich zu seinen Vorschriften. Peters Visum war abgelaufen. Es mußte ein neuer Antrag gestellt werden.

»Er bekommt es bestimmt«, versprach der Oberst lächelnd, »es dauert nur ein paar Wochen länger ... um so schöner wird die Hochzeit ...«

Peter ist schon zu Hause. Er geht in dem leeren Zimmer rastlos auf und ab, liest die Zeitung.

»Vor neuen Hinrichtungen in Landsberg«, heißt eine Schlagzeile.

Evelyn nimmt dem Reporter die Zeitung aus der Hand, hält seine Hände fest.

»Peter, übermorgen geht unser Flugzeug«, sagt sie leise.

Er sieht an ihr vorbei, nickt, lächelt gequält. Übermorgen hängt man vielleicht auch Brinkmann, denkt er ...

Über ihre helle Stirn flüchtet ein Schatten.

»Ich schaffe es noch«, sagt sie lebhaft ... »ich lasse den Miller Miller sein. Ich habe mich für morgen beim General angemeldet«, Evelyn stupst Peter in die Seite, »und sogar eine Sprechzeit bekommen.«

Er fährt ihr flüchtig über das Haar.

»Du hörst ja gar nicht zu!« Ihre Augen sind groß und erschrokken.

»Doch, doch.« Er spricht nach: »... Sprechzeit bekommen.«

Evelyn steht auf, streicht ihren Rock glatt.

»Was ist los, Darling? Ich merke es schon seit gestern ...«

»Nichts«, erwidert Peter dumpf.

»Warum sagst du es mir nicht?«

Er steht auf, steckt die Hände in die Hosentaschen, stößt mit dem Fuß zerstreut einen Koffer an.

»Es ist vielleicht nur eine ... was weiß ich ... Anwandlung von mir«, beginnt Peter. Dann sieht er Evelyn in die Augen, packt sie entschlossen an der Schulter, sprudelt heraus, was ihn quält, die Begegnung mit Brinkmanns Mutter, den Selbstmord der Frau Triebenstein, das starre Gesicht in den Kissen ... die leisen Worte der Frau Brinkmann ... »Machen Sie sich keine Vorwürfe. Sie haben bestimmt keine Schuld ...«

Peter bricht ab, betrachtet Evelyn, seine zukünftige Frau, die ihn ein Leben lang verstehen soll, fragend und verloren.

»Frau Brinkmann hat völlig recht«, erwidert sie leise, » ... warum solltest du schuld sein?«

Peter atmet tief und schwer. Das Schweigen zwischen ihm und

Evelyn wird zur Kluft, in die Gefühl, Verständnis und Unbefangenheit stürzen. Die junge Amerikanerin fühlt es und will eine Brücke schlagen.

»Peter«, bittet sie, »denk doch nach ... wie willst du den Lauf dieser fürchterlichen Geschichte ändern? Ob wir fahren oder nicht, diese Leute werden sterben ... oder nicht sterben ... was auch geschieht, du kannst es bestimmt nicht beeinflussen!« Sie lächelt gequält. »Bleib auf dem Boden, Peter, wie immer. Hast du neues Beweismaterial? Kannst du etwas bringen, was nicht alle Instanzen längst wissen?« Sie lehnt sich leicht gegen seine Schultern. »Darling«, fährt sie fort, »glaub mir, ich wäre die erste, die sagen würde, daß es unsere Pflicht ist, hierzubleiben. Aber so?« Sie schüttelt den Kopf. Sie ist durch und durch vernünftig. Aber auch bei ihr nagt das Mitgefühl an der Vernunft.

»Ja«, antwortet er knapp, »du hast völlig recht Evelyn.« Er hebt ratlos die Schultern. »Nur ... ich habe keinen Mut, es Frau Brinkmann zu sagen ... sie ist so beherrscht. Und das ist das Gemeinste, diese stille, tapfere Verzweiflung ... verstehst du ... Ein heftiges Wort, die Andeutung eines Vorwurfs nur ... und ich würde mir nicht einen Gedanken darüber machen. In ihrer Not klammert sie sich auch noch an einen Strohhalm wie mich.« Peter wird laut, ohne es zu wollen. Seine Fäuste zucken. Seine Augen glänzen hart und hell. »Natürlich kann ich nichts tun. Gar nichts! ... Sie will zu General Clay.« Er lacht hohl und trocken. »Ich könnte sie begleiten ... nützt natürlich gar nichts. Aber wenn ich ihr nur den Arm gebe, damit ich sie beim Verkehr heil über die Straße bringe ... Verstehst du, Evelyn? ... Wenn sie nur den Eindruck hätte, daß einer etwas für ihren Sohn täte ...«

Die Worte hallen im leeren Zimmer. Peter versucht unbeholfen, Evelyn zu streicheln.

Das Mädchen senkt den Kopf. Die helle Haarsträhne fällt aus dem Scheitel in die Stirne.

»Was willst du tun?« fragt Evelyn leise.

Der Reporter überlegt. Die Zunge macht sich selbständig, sagt, was er denkt:

»Ich ... ich meine, jetzt ... wir haben ohnedies die Schwierigkeit mit dem Visum ...« Er fährt sich mit der Hand an die feuchte Stirne. »Ich bin nicht abergläubisch. Aber es kommt mir vor wie ein Wink ... es soll noch nicht sein, daß ich fahre ... ich muß der alten Frau noch irgendwie helfen, und wenn es noch so unsinnig ist ... Versteh mich bitte richtig.«

Evelyn strafft sich. Die Resignation kommt zu früh, zu heftig.

»Gut, daß du das sagst«, erwidert sie, »dann brauche ich mich ja nicht weiter um dein Visum zu bemühen.«

»Aber Evelyn . . .« Er dreht sich um, sieht zum Fenster hinaus, »ist ja noch nichts Endgültiges, alles ist noch im Fluß . . .« Er zitiert ihre Worte von vorhin: »Bleib du doch auch, bitte, auf dem Boden.«

»Nein«, antwortet sie, zum erstenmal böse. Ihr Lächeln ist bitter. »Ich bleibe nicht auf dem Boden. Ich werde fliegen. Übermorgen. Entweder mit dir. Oder ohne dich.«

Die Worte der beiden jungen Menschen kommen jetzt schneller als überlegt. Und hinter ihnen postiert sich der Trotz. Evelyn will sich nichts vergeben. Natürlich versteht sie ihn. Aber da ist eine andere Enttäuschung, die außerhalb jeden Verständnisses ist. Und die junge Amerikanerin ist wie jede andere Frau, die einen Mann sehr liebt und nicht begreifen kann, daß es noch etwas Wichtigeres gibt als sie. Und Peter ist enttäuscht, daß sie ihn nicht versteht. Vielleicht würde sie nach einer einzigen Begegnung mit Mutter Brinkmann ihn sogar bitten, hierzubleiben. Aber Evelyn wird ihr nicht begegnen. Sie wird starten. Übermorgen. Von Frankfurt aus. Mit oder ohne Peter.

10. Kapitel

Atlanta, Hauptstadt von Georgia. Bevor die feingliedrigen Finger die Hülle des Telegramms vom Pentagon in Washington aufrissen, kannte Colonel Evans den Inhalt. Die Worte standen in einer Reihe, wie an einem Strick aufgehängt ...

»Hinrichtungsstopp für Malmedy aufgehoben. Vierzehn Begnadigungen erwogen. Exekution angeordnet.« Darunter stand der Name des Richters im Generalsrang.

Evans legte das Telegramm auf den Schreibtisch, nickte, blickte ins Leere, ausgebrannt.

Alice trat neben ihn. Der Rechtsanwalt merkte nicht einmal, als seine Frau das Telegramm von der Platte nahm und las. Er sah nicht, daß sie zusammenzuckte.

»Was nun?« fragte sie leise.

»Aus«, erwiderte er tief, mit einer Stimme ohne Halt.

»Und?«

»Kein und.«

»Keine Möglichkeit mehr?«

»Nichts mehr.«

Alice setzte sich auf den Schreibtisch, schlug die Beine übereinander. In dieser furchtbaren Situation brachte sie es noch fertig, burschikos zu wirken. Und sie, die Frau, die in ihrem Haus, in ihren beiden Kindern und der Zuneigung zu ihrem Mann aufging, dachte auf einmal logischer als der gefürchtete Strafverteidiger.

»Nein!« sagte sie unvermittelt und wartete, bis er sie ansah, »du hast so viel in dieser Sache getan, Burt. Ich habe dich anfänglich gebeten, diesen Malmedy-Fall liegenzulassen ...« Ihre Stimme wurde hart wie ihre Augen. »Und heute beschwöre ich dich, nicht aufzugeben!«

»Es gibt nichts mehr zu tun«, sagte er.

»Doch! ... Senator Chambers. New York. Die letzte Notbremse. Du mußt sie ziehen. Hörst du, Burton Evans! Du würdest nie darüber hinwegkommen, wenn du jetzt ...«

Zuerst hörte Evans nicht. Dann verstand er endlich. Dann griffen seine Hände nach dem Hörer. Dann kam das Gespräch.

»Sie, Evans?« erwiderte der Senator. » ... Nein, nicht am Telefon. Wann können Sie hier sein?«

»Morgen«, entgegnete der Rechtsanwalt. Und dabei stellte er fest, daß morgen vielleicht schon gestern sein könnte.

Das Gefängnisorchester spielt. Lebenslängliche und Häftlinge auf Zeit streichen den Bogen, schlagen den Baß, blasen Trompete. Die Musik ist nicht lustig. Der Anlaß noch weniger. Es ist die Ouvertüre zur Exekution. Ein Wunschkonzert des Todes. Wenn die Musiker ihre Noten zusammenraffen, packt der Henker seine Stricke aus. Ein paar Takte Musik. Ein paar Stunden noch im Konzertsaal des Grauens.

Die Musiker haben sich zusammengespielt. Landsberg bot ihnen Gelegenheit. Tagsüber Probe. Nachts Premiere. Die Schuld geigt nach Noten. Die Kapelle spielt, was gewünscht wird. Nur der Geschmack wechselt, sonst ist alles erlaubt. Getragene Musik, flotte Rhythmen, traurige Weisen. Der langsame Satz aus der Eroica, »Sah ein Knab ein Röslein stehn« und »Die blauen Dragoner, sie reiten«. Die Kapelle erfüllt die Wünsche der Männer, die im Morgengrauen sterben werden. Nur das Horst-Wessel-Lied ist untersagt. Die Fahne steigt auch nicht mehr hoch, sondern das Hakenkreuz weht schlapp im Rhythmus des letzten, dumpfen Trommelwirbels.

Der Ortsgruppenleiter Mahlert, der sein Leben für die verwegene Flucht über die Dächer von Landsberg riskierte, vertraute es vergeblich der Dachrinne an. Er kam nur bis Nürnberg. Zigaretten wollte er kaufen. Am Schwarzmarkt vor dem Hauptbahnhof. Der Captain, der an ihm vorbeikam, hatte die »Stars and Stripes«, die amerikanische Armeezeitung, in der Tasche. Auf der ersten Seite war zweispaltig das Bild des geflüchteten Landsberger Häftlings. Der Offizier erkannte ihn wieder, nahm ihn fest. Der Mörder eines alliierten Soldaten überlebte seinen ersten Hinrichtungstermin nur kurze Zeit. Ein Polizeiauto schaffte ihn zurück.

Der Kommandant verweigerte den Respekt über die tollkühne Flucht nicht. Auch nicht der Sergeant, der kurze Zeit später an die Zelle klopfte und »Bibel, Bilder, Decken« sagte.

So ist Mahlert jetzt im Todeskeller. Seine Magennerven haben keinen Appetit auf das Essen. Seine Ohren keinen auf die Musik und seine Augen nicht auf den Mann, der vor ihm steht.

Es ist der junge, drahtige Captain, der ihn in Nürnberg festnahm. Er ist gekommen, weil er Amerikaner ist. Vielleicht dachte er, es kommt kein Mensch zu dem Mann, den ich festnahm, und der vielleicht nicht gehängt würde, wenn ich ihn nicht erkannt hätte. Es ist eine echte, natürliche Geste, ohne Sentimentalität.

Mahlert brüllt:

»Hinaus!« Sein Geschrei geht in Geheul über. Er rüttelt an den Gitterstäben. Aber an seinem Ende ist nicht zu rütteln.

»Sorry«, sagt der Offizier. Dann dreht er sich um und geht. Er fröstelt, als er die Türe schließt, rückt sich mit fahriger Bewegung den Schlips zurecht. Der Besuch sollte eine faire Geste sein. »Sorry«, sagt der Captain noch einmal zu sich selbst.

Die Musik reißt ab. Fertigmachen zum Sterben, heißt das. Hinter dem dräuenden Morgen humpelt der Henker. Wenn die Sonne aufgeht, ist das Leben für den Ortsgruppenleiter Mahlert und sieben andere untergegangen. Er ist der erste. Die MPs müssen ihn vom Boden aufheben. Er schlägt wortlos um sich. Dann schnappen die Handschellen zu.

Jetzt brüllt er. Auf einmal begreift ein stupider Mörder etwas von dem Zusammenhang zwischen Ursache und Wirkung. Und an den eisernen Schellen spürt er, daß er diese Folgen nicht durchbrechen wird. In den letzten Minuten vor seinem Tod erfährt er eine Wahrheit, die den meisten Nationalsozialisten ein Leben lang verborgen blieb: daß sich jedes Unrecht rächt; daß man Recht und Gesetz nicht erwürgen kann, ohne dereinst selbst von der Strafe erwürgt zu werden; daß man keinen Menschen ermorden kann ohne die Gefahr, einst selbst getötet zu werden.

Mahlerts Hände sind gebunden. Die schwarze Kapuze über den Kopf gezogen. Die Bohlen rasseln. Die Klappe kreischt. Der Strick spannt. Er schnürt die Angst ab. Und auch die Reue. Mahlerts Genick bricht in dem Augenblick, als er versteht, was er begreifen mußte.

»The next«, sagt der Henker. Jeweils der gleiche Scharfrichter für verschiedene Schuld. Von einem Mordfall bis zu 90 000.

»Ich bin unschuldig!« brüllt der nächste. Dann der übernächste. Dann der dritte, röcheln fast alle.

Dabei wird das heutige Kontingent des Verbrechens vom Stammpersonal des KZ Buchenwald gestellt. Buchenwald liegt am Stadtrand von Weimar. Weimar, die Goethe-Stadt. Von ihm wissen die Delinquenten wenig, und wäre er ihnen zu den besseren Zeiten der Totenkopfverbände im Lager Buchenwald begegnet, sie hätten ihn vermutlich genauso zielstrebig liquidiert wie ihre anderen Opfer.

Im Jahre 1948 ist der Abstand zwischen den einzelnen Hinrichtungen größer geworden. Der Henker greift sich an einem Tag höchstens zehn. Noch immer kauern die Malmedy-Verurteilten vollzählig in ihren Zellen. Es ist, als ob der Scharfrichter ihnen in einem weiten Bogen ausweichen würde. Vielleicht nur bis zum nächsten Mal. Oder für immer. Keiner wagt es, darauf zu setzen. Und doch hoffen sie alle, zumindest heimlich. In Landsberg hat das Sterben die Hand an der Hosennaht des Lebens.

Die Männer um Oberst Henze wissen, daß der vorläufige Hinrichtungsstopp aufgehoben ist. Das Grauen pflanzt sich vom Galgenhof fort, geistert über Gänge, schleicht sich in die Zellen, huscht über Gesichter. Noch einmal davongekommen, heute.

Auf einmal ist bei den Malmedy-Leuten alles wie früher. Sie sehen zum Kommandeur auf, gehorchen, militärisch exakt. Es ist der Teil eines Plans, den Oberst Henze in Tagen und Nächten ausarbeitete mit der gleichen Präzision, die damals während der Ardennenoffensive seinen Vormarsch tief nach Belgien hinein auszeichnete.

Der Oberst bereitet einen Massenausbruch vor. Er will nur Malmedy-Leute mitnehmen. Die aber ausnahmslos, soweit sie zum Tode verurteilt wurden. In den letzten Tagen organisierte er eine lückenlose Verbindung der Häftlinge untereinander. Einzelne gutmütige GIs tauschten die Bücher der Gefangenen untereinander aus. Sie gaben damit, ohne es zu wissen, Informationen weiter. Von nun an diente der Spaziergang im Hof, das Duschen im Keller, der Essenempfang am Gang der Flucht-Regie.

Henze stellt Gruppen zusammen, ernennt Führer, schreibt den Fluchtweg bis in alle Einzelheiten vor. Er weiß, daß dieser verwegene Plan nur dann gelingt, wenn er von außen unterstützt wird, wenn in unmittelbarer Umgebung der Mauern von Landsberg Zivilkleider, Geld, Papiere und Autos bereitstehen. Deshalb muß ein Brief mit Sicherheit aus der Festung herausgelangen. Wenn ihn der Kommandant abfängt, ist der Fluchtplan gescheitert.

Oberst Henze geht alle Möglichkeiten durch. Plötzlich bleibt er stehen, horcht. Nichts zu hören. Jetzt muß es mit dem dritten soweit sein, denkt er. Dann marschiert er weiter in seiner Zelle.

Vor seiner Tür steht Corporal Jack Pearson und langweilt sich. Früher war er an Hinrichtungstagen unsicher und hilflos. Jetzt ist er schon über ein Jahr in Landsberg. Und das Grauen hat sich abgenutzt. Schreien und Röcheln, Toben und Beten sind für ihn zu Fabrikgeräuschen geworden. Zu Hause in Detroit arbeitet er in einer dröhnenden Montagehalle von Ford, hier als Wachhabender. Jede Arbeit hat ihre Musik, man gewöhnt sich daran, auch wenn man unmusikalisch ist.

Pearson dreht sich träge um, starrt auf die lange Reihe der offenen Zellenklappen. Die Gefangenen sitzen wie verschreckte Tiere in den äußersten Ecken ihrer Käfige.

Wieder ein Hinrichtungstag. Und wieder sterben sie, wie sie einst sangen, im Geiste mit.

Der Corporal hat nur die Kontrolle über seine Kameraden. Er nimmt sie lässig wahr, nachlässig. Er spitzt die Lippen und pfeift vor sich hin, steuert durch die elektrisch gesicherte Tür, die den Flügel abschließt, wendet sich nach links. Er passiert das Schild: »Die

Frauenabteilung darf nur mit Genehmigung des Kommandanten betreten werden.«

Pearson grinst. Der Kommandant hat jetzt andere Sorgen, denkt er. Solange man Männer hängt, kann man Frauen nicht beaufsichtigen.

Er begrüßt den Wachhabenden des Frauenhauses, der den Spitznamen »Haremswächter« führt.

»He, Bill«, ruft er, »was ist mit der Neuen?«

»Nichts für dich«, antwortet der Sergeant. Aber er geht mit ihm über den Gang, der genauso aussieht wie jeder andere in Landsberg.

Bill deutet auf eine Zelle rechts. Jack Pearson tritt an das Guckloch heran, starrt in das Innere.

»Brrr«, macht er und schüttelt den Kopf. Er sieht eine grauhaarige Frau mit einem strengen Pagenkopf und noch strengeren Gesichtzügen.

Der Haremswächter grinst.

»Ja, von der laß die Finger. Das ist eine Ärztin, die kuriert dich zu Tode. Die hat ihre Erfahrungen . . . Eine Spritze, und weg bist du.« Die beiden Unteroffiziere gehen zur nächsten Zelle, sehen wieder durch das Bullauge der Türe. Eine Frau in mittleren Jahren, mit Strickweste, starrt auf den Boden.

»Schon vergeben«, kommentiert der Wachhabende der Frauenabteilung. »Sie hat einen Flieger auf dem Gewissen. Aber jetzt weiß sie, was ein Yankee wert ist.«

In der dritten Zelle ist Marina, die Tschechin. Eine Flut kastanienroter Haare schwimmt auf der grauen Wolldecke. Das Mädchen liegt auf dem Rücken, sorgfältig frisiert, manikürt und geschminkt.

Der Wachhabende sperrt auf. Er lacht.

»Wenn sie dir nur nicht die Augen auskratzt!«

Marina spricht fließend englisch.

»Hello, darling«, feixt Pearson, als er breitbeinig und schmalhüftig in der Zelle steht.

Die Tschechin fährt hoch, preßt die Lippen aufeinander. Aber sie bleiben voll und weich.

»Besuch«, sagt Pearson, »damit es nicht so langweilig ist.«

»Von mir aus«, antwortet das Mädchen und tritt dabei einen Schritt zurück.

»Zigarette?« fragt er gönnerhaft.

Marina nimmt sie mit spitzen Fingern.

»Come on«, lacht er, »nicht so steif . . .« Er läßt sich auf die Pritsche fallen, schlägt die langen Beine übereinander.

Marina raucht und sieht an dem Mann entlang. Plötzlich sinkt die

Hand mit der Zigarette nach unten. Da, da ist es wieder! Diese Geräusche! Als ob einer unter Druck stöhnt. Das Trampeln von vielen Schritten. Von weit her, und doch nah, gefiltert und doch laut.

»Was ist das?« fragt sie hastig.

Pearson schnippt mit der Unterlippe. Seine Hand fährt mit einer eindeutigen Geste an den Hals.

»Schon der sechste, heute morgen«, kommentiert er. »Sie hängen deutsche Kriegsverbrecher . . . was dagegen?«

Ihre Knie werden weich. Der Corporal ärgert sich, daß er keinen Schnaps mitbrachte. Auch er könnte einen gebrauchen. Vielleicht ist er gar nicht so salopp, wie er sich gibt. Vielleicht flüchtete er nur in die Frauenabteilung, weil er sich an die »Fabrikgeräusche« von Landsberg doch noch nicht gewöhnte.

Er legt seinen Arm um Marinas Schultern. Sie zuckt zusammen.

»Don't worry«, brummte er.

Marina muß immer wieder nach draußen horchen. Vielleicht ist das Hören schlimmer als das Sehen. Auch dem Corporal geht es so. Auch er spürt den Druck im Magen.

»Das«, sagt er leise, »ist wie eine Frau, die nicht alles zeigt . . . viel aufregender . . .« Er spuckt auf den Boden. Ihm ist es gottserbärmlich schlecht. Jetzt werden seine Gedanken gehängt. Er sieht das Mädchen an. Marina ist schön, aber sie fürchtet sich, genauso wie er.

Die Tschechin lehnt sich zurück. Ihr Gesicht wird fahl. Sie schließt die Augen.

Er steht auf.

Als er geht, hängen sie den achten. Das Mädchen sieht starr auf die Decke.

»Na, wie war's?« kräht Bill am Gang.

»Shut up!« erwidert Pearson verdrossen. Und das heißt so viel wie: verdammtes Landsberg . . .!

Colonel Evans ist in New York. Landung auf die Minute genau. Taxi. Es pressiert. Der Rechtsanwalt ist bereit, den Entschluß, den eigentlich seine Frau Alice faßte, zu verwirklichen. Er ist unterwegs zu Senator Chambers. Der Senator wollte ihm schon einmal helfen. Aber Evans verzichtete darauf, um dem Pentagon gegenüber loyal zu bleiben. Dazu ist jetzt keine Zeit mehr. Zum Teufel mit dem Dienstweg, denkt der frühere Chefverteidiger.

Senator Chambers wohnt weit außerhalb der Stadt. Seine Villa liegt am Oberlauf des Hudson. Hier sieht ein Haus aus wie das andere: flache Dächer, Kolonialstil, kurzgeschorener Rasen, auf dem sich Kinder balgen. Überall Kinder in den gleichen Bluejeans, mit

Köpfen, die so kurz geschoren sind wie der Rasen. Der Reichtum vermehrt sich hier, und das tut er uniform.

Auf einer Villa weht die amerikanische Flagge, flattert frei im Wind.

»Hier«, sagt der Taxichauffeur.

Jeder kennt in New York Senator Chambers. Er ist im Garten, gießt Blumen. Seine Kinder tragen ihm Wasser. Er läuft in Hemdsärmeln und Holzpantinen herum.

Evans betritt zögernd den Garten. Eine dänische Dogge schleicht mit vorgestrecktem Kopf auf ihn zu. Zuerst freut sich der Senator mit seinen Kindern darüber, daß der Hund so scharf ist. Dann erkennt Chambers Evans, und die Hosenträger spannen sich über seiner breiten Brust.

»Hello, Colonel!« ruft er mit schrägem Kopf. Er läßt den Rechtsanwalt herankommen, grinst breit.

Die Beine von Evans werden noch langsamer, als ob sie das Gespräch, vor dem dem Rechtsanwalt graut, verzögern wollen. Von nun ab wird eine Dampfmaschine mit behaarter Hand den Malmedy-Fall an sich reißen und in das Gestrüpp der amerikanischen Innenpolitik hineinziehen.

Evans zuckt die Schultern. Es bleibt mir ja keine andere Wahl, denkt er.

Senator Chambers lacht lauernd. In seiner heiseren Stimme klingt Hohn. Der Politiker wischt sich die Hand an der Hose ab. »Das war mir klar«, sagt er prustend, »daß Sie eines Tages wieder bei mir landen würden, Evans.« Der Senator schiebt zwei Gartenstühle zusammen, zieht einen kleinen Tisch heran und ruft:

»Mary, zwei Bourbon mit Wasser!«

In diesem Moment ist der Colonel froh, daß sich der Politiker so benimmt, wie er aussieht: plump und gedrungen, und daß er mit einem Kopfsprung mitten in die Verzweiflung des Rechtsanwalts aus Atlanta hineintaucht.

»Der Ofen ist wohl aus, Evans?«

»Ja.« Der frühere Chefverteidiger senkt den Kopf.

»So«, entgegnet der Senator gedehnt, »Evans, Sie sind ein verdammter Wirrkopf ... ich habe Ihnen das gleich gesagt. Und jetzt kommen Sie damit anmarschiert ... Mann, wie hätte ich Sie vor Monaten noch brauchen können! Jetzt ist der Wahlkampf schon fast zu Ende. Nichts mehr zu machen.« Die Sätze kommen wie das kurzatmige Fauchen eines Ventils. »Ich hab's ja gewußt, daß Sie das Pentagon enttäuschen wird ... aber Sie ... Sie haben sich da was zurechtgeträumt, von Anstand, und ...« der Politiker schiebt mit der Hand den Begriff von sich weg wie die Marmelade beim Frühstück, »von Fairneß.«

Chambers trocknet sich mit einem riesigen Taschentuch den schweißnassen Nacken und den fetten Hals.

Rechtsanwalt Evans starrt auf den kurzgeschorenen Rasen, betrachtet zerstreut die herumtollenden Kinder und das große Sternen- und Streifenbanner am Mast, das vor dem Hause weht. Es wird nie eine Sprache geben, überlegt er, in der ich mich mit ihm verständigen kann. Aber ich bin auf ihn angewiesen, auf die fauchende, prustende Dampfmaschine, die mich mit Sicherheit überfahren wird. Es muß sein. Für 43 Todeskandidaten in Deutschland, Malmedy-Verurteilte im Kriegsverbrechergefängnis von Landsberg, Schuldige wie Unschuldige, deren letzte, rotbackige Chance Senator Chambers ist.

»Ja«, fährt der Politiker fort, »und jetzt kommen Sie damit angewinselt. Mann, konnte Ihnen das nicht acht Tage früher einfallen? ... Na, wir werden die Wahlen auch so gewinnen! Sie kennen doch das Gallup-Ergebnis? ... Truman ist jetzt schon ein geschlagener Mann. Dewey wird das Rennen machen! ... Aber Ihre Story hätten wir noch brauchen können.« Er lacht schallend. Er ahnt noch nicht, daß sich die amerikanischen Wähler nicht an das vorausgesagte Resultat halten werden. »Was nützt das beste Pulver, wenn es nicht rechtzeitig verschossen wird!«

Chambers nimmt seiner Frau das Silbertablett mit den Whiskies ab. Evans stellt sich förmlich vor. Mary Chambers ist lang und hager. Wenn sie lächelt, hat sie Ähnlichkeit mit Eleanor Roosevelt. Und sicher ist sie auch wie die Witwe des Präsidenten mit geschäftiger Wohlfahrt beschäftigt, denkt der Colonel.

»Sir«, sagt er dann verkrampft, »ich denke nicht an die Wahlen. Ich denke daran, daß mein Land, daß unser Land kein Unrecht zuläßt.« Vor Anstrengung schwellen die Adern an den Schläfen des Chefverteidigers. Er hat die Empfindung, als ob er leeres Stroh vor tauben Ohren dreschen würde.

Der Senator grinst unvermittelt.

»Gute Schlagzeile!« sagt er kaltschnäuzig. »Ungerechtigkeit im Namen der USA!« Horcht dem Klang nach. »Tödlicher Schuß, was?«

Das Gesicht des Politikers wird zur Rechenmaschine. Seine Muskeln zucken, als wären alle Sehnen unter Strom gesetzt. Und da spuckt die Maschine auch schon das Ergebnis aus:

»Erst einen großen Knall ... dann einen Untersuchungsausschuß ... und dem mache ich Beine, Mann, auf so etwas verstehe ich mich! ... Mal sehen, mit Hearst sprechen, mit der Chicago Tribune ... erst die Presse anheizen! ... Wenn die Zeitung spurt, dann ist vielleicht noch etwas drin.« Er beugt sich schnell und lauernd vor. »Evans«, sagt er drängend, »aber dann gibt es kein Zurück mehr! Darüber müssen Sie sich im klaren sein ... wenn ich die Presse ankurble, dann müssen Sie reden. Wenn Sie mich im Stich lassen, dann holt Sie der Teufel! ... Oder, was noch schlimmer ist: die Republikanische Partei!« Die Erregung macht den Senator agil. Er kommt in Laune. Ein Wochenende mit Gartengießen ist nur für die Titelbilder der Magazine interessant, aber nicht nach seinem Geschmack.

Gedanken wirbeln, Hoffnungen locken. Abscheu warnt. Und in der Mitte sitzt Evans, reglos, wie in einem Zehn-Tonnen-Lastwagen, dessen Lenkung auf abschüssiger Straße versagt. Der Verteidiger möchte aussteigen, aber er kann nicht mehr.

Einmal wenigstens versucht Evans noch, auf die Bremse zu treten:

»Sir«, antwortet er knapp, »ich bin bereit, die Wahrheit zu sagen. Die ganze Wahrheit. Aber nur, was ich beweisen kann, nur die Wahrheit.«

Der Senator zuckt die Schultern.

»Darüber sprechen wir von Fall zu Fall. Jetzt wollen wir keine Zeit mehr verlieren. Die Ouvertüre muß kurz sein, aber mit einem Paukenschlag einsetzen ... Evans, denken Sie daran, Sie sind umgestiegen! ... Sie verhandeln in Zukunft nicht mehr mit Richtern, denen nichts einfällt, sondern mit Politikern, die vom Einfall leben.«

Beide Männer erheben sich gleichzeitig. Der Senator spricht plötzlich, als ob er den Abgeordneten seiner Fraktion die Direktiven einpeitschte:

»Evans, Sie bleiben hier in New York ... Ich muß Sie in meiner Nähe haben. Suchen Sie sich ein Hotel. Morgen geht es weiter. Wenn ich Ihnen jemand schicke, zieren Sie sich nicht, sprechen Sie frei von der Leber. Machen Sie sich keine Gedanken. Senator Chambers schickt schon die richtigen Leute!« Er lacht auf, schlägt Evans mit der Hand auf die Schulter.

»Mal sehen«, setzt er zum Abschied hinzu, »die Geschichte fängt an, mir Spaß zu machen! Und Ihre Freunde im Pentagon werden runde Augen bekommen. Da brauchen Sie sich nicht mehr sehen zu lassen, Evans, mit denen sind Sie fertig! ... Aber es wird nicht Ihr Schaden sein.«

Mein Schaden, überlegt Evans mit benommenem Kopf. Nie hat er an ihn gedacht. Auch nicht an den Nutzen. Er geht einsam auf einer Straße, die keine Umkehr kennt. Wie der Weg zum Galgen. Und weil er es weiß, geht er weiter ...

Inzwischen stapft Senator Chambers mit wuchtigen Schritten auf das Haus zu.

»Mary«, poltert er, »los, gib mir das Weiße Haus!«

Sein Gesicht glüht vor Selbstbewußtsein und Wonne, wie die

Miene eines Mannes, der den lieben Gott auch am Wochenende an das Telefon rufen darf.

Evelyn Wyler blieb trotzig und traurig. Die Zeit drängte Gelegenheit, Gedanken und Gefühle auf wenige Stunden zusammen. Sie sah an Peter Steffens vorbei. Wenn sie allein waren, blieben sie stehen und horchten, ob sich der andere nicht nähern würde. Der Reporter wollte in Deutschland bleiben. Vorläufig wenigstens. Aus einem zwar anständigen, aber letztlich sinnlosen Wahn heraus, für den Evelyn kein Verständnis aufbrachte. Sie wollte in die Staaten zurück. Sie mußte es auch und begriff nicht, daß es etwas gab, was Peter wichtiger erschien als ihre gemeinsame Zukunft in Amerika.

Wenn der Reporter gesprochen, wenn er ihr alles in Ruhe erklärt, wenn er Evelyn überzeugt hätte! Aber seine Lippen blieben schmal, wie zusammengenäht. Er verstand nicht, daß ihn Evelyn nicht begriff.

So gingen sie aneinander vorbei, taten sich selbst weh, hofften und verzweifelten. Und das alles lautlos und verbissen.

Das Mädchen fuhr los. Mit der Bahn. Nach Frankfurt zunächst. Nur zwei Stunden Aufenthalt. Die »Constellation« wurde aufgetankt. Die viermotorige Maschine kauerte am Rand des Flugplatzes mit den ausgebreiteten Schwingen eines Geiers. Evelyns Gedanken brannten. Sie kämpfte mit den Tränen.

Je näher es auf die Landetreppe zuging, desto vernünftiger wurde Evelyn. Bleib hier, sagte sie sich. Du kennst ihn doch! Du würdest ihn ja nicht lieben, wenn er nicht so wäre! Du hast dich albern benommen. Du hast geschmollt. Lächerlich, bei einem Mann wie Peter! Sag's ihm wenigstens. Sieh ihn noch einmal an, zieh ihn an dich. Sag ihm, daß du auf ihn wartest, daß er bald nachkommen soll!

Evelyns Beine waren unschlüssiger als ihre Gedanken. Sie saß in einem häßlichen Rohrstuhl und wartete auf eine sachliche, schnelle Stimme, die den Flug nach New York ausrufen würde, und fürchtete sich davor. Sie starrte auf den Boden. Jetzt kamen die Tränen. Anrufen, dachte sie – aber wo soll ich ihn erreichen?

Und da waren die Tränen ungehemmt. Er müßte jetzt neben mir sitzen, meine Hand streicheln und aufpassen, daß ich mich richtig anschnalle. Wie oft haben wir uns den Flug in ein neues Leben ausgemalt!

Und jetzt, in vierundzwanzig Stunden schon, liegen viertausend Kilometer zwischen uns. Ein blauer Fleck auf der Karte. Eine tote Ewigkeit im Herzen.

Sollte alles vorbei sein, geendet haben, bevor es noch richtig begann? Und Evelyn sah Peter vor sich, wie er ihr zum erstenmal begegnete, in Landsberg, wie sie ihm schnippisch und er ihr barsch kam. Und dann, als sie ihn in München aus einer Laune heraus anrief, mit ihm in den Officers-Club ging, Vergleiche zwischen ihm und den anderen zog, aus denen er als Sieger hervorgehen mußte. Und wie das alles kam, langsam und selbstverständlich, über alle Klippen hinweg, der Gemeinsamkeit entgegen.

Und in diesem Moment brannten seine Hände auf Evelyns Haut. Sie hörte seine Stimme, sein Lachen, seine Worte:

»Magst du mich?«

»Ja.«

»Immer?«

»Ja.«

»Wie lange dauert das bei dir?«

»Einen Tag länger als das Leben ... reicht's?«

»Nur, wenn du hundert Jahre alt wirst«, hatte er lachend erwidert.

»Und wie lange reicht's bei dir?«

»Immer ...«

»Und wie lange ist das?«

»Doppelt so lange wie bei dir.«

»Oh, du beschämst mich«, hatte Evelyn geantwortet.

»Ich bin so ... so glücklich ... so sehr, daß ich manchmal auf mich selbst eifersüchtig werde.«

Das war irgendwann, vor Wochen oder vor Monaten, in einer Zeit, die keine Sorgen kannte, keine Termine, keine Hindernisse, es sei denn ein paar Hürden, die von der Bürokratie Peters Einwanderung in die Staaten entgegengesetzt wurden.

Der Lautsprecher räusperte sich. Die Stimme rief hell, geschäftsmäßig und gleichgültig:

»Attention Passengers!«

Evelyn zuckte zusammen, sah auf, wischte sich die Strähne aus der Stirne, die Tränen aus den Augenwinkeln, erhob sich und starrte ungläubig den Mann an, der vor ihr stand, matt lächelte und dessen Augen ebenfalls glänzten.

Es war Peter Steffens.

»Evelyn«, sagte er leise.

»Ja, Peter?«

»Du darfst so nicht weg ... es war ... es ist alles ...«

»Ich versteh' dich schon«, antwortete sie. Evelyn wollte lächeln. Es wurde nicht viel daraus. Ihr Gesicht zuckte.

Die Stewardeß drängte. Evelyn hatte ihre Bordkarte in der Hand. Die ersten Passagiere gingen schon auf das Flugzeug zu.

»Ich komme nach«, würgte Peter, »bald ...«

Das Mädchen nickte.

»Und dann . . .« schluckte der Reporter.

»Alles ist gut . . . Peter . . .«

»Please«, sagte die Stewardeß.

»Scheiße«, schimpfte er.

Evelyn legte schnell die Arme um Peters Hals, den Mund an seine Wange. Er stand da und starrte ihr nach, sah, wie sie die Gangway hinaufging, sich noch einmal umdrehte, ihm zuwinkte.

Er war wie betäubt, wie benommen. Seine Beine wurden pelzig, seine Augen starr. Die Propeller drehten sich, die Maschine rollte langsam auf die Startbahn. Vollgasprobe. Start.

Die »Constellation« hob sich glatt vom Boden, gewann rasch Höhe, wurde kleiner, zuletzt ein schwarzer Punkt, dem Peter nachstarrte, bis er in seinen Augen ertrank.

»Verdammtes Malmedy!« giftete er vor sich hin.

11. Kapitel

Landsberg. Hinrichtungstag. Sühne für Buchenwald. Zweite Rate. Der Mann, den man gleich aus dem Keller holt und zum Galgen führt, heißt Rolf Schmitt. Er glaubt nicht, daß er sterben muß.

Er hat es nie geglaubt. Als er das Urteil hörte, lachte er nur. Im KZ Buchenwald hatte er den Bock unter sich. Es war das Gerät, auf dem man Menschen zu Tode peitschte.

»Ich bin immer anständig gewesen!« schrie er durch den hallenden Keller, bevor man ihn holte. Er rüttelt an den Stäben. »An-ständig ge-we-sen!« prallt das Geheul zurück. Und im Echo zittert die Angst.

Er starrt vor sich hin. Hundertmal hat er versucht, den Amerikanern zu erklären, worin sein Anstand im KZ bestanden hatte. Er hat es doch auch kapiert, damals, 1943, als Himmler die Rede in Posen hielt. Man war unter sich. Man war unter Mördern:

»... Ich will hier vor Ihnen in aller Offenheit auch ein ganz schweres Kapitel erwähnen«, hatte der fahle Rassenchef mit dem runden Dutzendkopf gesagt, »unter uns soll es einmal ganz offen ausgesprochen sein, und trotzdem werden wir in der Öffentlichkeit nie darüber reden ... ich meine jetzt die Ausrottung des jüdischen Volkes. Es gehört zu den Dingen, die man leicht ausspricht. Das jüdische Volk wird ausgerottet, sagt jeder Gefolgsmann, ganz klar, steht in unserem Programm ... Ausrottung, machen wir! Und dann kommen sie alle an, die braven achtzig Millionen Deutschen, und jeder hat seinen anständigen Juden ... von allen, die so reden, hat keiner zugesehen, keiner hat es durchgestanden.

Von euch werden die meisten wissen, was es heißt, wenn hundert Leichen beisammen liegen, wenn fünfhundert oder wenn tausend daliegen. Dies durchgehalten zu haben und dabei – abgesehen von Ausnahmen menschlicher Schwächen – anständig geblieben zu sein, das hat uns hart gemacht. Dies ist ein niemals geschriebenes und niemals zu schreibendes Ruhmesblatt unserer Geschichte.«

Und das denkt Schmitt in der roten Jacke: Warum sehen die Amerikaner nicht ein, daß man Menschen liquidieren und trotzdem ein feiner Kerl bleiben kann, so wie ich? Ich habe nur getan, was notwendig war. Wenn zehn Hiebe angeordnet wurden auf dem Bock, dann gab es zehn. Wenn zwanzig, dann zwanzig. Mehr als fünfundzwanzig gab es selten. Und ich habe mich nie verzählt, das war mein Stolz und mein Anstand. Die Bedienung war reell. Bevorzugt wurde keiner, auch niemand benachteiligt. Es war auch nicht beabsichtigt, daß es hinterher Tote gab, menschliche Wracks, die nach den Schlägen mit zersplittertem Rückgrat leblos auf die Erde fielen. Nur ein Schönheitsfehler, aber diese dummen Amerikaner begreifen ja nichts.

»Im Gegenteil«, hatte Schmitt, im Brustton des Schlägerstolzes, vor dem Militärgericht versichert, »ich habe einen Anschiß riskiert, wenn mir einer dabei kaputtging.«

Und so starben über zweihundert unter den fürsorglichen Fäusten Schmitts, der sich niemals verzählt hatte.

Auch nachher in der Zelle nicht, als der Redner von Posen längst durch die Giftküche getürmt war. Und manchmal stand der Mann in der Rotjacke mitten in der Zelle und schwang die Arme. Die GIs vor der Türe tippten sich an die Stirne und sagten: »Nuts.«

Und der Mann probierte in der Zelle an seinem Schattenbock, ob er gelinder hätte schlagen können. Und dann sagte er sich jedesmal nein. Es standen ja immer Vorgesetzte herum, oft der Lagerkommandant, und sie feuerten ihn an. Sie packten ihn bei seiner Totenkopf-Verbands-Ehre. Dann klatschten die Schläge. Wer nicht richtig zuschlug, riskierte eine Strafversetzung oder Schlimmeres. Woher sollte man im voraus wissen, welche dieser ausgemergelten KZ-Gestalten es nicht aushalten würde. Wenn einer liegenblieb, sagte der Lagerarzt von Buchenwald jeweils: »Konstitutionsschwäche.« Und was kann ich, Rolf Schmitt, für die Konstitution?

»Nein!« heult der Häftling jetzt, »für Prügel kann man nicht gehängt werden!« Das tobt er sich vor, seit er zum Tode verurteilt ist. So betet er Tag und Nacht.

Jetzt kommen die Wachen und holen ihn. Der Posten nimmt hastig ein paar Züge an seiner Zigarette, während Pfarrer Märker mit Schmitt spricht. Dem Sergeant ist übel.

»No troubles, my friend«, sagt er vorsorglich zu Schmitt, weil er sieht, wie flach die Augen in dem gelben Gesicht des Todeskandidaten werden.

»Nicht hängen!« stößt der Häftling mit erstickter Stimme hervor. Der Irrsinn flackert über sein Gesicht. »Pfarrer!« keucht er, »sagen Sie den Amis, ich nehme auch Prügel ... zwanzig Hiebe ... oder auch fünfundzwanzig ... dreißig ... Die Amis können mich jeden Tag prügeln ...«

Und der Priester betet, wie jeden Tag, wie jede Stunde:

»Herr, laß den Kelch vorübergehen ...«

Als der Häftling den Pfarrer am Rock packen will, binden sie ihm die Hände zusammen.

»Prügel!« heult Schmitt, »Prügel ... viel schlimmer ... als Hängen! ... Prügel! ... Prügel!«

Die GIs verstehen ihn nicht. Sie nehmen ihn in die Mitte und führen ihn hinaus, auf den Bock, der keine Prügel kennt, wo alle Schläge, die ein Mensch geben kann, in einem einzigen Ruck abgegolten werden.

»Prügel!« brüllt der Obersturmführer noch unter dem Galgen.

»Ich will Prügel!« jault er mit überschlagender Stimme, als er vor dem Henker steht.

Und dann, Sekunden später, begreift er, daß die Gerechtigkeit kein Jahrmarkt ist, auf dem man zwischen Prügeln und Hängen schachern kann.

Der nächste heißt Wirken. Sein Gebrüll dringt aus dem dunklen Gang schon lange über den Hof, bevor er gebracht wird. Auch er gehörte zum Stammpersonal von Buchenwald. Auch er findet kurz vor dem Sterben die Welt ungerecht.

»Den Sommer müßt ihr holen!« schreit er gellend, »nicht mich.«

Aber das geht nicht mehr. Der Mann hat sich selbst gerichtet. Unter den Mördern von Buchenwald war Sommer eine Bestie im Vergleich zu Friedrich Wirken. Sommer hat mehr Menschen umgebracht, als irgendeine Statistik verzeichnet. Wirken dagegen hat nur 50 auf dem Gewissen. Und deshalb findet der Oberscharführer sein Urteil ungerecht.

»Da hätt' ich mich ja auch umbringen können ...« wimmert er auf seinem letzten Gang. Denn er begreift nicht, daß ihn die Amerikaner nicht dafür belohnen werden, daß er am Leben blieb.

Er begreift vieles nicht. Zum Beispiel, wie die Sache mit dem Pferdestall herauskommen konnte. Denn von den Gefangenen, die hier erschossen wurden, konnte keiner reden. Es gab keine Zeugen.

Und Wirken stöhnt und wimmert, röchelt und geifert, wahllos, in diesen letzten Minuten, die er lebt:

»Wir waren doch human ... doch nie gesagt, daß wir sie umlegen ... bloß Badeanstalt, Entlausung, Musik ... die Schüsse hörte man gar nicht ... die haben doch nicht gewußt, daß sie ... sterben müssen. Echte Menschlichkeit. Aber hier, nein, ich will leben ... ich will nicht!« schreit er schrill über den Hof. »Ich will nicht! Holt den anderen! Der hat viel mehr umgelegt als ich!«

Seine Augen rollen hin und her. Es sieht aus, als suchten sie auf dem Gerüst die Tafel mit der Inschrift, wie sie am Pferdestall angebracht war:

»Nach dem Bad gibt es Kaffee.«

Dann bricht das Licht in den Augen. Für ihn. Er hat ausgemordet und ausgelitten. Der Mann, der nur einer von vielen Mördern im Stammpersonal von Buchenwald war.

Und so kommen sie zum Galgen. Im Gänsemarsch der Schuld. Einer hinter dem anderen. Betend, schreiend, röchelnd, fluchend, schweigend, oft schon von der Angst gehängt, bevor der Strick sie erreicht. Verblendete, Vertierte, Verlorene, die wußten, was es heißt, wenn hundert Leichen beisammen liegen, oder fünfhundert oder tausend, die es, abgesehen von menschlicher Schwäche, durchgehalten haben.

Nun haben sie die Sühne durchzuhalten.

Zum letztenmal Luft für die Lungen. Zum letztenmal ein Bild auf der Netzhaut. Die letzten Worte. Die letzten Schritte auf dem letzten Gang. Es gibt kein Zurück. Zehn Meter Leben noch oder fünf oder drei ... Links, rechts, links, rechts, Schritt für Schritt, Fuß vor Fuß, wie gehabt, wie geübt. Zum letztenmal wird zum Appell geblasen.

Sie marschieren nicht mehr, sie taumeln, und sie schreien nicht mehr, sie röcheln. Sie hasten vorwärts, mit eigener Kraft oder mit fremder, gestützt oder geschleppt ... bald erlöst, jetzt verkrampft. Links, rechts, links, rechts, zwei, drei, vier ... ein Lied!

Aber heute singen sie nicht. Heute sühnen sie.

In diesen Tagen pendelt der Alltag der Malmedy-Leute von Landsberg zwischen Strick und Stopp. Senator Chambers handelte sofort. Aber davon wissen die 43 in der Rotjacke nichts. Der Präsident reagierte unverzüglich, ließ den Kriegsminister kommen. Und so brodelt Malmedy jetzt im Sud der amerikanischen Innenpolitik, wird vorübergehend zu einer Frage der Parteitaktik, zu einer Machtprobe, zu einem Tauziehen zwischen Regierung und Opposition.

Niemand weiß, wie es weitergeht. Keiner in Amerika, keiner in Deutschland. Nicht Evans, nicht der Kriegsminister, nicht der Festungskommandant von Landsberg, nicht der Hauptangeklagte Nummer eins, Henze.

Aus dem Büro der Strafanstalt sickern die Nachrichten: ja, nein. Kopf, Zahl. Exekution, Begnadigung, Hinrichtung, Kommando zurück.

Inzwischen arbeitet Oberst Henze an der Massenflucht. 43 Mann sollen ausbrechen. Der Plan steht fest. Im Kopf. Und wird weitergegeben. Heute noch.

Die Posten brüllen, die Türen schlagen, Schlüssel rasseln. Auf den Eisenplatten der Gänge scheppert der Laufschritt von Hunderten. Zwischen 18 und 19 Uhr wird geduscht. Platz ist knapp. Zeit noch mehr. Wasser am meisten. Mehr als tausend Mann haben etwa eineinhalb Stunden Zeit. Das genügt, um den Angstschweiß abzuwaschen, nicht die Schuld.

Die Rotjacken kommen gesondert am Schluß. Da ist das Wasser schon kälter. Zähne klappern. Vielleicht zum letztenmal.

Kalfaktor Paul Rehbusch ist verantwortlich für den raschen Wechsel der Gruppen im Duschraum des Kellers. Er lehnt an der Türe und starrt durch den Wasserdampf. Die Häftlinge kommen mit entblößtem Oberkörper, haben das olivgrüne Armeehandtuch um den Hals gelegt. Rehbusch beobachtet sie gleichgültig. Gefangene mit eingesunkenen Brustkästen, krummen Beinen, schlaffen Bäuchen. Das Duschen wird zu keiner Parade der Herrenrasse. Der SS-Führer aus dem Rasse- und Siedlungshauptamt tritt in würdige Konkurrenz zu dem ehemaligen Staatssekretär Hitlers, der krampfhaft versucht, sein Bruchband vor dem sprühenden Wasser trocken zu halten.

»Los, schnell!« sagt Rehbusch.

Jetzt sind die Malmedy-Leute dran. Fritz Türmer hat sich schon vorher trocken mit der Seife eingerieben, um Zeit zu sparen. Selbst die Sauberkeit braucht in Landsberg ihre Tricks.

Der Dunst zieht in Schwaden ab. Auf einmal steht der ehemalige Unterscharführer neben seinem Kommandeur Henze. Henze hat zwei seiner Leute an der Tür postiert, die nur Lärm zu machen haben. Sie spritzen sich gegenseitig mit Wasser an, albern herum und grölen laut. Weder der amerikanische Posten noch der Kalfaktor Rehbusch können die Befehlsausgabe des Obersten Henze mithören, der seine Männer »auf Vordermann« bringt.

»Näher«, zischt er seinen ehemaligen Soldaten zu. Und Willers, Brinkmann, Triebenstein und die anderen drängen sich so unauffällig wie möglich an ihren Kommandeur heran.

»Wir hauen ab!« beginnt der Oberst, »und zwar bevor sie uns aufhängen. Genauer Termin kommt noch. Ruhe jetzt. Nicht darüber reden.«

Brinkmann hustet. Triebenstein reibt sich wie besessen ein. Da oft nur dreißig Sekunden zum Duschen bleiben, hat er seinen Körper in Zonen eingeteilt, die wochenweise gewaschen werden. Heute bringt die Erregung den Reinigungsplan durcheinander.

»Kein Griff darf danebengehen«, raunt der Kommandeur. »Brinkmann, Willers, Triebenstein ... Sie versuchen ab sofort, die Zellentüren offenzuhalten.«

Die drei starren ihn an. Henze grinst.

»Ich hab's probiert ... ganz einfach, Steinchen ins Schloß, sind alte Dinger. Der Posten kann abschließen, so viel er will, der Riegel kommt nicht mehr nach vorne ... aber laßt euch nicht erwischen. Immer dagegenstemmen, wenn Verschlußkontrolle ist. Das wird von jetzt ab geübt, verstanden?«

»Weitere Befehle beim nächsten Duschen ...«

Die Gefangenen spritzen auseinander. Oberst Henze wäscht sich die Seife ab. Monate stummer Resignation und stumpfer Verzweiflung sind plötzlich von ihm abgefallen. Mein Gott, denkt er, und der Satz Triebensteins, für den er den früheren Kameraden beinahe haßte, dröhnt in seinen Ohren: »Der Alte holt uns hier 'raus, dem fällt schon was ein.«

»Türmer«, sagt Oberst Henze in diesem Moment leise.

Der Gefangene schluckt, frottiert sich wie rasend die Beine.

»Der Kalfaktor da draußen ... mit dem stehen Sie gut?«

»Ein feiner Kerl«, erwidert Türmer.

»Gut«, stellt Henze trocken fest. Er wendet seinen Kopf dem Unterscharführer zu, betrachtet ihn kühl und starr.

»Der Mann muß einen Brief für uns befördern.«

Türmer läßt das Handtuch fallen.

»Einen Brief?« stottert er.

»Genau. Er kann sich doch frei bewegen ... Der Brief muß sicher hinaus ... dann kommen wir alle durch. Dann helfen uns die draußen weiter ... sonst ...«

Der Unterscharführer steht mit hängenden Armen unter der tröpfelnden Brause.

»Verstanden?« fragt Henze.

Der frühere SS-Mann reagiert nicht. Er überlegt. Die Gedanken sind schneller als sein Kopf. Er spürt, daß seine Hände zittern, sein Atem heftiger geht. Der Kommandeur läßt ihn nicht aus den Augen.

Draußen schreit Rehbusch:

»Schluß jetzt, Herrschaften!«

Heute haben es die letzten besser getroffen als die ersten. Es ist mehr Wasser da als sonst.

»Das geht nicht«, sagt Türmer halblaut. Seine Lippen sind schmal und weiß. Automatisch setzt er Henzes früheren Titel hinzu: »Standartenführer ... Ich bin mit ihm befreundet, verstehen Sie das. Er würde das auch niemals für uns tun ...« Beim Wort »uns« stockt seine Zunge... gehöre ich heute noch zur SS? fragt sich Türmer.

Er hat keine Zeit, darüber nachzudenken. Die GIs vor der Türe fluchen. Rehbusch beruhigt sie, läßt sie abwarten, bis die Brausen ausgetröpfelt haben.

Henze faßt den früheren Unterscharführer am Arm.

»Keine falsche Rücksicht«, fordert er barsch, »hier geht es um dreiundvierzig Menschen, kapiert? ... Keine Sentimentalität ... oder wollen Sie Ihre Kameraden in die Scheiße reiten, ohne einen Finger krummzumachen?« Der Oberst läßt den Arm los.

Türmer sieht in die Augen der anderen. Brinkmann und Triebenstein haben einen Teil der Unterredung mitbekommen. Triebensteins Gesicht ist verzerrt. Brinkmann sieht todtraurig aus.

Mein Gott, denkt Türmer, und dann nimmt ihn das Gewissen in die Mühle.

Und weiter schlägt die Totenglocke von Landsberg die Stunde. Die letzte des Lebens. Oder die erste des Tages. Die endgültige wie die belanglose. Der Paradefall des Teufels, Malmedy, verliert sich im Zwielicht, wie die vierflügelige Strafanstalt am Lech. Wie immer, wenn der Morgen graut.

Jetzt, fast vier Jahre danach, liegt Malmedy noch immer in Nacht und Nebel, zwischen den Marksteinen des Unrechts. Im Vorfeld des Rechts. Und jetzt, im hektischen Kampf, im Wettlauf zwischen Henker und Gnade, zwischen Exekution und Absolution, gerät fast in Vergessenheit, worum es eigentlich geht. Senator Chambers, die Dampfmaschine, intrigiert, protestiert und recherchiert, ohne den Ursprung von Malmedy zu bedenken. Evans wartet, leidet, schweigt, vom Gewissen auf den Schild gehoben, wie ein ehrenvoll Gefallener eines unzeitgemäßen Krieges. Das Pentagon zögert, will das Beste, fürchtet das Schlimmste. Indessen lauschen die Gefangenen von Landsberg dem Leben nach, weinen Mütter, macht der Tod Halbzeit. Noch immer lauerte er im Fall Malmedy vergeblich. Noch präsentierte er die Rechnung für 43 Schicksale erfolglos. Die Schuld steht in den Akten. Die Akten sind verworren, eine konfuse Addition deutscher Schuld und amerikanischen Unrechts.

Die Versuchung überkommt sie alle, die so oder so an Malmedy beteiligt sind. Warum nicht endlich vergeben, vergessen? Warum sich nicht der Mütter erbarmen, die jetzt wieder in dunklen Kleidern nach Landsberg ziehen, in den Gasthof »Goggl«, den makabre Geschmacklosigkeit das »Witwenhotel« nennt? Und sie alle sind in den Strudel dieses Falls hineingezogen, kennen keine Lösung, finden keinen Ausweg.

In Deutschland leidet, symptomatisch für viele, tapfer und ergeben eine Mutter: Frau Brinkmann. Und der Schmerz, den sie durchsteht, ist auch ein Unrecht, das zieht, drückt, wühlt. Aber 4000 Kilometer von ihr entfernt, in Amerika, dämmert eine andere Frau dahin, die das ungefähre Aussehen der Frau Brinkmann hat, weil sich alle Mütter irgendwie ähneln, die um ihren Sohn verzweifeln: Mrs. Johnson. Frau Brinkmann und Mrs. Johnson sind Mütter. Beide hatten nur einen Sohn. Der Soldat in der olivgrünen Uniform ist tot. Der andere in der Rotjacke soll noch sterben. Die eine Mutter hat mit Sicherheit ihren Sohn verloren. Die andere wird ihn vielleicht verlieren. Und beide Söhne sind unschuldig, beide Opfer des Krieges, und damit beide Opfer Hitlers.

Es geschah im Dezember 1944. Das Massaker von Malmedy hatte eben begonnen. Dutzende von Amerikanern flohen um ihr Leben. Die Mörder lachten nur. Einige GIs flüchteten auf den Wald zu. Fast alle fielen, noch bevor sie ihn erreichten. Nur Leutnant Johnson, ein drahtiger, junger Bursche aus New York, kam weiter. Aber hinter ihm war Oberscharführer Müller, fast so schnell wie die Todesangst. Sein Opfer stolperte über eine Baumwurzel und blieb liegen.

Da stand der Verfolger neben ihm. Johnson kam langsam hoch, hob die Hände. Sein aschfahles Gesicht zuckte, seine Augen baten, seine Lippen bewegten sich wortlos. Abseits vom Gemetzel standen sich zwei Menschen gegenüber. Und der amerikanische Leutnant fiel auf die Knie, hob die Hände. Die Angst gab ihm Worte. Er starrte seinen Verfolger an. Ein Gesicht, zwei Augen, ein Mund, eine Nase, zwei Hände – das alles hatte der Oberscharführer. Äußerlich gesehen war er ein ganzer Mensch. Nichts hatte die Natur vergessen, nichts außer einer Spur von Gewissen.

»Ich habe zwei Schwestern ...« stammelte der Leutnant, »und eine alte Mutter ... sie lebt von mir ... wenn du mich erschießt ...«

»Pistole«, sagte Müller.

Der Leutnant machte sie mit zittrigen Händen los und übergab sie ihm.

»Ich bin nicht freiwillig in den Krieg gezogen«, stöhnte der Amerikaner, »so wenig wie du ...« Seine Worte überschlugen sich. Er sprach englisch. Müller verstand die Sätze nicht, aber die Gebärden.

»Brieftasche«, entgegnete Hitlers Leibeigener.

»Ich bin Arzt ... ich werde es. Sobald der Krieg aus ist ... Nur ein Examen fehlt noch.«

»Armbanduhr«, sagte der Oberscharführer.

In der ersten Sekunde begriff es der Leutnant nicht. Dann riß er sich die Uhr vom Arm, lächelte irre, dachte, hoffte: Alles ist gut. Der Mann will nur das Ding, nicht das Leben. Hundert Uhren gebe ich ihm, ein Leben lang arbeite ich nur für Uhren. Nur die Mutter soll nicht weinen. Nur meine Schwestern sollen nicht allein sein.

Der Oberscharführer grinste. Er fuchtelte mit der Pistole herum. Kaliber neun Millimeter. Smith & Wesson. Er schob den Sicherungsflügel zurück und wieder vor. Er spielte mit der Waffe wie ein Kind mit einem Feuerzeug.

»Zigaretten«, sagte er dann.

Hastig langte der Leutnant in die Tasche, gab ihm ein Päckchen.

Der Oberscharführer zündete sich eine Zigarette an, grinste immer noch, betrachtete die Uhr, durchstöberte die Brieftasche, nahm ein paar Dollarscheine heraus, schob sie ein. Seine Ehre hieß Treue. Sein Gewerbe war Mord. Der Lohn: eine Armbanduhr und fünf Dollar. Er war bei Hitler in die Schule gegangen. Und hatte die Note Eins mit Stern.

Noch immer knallte es in der Nähe. Noch immer flehten Menschen vergeblich um das Leben. Noch immer wurden sie von SS-Panzern, deren Besatzungen zum Schießen zu faul waren, in die Mitte genommen und zu Brei zerrieben. Auf so etwas verstanden sie sich.

»No!« schrie Leutnant Johnson.

Müller ging ganz nahe an ihn heran. Er zeigte dem Offizier die eigene Pistole, ließ wieder den Sicherungsflügel zurückschnappen, hob die Waffe an die Schläfe des Gefangenen, ließ sich Zeit, zog noch einmal an der Zigarette, blinzelte gegen das Licht, freute sich über das Gestammel seines Gefangenen, lachte schallend über das Kauderwelsch der Todesangst.

Und dann drückte er ab. Ganz lässig, gemütlich beinahe. Beim erstenmal schoß er daneben. Dann noch einmal. Absichtlich. Grinste noch immer. Das Magazin war ja noch voll. Und dann hielt er mitten in das Gesicht des Amerikaners, schoß zum drittenmal.

Ein paar belgische Waldarbeiter standen in der Nähe, hörten jedes Wort, bemerkten jede Einzelheit, prägten sich das Gesicht des Mörders ein, lernten es auswendig. Für den Tag, für die Nacht, für die Stunde, für die Sühne, für den Monat, für das Jahr, für die Ewigkeit. Und sie, einfache, ehrliche Menschen, beschworen es vor Gericht.

Und Müller gehörte zu den 43, die auf ihren letzten Gang warteten. Und auch er hatte eine Mutter. Und auch sie wurde nach Landsberg gerufen, trug dunkle Kleider und hatte das ungefähre Aussehen der Frau Brinkmann, weil alle Mütter, die um ihre Söhne leiden, sich einander ähneln.

Vergeben, vergessen?

Wieder stockt Colonel Evans an dieser Stelle seiner Akten, sieht auf, wird von der Vorstellung bedrängt, daß er, ohne es zu wollen, auch Müller hilft. Die blicklosen Augen schmerzen. Die Haut brennt. Der Hals würgt. Müller, überlegt der Colonel ... und er fürchtet sich vor einer alten Frau, die Johnson heißt und in dieser Stadt lebt, wenn sie noch lebt.

Und jetzt überfällt ihn der Besucher. Ein junger Bursche. Assistent des Senators Chambers. Jurist. Seine Worte sind zahlreich. Seine Hände übernehmen die Interpunktion.

»Ich habe Ihren Bericht gelesen, Mister Evans«, beginnt er im direkten Vormarsch, »tolle Story! ... Na, wir werden sie lancieren.«

»Tolle Story ...« wiederholt der Rechtsanwalt mechanisch. Seine Gedanken sind bei Leutnant Johnson.

»Aber bevor wir das Ding starten, möchte ich genau von Ihnen wissen, was stimmt und was ... und wo ... na, sagen wir: nachgeholfen ist.«

»Nirgends.«

»Mann, wissen Sie, was Sie da sagen?«

Der Colonel nickt.

»Und Sie übernehmen die volle Verantwortung?«

»Für was?« fragt der frühere Chefverteidiger müde.

»Für die Richtigkeit Ihrer Behauptungen.«

»Dafür schon ...« antwortete Evans.

Er gibt dem Besucher nicht einmal die Hand. Er ahnt in diesem Moment, daß er ein gebrochener Mann sein wird, wenn er den Sieg hinter sich hat.

Er bekam Dusche auf Dusche. Die Mühle des Gewissens wurde mit Wasser angetrieben. Sie redeten auf ihn ein, zischten, drohten, baten. Sie holten aus dem Grab ihrer Weltanschauung die Requisiten: Ehre, Treue, Kameradschaft. Sie bearbeiteten ihn mit Seife und Parolen. Fritz Türmer, der frühere SS-Unterscharführer, biß die Zähne aufeinander. Dann sah er in ihre Gesichter, dachte an sein eigenes Schicksal und entschloß sich, einen Versuch zu machen. Aber anders, als Oberst Henze, der einstige Kommandeur, es sich vorstellte.

Türmer nahm den Brief, der aus Landsberg hinausgeschmuggelt werden sollte, um die Massenflucht aller Malmedy-Verurteilten zu organisieren, steckte ihn in seine Rotjacke. Niemand beobachtete es. In der Zelle las er Name und Anschrift. Das soll uns das Leben retten? dachte er ...

Am Abend kam Rehbusch, der Mithäftling, der Freund, der Kalfaktor, der sich mit Sondergenehmigung des Kommandanten bis zu seiner endgültigen Entlassung tagsüber frei bewegen durfte. Gegen die Verpflichtung, keine Post zu schmuggeln und nicht in Landsberger Gaststätten herumzusitzen. Und bis jetzt hatte sich Rehbusch peinlich genau an die Auflagen des Kommandanten gehalten.

Heute morgen zischte ihn ein hoher Partei-Mann an:

»He!«

Der Kalfaktor blieb stehen. Der Mann winkte mit dem Kopf. Rehbusch kam näher an die offene Klappe. Der Posten sah weg.

»Du darfst 'raus, ja?«

Der Kalfaktor nickte.

»Geh zu meiner Frau«, ratterte der Gefangene im Telegrammstil, »sie wohnt im ›Goggl‹ ... Sie soll dir ein Päckchen mitgeben ... es fallen hundert Mark für dich ab.«

Rehbusch tippte mit dem Finger gegen die Stirn. Er lächelte, als ihm der frühere Hoheitsträger nachrief:

»Unkameradschaftliches Schwein!«

Jetzt saß der Kalfaktor dem unsicheren Freund gegenüber. Dann sah er den Brief auf dem Holztisch, lächelte.

»Soll ich ihn hinausschmuggeln?« fragte er.

Türmer nickte, starrte auf den Boden.

»Was hast du denn ...? Na, mach dir keine Gedanken ... für dich tue ich es ... aber für keinen anderen.«

»Es ist ... nicht ... nicht für mich ... nicht direkt, wenigstens«, antwortete der ehemalige Unterscharführer zögernd.

Das Lächeln im Gesicht Rehbuschs wurde steif.

»Was soll das?«

Türmer stand auf und sagte monoton:

»Der Brief ist von Oberst Henze. An irgendeinen Deckmann draußen. Der frühere Kommandeur plant eine Massenflucht. Nur Malmedy-Leute. Die aber alle. An einem bestimmten Tag und einem bestimmten Ort sollen Zivilanzüge, Papiere, Geld, Fahrkarten und sonst noch was hinterlegt werden ... der Brief soll uns ...«, Türmer stockte, »vielleicht ... das Leben retten.«

»Das Leben ...?« wiederholte Rehbusch verschwommen. Jetzt starrte er auf den Boden, überlegte, hob den Kopf wieder. Seine Augen blickten auf die Rotjacke des Freundes. »Verdammt anständig, daß du mir das sagst.«

Der Brief lag auf dem Tisch. Im Kuvert. Unschuldig und weiß, schmal und leicht. Und doch angefüllt mit den Hoffnungen von 43 Menschen, die nichts mehr zu hoffen hatten.

Rehbusch versuchte, mit dem Würgen im Hals fertig zu werden. Er räusperte sich. Es klang laut und rauh in der engen, nackten Zelle. Der frühere KZ-Häftling fuhr mit den Fingern in die Augenhöhlen, als ob er so das Bild von der Netzhaut wischen könnte, das ihn seit Jahren begleitete. Denn in diesem Moment stand wieder der SS-Obersturmführer vom Totenkopfverband vor ihm, brüllte und hob den Stiefel.

»Du Drecksau!« schrie er. »Wenn ich da hintrete, tue ich ein gutes Werk ... was brauchst du Kinder und Enkel ... Das gibt doch bloß mehr von deiner Sorte ...!« Und der Mann trat, gekonnt wie gelernt ...

Jetzt nickte Rehbusch langsam, fast träge, wie das Pendel einer alten Uhr.

»Und du ... du fliehst mit?« fragte er matt.

»Ja.«

Die Schultern des alten Sozialisten hingen nach vorne. Ein schweres Gewicht drückte ihn fast zu Boden. Er langte zerstreut in die

Tasche, kramte eine Zigarette hervor, zündete sie an, rauchte im Stehen, rührte sich nicht dabei. Er wirkte wie versteinert.

»So ist das ...« erwiderte er. Rehbusch warf die Lethargie ab. »Du hättest mir das nicht sagen sollen«, fuhr er dann fort, »es wäre alles ... viel ... viel leichter für mich.«

»Gut«, versetzte Türmer ohne Bitterkeit, »erledigt.« Er nahm den Brief, wollte ihn zerreißen.

Der Freund sprang auf, hielt seine Hand fest, lächelte mit schmalen Lippen.

»Laß das!« sagte er, »gib mir den Brief... wir sprechen nicht mehr darüber.«

Türmers Haut, auf der jahrelang die SS-Uniform saß, brannte auf einmal vor Scham.

»Aber mit einem anderen rede ich darüber«, setzte Rehbusch leise hinzu.

Der ehemalige SS-Unterscharführer begriff ihn nicht. Der Kalfaktor lachte trocken und kalt auf.

»Mit deinem früheren Kommandeur. Mit Henze.« Er schob den Brief ein, nickte und verließ die Zelle. Das Kuvert war leicht, aber die Hosentasche wog schwer. Sie hatte das Gewicht von 43 Menschenleben.

12. Kapitel

Lautsprecher quäken, Elektrokarren surren. Motoren dröhnen. Menschen hasten durcheinander. Gruppenweise auf schmalem Raum, Abschied und Wiedersehen. Auf jedem Quadratmeter »keep smiling« mit Tränen. Der Wind treibt rötlichen Staub über La Guardia Airfield, über den Flugplatz von New York.

Evelyn Wyler muß den Hut festhalten. Der Sand prickelt auf der Haut. Die Augen brennen. Aber nicht vor Rührung. Das Wiedersehen mit der Heimat ist wie das Wetter: unruhig und kühl.

Sie versucht in der Kolonne, die von der Maschine der Halle zustrebt, die erste zu sein. So wird sie am schnellsten die Paß- und Zollkontrolle hinter sich haben. Um so kürzer wird sie im Trubel von Begrüßungsszenen, Umarmungen und Freudentränen ausharren müssen. Sie ist nicht neidisch, sondern einsam. Denn auf sie wartet niemand.

Wie hatte sie sich diesen Moment errechnet! Die Landung in New York. Der Start in die Neue Welt. An der Seite Peters. Wie anders hätte alles sein können, sein müssen! Sie wollte ihm New York zeigen. Und in ihrer Vorstellung wuchsen die Wolkenkratzer über sie hinaus, war der Flugplatz zu einem Hafen des Glücks geworden, trug die Hudson Bridge ihre Liebe, und spiegelte sie sich in der blendenden Helle des Times Square. So aber ist heute für den demobilisierten weiblichen Sergeanten der US-Army der Flughafen von New York ein Platz wie hundert andere auf der Welt.

Evelyn hört Gepäckträger schreien, sieht schwitzende Familienväter und zertretene Zigarrenstummel, riecht Feuchtigkeit und fauliges Obst. Und mit dem Staub, den sie schluckt, würgt sie ein Stück Bitterkeit hinunter.

»That's yours?« fragt der Zöllner. Ihre Koffer stehen auf der Metallrampe.

Evelyn nickt. Der Beamte wühlt in ihren Sachen, als ob er sie seiner Frau schenken wollte.

»Sie kommen aus Deutschland?« fragte er mißtrauisch.

»Ja«, erwidert Evelyn.

Sein Eifer verdoppelt sich. Das hübsche Mädchen spürt, wie langsam der Zorn hochkommt. Bin ich nun amerikanischer Staatsbürger oder Schmuggler? überlegt sie.

Der Zöllner hält grinsend ein Nachthemd gegen das Licht.

»Nichts mitgebracht aus old Germany?« fragt er lauernd, »keine Goldstücke? Keine alten Gemälde?«

Dann endlich geht Evelyn dem Karren nach, der ihr Gepäck zum Omnibus bringt. Nur die Gedanken bleiben stehen, hämmern schnell und schnaufen langsam. Gefühle braucht man nicht zu verzollen. Etwas habe ich doch eingekauft in Deutschland: die Liebe. Peter.

Ein junger Mann im Trenchcoat hält Evelyn kurz vor dem Ausgang einfach am Ärmel fest. Das Mädchen will ihn verärgert abschütteln. In diesem Moment flammt Blitzlicht auf, klickt ein Kameraverschluß.

»Ich bin vom ›New York Star‹«, sagt der junge Mann, halb dreist, halb verlegen, während sein Kollege, der Fotograf, die Kamera schon wieder in Anschlag bringt.

»Sie irren sich«, erwidert Evelyn. Sie will hastig durch die Drehtüre weitergehen. Aber der Reporter läßt sich nicht abwimmeln. Die Unarten der Zeitungsleute haben sich während ihrer Abwesenheit nicht geändert. Dazu gehört beispielsweise, daß sie auf den internationalen Flughäfen wahllos Leute für ihre Interviews herausgreifen.

»Oh, bitte Miß, nur ein paar Worte«, bettelt der Mann.

»Ich bin absolut uninteressant für Sie.« Evelyn lacht ärgerlich. »Ich war drei Jahre weg, bei der US-Army ... in Deutschland ... Germany ist kaputt ... unseren Jungens drüben geht's gut ... Sonst noch was?«

»Großartig«, antwortet der Reporter. Sein Bleistift fliegt über den Stenoblock. Je schlechter Reporter sind, desto mehr stenographieren sie.

Und Evelyn ist gestellt. Dem Reporter mit dem kleinen, lästigen Flugplatz-Job ist es anzusehen, wie schwer aus Menschen Zeilen und aus Zeilen Geld zu machen sind.

»Wo waren Sie in Deutschland? Was haben Sie getan?« Der Reporter zielt mit seinem Bleistift wie mit einem Speer auf Evelyns Brust.

Evelyn zählt verdrossen ihre Stationen auf:

»War Crimes Division, Militär-Gericht Dachau, dann Gefängnisverwaltung, schließlich Übergangszeit in München.«

»Kriegsverbrechen?« fragt der Journalist. Sein Blick ist schon einen Schritt weiter.

»Ja ...« entgegnet Evelyn müde. »Ich war auch im Kriegsverbrechergefängnis Landsberg.«

Der Reporter kann seine Erregung nicht mehr verbergen. Er zerrt das Mädchen in einen kleinen Nebenraum. Der Fotograf im Hintergrund hebt schon wieder die Kamera. Evelyn versucht zu lächeln. Schließlich ist sie Amerikanerin. Und da lebt man eben hinter einer Fensterscheibe der Publicity.

»Name?« fragt der Journalist.

»Evelyn Wyler.«

»Dienstgrad?«

»Sergeant.«

»Wie viele Hinrichtungen haben Sie gesehen?«

Evelyns Gesicht wird eisig.

»Keine«, versetzt sie dann knapp.

»Too bad.« Der Interviewer schüttelt geringschätzig den Kopf. »Aber Sie glauben doch, daß es richtig ist, diese Burschen aufzuhängen?«

»Ich denke, daß die Schuldigen bestraft werden müssen«, erwidert Evelyn ohne Zögern.

»Sie sind verheiratet?«

»Noch nicht.«

»Oh«, fragt der Reporter strahlend, »Sie wollen bald?«

Das Mädchen lächelt schwach.

»Mein künftiger Mann wartet noch auf die Einreise-Erlaubnis nach Amerika«, sagt Evelyn dann fast wider Willen.

»Engländer?«

»Nein.«

»Franzose?«

»Nein.«

»Ja, was zum Teufel denn dann?« fragt der Journalist lachend, als ob es nur drei Völker auf der Erde gäbe.

»Deutscher«, antwortet Evelyn.

»Was?« Das Gesicht des Reporters flammt fast auf. »Sie wollen einen Deutschen heiraten?«

Und nun bricht ein Sturm von Fragen über sie los, macht sie wehrlos. Sie schämt sich der Fragen und der Wehrlosigkeit. Ihr wird flau im Magen. Im Jahre 1948 ist es fast eine größere Sensation, einen Deutschen zu heiraten, als sich von Rockefeller scheiden zu lassen.

Endlich wird Evelyn den Reporter los. Noch unter der Türe ruft er ihr nach:

»Und wie sehen die deutschen Frauen heute aus?«

»Genau wie wir«, erwidert Evelyn kühl, »wenn sie die gleichen Kleider kaufen können.«

»Sie glauben also, daß Ihr künftiger Mann auch ein deutsches Mädchen hätte heiraten können, wenn ...«

Fast verliert Evelyn die Beherrschung, nicht wegen der Taktlosigkeit, sondern wegen der Naivität. Mit einem heiseren »Good-bye« kann sie dem aufdringlichen Burschen endlich entkommen.

Sie fährt in ein Hotel und schläft sich aus. Sie hat nichts zu tun, es sei denn, die Erinnerung auf Distanz zu halten. Am nächsten Tag geht sie shopping. Und am übernächsten will sie nach Denver zu entfernten Verwandten, die sie besuchen kann – oder auch nicht.

Sie setzt sich hin, versucht, Peter einen Brief zu schreiben, aber die Feder bleibt am Papier kleben. Sie füllt ein Telegrammformular aus.

»Glücklich gelandet. Stop. Sonst unglücklich. Stop. Evelyn.«

Sie geht in ein Drugstore, ißt »Hamburgers«. Aber sie bekommen ihr so wenig wie die Stadt. Dann steht sie noch einmal vor dem Telegrafenamt und kabelt drei Worte hinterher:

»I love you.«

Als Evelyn abreisen will, klingelt das Zimmertelefon. Eine keifende Frauenstimme geht auf sie los, als sie verschlafen ihren Namen nennt.

»Sie sollten sich schämen, einen Deutschen zu heiraten«, quäkt es aus der Leitung. »Sie sind wohl auch Nazi geworden, da in Ihrem Kriegsverbrecher-Gefängnis . . .?« Die häßliche Stimme schäumt weiter; ohne Absatz, Punkt oder Komma. Evelyn hält erschrocken den Hörer noch in der Hand, als die Unbekannte am anderen Ende der Leitung längst aufgelegt hat.

Sie wird mit der Schlaftrunkenheit fertig, schüttelt den Kopf und dann begreift sie: das Interview bei der Ankunft. Sie läßt sich die Zeitung auf das Zimmer schicken. Das muß es sein, denkt sie. Und dann findet sie ihr Bild. Auf der dritten Seite steht das Interview. Doch darüber, eine Spalte weiter links, viel größer, das Bild eines 40jährigen Mannes mit schmalem, asketischem Gesicht und großen, sprechenden Augen. Evelyn erkennt ihn sofort wieder: Colonel Evans.

Unter seinem Foto steht: »Wird der ehemalige Chefverteidiger des Malmedy-Verfahrens auspacken? Und hätte Amerika seine Enthüllungen zu fürchten?«

Evelyn liest bedächtig Zeile für Zeile. Wenn Peter jetzt hier wäre! Sie überlegt. Sie liegt auf dem Rücken und versäumt den Zug. Bei dem großaufgemachten und doch fast nichtssagenden Interview mit Evans ist seine Hoteladresse angegeben.

Evelyn greift zum Hörer.

»Hotel Ambassador«, verlangt sie von der Zentrale. Es ist ein Impuls. Genaugenommen weiß sie gar nicht, was sie tut. Auf einmal kommt sie sich nicht mehr so einsam vor. Nicht, daß sie etwas mit Malmedy zu tun hätte oder zu tun haben wollte. Aber plötzlich nimmt sie teil an dem, was Peter bewegt.

»Bitte Mister Evans«, sagt sie mit würgender Stimme, als sich das »Ambassador« meldet.

Evelyn weiß noch nicht, daß sie ebenso impulsiv wie zufällig mit ihrem Anruf mitten in den zwielichtigen Malmedy-Case hineingreift.

An diesem Tag war Peter Steffens in Landsberg und wünschte inbrünstig, daß man ihn beim Kommandanten nicht vorließe. Er war nicht allein in der Lechstadt. Er begleitete Frau Brinkmann. Sie wartete im Hotel »Goggl« auf ihn. Er sollte ihr Gewißheit verschaffen. Düstere Gewißheit. Sie hatte dem Reporter das Versprechen abgenommen, daß er ihr ohne Schonung seine Information weitergeben würde.

Und so stand Peter nun hier, wo er Evelyn kennengelernt hatte. Der Kopf war in New York, bei Evelyn. Die Beine waren auf einem Gang der Festung Landsberg, über den tagtäglich Männer in Rotjacken geführt wurden. Dieser Gang der Strafanstalt war grau wie die Gesicher der Insassen, bemessen wie ihr Leben und gerade wie die Reihengräber im Schatten des Galgens.

Das Vorzimmer schleuste den Reporter weiter. Der Kommandant, der ein wenig menschlicher war als seine Vorschriften erlaubten, begrüßte Peter wie einen alten Bekannten:

»Zigarette?«

»Danke.«

»Was gibt's?«

»Das wollte ich von Ihnen hören, Sir.«

Der Offizier lachte lautlos.

»Ich bin ein armer Befehlsempfänger«, erwiderte er dann. Das Lachen starb auf der Stelle. »... Und meine Befehle sind nicht schön.«

Peter nickte.

»Kommen ... wieder Exekutionen?«

»Ich glaube«, erwiderte der Kommandant.

»Wer ist dran?« fragte der Reporter.

Der Offizier zuckte die Schultern.

»Lieber ein Jahr Krieg als vier Wochen Landsberg«, antwortete er, obwohl ihn die Granaten längst zum Pazifismus erzogen hatten.

»Auch ... Malmedy-Leute?« fragte der Reporter weiter.

»Wahrscheinlich.«

»Haben Sie Anweisung?«

»Die bekommen wir immer erst über den Fernschreiber ... aus dem Hauptquartier ... ganz kurz zuvor ...« Der Offizier zündete sich eine zweite Zigarette an, bevor noch die erste ausgeraucht war. »Generell wurde der Hinrichtungsstopp aufgehoben. Für alle ... ich habe aber gehört, daß einige begnadigt werden sollen ... Das kann aber auch nur ein Gerücht sein ... Sicher ist, daß morgen oder übermorgen das Fernschreiben kommt.«

»Sie rechnen also damit?«

»Ja ... ich habe meine Querverbindungen zum Hauptquartier, und deshalb weiß ich, daß ... beim nächsten Mal ... nun, Malmedy ist längst reif.«

»Das heißt also ...«

Der Kommandant nickte schwer. Henker hieß das ...

»Geht es Ihnen um einen ... bestimmten ... Häftling?«

»Auch das«, entgegnete Peter gepreßt.

»Ein Verwandter?«

»Nein.«

»Was haben Sie mit ihm zu tun? Wie heißt er?«

»Brinkmann ... ich ... habe mich etwas ... um seine Mutter angenommen.«

Der Kommandant notierte sich den Namen auf einen Zettel.

»Sie kann ihn ... sprechen«, sagte er dann. Er warf die Zigarette auf den Boden, trat sie aus. » ... Vorher«, setzte er hinzu.

Dann gab er Peter die Hand und fluchte.

Der Reporter ließ den Wagen stehen, ging zu Fuß, im weiten Kreis zuerst um die Stadt, dann um das Hotel. Der Kummer schnürte ihm die Luft ab.

Und jetzt stand sie da, die alte Frau, und wartete auf ihn, verharrte zwei Stunden lautlos auf der gleichen Stelle, im ständigen Kreislauf von Hoffnung und Verzweiflung. Und er mußte ihr jetzt sagen, daß morgen schon ihr Sohn tot sein konnte ...

In diesem Moment schlug der sinnlose Zorn auf sich selbst über ihm zusammen. Das habe ich nötig, sagte er sich, hierbleiben, den Samariter spielen! Und das nach einem Krieg, bei dem ich über Tote gewatet bin, über eigene und fremde. Nach einem Krieg, der das Gefühl mordete wie den Körper. Der das Mitleid fraß und den Egoismus mästete, während die Druckerschwärze vor Kameradschaft triefte ... da lasse ich Evelyn gehen, weil ich Angst vor einer alten Frau habe, der ich nicht helfen kann! Der ich es jetzt noch schwerer mache, weil ich ihr die letzte törichte Hoffnung nehme. Deren Leid ich steigere, wenn ich mich nur sehen lasse, denn ich bin so alt wie ihr Sohn und habe seine Figur und vielleicht auch seine Augen. Und ich werde leben, während er stirbt, kann vielleicht noch zusehen dabei und ihr dann hinterher sagen:

»Ihr Sohn war sehr gefaßt ... wirklich, sehr tapfer. Na ja, nun hat er's überstanden und ausgelitten ...«

Aber Peter wußte, daß ihn das Mitleid weiter bannen würde und daß der Zorn ohnmächtig war. Er nahm sich zusammen, ging auf das Hotel zu. Alle sahen ihn an. Wortlos. Fünf Frauen oder sechs oder sieben, Schwestern oder Bräute, oder weiß der Teufel wer.

Und dann stand sie vor ihm. Frau Brinkmann. Peters Gesicht war fahl. Sein Blick hohl. Seine Muskeln spannten sich zu einem nutzlosen Lächeln.

»Nicht so schlimm«, sagte die fremde Stimme aus seinem Mund, »... noch gar nichts 'raus ... nur ... Mut, Frau Brinkmann.« Er sah an ihr vorbei, zu einem Fleck an der Wand, der den Umriß eines stilisierten Führerkopfes haben konnte. Dann zwang er sich fast gewaltsam, Mutter Brinkmann anzusehen.

Sie sagte nichts. Aber ihr Blick bezeugte, daß seine Lüge mißlungen war.

In diesem Moment hatte der junge Reporter die Empfindung, daß er sich mit eigener Hand den Strick von Landsberg um den Hals legte.

Die Festung löffelt Eintopf. Schuld und Unschuld essen in Landsberg den gleichen Brei – Maispüree mit Corned beef. Für die amerikanischen Bewacher ist es ein farbloser Fraß, für die deutschen Rotjacken ist er gewürzt mit Angst. Wenn die Furcht nach dem Essen sauer aufstößt, dann schmeckt sie nach Maisbrei.

Es gibt ihn einen Monat lang. Die Abwechslung von Landsberg besteht in der Eintönigkeit. Die Langeweile trägt Uniform wie die Bewacher und wie die Kandidaten des Todes.

Paul Rehbusch schleppt den Essenkarren durch den B-Flügel des Gefängnisses. Er verteilt die Portionen. Er hat die Kelle in der Hand und die Ration im Griff. Und weil Schuld und Unschuld den gleichen Brei essen, hält sich wenigstens der Kalfaktor genau an die Gerechtigkeit: Keiner wird bevorzugt, niemand benachteiligt.

Das Gesicht des Häftlings, der mit Genehmigung des Kommandanten Sonderfreiheiten genießt, die der Kommandant nicht genehmigen dürfte, ist verschlossen und kalt. Er lebt auf schmalem Raum mit Menschen zusammen, die er haßt. Für diesen Haß litt er beinahe »tausend Jahre« lang in KZ und Gefängnis. Dieser Haß brachte ihn dem Tode nahe und hielt ihn am Leben. Für diesen Haß war er jederzeit bereit, zu sterben. Daß ihn der Tod aussparte, war Zufall. Einmal im KZ und dann später in Landsberg, als ihn ein entschlossener Häftlingspfarrer in letzter Minute vor dem Henker bewahrte.

Jetzt betritt er die Zelle des Malmedy-Angeklagten Nummer eins, Oberst Henze. Der ehemalige SS-Regimentskommandeur sieht nicht auf.

»Schüssel«, sagt der Kalfaktor knapp.

Henze schiebt ihm mechanisch den Teller zu. In diesem Moment schlendert der begleitende GI lautlos auf Gummisohlen wieder in die Zentrale zurück. Henzes Zelle ist die letzte, die aufgesperrt werden mußte.

Langsam greift Rehbusch in seine Jacke. Er läßt den Oberst nicht aus den Augen dabei. Der Brief, den der Kalfaktor aus dem Haus der Sühne schmuggeln soll, knistert in seiner Hand.

»Es wird immer behauptet, Sie hätten Mut«, sagt er verächtlich zu dem Oberst, »ich finde: Sie sind feige.«

Henze beugt sich über seinen Teller. Er legt den Löffel weg, betrachtet den Kalfaktor gleichgültig.

»Wie bitte?« fragt er.

Zuerst antworten die Mundwinkel des Kalfaktors, dann folgen die Worte:

»Wenn Sie schon wollen, daß ich für Sie und Ihre Leute einen Ausbruch organisiere, dann sagen Sie es mir gefälligst selbst.«

Jetzt erst sieht der Häftling Henze den Brief. Seine Augen verengen, seine Backenmuskeln spannen sich. Einen Moment sieht es aus, als ob der Oberst zum Sprung ansetzt, um Rehbusch den Brief wegzunehmen.

»Das wäre sehr unklug«, sagt der Kalfaktor.

»Das hätte ich mir gleich denken können, daß Türmer ein ... Schlappschwanz ist und vor lauter Gefühlsduselei den Mund nicht halten kann.«

»Lassen Sie die geschwollenen Worte!« antwortet Rehbusch brutal. »Und lassen Sie vor allem Türmer aus dem Spiel ... Ich habe ihn richtig eingeschätzt«, setzt er wie zu sich selbst hinzu. Wärme breitet sich plötzlich auf seinem Gesicht aus. »Er wollte mich nicht hintergehen wie Sie zum Beispiel.«

Der frühere Oberst kreuzt die Arme, seine Fingerknöchel werden weiß, seine Augen sehen ins Leere.

»Und nun?« fragt er barsch.

»Ja ... und nun«, wiederholt der Kalfaktor ohne Spott, aber mit Eis in der Stimme, »deshalb bin ich hier ... etwas sage ich Ihnen gleich: Wenn ich den Brief nicht von Fritz Türmer hätte, dann wäre ich sofort damit zum Kommandanten gegangen. Dann könnten Sie jetzt mit dem reden!«

»Danke«, erwidert Henze kurz. Er senkt den Kopf.

»Bitte«, entgegnet Rehbusch trocken.

Sie schweigen. Verbissen. Aber diese Wortlosigkeit ist beredt. Keiner sieht den anderen an. Aber jeder von beiden spürt, daß sie wie zwei vollbeladene Züge auf einem Gleis aufeinander zurollen und daß der Zusammenstoß unvermeidlich ist.

Aus den Nachbarzellen klappern die Löffel. Der Posten ist noch nicht aus der Zentrale zurückgekommen.

Henze ändert den Ton. »Waren Sie Soldat?« fragt er unvermittelt.

»Ja«, antwortet Rehbusch rauh. »Moorsoldat.«

Der ehemalige Oberst begreift ihn nicht sofort.

»Ich war im KZ, falls Sie wissen, was das ist«, fährt der Kalfaktor fort. »Lassen Sie also jeden Appell an die Kameradschaft! ... Von Ihren Kameraden wurde ich schließlich eingesperrt und halb totgeschlagen ... Und das war noch lange nicht alles, Herr Oberst. Kapiert?«

Ihre Augen begegnen sich. Auf halbem Weg. Der kühle Blick des einstigen SS-Offiziers und der nach innen gekehrte des Verfolgten, der in diesen Sekunden wieder durch die Hölle geht. An Hunderten, an Tausenden, an Millionen von Toten vorbei, vor ihm, hinter ihm und über sie hinweg, die Menschen waren wie du und ich, die leben wollten und sterben mußten. Im Steinbruch. Am Stacheldraht. Aus Hunger. An Schlägen. Die atmen wollten und krepieren mußten. Die starben, weil sie einen geraden Charakter oder eine gebogene Nase hatten. Die sterben mußten, weil ihre Mörder Sonderurlaub dafür bekamen, oder auch, wenn ihre Henker bloß schlechter Laune waren.

Die Herrenrasse förderte den Untermenschen. Und das stolz-stupide Ergebnis negativer Auslese benahm sich entsprechend: schlug zu, wegen einer Frau vielleicht, die nicht so wollte wie der Hauptscharführer. Weil er sich beim Rasieren geschnitten hatte. Weil nachts ein Hund gebellt hatte, oder weil der Magen den Schnaps nicht bei sich behielt. Weil er an Durchfall oder Verstopfung litt, oder weil er beim letzten Ausgang das Sanieren vergessen hatte.

Sie waren umgekommen, zu Hunderten, zu Tausenden, links und rechts von Rehbusch; man hatte sie zertrampelt, mit dem Kolben erschlagen, durch den Kamin gejagt ... nach einem Scheinurteil oder bloß formlos umgelegt, wie es der Führer befahl ...

»Das tut mir leid«, erwidert Oberst Henze heiser und halblaut in die Stille hinein. Er streift mit einem müden Seitenblick den Brief. »Ich verstehe jetzt ...«

»Gar nichts verstehen Sie«, versetzt Rehbusch mit noch immer abwesenden Augen. »Sie glauben«, sagt er und spürt, wie seine Stimme wieder Klang und Fülle bekommt. »Sie glauben, ich will mich jetzt rächen für die elf Jahre Haft, indem ich auf euren Leichen herumtrample und euch melde ... Ach, du lieber Gott, Herr Oberst, für wie beschissen halten Sie mich?«

»Was wollen Sie?« fragt Henze.

»Das hängt von Ihnen ab ... was wollen Sie mir zumuten?«

Der frühere Kommandeur atmet tief. Er öffnet den Mund, der so viele Kommandos gab. Jetzt brauchte er nur zu sprechen. Aber die Lippen streiken. Die Zunge auch. Der Oberst schweigt.

Rehbusch lächelt grimmig.

»Am liebsten wäre es Ihnen wohl«, sagt der Mann, der ein Leben lang hinter Gittern saß, »daß ich Ihnen den Brief zurückgebe. Ich wäre dann für Sie ein ... feiner Kerl, nicht? ... und Sie könnten sich einen anderen suchen.«

Der Oberst tritt einen Schritt näher an ihn heran.

»Sie verlangen von mir«, fährt Rehbusch fort, »daß ich Mördern zur Freiheit verhelfe. So ist es doch?«

Henze strafft sich.

»Das ist nicht wahr.«

»So ... Ihre Leute sind unschuldig, wie? Alle? ... Nun sagen Sie doch!«

Der Oberst schweigt, zuckt die Schultern.

»Nicht alle Verurteilten sind meine Männer, und ich habe keine Mordbefehle gegeben«, antwortet er.

»Und es wurde auch nicht gemordet?«

Die Lippen des früheren Eichenlaubträgers mit Schwertern werden zu einem weißen, blutlosen Strich. Er gibt keine Antwort.

»Hören Sie«, erwidert Rehbusch kalt. »Sie kommen eher aus diesem Gefängnis, als daß Sie mir jetzt ausweichen können. Ich frage nicht nach Ihrer eigenen Schuld und Verantwortung ... ich will nur klipp und klar wissen, ob Sie behaupten, daß alle Verurteilten schuldlos sind ...«

Der Oberst betrachtet den Kalfaktor. Langsam geht er unter das Zellenfenster. Als er sich wieder umdreht, sieht er sehr bleich aus. Es ist, als ob er in sich hineinhorchte. Über sein Gesicht zucken die Qualen der Sorge, der Verantwortung, des Gewissens, die Qualen durchwachter Nächte und zermarterter Tage. Der Oberst wirkt schmal und schmächtig. Wieder lastet auf den Schultern des früheren Kommandeurs das ungeheure Gewicht des Prozesses, und wieder versucht er, den Knoten der Schuldfrage zu lösen, der auch ihn mit umschlingt.

»Ich weiß«, stößt er hervor, »daß in meinem Abschnitt Greuel passiert sind ... aber ich habe sie nicht befohlen.« Es ist, als ob plötzlich die Zelle spräche; so leer, so hohl, so trostlos tropfen die Worte von den vier Wänden.

»Aber es ist geschehen«, unterbricht ihn Rehbusch.

»Ja.«

»Und Sie wissen nicht, ob zehn oder zwanzig oder noch mehr Mörder hier in Landsberg mitgefangen sind.«

Henze schweigt.

»Aber ich soll diesen Mördern die Freiheit verschaffen?«

»Oder...« erwidert Henze und legt Gewicht in seine Stimme, »... Unschuldige dem Galgen überantworten.«

Jetzt beginnt der Brief in der Hand Rehbuschs zu zittern. Er denkt an Fritz Türmer, den er genauso mag, wie er seine frühere Uniform haßt. Ein Leben hinter Gittern schärft den Instinkt. Er ist sicher, daß der Freund unschuldig ist.

Der Kalfaktor steckt den Brief wieder ein.

»Entschuldigen Sie«, sagt Henze leise, »wenn ich das gewußt hätte... mit Ihrer Haft, mit dem KZ... Sie wären nicht belästigt worden. Geben Sie mir den Brief wieder.«

»Nein«, antwortet Paul Rehbusch. Er hat seine Entscheidung getroffen. Und sie wiegt genauso schwer auf seinen Schultern wie die Verantwortung des Obersten Henze, der immer in vorderster Linie stand. Der seinen Leuten immer vorausgegangen war. Der vielleicht als erster gehängt werden wird. Der sich aus dem Strick nichts mehr macht. Dessen Ehre es einst war, dem Führer die Treue zu halten: blind und stur und tapfer.

Evelyn wußte nicht, was sie in den nächsten Sekunden zu Colonel Evans sagen sollte. Der Telefonhörer in ihrer Hand fühlte sich feucht an. Vor ihr lag die New Yorker Zeitung mit dem Interview und dem Bild des früheren Chefverteidigers. Bis sie die Stimme des Rechtsanwalts hörte, starrte Evelyn auf Evans' strenges, schmales Gesicht. Was mache ich bloß, dachte Evelyn. Nur weil ich beständig an Peter Steffens denken muß, rufe ich einen fremden Mann an, der zufällig um die gleiche Sache kämpft.

Gerade als das hübsche Mädchen auflegen wollte, meldete sich eine trockene Stimme:

»Evans.«

Evelyn schluckte, hustete. Ihre Worte klangen gedrechselt. Sie wollte sich verbessern, erklären und fiel schließlich den Mann aus Atlanta mit der abrupten Frage an, ob sie ihn sprechen könne.

»No, thank you«, antwortete Evans kühl. »Ich gebe keine Interviews mehr.«

»Einen Augenblick«, entgegnete Evelyn hastig. »Ich bin nicht von der Zeitung. Vielleicht erinnern Sie sich... ich war bei der Army... erst in Dachau, dann in Landsberg... ich habe Ihnen einmal eine Information zukommen lassen... wegen Leutnant Knoth.«

»Wie heißen Sie?« unterbrach sie der Rechtsanwalt.

»Wyler. Evelyn Wyler.«

»I beg your pardon«, entgegnete der Colonel herzlich. »Ich habe

Ihnen noch vielmals zu danken. Wo wohnen Sie? Ich hole Sie am besten gleich ab.«

Eine halbe Stunde später saß Evelyn dem Rechtsanwalt in einem tiefen Sessel in der Halle des »Waldorf-Astoria« gegenüber. Der Springbrunnen rauschte. Die Schritte des Kellners, der die beiden »High-ball« brachte, gingen in dem zentimeterdicken, karminroten Teppich unter.

Jetzt verlor Evelyn jede Befangenheit. Evans' Anstand dämpfte seine Neugier. Sein Interesse blieb gleichzeitig warm und kühl. Er fragte nach einzelnen Vorgängen aus Landsberg, nach Namen, Schicksalen. Für Evelyn wurde Evans eine Brücke zu Peter Steffens, und für Evans Evelyn eine Brücke nach Landsberg. Evelyn gab Auskunft, so gut sie konnte, über die Haltung der Häftlinge, über die Tage von Landsberg, über die Stimmung in Deutschland.

Auf einmal merkte die lebhafte New Yorkerin, daß sie gar nicht die eigenen Worte gebrauchte, sondern mit Peters Mund sprach, daß sie Peters Wissen, Peters Überzeugung vortrug. Und verwirrt begann sie, von dem Reporter zu sprechen.

Evans lächelte.

»Ein deutscher Journalist?« fragte er.

»Ja.«

»Sie wollen ihn heiraten?«

»Ja.«

»Warum haben Sie ihn nicht gleich mitgebracht?«

Das Mädchen lächelte schmerzlich, zuckte die Schultern.

»Wegen Malmedy«, antwortete sie dann. »Er glaubt, er könnte noch etwas ausrichten ...«

Seltsam, dachte der Colonel. Er betrachtete Evelyn zerstreut. Aber deshalb läßt man doch ein solches Mädchen nicht im Stich, überlegte er. Dann mußte er innerlich lachen: Und was habe ich selber mit Alice gemacht? Mit Bob? Mit Ann? Habe ich sie nicht jahrelang warten lassen?

»Wohl ein Verrückter wie ich«, sagte er bitter-ironisch.

»Und wie steht es ... jetzt um ... Malmedy?« fragte Evelyn.

»Schlecht«, sagte Evans trübe. »Ich bin auf allen legalen Wegen gescheitert. Es ist bitter, daß ich mich jetzt ... schlimmer Mittel bedienen muß ...«

»Das Interview?« fragte das Mädchen.

»Gegen meinen Willen lanciert.«

»Und jetzt?«

Der frühere Colonel zuckte die Schultern.

»Ich glaube, daß man die Presse einschalten will, um die Sache vor den Senat zu bringen.«

»Aber das ist doch nicht bedenklich.«

Im Gesicht des Rechtsanwalts war Resignation.

»Es ist nicht die Presse«, erklärte er dann, »sondern ein Teil der Presse. Und dieser Teil greift es nicht freiwillig auf, sondern im Auftrag einer Partei ... und ich hatte geglaubt«, setzte er mit gezwungener Stimme hinzu, »daß ich die letzten Jahre für etwas anderes, als für Partei-Strategie geopfert habe ... Wie lange bleiben Sie in New York?«

»Immer«, erwiderte Evelyn.

»Und wann kommt Ihr Reporter nach?«

»Ich weiß es nicht«, sagte das Mädchen leise. »Er blieb, weil er einer alten Frau helfen wollte ...«

Evans Augen fragten nach dem Namen.

»Brinkmann.«

»Brinkmann«, wiederholte er. Das Lächeln der Erinnerung war uralt. »Und?«

»Vielleicht kommt Peter erst nach der ... Aber wird es noch eine Hinrichtung geben, Mister Evans?« fragte Evelyn plötzlich. »Sie können es doch verhindern!«

»Ich hoffe«, antwortete er ohne Hoffnung. Aber mit einem Mal wurde er lebhaft. Er beugte sich vor und sah Evelyn in die Augen: »In Deutschland kann Ihr Freund nichts ausrichten«, sagte er. »Holen Sie ihn her! Ich könnte ihn brauchen.«

»Sie können ihn brauchen?«

Der Rechtsanwalt nickte.

»Vielleicht«, sagte er nachdenklich, »könnte er Interviews geben. Als Deutscher. Oder selbst schreiben. In amerikanischen Zeitungen ... Verstehen Sie ... wir Amerikaner sind meistens viel fairer zu den Ausländern als zu den eigenen Leuten. Er kennt doch die Zusammenhänge?«

»Ja.«

»Telegrafieren Sie ihm; er soll sofort kommen!« fuhr Evans fort.

»Aber wie? ... das Visum ... die Flugkarte ... so schnell?« erwiderte Evelyn verstört durch die plötzliche Hoffnung.

»Es gibt einen Weg«, versetzte der Rechtsanwalt, »laden wir ihn ein! Journalistenaustausch.«

»Das können Sie machen?«

»Ein paar Freunde habe ich noch bei der Militär-Regierung in Deutschland«, entgegnete der frühere Colonel grimmig. »Ich hoffe es wenigstens.«

Noch am selben Tage setzte er sich an den Hebel und telefonierte. Zuerst mit Heidelberg, dann mit München. Wie es weiterging, wußte Evans nicht. Es war nur ein Versuch, dessen Pate sein Impuls war, Evelyn zu helfen.

Der Entschluß, 43 ehemaligen SS-Leuten zu einem Massenausbruch aus der Festung Landsberg zu helfen, wird für Paul Rehbusch an diesem Nachmittag aktuell. Der Kalfaktor erfährt auf der Schreibstube, daß sich der Henker die Maße der Malmedy-Verurteilten aushändigen ließ.

Der Brief unter der Jacke ist schon fettig, der Umschlag zerknittert und die Schrift verwischt. Aber die Wünsche und Hoffnungen, die er umschließt, sind noch so neu, als wären sie eben erst niedergeschrieben worden. Der Kalfaktor starrt durch das Fenster auf den Hof. Auf dem Galgengerüst tummeln sich Spatzen. Sperlinge wissen nichts von Schuld und Sühne.

Und dann begegnet Rehbusch dem Kommandanten.

»Ich rechne jeden Tag mit Ihrer Entlassung«, begrüßt ihn der Offizier.

Der Häftling nickt.

»Aber ich sehe Sie immer hier im Haus ... warum gehen Sie nicht öfter weg?«

»Lohnt sich ja kaum«, versetzt der Kalfaktor. Das wäre eine Möglichkeit, durchschießt es ihn. Ein Brief ist viel zu langsam und unsicher. Ich muß es organisieren, schneller, sicherer, ungefährlicher.

»Why?« fragt der Kommandant.

Rehbusch markiert Verlegenheit.

»Was soll das?« sagt er dann gespielt zweideutig. »Liebe am Nachmittag? ... Nachturlaub müßte ich haben.«

Der Offizier lacht laut.

»Girl?« fragt er.

Der Vorzugshäftling Rehbusch nickt und beißt die Zähne aufeinander. Er schämt sich, daß er seinen natürlichen Todfeinden hilft und dabei einen so anständigen Burschen wie den Major hintergeht.

Der Offizier kneift ein Auge zu.

»Well«, brummt er, »ich bin kein Unmensch ... Morgen um zehn Uhr sind Sie wieder hier.«

Rehbusch schweigt. Der Festungskommandant gibt ihm mechanisch die Hand. Sie brennt hinterher genauso auf seiner Haut wie der Wunsch, Fritz Türmer zu helfen.

Als der Henker sich das Maß der Malmedy-Leute geben ließ, hat er zugleich die letzten Hemmungen des Kalfaktors gelöst. Der jahrelange Gefangene denkt jetzt weiter als Oberst Henze, gründlicher, präziser. Der Brief trägt als Anschrift eine Straße in München. Der Name darüber ist mit Sicherheit der eines früheren SS-Offiziers.

Rehbusch wird ihn aufsuchen. Heute noch. Er wird den Mann wachrütteln und ihn zwingen, sofort zu handeln.

Um nicht aufzufallen, verläßt der Kalfaktor schon am Spätnachmittag die Strafanstalt. Sowie das Gefängnis außer Sicht ist, geht er schneller. Richtung Bahnhof. Plötzlich knirscht ein amerikanischer Straßenkreuzer neben ihm. Der Häftling auf Urlaub reißt die Augen auf.

Der Major grinst durch die offene Scheibe.

»Sie haben es aber verdammt eilig ... come in! Ich nehme Sie mit in die Stadt.«

Rehbusch setzt sich verwirrt auf das kalte Leder. Er hat kein Gefühl für das Fahren in dem lautlosen, gut gefederten Wagen.

»Wo wohnt sie denn?« fragt der Kommandant feixend.

»Wer?« antwortet der Kalfaktor zerstreut.

»Na ... Ihr Girl?«

Rehbusch zieht einen hohen Bogen mit der rechten Hand. Am Ende der Welt kann das heißen oder im übernächsten Hinterhof.

Armer Teufel, denkt der Kommandant. Dann hält er. Ahnungslos, daß er im doppelten Sinn einen geplanten Massenausbruch begünstigt hat.

Rehbusch läuft weiter zum Bahnhof. In 20 Minuten geht der nächste Zug. Der Wartesaal ist halb voll. Unter den Fahrgästen ist eine alte Frau mit gewellten Silberhaaren. Neben ihr steht ein junger Mann in einem geänderten Wehrmachtsrock. Dem Krieg sind sie entkommen, denkt der Kalfaktor, der Uniform noch lange nicht. Er registriert automatisch, daß die alte Frau und der junge Mann fast nicht miteinander sprechen. Sie wirken wie Trauergäste einer Beerdigung.

Paul Rehbusch ahnt nicht, daß die Frau mit dem müden Gesicht die Mutter eines der 43 ist, die er retten will, Frau Brinkmann, begleitet von Peter Steffens. Endlich hat der Reporter sie überreden können, von Landsberg wegzufahren.

Der Zug rollt ein. Die Maschine faucht kurzatmig und wichtig. Sie hält. Zwei Minuten bloß. Aber lange, viel zu lange für Paul Rehbusch, der sich auf das Trittbrett schwingt und in ein Abteil steigt. Er scharrt mit den Füßen vor Ungeduld.

Ein paar Meter neben ihm findet Frau Brinkmann einen Fensterplatz. Endlich rollt der Zug aus dem Bahnhof. Die Gedanken einer Mutter bleiben in dem kleinen Städtchen zurück. In der Strafanstalt. Zwischen vier Wänden. Bei einem jungen, schmalen Burschen. Und mindestens einmal in jeder Stunde begleitet diese Mutter einen Schatten über den Gang. In den Keller. Auf den Hof. Das Gerüst hinauf. Dreizehn Stufen.

13. Kapitel

Es ist Abend. Brinkmann steht an der Zellentür. Wie immer. Seit drei Tagen und drei Nächten schon. Die Knöchel am Bein sind so dick wie der Kloß im Hals. Einmal ist die Todesangst größer als die Hoffnung. Und dann wieder ist es umgekehrt. Das wechselt in jeder Minute. Der Kopf schmerzt im Kreisel der Fragen. Warum geht es nicht vorwärts? Warum hauen wir nicht ab? Weshalb gibt der Kommandeur das Zeichen nicht, den Pfiff:

»Üb' immer Treu und Redlichkeit«?

Brinkmann gehört zum »Stoßtrupp«. Zu den vier Mann, die lernen mußten, wie man eine Zellentür offenhält. Steinchen im Schloß. Dann gegen die Tür lehnen. Damit es keiner merkt. Sie ist jetzt Tag und Nacht offen, wie Henze es befahl. Manchmal kommt ein Luftzug von draußen. Dann riecht der Gefängnisgang nach Freiheit, nach einer glücklichen Zukunft.

Dem früheren SS-Mann fallen die Augen zu. Die Lider sind dick, rot und entzündet. Aber sooft Verschlußkontrolle ist, stemmt sich der Häftling in lautloser, verbissener Verzweiflung gegen die Tür, um den Posten zu täuschen. Noch nie in seinem Leben hat Brinkmann so Wache um sein Leben geschoben, nicht einmal für Führer, Volk und Vaterland.

Ablösung gibt es nicht. Die Wache endet entweder durch den Strang, oder auf einen Pfiff Henzes. Auf ihn warten sie alle, die 43. Die Unschuldigen wie die Mörder. Sie lauschen, bis die Ohren schmerzen. Früh um drei, abends um zehn. Das Trommelfell wird zum Handlanger der Todesangst. Das Blut hämmert in den Ohren. Aber den Pfiff würden sie nicht überhören.

Vor einer halben Stunde ist Triebenstein aus der Zelle gestürzt. Auf den Gang. Die Metallplatten schepperten. Der GI schlief hinten im Glaskasten der Zentrale. Den Kopf auf den Armen. Ehe er hochfahren konnte, war Triebenstein zurück in die Sicherheit der Zelle getaumelt, aus der man ihn jederzeit holen kann. In ein paar Minuten oder in ein paar Stunden. Und dann wird es keinen Ausweg mehr geben, nur einen letzten Rückzug durch ein schwarzes, gähnendes Loch.

Jeden Abend wechseln die Posten der Nachtwache im B-Flügel. Brinkmann kennt sie alle. Und alle GIs kennen ihn. Monatelang hat man zusammengelebt. Die Häftlinge in Todesangst. Die Posten in

Langeweile. Das bindet. Joe gibt Brinkmann manchmal Zigaretten. Dafür zerstört Corporal Powell die Päckchen der Mutter. Der eine ist ein Mensch. Der andere ein Schinder. Jede Art von Unterschieden gibt es in der Welt von Landsberg: Zwei wollen fliehen. Einer ist unschuldig.

Genau weiß man nichts. Auch nicht, wie der »Stoßtrupp« sich durchsetzen wird. Das ist das Wichtigste! Brinkmann muß zusammen mit Triebenstein den Posten im Rundturm niederschlagen.

»Ausschalten!« befahl Henze. »Wie, ist eure Sache.«

Der frühere SS-Mann hat sich jede Bewegung überlegt: ankriechen im Halbdunkel des Seitengangs. Dann Sprung. Dann der Schlag von hinten über den Schädel. Dann die Schlüssel . . .

Alles läßt sich berechnen. Nur etwas nicht: ob dann Joe oder Powell Wache hat.

Und Brinkmann steht, bis er umfällt. Wie jeden Tag. Wie jede Nacht. Bei »Licht aus« und »Verschlußkontrolle« starrt er durch die Zellenklappe. Wenn Powell Wache hat, denkt er, ist es nicht so schlimm. Aber wenn Joe vor der Türe steht, verwünscht er die Flucht genauso wie den Galgen. Seine einfache Welt, die sich nach nichts weiter orientiert als nach Leben oder Sterben, steht mit einem Male kopf. Brinkmann erschauert hilflos bei der Einsicht, daß ein schlapper Schlag auf den Schädel von Joe ihm und den anderen 42 das Genick brechen wird.

Auf einmal ändert sich alles. In den Augenhöhlen des SS-Mannes bohrt schmerzlich die Erschöpfung. Als er die Hand von der Stirne nimmt, geht die unverschlossene Zellentür quietschend auf.

Er taumelt hoch. Er plumpst dagegen. Zu spät. Er kann sich nicht mehr gegen die Eichentüre stemmen. Kalt tropft diese Gewißheit gegen sein Bewußtsein. Entdeckt! Ich habe gepennt, denkt er. Ich bin schuld! Vorbei. Eine lächerliche Erinnerung an die Kommißzeit quillt in ihm auf. Er hat sie nie vergessen.

»Bedankt euch bei Brinkmann«, hetzt eine heisere Stimme.

Ich bin schuld, denkt er. Damals ging es mit einem Rollkommando ab. Diesmal büße ich mit dem Leben. Und nicht nur ich.

In der Tür steht Pfarrer Märker. Er sagt kein Wort. Der Häftling schluchzt. Der Pfarrer überhört es, schließt die Türe. Achtlos. Heute scheinen alle Posten zu pennen. Der Geistliche betrachtet Brinkmann lange und ernst.

»Brinkmann«, sagt er leise.

Der Gefangene wird rot und blaß, auf der linken Backe das eine, auf der rechten das andere. Nur langsam begreift er das Wunder. Der Posten, der den Pfarrer hierherbrachte, hat es nicht gemerkt. Und dann versteht der junge Bursche in der Rotjacke auf einmal, daß es kein Wunder ist. Das mit der Türe.

Er zuckt zusammen, hebt unsicher den Kopf. Seine Augen durchtasten das feierliche Gesicht des Priesters. Sein Blick findet die Antwort. Sie ist schrecklich. Denn die Sache mit der Tür ist auf einmal ganz und gar unwichtig ...

»Ach«, sagt der SS-Mann mit hohler Stimme, die er noch niemals hörte, »sind wieder ... Exekutionen?« Er sieht das Mitleid im Gesicht des Mannes im schwarzen Rock, die Augen, die ausweichen wollen und so zu Verrätern werden.

»Wann?« stöhnt Brinkmann. »Morgen? Übermorgen? Morgen schon?«

Der Priester schweigt. Er hat zu schweigen. Aber der Ritus, mit dem er die Häftlinge auf die heraufdämmernde Hinrichtung vorbereitet, spricht für sich und wird zur Gewißheit. Seine Augen, seine Stimme, die Tageszeit, zu der er kommt und geht, das alles gehört zur Liturgie des Todes, wie das Amen vor dem Strick.

»Nein!« heult Brinkmann. Sein Magen hebt sich. Seine Gesichtshaut ergraut. »Nein!« stöhnt er.

Sein »Nein« stöhnt über den Gang, läuft den anderen eisig den Rücken hinauf, schleicht sich in ihre Trommelfelle, schlägt an ihren Nerven, bohrt sich in ihre Herzen.

Und jetzt, da die Freiheit so nah ist wie der Henker, wird die Todesangst gemeiner und erstickender als je zuvor.

Der Personenzug hält erst nach dem zweiten Bremsversuch. Paul Rehbusch springt vom Trittbrett, taucht im Gewühl unter, hastet durch die zerstörte Bahnhofshalle, eilt blicklos an Passanten vorbei, spürt die Luft nicht, das Leben, den Abend.

Wie oft wünschte er sich, frei unter Menschen zu sein? Zu lachen, zu lieben, zu atmen. Nicht an der Zellentür zu stehen. Nicht horchen zu müssen. Nicht mit dem Tod auf du zu sein. Wie oft wünschte er sich heiß, durch die Stadt zu gehen, vorbei an Pärchen, an jungen Mädchen, mit deren Haaren der Wind und mit deren Erwartung das Leben spielen? Und dann jeweils malte er sich aus, wie er stehen bleiben, sich umdrehen, den Frauen nachsehen und träumen würde.

Aber jetzt, da die Freiheit den beinahe berufsmäßig Verfolgten umbrandet, vergißt er die Wachträume der Zelle. Ist alles ganz anders, sucht er eine Adresse, einen Namen, um seinen früheren Todfeinden zur Massenflucht zu verhelfen. Der Mann heißt Max Geier und ist Tankwart irgendwo an einer Münchener Ausfahrtsstraße. Benzin zapft er noch nicht lange. Bis 1945 war er Offizier bei Hitlers Prätorianern.

»Die große Tankstelle da drüben«, sagt schließlich ein Mann.

Rehbusch versucht die Nervosität mit einer Zigarette zu kontern. Sein Atem geht schwer, als er auf die Benzinsäulen zugeht.

Er nennt den Namen.

»Da müssen Sie in das Büro«, antwortet der Lehrjunge. »Das ist der Chef selbst.«

Der Mann, den er in der Türe trifft, hat eine klobige Figur und ein breites Gesicht mit einer roten Narbe am Kinn. Eine Visage, die viel oder wenig besagen kann.

»Kann ich Sie allein sprechen?« fragt Paul Rehbusch.

Der Tankwart verzieht das Gesicht.

»Ich verkaufe keinen schwarzen Sprit«, leiert er herunter.

»Ich komme von Oberst Henze«, antwortet Rehbusch leise.

»Mann«, entgegnet Geier mißtrauisch. »Dachschaden, was? ... Der Alte sitzt im Bau.«

Der beurlaubte Häftling zieht den Brief aus der Tasche, ruhig auf einmal.

»Eben ...« erwidert er, »daher komme ich ... aus Landsberg ...«

Geier reißt ihm den Brief aus der Hand. Die Narbe in seinem Gesicht wird auf einmal dunkelrot.

»Mensch!« zischt er. Dann zieht er Rehbusch hinter sich in das Büro.

Der Tankwart liest langsam, schwerfällig, zweimal, dreimal ...

»Mann ...« sagt er dann, »das ist ein Ding! ... Seine Schrift ... Und wie sind Sie getürmt?«

»Ich hab' die Amis 'reingelegt«, versetzt Rehbusch grinsend. Dabei ist es ihm hundeelend. Er sieht seinen Freund Fritz Türmer vor sich und beißt die Zähne aufeinander.

Er muß es schaffen.

Und dann gibt's Schnaps.

Sie sitzen in Geiers Büro zusammen. Eine Kerze steht auf dem Tisch.

»Hier sind wir ungestört«, beginnt der Tankwart.

Auf Kisten und Fässern sitzen noch vier Mann herum, kalte Gesichter, starre Gesichter, maskierte Gesichter. Mienen, die nach dem Krieg verlernten, sich anmerken zu lassen, woher sie kommen. Geier stellt mit schon unsicherer Stimme vor:

»SS-Obersturmführer ... SS-Sturmbannführer ... SS-Oberscharführer ... SS-Uscha ...«

Auf einmal tauen die Gesichter auf, ihr Ausdruck wechselt von stumm zu stolz.

Rehbusch nimmt das Glas, trinkt. Die Stirne glänzt, die Luft ist stickig, in den Knien drückt der Körper.

Geier spricht leise, eindringlich:

»Es ist soweit... wir müssen Henze und seine Leute 'rausholen... höchste Eisenbahn, sonst werden sie noch umgelegt.«

Der Tankwart gibt Henzes Plan Stück für Stück weiter. Rehbusch fühlt, wie seine Ohren heiß werden. Die anderen heben die Köpfe. Gesichter lächeln, Mienen lauern.

»Zwei Lastautos kann ich selbst organisieren«, sagt Geier. »Dann brauchen wir Zivilklamotten... Herrschaften, die Sache ist brandeilig! In zwei Tagen steht die Aktion!... Das andere ist klar... Der Henze haut die Wachen selbst auf den Kopf, und wir kommen erst dran, wenn die den Ausbruch geschafft haben. Wir verstecken die Klamotten in einer Feldscheune. Unsere Kameraden ziehen sich um, und dann geht's los... 'rin in die Kartoffeln, 'ruff auf die Karren und ab durch die Mitte!«

Sie murmeln alle durcheinander. Der Schnaps heizt ihnen ein. In ihren Augen glüht die Erinnerung an Sonderunternehmen aller Art. In zwei Stunden ist ihr Plan fertig. Sie wissen genau, wem von den früheren Angehörigen ihrer Einheiten sie trauen dürfen und an wen sie sich nicht zu wenden brauchen. Nicht alle sind ewig bei der SS geblieben.

»Na ja«, antwortet einer der früheren Leibeigenen Hitlers, »weil du es bist, Geier, mach' ich mit... für deinen Henze rühr' ich keinen Finger. Das sind doch Weichmänner, diese 1. SS-Panzer! Da hättste unsere Division sehen sollen. Da wär' kein Auge trocken geblieben... Da hätt' kein Zeuge mehr gequasselt.«

»Halt die Schnauze«, versetzt Geier trocken.

»Den Amis eins auswischen«, lacht ein anderer trocken, »dafür laß ich mir noch einmal ein Ding verpassen, wenn's sein muß.«

Sie prosten sich zu. Der Tankwart bedient Rehbusch bevorzugt.

»Seht euch den an«, sagt er dann, »... toller Bursche... kommt von Henze mit einem Brief direkt aus Landsberg. Hat die Amis 'reingelegt.«

Sie lachen und husten vor Hochachtung.

»Warst du auch bei der 1. SS-Panzer?«

»Nein.«

»Bei welchem Haufen dann?«

Nimm dich zusammen, denkt Rehbusch verbissen, schluck alles hinunter. Wenn sie merken, daß du KZ-Häftling warst, halten sie alles für eine Falle, und Fritz muß sterben. Seine Zunge bahnt sich eine Gasse durch einen Berg von Toten. Er nennt die Einheit seiner früheren Bewacher, die zu dem Totenkopf-Verband gehörte, der ihn prügelte und seine Mithäftlinge ermordete.

»Bei denen war ich«, setzt er hinzu und schmeckt die Galle in seinem Speichel.

Einer steht auf und streckt Rehbusch die Hand hin.

»Mensch, Kumpel«, brüllt er ...

Rehbusch hebt den Kopf und sieht in die Visage eines Mörders. Er spürt die Kälte im Rücken. Und er sieht immer nur in das Gesicht, aus dem die Falten der letzten Jahre schwinden. Und jetzt setzt Rehbusch bei dem Mann die beiden fehlenden Vorderzähne wieder ein, legt den Scheitel wieder zurecht, so wie er und sein Führer ihn damals trugen, und an dem Mann, der vor Paul Rehbusch steht und ihm eine saubere, vom Blut abgewaschene Hand hinhält, wächst die SS-Uniform wieder hinauf. Die Stiefel, die Breeches, das Koppel, die Jacke, die Kragenspiegel ... Und da steht er vor ihm: SS-Unterscharführer Wilhelmsen. Und in Rehbuschs Mund rinnt der Speichel zusammen. Er sieht den Bewacher vor sich, wie vor Jahren, wie er sich bückt und wieder einen Mann, der das mörderische Tempo nicht durchhielt, in die Pfütze drückte. Und er hört wieder das Gurgeln des Ertrinkenden. Und er hört, wie der Uscha grölt: »Pfützen sind für euch noch zu schade!«

Jawohl, Wilhelmsen. Er ist es. Einer der Mörder von Mauthausen. Dem Henker entgangen. Lebt unter uns. Mordet vielleicht morgen wieder, wenn man ihm Gelegenheit gibt. Bezieht vielleicht vom neuen Staat eine Rente. Es leben noch Hunderte von Wilhelmsens unter uns, warten, lauern, haben nur das Gewand gewechselt, nicht den Instinkt. Den Mordinstinkt.

»Wann, wie, wo warst du denn bei unserem Haufen?« schreit Wilhelmsen, der Rehbusch nicht erkennt, weil das tausendfache Leid damals die Gesichter der Häftlinge uniformierte.

Der ehemalige Gefangene von Mauthausen bleibt kalt. Wie er es schafft, weiß er hinterher nicht mehr. Er nennt eine Zeit, zu der der Mörder noch nicht zum Stammpersonal dieses Lagers gehörte. Aber das dämpft die Begeisterung Wilhelmsens nicht.

»Mensch, Mann, da gehn wir doch einen heben!« plärrt er.

Es ist für Fritz Türmer, denkt Rehbusch wieder und wieder. Es muß sein. Hier ist jeder nur ein Werkzeug des anderen: ein Unschuldiger für einen Schuldigen. Und ein Schuldiger für einen Unschuldigen. Und das einzige, was ich nicht aus den Augen verlieren darf, ist das Ziel: Fritz zu helfen!

So geht der Mann aus Landsberg mit fünf früheren SS-Leuten in eine Kneipe.

Die Musik ist übel, der Schnaps noch übler, am übelsten aber sind die Mädchen. Geier spricht auf Rehbusch ein, der nur Augen für den Uscha Wilhelmsen hat, auf dessen Schoß sich ein Mädchen setzt.

»Henze ist ein feiner Bursche«, redet der Tankwart wie ein Wasserfall, »verlaß dich drauf, ich weiß es. Ich habe monatelang für ihn Panzer gefahren. Ich karre ihn auch aus diesem Dreck heraus.«

Rehbusch kippt den Schnaps hinunter. Wilhelmsen schiebt das Mädchen etwas weg. Die Verachtung läßt ihm die Unterlippe nach vorne wölben. Der Tankwart sieht es, wird ärgerlich.

»Ja«, sagt er, »ihr Totenkopf-Leute versteht das nicht. Wir waren in erster Linie Soldaten und haben uns um eure Scheiß-KZ nicht gekümmert. Hatten andere Sorgen. Wir waren nicht so politisch wie ihr . . .«

Im Kopf von Rehbusch kreisen Windmühlenflügel. Er steht auf. Es wird getanzt. Das Mädchen sitzt noch immer auf Wilhelmsens Schoß. Es ist blond und plump, lacht schrill und hat auch eine Zahnlücke wie der frühere Unterscharführer.

Auf einmal weiß Rehbusch, daß er etwas tun muß. Daß er nicht mehr mit dem Würgen im Hals fertig wird, daß die Selbstbeherrschung versagt, daß er den Leuten gleich die Wahrheit ins Gesicht schleudern wird. Und daß er damit jede Hoffnung für den Freund vernichtet.

Sein Entschluß ist schneller als die Überlegung.

»Ich will mit dem Mädchen tanzen«, sagt er mit verkniffenem Gesicht.

»He«, lacht Wilhelmsen, »warum so grob?«

»Los, das Mädchen her!«

»Kumpel, was ist denn?« fragt der Totenkopf-Mann verstört.

Die Blonde schrillt, weil sie eine Sekunde früher begreift.

Rehbusch schlägt zu. Seine Faust ist an Zellentüren und Essenkübeln hart geworden. Und Haß macht Muskeln. Er schlägt nicht wegen des Mädchens zu, er trifft wegen der Pfütze. Und dabei, im Nebel des Zorns, wähnt er, in eine Pfütze zu schlagen. Schnaps, Blut, Bier . . . und immer wieder in das Gesicht. Bein angewinkelt. Stoß in den Leib. Zu schwach. Schlag in das Gesicht. Noch eine Zahnlücke.

Wilhelmsen läßt alles steif und starr über sich ergehen. Sein Gesicht trägt Erstaunen, bis es sich vor Schmerz verzerrt.

Geier reißt Rehbusch von seinem Opfer los und treibt ihn aus dem Lokal, noch bevor die Polizei kommt, schleppt ihn nach Hause.

»Mensch«, sagt der Tankwart immer wieder, »wegen eines Mädchens . . . einen Kameraden . . . und gleich so.«

Rehbusch verbringt die Nacht in Geiers Tankstelle, trinkt Schnaps, trinkt sich wieder nüchtern.

»Na ja«, stellt der Tankwart am Morgen abschließend fest, »ist ja verständlich, wenn man so direkt aus dem Gefängnis kommt.«

Der Ausgang ist zu Ende. Rehbusch verabschiedet sich hastig. Der Verbindungsmann von Oberst Henze verspricht, in der Nacht von Montag auf Dienstag da zu sein. Eine Stunde nach Mitternacht.

Mit Autos. Mit Anzügen. Mit Geld. Mit Lebensmittelkarten. Mit Papieren.

Paul Rehbusch lächelt zerstreut. Er weiß nicht mehr, wo er ist, was er tut. Nicht einmal, warum er es tut. Er glaubt, den Boden unter den Füßen und die Ideale in der Brust verloren zu haben. Und weiß dabei gar nicht, daß sein Standpunkt gerade jetzt da ist, wo er immer war: bei der heimatlosen Menschlichkeit.

Senator Chambers dampfte mit dem Verdruß einer Lokomotive, deren Räder blockieren. Er gab Colonel Evans die rechte Hand und sah dabei in die linke Ecke. Seine Worte hatten es eilig; seine Gedanken noch eiliger.

»Evans«, sagte er, »Sie können wieder nach Hause fahren. Nach Atlanta ... vorläufig wenigstens ...«

»Wie steht ... Malmedy?«

Die Augen des Senators wurden klein.

»Lieber Freund«, antwortete er, blieb stehen, tippte dem früheren Chefverteidiger mit dem Zeigefinger gegen die Brust, »merken Sie sich ... was Senator Chambers in die Hand nimmt, steht immer gut.«

» ... Hinrichtungen gestoppt?«

»I wo«, knurrte Chambers, »ich will Ihnen einmal etwas sagen, Evans: Alle dreiundvierzig hängen sie nicht an einem Tag. Und wenn sie ein paar von Ihren ... hm ... Schützlingen aufknüpfen, ist es gar nicht so dumm.«

»Nicht so dumm ...« wiederholte der Colonel starr und stumpf.

»Begreifen Sie denn noch immer nicht? Was ich brauche, was Sie brauchen, was Ihre verdammten Burschen in Deutschland brauchen, das ist ein Skandal. Ein handfester Skandal, bei dem es keine Ausrede gibt, der sich nicht mehr rückgängig machen läßt.«

Der Rechtsanwalt rang mit dem Ekel. Mein Gott, dachte er, so sieht er das. Er will das Unrecht, um es als Tiefschlag zu benutzen, und ich gebe mich zu dem Tiefschlag her, um Unrecht zu verhindern ...

»Na, so schlecht ist es auch nicht, Evans«, lenkte Chambers ein. In seinem Gesicht lächelte die Arbeit der letzten Tage mit. Er hatte geredet, geraunt, geschimpft, gedroht, geblufft. Und dann setzte er seinen geschicktesten Schachzug an: »Ich habe«, so erklärte er jetzt Evans, »eine Petition an das Oberste Gericht der Vereinigten Staaten gerichtet.«

»Aber das ist doch ... das ist doch sinnlos«, unterbrach der ehemalige Chefverteidiger schnell, »das ist doch nur zuständig für amerikanische Staatsbürger ... nicht für die Rechtsprechung der Armee gegenüber Ausländern ...«

»Weiß ich«, versetzte der Politiker beinahe gemütlich, »halten Sie mich für dumm?«

»Und warum verschwenden Sie dann die Zeit?« fragte der Colonel aufgebracht.

»Sie werden nie ein Politiker, lieber Freund«, erwiderte Chambers, » ... da muß man real sein, da darf man nicht träumen ... und alles aus dem Hintergrund ... die Leute dürfen nie merken, woher der Stoß geführt wird ...« Der bekannte Politiker ließ sich herbei, seinen Trick zu erläutern: »Es ist doch ganz einfach: Der Oberste Gerichtshof wird die Petition ablehnen. Er muß es ja, weil er nicht zuständig ist. Aber die Presse erfährt die Geschichte. Und das macht Wind. Wind wirbelt Staub auf. Und dieser Staub fliegt dem Pentagon so um die Ohren, daß der Verteidigungsminister genau nach unserer Pfeife tanzen wird .... Endlich verstanden, Evans?«

»Ja«, antwortete der frühere Colonel schwach.

»Wird Zeit, daß Sie lernen.« Die Dampfmaschine lachte breit. Chambers hatte seine gute Laune wieder. Er ließ sich zu einem weiteren Kommentar herbei: »Das Pentagon wird einen oder mehrere neutrale Richter beauftragen müssen, ein Gutachten über die Voruntersuchung von Schwäbisch-Hall zu erstellen ... Und dann haben wir den Stunk, den wir brauchen ...« Er lachte im voraus über seine Pointe: »Stunk stinkt ... und Chambers siegt ...«

Diesmal sah er Evans an, als er ihm die Hand gab.

»Guten Flug«, verabschiedete er den Rechtsanwalt. » ... halten Sie sich zu meiner Verfügung ... ich kann Sie jeden Tag brauchen. Sie werden sehen: Wir ziehen die Sache groß auf. Ganz groß! ... Gucken Sie nicht so bekümmert, lieber Freund, Sie sind in allerbesten Händen.«

Evans nickte.

»Vielen Dank, Senator«, quetschte er über die blutleeren Lippen. Und dabei mußte er sich beherrschen, um ihm seinen Abscheu nicht in das Gesicht zu schleudern.

Dem Mann, für den Gerechtigkeit eine Parteitaktik war. Der Stunk eine Waffe. Der Schmutz Munition. Und das Geschrei ein Sieg.

Ein Sieg um jeden Preis. Gleichgültig, wem er nützt. Wichtig nur, daß er schadet.

Der Beamte trägt Zivil. Er wirkt ebenso freundlich wie gleichgültig. Die Zimmernummer ist dreistellig. Mehr als tausend Räume hat die Residenz der Militär-Regierung in der Tegernseer Landstraße in München. Der Reporter Peter Steffens ist vorgeladen. Er wartet auf eine Rüge und weiß nicht warum. Die meisten Deutschen, die in den ersten Jahren nach dem Zusammenbruch eine Vorladung in die Tegernseer Landstraße erhalten, werden getadelt.

Das Gespräch bewegt sich auf der üblichen Bahn vom Sieger zum Besiegten.

»Partei?«

»Nein.«

»Gecleart?«

»Ja.«

»Zigarette?«

»Danke.«

»Sie sind Reporter?«

»Ja.«

»Kommunist?«

»Nein.«

»Wollen Sie nach Amerika?«

Was soll das, denkt Peter, bin schon geimpft, auf die Verfassung vereidigt, geröntgt, habe meine Einwanderungsnummer und gelobt, den Präsidenten nicht zu ermorden.

»Sie sind vorgeschlagen für einen Trip in die Staaten ... Drei Monate ... Gast der Regierung. Kostet nichts ... außer Ihrer Zustimmung«, sagt der Beamte.

Gast ... Zustimmung? Peters Gedanken wachen auf.

Der Beamte lächelt.

»Was sagen Sie da?« fragt der Reporter heftig.

»Also, Sie wollen?«

»Ja, aber ... wann?«

»Die Maschine geht schon sehr bald ... genau weiß ich es noch nicht ... Sie reisen mit sechzehn anderen Journalisten in einer Gruppe zusammen ...«

»Und wer ... steht hinter dieser Einladung?«

Der Beamte zuckt die Schultern.

»Ich weiß es nicht ... Sie wurden vorgeschlagen. In Amerika. Über das State Departement ... Kennen Sie einen Mister Evans?«

»Evans?« wiederholt Peter.

»Ja«, antwortet der Beamte ruhig. »Sie fliegen zunächst nach New York und werden von da aus nach Washington weitergeleitet.«

New York, denkt Peter. Das Wort streift ihn mit der sanften Wucht einer Zärtlichkeit. Evelyn. New York ... Evelyn. New York ... Seine Gedanken schaukeln.

»Hier«, sagt der Beamte, »haben Sie einen Laufzettel ... und dann, go on ... Wenn Sie irgendwo Schwierigkeiten haben, kommen Sie zu mir. Aber bei Einladungen dieser Art geht alles reibungslos.«

Auf dem Gang bleibt Peter stehen. Evans, überlegt er, Einladung? Wie kommt er dazu? Wieso kennt er mich noch? Aber da nimmt ein hübsches Mädchen in New York ihm die Gedanken ab . . .

Er geht weiter. Seine Lippen schreiben lautlos an einem Brief:

»Liebe Evelyn, ich werde verrückt, wenn ich Dich nicht schnell sehe und es Dir nicht noch schneller sagen kann: Ich komme! Nach New York! Zunächst für drei Monate. Aber dann für immer! Ein Wunder! Ich bin von Sinnen.

Ich liebe Dich.

Immer nur Dich.

Immer nur ich – Peter.«

Erst, als er schon im Wagen sitzt, fällt ihm Frau Brinkmann ein.

Sonntagnachmittag. Rehbusch nahm Ausgang. Nicht zum Vergnügen. Es wurde ernst.

Pfarrer Märker ging von Zelle zu Zelle. Von einem Malmedy-Mann zum anderen. Und hinter sich ließ er eine Spur zurück wie ein Schiff die Bugwelle. Die Verzweiflung wogte auf, brodelte. Die Todesfurcht lief mit der Hoffnung nicht mehr um die Wette. Sie raste Amok. Im Morgengrauen vielleicht schon. Sicher in den nächsten Tagen.

Oberst Henze war blaß. Seine Selbstbeherrschung stand zum ersten Male auf schwachen Beinen. Er wußte Bescheid über Rehbuschs Ausflug nach München, wartete, hoffte, fürchtete.

Am Gang begegnete der Kalfaktor dem Kommandanten.

»Hat es sich gelohnt?« fragte der Offizier spöttisch.

Rehbusch dachte an die organisierte Flucht, an die Scheune, an die Lkws.

»Ja«, erwiderte er.

»War sie hübsch?«

Der Vorzugshäftling sah das verquollene Gesicht des Unterscharführers vor sich.

»Nein.«

Der Major lachte schallend.

»Sehr galant sind Sie nicht«, sagte er dann. Er ging weiter.

Rehbusch auch. Zum Tor hinaus. In die Stadt hinein. Noch nie war der Weg so weit. Noch nie die Luft so schwer. Noch nie die Zeit so knapp.

Wer noch einen Sonntagsanzug hatte, trug ihn, ging spazieren.

Rehbusch wartete auf der Lechbrücke.

Und da kam er. Der Verbindungsmann. Wilhelmsen. Ein Schläger. Ein Mörder. Ein Stiefeltreter.

So, dachte Rehbusch, ausgerechnet dich haben sie geschickt, um zu melden, daß alles in Ordnung ist, daß der Plan wie vorgesehen läuft.

Er stellte sich neben ihn, an das Geländer, sah auf den Lech.

»Bei uns ist alles klar«, raunte der frühere Unterscharführer. »... und bei euch?«

Rehbusch nickte.

Der Schinder von Mauthausen drehte vorsichtig den Kopf. Sein Gesicht war noch immer von den Schlägen entstellt. Sein linkes Auge hatte einen violetten Hof.

»Warst ja schön besoffen ...«

Rehbusch nickte, ging langsam weiter. Wenn ich ihn über das Geländer stoße, dachte er, breche ich Fritz das Genick.

»Was hast du denn gegen mich, Kamerad?« fragte Wilhelmsen.

Der Kalfaktor zuckte müde die Schultern.

»Frag Fritz Türmer«, antwortete er zwischen den Zähnen, »... hinterher!«

Er ging rasch weiter. Hundert Meter. Blieb stehen, brach Galle, Galle.

Sein Körper hatte nichts vergessen.

14. Kapitel

Der Abend zieht in die Festung Landsberg mit dem schlürfenden Schritt eines alten Mannes. Herzen schlagen. Stunden vielleicht nur noch oder Tage, oder bis zum natürlichen Ende. Bei 43 Männern rast der Puls, klebt die Rotjacke am Körper.

Zwanzig Uhr. Die Zeitbombe tickt. Der Fluchtplan läuft. Oberst Henze weiß Bescheid. Rehbusch gab ihm das Zeichen. Heute noch. In fünf Stunden. In 300 Minuten. In 1800 Sekunden.

Und 43 Mann kauern in den Zellen, kämpfen mit dem Atem und atmen im Krampf. Denn sie warten. Sie lauschen auf den Pfiff: »Üb immer Treu' und Redlichkeit.« Sie setzen auf den Anschlag, auf den Überfall, auf den Ausbruch, auf den Sprung von der Mauer, auf die Freiheit, auf das Leben.

Es ist ruhig im Haus. Jeder hört nur seinen Puls. Die Posten unterhalten sich halblaut auf den Gängen. Ab und zu fahren sie mit ihren »sticks« am Geländer entlang. Und dann jeweils greift das Geräusch einer knarrenden Kinderratsche nach den Wünschen, nach den Träumen.

Brinkmann schiebt wieder Wache. Er gehört zum Stoßtrupp. Er hat sich auf Joe oder den anderen zu stürzen. Er hat fest genug zuzuschlagen. Die Schlüssel zu entreißen. Nach einem ganz bestimmten Plan die Zellen aufzusperren. Dafür hat der Kommandeur alles in allem neunzehn Sekunden angesetzt. Das Zittern der unsicheren Hand gibt keinen Zuschlag. Neunzehn Sekunden. Vorher der Schlag. Gegen Joe oder den anderen, gegen den Menschen oder den Kommißhengst.

Paul Rehbusch, Verbindungsmann zur Freiheit wider Willen, sammelt das Geschirr ein. Mit Verspätung heute, weil die Beine träge werden, wenn die Gedanken rasen. Er betritt die Zelle 101, läßt sich schwerfällig auf den Hocker fallen, sitzt Fritz Türmer gegenüber. Die beiden Freunde rauchen eine untaugliche Zigarette.

»Reisefieber?« fragt Rehbusch. Sein Gesicht ist gefroren. Sein Blick wirkt trüb.

Der frühere Unterscharführer sieht auf den Boden.

»Ich . . .« würgt er an den Worten, »ich möchte dir noch sagen . . . Dank . . . daß du . . .«

»Quatsch«, versetzt der Freund.

Der Malmedy-Verurteilte sieht auf. Der Kalfaktor lächelt vage. Er denkt daran, daß man ihm jetzt aus allen Zellen die Hände reichen möchte.

In diesem Moment stellt er sich die Hände vor, deren Finger sich um die Abzugsbügel von Gewehren krümmten ... Damals, als drei Kameraden aus dem KZ ausbrechen wollten, knallte es.

»... Auf der Flucht erschossen ...« hieß es.

Und jetzt steht der Kalfaktor wieder vor drei toten Gesichtern. Sie waren auf dem Appellplatz aufgestellt, wie Fallobst auf dem Wochenmarkt. Zur Warnung, als Abschreckung. Und was euch damals nicht gelungen ist, fiebert Rehbusch in Gedanken, schafft vielleicht einer eurer Mörder – dank meiner Hilfe, die ich Schuldigen ebenso gebe wie Unschuldigen.

Die steifen, endgültigen Gesichter seiner drei toten Kameraden weichen nicht von seiner Netzhaut.

»Versteht mich doch ...« quetscht er verzweifelt.

Aber die drei rühren sich nicht.

»Was sagst du?« fragt Fritz Türmer unsicher.

Rehbusch steht auf.

»Hoffentlich klappt alles.« Er klopft dem Freund mit abgewandtem Gesicht auf die Schulter.

Noch vier Stunden und 50 Minuten bis zum Überfall. Zur Freiheit vielleicht oder zum schnellen Tod, wenn die Posten auf Draht sind.

Draußen warten sie. Drinnen warten sie. Autos vollgetankt. Papiere da. Ein paar werden hängen bleiben. Ein paar Bewacher auch. Tot vielleicht. Aber weg mit denen, die dem Leben im Weg stehen, denken 43.

Der Kalfaktor nickt, hört Schritte, richtet sich auf, nimmt das Geschirr, tritt an die Zellentüre. Drei Männer kommen näher, den Gang entlang, auf die Zelle 101 zu, bleiben stehen.

Der Sergeant, den sie den »Todesengel« nennen, reißt die Türe mit solcher Wucht auf, daß Paul Rehbusch zur Seite torkelt.

»What are you doing here?« herrscht er ihn mißgelaunt an.

Ohne eine Antwort abzuwarten, geht er auf Türmer zu.

»Bibel«, sagt er, »Bilder, Decken ...«

Der Sergeant spricht englisch.

»Pictures ... Bible ... Blankets ... Everything«, schallt es von den vier Wänden zurück.

Die Angst übersetzt. Die Nerven begreifen. Die Augen wissen. Bilder ... Bibel ... Decken ... Du wirst gehängt, heißt das. Nimm die Fotos von der Wand, die Armeedecken von der Pritsche! Pack deine Sachen! Geh in den Keller! ... Morgen früh kommt der Henker.

Fritz Türmer steht wie aus Stein. Seine Lippen sind blutleer. Der Freund, Paul Rehbusch neben ihm, wankt. Seine weiten, starren Augen irren zwischen dem Sergeant und Türmer hin und her, bleiben auf dem Amerikaner haften.

»Das ... ist doch nicht wahr«, quetscht er an den Worten.

»Why?« fragt der Sergeant gleichmütig, »doch ... was sollte nicht wahr sein?«

Aus! denkt Rehbusch. Und das knappe fünf Stunden vor der Freiheit. Das gibt es doch nicht! Das darf doch nicht sein! Einen solchen Hohn erlaubt sich das Schicksal nicht. Fritz ... aus!

Und da steht der »Todesengel« mit dem gleichgültigen Gesicht der Routine, mit den ruhigen Händen, mit den kühlen Augen. Ein Funktionär der Sühne und wenn es einen Unschuldigen trifft, ein Spießgeselle des Justizmords.

»Go on ... go on ... Mak schnell«, knurrt der Feldwebel.

Und Fritz Türmer, der härteste Angeklagte des Malmedy-Prozesses, der junge, robuste Bursche, der die Dampfzelle überstand und in der Kältekammer nicht wankte, der lächelte, als sie ihm brennende Streichhölzer unter die Nägel schoben, und die Zähne aufeinander biß, als ihn der angebliche Leutnant Knoth in den Unterleib trat, beugt sich wortlos nach seiner Decke.

Rehbusch sieht den schmalen Rücken des Freundes. Und Mitleid und Grauen brennen heiß in seinen Augen, als er bemerkt, wie ruhig der zum Sterben abgeführte Türmer seine Sachen nimmt. Wie er sich zusammenreißt. Wie er gelassen, ohne Schleuse von den Höhen der Hoffnung in den Keller der Verzweiflung stürzt.

»Fritz!« stöhnt Rehbusch, »Fritz! ...«

»Shut up!« schnauzt der Sergeant.

Fritz Türmers Augen sind groß und dunkel wie die eines Tieres, wenn es in den Schlachthof getrieben wird. Aber die Lippen bleiben locker, wenn auch weiß.

»Nichts zu machen«, sagt er ruhig. Er geht an Rehbusch vorbei, folgt dem Sergeant. In der Türe dreht er sich noch einmal um. » ... Ich danke dir, Paul ... für alles ... hörst du!« und jetzt preßt sich seine Stimme doch zu hellen Tönen, »für alles ... Paul!«

Und dann ist es, als ob sich über seine dunklen Augen ein Schleier legte und sie verhüllte, wie morgen früh die schwarze Kapuze, weil sich Fritz Türmer vor dem Tod von den brennenden Gefühlen dieser Welt nicht mehr ablenken lassen will.

Rehbusch taumelt auf den Gang, schleicht über den Korridor. Alles vergeblich, alles umsonst, hämmert es in den Ohren, an den Schläfen, zuckt der Körper. Er sieht noch, wie der Sergeant die Zellentüre von Willers offen läßt, auf eine dritte zugeht. In diesem Moment trifft den ewig verfolgten Idealisten Rehbusch eine Erkenntnis mit brutaler Wucht: Fritz, den Unschuldigen, werden sie hängen, und die anderen, unter ihnen die Mörder, fliehen heute nacht, dank meiner Hilfe. Ohnmächtiger Zorn überschwemmt ihn wie eine Fieberwelle. Verhindern, denkt er kraftlos. Wenn Fritz schon sterben muß, warum dann die anderen entkommen lassen?

Auf einmal steht er vor der Verwaltung des Kriegsverbrechergefängnisses. Wie ein Mondsüchtiger. Er muß den Kommandanten sehen, sprechen, auch wenn er nichts mehr ändern kann. Kann er nichts mehr ändern?

Er überlegt ruhig, geht noch einmal über die Gänge, addiert die Chancen. Die Flucht kann noch klappen, sagt er sich. Henze wurde nicht geholt. Der Regisseur des Ausbruchs steht noch auf der Kommandobrücke. Die Zündschnur glimmt noch. Wenn sie in den Keller gingen, Fritz holten? Aber haben sie die Zeit, den Mut dazu? Müssen sie denn nicht in jeder Sekunde die Beine in die Hand nehmen und laufen, springen, türmen? Gibt es keinen Vorwand, um den Freund wieder nach oben schaffen zu lassen? Aber der Kommandant ist ja selbst an Befehle gebunden. Oder bestimmt er heute die Reihenfolge? Kann er Türmer gegen einen anderen auswechseln? Morgen, morgen, nur nicht heute! überlegt der Kalfaktor bitter und benommen. Wie kann ich den Kommandanten überreden? Was habe ich schon, um ihn zu überzeugen? Sein Wohlwollen vielleicht. Wie gerne würde Rehbusch dieses Wohlwollen der Freundschaft opfern. Im Opfern war er ja immer groß.

Einmal ging er im Konzentrationslager für einen Kameraden über den Bock, bezog an dessen Stelle 25 mörderische Hiebe. Der Rapportführer hatte zynisch freigestellt: »Du oder der.« Der andere war schwächer. Rehbusch nickte und überlebte die grauenhaften Schläge. Heute sind die SS-Männer die schwächeren.

Der Kommandant ist in seinem Büro, wie immer in den Nächten vor der Hinrichtung. Meistens bis Mitternacht. Dann schläft er ein paar Stunden, dünn und dürftig, erhebt sich am fahlen Morgen, eine halbe Stunde nach dem Henker. Er braucht ja nicht die Stricke zu richten, die Gewichte zu vergleichen. Er gibt nur den Startschuß, und auch das nur auf Befehl.

Die grüne Schreibtischlampe ist verdunkelt. Ihr mattes Licht spielt auf zwei Reihen glänzender Ordensbänder auf der Brust des Majors.

»Wollen Sie schon wieder Nachturlaub?« Der Kommandant lächelt.

»Nein, danke«, versetzt der Kalfaktor scharf. Für diesen Grad gleichgültiger Kälte hat er kein Verständnis.

Der Major lehnt sich zurück.

»Keine Lust?« fragt er gemütlich.

»Lust«, schnaubt der Häftling.
Der Offizier lächelt.
»Wieso eigentlich?«
»Geschmacksfrage, Sir«, antwortet Rehbusch, Haß in der Stimme. »Ich gehöre nicht zu den Leuten, die Parties feiern, wenn ihre Freunde sterben.«
Der Kommandant betrachtet ihn verblüfft.
»Wer ist denn gestorben, Rehbusch?« fragt er dann.
»Sir«, erwidert der Kalfaktor, »Sie wissen doch selbst am besten, wer morgen früh gehängt wird.«
»Gehängt? Morgen früh? No idea!« entgegnet der Offizier sorglos. Er legt den Brieföffner aus der Hand, steht lässig auf.
Rehbusch fühlt Hitze auf der Haut. Dann Kälte. Seine Zunge klebt wie sein Hemd. Seine Gedanken rasen wie sein Herz. Seine Füße scharren wie die Angst.
»Der Sergeant holt sie gerade aus den Zellen«, antwortet Rehbusch gepreßt. »Zuerst Türmer, dann Willers ...« er kann nicht mehr weitersprechen.
»Aus den Zellen? Natürlich!« wieder lacht der Kommandant. »Natürlich, Rehbusch.« Der Major langt in den Ablagekorb auf seinem Schreibtisch, kramt eine Liste hervor, fährt mit dem Handrükken über das Papier. »Da«, sagt er brummig, »die werden entlassen ... und die werden herabgesetzt auf lebenslänglich. Und bei den anderen bleibt die Todesstrafe, aber es sind nur zwölf, Henze ... und ein paar Offiziere ... und so ...« Er reicht dem Kalfaktor die Liste und setzt hinzu: »Im übrigen geht Sie das einen Dreck an, Rehbusch.«
Die Augen des Häftlings fahren die Schriftzeilen hinauf und hinunter. 43 Namen, 43 Schicksale. Und General Clay hat seine Entscheidung getroffen. Vorläufig und im Auftrag des Pentagon. Er bestätigte zwölf Todesurteile, wandelte 27 in Haftstrafen um und hob vier, darunter die von Türmer und Willers, ganz auf.
Gleichzeitig wurden acht Lebenslängliche und ein Häftling auf Zeit begnadigt, so daß im Morgengrauen 13 Gefangene die Freiheit ... statt 13 Stufen zum Galgen hinaufgehen.
Ein erstes Wunder hat sich im gnadenlosen Fall von Malmedy ereignet. Und Paul Rehbusch begreift es ganz langsam, stückweise. Seine Augen saugen sich an den Namen fest. Seine Gedanken stützen sich auf die Augen. Mein Gott, denkt der alte Sozialist, mein Gott.
»Na, zufrieden?« fragt der Kommandant.
»Aber ... der Sergeant ...« erwidert er mit zerstreuter Zunge, »hat sie doch geholt ...«
»Meinen Sie, der ist nur auf Hinrichtungen vereidigt?« versetzt der Major.

»Aber . . . sie kamen doch alle . . . in den . . . Todeskeller.«

»Sicher . . . das ist die Schleuse zur Freiheit.«

Und jetzt begreift Paul Rehbusch ganz.

»Aber warum sagt man ihnen das nicht!« brüllt er verzweifelt auf.

»Sagen?« entgegnet der Kommandant. » . . . Was, man sagt es ihnen nicht?« Er schüttelt den Kopf, ehrlich erschrocken. »You are a nice guy«, setzt er dann leise hinzu, »und nun sagen Sie es Ihren Freunden selber – und«, flucht er lachend, »scheren Sie sich zum Teufel . . . go to hell!«

Als der Gefangene schon an der Türe steht, ruft der Kommandant:

»Stopp!«

Rehbusch fährt herum.

»Noch etwas«, fährt der Major fort. »Sie werden auch entlassen . . . morgen. Gratuliere!«

In der ersten Sekunde begreift der Mann, der seit fünfzehn Jahren auf die Erlösung wartet, überhaupt nichts.

Inzwischen nahmen vier Todeskandidaten im Keller trostlosen Abschied von einem traurigen Leben. Fritz Türmer blieb noch am ruhigsten. Er kauerte auf seinem Stuhl, stand ab und zu auf, tat ein paar Schritte in seinem Maschenkäfig.

Die Kapelle blieb aus. Die Henkersmahlzeit kam nicht. Und da, nebenan, waren jetzt auch ein paar Malmedy-Häftlinge, die keine Rotjacken trugen. In Käfigen, die sonst für die letzten Stunden reserviert sind. Aber in dieser vorletzten Station des Grauens sahen die vier Rotjacken nichts, dachten nichts.

Willers schrie plötzlich auf, rüttelte an den Gittern. Jetzt hängen sie mich zum letztenmal, dachte er. Nicht zum Scherz, wie damals in Schwäbisch-Hall, wo sie aus meinen Haaren einen Strick machten, den Zopf eines Chinesen, und drehten und drehten, bis die Kopfhaut in Fetzen platzte. Und da lief er in Gedanken wieder, wie damals, nach der Urteilsverkündung. Lief Amok, gegen sein Leben, wollte sterben, durfte sterben. Die Schüsse peitschten, trafen ihn.

Er durfte nicht. Er mußte weiterleben, bis zur ordentlichen Hinrichtung. Der Lungensteckschuß wurde auskuriert und Willers wieder fit zum Hängen gemacht. Und morgen – danach – wird man ihn nicht mehr herrichten. Nie mehr. Morgen ist alles zu Ende.

Der Häftling stand und starrte die Drahtmaschen an, bis sie vor seinen Augen verschwammen, zu einem Meer, zu einem See wurden.

Und an seinem Rand ist ein Badesteg. Mit einem Mädchen. Es

hat lange Beine und lange Haare. Die Knie sind abgestützt und die Arme darum gewinkelt. Die Haut ist gebräunt und duftet gesund. Und die Augen sind hell wie der Tag und glänzen wie die Sonne.

Das Mädchen heißt Susanne, ist jung, keß und blond. Es lächelt, streckt die Beine aus, läßt sie nach unten baumeln, spielt mit den Zehen im Wasser, und in diesem Rhythmus wippt der Badesteg, schaukeln die Haare, vibrieren die Hände, tanzen die Augen des jungen Mannes hinter Susanne.

Er heißt Willers und wird morgen gehängt. Damals am See hieß er auch schon so. Und da war seine Zukunft nicht der Strick, sondern das Glück.

Das Mädchen Susanne drehte sich um.

»Faulpelz!« sagt sie, »muß ich dich erst ins Wasser werfen?«

Er setzt sich neben sie, spürt ihre Nähe, ihre Wärme, lächelt gepreßt, lächelt trocken, lächelt glücklich. Legt den Arm um ihre Schultern. Susannes Lippen sind weich und voll. Vom Wasser ist nicht mehr die Rede.

An der Straße hält ein Motorrad. Der Fahrer stoppte und lacht. Die beiden am See merken es nicht. Da hupt er. Willers und Susanne fahren auseinander. Springen in das Wasser. Ohne Abkühlung. Das Glück macht leichtsinnig.

Da, an dieser Stelle der Erinnerung wurde das Wasser wieder grau statt blau. Und Willers stand nicht mehr an einem See, sondern vor einem Maschendraht und wartete nicht auf Susanne, sondern auf den Henker.

»Nein!« stöhnte er, »nein.«

Seine Verzweiflung fiel einsilbig von den Wänden zurück, spiegelte sich auf den Gesichtern seiner Kameraden. Und sie alle standen irgendwo an einem See. Denn das Leben lockt um so lauter, je näher das Ende ist. Und bevor man es verliert, scheint es dreimal so schön . . .

In diesem Augenblick stürzte Rehbusch in den Todeskeller. Er lief an lachenden Posten vorbei, über graue, schnurgerade Gänge, hatte den Todeskeller erreicht. Die GIs ließen ihn passieren. Er war ja ein Vorzugshäftling. Sie trauten ihm. Sie wußten nicht, daß er ihr Vertrauen heute nacht mißbrauchen wollte, für eine Flucht, die überflüssig geworden war.

Der Kalfaktor suchte Türmer.

»He, Rehbusch«, schrie einer der vier Todeskandidaten vielleicht nur, um noch einmal seine Stimme zu hören, »werden wir bloß gehängt? Kriegen wir nichts zu fressen?«

Der Kalfaktor blieb stehen.

»Hört zu!« rief er, seine Stimme überschlug sich. »Ihr braucht keine Henkersmahlzeit! Ihr werdet morgen entlassen!« Er hielt die beiden Hände hohl vor den Mund. »Entlassen!« schluchzte seine Stimme, »hört ihr, entlassen! Ich auch! Wir kommen alle heraus!«

Er mußte auf den Käfig zugehen und sich an den Eisengittern festhalten. Vor der heraufziehenden Freiheit wurde ihm übel, wie einem Menschen, der zum erstenmal Rauschgift nimmt.

»Du Schwein!« stöhnte Willers halblaut, »mach deine Witze woanders!«

»Sadist!« brüllte der nächste.

Fritz Türmer preßte die Lippen aufeinander, kauerte weiter in seiner Ecke, streifte den Freund mit einem traurigen, fast verlegenen Blick.

»Hau ab!« brüllte jetzt auch Willers. »Raus!« Sein Gesicht krampfte sich vor Haß zusammen. Haß war ein letztes Lebenszeichen. Er mußte ihn haben. Er rechnete ja damit, unschuldig zu sterben. Und das Wunder der Freiheit war so groß, daß er es nicht begreifen konnte.

Rehbusch wurde mit der Schwäche in den Kniekehlen fertig. Sein Gesicht war grünlich-fahl. Am Käfig entlang tastete er sich zu Türmer weiter.

»Fritz«, drängte er, »es ist wahr! Ihr kommt 'raus.«

Der Freund verzog die Mundwinkel, legte das Gesicht auf die Hände. Seine Schultern zuckten. Dann wurde er mit dem Weinkrampf fertig, hob ruckartig den Kopf . . . und lachte Rehbusch mitten ins Gesicht. Es klang wie ein Schrei, ein Fluch, ein Wahn. Es war eine Regung jenseits des Bewußtseins.

Der Kalfaktor trat zurück.

»Ihr Idioten!« schrie er auf.

In diesem Moment stellte Türmer das Lachen ein. Diesen Ton kannte er. Er war echt. Und plötzlich breitete sich in ihm die Gewißheit wie eine Feuerkugel aus, daß der Freund die Wahrheit sagte.

Und er versuchte zu begreifen.

Inzwischen rannte Rehbusch nach oben. Er dachte wieder klar. Die Flucht! Er mußte sie verhindern! Denn die meisten der Malmedy-Verurteilten kamen ja jetzt über kurz oder lang ohnedies frei. Aber bestimmt nicht mehr nach einem Massenausbruch, bei dem Blut floß.

Ich muß mit Henze reden, der zu den zwölf Malmedy-Leuten gehört, die doch noch gehängt werden.

Zu dieser Stunde sitzt Peter Steffens im kahlen Büro seiner Zeitung. Er spielt verdrossen mit einem Bleistift. Seine Hand malt Männchen. Seine Gedanken zeichnen. Evelyn. Nebenan rumort der Hellschreiber. Ein Schlauch von einer Meldung wälzt sich in schmaler Papierschlange durch das Zimmer. Die Sekretärin muß sie noch abschreiben. Und dann ist Feierabend für heute.

Der Reporter zündet sich eine Zigarette an. Mit seinem Besuchsvisum in Amerika hat alles geklappt. Er kann in zwei Tagen fahren. Wenn er kann.

Peter steht auf, geht in das Nebenzimmer.

»Was Neues?« fragt er die Sekretärin gewohnheitsmäßig.

»Ja«, antwortet das Mädchen, »die finden heute kein Ende . . .«

Der Journalist nimmt die Papierschlange in die Hand, versucht ein paar Worte zu entziffern, gibt es auf.

»Irgend etwas mit General Clay . . .« erklärt die Sekretärin.

Peter beugt sich flüchtig über die Schreibmaschine, liest den angefangenen Bogen.

Auf einmal stirbt die Gleichgültigkeit auf der Stelle, weiten sich die Augen, verkrampfen sich die Hände, während er liest:

»General Clay hat eine Entscheidung über die Malmedy-Verurteilten getroffen . . . Von 43 Todesurteilen wurden 27 in Haftstrafen umgewandelt, vier begnadigt, und zwölf bestätigt. Von den zu lebenslänglicher Freiheitsstrafe verurteilten Angeklagten wurden zwei Urteile bestätigt, acht aufgehoben und zwei in Zeitstrafen umgewandelt. Ein weiterer, zu Zeitstrafe verurteilter Häftling wurde sofort auf freien Fuß gesetzt.« Es folgten Namen, alphabetisch geordnet.

Und der erste war: Brinkmann.

Peter reißt den halbfertigen Bogen aus der Maschine.

»Schluß!« schreit er die erschrockene Sekretärin an, stürzt hinaus, rennt zur Pension, schafft zwei Kilometer in sechs Minuten, schlägt fast die Tür ein, weil der Portier nicht gleich kommt, geht an ihm vorbei, Zimmer elf, trommelt.

»Ich bin's . . . ich!«

Eine alte Frau steht vor ihm, wankt. Der Reporter fängt sie auf. Ich Idiot, denkt er, als er sie behutsam auf das Bett zurückführt, sie glaubt jetzt . . . genau das Gegenteil.

»Hören Sie«, keucht er, »Frau Brinkmann . . . Ihr Sohn . . . begnadigt . . . Haftstrafe . . . kommt frei! Ganz bestimmt . . . Hören Sie . . .«

Sie sieht Peter an, versucht zu lächeln. Ihre Augen sind noch starr und trüb. Sie begreift ihn nicht.

Peter wiederholt es zweimal, fünfmal.

Frau Brinkmann nickt, schließt die Augen.

»Ja«, antwortet sie leise. Ihre linke Hand legt sich auf das Herz, das so viel litt. Aber es ist auch stark genug, den plötzlichen Umschwung auszuhalten.

Und Peter weiß, daß nun endgültig der Weg nach Amerika frei ist. Zu Evelyn.

Der Reporter sitzt noch lange wortlos neben Frau Brinkmann. Am Boden liegt die Meldung von Landsberg. Sie wird morgen nicht in Peters Zeitung stehen. Wozu auch? Die es angeht, wissen es, und die anderen erfahren es noch bald genug. Für sie ist der Fall Malmedy ohnedies nur ein Relikt aus der riesigen Konkursmasse des Dritten Reichs.

Zu dieser Stunde erfährt auch Colonel Evans, der frühere Chefverteidiger, die sensationelle Wendung. Senator Chambers ruft ihn an.

»Was sagen Sie jetzt?« brüllt er in die Muschel.

»Zu was?«

»Na, zu Ihren SS-Burschen ... bis auf zwölf habe ich sie dem Henker abgekauft ... und selbst bei denen ist noch Hinrichtungsstopp angeordnet.«

»Abgekauft?« wiederholt der Rechtsanwalt.

»Ja. Gnadenweg. Das Pentagon hat es verfügt und Anweisung an General Clay gegeben ... Für mich ist das ein Beweis, daß diese Leute ein schlechtes Gewissen haben ... Ihre Informationen sind gut, Evans. Verdammt gut! ... Wir machen weiter.« Sein Abschiedsgruß geht im Gelächter unter.

Evans legt langsam den Hörer aus der Hand. Also doch, denkt er, ohne Triumph und doch erleichtert. Vorläufig hat es Chambers geschafft, wenn auch durch eine Hintertüre, wie ich sie immer verschmähte.

Die Petition an den Obersten Gerichtshof wurde abgelehnt. Aber die Presse stieß auf den Fall. Nicht nur durch die unsichtbaren Fäden der Zeitungen, die Senator Chambers' Partei nahestanden. Und das Pentagon entschloß sich jetzt schnell, verdammt schnell.

Die Begnadigung war ja schon eingeleitet worden. Nur der Befehl dazu schlummerte in einer Schublade, die man jetzt plötzlich aufriß ...

Alice ist eingetreten, betrachtet Evans fragend.

»Ja«, sagt er, »die erste Station ist geschafft ...«

»Und dabei siehst du so ... so gequält aus?«

»Nicht ich ... Chambers ... hat das bewirkt ...«

»Nein, du.«

»Es waren auch nicht meine Methoden ...« setzt der Anwalt leise hinzu, »sondern seine.«

»Es wurde Unrecht verhindert«, erwidert Alice fest.

»Hoffentlich nur das«, antwortet der frühere Chefverteidiger grübelnd.

»Und . . . wie geht es weiter?«

»Ich weiß es nicht . . . Man wird vielleicht eine Untersuchungskommission einsetzen.«

»Aber das wolltest du doch.«

»Ja.«

»Aber dann ist doch alles gut«, entgegnet Alice.

Evans nickt schwerfällig.

Alice nimmt ihn am Arm, zieht ihn aus dem Arbeitszimmer. Brinkmann, denkt der Colonel, Willers . . . Türmer . . . Triebenstein . . . sie brauchen nicht zum Galgen. Sie sind für immer dem Henker entronnen. Und um sie hat sich der Einsatz gelohnt. Ganz bestimmt . . .

Aber die anderen?

Es war 22 Uhr, als Paul Rehbusch durch den Trakt B der Rotjacken ging. Wieder ließen ihn die Posten durch. Brinkmann, der von seiner Begnadigung nichts wußte, lehnte immer noch müde mit der Schulter an der offenen Zellentüre. Auf der anderen Seite Triebenstein und die anderen.

Man wartete drinnen und draußen. Die Rotjacken des Malmedyprozesses wußten, daß heute abend vier von ihnen geholt worden waren. Unmittelbar vor dem Ausbruch. Seitdem überschlug sich die Ungeduld, bekam das Grauen Flügel.

Genau vor Henzes Zelle stand der GI.

»Was ist?« knurrte er Rehbusch an.

»Ich muß zu ihm.«

»Verboten.«

»Nur, wenn's keiner sieht . . .« Der Vorzugshäftling versuchte zu grinsen.

»Was willst du?«

»Ein Buch holen.«

»Von mir aus«, brummte der Soldat, »aber mach schnell!«

Henze wartete, bis die Türe geschlossen war, sah auf.

»Was schiefgegangen?« fragte er.

»Nein.«

»Also, wie abgesprochen . . . in drei Stunden.«

»Nein.« Der Kalfaktor trat langsam näher. Seine Augen nahmen den früheren Kommandanten in die Zange, blieben auf dem schmalen, intelligenten Gesicht hängen. Der Oberst war einer der erfolgreichsten Offiziere eines der verlorensten Kriege. Rehbusch haßte ihn. Aber in diesem Gefühl schwamm kühl und keusch die Achtung mit.

»Was ich Ihnen jetzt sage, stimmt Wort für Wort. Dafür verbürge ich mich.«

Henze nickte nervös.

»Heute abend ist eine Anordnung von General Clay gekommen. Von Ihren Leuten können morgen einunddreißig die Rotjacken ausziehen. Für immer ... Todesstrafe aufgehoben ...«

»Aufgehoben?« fragte der frühere Kommandant leer.

»Ja.«

»Wer?«

Rehbusch zählte die Namen auf, die er sich gemerkt hatte. Dann trat er noch dichter an Henze heran.

»Wenn Sie flüchten«, sagte er, » ... wird doch zumindest ein Teil Ihrer Leute gefaßt ... das ist Ihnen doch klar?«

Der Häftling Nummer eins von Malmedy nickte.

»Sie müssen abblasen! Sofort!« Ohne es zu wollen, zitierte Rehbusch barsch das Nazi-Wort: »Gemeinnutz geht vor Eigennutz!«

Henze nickte knapp.

»Sie sind ganz sicher?«

»Ja.«

»Gut«, erwiderte der frühere Oberst langsam, ohne Pathos, ohne Erregung. Er sprach sein eigenes Urteil so gleichgültig, daß der Kalfaktor darüber erschrak. Er rüttelte ihn an der Schulter.

»Hören Sie, Henze, Sie sind nicht bei den Begnadigten ... Sie und elf andere nicht! ...«

Der frühere Oberst drehte sich um. Sein Blick strich an der Wand hoch, blieb eine Sekunde am Fenster haften, dessen gläsernes Auge in die ungefähre Richtung des Galgens sah.

»Rehbusch«, entgegnete er, langsam und klar, »Sie haben ... viel getan, nicht? Viel auch ... gegen Ihre Überzeugung. Es tut mir leid ... das mit Ihnen ... früher ...«

»So.« Das Gesicht des Kalfaktors war wie aus Stein, abweisend. Er mußte noch einmal seine ganze Selbstbeherrschung zusammennehmen, um nicht hinauszubrüllen: So, es tut Ihnen leid, Herr Oberst. Die Millionen Toten tun Ihnen leid. Freut mich, daß es Ihnen leid tut, Standartenführer.

»Also«, antwortete Henze, » ... blasen Sie ab ... ja ... sofort!« Er versuchte zu lächeln. Und diesmal war der Spott auf seiner Seite, als er kalt und verächtlich sagte: »Gemeinnutz geht vor Eigennutz.«

Und zum ersten Male in seinem Leben hatte ein beinahe berufsmäßig Verfolgter Achtung vor einem Slogan, den der Nationalsozialismus jeden Tag gepredigt und mißbraucht hatte.

Es ging schnell. Der Posten sperrte ab. Der Kalfaktor rumpelte an die nächste Türe.

»Triebenstein!« schrie er, »abgeblasen! Kapiert!«

Er erhielt keine Antwort, ging zur nächsten Zelle. Er konnte nichts erklären, nichts sagen.

Der Posten fluchte, trat näher.

Rehbusch war auf der Höhe der Zelle Brinkmanns.

»Hört!« brüllte er, so laut er konnte, »Befehl von Henze ... Kein Ausbruch! ... Kapiert? ... Nichts heute! ... Geplatzt.«

Sie hörten es und verzweifelten. Der Reihe nach, einer nach dem anderen. Sie trauten ihren Ohren nicht und lauschten weiter. Brinkmann ging nicht von der Türe weg. In den letzten Tagen gab es Stunden, wo ihm das Todesgerüst harmloser erschien, als die Zellentür. Und jetzt, da das Signal gegeben wurde, ging er nicht weg. Stunden nicht. Blieb stehen, bis er umfiel. Bar jeder Hoffnung.

»Shut up!« brüllte der Posten. Er war als gutmütig bekannt. Aber jetzt war es aus mit seinem Entgegenkommen. Er wußte ja nicht, daß der Häftling nur schrie, um ihm einen Schlag auf den Kopf zu ersparen, der vielleicht tödlich sein konnte.

Oberst Henze verstand jedes Wort und nickte. Er war noch immer kaum erregt. Und er freute sich mehr über die Begnadigung von 31 seiner Leute, als er sein Ende fürchtete. Der alte, vermessene Wahn von Vorleben und Vorsterben bekam wieder Beine.

»Verstanden! ... Abgeblasen! ...« schrie Rehbusch ein letztes Mal.

Da handelte der Posten, winkelte das Bein an, stieß ihm mit Wut und Wucht in den Unterleib.

Paul Rehbusch spürte es nicht.

Es war der letzte Schlag, den er als Häftling erhielt.

Das fahle Licht des frühen Morgens zittert mit greisen Fingern über die wetterbleiche Strafanstalt. Landsberg schläft noch. Wie immer unruhig und auf Raten. Die Morgendämmerung fällt schwach durch die Fenster, tastet sich über die Konturen der Festung, zieht düster und milchig an den geraden Reihengräbern entlang.

In dieser Stunde fahren die Männer mit den Lastautos weiter. Langsam zuerst, und dann immer schneller, als ob die Militärpolizei hinter ihnen her wäre. Sie wissen nicht, daß Oberst Henze selbst den Ausbruch gestoppt hat.

Das Haus der Sühne erwacht. Mit Malzkaffee, Mißmut und Massenschuld. Als die Schritte im Todeskeller näher kommen, fressen Fritz Türmer ein letztes Mal Angst, Grauen und Zweifel. Seine Zuversicht fällt um. Er preßt die Hände an die Gitterstäbe, starrt mit aufgerissenen, entsetzten Augen die GIs an. Wo ist der Pfarrer, denkt er, wer ist der erste? Das Würgen im Hals raubt die Überlegung. Also alles Lüge, denkt der frühere Unterscharführer fiebrig, sie hängen dich doch.

Ein langer, bulliger MP klopft ihm gutmütig auf die Finger, um sie vom Maschendraht zu lösen.

»Go on«, sagt er, »oder willst du hier bleiben?«

»Ja«, keucht Türmer.

»Oh, my God«, antwortet der Corporal.

So müssen ihn die Amerikaner zur Bekleidungskammer schleppen, ihn in den Raum stoßen und gutmütig-derb gegen seine Psychose vorgehen. Sie wissen zwar, wie schwer es ist, einen Menschen dem Leben zu entreißen, daß es aber mühselig sein soll, ihn vom Tod zurückzuzerren, begreifen sie erst heute.

Fritz Türmer steht mit hängenden Armen und stieren Augen vor dem rundlichen Kammerbullen.

»Welche Halsweite?« schreit der Ami schon zum dritten Male.

Und langsam, behäbig, fast stückweise begreift der Häftling, daß es sich nicht um das Maß des Strickes handelt. Und sein Blick fängt an zu wandern, streift mit zaghaftem, ungefaßtem Erstaunen über die feisten Backen des Kammerbullen, bleibt an den gefüllten Regalen der Kleiderkammer hängen.

»Listen, boy«, fährt der Sergeant fort, »wenn du mir nicht bald deine Größe nennst, dann verpaß ich dir einen Anzug, mit dem du als Clown auftreten kannst!« Er macht mit der Hand eine barsche Geste. »Zieh endlich das Red-Jacket aus!«

Der Gefangene sieht an sich herunter. Die weinrote Jacke! Mechanisch fingern seine Hände an den Knöpfen. Der rote, makabre Popeline gleitet von seinen ausgemergelten Schultern, fällt zu Boden. Türmer bückt sich, hebt die Jacke auf und hält sie mit spitzen Fingern dem Kammersergeanten entgegen.

Der Mann schält sich aus dem Regal heraus, hat auf einmal Zeit.

»Na, wie fühlst du dich?« fragt er herzlich.

Das Gesicht des Entlassenen zuckt. Es sieht aus, als ob unter kaltem Sonnenschein das Eis der Arktis springen würde. Der frühere SS-Mann fühlt das Gewicht der Jacke nicht mehr auf seinen Schultern, ist frei von der Uniform des Todes, die ein ganzes Leben umspannte, und ein ganzes Sterben. Alle Schrecken des Lebens. Alle Höllen des Todes. Und jetzt liegt dieses Gewicht nur noch in seiner Hand und wiegt höchstens dreihundert Gramm.

Der Sergeant lacht blubbernd.

Fritz Türmers Lungen saugen sich mit Luft voll. Lachen macht Leben. Und er hat die Gewißheit:

Ich bin frei! Frei! Frei!

Sein Oberkörper schüttelt sich, bis die Gestalt des Kammerbullen vor seinen Augen verschwimmt. Türmer nimmt die Todesjacke und läßt sie wirbeln, wirbeln, wirbeln ... Und als er sie losläßt, läßt auch sie ihn fahren, und fliegt mit einem Ruck weit über die Rampe in die hinterste Ecke des Raumes.

Der Sergeant ist nicht böse. Er holt sie.

»Dreh dir einen Knopf ab«, rät er. »Als Talisman.«

Türmer folgt mechanisch. Der Amerikaner beobachtet es mit pfiffigem Gesicht. Er langt in seine Tasche, kramt eine Handvoll Kunststoffknöpfe hervor.

»Habe ich auch«, sagt er, »nehm' ich mit, heb' ich auf.« Seine Worte sind plump, taktlos und herzlich, unbedarfte Äußerungen eines unverbrauchten Burschen. »Mensch, fast von jedem Toten ein Knopf!«

Das Lachen des Häftlings bricht ab. Auf der Stelle. Mit einem Ruck. Wie abgeschnitten. Fritz Türmer schluckt. Dann reißt er entschlossen alle Knöpfe von seiner Jacke, steckt sie ein. Von mir kriegst du keinen Knopf, denkt er, von mir nicht.

Auf dem Rückweg trifft er Rehbusch. Der Kalfaktor bleibt stehen, lacht, betrachtet den neuen Anzug des Freundes, der nicht grell ist wie die Schuld, und rot wie das Blut. Ein Anzug für Menschen.

»Jetzt kann man sich wenigstens mit dir sehen lassen«, sagt er. »Wohin wirst du entlassen?«

Wohin? ... darüber hat er nie nachgedacht. Seine Zukunft lag in der Erde. Ein Fichtensarg. Entlassen ... ja, wohin? Nach Berlin vielleicht? Wo die Bombe getroffen hatte, die das Haus zerstörte, die Frau mordete, das Kind tötete?

»Wenn du willst«, sagt Rehbusch ruhig, »komm mit mir ... nach Gießen ... ich bin ja auch allein ... kein Zuhause«, setzt der berufsmäßige Häftling mit einem vagen Lächeln hinzu. »Überleg dir's.«

Fritz Türmer nickt. Dann steht er im Zimmer des Captains. Der Offizier spielt mit einem übertrieben gespitzten Bleistift.

»Ich bin der Parole-Offizier«, sagt er. Sein Deutsch klingt breit und fremd. Und seine Augen scheinen so gespitzt zu sein wie der Bleistift. Denn er ist der verlängerte Arm der Strafanstalt, der noch weit in die Freiheit hineingreift. Der Captain hat die auf Parole entlassenen Häftlinge zu betreuen, zu beobachten, zu bewachen.

»Sie wissen, was das heißt: auf Parole entlassen?«

»Nein«, murmelt Türmer. Natürlich weiß er es. Aber jetzt kann er keinen Gedanken festhalten. Zwischen ihm und der Freiheit liegt ein Hohlraum. Und in dem Vakuum vergißt er alles außer dem Gefühl auf der Haut, als er die Rotjacke abschüttelte ...

»Das heißt«, erläutert der Captain, »daß wir Sie bei einem unliebsamen Vorfall sofort wieder einsperren können.«

Einsperren, hört Türmer. Er nickt, begreift. Das ist ein bekannter Begriff.

Der Captain nimmt das Formblatt mit den Bedingungen, er liest schnell und gewohnheitsmäßig:

»Sie dürfen Ihren Wohnsitz nicht verlassen ... Sie müssen sich wöchentlich bei unseren Behörden melden ... Sie haben über Ihren Fall und über die Haftzeit nicht zu sprechen ... Es ist nicht erlaubt, daß Sie Interviews geben ... Es ist untersagt, daß Sie ein öffentliches Amt annehmen ... Sie dürfen nicht ... Sie haben nicht ... Es ist verboten ...«

Fritz Türmers Gedanken liegen auf der blumigen Wiese der Freiheit. Und die Worte des Captains plätschern an seinen Ohren wie ein munterer Bach vorbei.

»Was darf ich denn überhaupt?« fragt er.

»Leben ...« entgegnet der Parole-Offizier ruhig. Er betrachtet den Häftling lange und ernst, runzelt die Stirne. Immer, wenn er mit Begnadigten spricht, hat er die Empfindung, daß sie ihn auf den Arm nehmen wollen. Er begreift nicht, daß sie nur aus einer anderen Welt mit ihm sprechen, in der sie bereits hinter den Vorhang sahen.

»Wo wollen Sie hin? ... Haben Sie Verwandte?« fragt der Amerikaner.

Fritz Türmer schüttelt den Kopf.

»Das haben wir nicht gern«, stellt der Captain verdrossen fest.

»Ich habe es auch nicht gern«, entfährt es dem Häftling. Auch das gehört zu dem wilden Freiheitsdrang, daß er in sich die erste Lust am Widerspruch spürt. »Meine Frau und mein Kind sind tot ... Bombe ...«

»Sorry«, antwortet der Captain und hebt dabei die Schultern, als ob er durch den Regen gehen müßte.

»Also dann, wohin?«

»Nach ... Gießen«, erwidert der Entlassene dann mechanisch. Fremde Lippen geben den Namen einer fremden Stadt frei. Aber da ist auf einmal ein fester Halt in dem schwerelosen Vakuum ...

»Wen kennen Sie da?« fragt der Captain.

»Rehbusch.«

»Den heute entlassenen KZ-Häftling?«

»Ja.«

Der Amerikaner lächelt.

»Gut«, entgegnet er dann, »das ist sehr vernünftig ... Rehbusch soll auf Sie aufpassen ...«

Der Häftling unterschreibt die Parolebedingungen. Das Formular sieht aus wie ein Mietvertrag mit vielen Klauseln. Aber besser die Freiheit gemietet, als den Tod gekauft, denkt der ehemalige Unterscharführer.

Inzwischen verabschiedet sich Paul Rehbusch, sein Freund, beim Kommandanten.

Der Major geht um seinen Schreibtisch herum.

»Happy?« fragt er, »glücklich?«

»Zufrieden«, antwortet der Kalfaktor.

Im Gesicht des Majors zuckt ein Lächeln.

»Rehbusch«, antwortet er, »Sie sind ein unsentimentaler Bursche ... das gefiel mir immer so an Ihnen.« Der Major hebt den Kopf. Seinem Gesicht ist die Freude über die Entlassung anzusehen. »Sagen Sie mir zum Abschied nur eins: Sind Sie so hart, oder tun Sie nur so?«

»Ich versteh' nicht.«

»Na«, versetzt der Offizier lächelnd, »ich habe Ihnen Urlaub auf Ehrenwort gegeben ... und ich habe Ihnen das Versprechen abgenommen, daß Sie sich nicht als – Briefschmuggler betätigen ... Wie ist's, Rehbusch, haben Sie sich daran gehalten?«

Ihre Augen begegnen sich.

»Welche Antwort wollen Sie, Major?«

»Die ehrliche ...« antwortet der Kommandant. Er wartet, hilft nicht, drängt nicht.

»Sir«, sagt Rehbusch leise, »ich habe ... ich meine ... ich ...« Jetzt werden seine Augen unsicher.

Der Major klopft ihm auf die Schulter.

»Ich habe nichts anderes erwartet, Rehbusch«, erwidert er, » ... ich habe Sie immer ... für einen ... Menschen gehalten.«

Die plötzliche Wärme mindert den Respekt. Die Menschlichkeit kennt keine Distanz.

»Sie sind ein phantastischer Kerl, Major!« sagt Rehbusch hastig, erschrickt, bricht ab.

»Ich kann nicht viel tun, Rehbusch ...« Der Major geht ein paar Schritte hin und her, bleibt stehen. »Und jetzt, da Sie weggehen ... noch weniger.«

Hart, denkt der Kalfaktor, verdammt! Er ist müde vor Weichheit und weich vor Müdigkeit, überspringt es, rettet sich in Sarkasmus:

»Sir ... Sie versalzen mir sogar den Abschied aus diesem Laden.«

Sie schütteln sich die Hand. Sie kämpfen dagegen an, daß sich das Gefühl im Gesicht spiegelt.

»Hope to see you again«, stottert Rehbusch.

»Aber nicht hier, Rehbusch«, versetzt der Major. Er will lächeln. Es mißlingt. Seine Backenmuskeln haben keine Lust dazu.

Jetzt, am Vormittag um neun Uhr, machte die Sensation die Runde in Landsberg. Die Häftlinge erfuhren die erste Entscheidung des Falls Malmedy, die das Urteil von Dachau radikal veränderte. Und sie hoben den Kopf, horchten und hofften. Die Häftlinge mit dem Blut an den Händen genauso wie die anderen. Denn die Gnade ging quer durch die Fronten und war mitunter fürchterlich. So oder so.

Weil sie Mördern das Weiterleben ermöglichte. Weil sie an Unschuldigen vorüberging.

Bei Willers ging die Rechnung auf. Von heute an war er frei. Mit Recht. Er begriff es noch nicht. Auf einmal kam er sich vor wie ein Deserteur. Deshalb wollte er sich nicht scheu aus der Anstalt der Sühne fortschleichen. Der Kommandant erlaubte ihm einen letzten Besuch in der Zelle Brinkmanns, dessen Todesurteil in »lebenslänglich« verwandelt war.

Willers hielt schon einen zusammengeschnürten Pappkarton in der Hand. Er stellte ihn verlegen ab. Es wurde ihm heiß.

»Ich werde ... deine Mutter besuchen«, sagte er. Es klang wie: ». . und entschuldige bitte, daß sie mich entlassen haben ...«

Aber der Freund lachte begeistert. Seine Augen glänzten, sein Gesicht glühte wie im Fieber.

»Ja, Mensch«, rief er überlaut, »besuch die alte Dame ... sag ihr, mir geht's prima ... jetzt.«

Willers starrte auf den Holztisch in der Zelle. Neben der Pritsche stand ein Blechteller mit Kuchen. Aus einer Kanne dampfte Kaffee. Eine Zigarette verqualmte im Aschenbecher.

»Die Küche hat was ausgespuckt, zur Feier des Tages«, strahlte Brinkmann, »und wat der Sohn von meiner Mutter is, der feiert Geburtstag!«

»Geburtstag?« fragte Willers. Dann erst begriff er erschrocken.

Auf einmal sank Brinkmann wie erschöpft auf seinen Hocker. Seine Stimme war heiser:

»Mensch!« sagte er keuchend, »weißt du, was das heißt? Kuchen essen? Mit Appetit! Kaffee trinken? Wenn du weißt, daß sie dir nicht mehr die Gurgel zudrücken können, und ooch noch die Speiseröhre ... Mensch, wat dat is!«

Er griff nach seiner Zigarette, zog langsam.

»Rauchen«, fuhr er fort, »nicht bloß aus Schiß, eine nach der anderen, sondern schön langsam, mit Jenuß! Det Stäbchen klopfen, denn dran riechen ... Mensch ... wie Tabak duftet! ...«

Willers kämpfte mit dem Schwindel. Verschwommen dachte er: Er ist glücklicher als ich im Augenblick, obwohl er in Landsberg bleiben muß und ich gehen darf.

»Komm, setz dir«, sagte der Freund, »iß'n Stück Kuchen ... bakken jar nich so schlecht, die Amis.«

Willers nahm steif Platz.

Auf einmal lachte Brinkmann drauflos, prustete Kuchenkrümel und Zigarettenrauch von sich, alles durcheinander.

»Lebenslänglich!« platzte er los, »nicht zu Tode by hanging ... sondern lebenslänglich. Verstehste! Hier halte ich et aus, bis ans Ende der Welt! Weeßte wat, wenn du draußen nischt zu fressen kriegst, reich Besuchserlaubnis ein, komm zu Brinkmann ... ich geb' dir wat ab ... lebenslänglich geb' ich dir wat ab! ...«

Willers brachte keinen Bissen hinunter, aber der andere achtete nicht darauf. Er war allein mit sich und dem wiedergeschenkten Leben, und das pulste so urgewaltig durch seine Adern, daß daneben nichts mehr Platz hatte. Er mußte es herausschreien. Der Freund hätte ebensogut auch bloß die Zellentüre sein können, als Brinkmann seinen Geburtstag feierte.

Bei Triebenstein war es ähnlich.

Und allmählich verlor Willers die Befangenheit, weil er begriff, daß zwischen dem Kuchen der Gnade und dem Brot der Freiheit kein großer Unterschied mehr war.

Drei Minuten und vierhundert Meter vor der Freiheit, mitten auf dem Gang, plötzlich, geschieht es. Vor dem Haus wartet bereits der Jeep, der ihn in das Leben zurückkarren soll. Fritz Türmer, der frühere Unterscharführer, hatte sich von den Kameraden verabschiedet, auf die er Wert legte. Jetzt zieht ihn das Licht nach draußen vor der Anstalt wie ein Magnet an. Er geht hastig. Einmal nur bleibt er stehen, ganz kurz, wirft einen verstohlenen Seitenblick auf den Galgenhof, schaudert, geht weiter.

Und da begegnet er auf dem Gang dem sommersprossigen Gesicht des Hauptscharführers Müller in der offenen Zellentür. Türmer hat mit dem Mann kaum gesprochen. Er mochte ihn nicht, ohne zu wissen warum.

»Haben wir ein Schwein gehabt!« feixt Müller aus schrägen Augenwinkeln.

»Ja ... Schwein«, antwortet Türmer ohne Überzeugung.

»Na, du vielleicht nicht?« meckert Müller auf, »du besonders ... möchte mal wissen, warum sie euch entlassen und uns noch dabehalten ... Sauerei ist das! Ent- oder weder ... wenn schon, denn schon ...« Der ehemalige Hauptscharführer wölbt den Brustkasten heraus. Er war Spieß. Wenn er könnte, würde er mir jetzt den Ausgang verweigern, denkt Türmer.

Dann reibt sich Müller die Hände.

»Sag bloß, du hast nicht dasselbe ausgefressen wie wir alle! Mensch, komm doch zu dir! ... Natürlich haben wir sie umgelegt, bei Malmedy, wie die Fliegen ... ich jedenfalls!« Er verzieht verächtlich die Mundwinkel. »Schade, daß es nicht noch mehr waren! Das war ein Spaß! Diese Bande, diese blöde!«

Türmer starrt auf den Boden.

»Siehste«, fährt Müller grinsend fort, »aber die Amis fangen an, vernünftig zu werden, sehen ein, daß der Soldat nur hart sein kann ... daß wir 'ne Elite sind, die weiß, wie man's macht.« Er wirft Fritz Türmer einen giftigen Blick zu. Dann werden seine Augen wieder flach und fliehend.

Fritz Türmer fällt der Pappkarton aus der steifen Hand. Er setzt sich in Bewegung. Fuß vor Fuß. Der SS-Hauptscharführer ist viel größer, breiter und wuchtiger als er. Trotzdem verblassen jetzt die Sommersprossen, als er sieht, wie Türmers Backenmuskeln mahlen.

Auf einmal schnellen die Hände des Entlassenen vor. Er packt den Mörder vorne am Kittel.

»Du Lump!« keucht er. »Was du ausgefressen hast, habe ich nicht verbrochen. Und viele andere auch nicht!« Er schnappt sich den Kopf des früheren Spießes, beutelt ihn hin und her. »Aber du ... du! Wegen dir haben wir hier gesessen ... Wegen einer solchen Sau, wie du eine bist, wären Unschuldige beinahe krepiert! ...«

Der Haß schließt Türmers Augen. Da fängt er an, in die weiche Masse hineinzudreschen. Blut rinnt über seine Hände. Er spürt es nicht. Er schlägt für ermordete amerikanische Soldaten und für unschuldig verfolgte Kameraden gemeinsam. Er schlägt für die Angst von Brinkmann, für die Not von Triebenstein, für das Grauen von Willers. Er trifft für die Tage, für die Nächte. Er drischt für belgische Frauen, die der Hauptscharführer über seine MG-Garben seilspringen ließ, bis es nicht mehr höher ging, bis sie von den rasenden Schüssen erfaßt wurden.

Türmer schlägt und schlägt. Besessen, befreit. Wie einer, der nie mehr aufhören will, aufhören kann. Wie einer, der im Namen der Humanität eine Bestie mit den bloßen Fäusten ausrottet.

Müller rutscht wimmernd an der Zellenwand zusammen. Türmer richtet sich auf.

»Paß auf«, zischt er, »daß es bei dem Lebenslänglich bleibt!« Er spuckt dem blutenden, zuckenden, ausgehöhlten Mörder die Worte in das Gesicht ... »Daß sie dich nicht noch aus Versehen freilassen ... Wenn du 'rauskommst, dann rechnen wir endgültig ab ... verlaß dich drauf, du gemeine Sau!«

Eine Hand legt sich auf Türmers Arm.

»Komm!« sagt Paul Rehbusch leise.

Sie passieren die Zentrale, gehen ein letztes Mal über den Flügel B, Schritt für Schritt auf den Ausgang, auf die Freiheit zu.

Vor Henzes Türe stockt der frühere Unterscharführer noch einmal. Gott, denkt er, hilf ihm! Er ist kein Mörder und doch schuldig. Er kann nichts dafür und trägt doch die Verantwortung. Er wollte keine Verbrechen, aber er hat an Verbrecher geglaubt. Er ist ein anständiger Kerl und ein bornierter Hund. Hilf ihm, denkt er. Er braucht es, sonst hängen sie ihn ...

Rehbusch zieht den Freund weiter. Die beiden drehen sich nicht mehr um, sehen nicht mehr zurück in das Haus, in dem Schuld, Unschuld, Verbrechen, Sauberkeit, Anstand und Gemeinheit zu einem Schicksal verwuchsen, wo Schuld und Sühne, Tragik und Banalität auf Tuchfühlung leben.

Die Entlassenen steigen gruppenweise auf Jeeps. Landsberg wird umfahren. Gerüchte bevorstehender Entlassungen schwemmten die Reporter in die kleine Stadt. Da die Armee kein Aufsehen wünschte, organisierte der Parole-Offizier Fahrzeuge.

Der Fahrer des Jeeps und der Sergeant sitzen vorne. Sie sagen kein Wort während der ganzen Fahrt. Einmal langt einer von ihnen eine Schachtel Zigaretten nach hinten, ohne den Kopf zu wenden. Nach der ersten Chausseebiegung will Türmer sich umdrehen.

»Laß«, sagt der Freund, »jetzt wollen wir vergessen.«

Der Jeep hält, der Sergeant übergibt den Gratis-Fahrschein in das neue Leben.

Eine Stunde Zeit noch. Sie trinken helles deutsches Dünnbier. Fritz Türmer hat selten etwas getrunken, das so schlecht ist und so gut schmeckt, das so schwach ist und so stark macht. Er trinkt und trinkt. Und alles wird zum Wunder: die Decke auf dem Tisch, die Uhr an der Wand, die Schürze der Kellnerin, das Lachen am Nebentisch.

Dann bricht alles ab.

»Paul«, murmelt er, »ich habe Angst . . .«

»Das geht vorbei«, beruhigt Rehbusch. »Beim ersten Ausgang war es mir genauso . . . keine Zellentüre mehr dazwischen, ich weiß, ich weiß . . .«

»Alles so nah«, nickt Türmer, »und doch so weit weg . . . meine Frau . . . das Kind . . .« Er greift mit den Händen in das Leere, schluckt plötzlich.

Unmittelbar bevor der Zug einläuft, steht er in dem geteerten Abort und kotzt die letzte Landsberger Mahlzeit in die Rinne. Und Paul Rehbusch, der daneben steht, denkt: So viel braucht der Mensch nicht spucken, als er schlucken kann.

15. Kapitel

Die Stewardeß der amerikanischen Fluglinie strebte dem Zug der Passagiere betulich voraus. Peter Steffens folgte ihr mit schnellen Schritten. Es war das planmäßige Flugzeug Frankfurt – New York. Mit amerikanischen Offizieren, die Urlaub hatten, mit Frauen von Besatzungsangehörigen, die vom Besuch ihrer Männer zurückkehrten. Manche hatten bis zu drei Kinder bei sich. Amerikanische Kinder sind laut und gesund. Sie überschreien sogar das Gedröhne der anspringenden Motoren.

Peter Steffens erkannte die sechzehn Journalisten, die einer Einladung der amerikanischen Regierung folgten, auf den ersten Blick. An ihren Anzügen, an ihrem unsicheren Lächeln, mit dem sie die erste Begegnung mit dem »american way of life« quittierten.

Der Flug dauerte zwanzig Stunden.

Über London lockerten sich zum erstenmal die Mienen. Es gab Brathähnchen, Pommes frites und Ananas. Für die Deutschen, die zu Hause oft nicht einmal genug Brot hatten, wurde ein gebratenes Huhn über London die erste Sensation.

Peter war mit Abstand der Jüngste und dem Rang nach der Kleinste. Denn die meisten der Regierungsgäste betätigten sich als Verleger und Chefredakteure. Einer von ihnen, der Herausgeber einer hessischen Provinzzeitung, saß neben Peter. Er quietschte wonnig und aß massig, wappnete sich mit Whisky gegen die Luftkrankheit. Über Irland begann er zu singen. Bei der Zwischenlandung in Shannon wollte er die Stewardeß kneifen. Die Maschine zog gerade eine Schleife. Der Mann verlor das Gleichgewicht und rollte in den Gang. Die amerikanischen Mütter sahen weg, während die Stewardeß, eine kühle, blonde Neuengländerin, den lustigen Gast auf seinem Sitz festschnallte.

Ein anderer tippte Peter auf die Schulter.

»Lassen Sie ihn nichts mehr trinken . . . er blamiert uns alle.«

Das alles nahm Peter Steffens wie in Trance wahr. Er hatte nur einen Gedanken, der so dröhnte wie die Motoren und so raste wie die Luftschrauben:

Evelyn.

Er sah durch die Stewardeß hindurch, die in etwa die Figur des früheren weiblichen Sergeanten der amerikanischen Armee haben mochte ... Und auf einmal trug sie auch Evelyns Gesicht, war keine kühle Neuengländerin mehr, sondern eine lächelnde New Yorkerin.

Der Reporter blickte auf die Armbanduhr. Noch sieben Stunden in die Neue Welt. Zu Evelyn. Zu Colonel Evans. Zu dem Malmedy-Case, der zum Endspurt antrat.

Senator Chambers hielt den Fall am Dampfen. Das Pentagon sah sich veranlaßt, zwei angesehene Richter mit einer Untersuchung zu beauftragen. Sie flogen nach Deutschland. Peter wußte nicht, daß die Maschinen sich kreuzten.

Und sie werden rasch und präzise arbeiten. Ihr Material wird durch alle Zeitungen gehen. Millionen von Amerikanern werden die Zeitungen in die Hand nehmen, werden den Kopf schütteln, werden den Mut haben, Fehler einzugestehen, werden die Konsequenz besitzen, Gerechtigkeit zu fordern. Und die Männer mit der Redlichkeit und Fairneß eines Colonel Evans werden sich vermehren wie Flugsand.

Und trotzdem weiß der frühere Chefverteidiger an diesem Tag sowohl wie in jeder Stunde, seit er diesen Fall ohne Gnade übernahm, daß es schlecht steht. Daß das Pentagon von jetzt ab das revidierte Urteil vollziehen will. Daß Unschuldige noch immer unter der Drohung des Galgens stehen.

Wieder streifte Peters Ungeduld über das Zifferblatt seiner Armbanduhr. Aber auch die längsten drei Stunden dauern nur 180 Minuten.

Der Pilot setzte die »Constellation« glatt auf die Zementpiste. Die Räder rollten über Peters Erwartung hinweg. Endlich stand die Maschine. Der Reporter war als erster an der Türe, atmete die Luft ein wie Evelyns Parfüm.

Er sah sich um. Amerikanische Kollegen eilten heran. Blitzlichter flammten. Morgen wird unter Peters Bild stehen:

»Ein Deutscher sieht die freie Welt.«

Dabei wollte er in diesem Moment nur Evelyn sehen.

Sie erwartete ihn. Sie stellte sich auf die Fußspitzen und winkte. Aber das Gedränge kümmerte sich nicht um sie.

Endlich ruderte sich Peter frei, ging auf sie zu, sah ihre Augen, ihren Mund, ihre Haut, die Röte im Gesicht, das Flimmern in den Augen.

»Evelyn«, rief er lautlos ihren Namen.

Ein schlaksiger Reporter faßte ihn am Arm.

»Was halten die Deutschen von den Amerikanern?« fragte er.

»Nur das Beste«, erwiderte Peter zerstreut.

»Ist die Verpflegung in Deutschland so schlecht oder ist das nur Zweckpropaganda?« prasselte die nächste Frage auf ihn ein.

»Danke, ich habe keinen Hunger«, antwortete Peter.

»Was gefällt Ihnen am besten an Amerika?«

»Ich habe noch nichts gesehen.«

»Was interessiert Sie?«

Da drängte Peter unhöflich und barsch den Schlaksigen einfach zur Seite.

»Evelyn«, sagte er trocken.

Zehn Meter noch bis zu dem Mädchen. Aber dazwischen standen fünfzehn Menschen. Peter ging nicht sanft mit ihnen um.

»Oh«, sagte Evelyn leise.

Er riß sie an sich. Sie hatten sich wieder.

Und die Flugplatzreporter schossen das beste Bild seit langem.

Der Zeitungsmann, der als erster aus dem Flugzeug gestiegen war, wurde der letzte bei der Abfertigung. Dann entwickelte sich die Gepäckausgabe zum Hindernisrennen. Der Zoll war grimmig und gründlich, denn die Beamten wußten, daß manche, die aus dem verarmten Deutschland kamen, reich geworden waren.

Peter ließ alles wie im Traum über sich ergehen. Endlich war es geschafft. Die beiden jungen Menschen schwemmte der Trubel weiter, trieb die Freude abseits. Das Glück führte sie zusammen und isolierte sie von den anderen. Der Reporter wurde nicht von Professor Wolfe im Auftrag der US-Regierung offiziell begrüßt, sondern von Evelyn im Namen der Zukunft stürmisch aufgenommen.

Das Häusermeer der Weltstadt verwandelte sich für sie zur Kulisse einer Märchenstadt. Die Straßen wurden zu Gärten, die Plätze zu Parkanlagen. Peter und Evelyn waren allein, auch wenn ein paar Millionen um sie herumwogten, wenn die Autos hupten, die Polizisten pfiffen, die Passanten lachten.

Dann saßen sie im »Hickory«, hörten die neuesten Schlager, aßen die besten Steaks vom Holzgrill und tranken sich dabei mit den Augen. Sie drückten sich die Hände und ließen nicht wieder los. Sie unterhielten sich zweisprachig. Aber ihre Lippen, ihre Arme, ihre Haut kannten nur eine Verständigung. Diese Sprache war einstimmig und eindeutig. Und sie war zu hören, so oft sich ihre Augen begegneten. Sie war schnell und stumm und zählte nicht nach Silben, sie folgte keiner Grammatik, keinen Regeln. Sie war schön wie Musik. Das Piano dieser Sprache klang laut und ihr Forte leise; der Baß führte bis in die Höhen und der Tenor bis in die Tiefen der Erfüllung.

Evelyn trug ein knappsitzendes marineblaues Straßenkostüm, das aussah wie von Dior geschneidert und aus einem zweitklassigen Warenhaus der 33. Straße stammte. Ihre Haut war hell, ihre Augen blank. Die gebleichte Strähne saß in der Mitte ihrer Haare.

Ihre Schultern berührten sich mitunter beim Essen. Und dann lachten sie jedesmal. Sie waren glücklich und traurig, ausgelassen und niedergeschlagen. Die Stimmung wechselte zweimal pro Minute. Und das grundlos. Denn sie liebten sich.

»Und jetzt?« fragte Evelyn schließlich.

»Bleib' ich in Amerika«, antwortete Peter.

»Immer?«

»Ja.«

»Gerne?«

»Noch lieber.«

»Lieber bloß?«

»Hör zu, Evelyn. Ich könnte niemals mehr von hier weg.« Er log, ohne es zu wollen.

Evelyn wußte es. Denn sein Besuchsvisum galt nur für drei Monate. Zwar war seine Einwanderung schon genehmigt, aber die Bürokratie der Immigration schien mit dem Profit der Fluggesellschaft unter einer Decke zu stecken. Peter durfte einwandern, aber vorher mußte er noch einmal hin- und herfliegen, wie das Gesetz es befahl.

Am nächsten Morgen wurde Peter auf die Drehscheibe des US-Trips gesetzt. Der Professor für Zeitungswissenschaften Edward S. Wolfe trieb sie an. Sie sollte neunzig Tage lang nicht zum Stillstand kommen.

Um acht Uhr Wecken. Neun Uhr Seminar-Beginn. Hinter geschlossenen Fensterjalousien, vor gefüllten Wasserkaraffen. Präparation durch Dr. Wolfe. Zuerst interessant, dann langweilig. Mitunter glitt der Dozent in die Geschichte ab. Und dabei erfuhr Peter, daß es aus dem Blickwinkel der anderen Welt gleichgültig ist, ob Bismarck ein russischer Großfürst oder Rasputin ein preußischer Abgeordneter war.

Mittags gab es Cocktails. Abends ebenfalls. Und der ständige Griff nach dem Glas, nach den dünnen Drinks machte dicke Köpfe. Die Journalisten gewöhnten sich an den Dämmerzustand wie an das pausenlose Programm.

Nach Dienstschluß Besichtigung. Empire State Building, Museum für moderne Kunst, Druckerei der New York Times. Nach fünf Tagen wußte der Reporter nicht mehr, was er am ersten gesehen hatte. Die Drehscheibe rotierte, exakt und erbarmungslos: pro Tag dreißig Cocktails, fünfzig Begrüßungen und hundert törichte Fragen.

Das alles zerstob am Abend, wenn Peter zu Evelyn kam. Seine Lippen erholten sich vom steten: »How do you do?« Er ging von Station zu Station. Evelyn folgte. Sie wollte keinen neuen Job antreten, solange Peter in Amerika war.

Sie begleitete ihn nach Washington. Präsident Harry S. Truman nahm sich für die deutsche Besuchergruppe vier Minuten Zeit. In der ersten erzählte er einen Witz, in der zweiten lachten die Gäste, in der dritten wies der Präsident ein Bild vor, über dessen Wert man streiten konnte und nicht stritt, und in der vierten setzte er sich leutselig an das Klavier und spielte den ersten Satz aus der Mondscheinsonate.

Und Peter dachte: Diese erste Begegnung zwischen Amerikanern und Deutschen auf der anderen Seite der Welt ist nicht scheu, sondern komisch. Das sagte er sich zwischen den Intervallen der Drinks und den Schnaufpausen des Glücks. Denn wenn Wolfe ging, kam Evelyn.

Dann aber demonstrierte dieses seltsame Land ein Stück Amerikanismus, das der Professor bei aller Mühe nicht vermitteln konnte. Die Praxis nahm dem Theoretiker das Kollegeheft aus der Hand. Der Trip jagte von Alaska nach Texas und von Florida bis Massachusetts. Die Erregung raste kreuz und quer und verließ dabei nie den Mittelpunkt des freien Landes.

Schlagzeilen sprangen in die Augen und das Gewissen in die Diskussionen. Wo man in den Snack-Bars Hot Dogs aß, wo man sich in einer überflüssigen Minute die Schuhe putzen ließ, wo man auf ein Taxi wartete oder mit dem Lift in den 47. Stock fuhr, stand die öffentliche Meinung auf, erhob sich, uniform und individuell. Weil man im Namen der Vereinigten Staaten Verbrechen verübt hatte. Millionen von Amerikanern, die bereit waren, für ihr Land zu sterben, weigerten sich, eine Ungeheuerlichkeit dieses Landes zu dekken. Statt zu beschönigen, übertrieben sie. Statt den Fall stillschweigend zu beseitigen, forderten sie die Bestrafung der Schuldigen.

Die freiheitliche Tradition fragte dabei nicht, um wen es ging. Sie wurzelte so tief im Bewußtsein des Bürgers, daß sie stark genug war, auch noch deutsche SS-Männer in Schutz zu nehmen. Politische Soldaten, unter deren Knobelbechern eine Welt gezittert hatte. Männer, für die die Freiheit dekadent, die Verfassung morbid und die Humanität feige gewesen waren. Und gerade diese Errungenschaften, die für die Garde des Satans höchstens eine Zielscheibe gebildet hatten – der Worte oder der Waffen –, sollten nun dafür antreten, daß mit den Verurteilten von Malmedy gerecht verfahren wurde.

Richter Edward Leroy van Roden vom pennsylvanischen Kreisgericht in Delaware und Richter Simpson vom Obersten Gericht des Staates Texas waren aus Deutschland zurückgekehrt. Ihr Bericht über das Malmedy-Verfahren lag im Pentagon vor. Nach einem schwächlichen Versuch, seine Veröffentlichung zu verhindern, mußte das Verteidigungsministerium resignieren. Die Feststellungen der beiden Richter über die Greuel von Schwäbisch-Hall, über die Untaten des blassen Leutnants Prince und seines Komplicen Henry Knoth, über die Schläge, Dampfzellen, Scheinverfahren und Probehinrichtungen gipfelten in dem Satz, der durch die gesamte Presse ging:

»... Es ist heute unmöglich, an Hand der Prozeßakten zu ermitteln, wer von den zum Tode durch den Strang verurteilten Männern schuldig oder unschuldig ist.«

Als Evelyn die ersten Zeitungen brachte, hatte sie Peter bereits gelesen.

»Siehst du«, sagte sie. Sie wollte noch hinzufügen: Ich wußte, daß mein Land Unrecht nicht zuläßt. Daß es sich nur um Auswüchse, Einzelerscheinungen handelte, mit denen die Öffentlichkeit sofort fertig wird, wenn sie sie erfährt.

»Ja«, erwiderte Peter, »ich habe eine Bitte, Evelyn.«

Das hübsche Mädchen hob den Kopf.

»In ein paar Tagen ist diese Eselsführung zu Ende ... Wir erhalten dann eine Gratisflugkarte. Wohin wir wollen in den Vereinigten Staaten ...«

»Oh«, entgegnete Evelyn, »Miami.«

»Nicht ganz«, versetzte der Reporter. »Ich möchte nach Atlanta.«

»Atlanta?«

»Ja. Zu Colonel Evans.«

Evelyn begleitete Peter, obwohl sie ihr Geld lieber für Sonnenschein und Wasserski, für Küsse unter Palmen und Tanzen im Freien ausgegeben hätte.

Die öffentliche Meinung verhängt über Washington den Belagerungszustand. Front ist das Capitol. Der Kongreß die Hauptkampflinie. Seit zwei Tagen debattieren die Abgeordneten den Malmedy-Prozeß. Die Feststellungen der Richter van Roden und Simpson haben eine Bresche in das amerikanische Selbstbewußtsein gerissen. Die Vertreter der Wähler zerfallen in zwei Parteien. Die eine ist empört über die Vorfälle und die andere über die Art, wie Senator Chambers politisches Kapital aus ihnen schlagen will. Aber auch diese Gruppe ist dafür, daß unverzüglich ein Untersuchungsausschuß gebildet wird.

Chambers sitzt mit breit aufgestülpten Ellenbogen im Oval des Kongreßsaals und lächelt süffisant. Er produziert sich wie ein Fuchs auf dem Hühnerhof, und seinen listigen, fettgepolsterten Augen entgeht kein Hahn, der sich über die Hühnerleiter ins Freie stehlen will. Der gerissene Politiker, das As seiner Partei, arbeitet mit allen Methoden. Im Gegensatz zu dem früheren Chefverteidiger Evans treibt ihn nicht das Gewissen vorwärts. Der Senator mobilisiert seine Tricks, seine Wucht und seinen Stiernacken für die Taktik seiner Partei.

Er arbeitet hinter den Kulissen. Er greift nicht einmal in die Debatte ein. Vorläufig wenigstens nicht. Er verfolgt mit Wohlbehagen das Unbehagen seiner Kollegen, denen der Vorsitz des Malmedy-Ausschusses angeboten wird. So geht es fünf-, sechsmal. Auf einmal meldet sich ein Senator freiwillig. Der Abgeordnete Bergson ist genauso heftig bereit, ja zu sagen, wie die anderen Mitglieder des Hohen Hauses ablehnten.

Jetzt tritt Bergson an das Mikrofon, bellt:

»Die Ehre der amerikanischen Justiz muß wiederhergestellt werden!«

Chambers nickt lächelnd. Er hat ein gutes Gehör für Nuancen, erhebt sich halb auf seinem Sitz, verzieht den Mund, verfolgt, wie eine große Mehrheit der Abgeordneten Bergson wählt.

Nach der Sitzung schlagen sie ihm auf die Schulter, froh, dem heißen Eisen dieses Ausschusses entgangen zu sein. Chambers betrachtet Bergson aus schrägen Augen. Seine politische Begabung besteht darin, alle Menschen so einzuschätzen, wie er taxiert werden müßte. Er glaubt nicht an Ideale. Er kann sich nicht vorstellen, daß man etwas um einer Sache willen tut, ohne Vor- oder Nachteile zu bedenken. Gerade dieses präzise, zynische Denken hat ihm bis jetzt seine umstrittenen Erfolge eingebracht.

»Mike«, sagt er und nimmt seinen jungen Mann am Knopf, »kennst du Bergson?«

Mike nickt.

»Was Besonderes mit ihm?«

Der Adlatus schießt los wie ein lebendes »Who's who«. Chambers unterbricht ihn.

»Quatsch!« sagt er, »mach dich auf die Beine ... bring mir was ... Neues«

Und so macht der Senator, bei dem nie etwas schiefgehen darf, schon vorzeitig seine Mine gegen einen Ausschuß scharf, den er selbst ins Leben rief.

Colonel Evans lächelte müde bei der Begrüßung. Er empfing Evelyn und Peter im Wohnzimmer. Seine Frau Alice brachte Sandwiches mit Erfrischungen. Nebenan tobte Bob vor Freude über seine schlechten Zensuren. Ab und zu streckte Ann ihren Wuschelkopf herein und maulte, weil die Mutter wegen der Besucher keine Zeit hatte, ihr eine neue Frisur zu legen.

Peter stellte erschrocken fest, um wieviel älter, schmaler und auch nervöser der frühere Colonel in den letzten zwei Jahren geworden war. Damals hatte Evans ihm in Dachau die Grundlagen des Malmedy-Verfahrens auseinandergesetzt.

»Willkommen in den Staaten«, sagte der Anwalt.

»Ich habe Ihnen zu danken ...« begann Peter, »Sie haben mir die Einladung verschafft.«

»Ich?« fragte Evans. Er lächelte. Seine Augen gingen zu Evelyn.

Jetzt, da der Amerika-Trip zu Ende ging, fing Peter an zu begreifen, wem er ihn eigentlich verdankte.

»Wie sieht es in Deutschland aus?«

»Nicht viel besser als damals«, versetzte der Reporter.

»Sie haben sich nicht verändert«, fuhr Evans fort, nicht aus Höflichkeit, sondern weil er ein exaktes Personengedächtnis hatte.

Peter nickte zerstreut.

»Sie hat also Malmedy auch nicht losgelassen?« sagte der Chefverteidiger.

»Ich möchte Ihnen gratulieren, Mister Evans, ich glaube ... ich denke ... die Deutschen ... wie die Amerikaner haben Ihnen eine Menge zu verdanken.«

Der Rechtsanwalt winkte mit einer fahrigen Handbewegung ab.

»Es ist noch lange nicht soweit ...« entgegnete er, »der Senatsausschuß müßte über seinen eigenen Schatten springen ... Seitdem ich wieder in Amerika bin, habe ich um eine Revision des Verfahrens gekämpft.«

»Aber jetzt stehen Sie doch dicht davor ... die Öffentlichkeit ... die Presse.«

»Vielleicht«, antwortete Evans. Seine Augen wanderten von Peters Gesicht zur Wand. Ihr Blick wirkte auf einmal fern und verloren. »Es ist noch etwas anderes ... selbst wenn ich jetzt erreichte, was ich wollte ... dann hätte ich diesen Erfolg Methoden zu verdanken, die ich mißbillige.«

»Ich verstehe Sie nicht«, erwiderte der Reporter offen.

»Doch. Ich konnte mit fairen Mitteln die unmittelbar bevorstehenden Exekutionen nicht verhindern. Nicht also mit Methoden des Rechts. Da habe ich mich an Chambers gewandt. Verstehen Sie? Seine Mittel sind nicht meine Mittel.«

»Ist das letztlich nicht gleichgültig?«

»Nein«, versetzte der Chefverteidiger hart. »Ich habe dieses verdammte Verfahren nur angenommen, weil ich an das Recht glaubte. Es gab keinen anderen Grund ... und jetzt«, fuhr er bitter fort, »wäre dieses Recht gescheitert, wenn es keinen Senator Chambers gäbe, dem die Gerechtigkeit fast so gleichgültig ist wie mir seine Partei.«

Die Augen des Anwalts wurden fanatisch, seine Worte heftig:

»Wissen Sie, was das für mich heißt? Können Sie sich das vorstellen?«

Als Peter in sein verhärmtes, asketisches Gesicht sah, begriff er die Einsamkeit dieses Mannes. Und jetzt, nicht mehr von dem primären Drang getrieben, Unschuldige vor dem Henker bewahrt zu wissen, sah Peter den Fall Malmedy so, wie er wirklich war, wie ihn Colonel Evans von Anfang an empfunden haben mußte, als ihn das Gewissen auf den verhaßten Posten gezwungen hatte.

Es ging längst nicht mehr um Schuld oder Unschuld, denn die Erpressung von Schwäbisch-Hall wurde allen gegenüber zum Verbrechen. Sie unterschied nicht zwischen Soldaten, die zufällig in das Getriebe der Fahndung gerieten und Mördern, deren Leben längst verwirkt war.

Nur so konnte Colonel Evans gleichzeitig für den Menschen Brinkmann und gegen die Bestie Müller kämpfen, wenn er sich für Revision einsetzte. Nur darum ging es ihm: um ein Verfahren, das die erzwungenen Geständnisse von Schwäbisch-Hall nicht berücksichtigte und nur ordentliche Beweismittel zuließ. Denn das Recht hatte sich der Mörder zu entledigen und nicht ein fahlgelber Leutnant Prince oder ein emigrierter Herr Knoth, der vielleicht seine ersten Erfahrungen im Foltern gesammelt hatte, als er noch selbst die SS-Uniform trug.

Die Pause übersprang ein paar Jahre. Und jetzt, da sie nichts mehr zueinander sagten, verstanden sie sich ganz, der amerikanische Anwalt und der deutsche Reporter. Zwei Männer, die zusammengehörten, über Grenze und Sprache hinweg, wie die Menschen guten Willens, die es zu Millionen in beiden Ländern gibt.

»Wie lange bleiben Sie noch?« fragte der Rechtsanwalt.

»In vier Tagen geht mein Flugzeug.«

»Und wann kommen Sie wieder?«

»So bald wie möglich«, antwortete der Reporter.

Peter und Evelyn kehrten nach New York zurück. Sie versuchten, sich den Abschied leichtzumachen, weil er schwer war.

Und dann standen sie wieder am Flugplatz. Nur, daß diesmal Peter startete.

»Ich bereite alles vor«, sagte Evelyn, » . . . bis du wiederkommst, habe ich schon eine Wohnung.«

»Ja«, erwiderte er.

Und wieder trennte sie ein häßlicher Lautsprecher und eine hübsche Stewardeß. Der Flug nach Frankfurt wurde ausgerufen.

»Komm bald«, rief Evelyn leise.

In ihrem Lächeln schwammen Tränen.

Die kleinen, flinken Stieraugen pendeln hin und her. Wieder stützt Chambers den plumpen Kopf auf den wuchtigen Ellenbogen. Der Senat tagt in kleiner Besetzung. Der Vorsitzende des Malmedy-Ausschusses, Senator Bergson, rekapituliert das Ergebnis einer über 1600 Seiten umfassenden Untersuchung. Monate wurden investiert. 108 Zeugen in Deutschland gehört und eine Vielzahl eidesstattlicher Erklärungen überprüft. Der Ausschuß hat den Bericht zu billigen und dann dem gesamten Senat vorzulegen. Auf diesen Tag wartete Senator Chambers. Er lauert träge auf das Stichwort seiner großen Szene. Seine Partei war im Wahlkampf unterlegen. Kandidat Dewey wurde abgeschlagen und Präsident Truman überraschend wiedergewählt. Die Opposition wartet seitdem auf den Schlager, um die Niederlage zu überspielen: Malmedy.

Und wieder wächst aus den dürren Worten des hageren Vorsitzenden namenloses Grauen, wieder peitschen Schüsse, sterben Menschen.

In Deutschland wurde mittlerweile von ehemaligen SS-Leuten die Version verbreitet, daß die Gefangenen an der Straßenkreuzung von einer nachfolgenden Einheit versehentlich als Kampftruppe angesprochen und niedergeschossen wurden. Und warum hatten sie die gefrorenen Hände flehentlich in die Höhe gehoben? Warum waren die Gesichter in namenloser Angst verzerrt? Warum stellten die Armeeärzte fest, daß sie aus nächster Nähe mit Handfeuerwaffen erschossen oder von Panzerketten zermalmt worden waren? Warum trugen sich während des Vormarsches an zwölf verschiedenen Orten Szenen dieser Art zu?

»Und nun«, sagt Senator Bergson und trägt schwer an den Worten, »komme ich zu den Vorwürfen, die der Voruntersuchung von Schwäbisch-Hall gemacht werden.« Er setzt einen Augenblick aus. Seine schmalen Hände glätten ein Aktenstück. »Es begann in Zuffenhausen. In einer Baracke. Aus deutschen Kriegsgefangenenlagern wurden Verdächtige herausgezogen. Unter ihnen Oberst Henze, in dessen Frontabschnitt die Verbrechen verübt worden waren. Schon in Zuffenhausen erfuhren die Mitglieder der ›War Crime Division‹, daß Oberst Henze seinen Leuten den Rat gegeben hatte, alle Malmedy-Verbrechen auf einen Major Poetschke zu schieben, der an einem der letzten Kriegstage in Österreich gefallen war.«

Senator Chambers wölbt die Unterlippe zu einem unschönen Lächeln nach vorne.

So hätte ich an Henzes Stelle auch gehandelt, kann das heißen. Und er hebt den Kopf von den Ellenbogen. Er kennt den Bericht Bergsons. Seine Zündschnur glimmt.

»Die Gefangenen wurden deshalb in das moderne Gefängnis in Schwäbisch-Hall geschafft«, fährt der Berichterstatter fort, »wo man sie besser voneinander trennen konnte. Sie sollten sich nicht sehen und auch nicht sprechen können . . . Wenn man sie aus den Zellen holte und zur Vernehmung führte, zog man ihnen deshalb Kapuzen über den Kopf... Damit beginnen die Unregelmäßigkeiten, über die zu sprechen mir als Bürger dieses Landes sehr schwer fällt.«

Bergson hebt das Wasserglas, nimmt einen Schluck, stellt es sofort wieder weg.

»Die Gefangenen wurden geschlagen, Scheinverhören unterzogen. Dabei waren die Vernehmungszimmer mit schwarzem Tuch ausgelegt, brannten Kerzen um ein Kruzifix. Es handelte sich hier um einen schweren Mißgriff.« Der Berichterstatter wirkt müde und matt.

Das häßliche Lächeln im Gesicht Senator Chambers' breitet sich aus. Ganz schön, dein Bericht, mag er überlegen, gut frisiert. Stimmt auch alles, was du sagst. Du verdrehst die Wahrheit nicht. Aber du schwächst sie ab.

»Sie finden ...« schließt Bergson seinen Vortrag, »eine genaue Aufstellung der von uns festgestellten Mißhandlungen in den Akten.«

Das ist das Stichwort für Chambers. Er schnellt hoch, wartet, bis er alle Blicke auf sich gezogen hat, beginnt leise, fast freundlich:

»Wie schlimm waren die Schläge?«

»Wir haben keine Spuren bei den Verurteilten mehr feststellen können.«

»Wann?« fragt Chambers schneidend. »Jetzt? Drei Jahre danach?«

Bergson nickt.

Chambers kräuselt spöttisch die Lippen, dehnt die Sekunden, knetet sie mit den Händen.

»Wurde nicht einem Mann der Unterkiefer zerschmettert?«

»Das behauptet ein deutscher Zahnarzt, der ihn behandelt hat.«

»Und?«

»Der Mann ist tot.«

»Und die Sprechstundenhilfe?«

»... weiß von nichts.«

»Und die Krankengeschichte, die in Deutschland in der Regel zehn Jahre aufgehoben wird?«

»Wurde verbrannt.«

»Von wem?« stieß Chambers zu.

Senator Bergson hebt die Schultern. Sein Gegenspieler lacht lautlos. Bergson sieht es. Zorn kontert seine Lethargie nieder. Er richtet sich auf.

»Ich möchte hier ganz klar feststellen«, antwortet er hart, »daß ich die Vorwürfe der Richter van Roden und Simpson für sensationell und übertrieben halte.« Er spricht noch lauter und schneller: »Die beiden Hauptzeugen, auf die sie sich stützen, waren ein ehemaliger Nazikreisleiter und ein dreimal vorbestrafter Betrüger ... Sie finden den Vorgang in den Akten.«

»Und die anderen 106 Zeugen?« fragt Chambers fast gemütlich.

». . . wurden alle berücksichtigt.«

»Aber wie.« Chambers knallt seine Aktentasche auf das Pult. Seine Freunde und Zuträger lächeln. Jetzt ist es soweit.

»Sie haben also die Untersuchung in Deutschland geleitet, Senator Bergson?« sagt er leise und lauernd. Er beugt sich etwas nach vorne. »Ich habe ein paar Fragen persönlicher Art.« Er hebt die Hand, um einen stummen Widerstand zu brechen, »sie gehören zu dem Fall.« Er setzt ab und wieder an. »Sie hatten eine Schwester, Senator Bergson. Sie lebte in New York. Sie ist 1944 gestorben. An einem Herzschlag. Sie war verheiratet, hatte drei Söhne. Zwei sind gefallen . . . der dritte diente bei der Army in Europa. Das stimmt doch?«

Bergson, mit rotem Kopf, nickt.

»Wie heißt Ihr Neffe?«

Die Frage platzt wie ein Pistolenschuß.

Bergson greift fast verlegen nach dem Wasserglas.

»Wie heißt er?« fragt Chambers scharf.

Bergson zögert, sieht sich um, blickt in gespannte, ablehnende und gleichgültige Gesichter. Er findet keine Unterstützung. Er sitzt fest in der Falle des hämischen Senators Chambers.

»Prince«, antwortet er dünn.

»Prince«, lutscht Senator Chambers an dem Wort wie an einem Bonbon. »Prince . . . der Hauptbelastete von Schwäbisch-Hall. Und ausgerechnet Sie, Senator Bergson, haben sich um den Vorsitz des Malmedy-Ausschusses gedrängt. Warum? Um Ihrem Neffen zu helfen! Um zu vertuschen! Das ist unwürdig! Unamerikanisch!« Voll Rage schleudert Chambers jetzt seine Aktentasche auf den Boden. »Ich erkläre diesen Ausschuß für befangen! Ich weigere mich, weiter mitzuarbeiten! Ich trete aus!«

Er geht. Mit wichtigen, wuchtigen Schritten. Jedes seiner Worte wird von der Presse mitgeschrieben, trifft, sitzt. Es ist ein Tiefschlag gegen die Regierungspartei, der den Ausschuß lahmlegt, der den Malmedy-Fall blockiert. Der eine objektive Untersuchung ausschließt.

Der Senator lächelt. Aber es gibt nichts zu lachen. Das Netz aus Mord, Verrat, Intrige, Erpressung kann nie mehr entwirrt werden.

16. Kapitel

Die Dielen der Kaffeestuben ächzten unter dem Gedränge der tanzenden Paare. In der Luft schwangen Parfüm, Staub, Hitze. Masken geisterten verschwommen durch das Halblicht, das Rot aus den Dekorationen floß. Musik schrillte. Auf die gequetschten Töne der Trompeten setzte sich flirrendes Lachen.

Ein Mädchen lehnte an einer Säule, auf deren Fuß zwei Dominos hockten. Es lächelte spöttisch, da es nicht wußte, was es während des Faschingstreibens zu besprechen gab. Die Blondine beugte sich zu einem der Herren, wollte ihn zum Tanzen wegziehen. In diesem Moment hörte sie, wie er zum zweiten Domino sagte:

»Na schön ... sollen sie ruhig ein paar Mann hängen, aber den Rest habe ich freibekommen.«

Der ausgestreckte Arm des Mädchens fiel schlaff herab. Die Blondine hatte sich nicht verhört, hatte richtig verstanden, was der Domino mit der verwischten Schminke im Gesicht feststellte. Es war kein Karnevalsscherz, obwohl sich auch in Landsberg der Fasching amüsierte. Auf dem blutigen Boden der Lechstadt lagen Konfettis. Aber der Strick des Kriegsverbrechergefängnisses reichte bis in den Ballsaal des Hotel »Goggl«.

Deshalb war Rechtsanwalt Frederick Wiehl aus den USA hergeholt worden. Während dieses Faschings 1951 standen noch 28 Rotjacken der Festung Landsberg mit dem Henker auf du. Die Entscheidung über ihr Schicksal hing bis heute in der Luft. Vor Stunden wurde sie verkündet. Amerikanische Ärzte standen mit Herzstärkungsmitteln bereit, wenn einer umklappen sollte.

Der Kommandant ließ sie einzeln kommen. Zuerst Oberst Henze, den Hauptangeklagten von Malmedy, und die anderen elf Leute, die außer ihm die Rotjacke trugen. Sämtliche Malmedy-Todesurteile wurden in Haftstrafen umgewandelt. Außerdem durften neun weitere Todeskandidaten die Rotjacke ausziehen. Bei den sieben letzten, die jetzt vor dem Kommandanten erschienen, füllten die Ärzte vorsorglich die Spritze. Und so wurde Landsberg zum letztenmal zum Rangierbahnhof für Leben und Sterben.

Als Oswald Pohl, Otto Ohlendorf und die anderen fünf erfuhren, daß ihr Urteil endgültig war, brachten Angehörige und Freunde des Hauses Krupp den ersten Toast auf die morgige Entlassung des

Firmenchefs aus. Das Hotel hatte für sie ein Nebenzimmer reserviert. In einer Badewanne wurde ein Meer von Tulpen frisch gehalten. Der Fruchtsalat war mit Maraschino angemacht, die einzigen bitteren Tropfen in der Freude.

Inzwischen wurde den Frauen der sieben letzten Rotjacken von Landsberg das Telegramm zugestellt.

»... Wenn Sie auf den Leichnam Ihres Mannes Anspruch erheben, bitten wir Sie, dies der Gefängnisverwaltung umgehend mitzuteilen.«

Vor dem Hotel gab es mehr Wagen als Parkplätze. Das »Goggl« war ausverkauft. An die fünfzig Reporter schlugen sich durch den makabren Fasching à la Landsberg. Aber sie interessierten sich nicht für die Masken in der Tanzdiele, sondern für die ungeschminkte Trauer oder die offene Freude in den Gesichtern der Häftlingsfrauen.

Erst gegen vier Uhr verloschen die Lichter, verstummte die Musik, versiegte der Sekt. Nun gab nur noch das Gefängnis am Hindenburgring die Festbeleuchtung. Die polnischen Posten hatten Ausgangssperre. Sie standen an Scheinwerfern und Maschinengewehren auf ihren Türmen. Sie hatten den Befehl, jedes verdächtige Auto, das die Straße vor dem Gefängnis passierte, anzustrahlen. So leuchteten die Wächter über Leben und Tod den betrunkenen Gästen heim.

Der Morgen war grau und nebelig. Schon vor neun Uhr bewegte sich der Strom der Zaungäste über die Lechbrücke. Zu dieser Stunde war die Entlassung aus der Strafanstalt Landsberg angesetzt. Die Wagen verstopften die Straße, die Fahrer fluchten. Industrielle lehnten sich gelangweilt in die Fonds zurück. Neben den dunklen Mänteln lagen bunte Blumensträuße. Die Wochenschau kam mit Leitern angerückt, um den günstigsten Platz zu ergattern. Katzen flohen entsetzt über die Zäune. Der große Aufwand in der kleinen Stadt trieb sie in die Flucht.

Die MPs vor der Gefängnisauffahrt trugen weißes Koppelzeug und eisige Mienen. Bis zum letzten Gefreiten waren die Amerikaner entschlossen, aus dieser Schau keine Show zu machen. Aber der Vorsatz war untauglich. Die deutschen Kameramänner ließen sich keinen Zelluloid-Zentimeter des amerikanischen Widerwillens entgehen.

Der Friedhof lag abseits. In der Rokoko-Kapelle kniete eine Frau. Sie betete inbrünstig, und keiner, der sie sah, wußte, ob ihr Flehen einem, der sterben mußte, oder einem, der leben durfte, galt.

Nichts rührte sich um neun Uhr. Da richtete sich jedermann auf langes Warten ein. Das Portal der Strafanstalt wirkte so unbewegt und starr, als würde es sich nie öffnen. Niemand achtete auf den

Captain mit dem verlegenen Gesicht, der sich aus der Toilettentür des Wachlokals herausdrückte. Er sperrte selbst auf. Die Tür öffnete sich nur einen Spalt, nur ein klein wenig, sie sah aus wie das Maul eines Karpfens, der eine Luftblase steigen läßt.

Das rostige Tor öffnete sich nicht weit in den Angeln wie 1924, als ein blitzender Mercedes herausfuhr und ein mittelgroßer Mann triumphierend ein Manuskript in der Hand schwenkte: Adolf Hitler mit den Blättern des Buches »Mein Kampf«, dessen konsequente Befolgung fast 300 Menschen im gleichen Hause dem Henker auslieferte.

Für die 29, die jetzt hastig oder gemächlich, verworren oder sicher aus der Anstalt kamen, war der schmale Schlitz in die Freiheit breit genug. Sie blinzelten in das trübe Licht. Die meisten von ihnen trugen schwarze Windjacken und Pappkartons. Sie versuchten zu lächeln. Aber unter dem Aufzucken der Blitzlichter gefroren ihre Gesichtsmuskeln zur Grimasse. Von den Fotografen gejagt, stoben die 29 auseinander. Statt rührender Bilder gab es fliehende Jacken. Für die Prominenten, auf die es die Reporter abgesehen hatten, endete die Flucht in den bereitstehenden Autos. Das Hotel »Goggl« hatte seinen Wäsche-Kleinbus geschickt. Krupp und die mit ihm entlassenen Direktoren bezogen ihn. Auf der Außenseite stand in großen Lettern: »Schneeweiße Wäsche«. Die Buchstaben flimmerten vor den Augen der Reporter, so schnell fuhr der Wagen davon.

»Wo ist Speidel?« schrie ein dampfender Kameramann auf der Suche nach Prominenz.

Der polnische Posten zuckte die Schultern und ging weiter, an einem blassen Herrn vorbei, den das Oberfinanzpräsidium mit Blumen geschickt hatte. Er sollte auf den Finanzminister des Dritten Reiches, Graf Schwerin-Krosigk, warten. Aber der Entlassene war schon abgefahren. Er hatte nicht damit gerechnet, daß ihm der neue Staat, wohl als Ovation für die geplatzte Reichsmark, die Millionen von Sparern und Rentnern vor das Nichts gestellt hatte, Blumen bescheren würde. Genauer gesagt, hatte er den Strick vielleicht nicht verdient, aber erwartet.

Ein Häftling stand allein und verloren auf dem Vorplatz der Freiheit. Von niemand abgeholt, obwohl ihn eine Mutter sehnlich erwartete. Er ging über den Friedhof, an frischaufgeworfenen Gräbern vorbei. Er blieb nicht stehen, lief langsam weiter. Niemand achtete auf ihn. Vor einem Hinterhof stoppte er. Vier Kinder spielten miteinander. Ein achtjähriger Junge stand auf einer Kiste. Von einer Stange hing ein Strick herab. Die Kinder spielten: »Death by hanging«, was sie »Hängerles« nannten.

Brinkmann zuckte zusammen, er ging weiter, fuhr sich mit der Hand an den Hals, wird das vielleicht noch oft tun, bis ihn die Mutter mit dem alten Gesicht und den jungen Augen von den Abgründen der Haftpsychose erlöst. Auch Brinkmann kam heute frei. Er begriff es noch nicht. Der Abstand von der grauen Zelle zur frischen Luft war zu knapp.

Im Hotel hingen noch die Faschingsdekorationen. Pfropfen knallten. Es gab wieder Sekt. Zum Frühstück. Zum Sektfrühstück von Alfried Krupp von Bohlen und Halbach, der ein paar Jahre unfreiwillig als Schmied gearbeitet hatte. Das Gesicht des großen, erschreckend hageren Mannes war noch so grau wie die Gefängnismauern. Der Hemdkragen saß so weit um den schmächtigen Hals, daß man mit einer halben Faust hineinlangen konnte. Der Kanonenkönig teilte nicht die Angst vor der Publizität mit den anderen Entlassenen. Zwanzig Minuten lang stellte er sich bereitwillig der Kamarilla von Reportern.

»Werden Sie wieder Waffen produzieren?« kam die erste Frage.

»Ich hoffe, daß es nie mehr nötig sein wird, zu rüsten«, erwiderte Krupp mit einem müden Lächeln. Langsam, fast träge, setzte er hinzu: »Nach meinen Erfahrungen in der Haft haben selbst die Generale die Lust verloren, Soldat zu sein.«

Zufällig hatte im gleichen Augenblick ein anderer Journalist den heute entlassenen General Wilhelm Speidel in einer Ecke gestellt:

»Was haben Sie sich bei der Gartenarbeit gedacht?« fragte der Pressemann ungeniert, »wenn Sie von den Wiederbewaffnungsverhandlungen Ihres Bruders hörten?«

Der hohe Offizier von einst lächelte fein und wissend:

»Ich habe in diesen Fragen viel mit meinem Bruder zusammengearbeitet«, erwiderte er dann selbstbewußt.

Der Reporter griff nach seinem Glas und kippte es in einem Zug hinunter. Er begriff, wie sehr sich Leben und Tod, Aufbau und Untergang, Sühne und Schuld, Läuterung und Heuchelei auf diesem gottverdammten Landsberger Boden überschnitten. Er schnippte mißmutig ein Stück Luftschlange von seinem Anzug, das während des Gesprächs mit General Speidel von der Decke gefallen war.

Die Wohnung ist klein, aber sie verfügt über alle Errungenschaften von Gottes eigenem Land. In der Küche steht ein großer Kühlschrank, im Wohnzimmer ein Fernsehapparat, vor dem Haus parkt ein Wagen, und dahinter ist ein Garten. Peter Steffens arbeitet seit der Währungsreform als Korrespondent deutscher Zeitungen in Washington. Er gilt bereits als »gut informiert«.

Neben ihm sitzt Evelyn. Die beiden jungen Menschen bereuen es nicht, daß sie zusammengefunden haben.

»Noch was vor?« fragt die junge, hübsche Frau.

»Ja, ich muß noch einmal in den Kongreß. Aber es ist nicht so wichtig.«

»Und dann?«

»Bleib' ich bei dir«, erwidert er lächelnd.

Evelyn nickt, betrachtet ihn von der Seite, beginnt unsicher:

»Du, Peter ... ich habe heute morgen aufgeräumt ... und dabei ein Manuskript gefunden ... Malmedy ... Warum schreibst du Bücher, die du nicht veröffentlichst?«

»Ich weiß nicht ...«

»Ist doch alles gut geworden«, unterbricht ihn Evelyn.

»Gut geworden ...« wiederholt er zerstreut.

»Aber du hast doch alles zusammengetragen und nächtelang daran geschrieben ... du mußt ... du sollst doch ...«

Peter steht auf.

»Ja«, entgegnet er, »das ist die alte Frage! Ob man so etwas in Deutschland veröffentlichen darf, ob die Zeit reif ist, ob man einsieht, was ich damit sagen will.«

Evelyn schüttelt lächelnd den Kopf.

»Nein ... das weißt du nicht«, fährt Peter fort. »Da ist ein Volk in Mitteleuropa ... unerhört fleißig, tüchtig und auch ... tapfer. Aber es wurde immer von Schlagworten mißbraucht, vom Nationalismus zersetzt ... und manchmal schrie es mit, bevor es dachte.« Er lacht bitter auf. »Und dabei nennt man es das Volk der Dichter und Denker. Und das mit Recht ...«

»Ja ... aber jetzt?«

Peter zuckt die Schultern.

»Du bist doch Deutscher ... glaubst du denn nicht ...?«

»Glauben ...« er zieht den Kopf zwischen die Schultern, » ... und dann kann man nur hoffen ...« Unbewußt zitierte er die Worte seines früheren Ressortchefs in München. »Eines Tages will ich es riskieren«, sagt Peter abschließend.

Er zieht die Krawatte hoch, schiebt die Hemdecken zurecht, geht auf Evelyn zu.

»Bis später ...«

»Ja«, erwidert seine Frau, stellt sich auf die Zehenspitzen, legt die Arme um seinen Hals. » ... Ich mag dich, Peter«, sagt sie leise.

»Das ist ja das Neueste ...«

Dann kann er nichts mehr sagen. Ihr Atem streift ihn wie eine heiße Woge.

Mitternacht in Landsberg. Oberst Henze hebt den Kopf. Nichts zu hören. Er geht an die Türe. Der Posten schiebt das Zellenfenster hoch.

»Everything okay«, ruft er, »alles in Ordnung.« Auch auf seinem sonst unbekümmerten Gesicht spiegelt sich das Grauen. Seine Hände zittern.

Zum ersten Male an einem Exekutionstag weiß der Angeklagte Nummer eins von Malmedy, daß er nicht hingerichtet wird. Und doch stirbt er wieder mit, obwohl seine Strafe auf 35 Jahre Haft ermäßigt wurde. Obwohl er sich darüber im klaren ist, daß diese 35 Jahre nur auf dem Papier stehen. Denn eines Tages wird auch der letzte Verurteilte von Malmedy das düstere Haus verlassen. Nur weiß Henze nicht, daß es zu Weihnachten 1956 sein wird, auf einstimmigen Beschluß der Gnadenkommission.

Nur weiß er auch nicht, daß er – zwanzig Jahre später und über dreißig Jahre nach Malmedy – durch einen Mordanschlag in Ostfrankreich des Massakers letzter Toter werden wird.

Noch immer nichts zu hören. Der Oberst tritt zurück. Der Posten gibt ihm unaufgefordert eine Zigarette. Die unerträgliche Spannung macht kameradschaftlich. Henze nickt ihm dankbar zu.

Heute kommt der Henker zum letzten Male nach Landsberg. Um die letzten sieben zu richten. Sie kauern im Todeskeller. Sie sind der Bodensatz der Schuld. Für sie reicht kein Gnadensieb, durch das man sie pressen könnte. Längst waren die zuständigen Kommissionen dazu übergegangen, ein Auge zuzudrücken. Dann alle beide. Längst hatten die Amerikaner die große Währungsreform der Schuld begonnen, die Preise gedrückt, die Normen gesenkt. Mörder von fünf bis zu 50 Menschenleben bekamen ihren eigenen Lebensabend geschenkt. Todesurteile, die 1946 billig waren, wenn auch gerecht, wurden inzwischen aufgehoben. Aber so großzügig die Alliierten auch die Leichenberge des Nationalsozialismus pauschal abrechneten, so fand sich doch kein Ausweg für die letzten sieben Rotjacken.

Ihre Schuld rechnete nicht nach Hunderten, nicht nach Tausenden, nicht einmal nach Zehntausenden von Opfern, vergast in Auschwitz, verbrannt in Buchenwald, gemordet auf Polens Wiesen, erschossen auf Rußlands Steppen. Da versagte die Gnadenmaschine, fand keine Formel, keinen Wechselkurs; auf diese astronomischen Zahlen war sie nicht geeicht.

Seit dem makabren Fasching von Landsberg sind wieder sechs Monate vergangen. Obwohl damals die Todesurteile bestätigt wurden, setzte ein neuerliches Tauziehen zwischen Recht und Gnade ein. Denn die sieben Mörder – Oswald Pohl, Otto Ohlendorf, Erich Naumann, Paul Blobel, Werner Braune, Georg Schallermair und Hans Schmidt – wollten mit dem Recht anderer Mörder weiterleben. Seit diesem Halbjahr bombardierten die Anwälte die amerikanischen Gerichte mit Anträgen. Das ist ihre Pflicht. Dafür werden sie bezahlt. Von Bonn. Vom Justizministerium. Die Bundesregierung, die bei der Wiedergutmachung an den Opfern der Pohls und Ohlendorfs genau zu rechnen versteht, kaufte für die letzten sieben zum Tode verurteilten Mörder in den USA Vertragsanwälte gegen Dollars.

Rechtsanwalt Warren Magee und sein Kompagnon Frederick Wiehl ließen kein Mittel unversucht, keinen Einwand ungenutzt. Sie versuchten das Absurde und erreichten das Unmögliche. Stopp auf Stopp. Frist auf Frist. Während die Mühlen der Gerechtigkeit Berge von Eingaben verdauen mußten, wie gesagt, finanziert von Bonn, begannen in Deutschland die Mühlen des Mitleids zu klappern. Am rauschenden Bach schneller Vergeßlichkeit. Die Gnade, um die im Chor gebeten wurde, war oft gnadenlos. Und die Menschlichkeit, auf die man sich berief, unmenschlich. Während es Mode wurde, für Massenmörder zu bitten, galt es als unschicklich, von Auschwitz zu sprechen.

Interessanterweise schrien die Politiker am lautesten um Gnade, die als erste mit der Wiedereinführung der Todesstrafe als Wahlparole auf Stimmenfang gingen.

Nicht alle wußten, was sie taten. Nicht alle besaßen die Legitimation der Prinzessin von Isenburg, die auch unter Hitler mit Einsatz ihres Lebens für die Häftlinge in den Konzentrationslagern gebeten hatte. Nicht alle konnten sich auf die Mission der Kirche berufen, deren Trost die Gnade ist.

Wenn der Wind die Worte nach Landsberg blies, fiel oft der dünne Vorhang zur Seite und gab den Blick auf die verzerrte Fratze des Nationalsozialismus frei. Durch Hannover trug man Transparente mit der Aufschrift: »Über Galgen wächst kein Gras.«

Aber aus den Massengräbern von Auschwitz, Mauthausen, Dachau, Bergen-Belsen und Buchenwald sproß es.

Die wenigsten, die sich für die Landsberger Häftlinge einsetzten, hatten auch nur mit einem einzigen Wort die Millionen Verbrechen Hitlers verurteilt. Und sie wühlten und gruben, schickten den Henker weg und verlängerten dadurch die Tragödie der letzten sieben. Dem menschlichen Leid, das diese sieben durch die immer wieder verschobene Hinrichtung erfuhren, kann man die Achtung nicht versagen, die man ihnen selbst verwehren muß.

Am 4. Juni 1951 endlich schlug Bundesrichter Vinson mit der Faust auf den Tisch. Die Uhr war abgelaufen. Kein Haar konnte mehr gespalten werden. Noch am gleichen Tag ging das Telegramm mit dem Befehl nach Landsberg, endlich und endgültig die letzte Liquidation einer uferlosen Schuld zu vollstrecken.

Als es zum letzten Male heißt: »Bilder, Bibel, Decken«, fahren Patrouillen durch die Stadt. Die Wachen sind verstärkt. Die Gasthöfe überfüllt. Die Hinrichtung findet nicht wie bisher im Galgenhof statt, sondern in einem freigemachten Raum des Kellers. Der Henker kommt nicht mehr am frühen Morgen, sondern schon kurz nach Mitternacht. Sicherheitsvorkehrungen sind das.

Letzter Besuch am 6. Juni 1951. Nicht zum erstenmal bekamen die sieben Rotjacken den letzten Besuch. Sie nahmen so oft Abschied, daß sie nicht mehr glauben konnten, er sei endgültig. Sie haben die letzten Worte schon so oft gesprochen. Sie haben alles gesagt, was zu sagen war.

Nur über eines wurde nie geredet: über die Schuld. Nie sprachen sie, die KZ-Bewacher und Einsatzkommandeure, mit ihren Frauen davon. Das war der düstere Reiz des nationalsozialistischen Familienlebens, daß man ein sorgender Ehemann und verläßlicher Mörder zugleich sein konnte.

So gingen heute die Frauen hocherhobenen Hauptes aus dem Gefängnis, frei von Zweifeln, von der Schuldlosigkeit ihrer Männer überzeugt. Und niemand durfte diesen Unglücklichen mißgönnen, daß ihnen diese barmherzige Täuschung das Leid erleichterte.

Der Sergeant kommt. Es ist Donnerstag, genau ein Uhr. Sieben warten. Der letzte wird um zwei Uhr 30 dreißig tot sein.

Der erste heißt Paul Blobel. Er gehört zu denen, die noch an Rettung glauben. Er schüttelt den Kopf, als ihm der Sergeant auf die Schulter klopft. Der Offizier, der hinter ihm steht, sagt:

»Alphabetisch . . .«

»Alphabetisch«, antwortet Blobel entsetzt. So ließ er die Einwohner ganzer Dörfer zusammentreiben. Zum Abschlachten. So waren die Listen leichter aufzustellen, die Erfolgsberichte.

Der Standartenführer klammert sich fest. Die Angst gräbt sich in sein Gesicht. Er will nicht alphabetisch sterben. Er will leben! Er hat sich soviel mit dem Töten beschäftigt, daß er keine Zeit hatte, sich in die passive Form des Sterbens hineinzufühlen. Und jetzt überfällt ihn mit einem Schlag das Grauen, sitzt in seinen Beinen, schlottert an seinen Händen.

Kiew. Massengrab. Benzin. Zwei Tage brannte es. Damals griff zum ersten Male die Angst nach Paul Blobel. In Rußland. Er konnte das Morden nicht lassen. Aber die Spuren wollte er beseitigen. Irgendwie hatte er eine dunkle Erinnerung, daß Töten nicht erlaubt sei.

Aber die Toten wollten nicht brennen. Da ließ der Standartenführer Dynamit ankarren, sprengte die Berge. Aber alle Spuren ließen sich nicht unterschlagen. Die Gerechtigkeit sammelte sie wieder.

Und Blobel stand vor Gericht, begann zu feilschen. 60 000 Menschenleben standen auf seinem Konto.

»Es waren nur halb soviel«, sagte er weinerlich, als ihm nichts anderes mehr einfiel.

Der Priester betet. Der Gerichtsoffizier nickt. Der Henker löst die Mechanik des Todes aus.

Der Standartenführer braucht nur einmal zu sterben. 1:60 000.

Ein Uhr zwanzig. Der nächste. Er heißt Braune. SS-Standartenführer. Steht auf, nickt, hat zwanzig Minuten lang das Alphabet vor sich hergesagt, verglichen. Nichts zu ändern. Er ist dran.

Er geht langsam, sagt nichts, sieht nichts, fühlt vielleicht nichts mehr. Sühnt Tausende von Juden und Zigeunern, die sich nicht mehr zählen lassen.

Um ein Uhr vierzig holt der Sergeant den früheren SS-Oberführer Erich Naumann. Der Weg zum Galgen ist kurz. Aber vielleicht lang genug, um ihn über seine Aussage vor Gericht nachdenken zu lassen.

». . . Ich betrachtete den Befehl zur Ausrottung von Juden, Zigeunern und kommunistischen Funktionären als richtig, weil er ein Teil unseres Kriegszieles und deshalb notwendig war.« So hatte er gesagt.

Nicht einmal der Strick am Hals lehrt ihn, was er als richtig zu empfinden hat. Naumann fällt durch die Klappe und stirbt in einem Ruck.

Der vierte heißt Ohlendorf. Er wirft die Zigarette weg und tritt sie aus, nickt dem Sergeanten zu. Der Anflug eines kalten Lächelns klebt in seinem Gesicht. Er hat keine Sekunde über das Alphabet nachgedacht. Er war immer ein kühler Rechner. Und er denkt an sein eigenes Ende mit nicht mehr Pathos, als an die 90 000 Menschen, die er nach eigener, beeideter Aussage ermorden ließ. Dafür legte sein amerikanischer Verteidiger beim Distriktgericht 600 000 deutsche Unterschriften vor, die für sein Leben baten . . .

Er geht langsam, ohne Schwanken. Er hat ein männliches Gesicht, ein scharfes Profil. Äußerlich der Typ eines Gentleman. Er trug immer Handschuhe, blieb immer kühl. Er ließ Menschen erschießen, aber er dachte sich etwas dabei. Er hatte nur eine Leidenschaft: den eigenen Ehrgeiz.

Ohlendorf erfand die Sprache der Sachlichkeit im Mordgeschäft. Ob er um Vergasungsautos korrespondierte oder Liquidationsberichte abfaßte, der Verstand blieb immer Trumpf. Er quälte nie. Er mordete. Er mordete en gros, er säuberte. Er trieb die Menschen im Osten zusammen, wie man eine Stube auskehrt.

Jetzt schreit er nicht, als man ihn holt. Er folgt sofort. Sein Zynismus bebt um die Nasenflügel. Der Ofen ist aus. Er hat sich nie etwas vorgemacht. Er rechnete sein eigenes Sterben genauso aus, wie das der 90 000. Er ist eine Additionsmaschine der Vernichtung, selbst noch der eigenen.

Otto Ohlendorf lächelt. Von den anderen Nationalsozialisten

unterscheidet ihn die Intelligenz. Er glaubte nicht an den Irrsinn, den er vollstreckte. Er wußte, wieviel Gas man brauchte und wie viele Geschosse, wenn man 5000 umlegte. Und welche Beförderung es dann einbrachte.

Als er im Nürnberger Kriegsverbrecherprozeß zum Kronzeugen der Anklage wurde, wußte er genau, daß er sterben mußte. Er belastete die anderen, ohne sich zu schonen. Aus Haß. Ohlendorf bestätigte leidenschaftlich die Verantwortung von Generalität und Partei für die Massenmorde im Osten. Er verachtete die Generale, vielleicht weil sie ihn nicht für voll genommen hatten, oder weil sie noch aussteigen konnten.

Und selbst hier, unter dem Galgen, bleibt Otto Ohlendorf kühl. Typ eines Herrenreiters, der den Umstehenden noch einmal lässig zunickt, ehe er sich aufs Pferd schwingt ... bevor er durch die Klappe fällt.

Keiner der Hunderte von Gefangenen in den oberen Stockwerken, die den Henker nicht mehr zu fürchten brauchen, schläft heute in Landsberg. Sie gehen unruhig in den Zellen hin und her, bleiben stehen, lauschen. War da nicht ein unterdrücktes Würgen? Ein Gurgeln am Gang? Filtriert der Keller die Geräusche des Todes?

Macht doch Schluß! Ist denn das noch nicht vorbei? Muß doch schon der sechste sein! Wie lange braucht ihr noch?

Und der Hauptscharführer Müller, ein Mörder von Malmedy, fletscht die weißen Zähne im fahlen Gesicht. Vielleicht spürt er das Gewissen auf seinen Schultern. Vielleicht grinst er aber auch bloß, daß die Amerikaner so dumm sind, ihn laufen zu lassen.

Er setzt sich auf seinen Hocker, kramt eine Zigarette aus der Tasche, raucht, geht zur Wand, klopft, fürchtet sich auf einmal vor dem Alleinsein, erhält keine Antwort. Die Nachbarzelle ist leer. Müller weiß es nicht.

Plötzlich sieht er Augen, braune, blaue, grüne, große, starre, entsetzte, stumme, tote Augen ... Oben an der Zelle hängen sie. Sie kleben am Fenster. Sie lauern an der Tür. Sie starren ihn von links an. Sie kommen von rechts. Und der Mörder springt auf, rast in der Zelle herum wie im Kreis, heult, würgt, schreit:

»Nein! Nein! Geht weg, ihr Schweine! Ihr seid doch tot! Tot! Mausetot! ... Aber ich will leben! Hört ihr, leben! Ihr Arschlöcher!«

Müller schließt seine Augen. Da wird es noch schlimmer. Er wirft sich auf die Pritsche. Der Wahnsinn streift ihn, während man unten den fünften holt.

Er heißt Oswald Pohl und ist aus anderem Holz geschnitzt, als der eben lächelnd gestorbene Ohlendorf. Seine Lippen zucken wortlos im Gebet. Früher glaubte der Leiter des SS-Wirtschaftshauptamtes, daß es nützlich sei, toten KZ-Häftlingen die Goldzähne aus dem Mund zu brechen. Inzwischen glaubt er an Gott – auch wenn er sich den Allmächtigen wie einen zur SS desertierten Marineoffizier vorstellt.

Er schrieb wie besessen sein Bekenntnis in der Zelle. »Credo, mein Weg zu Gott.« Er fieberte wie ein echter Paulus, auch wenn er auf seinem 75 Seiten langen Glaubensbekenntnis nicht zugibt, ein Saulus gewesen zu sein. Pohl stirbt versöhnt. Aber der eigenen Schuld steht er kühl gegenüber. Da heißt es in dürren Worten:

»... Da kam das grauenhafte Jahr 1945. Der Zusammenbruch Deutschlands im totalen Sieg der Alliierten brachte mich vor das Tribunal des Siegers, das mich nach 35 Soldatenjahren als ›Kriegsverbrecher‹ dem Galgen überantwortete. Am 1. Dezember 1947 krachten die Tore des Gefängnisses hinter mir zu. Vor dem Tor blieb mein Leben, das mich ... in die höchsten Stellungen des Soldatenhandwerks geführt hatte: durch Fleiß, Nüchternheit und Aufopferung für eine Sache ... mein Lebenswerk war zerschlagen.«

Das Lebenswerk dieses Mannes, der sich jetzt so laut, so larmoyant und so arrogant auf seinen wiedergefundenen Glauben beruft, war die wirtschaftliche Ausbeutung der KZ. Mit Fleiß hortete er die Früchte des Terrors. Nüchtern und überlegt bestimmte er persönlich Menschen für medizinische Versuche der SS. Sein Lebenswerk scheiterte, als die anrückenden alliierten Truppen dem Grauen ein Ende setzten, als sie das Feuer aus den Krematorien rissen, in denen die für Oswald Pohl wertlos gewordenen Körper verschmorten, erst nachdem man ihnen die Goldzähne ausgebrochen hatte.

Und der Mann, der so nebenbei auch das Warschauer Getto mit vernichtet hatte, geht weiter und betet. Die Hände sind gefaltet. Die Finger berühren fast die Nasenspitze. Er murmelt hastig und hektisch. Rechtzeitig zur Hinrichtung war noch ein Segenstelegramm aus Rom an Oswald Pohl abgegangen, unterzeichnet von dem gleichen Papst, der es während des Krieges versäumt hatte, Millionen jüdischer Menschen auf dem Weg in die Gaskammern seinen Segen zu erteilen und mit dem Anspruch des Stellvertreters ihre Mörder anzuklagen.

Zuletzt ist Buchstabe S dran, S wie Schmidt. Lageradjutant von Buchenwald. Vom eigenen Kommandanten belastet. Spezialist für Morde im Pferdestall, »Kommando 99«. Weitere Spezialität: Aufhängen der Opfer an Wandhaken und langsames Zu-Tode-Würgen.

Vor Schmidt graute es selbst den eigenen Komplicen. Und jetzt steht er als letzter am Schafott und ruft vor der gähnenden Klappe:

»Ich sterbe für Deutschland!«

Noch im Fallen stellt er sich sein Vaterland als ein riesiges Mordhaus vor.

Ein paar Tage später werden ihn 5000 Menschen in seiner Heimatstadt zu Grabe geleiten. Vor dem Kriegerdenkmal in Hannover legen seine Gesinnungsgenossen einen Kranz mit der Aufschrift nieder: »Den Ermordeten von Landsberg.«

Mit Schmidt starb die letzte Rotjacke. Er war das Schlußlicht einer Schuld ohne Beispiel.

Senator Chambers feierte seinen dubiosen Sieg auf seine Weise: Er lud zu einer Party ein. Und die Gäste kamen, ob sie wollten oder nicht. Es erschienen die Freunde, es folgten die Feinde, und es drückten ihm selbst Leute die Hand, denen er bisher völlig gleichgültig war. Man stand in Gruppen herum, unterhielt sich über neue Autos und alte Schlösser, über Aktienkurse und Kriegsgerüchte, über »drives in« und »lovers lanes«, wo man im Freien einen Film ansehen oder eine Frau küssen konnte. Die Gäste wogten und brodelten durcheinander. Nur über den Anlaß der Party, über Malmedy, wurde nicht gesprochen.

Der Hausherr wand sich durch seine Gäste, ein Stier mit der Beweglichkeit einer Schlange. Seine Augen gingen weiter. Seine Gedanken wanderten, waren bereits beim nächsten Skandal. Er wollte ihn noch größer aufziehen als Malmedy. Für Chambers waren die Schüsse in Belgien eine Geschichte und die Folterungen von Schwäbisch-Hall eine Story. Es genügte ihm, im Sumpf herumzuwühlen. Austrocknen wollte er ihn nicht.

Er klopfte einem Senator der Regierungspartei anerkennend auf die Schulter und überlegte, wie er ihn in der nächsten Sitzung fertigmachen konnte. Er kaute an einem neuen Schlagwort: unamerikanisch. Er rieb sich unter den vielen vornehmen, verlegenen, verlogenen Gästen die Hände wie ein Händler auf dem Pferdemarkt.

Colonel Evans stand in einer Ecke. Chambers hatte ihn einfach gezwungen, zu kommen. Das Bild des Anwalts aus den Südstaaten ging durch die Zeitungen. Das schmale, abgezehrte Gesicht mit den wachen Augen kannte jetzt fast jeder Amerikaner. Der Rechtsanwalt wollte den Reportern aus dem Wege gehen. Aber so, wie man ihn damals verleumdete, wurde er heute gefeiert.

Und so kam jetzt der erste Gast auf Evans zu, klopfte ihm auf die Schulter und sagte:

»Meine Anerkennung, Evans . . .«

Der zweite drechselte an Glückwünschen. Und der nächste verglich ihn schwülstig-beredt mit Abe Lincoln.

Der frühere Chefverteidiger rückte noch etwas weiter von der Party weg, in die äußerste Ecke. Er war einsam wie während seines ganzen Weges. Und jetzt, da man seinen Sieg feierte, brannte die Niederlage, waren die Ideale gestürzt, die Hoffnungen geborsten, die Träume versteinert. Dieser Erfolg, den die anderen für ihn buchten, schmeckte nach Galle. Evans war nicht am Ziel. Er war gescheitert. Vielleicht war er der einzige, der es wußte, weil nur er, ohne nach rechts und links zu gucken, unbeugsamen Grundsätzen folgte.

Er sah mit blicklosen Augen in sein Glas. Unten, am Boden, schwamm etwas Fruchtzucker. Drüben in Deutschland wurde jetzt vielleicht gerade einer entlassen. Und in diesem Moment stand ihm der Chefverteidiger vis à vis, war er konfrontiert mit einer Fratze, mit einer Qual ohne Ende. Es ist Müller. Von Beruf SS-Hauptscharführer. Mörder aus Neigung.

Und der Anwalt sah ihn vor sich, wie er die Pistole hielt und abdrückte. Wie er auf dem Panzer stand und fuchtelte. Wie er die Frauen jagte. Wie seine Geschosse im Visier tänzelten. Dieser Mann hat den Tod verdient und wäre mit Sicherheit in Landsberg gestorben, dachte Evans. Und ich habe ihn vom Strick abgeschnitten. Meine Schuld, pochte es in den Schläfen, hämmerte es am Hals, klopfte es im Hinterkopf. Meine Schuld, meine Vermessenheit, mein Wahn ...

Ein Mann nahm Evans am Arm. Der Colonel gab es auf, durch das Glas zu sehen. Sein Gesicht brauchte ein paar Sekunden, um zu begreifen: Vor ihm stand der alte O'Connor, noch müder, noch zerknitterter, als er ihn in Erinnerung hatte.

»Na, Evans«, begrüßte ihn der Chefrichter des Malmedy-Verfahrens leise, »da sehen wir uns also wieder?«

Der Anwalt nickte.

»Ja«, fuhr der Richter fort, » ... so wie Ihnen, ging es mir auch einmal. Auch ich stand da, als eine Arbeit getan war ... und ich war damals so fertig wie Sie heute ...«

Ja, überlegte der Colonel, damals, als er die Urteile gesprochen hatte, von den Beisitzern überstimmt, vom Gewissen bedrängt, als er so oft »death by hanging« sagen mußte, daß es die Lippen im Schlaf selbständig weiterzuckten ...

»Sehen Sie«, griff O'Connor die Gedanken des Anwalts auf, »es war da ein Unterschied: Ich habe Unschuldige verurteilt ... Sie haben sie gerettet ...«

»Um den Preis, daß Mörder freikommen.«

»Evans«, erwiderte der alte Richter, »Sie haben immer einen Götzen gehabt ... das Recht. Sie haben immer gedacht, daß der Mensch so mächtig ist wie Gott, wenn er will. Gerecht sein, das hieße: alles wissen. Und das bedeutete: allwissend sein.« O'Connor holte weit mit der Hand aus.

»Und was wissen wir schon? – Nichts. Wir irren. Wir haben ein Recht auf Irrtum . . . Und unsere ganze armselige Gerechtigkeit besteht darin, daß wir nicht vorsätzlich irren . . .«

»Im Fall Malmedy wurden alle Chancen sinnlos vertan«, antwortete der Chefverteidiger dumpf.

»Evans . . . sind Sie noch nicht von Ihrem Frevel geheilt?«

»Das Recht nennen Sie Frevel?« fragt der Anwalt schärfer, als er wollte.

»Unter Umständen . . . es gibt noch etwas anderes . . .« Das harte, zerfurchte Gesicht O'Connors taute auf. Seine alten Augen fingen an zu leben. »Menschlichkeit«, sagte er drängend.

»Menschlichkeit?« wiederholte der Colonel mit einer Stimme ohne Klang.

»Ja, Menschlichkeit«, versetzte der Richter. »Lieber Schuldige laufen lassen, als Unschuldige hängen . . . Ich habe es nicht gekonnt, Evans. Sie haben es geschafft. Sie sind der Sieger, ob Sie wollen oder nicht. Ja«, sagte er noch einmal, » . . . Menschlichkeit . . .«

Es war das endgültig letzte, leise verdämmernde Wort im Fall Malmedy. Es begleitete Colonel Evans, als er langsam die Siegesfeier des Senators Chambers verließ.